ハヤカワ・ミステリ

OLIVER PÖTZSCH

首斬り人の娘

DIE HENKERSTOCHTER

オリヴァー・ペチュ

猪股和夫訳

TOKYO
HAYAKAWA
BOOKS

A HAYAKAWA
POCKET MYSTERY BOOK

DIE HENKERSTOCHTER
by
OLIVER PÖTZSCH

Translated by
KAZUO INOMATA
Published in 2008 by
ULLSTEIN TASCHENBUCH VERLAG
First published 2012 in Japan by
HAYAKAWA PUBLISHING, INC.
This book is published in Japan by
arrangement with
ULLSTEIN BUCHVERLAGE GmbH
through MEIKE MARX.

装幀／水戸部 功

フリッツ・クィズルを想いつつ
一族の末裔ニクラス、リリィに

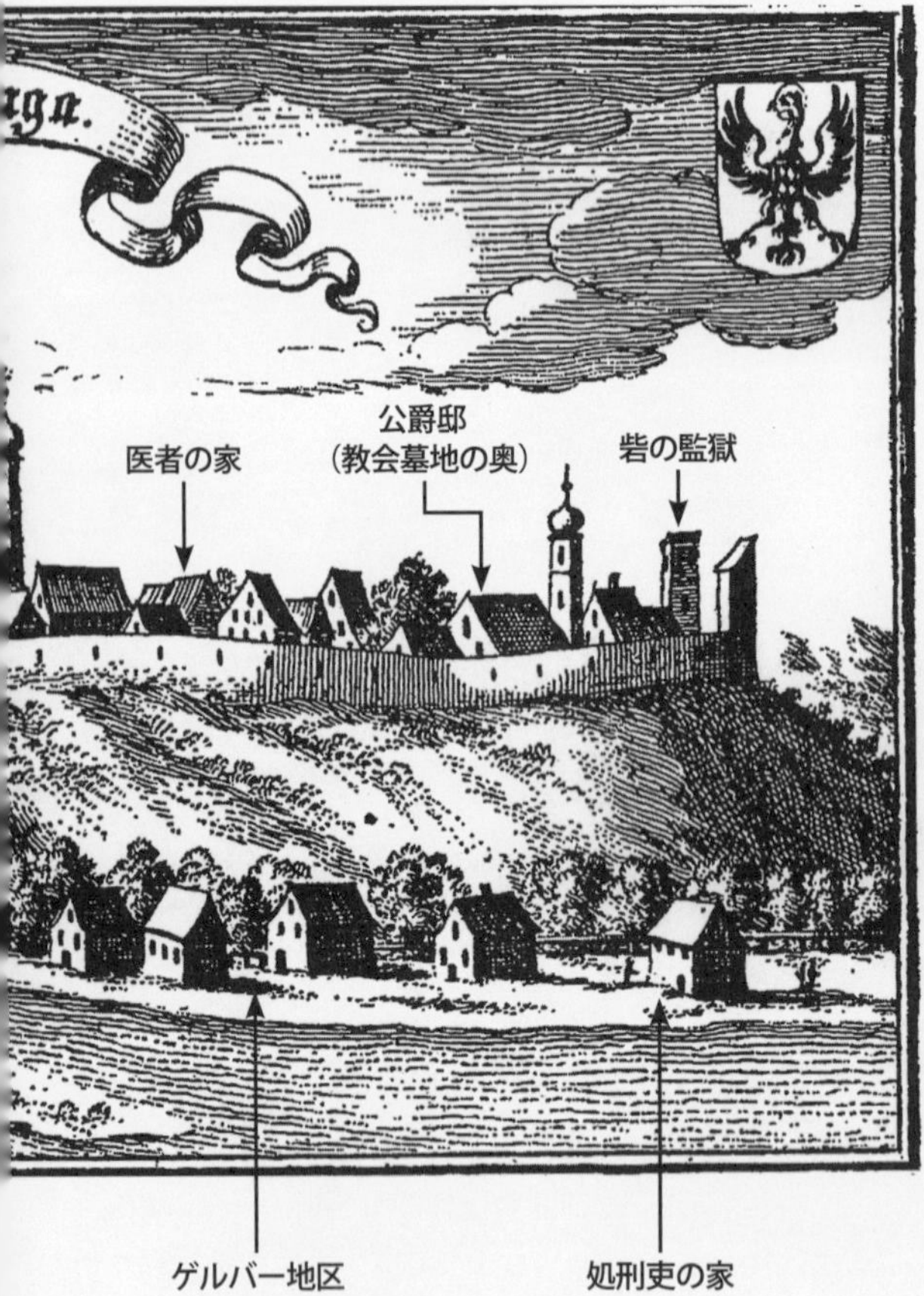

銅版画（Anton Wilhelm Ertl, 1690）

ショーンガウ全景

首斬り人の娘

おもな登場人物

ヤーコプ・クィズル……………………ショーンガウの処刑吏
マクダレーナ……………………………その娘
ボニファツ・フロンヴィーザー………街の医者
ジーモン…………………………………その息子
マルタ・シュテヒリン…………………産婆
ヨハン・レヒナー………………………法廷書記官
カール・ゼーマー………………………第一市長、〈明星亭〉の亭主、参事会員
ヨハン・ピュヒナー……………………市長、参事会員
マティアス・ホルツホーファー………市長、参事会員
ヴィルヘルム・ハルデンベルク………診療所の管理人、参事会員
マティアス・アウグスティン…………参事会員
ゲオルク・アウグスティン……………マティアスの息子、運送業者、参事会員
ヤーコプ・シュレーフォーグル………製陶業者、参事会員
ミヒャエル・ベルヒトホルト…………パン屋、参事会員
ゲオルク・リーク
ヨゼフ・グリマー　……………………荷運び
ペーター…………………………………グリマーの息子
マルティン・ヒューバー………………アウクスブルクの荷運び
ゾフィー…………………………………亜麻布織り、アンドレアス・ダングラーの里子
アントン・クラッツ……………………小売り商人、クレメンス・クラッツの里子
ヨハネス・シュトラッサー……………居酒屋の亭主、フランツ・シュトラッサーの里子
クララ……………………………………シュレーフォーグルの里子
クリスティアン・ブラウンシュヴァイガー
アンドレ・ピルクホーファー
ハンス・ホーエンライトナー
クリストフ・ホルツアプフェル　……傭兵
ヴォルフ・ディートリヒ・フォン・ザンディツェル伯爵………選帝侯の執事

プロローグ

ショーンガウ

一六二四年十月十二日

十月十二日は処刑日和になった。今週はずっと雨続きだったが、教会堂の奉献式が済んだ金曜日は、神さまが気を利かしてくれたようだ。秋も深まってきたというのに、暖かい陽射しがプファッフェンヴィンケル一帯に降りそそぎ、街のほうからは何やら騒々しい物音と笑い声が聞こえてくる。太鼓の音が轟き、鈴の音がシャンシャン鳴り、どこからかバイオリンの音も聞こえてきた。揚げパンや焼き魚の匂いが、悪臭ふんぷんのゲルバー地区にまで降りてきた。さぞ、みごとな処刑が行われることだろう。

ヤーコプ・クィズルは光あふれる部屋に立ち、父親を揺り起こそうと必死だった。すでに二回も使いの下役が迎えにやって来た。今度ばかりは向こうも簡単に引き下がりはしないだろう。当のショーンガウの首斬り役の頭はテーブルの天板に載っかったままで、長い髪がビールと焼酎のこぼれてできた溜まりに泳いでいた。大鼾をかき、眠りながら時おり軀をぴくっと動かしたりしている。

ヤーコプは父親の耳許に屈みこんだ。酒と汗のにおいがむんむんする。不安の汗だ。処刑の前になると、父はいつもそうだった。ふだんはほどほどに飲んでいるのに、判決が下るや浴びるように飲みはじめる。何も食わず、ほとんど口も利かない。そうやって何日間か夜通し起きたまま、大声で叫び、大汗をかく。この二日間はとても話しかけられるような状態ではなかった。妻のカタリーナはもう心得たもので、そういう状態になると、子供らを連れて小姑の許に行くことにしていた。しかし、長男のヤーコプだけは、家に残って父の手伝いをしなくてはならなかった。

「ほら、もう行かなきゃ。お役人が待ってるよ」

ヤーコプは初めは小声でささやきかけていたが、だんだんと声が大きくなり、そのうち腹の底から怒鳴るような声になった。ようやく大鼾の巨漢がむくっと頭をもたげた。

ヨハネス・クィズルは充血した眼で息子を見つめた。肌は時間が経ってかさかさになったパンの生地のような色をしている。房状になった黒い髭に昨晩の大麦スープのかすがこびりついていた。長い、ほとんど猛禽の鉤爪のように曲がった指で顔をこすった。それから、やおら立ち上がった。身の丈は六フィートある。その偉丈夫な軀が一瞬ふらっと揺れ、前のめりに倒れかけたが、どうにか身を支えた。そして、大きく伸びをした。

ヤーコプは、染みだらけの上着と上に羽織る皮の肩掛け、手袋を父に差し出した。のっそりとした動作で大男は身繕いし、額の髪の毛を払ってから、無言のまま居間の奥の壁へと歩いていった。使い古された食卓のベンチと、十字架像を安置した一隅と、乾燥させた薔薇のあいだに処刑用の首斬り刀が立てかけてある。優に腕二つ分の長さがある。短い鍔が付き、先は尖っていないものの、空中で髪の毛を切れそうなほど鋭い刃を持っていた。父は定期的にそれを研いでいる。太陽の光を受けると、昨日鍛えて上がってきたばかりのように輝いた。それがどれほど古いものか、誰も知らない。ヨハネス・クィズルの前は岳父イェルク・アブリールのものだったし、その前はその父親、さらに祖父のものだった。いずれヤーコプのものになる。

家の扉の前で使いの下役が待っていた。痩せた小男は何度も振り向いては、街を囲む壁を見やっていた。いいかげん遅くなった。街のお偉方はたぶんしびれを切らしていることだろう。

「ヤーコプ、荷車を用意しろ」

父の声は穏やかな深い響きのある声になっていた。昨夜の叫び声や啜り泣きは嘘のように消えていた。

ヨハネス・クィズルの巨軀が低い扉をくぐって出てくると、役人は思わず一歩退がって、十字を切った。この地では、首斬り役は決して好もしく見られる人物ではなく、その家が街の壁の外のゲルバー地区にあるのも偶然ではない。この偉丈夫が飲み屋で酒を飲むときは、いつも専用のテーブルに黙って座る。通りで出逢った人たちは誰一人眼を合わせようとしない。不幸をもたらす男というわけで、処刑当日ともなればなおさらだ。今日はめている手袋は処刑が終われば焼くことになる。

ヨハネスは家のそばのベンチに腰をおろし、昼の陽射しを浴びた。そんな彼を見たら、一時間前に譫妄《せんもう》状態でわけのわからないことをぶつぶつ言っていたとは誰も思いもしないだろう。ヨハネスはまわりからは立派な処刑吏と見なされている。動きが敏捷で、力が強く、躊躇することがない。処刑前になるとどれだけ腹に流しこむか、家族以外誰も知らない。眼をつむり、どこか遠くから聞こえるメロディに耳を澄ませているふうだ。街のほうからは相変わらずさんざめきが聞こえてくる。音楽、笑い声、すぐ近くからはツグミのさえずり。剣は散歩に出るときの杖のようにベンチに立てかけられていた。

「ロープを忘れるなよ」ヨハネスは、眼を閉じたまま野太い声で息子に言った。

ヤーコプは、家の隣にある厩でよぼよぼの白馬に馬勒を付け、二輪の馬車に繋いだ。昨日、何時間もかけて荷台をブラシで洗ったのに、床板に食いこんだ汚れや血痕が、いやでも眼に入ってくる。いちばんひどいところには藁をかぶせた。車の準備はこれでよし、と。

処刑吏の息子は十二歳。この歳でもう処刑はいくつも間近で見ている。絞首刑が二人と、盗みをやって三回有罪になった女の溺死刑だ。初めての絞首刑は六歳になったばかりのころだった。ヤーコプはよく覚えている。追い剥ぎがロープに吊され、十五分ものあいだじたばたしていた。群衆からはやんやの声があがり、その晩父は特大の羊肉を手にして家に帰ってきた。処刑の後ともなると、クィズル家の食卓は豪華になる。

ヤーコプは厩の奥にある木箱の物入れからロープを数本持ってきて、鎖と錆びたやっとこと血を拭き取るための亜麻布と一緒に袋に詰めた。それからその袋を荷台に放り上げ、轡を付けた白馬を引いて外に出て家の前に立った。父親が荷台に乗り、あぐらをかいて座った。剣は膝の上に載せた。役人が先に立ち小走りに進んでいった。首斬り役の敷地から出られるのが嬉しいのだ。


「出発だ！」ヨハネス・クィズルが大きな声で言った。

ヤーコプが手綱を握り、馬車がギィーッと音を立てて動きだした。

馬車が広い通りを街へ向かってのろのろ進んでいくあいだ、ヤーコプは何度も後ろを振り向き父親を見やった。自分の家の仕事には誇りを持っていた。賤しい職業だと陰口を叩かれようと、それが屈辱だとは思わなかった。厚化粧の娼婦や山師といった連中のほうがずっと賤しいと思っている。それにひきかえ、父のは、豊富な経験を必要とする、ちゃんとした職業だ。生やさしいものではない。ヤーコプは職人芸ともいえる難しい処刑術を父から教えこまれていた。

このままうまくいって選帝侯の許可も下りたなら、ヤーコプも数年のうちには親方試験を受けられるはずだ。職人芸らしく完璧に首を刎《は》ねるのだ。しかし、この首を刎ねるのだけはまだ一度もじかに見たことがない。今日はそれを間近で見ることになる。

馬車はやがて、街に入る狭く急な道を過ぎ、市《いち》の広場に到着した。富豪の家々の前にはどこもかしこも屋台や売り台が立ち並んでいる。薄汚れた身なりの娘が、煎ったナッツや焼きたての小さなパンを売っていた。芸人の一座が一角に陣どり、毬で曲芸をしたり子殺し女をあざける歌を歌っていた。十月の末になればまた歳の市があるのだが、処刑があることは近隣の村にまで伝わっている。おしゃべりに興じ、おいしいものを買って口にしながら、血なまぐさい見せ物を大いに楽しもうというのである。

御者台に座りながらヤーコプは、まわりの人々を見おろした。馬車を見て笑う者もあれば、ぽかんと見とれている者もいる。ここにいるのはせいぜいその程度で、市の広場はがらんとしていた。ショーンガウの大方の人たちは、いい席を取ろうと街の外の首斬り場へ急いでいた。処刑は正午の鐘の音を合図に行われることになっていて、もう半時間もない。

処刑吏を乗せた馬車が広場の石畳をガラガラと渡っていくと、音楽が鳴りやみ、大声で呼ばわる声が上がった。「おい、首斬り、剣はちゃんと研いだか。あの女と一緒になりてえなんて気は起こしてねえだろうな」どっと喚声があがった。処刑吏が罪人の女と結婚すれば、罪を免じてもらえるという慣例はショーンガウにもある。しかし、ヨハネス・クィズルは妻子持ちの身である。ましてや妻のカタリーナは、およそ控えめと言うには程遠い女だった。悪評高い処刑吏イェルク・アブリールの娘として、血の娘とかサタンの女と呼ばれていたほどだ。

馬車は市の広場を過ぎ、大倉庫《バレンハウス》の前を通って街の外壁に向かって進んだ。四階建ての塔がそこに聳えている。石造りの建物の壁は黒ずみ、銃眼のような小さな窓に格子が嵌っている。クィズルは剣を肩にかつぎ、馬車から降りた。それからヤーコプを伴って監獄となっているこの塔の正面入り口を通って、冷え冷えとした内部に入っていった。踏み減らされた細い階段を降りていくと、地下牢に着く。いちだんと暗くなった通路があり、その両側に帯鉄を張った扉がある。顔の高さに格子が嵌っていて、右側の格子の奥から子供のようなめそめそした泣き声と司祭のくぐもった声が聞こえてきた。ラテン語の言葉が切れ切れにヤーコプの耳に届いた。

牢番が扉を開けると、強烈な臭いが漂ってきた。尿に便に汗。思わずヤーコプは息を止めた。

女のめそめそ泣きがつかのま止み、それからいきなり甲高い嘆きの叫びに変わった。赤ん坊を殺したこの女は、とうとう最期が来たと覚《さと》ったのだ。司祭の祈りの文句も大きくなった。祈りと叫びとが一つになり、地獄を思わせるけたたましさになった。

「ヱホバはわが牧者なり、われ乏しきことあらじ……」

別の牢番が足早に入ってきて、泣きわめく女を外へと引っ立てて行く。

エリーザベト・クレメントはかつては美人だった。ブロンドの髪を肩まで垂らし、笑みをたたえた眼とおちょぼ口にはどことなく人を見下すようなところすらあった。ヤーコプは時おり彼女が他の下女と一緒にレヒ川で洗濯をしているのを見かけたことがある。が、今そのブロンドの髪は捕吏の手で見る影もなく切りつめられ、顔は青ざめ痩せこけていた。身にまとっている灰色の馬巣織りの粗末な肌着は、あちこち染みだらけだ。肩の骨がその肌着から突き出ている。罪人には処刑前の三日間きちんとした食事を受けられる権利があり、伝統的に旅籠《はたご》を営むゼーマー家がその費用を持つことになっているが、この女がこれほど痩せているということは、その間食事にはいっさい口を付けなかったということだ。

エリーザベト・クレメントはレッセルバウアー家の下女だった。その美貌から下男たちに人気があった。

灯りに群がる蛾のように下男たちはエリーザベトに近づき、ささやかな贈り物を手に家の玄関前で待ち伏せた。レッセルバウアーが怒鳴りつけても効き目はなく、相手を取っかえ引っかえしては小屋のなかに消えていったという。

納屋の裏で赤ん坊の死体を見つけたのはもう一人の下女だった。そのあたりの土が掘り返したばかりに見えたのだ。拷問が始まってすぐエリーザベトは意識を失った。誰の子供かについては言えもしないし、言うつもりもなかったが、街の女たちは噂し、陰口をたたいた。エリーザベトの場合その美貌が命取りになったわけで、街の醜女たちにしてみれば、これで心おきなく安眠できるというものだった。街に落ち着きが戻った。

捕吏が三人がかりで地下の穴蔵から引きずり出そうとすると、エリーザベトは恐怖におののいて声を限りに泣きわめき、腕を振りまわして暴れた。枷をはめようとしても、ぬめった魚のようにすり抜ける。

と、そのとき、妙なことが起こった。首斬り役人が進み出て、エリーザベトの肩に手をまわした。大男が身をかがめ、華奢な娘をやさしく抱きかかえるようにして耳許に何ごとかささやいた。その言葉を聞きとれたのは、そばにいたヤーコプだけだった。

「リズル、ちっとも痛くなんかないんだぞ。約束する。痛くなんかしない」

娘は叫ぶのをやめた。まだ全身をわなわなと震わせていたが、おとなしく枷につながれた。捕吏たちが感心しながらも不安の入りまじった眼で処刑吏を見上げた。捕吏には、クィズルが娘に魔法の呪文でも吹きこんだように見えたのだ。

一行がようやく外に出ると、ショーンガウの人たちが大勢、待ってましたとばかりに罪人の娘を出迎えた。ひそひそとささやきあっている声が聞こえる。十字を切ったり、短い祈りを唱えている者もいる。教会の塔の鐘が鳴りだした。乾いた甲高い音が、風に乗って街全体に伝わっていく。嘲りの声もいつしか消え、しんと静まりかえったなか鐘の音だけが響いた。群衆は野山で捕まえてきた動物でも見るように、ただぽかんと眺めている。かつてはエリーザベト・クレメントもそのなかの一人だったのに。

クィズルは、震える娘を抱え上げて荷車に乗せ、あらためて耳許にささやいた。それから小さな瓶を差し出した。エリーザベトがためらうのを見てとると、やにわに頭をひっつかんでのけぞらせ、その口に液を数滴流しこんだ。一瞬の出来事で、まわりの者も何が起きたのかほとんどわからなかった。エリーザベトの目から生気が消えていった。荷台の隅に手を突き、そのまま横になった。息づかいがおだやかになり、震えも止まった。ショーンガウの人間なら誰もが知っているクィズルの水薬である。ささやかな思いやりだが、どんな罪人にも分けてやるわけではない。十年前、教会の献金箱から盗みを働き人殺しまで犯したペーター・ハウスマイアーという男は、クィズルの手で骨を砕かれ徹底的に打ちのめされた。車裂きの刑車につながれ、叫びつづけたあげくに、一刀のもとに首を刎ねられた。

死刑判決を受けた者は通常は自分で刑場まで歩いて行くか、毛皮にくるまれ馬で引きずられていくかのどちらかだったが、クィズルは経験から、子殺しを犯して死刑を宣告された女は自分の足で歩いて行けないとわかっていた。そんな女たちには、処刑の当日取り乱さないようにと三リットルのワインが与えられるので、クィズルの水薬は余分といえば余分ではある。ほとんどの女は足もとが覚束ない子羊となり、処刑台まで誰かに運んでもらうしかなくなる。クィズルはいつも荷車を使っていた。車に乗せていったほうが、罪人の女が途中で野次馬に殴られてそのままあの世行きなんてことにもならずに済むのである。

首斬り役みずからが手綱をとり、息子のヤーコプが側についた。ぽかんと眺めているだけの群衆に取り巻かれ、荷車はなかなか思うように前へ進めない。フランシスコ会の神父が荷台に上がり、死刑宣告を受けた者のそばでロザリオを繰りながら祈りを唱えた。馬車はバレンハウス沿いにのろのろと進み、建物の北側に来たところで停まった。ヘンネ小路の鍛冶屋が火床を真っ赤に熾して待っていた。胼胝《たこ》だらけのたくましい手で鞴《ふいご》を使い炭に空気を送りこんでいる。やっとこは鮮血のような光を放っていた。

二人の捕吏が、操り人形のようになったエリーザベトの身を起こした。眼はうつろだ。首斬り役に右の二の腕をやっとこで挟まれて短い悲鳴をあげたものの、すぐにまたあちらの世界へ落ちていった。ジュッという音がして煙が立ち、焼けた肉のにおいがヤーコプの鼻をついた。父から一連の手続きを聞かされていたとはいえ、今は懸命に吐き気と闘っていた。

なおも三回、荷車はバレンハウスのそれぞれの角に行っては停まり、同じ手順を繰りかえした。やっとこで挟むところは左の腕、左の胸、右の胸と移っていったが、水薬のせいで痛みはほどほどに抑えられた。

エリーザベトが子守唄みたいなのを歌いだした。笑みを浮かべてお腹をさすっている。「ねんねこねんね、ねんねこねん……」

ホーフ門を抜けてショーンガウを出ると、アルテンシュタット街道に入った。遠くに刑場が見える。草地はところどころ地面が剝き出しになり、まわりに畑地や森が広がっている。ショーンガウだけでなく近隣の村人たちも集まっていて、参事会員のためにわざわざ椅子やベンチまで運ばれていた。集まった人々はその後ろに幾重にも列をなして立ち、おしゃべりをしたり甘いものを食べたりしながら思い思いに時間をつぶしていた。中央に断頭台が聳えている。壁をめぐらした七本足の高台で、梯子で昇っていくようになっている。

馬車が刑場に到着すると、群衆が割れて道をあけた。

荷台に乗せられた子殺しの罪人を一目見ようと、いっせいに好奇の目を向けてきた。

「おい、首斬り、あまっこを立たせろ。立たせねえと、見えねえぞ！」

群衆は明らかにいきりたっていた。朝早くからもう何時間もここで待っていたのに、罪人の姿がろくに見えないのである。最前列の人たちが石や腐った果物を投げつけはじめた。フランシスコ会の神父は茶色の衣を汚されてはたまらないと、身をかがめて躱そうとしたが、背中に林檎が二つ三つ命中した。捕吏があわてて、荷車のまわりに殺到した群衆を押し戻した。放っておいたら丸ごと呑みこまれかねなかった。

クィズルは粛々と馬車を断頭台まで引いていく。参事会員と執事のミヒャエル・ヒルシュマンが待っていた。ヒルシュマンは二週間前、選帝侯の当地の名代としてみずから判決を下した人物である。今一度、娘の眼を覗きこんだ。エリーザベトのことは子供のころから知っている。

「リズル、おまえは何をしたのだ？」

「何もやってません、閣下、私は何も」エリーザベトは生気をなくした眼で執事を見つめ、また自分のお腹をさすった。

「神さまは知っておるのだぞ」ヒルシュマンはつぶやくように言った。

執事がうなずくのを見て、処刑吏は子殺しの罪人を連れ、断頭台に通じる八段の梯子を上がっていった。エリーザベトは途中二度ばかりよろけたが、どうにか最後まで上りきった。台上にはフランシスコ会のもう一人の神父と街の触れ役が待っていた。ヤーコプが台上から草地を見おろすと、何百もの緊張した顔が見える。眼を大きく見開き、口をあんぐりと開けている。参事会員が席に着いた。街のほうからまた鐘の音が聞こえた。いよいよだ。

首斬り役に肩を押されて促され、エリーザベト・クレメントがひざまずいた。クィズルは持ってきた亜麻布を取り出し、それで目隠しをした。エリーザベトは小刻みに体を震わせながら、祈りの言葉をつぶやいている。

「アヴェ・マリア、主はあなたとともにあり。あなたこそは主の祝福を受けた聖なる女性……」

触れ役がこほんと一つ咳払いしてから、改めて判決を読み上げた。ヤーコプははるか遠くからの声のようにそれを聞いていた。

「……しかして、汝は心底より神へと向かい、信仰あつき幸いなる死におもむくべし……」

父親が脇から小突いてきた。

「ちょっと手を貸せ」判決文の読み上げを邪魔しないよう、小声でささやいた。

「え、何？」

「俺がやりやすいよう、肩と頭を支えてくれ。でないと、リズルのやつ倒れちまう」

確かに罪人の上半身は少しずつ前のめりになっていく。ヤーコプは戸惑った。これまでは、処刑に付き添ってもそばで眺めていればいいだけで、今日もそうだと思いこんでいた。手伝えと言われたことなど一度もない。が、ためらったところで、どうなるものでもない。ヤーコプは短くなったエリーザベトの髪をつかみ、頭を起こした。めそめそ泣いている。手のひらがじっとりと汗ばんできた。息子は、父親が剣の位置を定められるよう、いっぱいに腕を伸ばした。両手で一刀のもと、あやまたず頸椎を断ち切ることこそが、首斬り役に求められる技だ。一瞬のまばたき、あるいははっと息をのむ瞬間、それでけりはつく。が、あくまでうまくいったとしての話である。

「このあわれなる者に神の慈悲の与えられんことを……」

触れ役は判決文を読み終えると、真っ黒な細い木の棒を取り出し、罪人の頭の上でぱきっと折った。刑場の隅々まで届くような音だった。

執事が首斬り役に向かってうなずいた。ヨハネス・クィズルは剣を高々と上げ、身構えた。

と、そのとき、ヤーコプは汗で娘の髪が手から滑りそうになったので、あわててつかみなおした。エリーザベトの頭がいったん上向きになり、それから小麦袋のように前のめりにくずおれた。猛然と振り下ろす父親の剣が眼に入った。が、その刃が食いこんだのは、頸ではなく耳のあたりだった。エリーザベトは断頭台の床に身を投げ出し、突き刺すような悲鳴をあげた。こめかみがぱっくりと割れ、ちぎれた耳の片割れが血の海に浮いた。

目隠しの布がエリーザベトの顔からずり落ちた。恐怖にかっと見ひらいた眼の先に、剣を振り上げた処刑吏の姿があった。群衆から喉から絞り出すような呻きがあがった。ヤーコプはむかむかしたものが喉を這いのぼってくるのを感じた。

父親は息子を押しのけ、もう一度身構えた。が、エリーザベトは振り下ろされる剣を見るや、わきに転げた。刃先は今度は肩に当たり、頸の付け根深くに食いこんだ。傷口から血が噴き出し、首斬り役ばかりか、役人や肝をつぶしているフランシスコ会の神父にまではねかかった。

エリーザベトは四つん這いになって断頭台の縁まで逃げた。ショーンガウの人たちもこの成り行きにはぎょっとさせられたものの、すぐにあちこちから非難の声が上がった。首斬り役に石を投げつける者まで出てきた。剣でへまをされては、せっかくの見物が台なしだ。

クィズルは、いいかげんけりをつけたかった。呻き声をあげている女のわきに立ち、三たび身構えた。今度は正確に第三頸椎と第四頸椎のあいだに打ち下ろした。それで呻き声は止まったが、頭はまだ落ちていない。腱と肉とでまだかろうじてつながっている。次の一撃でやっと胴体から完全に切り離された。

それが断頭台の床を転げ、ヤーコプの真ん前で止まった。目の前が真っ暗になり、とうとう胃がひっくり返った。その場に膝を突き、今朝のビールと粥を吐き出した。喉が苦しい。緑色の胆汁まで出た。人々の怒号が壁一つ隔てた向こうからのように聞こえてくる。すぐそばの参事会員の怒り狂った声と、父の喘ぎ声も――。

「ねんねこねんね、ねんねこねんね……」

意識を失いかける寸前、ヤーコプ・クィズルは固く心に誓った。いやだ、父さんみたいにはなりたくない。首斬りになんか、絶対、なるものか。

頭から血の海に倒れこんだ。

1

……三十五年後
ショーンガウ
一六五九年四月二十四日、朝

こぢんまりとした見栄えのしない家の前、マクダレーナ・クィズルがベンチに座り、重そうなブロンズの擂り鉢を両脚ではさんで、乾燥させたジャコウソウ、ヒカゲノカズラ、ナッシロギクを丁寧に磨りつぶし緑の粉末にしている。つんとしたにおいが鼻をつき、夏が近づきつつあるのが仄かに感じられる。小麦色に焼けた顔に朝陽が射し、まぶしさに思わず目をしばたたいた。汗の玉が額を転げた。今年いちばんの暖かい日和だ。

庭先では六歳になる双子の弟妹、ゲオルクとバーバラが、蕾をつけはじめたニワトコの茂みで追いかけっこをして遊んでいる。枝先が顔にぱしっと当たるたびに、おもしろがってきゃーきゃー声を張り上げた。マクダレーナも思わず笑った。そういえば、ほんの数年前には、父親が同じように茂みのなかをあんなふうに追っかけてくれたものだった。大男の姿が目の前に浮かんだ。大きな熊みたいに両手を挙げ、グルルルと唸り声をあげながら後ろから追いかけてきたっけ。娘にはいちばんの遊び相手だった。そんな父親が街なかでほかの人と行きあうと途端にみんな道の反対側に移ったりお祈りをつぶやいたりするのが、子供心に不思議でならなかった。七つか八つになったころだろうか、父親のあのいかつい手が娘と遊ぶためのものだけではないことを知った。絞首台の丘で、父ヤーコプ・クィズルは、盗みを働いた男の首に麻縄をかけ、吊したのだった。

そういう家業であっても、マクダレーナにとって自分の家は誇らしいものだった。曾祖父のイェルク・アブリールも、祖父のヨハネス・クィズルも処刑吏だった。父ヤーコプは祖父から教えを受けた。弟のゲオルクももう何年かしたら、同じように父親から教えられることになるだろう。幼いころ母が寝かしつけながら、お父さんはずっと首斬り役だったわけじゃないのよ、と話してくれたことがあった。大きな戦争があって、みんなと一緒にその戦争に行ったんだけど、どうしてもショーンガウに戻りたかったんだって。お父さんは戦争で何をやってたの、何で鎧を着けて剣を持ってあちこち渡って行くより、人の首を刎ねるほうがいいと思ったの――マクダレーナは知りたくてならなかったが、母はそれっきり口を噤んで、唇に指を当てたのだった。

薬草は充分にこなれた。マクダレーナは緑の粉末を坩堝に移し、しっかりと蓋をした。その煮出し汁を嗅がせると、不順がちな月経が促されるのである。望まぬ子を孕むのを防ぐために使われる、よく知られたやり方だ。ジャコウソウとヒカゲノカズラはどこの庭にも生えているが、ナツシロギクは滅多に生えてなく、それを見つけられるのは父親だけだった。近在の村の産婆たちさえこの粉末を求めて父のもとにやって来る。父は「聖母の粉」と呼び、それを売ることでなにがしかの銀貨を稼いでいた。

マクダレーナは顔に垂れてくる髪をまた掻き上げた。頑固な髪は父親譲りだ。濃い眉の下で黒い瞳が光を放ち、いつも小刻みにまばたいているように見える。二十歳のマクダレーナが処刑吏のいちばん年長の子で、その後マクダレーナを産んだあと母親は二度死産し、その後も三人生まれたが、三人とも体が弱く、一年ももたずに死んでしまった。そして、ようやく双子が生まれた。やんちゃな二人は父親の自慢の種で、マクダレーナはたまにちょっぴりねたましく思うときもある。ゲオルクは処刑の技を習える唯一の息子であり、バーバラは夢見る女の子そのものだ。それにひきかえ、マクダレーナは「首斬り人の小娘」とか「血染めの娘」と呼ばれ、誰も指一本触れたがらなかったし、陰口を叩かれたり笑い者にされたりしていた。溜息の一つもつきたくなるというものだ。自分のこの先の人生はとっくに見えている。首斬り人一族がこの先も残るかぎり、ほかの街の処刑吏と結婚することになるのだ。この街にだって、憎からず思っている若い男の一人や二人はいるというのに。特に……。

「聖母の粉が済んだら、中に入って洗い物お願いね。ひとりできれいになるわけじゃないんだから」

母の声に現実に引き戻された。アンナ・マリア・クィズルは、早くしなさいというように娘を見つめた。

両手は庭仕事で泥まみれだ。額の汗をぬぐってから、また話しだした。

「どうせまた男のことでも考えてたんでしょ。顔に書いてあるわよ。いいかげん男なんてあきらめなさい。みんなに陰口叩かれるだけなんだからね」

顔は笑っていたが、マクダレーナには、それが母の本心であることはわかっていた。母は一本気の現実的な人で、自分の娘が叶わぬ夢にうつつを抜かしているのが気に食わないのである。それに、父親がマクダレーナに読み書きを教えているのも余計なことだと思っていた。本に顔を埋めているような女は、男から変な目で見られるのだ。まして、首斬り人の娘が男に色目など使ったら、晒し柱に縛りつけられるか、面を被らされて市中引きまわしにされるのが落ちだ。これまで、もうどれだけ、自分の夫が娘に首枷を嵌め、街なかを練り歩くなどというおぞましい光景を想い描いてきたことか。

「わかってるわよ」そう言って、マクダレーナは擂鉢をベンチに置いた。「今すぐ洗い物を持って川まで行けばいいのね」

洗い物のシーツを籠に入れ、母親の気づかわしげな視線に送られながら、庭を抜けてレヒ川へと降りて行った。

家のすぐ裏手から細い踏み分け道が延びていて、よその前庭や納屋やこぎれいな家々をかすめ、川のほとりに出る。小さな入り江になっていて、浅瀬をさらさらと水が流れていく。レヒ川の流れの中ほどに水が渦を巻いている。春もたけなわになると水嵩が増し、白樺を根こそぎさらって、枝や木を押し流して来たりする。一瞬、亜麻布か何かが濁流のなかを流れて行ったような気がしたが、よく見ると、ただの枝や葉っぱだった。

前かがみになって洗い物を籠から取り出し、砂利の上でごしごしやった。洗いながら、三週間前のパウロの市《いち》の祭りと、そのときのダンスのことを思い出した。特に、あの人と一緒に踊ったことを……。この前の日曜日、ミサに行ったときまたあの人に逢った。頭を垂れたまま教会のずっと後ろの席に座っていると、あの人が神の賛美をすることになってもう一度立ち上がったのだ。そのとき私にウィンクをしてくれた。思わずくすっと笑ってしまったが、ほかの娘たちは怖い眼をしてこちらを睨みつけてきたっけ。

　鼻歌を歌いながら、シーツを砂利に向けてリズミカルに叩きつける。

（コガネムシが飛んだ、父さんは戦争に……）

　頭のなかがそんなだったので、叫び声がしても初めは空耳としか思わなかった。ややあってから、はっとした。川上のほうから、何やら声高く泣きわめくような音が風に乗って聞こえてきた。

　その男の子を最初に見つけたのは、川沿いの崖上に住むショーンガウの樵《きこり》だった。丸太にしがみつき、泡立つ水のなかで木の葉のようにゆっくりと回っていた。初め、樵は足下のはるか下を早瀬に乗って流れていくのが本物の人間だとは思わなかった。ところが、見ていると、手足をバタバタさせてもがきはじめ、朝靄のなかをアウクスブルクに向けて一番筏を出した筏師に大声で助けを求めている。レヒ川は、ショーンガウから北に四マイルほどのキンザウの手前まで行くと川岸が低くなり、流れも緩やかになるので、そこまで行けばその子に近づきやすくはなる。とりあえずは長い竿を使って川のなかから釣り上げようとしたが、何度やってもぬめった魚のようにすり抜けてしまう。水のなかに沈んで丸太ごと見えなくなってしまったかと思うと、しばらくしてコルクの浮きのように全然別の場所にぽっかり頭を出したりした。

　男の子が再度浮き上がり、なんとか丸太につかまって水面から顔を突き出し、息を継いだ。右手を竿に向かって差し出し、懸命に指を伸ばすが、空をつかむばかりだった。丸太が、筏の寄せ場に貯まっていた別の丸太にぶつかって鈍い音を立てた。その拍子に手が滑ったのだろう、男の子は流れに投げ出され、大木のあいだに沈んでいった。

筏師のうち何人かがひとまずキンザウの寄せ場に急行することにした。大急ぎで筏を繋ぎとめ、岸近くに流れ着いている丸太に乗り移った。滑りやすく不安定な丸太の上でバランスをとるのは、熟練の筏師でもそうそう容易いことではない。ちょっとしたことで支えを失ってしまったら、簡単にブナや樅の丸太のなかに呑みこまれ押しつぶされてしまう。が、このあたりの流れは緩やかで、丸太はただ脅すようにゆらゆらと波にもまれているだけである。

まもなく、二人の筏師が男の子の丸太を捉えた。竿を使い、突き返してくる力が弱いことを願いつつ間を詰める。筏師の立っている丸太がふらつき、回転を始めた。ぬめった樹皮の上で裸足が滑る。何度もバランスを取りなおさなくてはならない。

「ほら、つかめ！」二人のうち力の強そうなほうが大声で呼びかけた。男の子が竿につかまるや、その太い腕でぐいと引き上げ、釣り針にかかった魚のように岸へと放り投げた。

筏師たちの大声に何か事故でも起こったにちがいないと思った人たちが川辺に急いだ。キンザウの洗濯女や荷運び数人が桟橋のまわりに寄ってきて、足下のずぶ濡れの子を見つめた。

男の子を引き上げた力持ちの筏師が顔についた髪を掻き上げてやった。ひそひそ声が野次馬のあいだに上がった。

顔は青く腫れ、後頭部に真木ざっぽうででも強打したような凹みがある。荒い息づかいで喘いでいた。びしょ濡れの上着を通して血が桟橋に滲み出て、レヒ川に垂れ落ちた。この子はあやまって川に落ちたわけではなかった。誰かに突き落とされたのだ。それも突き落とす前に力いっぱい強打されて。

「ショーンガウのヨゼフ・グリマーんとこのガキだぜ、こいつは」牛車を牽いて、少し離れたところに立っていた男が声高に言った。「こいつのことは知ってるんだ。親父が同じ荷運び仲間で、筏の寄せ場にいっつもくっついて来てたからな。ほれ、急いで荷台に乗せてくれ、俺がショーンガウまで運んでやる」

「それと、誰かひとっ走りしてグリマーさんに知らせなきゃ、息子が死にかかってるよって」洗濯女の一人が叫んだ。「ああ、なんでこうもあの人は次から次へと子供を失くすんだか……」

「一刻も早く知らせたほうがいい」力持ちの筏師が胴間声を放った。「ぐずぐずしちゃいらんねえぞ」じろじろ見つめている数人の徒弟を一喝した。「さっさと行け。風呂屋か医者にもすぐ来るよう言うんだぞ」

徒弟がショーンガウに急行するあいだに、男の子の喘ぎはだんだんか細くなっていった。体がぶるぶる震え、何ごとかつぶやいている。今際の祈りだろうか。年齢は十二歳くらい。この年頃の子相応に、ひょろっとして生っちろく見える。まともな食事など、もう何週間も摂ってないのだろう。ここ数日はせいぜいが挽き割り粥のうんと薄めたやつと薄口のビールだったのか、頬がすっかりこけている。

右手がひっきりなしに空をつかみ、ぶつぶつとつぶやく声が、すぐそばを流れるレヒ川のせせらぎのように大きくなったり小さくなったりした。その言葉を聴き取ろうと筏師の一人が膝を突き男の子に覆い被さったが、やがてつぶやきは唾のあぶくに変わり、それに混じって真っ赤な血が口角から滴り落ちた。

瀕死の子を荷台に乗せ、牛車牽きが鞭をくれると、荷車はキンザウ街道をショーンガウに向けて動きだした。二時間はかかるこの道行きに、一人また一人と無言のうちに加わっていき、街の近くの筏の寄せ場に辿り着いたころには、荷車の後ろに付き従う野次馬の数は二十人を超えていた。子供に百姓、それにおろおろと泣くばかりの洗濯女。飛び出して来て牛のまわりで吠えまくる犬もいれば、咄嗟にアヴェ・マリアを唱えだす者もいた。倉庫わきの突堤まで来て、牛車牽きは牛車を停めた。筏師二人がそっと男の子を降ろし、岸辺に敷いた麦藁の上に寝かせた。すぐわきを、レヒ川の流れが橋脚に当たって渦を巻きながら、ごぼごぼと音を立てている。

桟橋をどたどたとやって来る足音に、人々のざわめきが急にしんと静まりかえった。男の子の父親は、最後の決定的瞬間に尻ごみしたかのように、やや手前で立ち止まった。それから、青ざめた顔で人垣のなかを進み出た。

ヨゼフ・グリマーには八人の子供があったが、次々にひっそりと息を引き取っていった。ペストで、下痢で、熱で、あるいは単に神さまの思し召しで。ハンスは六歳のときレヒ川で遊んでいて溺れてしまったし、マリーは三歳のとき道ばたで酔っぱらいの傭兵の馬に足蹴にされた。いちばん下の子のときには母親までが産褥で死んでしまった。グリマーに残されたのは、幼いペーターだけだった。それが今目の前に横たわっている。主は最後の息子まで取り上げようとなさるのか。膝を突き、顔にかかった髪をやさしく払った。男の子の眼はもう開かない。胸が激しく波打っている。やがて、小さな体がびくっと震えたかと思うと、それきり動かなくなった。

ヨゼフ・グリマーは顔をあげ、声を限りに我が身の不幸を叫んだ。その声がレヒ川を渡っていく。女の声さながらに高く鋭く。

叫び声がジーモン・フロンヴィーザーの耳に届いたのと、階下のドアが激しくノックされたのは、ほぼ同時だった。ヘンネ小路にあるこの医者の家からレヒ川までは、石を投げれば届くような距離でしかない。ジーモンはそれまですでに何度も本から眼を上げていた。筏師たちの張り上げる声に気が散って、勉強に集中できなかった。その叫び声が通りに響くまでになって、さすがに何かあったと思わざるをえなくなった。ドアをノックする音はますます強くなる。溜息をつきながら、解剖学について書かれた分厚い本を閉じた。この本も人間の体の表面のことをなぞっているにすぎない。液体の調合、瀉血の万能性……。こういったお決まりの文言はうんざりするほど読んできたが、体の内部のことはとなるといまだに何一つわからない。この分じゃ今日もめぼしいことはなさそうだ。おまけに下からはドアを叩く音に続いて、こっちを呼ぶ声まで聞こえて来るし。

「お医者さま、お医者さま、急いで来てくだせえ。筏の寄せ場でグリマーの息子が血まみれになってるんです。相当悪いみてえで」

ジーモンはぴかぴかの銅ボタンが付いた黒の上着を引っかけると、長く伸ばした黒髪に手櫛を入れ、書斎の小鏡の前に立って髭をととのえた。肩まで届く長髪に、きれいに刈りこんだ八の字髭である。最近また流行りだしたもので、このほうが二十五という歳よりは大人びて見えるのだ。男どもから洒落者と見られようと、気にもしない。娘たちの視線がそれとは全然違うことを知っているのである。おだやかな黒い瞳、形のよい鼻、加えて、すらりとした体形のジーモンは、ショーンガウの女たちのあいだで人気だった。毎日自分を磨くことも欠かさない。歯は全部そろっているし、きちんと風呂にも入っている。それに、乏しい稼ぎでも、薔薇の香りのする高価な香水をアウクスブルクから取り寄せることを怠らない。ただ、背丈だけは癪の種だった。五フィートちょうどの身としては、男の場合はほぼ全員、女でもたまに仰ぎ見る羽目になるのである。もっとも、そういう人のための上げ底のブーツもあるにはあったが。

ドアのノックの音が単調な繰りかえしになっていった。ジーモンは急いで下に降り、ドアを開けた。ふだん川端で仕事をしている皮鞣しの男が立っていた。たしかガブリエルと言ったか、けがの手当てをしてやったことがある。去年のことで、聖ユダ祭で酔っぱらって喧嘩に巻きこまれ腕の骨を折ったので副木を当ててやった。ここは医者らしくせねば。真面目な顔つきになった。

「どうした」

皮鞣しは困ったような視線を返してきた。「親父さんは？　いえね、下のレヒ川でひでえことになってるもんで」

「親父は向こうの診療所だ。急ぐんなら、俺か風呂屋ってことになるな」

「風呂屋は、てめえが病気になっちまってて……」

ジーモンは額に皺を寄せた。いつまでたっても俺はこの街のお抱え医師の倅でしかないのか。インゴルシュタットに出て勉強し、けがから病気から何でも診ている父親の助手をするようになってもう七年近くなるというのに。ここ数年は独りで治療することも一度や二度ではない。最近手がけたのは高熱の症例で、シェフラーの幼い娘にふくらはぎに粥状のものを巻く腓腹巻包法というのを施し、まだ誰も使ったことのない西インド伝来の「イエズス会の粉」と呼ばれる黄色い樹皮の粉末を服ませてやった。数日で熱は下がり、シェフラーからは二グルデンもの謝礼をされたものだ。それでも、この街の人たちの信頼を得るまでには至っていない。

ジーモンは、俺でいいだろうがという眼で男を睨みかえした。相手は肩をすくめると、身をひるがえして歩きだし、肩越しに見下すような視線を投げてきた。

「なら、急いでくれ。どっちみちもう手遅れかもしれんがな」

ジーモンは足早に男の後を追い、一緒にミュンツ通りに折れた。今日は聖ゲオルギウスの翌日に当たり、どこの職人ももう何時間も前から仕事場を開けている。聖ゲオルギウスの日はショーンガウ周辺の農場の仕事始めで、下男下女たちがいっせいに働きはじめる。そのせいもあって、今日はいつにもまして通りに人出がある。通りの左側から蹄鉄を打つ金槌の音が響いてきた。参事会員の馬に新しい蹄鉄を打っているところなのだろう。隣の肉屋は店先で豚の解体をやっている。その血が幾筋も石畳の上を流れているので、ジーモンはおろしたての革靴を汚さないよう大股に跨いでよけなくてはならなかった。その先ではパン屋が焼きたてのパンを売っていた。どうせまた籾殻の混じったパンだろう。かぶりついたら口のなかがくしゃくしゃするに決まっている。当節、上等の白パンを買えるのは参事会員ぐらいのもので、それも祭りのあいだに限られている。

とはいえ、ショーンガウの人々にしてみれば、大戦争から十一年が過ぎ、なにがしかの食べ物があるというのは喜ばしいことなのである。ここ四年のあいだに二度も雹害に見舞われ作物は潰滅的な打撃を受けた。去年の五月はものすごい豪雨でレヒ川が氾濫し、水車小屋が流された。以後ショーンガウの人たちは、粉を挽くのにアルテンシュタットかその先まで行かなくてはならなくなった。当然値段も高くつく。近在の村の畑地は多くが作付けされないままになり、農民の家も空き家になってしまった。この数十年のあいだにペストや飢えで三分の一の人が死んでいった。生き延びた人たちは、家のなかに家畜を飼い、庭先に作ったキャベツやカブでかろうじて命をつないだのだった。

市の広場を渡って行きながら、ジーモンはバレンハウスを見やった。庁舎にも使われるようになったこの巨大な建物は、かつてはこの街の誇りだった。ショーンガウがまだ豊かだったころは、アウクスブルクと肩を並べ、帝国の有力商人も出入りしていたものだ。小都市とはいえ、レヒ川のほとりに位置し、古来の通商路の重要な中継地として、あらゆる物資の積み替え地となっていたのである。が、戦争のせいで何もかも台なしになった。倉庫は崩れ、壁の化粧塗りはぼろぼろに剝がれ、通用門は傾いでしまっている。

人殺しと略奪の時代が続き、ショーンガウはすっかり貧しくなった。バイエルンのプファッフェンヴィンケルの地に立つ、かつての豊かで小粋な街は、定職を持たない傭兵や浮浪人の溜まり場に成り果ててしまった。戦争のあとには飢饉がやって来た。家畜や人間の疫病が広まり、雹害が襲った。この街は終わったのだ。再度復興するだけの力が残っているかどうか、ジーモンにはわかろうはずもない。いや、しかし、住民はあきらめてはいない。レヒ門を抜け、川に降りる道に差しかかったところで下を見おろすと、さまざまな人の動きが眼に飛びこんできた。牛車牽きが牛車に鞭をくれ、急な上り坂を市の広場へと向かっている。皮鞣し職人が集まる一角からは煙突がもくもくと煙を吐いている。川岸では洗濯女たちが桶を抱えて洗い終えた汚れ水をレヒ川の急流に流している。森と川の上に山を冠したようなショーンガウは、さながら誇りだけは失っていない中年おばさんがずっと力のあるアウクスブルク姉さんを仰ぎ見ているようでもある。ジーモンは思わず笑みを洩らした。いやいや、この街もまだまだ捨てたものじゃない。どれだけ死人が出ようとも、命あるかぎり人は生きていくのだ。

筏の寄せ場には大きな人だかりが出来ていた。

人々のざわついた声に混じって、男の泣きわめく声がひときわ高く聞こえてきた。ジーモンは橋を渡ったところで、すぐ右に折れ、倉庫のほうに向かった。人だかりを搔き分け、なんとか輪の中心にまで進み出た。

荷運びのヨゼフ・グリマーが濡れた床板に膝を突き、

血にまみれた肉塊に覆い被さっていた。広い背中に遮られ、どんな具合なのかジーモンには見えない。グリマーの肩に手を置くと、体の震えが伝わってきた。しばらくして、ようやく後ろに医者が来ていることに気づいたようだが、その顔は涙でぐしゃぐしゃになり、死人のように青ざめていた。

うわずった声で、ジーモンの顔めがけて悪態をついた。「あいつらだ、あいつらがわしの倅をやりやがったんだ、豚みてえに！　ぶっ殺してやる。一人残らずぶっ殺してやる！」

「誰のことだ」ジーモンが抑えた声で訊いたが、グリマーはそれには答えず、しゃくりあげながら子供のほうに向き直った。

「アウクスブルクの荷運びのことだ」わきにいた男が、つぶやくように言った。どうやら同業組合の者らしい。「ここんとこ、喧嘩ばっかりしてたからな。積み荷を渡せ、渡さねえつって。やつら、俺たちが品物を横取りしたって言いたててんのさ。ヨゼフのやつ、〈明星亭〉であいつらと一悶着あったばっかりなんだ」

ジーモンがうなずいた。自身も飲み屋で喧嘩があったからと呼ばれて、何人か鼻血を出した連中の手当をしたことがある。そのときは罰金刑が下されたはずだ。が、アウクスブルクとショーンガウの荷運びどうしの反目はかえってひどさを増していった。旧くからの公爵令によれば、アウクスブルクの者はヴェネツィアやフィレンツェへの品物はショーンガウまでしか運べないことになっている。そこから先はショーンガウの受け持ちになるのである。この区間の輸送の独占は、アウクスブルクにとって長らく眼の上のたんこぶになっていた。

ジーモンは泣きやまぬ父親をそうっと引いてわきに寄ってもらい、同業組合の仲間数人に預けると、自分は男の子のほうに身をかがめた。

まだ誰も濡れた肌着を脱がせようとはしなかったら

しい。胸元をぐいとはだけると、刺し傷の痕が顕わになった。誰かにめった刺しにされたようだ。後頭部に大きな裂傷が認められ、血がにじんでいた。おそらく川に落ちたとき丸太にぶつかったせいだろう。顔に青痣が浮いているが、これも丸太にぶつかったときの衝撃によるものと思われる。川を流れる大木の破壊力はすさまじく、人の体など腐ったリンゴ並みに一突きでぺしゃんこにしてしまう。

男の子の心音を聴いた。それから小さな鏡を手に取り、ひしゃげて血を流している鼻にあてがった。呼気は認められない。眼は開いたままだ。ペーター・グリマーの死は疑いようがなかった。

ジーモンは眼を上げ、無言で様子を見守っていた人たちに向かって言った。「布はないか」

女が亜麻布を差し出した。ジーモンは川辺に寄って布に水を含ませ、それで男の子の胸を拭いた。血をぬぐってから、刺し傷の数を数えた。ちょうど心臓を囲むようにして七つある。致命傷のはずなのに、それで死んだわけではなかった。この寄せ場に来る途中、皮鞣しのガブリエルが、ついさっきまでぶつぶつ何か言っていたと話してくれたのだ。

男の子をうつぶせに返し、今度は肌着を下まで引き下ろした。人々のあいだから呻き声が洩れた。

肩甲骨の下に、手のひら大の何かの印のようなものがある。ジーモンには初めて見る印だった。丸の下に十字を付けたものが、うっすらと紫色で描かれていた。

♀

一目見るなり、みな言葉を失った。やがて一人が「魔法だ、魔法にかけられたんだ」と声を張り上げると、「魔女が戻ってきた、子供を攫いに、魔女がショーンガウに戻ってきたんだ！」と別の者が応じた。

ジーモンはその印を指でこすってみた。消えない。何かに似てるなと思ったものの、それが何なのかまではわからない。黒ずんだ色が悪魔の刻印を思わせた。

それまで仲間に抱えられるようにしてへたり込んでいたヨゼフ・グリマーが、よろよろと立ち上がってまた息子のところにやって来た。印をちらりと見るなり、信じられないという顔つきになった。それからまわりに向かって大声で叫んだ。「シュテヒリンだ。あの、産婆のシュテヒリンにやられたんだ。あのあまぁ、やっぱり魔女だったんだ。よくもわしの倅を！」

そういえば、最近この子が産婆のところにいるのを何度も見かけたな、とジーモンは思った。産婆のマルタ・シュテヒリンは、キュー門わきにあるグリマーの家のすぐ近くに住んでいる。母親のアグネス・グリマーが産褥で亡くなってから、ペーターはしょっちゅう産婆の家に行って慰めてもらっていたのだ。父親は、産婆のくせに出血を止められなかった、女房が死んだのは産婆のせいだと言って、シュテヒリンを許そうとしなかった。

「静かに！　そんなはずは……」

飛び交いはじめた怒号を一喝しようとしたが、もう誰一人聞く耳を持っていなかった。シュテヒリンの名が、野火のように桟橋の上の人々の口から口へと伝わり、何人かがだっと駆けだしたかと思うと、見る間に橋を渡り街へと上がって行った。「シュテヒリンだ。シュテヒリンだったんだ。お役人を呼べ、とっつかまえるんだ！」

瞬く間に誰もいなくなり、男の子の死体とジーモンだけが取り残された。ヨゼフ・グリマーまでが憎悪に駆られてみんなと一緒に行ってしまった。川音だけが聞こえていた。

溜息を一つついてから、ジーモンは、洗濯女があわてて置いていった洗い物のシーツを一枚取り、それで男の子をくるむと、肩にかついだ。息を切らし、背をこごめながら坂道を上り、どうにかレヒ門までやって来た。ここまで来れば、手を貸してくれそうなのが一人だけいるのである。

2

一六五九年四月二十四日、火曜日、朝九時

マルタ・シュテヒリンは家で血が染みついた指をお湯に浸していた。髪の毛が貼りつき、眼のまわりには大きな隈ができている。もうかれこれ三十時間眠っていない。鍛冶屋のクリンゲンシュタイナーのお産は今年一番の難産だった。逆子だったのだ。シュテヒリンはガチョウの脂を手に塗り、母胎の奥にまで差しこんで胎児の向きを変えようとしたが、滑ってばかりでなかなかうまくいかなかった。

マリア・ヨゼファ・クリンゲンシュタイナーは四十歳で、お産はすでに十二回にのぼっていた。九人が生きて生まれたが、そのうちの五人は初めての春を迎えられなかった。マリア・ヨゼファのもとに残ったのは娘四人だけで、夫は何としても跡継ぎが欲しかったのである。子宮をさぐったとき、シュテヒリンには今度は男の子だとの感触があった。生きているのは間違いないのだが、時間が経つにつれ、もしかすると母親か赤ん坊のどちらかが出産に耐えられないかもしれないとの思いが強くなっていった。

マリア・ヨゼファは叫び、暴れ、泣いた。夫を呪った。お産が終わるたんびにあたしにのっかってきて。さかりのついた牛とおんなじ。お腹の子を呪った。神さまを呪った。朝方、あたりが白みはじめたころになって、赤ん坊は死んでしまったと産婆は確信した。そういう場合のために掻き出し棒を持って来ている。いざというときにはこれを使ってお腹のなかから赤ん坊を引き出すのだ。肉の塊りを一つひとつ掻き出すみたいに。ところが、ほかの女たち、この暑苦しい室内でお産に立ち会っていたおばや姪や従姉妹らは、もう司祭のもとに人を遣わしていた。司祭が間に合わないときのための洗礼用の聖水もストーブの上に用意してある。と、ふいにマリア・ヨゼファがまた悲鳴をあげ、その拍子に赤ん坊の脚に指先が届いた。子馬のお産のように赤ん坊がするっと出てきた。生きている。

丈夫な子だ。(あんた、もう少しでお母さんを死なすところだったのよ)青ざめてハアハアと息を切らしているマリア・ヨゼファを見やりながらシュテヒリンは頭のなかでそう語りかけ、それから臍の緒を鋏で切った。母体の出血がひどくて、床に敷いた麦藁は真っ赤に染まりべとべとになった。眼は死人のように落ちくぼんでいたが、それでも、こうして夫に跡継ぎをもうけてやることができたのだった。

お産が夜を徹して朝まで続いたので、シュテヒリンは産婦に精をつけさせるためワインにニンニクとウイキョウを入れて温めたのを与え、体を洗ってやってから、家路に就いた。今は自分の家のテーブルに座り、眼の疲れを癒している。昼には子供たちが顔を出す。最近はもう日課のようになっていた。人の子はたくさん取り上げているのに、自分には子供ができなかった。それだけにゾフィーやペーターやほかの子らがちょくちょく訪ねて来てくれるのは嬉しかった。軟膏とか坩堝とか粉薬とかを見つけて子供たちが四十女の産婆をどんなふうに思っているのか、時どき不思議になることもなくはないのだが。

胃がグルグルいっている。考えてみれば、昨日からほとんど何も口にしていない。竈の上の鍋から冷たくなった麦粥をスプーンで二口三口啜ってから、そうだ、家の片づけもやっとかなきゃ、と思った。と、あるべきものがなくなっているような気がした。絶対に人手に渡ってはならないものがなくなっているような。場所を替えたんだっけか……。

市の広場のほうから何やらざわざわした人声が聞こえてきた。口々に叫んでるようにも聞こえるが、何を言ってるかまではわからない。どことなく、スズメバチが群れをなして飛んで来るときの羽音のような無気味さがあった。

マルタ・シュテヒリンははっとして鍋から眼を上げた。表で何か起こっているような気配がした。が、疲れていて、窓辺に寄って確かめる気にはならなかった。

群衆の怒号がだんだん近づいて来た。足音が聞こえる。大勢で広場の石畳を駆けている。〈明星亭〉を過ぎ、狭い小路に入り、キュー門までやって来た。わめきたてる言葉もだんだん聞き取れるようになってきた。人の名前も混じっている。

(あたしの名前だ)

「シュテヒリンは魔女だ。焼き殺せ！　火あぶりにしろ！　出て来い、シュテヒリン」

シュテヒリンは外の様子をよく見ようと、窓から身を乗り出した。そのとたん、拳大の石が飛んできて額に当たった。目の前が真っ暗になり、そのまま床にくずおれた。ドンドンという音に我に返ったものの、目の前にうっすらと血染めのヴェールがかかっている。が、今にも入り口のドアが蹴破られようとしているのに気づくや、すかさず起き上がり、ドアに駆け寄った。数人がかりでドアの隙間に足を押しこみ、こじ開けようとしている。なんとか閉まった。家の外でいっせいに怒りの声が上がった。

シュテヒリンは鍵を掛けようとポケットを探った。ない。どこだっけ。また、誰かがドアに体当たりしはじめた。あった。テーブルの上、リンゴのわきだ。渾身の力を込めてドアを押さえつけながら、汗と血でかすむ視界のなか、テーブルの上の鍵に懸命に手を伸ばす。ようやく手につかむと、錠に差しこみ、回した。キイッと音を立ててから、掛け金がパチンとはまった。

ふいにドアを押す力が止み、ものの数秒もしないうちに、ドスンドスンという音に替わった。ドアを丸太でぶち破ろうというのだ。薄い板はひとたまりもなく破れ、開いた穴から毛むくじゃらの腕が現れ、産婆につかみかかろうとした。

「シュテヒリン、この魔女あまぁ、出て来やがれ。出て来ねえと、火ぃつけるぞ」

割られたドアの穴の向こうに大勢の男たちが群がっているのが見えた。筏師や荷運びたちで、見知った顔ばかりだ。ほとんどが自分が取り上げた子供の父親である。が、どの男も獣のような眼をぎらつかせ、汗みどろになって大声を出しながら、ドアや壁を蹴りつけていた。マルタ・シュテヒリンは狩り立てられた獲物のようにあたりを見まわした。

窓の鎧戸が破られ、いかつい頭がぬっと現れた。近所のヨゼフ・グリマーだ。咄嗟に、この人が奥さんが亡くなったことを絶対に赦さないと言っていたのを思い出した。そのせいでこんなに騒いでるの？　グリマーの手には、毀した窓の板きれが釘のついたまま握られている。

「シュテヒリン、てめえをぶっ殺してやる！　火あぶりより先に俺がぶっ殺す」

マルタは裏口に走った。そこから小さな薬草園に出られる。その先はすぐ街の外壁だ。が、庭に出るなり、自分が袋小路を走っていることに気づいた。正面の壁まで左右に家が建ち並んでいるのだ。外壁の回廊は十フィートの高さがあり、とても登れるものではない。

壁のすぐわきにリンゴの木が立っていた。急いで駆け寄り、よじ登る。上まで登れば、もしかすると回廊に上がれるかもしれない。

家のほうからガラスの砕ける音がした。それから裏口のドアが勢いよく開き、グリマーが息を荒らげながら戸口に現れた。手には相変わらず釘のついた板きれを持っている。ほかにも荷運びが何人も庭に出て来た。

シュテヒリンは猫のようにリンゴの木を、上へ上へと登って行ったが、すぐに枝は赤ん坊の指の太さぐらいしかなくなった。それでも、どうにか壁のへりに手が届くまでになった。回廊に上がれれば助かる。

ばきっ。

指の腹に血をにじませながら、ずるずると壁を滑り、湿りけを帯びた野菜畑に落ちて行った。グリマーが走り寄り、手にしていた板きれを振り上げた。一撃で仕留めるつもりだ。

「俺なら、そんなことはしないな」

グリマーが声のしたほうを見上げた。すぐ上の回廊に大男が立っていた。穴だらけの長いマントを羽織り、頭にはくたびれた羽根を差した鍔広のスローチハットをかぶっている。帽子の下にはぼさぼさの黒い長髪と、もうずっと床屋の世話になっていないような髭面があった。回廊が影になっているせいで顔はよく見えず、大きな鉤鼻と、柄の長いパイプを銜えていることぐらいしかわからない。

男は銜えていたパイプを手に持って、それで壁の下にうずくまってはあはあ息を切らしている産婆を指した。

「あんたが産婆を殺しても、奥さんは戻っちゃ来ない。不幸になるだけだ」

「黙れ、クィズル。てめえにゃ関係のねえことだ」

グリマーがあらためて殴りかかろうとした。ほかの連中同様、この男がいつのまにどうやってここに来れたのか一瞬呆気にとられたものの、すぐに気を取りなおした。仇を取るのだ、誰にも邪魔はさせねえ。板きれを手にじりじりと産婆に寄って行った。

「人殺しになるぞ、グリマー」パイプの男が言った。「ここで殴り殺したら、俺が即座にお縄をかけてやる。後悔することになるぞ」

グリマーの動きが止まった。思い迷ったふうにほかの連中を見まわした。ほかの人たちも決心が鈍ったようだ。

「クィズル、倅がこいつにやられたんだ。レヒ川に降りてみりゃわかる。魔法をかけてから、刺し殺しやがった。体に悪魔の印が付いてた」

「だったら、何で息子のそばにいてやらねえんだ、マルタは役人にまかせりゃいいだろうが」

言われてグリマーははっとした。たしかに、死んだ子を川岸に置いてきた。憎しみが先に立って、息子をほったらかしにしたまま、みんなの後に付いて来てしまったのだ。涙がこみあげてきた。

パイプを口に銜えた男が、体に似つかぬ素早さで回廊の胸壁を乗り越え、薬草園に飛び降りた。ほかの者より頭一つは抜きん出ている。マルタ・シュテヒリンに近寄り、身をかがめた。ここまで寄ってくれれば、はっきりと顔がわかる。鉤鼻、畑の畝のような皺、濃い眉、茶色の瞳。彫りの深い首斬り役の顔だ。

「一緒に来たほうがいい」ヤーコプ・クィズルがささやくように言った。「法廷書記官のところに行けば監禁されることにはなるだろうが、今はそのほうが安全だ。言ってることがわかるか?」

マルタがうなずいた。首斬り役の声はやわらかく、歌っているような響きがした。少し落ち着いた。

マルタはヤーコプ・クィズルのことはよく知っている。何人も子供を取り上げた。生きている子もいれば、死んだ子もいるが……。お産のときは、クィズルみずから手伝ってもくれた。また、折にふれて、月経不順や意に添わぬ子を身籠もったときのための飲み物や湿布材を都合してもらうこともあった。クィズルのことは子煩悩な父親だと思っている。特にいちばん下の双子の子供にはめろめろだった。が、もちろん、男女問わず首に縄をかけ梯子段を外す姿も見ていた。(今度は、あたしが吊り下げられる番なのだろうか。とりあえずは助けてくれてるけど)

ヤーコプ・クィズルはマルタに手を貸して立ち上がらせてから、一同を見まわして言った。「マルタは俺が監獄に連れて行く。ほんとうにマルタのせいでグリマーの息子が死んだとなれば、当然それ相応の罰は受ける。ここはひとつ俺に任せて、手出しはせんでくれ」

それ以上のことは言わず、マルタの襟首をつかむと、筏師と荷運びが無言で突っ立っているあいだを引っ立てるようにして連れて行った。マルタ・シュテヒリンは、首斬り人の言ったとおりになるものと信じていた。

ジーモン・フロンヴィーザーは息を切らしながら悪態をついた。背中がだんだん湿っぽくなってきた。汗なわけはない。シーツを通して滲み出てきた血だ。この上着、生地が黒いとはいえ、染みになるのはわかりきっている。縫い直すしかなさそうだ。おまけに、肩に担いでいる小僧のやつ、歩くたびに重くなっていきやがる。

重荷を持てあましながらも、レヒ橋を渡ったところで右に折れ、ゲルバー地区に向かった。狭い小路に足を踏み入れると、とたんに尿の臭いと腐臭に迎えられた。人の背丈ほどの高さに竿が渡され、そこに鞣した革が干してある。その前を息をこらえながら通って行く。バルコニーの手すりにも鞣し半ばの毛皮が掛かり、刺激臭を放っている。途中、血のにじんだ包みを肩にかついだジーモンに好奇の眼を向けてくる鞣し人もいた。屠《ほふ》った羊を首斬り役のもとに持って行くとでも見えたかもしれない。

ようやく小路を通り抜け、左に折れて鴨池への小径を登って行った。二本のオークの大木のそばに処刑吏の家が建っている。厩と大きな庭と荷車を置く納屋がある相当に立派な構えで、うらやましくないと言えば嘘になる。処刑人という生業は世間からは賤しい職業と見なされているものの、相応の実入りが約束されているのだ。

ジーモンは塗り立ての門を押し開け、庭に入って行った。四月も下旬ともなれば、早咲きの木々は花盛りで、芽吹いたばかりの薬草類もほのかな薫りを放っている。ヨモギ、ハッカ、メリッサ、ヘンルーダ、ジャコウソウ、サルビア……。ショーンガウの処刑吏は多種多彩な薬草園を持っていることでも有名だった。

「ジーモンおじちゃんだ！」

双子のゲオルクとバーバラがオークの木から降り、歓声をあげて近寄ってきた。二人とも医者のジーモンのことはよく知っていて、一緒になって遊んだり悪さしたりする仲間だと思いこんでいる。

騒々しさに驚いてアンナ・マリア・クィズルが玄関のドアを開けた。ジーモンはこわばった笑みを返したが、そのあいだにも子供たちはぴょんぴょん跳びはねて、肩の上の包みをつかもうとする。処刑吏の妻はもうすぐ四十歳になろうかという年齢だが、まだまだ魅力的な女性だった。深みのある黒髪と濃い眉は夫そっくりで、遠目には妹のようにも見える。ジーモンは一度、ヤーコプ・クィズルとはごくごく近しい親戚なのではないかと訊いたことがある。処刑人は堅気の仕事とは見なされず、街の住民と結婚するのはよほどの例外とされていたので、おのずから処刑人どうしで姻戚関係を結ぶようになり、何百年と経つうちに「処刑吏一門」のようなものが出来上がっていた。クィズルの一族はバイエルンのなかでもその最たるものだった。

アンナ・マリアは笑顔でジーモンを迎えたが、背中の包みに眼をやったとき相手が険しい目つきで人払いしてくれというような手つきをしたので、子供たちに呼びかけた。

「ゲオルク、バーバラ、裏庭で遊びなさい。ジーモンおじさんとお話があるから」

子供たちがぶつくさ言いながらいなくなると、ジーモンはようやく家のなかに通され、死体の包みを台所のベンチに横たえた。くるんでいた布を広げ、男の子の姿が現れた瞬間、アンナ・マリアが低く叫ぶように言った。

「なんてこと、グリマーさんの息子さんじゃない。いったい、何でこんなことに！」

ジーモンはベンチのそばの椅子に腰をおろしながらいきさつを話し、アンナ・マリアが甕から注いで差し出してくれた水っぽいワインを一息に飲み干した。

「それで、何がどうなのか、うちの人に訊きたくて来たってわけかしら？」相手が話し終わるのを待って、アンナ・マリアは言った。男の子の遺体に眼をやって、何度も首を振った。

ジーモンは唇をぬぐって言った。「そうなんだ。で、どこにいる？」

アンナ・マリアは肩をすくめ、「ごめんなさい、出かけてるの。新しい戸棚を作るのに釘がいるからって、街の鍛冶屋へ行ってるわ。何かと物が増えちゃってね」

その視線がまた、ベンチの上の血まみれの子供に向けられた。処刑人の妻として死人を見るのに慣れててはいても、子供の死というのはやはり胸が痛む。「かわいそうに……」と言って、また首を振った。

ややあって、子供の声に気を取りなおしたらしい。表には変わらぬ日常がある。キャアキャアふざけ合っていた子供らの声が、バーバラの甲高い泣き声に替わった。「もうじき帰ってくるでしょうから、それまで待ってたらいいわ。何なら、本を読んでてもいいわよ」そう言ってアンナ・マリアはベンチから立ち上がった。

言いながら小さく笑ったのは、ジーモンが夫の古ぼけた本を読ませてもらおうと、わざわざここまで足を運ぶことがあるのを知っていたからだ。それも、見えすいた口実を並べて、医者が処刑人の家まで出向いて調べ物をしようというのである。

アンナ・マリアは最後にもう一度、死んだ男の子に同情の視線を投げてから、戸棚から毛布を取り出し、その体に掛けた。子供には見せられない。せめてこうしておけば、いつ飛びこんで来ても、見られる気遣いはない。ドアに手を掛けたところで、「子供たちを見てきます。よかったら、ワインもどうぞ」と言った。

ドアが閉まり、ジーモンは処刑吏の居間に一人残された。部屋は広々として、一階のほぼすべてを占めている。隅に、焚き口が廊下側にある大きなストーブがあり、そのそばにテーブル、そしてテーブルのすぐ上の壁に処刑用の剣が掛かっている。廊下にある急な階段を上がれば、二階はクィズル夫妻と子供三人の寝室だ。ストーブのそばに小作りの扉があり、もう一つ小部屋がある。身をかがめてくぐると、そこはこの家の聖域だ。

左側に長持が二つあって、ヤーコプ・クィズルが処刑や拷問のときに使う道具類のすべてが納められている。ロープ、鎖、手袋、それに親指締めややっとこまでも。それ以外の脅し用の道具は街の持ち物で、砦の地下牢に保管されている。長持のそばには絞首台で使う梯子が立てかけてあった。が、ジーモンの関心は別のものにある。小部屋の正面に、壁全体を天井までそっくり覆うような巨きな戸棚があり、小さな扉がいくつも並んでいる。その一つを開けてみると、壜や坩堝や革袋、フラスコなどいろいろなものが入っていて、内壁には薬草も吊して干してある。夏のにおいがした。ローズマリー、オトギリソウ、ジンチョウゲくらいならジーモンにもわかる。別の扉を開けると、引き出しがたくさんあって、錬金術師が使う記号や符丁みたいなのが書いてある。三つめの扉に移った。埃をかぶった古本や破けた羊皮紙の巻物のほかに、手書きの本や印刷された本も積んである。何代にもわたって集めた処刑吏の蔵書だ。古来の知識は、ジーモンがインゴルシュタットの大学で埃まみれの講義から学んだものとはまったく違うものだった。

ジーモンは、なかでも分厚い本に手を伸ばした。もう何度も手に取ったことのある本だ。表題を指でなぞりながら、つぶやいた。『心臓と血液の動きに関する解剖学的演習』。体内の血液はすべて心臓による永久循環運動の構成要素であるという考え方に立つ、問題の書である。この理論、ジーモンが学んだインゴルシュタットの教授たちは一笑に付したし、父親は邪道だと見なしていた。

ほかのも手に取ってみる。『薬の書』は手書きで仮綴じの小冊子だが、あらゆる病気への使用法が一覧になっている。ジーモンの視線はあるページに釘付けになった。ペストには乾燥したヒキガエルが推奨とある。同じ棚の隣に、処刑吏が最近手に入れたばかりのものがある。ウルムの雇い医師ヨハネス・スクルテトゥスの『傷薬の貯蔵庫』で、インゴルシュタットの大学にもなかったほどの新しい本だ。この外科の傑作に、ジーモンはおそるおそる指を伸ばした。

「本しか眼に入らないなんて、がっかり」

はっとして眼を上げた。マクダレーナが戸口にもたれ、挑発するような視線を向けてきた。思わず喉がごくりと鳴った。二十歳のマクダレーナ・クィズルは男の気の引き方を知っている。ジーモンはマクダレーナと会うたび、急に口のなかが渇き、頭が空っぽになってしまう。ここ何週間かはそれがいちだんとひどくなり、マクダレーナのことばかり考えるようになっていた。ベッドに入ると、ふくよかな唇やえくぼや笑みをたたえた眼が浮かんでくるのだった。この医者に少しでも迷信深いところがあったとしたら、処刑人の娘に魔法にかけられたと思ったかもしれない。

「僕は……きみのお父さんを待って……」思わずどもってしまったが、眼はそらさなかった。マクダレーナが笑みを浮かべながら、つかつかと近づいて来た。その歩きぶりからして、ベンチの上の男の子の死体には気づいてないようだ。それを説明するつもりはなかった。せっかくの二人だけの時間を、死だとか苦悩だとかで無駄にはしたくない。

ジーモンは肩をすくめると、手にしていた本を棚に戻した。

「こんなにいい医書を揃えてるなんて、お父さんはこの辺じゃ一番の蔵書家だね。これを利用しない手はない」そんなことをぶつぶつ言いながら、ジーモンは、マクダレーナの形のよい胸を包む白い服の襟ぐりに眼を走らせ、すぐに視線を転じた。

「あなたのお父さんは、そうは思っていないんじゃなくて?」言いながら、マクダレーナは間を詰めてくる。

ジーモンも、自分の父親が処刑吏の蔵書を悪魔の道具だと見なしていることは知っている。マクダレーナにも気をつけるよう度々口にしていた。サタンの女だぞ、と。〝首斬り人の娘と関わったら、一生名のある医者になんかなれないぞ〟

マクダレーナとの結婚が論外なことぐらいはわかっている。父親同様「賤しい」身なのである。が、そんなことは百も承知でも、頭から振り払ってしまえないのだ。数週間前、二人はパウロの市《いち》の祭りで初めてほんの少しだけ一緒に踊った。それだけでも、終日街じゅうの噂の種になった。父親からは、今度マクダレーナの手を握るようなことがあったら打擲《ちょうちゃく》ものだからな、と脅された。首斬り人の娘は首斬り人の息子と一緒になる、それは昔からの不文律だった。そのぐらいはジーモンも知っている。

マクダレーナは向かい合って立つと、ジーモンの頬を撫ぜた。小さく笑ったものの、その眼には言葉にできない悲しみが浮かんでいた。

「よかったら、明日河原に付き合ってくれない？　父にヤドリギとクリスマスローズが要るって言われてて……」

お願いしますと頼みこんでいるように聞こえなくもない。

「マクダレーナ、僕は……」後ろから何かがさがさと音がした。

「ひとりで行くんだな。これからジーモンと話さにゃならんことがある。向こうへ行ってろ」

ジーモンが振り向くと、処刑吏が小部屋に足を踏み入れるところだった。細々しいことには気に留めるふうもない。マクダレーナは最後にジーモンにちらっと視線を投げてから、庭へ出て行った。

ヤーコプ・クィズルは、射通すような厳しい眼をジーモンに向けた。ひょっとして俺を叩き出そうとでも？　そんな思いが頭をよぎったが、相手はすぐにパイプを口から抜いて、小さく笑った。

「あんたが娘を気に入ってくれてるのはありがたいんだが、親父さんには知られんようにな」

ジーモンはうなずいた。処刑吏の家に出入りするようになってからというもの、父親とは喧嘩が絶えなかった。父親のボニファッツ・フロンヴィーザーは、首斬り人がやってる治療はいんちきだと決めてかかっている。しかし、そうは言っても、息子ばかりかショーンガウの大半の人間が病気やけがのたびに、その大小に関係なく首斬り人のもとに押しかけるのまでやめさせることはできなかった。ヤーコプ・クィズルにとって、絞首台に吊したり拷問にかけたりするのは稼ぎの一部でしかなく、生業の柱はもっぱら医術のほうだった。痛風や下痢に効く飲み薬を売り、歯痛に効く煙草を供し、折れた脚に副木を当てたり、脱臼した肩を整復してやったりするのである。その知識は、大学で学んだことがなかろうと、今や伝説になっていた。これでは、親父が処刑吏を憎たらしく思うのも無理はないと、ジーモンは思っていた。これほど手強いライバルはほかにいないのである。ましてや、どっちが腕のいい医者かとなると……。

そんなことを考えている間にも、ヤーコプ・クィズルはさっさと居間のほうに戻っていた。ジーモンも後に続いた。部屋のなかはすぐにもうもうとした煙に包まれた。クィズルの悪癖と言ったらこれぐらいなものなのだが、しかし、その程度が半端ではない。

パイプを口に銜えたままベンチに向かい、男の子の死体をテーブルに載せ、毛布とシーツをめくった。歯のあいだからヒューという音が洩れた。

「どこで見つけた」訊きながら鉢に水を満たし、死体の顔や胸を洗いはじめた。ふと男の子の指先が眼に留まった。爪の先に赤土が食いこむように付着している。素手で地面でも掘ったのだろうか。

「筏の寄せ場です」ジーモンが言った。事の次第を述べ、みんなが産婆を締め上げてやると言って街なかへ駆けて行ったところまで話した。クィズルはうなずいた。

「マルタは無事だ」男の子の顔をぬぐう手は休めない。「俺が砦まで連れて行った。とりあえず身の安全は確保できたが、この先も気を緩めないほうがいいだろう」

いつもながら、処刑吏の落ち着きぶりには感じ入ってしまう。代々クィズル家の者は口数が少なく、ヤーコプも例外ではない。しかし、口にする言葉の一つひとつに重みがあった。

死体の清拭が終わった。二人で男の子の体の傷の具合を仔細に見ていく。鼻骨が折れている。顔はぶつかった跡か、青緑に変色している。胸のまわりには七つの刺し傷。

クィズルはマントからナイフを取り出し、刃先を刺し傷に当ててみた。左右に指の幅ほどの余地ができる。

「これよりかなりでかいもののようだな」とつぶやいた。

「剣？」とジーモン。

クィズルは肩をすくめた。「剣とか鉾鑓《ほこやり》とかだろうな」

「誰がそんなものを？」ジーモンがかぶりを振った。

クィズルは男の子の体を返した。肩に付けられた印が眼に飛びこんできた。運んで来たせいで前より薄くなったようにも見えるが、それでもはっきりと見分けられる。紫色で丸の下に十字が延びている。

♀

「これは何でしょう？」ジーモンが訊いた。

クィズルは男の子の体に覆いかぶさるように屈みこんだ。それから人差し指の指先を舐め、印の上を軽くこすってから、指先を口に含んだ。舌先で味わうようにピチャピチャやっている。

「ニワトコの汁だな。味は悪くない」その指をジーモンに突き出した。

「ええっ？ 僕はてっきり……」

「血だと思ったか」クィズルが肩をすくめた。「血だったら、とっくに消え落ちてる。ニワトコの樹液ってのは、色がなかなか落ちないんだ。うちのやつに訊いてみればいい。チビどもがよくこれを付けてきて、色が落ちないって癇癪起こしてるから。それにしても……」その印をまたこすりだした。

「どうしました？」

「色が皮膚の下にまで食いこんでいるところがある。針か剣先で刺しこんだのかもしれんな」

ジーモンがうなずいた。カスティリャやフランスから流れてきた傭兵が似たようなことをしていたのを見たことがある。十字架とか聖母を二の腕に彫りつけていた。

「それで、この印はどういう意味でしょうか」

「いい質問だ」クィズルはパイプを深々と吸いこんでから、煙をふうと吐き出し、それきり黙ってしまった。しばらくして、ようやく口を開いた。

「ウェヌスのマーク、だ」

「ウェ……？」ジーモンはあらためてその印を見おろした。そう言えば、どこかで見た覚えがある。たしか、星占いの本ではなかったか。

「ウェヌスのマーク」クィズルは小部屋のなかに入っていき、革装の古ぼけた本を手にして戻ってきた。シミだらけのその本をぱらぱらとめくり、目当てのページに行き着いた。

「ほら」と言って、その箇所をジーモンに差し出した。同じ印が載っていて、その隣にもう一つ別の、丸の上に右上を向いた矢印がくっついている図が並んでいる。

「ウェヌス。愛と春と生長の女神」クィズルが読み上げる。「軍神マルスのマークと対をなす」

「でも、何でまた、そんなマークがこの子の体に付いてるんでしょう？」ジーモンにはわけがわからない。

「このマークは相当古くからのものらしい」そう言って、クィズルはまた大きくパイプを吸いこんだ。

「どういう意味があるんです？」

「いろいろだ。男に対しての女とか、命とか、死後の永生とかの象徴でもあるようだ」

ジーモンは、息苦しさも限界のような気がしてきた。

もっとも、まわりに立ちこめる煙のせいもあったかもしれないが。

「でも、それって異端じゃ……」かろうじて聞こえるような声で言った。

処刑吏は毛深い眉をぎろりと上げ、相手の眼を覗きこんだ。

「そこなのさ、問題は。ウェヌスのマークってのは魔女の印なんだ」

そう言って、ジーモンの顔に煙を吹きかけた。

月明かりが弱々しくショーンガウを照らしている。流れ雲が月をかすめるたびに、街や川は闇に沈んだ。レヒ川のほとりに一つ黒い影が立ち、瀬音を立てて流れる川面をじっと見つめていた。男は思い出したようにマントの襟をぐっと立てると、振り向いて街の灯りを見やった。門はすでに閉まっているはずだが、この手の人たちは自分用の抜け穴を持っているのだろう。しかるべきところに顔を利かせ、酒手をつかませれば済むことだ。この男には、それしきのことは造作もないようだ。

そのくせ、がたがたと震えだした。四月とはいえ、山から吹きおろす風はまだ冷たいが、どうもそればかりでもなさそうである。男の頭皮を不安が這う。一つひとつ確かめるように用心深くあたりを見まわした。黒々とした流れの帯と岸辺の茂みが眼に入るくらいで、あとは何も見えない。

どれくらい経ったろうか。背後に足音の気配がしたと思った次の瞬間、背中に剣先の感触があった。厚手のマントとビロードの上着と胴着を突き抜けて。

「一人か」

右の耳のすぐそばから声がした。火酒と腐った肉の臭いがした。

男はうなずいたが、後ろの影にはそれでは不満だったらしい。

「一人か、と訊いてるんだ」

「もちろんだ」

背中の痛みがとれた。剣を引いたようだ。

「こっちを向け」後ろの影が、低く鋭い声で言った。

男は言われるがままに向き直り、向かい合わせになった男を不安げに見つめてから、こくんとうなずいた。黒のマントに身を包み、羽根の付いたスローチハットを目深にかぶったその姿は、今しがた冥府から現れ出たばかりのように見えた。

「なぜ俺を呼び出した」訊きながら、剣をゆっくりと鞘に収めた。

男はごくりと喉を鳴らし、鞘に収まったのを見届けると、いつもの自信たっぷりの自分に戻っていた。背筋をぴんと伸ばし、説教でも垂れるような口ぶりで相手に食ってかかった。「なぜ俺を呼び出した、だと？てめえがしくじったからだろうが。訊くまでもない」

相手は肩をすくめた。

「ガキは死んだ。これ以上どうしろと」

街の男はそれには満足しなかった。怒り狂って首を振り、右手の人差し指を何度も上下に振る。「で、ほかのやつは？五人だったな。野郎三人にあまっこ二人。そいつらはどうする？」

相手は手を振って拒む仕草をした。

「そいつらもやってやるさ」それだけ言うと、背を向けて歩きだした。

男が急いで追いかけた。

「くそっ！話はまだ終わっちゃいねえ」大声を出して、先を行く男の肩につかみかかった。後の祭りだった。たくましい手が万力のように喉を締めつけてきた。相手の顔に白い歯が覗いた。笑っている。狼の笑いだ。

「どうだ、怖いか」声低く言う。

男は息を呑みこもうにも、それができないことに気づいた。目の前が真っ暗になりかけたとき、ようやく相手の手から力が抜け、役立たずになった犬でも放るみたいに突き飛ばされた。

「怖かっただろうが。おまえたちはみんな同じだ。揃いもそろって、ぶくぶくの胡椒袋が」

男はぜえぜえ言いながら、二、三歩後じさりした。身なりを整え直し、ようやく話せるまでに回復した。

「とにかく、早いとこ、けりをつけてくれ。子供らが喋らないように」

相手はまた白い歯を光らせた。

「出すものを出してもらえばな」

ショーンガウの男は肩をすくめた。「そのぐらいわけはない。とにかく、さっさと片をつけてくれ」

相手は一瞬考えこんだふうだったが、うなずいてから声低く言った。「名前を教えろ。あんた、あいつらのことは知ってるんだろう、だったら名前もわかるはずだ」

男は息を呑んだ。子供らのことはほんのちらっとしか見ていない。それでも、名前ぐらいはわかると思う。

一線を越えてしまいそうな気がしてきた。越えたら、戻れるのか？

名前はすらすらと口から出た。この先悔やむようなことになるのだろうか。

相手の男はうなずくと、さっと身をひるがえし、瞬く間に闇のなかに消えて行った。

3

一六五九年四月二十五日、水曜日、朝七時

ヤーコプ・クィズルはマントを体に巻きつけるようにして、ミュンツ通りを急いだ。小路に面した家々の前にはゴミや汚物が山になっている。うっかり踏んづけないように気をつけなくてはならない。早朝の通りには朝靄がかかり、大気はひんやりとしていた。と、いきなり二階の窓が開いたかと思うと、頭上からおまるの中身が降ってきた。クィズルはちっと舌打ちしながら脇へ身を寄せ、空からの小便攻めを躱した。

汚物の片付けはショーンガウでも処刑吏がやることになっていて、ヤーコプ・クィズルは週単位でそれを行っている。今週もまたすぐに、スコップを持ち手押し車を押しながら、あちこちの小路をまわることになるだろう。だが、今日はそんなことをしている暇はない。六時の鐘が鳴るや、役所の使い番が現れ、ヨハン・レヒナーから至急会いたいとの伝言がもたらされたのだ。法廷書記官が何をさせるつもりかは察しがついた。昨日、街のなかは一日じゅう、男の子の殺害の噂話でもちきりだった。魔法や悪魔の儀式といった噂は、ショーンガウのような小さな街では汚物の臭いよりも速く広まる。レヒナーは、どんな難事も果断に裁いていくと評される人物である。ましてや今日は参事会の召集日で、お歴々が噂の真偽のほどを知りたがるに決まっている。

クィズルは頭が重かった。昨夜はヨゼフ・グリマーが息子の遺体を引き取りに来て、そのまま居座ってしまったのだ。グリマーは、数時間前まで産婆をぶち殺してやるとわめいていた男とは思えないほどの変わりようで、子供のようにおいおいと泣き、クィズル特製の薬草を効かせた火酒でも飲ませないことには昂ぶりが収まらないという有様だった。結局クィズルまでが一緒になって一杯二杯と付き合ううちに……。

クィズルは左に折れて小路に入り、公爵邸へと向かった。頭痛がするとはいえ、邸が眼に入るなり、思わず苦笑を洩らした。「公爵邸」と言えば聞こえはいいが、今では落ちぶれ果てた要塞と変わるところがないのである。公爵が最後にここに泊まられたのがいつのことかなど、ショーンガウの古老でも思い出せまい。選帝侯陛下の名代としてこの街で所領地経営をつかさどることになっている執事ですら聖年の年に姿を見せるのみで、ふだんは遠くティーァハウプテンの領地に住んでいる。かくして、この見る影もなくなった邸は今はもっぱら二十人余の兵士の営舎に充てられ、また法廷書記官の執務室として利用されるようになっていた。そして、その法廷書記官こそは、フェルディナント・マリア選帝侯の名代たる執事に代わり、ショーンガウの政務の指揮を執っているのである。

つまり、ヨハン・レヒナーはこの街一番の権力者なのである。もともとは陛下の領地経営の事務方を担当していたにすぎなかったのだが、年を経るにつれ、次第に万事に影響力を持つようになり、ショーンガウでの地位を揺るぎないものにしていった。今では、公文書や条令は言わずもがな、些細なメモの類に至るまでレヒナーのもとを素通りするものは一つもなくなっていた。きっと書記官殿は、こんな早朝でも、もう何時間も書類の片付けに精を出していらっしゃるのだろう、とクィズルは思った。

石造りの正門を通り抜け、前庭に向かう。観音開きの扉は錆びつき、傾いでいた。不寝番の兵が眠たげな眼をこちらに向け、うなずいてから、通れという仕草をした。なかに入ると、さして広くもない前庭は薄汚く、荒れるにまかされていた。十年ほど前スウェーデン人が襲ってきて、さんざんに荒らしまわっていったことがあり、以来、邸は荒廃の一途を辿った。右手に聳える防護塔は煤けた廃墟でしかなく、厩や打穀場は屋根に苔が生え、雨漏りがし、板壁に開いた穴からは毀れた馬車や道具類が覗いていた。

磨り減った石段を上がって邸内に入り、暗い廊下を抜け、丈の低い木製のドアの前で止まった。ノックしようと手を上げかけたところで、なかから声が響いた。

「入れ」

書記官殿は山猫なみの耳をお持ちのようだ。

クィズルはドアを開け、部屋に足を踏み入れた。狭い部屋のなか、山と積まれた本や羊皮紙に埋もれるようにして、ヨハン・レヒナーは机に向かっていた。ペンを握って何やらカリカリと書きつけている様子だが、その右手は休めず、左手で机の前に座るよう指さした。窓の外はとうに朝陽に包まれているというのに、室内は仄暗く、数本の蠟燭がゆらゆらと頼りなげな光を投げているだけだった。言われるがままにクィズルは粗末な床几《しょうぎ》に腰をおろし、書記官が書き物から眼を上げるのを待った。

「私がなぜおまえを呼んだか、わかるな?」

レヒナーが射通すような眼差しを向けてきた。父親譲りの真っ黒な髭面である。父親もショーンガウの書記官だった。同じような青ざめた顔、同じような射通すような黒い眼。レヒナー家は代々この街で影響力を持つ有力者の家系であり、ヨハン・レヒナーもその一人として、話し合いをするときなどは一目置かれる存在になっていた。

クィズルはうなずき、パイプを取り出して煙草を詰めはじめた。

「やめろ。私が煙を嫌いなのは知ってるだろう」

言われて、咄嗟に挑むような視線を返した。が、一呼吸おいてパイプを仕舞いこむと、それからおもむろに口を開いた。

「シュテヒリンのことで、と思いますが」

レヒナーがうなずいた。「実に腹立たしい。昔じゃあるまいし。昨日までは何もなかったっていうのにだ。みんなして口々に……」

「で、私に何の関係が？」

レヒナーは机に屈みこむように身を乗り出し、微笑みかけようとした。その笑みは半ばでゆがんだ。

「あの女のことはよく知ってるんだろう。お互い協力し合ってるはずだ。おまえのところの赤ん坊を取り上げてもいるしな。そこでだ、あの女におまえから話してもらいたい」

「私に何を話せと？」

「自白するように」

「自白するって、何を……」

レヒナーはなおも上半身を机の上に乗り出してきた。互いの顔は手幅ほどの間隔しかなくなった。

「そこまで私に言わせる気かね。自白させればそれでいいんだ」

「しかし、証拠になるようなものは何もないんですよ。あの男の子が何度かシュテヒリンのもとに行ってたって噂があるにはありますが、それにしても口さがない女どもの言ってることです」

「悪い芽は摘むに限る」レヒナーは上体を起こし、大きく後ろにもたれかかった。指先で肘掛けをとんとんと叩いた。「街のなかはその話でもちきりだそうじゃないか。ここで手綱を引き締めなかったら、おまえの祖父さんの時代に逆戻りだぞ。そんなことになったら、おまえの仕事が増えるだけだしな」

クィズルはうなずいた。レヒナーのあてこすりが何を指しているかはわかっていた。もうかれこれ七十年ほど前になる。かの有名なショーンガウの魔女裁判で何十人もの女たちが火あぶりの薪にのせられた。自然災害といくつかの原因不明の死亡事故で始まったものが、いつしか誰彼となく訴え出るヒステリー状態に陥った。当時、祖父のイェルク・アブリールは六十人以上の女の首を刎ね、胴体はその後燃やされた。そのおかげでイェルクは豊かにそして有名になったのである。当時、嫌疑をかけられた者のうちの何人かには魔女の印が見つかった。ほくろや痣の類の母斑と呼ばれるものだが、その形状が哀れな女たちの運命を決したのだった。今回問題になっているのは、異端とおぼしき印で、これについてはクィズルも魔法を思わせるものであることを否定することはできなかった。書記官の言うとおりだ。人々はさらに印を探すようになる。そして、とりあえずはこれ以上死者が出なくとも、疑うという行為そのものは止まない。野火である。それはショーンガウの街全体を炎に包むかもしれない。誰かが自白し、その罪をすべてひっかぶるとなれば、話は別だろうが。

(マルタ・シュテヒリン……)

クィズルは肩をすくめた。「私には、シュテヒリンがこの殺人に関係しているとは思えません。誰にでもその可能性はあります。よそ者ということだってありえます。男の子は川に流されていたんです。どこで刺されたのかを知ってるのは悪魔ぐらいなものでしょう。兵隊くずれということだって……」

「では、あの印は？　子供の父親が私にその印を描いて見せてくれた。こんなふうじゃないのかね」レヒナーはスケッチをこちらに差し出した。下に十字の付いた円が描かれている。「これが何かは知ってると思うがね」書記官は声に鋭さを込めて言った。「魔女の仕業だ」

クィズルはうなずいた。「しかし、そうは言っても、それがシュテヒリンの……」

「産婆というのはこういうことをよく知っているんだ！」レヒナーはいつになく声を荒らげた。「私は平生から警告している、この手の女は街なかに住まわせないほうがいいとな。秘伝の継承者だか何だか知らんが、こいつらのせいで女子供の身が危険に晒されるんだ！　最近その女のもとに子供らが度々出入りしていたというではないか。ペーターもな。挙げ句、川から死体が上がったってわけだ！」

クィズルはパイプをふかしたくてたまらなかった。この部屋に充満している厭な考えを煙と一緒に追い払ってしまいたかった。参事会が産婆にあれこれ制限を設けていることは、いやになるほど知っている。マルタ・シュテヒリンは街が初めて公式に採用した産婆であるが、昔からこうした女たちは女特有の秘密ゆえに男どもにはうさんくさい眼で見られてきた。水薬や薬草についての知識があり、女の秘所に触れ、神の贈り物である体内の果実を取り除く方法も知っているのである。男たちに睨まれ魔女として焼かれていった産婆は少なくなかった。

ヤーコプ・クィズルも水薬についての知識があることから、魔法使いではないかとの疑いをかけられることがある。しかし、クィズルは男であり、首斬りの役人なのである。

「どうだね、シュテヒリンのところへ行って、自白するようにしてはもらえんかね」レヒナーが言った。すでに書きかけの書類に戻っていて、視線は書類に向けられている。用は済んだのだ。

「シュテヒリンが自白しなかったら？」クィズルが訊いた。

「例の道具を見せることになるな。親指締めを見れば、軟化もするだろう」

「それには参事会の決定が必要です」クィズルは声を低めた。「私一人でできることではありません。また、あなたの独断でも」

レヒナーが小さく笑った。「知ってのとおり、今日は参事会召集の日だ。市長やほかのお歴々も私の提案に賛成してくれると思うがね」

クィズルは考えこんだ。参事会が今日にも拷問の開始に同意するようなことになれば、裁判の審理は、油を差された時計仕掛けのようにとんとん拍子に運ぶことになる。そして、その最後に待っているのは拷問台であり、火あぶりによる死であろう。そのどちらも、処刑吏である自分の役目だ。

「あの女に言っておけ、明日から尋問に取りかかるとな」そう言うと、レヒナーは机上の書類に戻り、またペンを動かしはじめた。「それまでは考え直す時間があるというものだ。あくまで強情を張るとなれば、まあ……そのときには、おまえの手を借りることになるがな」

ペン先がカリカリと音を立てながら紙の上を走る。市の広場から、八時を打つ教会の塔の鐘が聞こえて来た。レヒナーが眼を上げた。

「話はそれだけだ。行っていいぞ」

クィズルは立ち上がり、ドアまで行った。取っ手を押したところで、後ろからまた書記官の声が響いた。

「そうだ、クィズル」振り返った。書記官は机に眼を落としたまま言った。「おまえがあの女をよく知ってるから言うんだが、白状させるのがいちばんなんだ。そのほうが、あの女もおまえも無用な苦しみを味わわなくて済む」

クィズルはかぶりを振った。「シュテヒリンは違います。私を信じてください」

ようやく、レヒナーは眼を上げた。相手の眼を見据えた。

「私だって、あの女だなんて思ってやしない。しかし、この街にとってはそうするのが最善なんだ。そのぐらいは、おまえにもわかるだろう」

クィズルには返す言葉がなかった。身をかがめて部屋を出ると、身の丈にも足りないドアを閉めた。

外に出た足音が通りを遠ざかって行くと、書記官はまた書類に向かった。目の前の羊皮紙に集中しようとするが、うまくいかない。机上にあるのは、アウクスブルクからの公的な異議申し立てである。ショーンガウの筏師親方トマス・プファンツェルトがアウクスブルクの商人たちの大きな羊毛の梱を重い砥石と一緒に運ぼうとしたところ、積み荷が重すぎてレヒ川に沈めてしまった。そこでアウクスブルク側から弁償の要求が来たのである。ヨハン・レヒナーは溜息を吐いた。相も変わらぬアウクスブルクとショーンガウのこうした諍いごとは、ほとほと神経に障る。ほんとうのところ、今日はこんなくだらないことに付き合ってはいられないのである。自分の街が燃えているのだ。ショーンガウの街が周囲から中心へと向かって、不安と憎しみに蝕まれていくさまをレヒナーは目の当たりにしていた。昨晩は〈明星亭〉や〈太陽ビアホール〉といった酒場のあちこちで、ひそひそ話が交わされていた。話の中身は悪魔崇拝だとか、魔女の酒池肉林だとか人身御供とかである。疫病や戦争、自然災害に襲われたあとの人心は爆発寸前になる。街全体が火薬樽にのっかっているようなもので、その火縄になりかねないのがマルタ・シュテヒリンなのだ。レヒナーはいらいらしながら鵞ペンを手のなかで転がした。(おおごとになる前に何としてでも火縄を断ち切らなくては……)

書記官は、処刑吏のヤーコプ・クィズルは頭もよく分別のある男だと思っている。しかし今は、シュテヒリンに罪があるかどうかは問題ではない。街の安寧のほうが大事なのだ。裁判は短いに限る。そうすれば、平和が、待望の平和が戻ってくるのだ。

レヒナーは羊皮紙の書類を丸めると、壁際の棚に戻し、バレンハウスへ向かった。三十分後に拡大参事会が始まる。片づけなくてはならないことはほかにもある。参事会員には、街の触れ役を介して、会議に出るよう再度伝えておいた。常任会員と非常任会員、ほかに六人の住民代表も。きれいさっぱり片をつけたいところだ。

この時間、市の広場は活気に満ちている。そこを突っ切り、バレンハウスに入った。高さ九フィートの大きなホール内には箱や袋が山積みになっている。ここから遠方の街や地方へと送り出されていくのだ。隅に砂岩と凝灰岩の石材がうずたかく積み上げられ、シナモンとコエンドロの香りが漂っている。幅広の木の階段を上り、二階へ行く。もともと選帝侯の名代としてこの街の領地経営の事務方を担当する身であれば、この大会議室内に座ってわざわざリスクを負うような真似をする必要もなかったのだが、大戦争以来、街の有力者は安寧秩序を保つには強権を働かせるのが一番と思いこみ、書記官の好きなようにさせようということになった。ヨハン・レヒナーは、当たり前のように参事会を取り仕切り、一番の権力者となったのである。この権力をおいそれと人に渡すつもりは、当人にもこれっぽちもなかった。

大会議室のドアは開いていた。いつものように自分が一番乗りとばかり思っていたレヒナーはびっくりした。市長のカール・ゼーマーと参事会員のヤーコプ・シュレーフォーグルが先に来て、何やら議論に熱中している。

「だから言ってるじゃないか、アウクスブルクは新しい道を造ろうっていうんだ、そんなことになったら、わしらは陸に上がった魚同然だ」そうまくしたてるゼーマーの剣幕にも、相手は平然としてかぶりを振る。

年若いシュレーフォーグルは、亡くなった父親の跡を継いで参事会に出るようになってまだ半年ほどだが、すでに市長とは度々衝突していた。亡くなった父親は市長をはじめほかの年配の参事会員とは誰とでも仲よくしていたものだが、この長身の息子はなかなかの信念の持ち主で、簡単に意見を引っこめるようなことをしない。今もゼーマー相手に一歩も引く様子はなかった。

「それができないことぐらい、あなたもご存じでしょう。アウクスブルクは一度それをやろうとしたじゃないですか。でも侯がその目論見を潰してくださって」

ゼーマーも譲らない。「そんなのは戦争前の話だ。選帝侯は今、心配の種をほかにいくらでも抱えているんだ。しかも、頼れるのは剛胆な老士一人のみ。アウクスブルクは専用の道を造る。そうなったら一歩外に出ればらい病病みばっかりで、おまけにおぞましい人殺し話まで出て来て……商人連中はみんなわしらをペストみたいに避けるようになるぞ」

コホンと一つ咳払いしてからヨハン・レヒナーはなかに入った。室内にはU字形をした立派なオークのテーブルが据えられている。これだけで部屋がいっぱいになろうかという大きさだ。その中央の席に向かうと、ゼーマーがつかつかと寄って来た。

「これはレヒナーさん、あなたがいらしてくれてよかった。いえね、今もこの若いのに、施療院は思いとどまるよう言いきかせてたんですわ。こんな時ですからな。アウクスブルクの商人はわしらの息の根を止めようって肚だ、そこに施療院がどうのなんて噂まで広められたら……」

レヒナーは肩をすくめた。

「施療院は教会のやることです。司祭さまに話されたほうがいいのではないですか。もっとも、実のある話になるとも思えませんが。ちょっと失敬」

書記官はでっぷり太った市長のわきを抜けて、奥の部屋へ通じるドアを開けた。正面の壁いっぱいに天井まで届く戸棚が置かれ、棚や引き出しには羊皮紙がぎっしり詰まっている。レヒナーは床几を踏み台代わりにして、本日用の書類を引っ張り出した。施療院に関する書類も眼に留まった。昨年、教会は、街の外のホーエンフルヒ街道沿いに、らいに冒された人のための施設を建てることを決定した。古い施設が何十年も前に倒壊し使い物にならなくなっていたからで、病は今も収まってはいないのである。

あの難病を思っただけで、レヒナーの体に怖気が走った。らいはペストと並んでこの世の禍いのなかでも最も恐ろしいものと見なされている。病に冒された者は鼻、耳、指が腐った果実のように落ちてしまう。末期ともなれば顔は原形をとどめぬまでに変わり果て、ただの肉瘤と化した。伝染をおそれるあまり病人のほとんどは街から逐われ、ガラガラや鈴を身につけさせられた。遠くからでもすぐに見分けられ、近寄らないようにというのである。こうした病人へ慈悲の手を差し伸べようと、どこの街でも施療院を造りはしたものの、それはさらなる感染を避けるための手立てであり、そのなかで病み衰えていく者のために街の外に設けたゲットーであった。ショーンガウが計画していたのも、そういう施療院である。半年ほど前から建設工事がホーエンフルヒ街道沿いで進められているが、参事会内では今なお異議を唱える者があり、結論を出せずにいたのだった。レヒナーが大会議室に戻って来ると、参事会員は大方姿を見せ、三々五々思い思いのグループに分かれて立ち話をしていた。声をひそめるグループもあれば、声高な議論になっているグループもある。どのグループも死んだ男の子についての話題で、それぞれが聞いた話を持ち寄って披露しあっているといった塩梅だ。ヨハン・レヒナーが卓上の鐘を鳴らしても、全員が席に着くまでしばらく時間がかかった。古くからの慣習にしたがって第一市長と書記官が中央に座る。その右側に、常任会員であるショーンガウの由緒ある一族六名の席が並ぶ。この参事会は四名の市長を置き、三カ月の任期で交代することになっている。市長ポストは何世紀も前から土着の一族の持ちまわりのようなもので、表向きはほかの参事会員によって選出されるという形になっているが、立候補できるのは最も影響力のある一族に限るというのが恒久的な不文律になっていた。

左側には同じく街の有力者から成る非常任の会員六

名が座り、ほかに壁際に一般の住民代表用の椅子が置かれている。

書記官はぐるりと見まわした。この街の権力の担い手が一堂に会したわけである。運送、商業、ビール醸造、菓子屋、毛皮加工、製粉、皮鞣し、製陶、織物……ゼーマー、シュレーフォーグル、アウグスティン、ハルデンベルク、どれも何世紀もこの街の屋台骨を支えてきた一族である。黒い衣に白い襞襟を掛け、八の字髭を生やし、肉付きのよい顔に太鼓腹、金鎖で飾り立てたベスト、そんな装いの男たちが真面目くさった顔で座る様を見れば、誰しも別の時代に迷いこんだような錯覚にとらわれることだろう。戦争はドイツ全土を困窮のどん底に陥れたが、この男たちには何の痛痒も感じることのない出来事であったのだ。レヒナーは思わずにやりとした。（脂はいつも水に浮く）

昂奮した空気がみなぎっていた。皆、男の子の死とばっちりが我が身の商売へ及ぶのを怖れているのだ。この街の平和がいま危機に晒されている！ 板張りの室内で交わされるひそひそ話に、書記官は巣をつつかれて乱れ飛ぶ蜂の羽音を想った。

「静かに。どうか、ご静粛に」

レヒナーはもう一度卓上の鐘を鳴らし、それから平手でテーブルを叩いた。ようやく静かになった。議事録を取るため、鵞ペンを手にした。市長のカール・ゼーマーが気づかわしげな眼で一同をぐるりと見まわしてから、常任会員の席に視線を定め、話しだした。

「昨日のあの恐ろしい出来事については、みなさんすでにお聞き及びかと存じます。むごたらしい犯罪です、一刻も早く解明されなくてはなりません。私は法廷書記官と相談し、この事件を本日の第一議題として取り上げることにいたしました。みなさんの関心も高いかと存じましたので、ほかの案件は後まわしということにしたいのですが、それでよろしゅうございますか」

参事会員たちはおもむろにうなずいた。事件解決が早ければ、それだけ速やかに本業に戻って精を出せるのである。

ゼーマー市長が続けた。「さいわい、すでに犯人の目星はついているようであります。産婆のシュテヒリンが穴蔵におるのです。刑吏がまもなくその女のもとに行くことになっておりまして、じき喋ってくれることでしょう」

「どういう嫌疑がかかってるんですか」

参事会員の視線がいっせいにシュレーフォーグルに向けられた。第一市長の話はまだ終わっていない。こんなに早い段階で口をはさむのは慣行に反するばかりか、発言したのが参事会に出るようになってまだ間もない若輩者であればなおさらのことだった。父親のフェルディナント・シュレーフォーグルは参事会では力のある男だった。多少つむじ曲がりのところはあったが、影響力は持っていた。その息子であるとはいえ、参事会内での地歩は自分で築かなくてはならない。この若者は、ほかの会員とちがって襞襟ではなく幅広のレースの襟を着け、髪も最近の流行に合わせてカールにして肩に垂らしている。そんな男の言動は古参会員に対する侮辱以外の何ものでもなかった。

「どういう嫌疑がかかっているかですと？　そんなもの、訊くまでもない、訊くまでも……」予期せぬ質問にゼーマー市長はすっかり狼狽してしまった。ハンカチを取り出し、後退しはじめた額に浮いた汗の小玉をぬぐった。恰幅のいい胸板が金に飾られたベストの下で上下に波打っている。第一市長にして、広場に面した一等地の旅籠の亭主であり、ビール醸造の経営者でもあるゼーマーは、このような席で反論に遭おうとは夢にも思っていなかった。助けを求めるように、左に座っている法廷書記官に眼を向けた。ヨハン・レヒナーは躊躇うことなく、それを引き取った。

「産婆は事件前、殺されたペーターという男の子とは何度も会っています。また、産婆がそのペーターやほかの子供たちを自宅に呼び、魔女の安息日を祝っていたと証言する女も何人かいます」

「その証言をした者の名前は？」

シュレーフォーグルは引き下がらない。もっとも、レヒナーにしても、この時点でその女たちの名前を挙げられるまでには至ってなく、街の見回り番から、飲み屋などでその種の噂が広まっているとの報告を受けていた程度だった。が、噂の出所の見当はついている。証人を探すのは容易いだろう。

「裁判の審理が行われるまで待っていただきたい。予断を与えたくはありません」

「万が一、証言者の名前がシュテヒリンの耳に入りでもしたら、牢獄から呪い殺されることだってないとは言えんしな」ほかの会員が口をはさんだ。パン屋のミヒャエル・ベルヒトホルトで、非常任会員の一人である。レヒナーにとって、こういう噂をすぐに真に受ける人間というのはありがたい存在だ。ほかの会員もうなずいた。みんなそういうのを話には聞いていたからだ。

「ばかばかしい！　みなさん頭がどうかしてるんじゃありませんか。シュテヒリンは産婆ですよ。それ以上の何だっていうんです？」ヤーコプ・シュレーフォーグルは勢いよく立ち上がった。「七十年前ここで何が起きたか、みなさん考えてみてください。街が真っ二つに割れて、魔女だの魔法使いだのって非難合戦をやらかしたんですよ。たくさんの血が流されました。それを繰りかえそうというんですか」

住民代表のあいだでひそひそ声があがりだした。あのとき標的にされたのは、農夫や下女下男といった裕福とはいえない住民がほとんどだったが、飲み屋のおかみや判事の妻といった女たちも含まれていた。疑いをかけられた者は拷問にかけられ、魔法で雹を降らせたとか、祭餅《ホスチア》を穢したとか、果ては自分の孫を殺めたなどと自白したのだった。不安は今も根深く居座っている。ヨハン・レヒナーは、昔よく父親からそういう話を聞かされたことを思い出した。ショーンガウの恥辱は、永遠に歴史書のなかに残るのだろう……。

「あんたがそれを覚えてるとは思えんがね。まあ、座りなさい、シュレーフォーグルの坊ちゃん」低いが通りのいい声がした。声には有無を言わさぬところがあり、青二才に好き勝手に喋らせてはおかないという意志が感じられた。

マティアス・アウグスティンは八十一歳、参事会のなかでは最長老である。何十年もショーンガウの運送業を差配してきた。今ではほとんど眼が見えなくなっているが、この街での発言力は衰えていなかった。ゼーマー家やピュヒナー家、ホルツホーファー家、シュレーフォーグル家とともに、街の権力中枢の一員である。

老人の眼が遠くの一点に向けられた。遠い過去を見つめているようだ。

「わしは覚えている」つぶやくように言った。会議室内がしんと静まりかえった。「あのときわしはまだ幼かった。が、火が燃えていたのははっきりと覚えている。肉の焼けるにおいがした。忌まわしい裁判で何十人もの人間が焼かれた。罪のない者まで。もう誰も人を信じられなくなっていた。あんなことはもう二度と見たくない。だからこそ、シュテヒリンには自白してもらわんといかんのだ」

腰をおろしていたシュレーフォーグルが、アウグスティンの最後の言葉に、歯のあいだからわざと大きな音を立てて息を吐いた。

「自白してもらわんとな」アウグスティンが続けた。「噂というのは煙みたいなものだから。ひとりでに広がって、戸の隙間からでも閉めきった小窓からでも入って行って、しまいには街じゅうがそのにおいでいっぱいになる。こういうことはできるだけ早く終わらせないと」

ゼーマー市長がうなずいた。ほかの常任会員も口々に同意した。

「アウグスティンの言うとおりだ」ヨハン・ピュヒナーが言いながら背もたれに寄りかかった。ピュヒナーの製粉所はスウェーデン人に襲われたときにめちゃめちゃにされ、最近になってようやく昔の威光を取り戻しつつあった。「まずは住民の不安を取り除くことが一番だ。昨日の晩、私は筏の寄せ場にいたんだが、騒ぎはものすごかった」

「たしかに。わしも昨日はうちで働いている者と話してたんだが」マティアス・ホルツホーファーが言った。黒海までも筏を出す豪商の一人だ。胴着のカフスをいじりながら続けた。「ただ、そこではアウクスブルクの筏師じゃないかって話もあったらしい。グリマーのやつが連中としょっちゅう悶着を起こしていたからって。もしかすると連中はわしらにダメージを与えようっていう肚なのかもしれん。ショーンガウには怖くて近寄れないって噂を撒き散らすために」言いながら考えこんだ。

「だったらシュテヒリンは問題外でしょう。そもそもあなたがたの目論見自体が悪魔の手にかかったようなものなんだ」シュレーフォーグルが口をはさんだ。テーブルを前に腕組みして座っている。

後ろの壁際の住民代表から咳払いが一つ聞こえてきた。住民代表が会議で発言することはめったにないが、小売商組合の代表である古老のポグナーが、ぼそぼそと喋りだした。「グリマーとアウクスブルクの荷運びのあいだで殴り合いがあったってのは、ほんとうだ。わしは〈明星亭〉にいて、この眼で見たんだから」

カール・ゼーマー市長は、当の飲み屋の亭主として名誉を傷つけられた思いがした。

「私の店でそんな殴り合いはいっさいありません。ちょっとした掴み合いくらいはあったかもしれませんが」そう言って収めようとした。

「ちょっとした摑み合い?」ポグナーは、がつんと目を覚まされた思いがした。「おたくのレズルに訊いてみなせえ、その場にいたんだから。お互いしたたかに鼻を殴り合って、テーブルの上には真っ赤な川が何本も流れた。向こうの連中の一人は、今でもまともに歩けやしないんじゃないか。グリマーにこてんぱんにやられてたからね。そいつは逃げ出すとき捨てぜりふを吐いて行ったものさ。あ、こりゃ、連中は仕返しをするつもりだな、とわしは思ったね」

「ばかばかしい」アウグスティンがかぶりを振った。「アウクスブルクの連中の悪口ぐらいはいくら言ってもかまわんが、人殺しまでとなると……そんなことができるとはとても思えんね。それよりも今はシュテヒリンだ。それも手遅れにならんように、街じゅうが燃えあがらんうちに」

「明日、尋問を開始するよう指示を出してあります。刑吏が産婆に拷問具を見せます。遅くとも一週間以内に、この件は片付くでしょう」ヨハン・レヒナーはそう言って、天井に眼をやった。松材の天井には、法を記した書巻を象ったレリーフが施されていた。

「こういう事件の場合、選帝侯の執事に伺いを立てることはしないのですか」シュレーフォーグルが訊いた。「仮にも人殺しが問題になっているのです。街が独断で判断を下していいものではないでしょう」

レヒナーはにっこりと微笑んだ。生死に関わる判決に選帝侯の名代が必要なのは言うまでもない。しかし、ヴォルフ・ディートリヒ・フォン・ザンディツェルはショーンガウから遙か遠くのティーァハウプテンの領地ピヒルにいて、そこからほとんど出て来ない。ザンディツェルが不在のあいだ、この街ではヨハン・レヒナーが唯一の名代だった。

「ザンディツェルにはすでに使いを送り、遅くとも一週間以内にはこちらにお越しいただき裁判の審理の指揮をしていただきたい旨お願いしてあります。それまでに罪人を見つけておくとも書き添えました。もし罪人を用意できない場合には、執事は連れのお供ともども、この街に長逗留することになります」何の手抜かりもないと言わんばかりの説明で、最後は、それでもかまわないのかという口ぶりだった。

参事会員の心中に動揺が走った。選帝侯の執事が供を連れてやって来る！　馬や従者や兵士も……。それは会員一人ひとりにとって大量の出費を意味する。各々が頭のなかで、高位の客人に供する飲食の費用がどれほどのものになるか算盤をはじきはじめた。判決が下されるまでの毎日のことである。また、それだけに、執事の到着までに罪人を差し出せるようにしておくことも重要になってくる。多少なりとも安く済ませるために――。

「よろしいですかな」ゼーマー市長がてらてらした額の汗をぬぐいながら言った。「では明日、尋問を開始することといたします」

「けっこう」ヨハン・レヒナーは次の草案を開いた。「では、次の議題に進みましょう。今日はまだたくさんありますよ」

4

一六五九年四月二十五日、水曜日、朝九時

ヤーコプ・クィズルは街の外壁沿いの狭い小路を南に向かっていた。このあたりの家々は壁が塗り替えられたばかりで、瓦屋根も朝陽に染まって赤く輝いている。庭には早咲きの水仙や喇叭水仙が咲いている。ホーフ門地区と呼ばれる公爵邸を取り巻く一帯は街のなかでも一等地とされ、ここに居を構えた職人たちは、いずれもひとかどに名を成した者ばかりだ。小路に出ていた鴨や鶏が、クィズルの歩みに驚いてけたたましく鳴きながら逃げまどった。家具職人が仕事場の前にベンチを出して鉋やハンマー、鑿を並べ、座りながらテーブルの仕上げにかかっていた。処刑吏が前を通り過ぎると、頭を引っこめた。不幸をもたらす首斬り人に挨拶などしないのだ。

ようやく小路の端まで来た。壁に囲まれた街のいちばんはずれにあたるこの場所に、監獄はあった。堅牢な石造りの四階建てで、平屋根に鋸壁が付いたいかめしい塔である。もう何世紀も前から地下牢として、また拷問部屋として使われてきた。

帯鉄を打った木製の扉わきで門番が壁にもたれ、顔に春の陽を浴びていた。ベルトに指の長さほどの鍵と一緒に棍棒が垂れ下がっている。これ以上武装する必要はない。四人は鉄の枷をはめられているのだから。ただ、万が一逃げた場合に備えて、祓い清めた小さな木の十字とマリアのお守りは忘れずに身につけていた。両方とも革ひもにつないで首からぶらさげている。

「おはよう、アンドレアス」クィズルが呼びかけた。

「子供たちは元気かね。アンナはよくなったか」

「元気ですよ。ありがとう、ヤーコプ親方。薬が効いたんだね」

言いながら門番は、首斬り人と話しているところを誰かに見られてやしないかと、あたりを盗み見た。どいつもこいつも、剣を持っていると遠巻きに避けるくせに、痛風の痛みに耐え切れなくなったり指を折ったりすると、いそいそと近づいてくる。この門番役のアンドレアスの場合のように、娘が重い百日咳にかかったりしたときもだ。つましい暮らしをしている人ほど、風呂屋や医者よりはクィズルを頼って来るのだった。たいがいはそれでちゃんと治ったし、安くあがった。

「どうだろう、ちょっとシュテヒリンと二人だけで話したいんだが、いいかね」クィズルはパイプに煙草を詰めた。そして、さもついでというふうに、門番に煙草を差し出した。アンドレアスは何食わぬ顔でそれを受け取り、ベルトの物入れに仕舞いこんだ。

「私には何とも言えません。レヒナーさまからは禁じられてます。必ず立ち会うよう言われてます」

「なあ、シュテヒリンはおまえんとこのアンナも取り上げたんじゃなかったか。トーマスだって」

「ええ、それはそうですが……」

「うちの子だって取り上げてもらったんだ。それは知ってるだろう。彼女が魔女だなんて信じられるか？」

「いえ、全然。でも、ほかの人たちが……」

「ほかの人が、ほかの人がって……。アンドレアス、自分はどうなんだ。さあ、なかへ入れてくれ。明日寄ってくれれば、咳止めを用意しておくからさ。俺がいなくても持って行けばいい。台所のテーブルに置いておく」

そう言いながら手を伸ばした。門番から鍵を受け取り、監獄へと入って行った。

なかに入ると、奥のほうに二つの房がある。マルタ・シュテヒリンがいるのは右の房で、汚れた藁の上に生気なく横になっていた。尿とキャベツの腐ったような強烈な臭いがする。格子の嵌った小窓から陽が射しこんでくる。階段を降りて行けば拷問部屋だ。勝手は知り尽くしている。その部屋には拷問に使う道具一式が揃っている。

最初はシュテヒリンにその道具を見せるだけだ。赤々と焼いたやっとこと錆びついた親指締めを見せる。親指締めはボルト・ナットの組み合わせで、一回しごとに締め付けられ、痛みが増していく。何十キロもの重さの石で引っ張られたら、やがて骨が割れ関節がちぎれることになるというのも説明しなくてはなるまい。たいていは、そういう道具を見せるだけで、尋問される者は言いなりになった。シュテヒリンの場合はどうだろうか。

シュテヒリンは眠っているように見えた。クィズルが格子の桟に寄ると、眼を上げてまばたきした。カチャカチャ音がした。両手から錆びついた鎖が延び、壁に埋めこまれたリングにつながっている。シュテヒリンは笑ってみせようとした。

「犬みたいにつながれちゃった」そう言って鎖を見せた。「食べるものも似たようなものね」

クィズルも小さく笑った。「家にいるよりはましだと思うがな」

シュテヒリンの顔が曇った。「私の家、そんなにひどいの？　めちゃくちゃにされちゃったの？　ね、そうなの？」

「後で寄ってみる。それよりも、かなり厄介なことになった。連中はあんただと決めてかかってる。明日、俺は書記官や市長と一緒にここに来て、あんたに道具を見せることになった」

「明日？」

クィズルがうなずいた。それからじっと相手の眼を見据えた。

「マルタ、正直に言ってほしいんだが、ほんとうにやってないんだな？」

「あたしじゃない！　マリアさまに誓ってもいい。あたしが、あの子を手にかけるなんて出来るわけないじゃない！」

「でも、あの子はあんたのところにいたんだろう？　死んだ日の前の晩にも」

シュテヒリンがぶるっと震えた。薄手の亜麻布の肌着一枚しか着ていない。着の身着のままでグリマーたちから逃れてきたのである。全身で震えていた。クィズルが自分の着ていた穴だらけの長いマントを差し出した。無言のまま格子越しにそれを受け取ると、肩に羽織り、それからやっと話しだした。

「私のところにいたのはペーターだけじゃないわ。ほかにも何人かいるの。みんな母親がいないのよ」

「ほかにって？」

「孤児《みなしご》たち。ゾフィーとクララとアントンとヨハネス……みんなそうなの。みんな週に何回もやって来て、うちの庭で遊んだり、私が小麦粥を作ってあげたり。でも、それだけよ」

クィズルにも覚えがあった。産婆の庭に子供たちがいるのを何度か見たことがある。しかし、子供らが一人残らず孤児だとは思いもしなかった。

子供たちのことは道を歩いていてもすぐにわかった。ほかの子たちから離れて、その子らだけで固まっていた。悪ガキどもに襲われたり殴られたりしている場に出くわしたこともあり、そんなときはすぐあいだに割って入った。度々悪ガキどもの標的にされるのは、ひょっとしてその子らの額に何か印でもあるのではないかとさえ思ったものだ。ちらっと自分の子供時代のことが思い浮かんだ。凄もひっかけられない賤しい首斬り人の倅ではあったが、それでも父親も母親もいた。いつしか、そんな幸せすら奪われる子供たちが増えていった。大戦争が多くの父親、母親を奪ったのだ。街の役所はそういう子供たちのために里親を募った。それは役人であったり職人の親方であったりしたが、その人たちは里親になるや、当然のように死んだ両親の持ち物をそっくり自分のものとした。そうやって家の規模が大きくなっても、引き取られた当の子供は家のなかで隅っこに追いやられる。毎日が我慢のしどおしで、足蹴にされ、可愛がってもらえることはほとんどない。養う口を一つ増やしたのは、金が必要だったからである。そんな孤児たちが、愛情を注いでくれるマルタ・シュテヒリンを慕って行ったとしても、何の不思議もなかった。

「子供らが最後にあんたのところにいたのはいつだ?」

「おとといよ」

「つまり、殺された夜の前日ってことだな。ペーターもいたのか」

「ええ、もちろん。あの子はよく気の利く子だし……」血のこびりついた産婆の顔に、涙が流れた。「あの子も母親がいないの。母親が亡くなったとき、私、最後まで付いてたんだけど。ペーターもゾフィーも、何でも細かいことまで知りたがるわ。産婆はどういうことをするのかとか、薬草は何を使うのかとか。乳鉢を使ってるときなんか、いつもじいっと見てるのよ。ゾフィーは、自分もいつか産婆になるんだって言って」

「どのぐらいいたんだ」

「暗くなりかけたころまで。クリンゲンシュタイナーさんから呼ばれたので、家まで送って行った。私はその後はずっとクリンゲンシュタイナーさんの家にいて、そうよ、ちゃんと証人がいるじゃない!」

クィズルはかぶりを振った。「あまり助けにはならんな。俺は昨夜、グリマーとずっと話してたんだ。ペーターはたぶん家に帰らなかったんだと思う。グリマーは飲み屋で閉店まで飲んでて、朝になって息子を起こしに行ったら、ベッドが空だったと言ってた」

シュテヒリンは溜息をついた。「あの子を最後に見たのは私ってこと……」

「そういうことだ、マルタ。かなりまずいことになってる。変な噂も飛び交ってるし」

　シュテヒリンはマントをしっかりと身に巻きつけた。唇が細くなった。

「あなたが私にやっとこや親指締めを使うようになるのはいつ?」

「レヒナーしだいだが、そんな先じゃない」

「自白したほうがいいの?」

　クィズルは咄嗟には答えられなかった。この女には我が子を取り上げてもらった恩義がある。それに、どう考えても、シュテヒリンがペーターにあんな傷を負わせられるとは思えない。

「いや。なんとか引き延ばせ。否認すれば時間はかせげる。俺もなるべく手加減するから」

「どうにもならなくなったら?」

　クィズルは火の点いていないパイプを口から引き抜き、その柄をシュテヒリンに向けた。「俺がほんとうの下手人を見つけてやる。約束する。だから、俺がそいつをとっ捕まえるまで、なんとか頑張ってくれ」

　言い終わるや、くるりと背を向け、出口に向かって歩きだした。

「クィズル!」

　その声に立ち止まり、振り返った。弱々しいささやきにしか聞こえなかった。

「もう一つ、あなたに聞いておいてほしいことがあるんだけど……」

「何だ」

「私、戸棚にアルラウネを一つ仕舞っておいたの……」

「アル……おい、それ、お偉方に知れたら大変な代物だぞ」

「知ってる。でも、そんなことより、それがなくなっちゃったのよ」

「なくなった？」

「そう。見当たらないの。昨日から」

「ほかにも、なくなったものがあるのか？」

「わからない。なくなったのに気づいたのは、グリマーたちがやって来る直前だった」

クィズルはドアの前に立ち止まったまま、火の点いていないパイプを銜えながら考えこんだ。

「妙だな。おとといの晩は満月だったんじゃ……」

答えを待つわけでもなく、ぶつぶつつぶやきながら外に出た。ドアが閉まると、マルタ・シュテヒリンはマントに身をくるんだまま藁の上に横になり、声もなく泣いた。

ヤーコプ・クィズルは大急ぎでシュテヒリンの家に向かった。その足音が小路に響きわたる。途中、籠や袋を背負った農家の女たちのわきをかすめたが、女たちはびっくり仰天し、唖然となって大男の姿を見送った。みんな忘れずに十字を切り、すぐまたグリマーの息子の話題に戻った。むごたらしい死に方だったってねえ、親父さん男やもめで、なんぼか飲んべえなんだと……。

急ぎ足で駆けながら、クィズルは産婆が最後に言ったことを思い返していた。アルラウネというのはマンドラゴラの根のことだ。黄緑色の根茎で、感覚を麻痺させる作用がある。根そのものがしなびた小人のような形をしているので、よく魔法の小道具に使われるし、挽いて粉にしたものは、魔女が箒に乗って飛ぶときに塗る例の「飛び軟膏」に欠かせない。特に絞首台の下に生えていることが多く、縛り首になった者の尿や精液で育つと言われている。が、クィズルはショーンガウの刑場に生えているのを見たことは一度もなかった。それが麻酔と堕胎にきわめて効果的であることは確かだ。アルラウネを持っていたことが知れたら、シュテヒリンは確実に死刑になる。

それにしても、産婆の家から根っこを盗んだってのは誰なんだ？　シュテヒリンによからぬことをしてやろうってのか？

（シュテヒリンを魔法使いだと思わせようとしているやつがいるってことか）

もしかすると、シュテヒリンは禁じられているからということで、その根をただ場所を替えただけかもしれない。クィズルはいちだんと足を速めた。なに、すぐに、もうちょっとはっきりしたことがつかめるさ。

間もなく産婆の家の前に立った。めちゃくちゃに毀された窓と蹴破られたドアを目にするなり、これでは探し物が見つけられるとはとても思えなくなった。

ドアを押し開ける。ギィーという音を最後にドアは蝶番から外れ、そのまま内側に倒れて行った。室内は、さながらシュテヒリンが火薬の実験でもして、過って吹っ飛ばしたようなありさまだった。土間には割れた陶器の破片が散らばり、なかに何が入っていたかは破片に残る錬金術の符牒から知れた。ペパーミントとニガヨモギのにおいが立ちこめていた。

テーブルも椅子もベッドも毀されて室内に散乱し、麦粥の入った鍋が隅に転がっている。中身がまわりにこぼれ、そこから足跡が裏庭へと続いていた。床に広がった薬草のペーストや粉末にも足跡らしきものがいくつも見てとれた。ショーンガウの住民の大半がこの産婆の家に押し寄せたかのようだ。そういえば、グリマーと一緒にたしか十人ぐらいの男連中がこの家に押し入って来たんだよな。

足跡をじっくり見ているうちに、妙なことに気づいた。大きな足跡のなかに小さい足跡も混じっている。ほかのに紛れて見づらいことは確かだが、それでも、子供の足跡であることだけははっきりとわかった。

もう一度室内を見まわした。何となくピンと来るものがあった。足跡。割れた陶器。鍋。毀れたテーブル。なぜかはわからない。が、何かこういうものを昔、見たことがあるような……。

火の点いていないパイプを銜え、記憶の糸をたどりつつ、外に出た。


ジーモン・フロンヴィーザーは階下の居間で火のそばに座り、コーヒーが沸くのを見守っていた。鼻をふんふんいわせながらエキゾチックで刺激的なかおりを吸いこんでは眼をつぶる。この外来の粉の香りと味が大好きで、ほとんど病的ですらあった。一年ばかり前、アウクスブルクの商人がこの粒の小さな固い豆を一袋、ショーンガウに持って来て、これは東洋産の特効薬だと触れまわった。トルコ人はこれを飲むと大いに昂奮し、ベッドのなかでも得も言われぬ効果を発揮することと請け合いだという。そういう触れこみは噂にも聞いていたが、それがほんとうかどうかジーモンには判断のしようもなかった。ただ、コーヒーそのものは好きだし、それを飲むと、何時間でも疲れ知らずに本に向かっていられるのは確かだった。

褐色の液体が目の前の鍋のなかでぶくぶくと泡立ってきた。陶製のカップを手に取り、そこに注いだ。これを飲めば、もしかするとグリマーの男の子の死についてもっと何か思いつくことがあるかもしれない。昨日、首斬り役の家を後にしてからも、このむごたらしい事件が頭から去らなかった。いったい誰がこんなことを。それにあの印はいったい……。

ドアが乱暴に押し開けられ、父親が居間に入って来た。かんかんに怒っているのはすぐにわかった。

「おまえ、昨日また外壁下の首斬り人のところに行ってたな。あのいんちき野郎にグリマーの倅の死体を見せたんだってな。いいや、嘘だとは言わせねえ。鞣し屋のハネスが教えてくれたわ。おまけにマクダレーナとまでいちゃつきやがって」

ジーモンは眼をつむった。たしかに、昨日マクダレーナとはあの後、川でまた逢った。一緒に散歩をした。

今思えば馬鹿みたいなことをしたものだが、彼女の眼をまともに見つめられなくて、レヒ川に向かって石ばかり投げていた。さらには、グリマーの息子が死んでから頭のなかによぎったことを、何から何まで全部話した。シュテヒリンの罪だとは思えないとか、七十年前のような魔女裁判がまた起こるんじゃないかといった不安まで……。六つの子供よろしく、そんなことをだらだらとつぶやくように喋ってはいたものの、ほんとうのところは彼女のことが好きだと言いたいだけだった。そんな二人を目撃した者がいたのだろう。こんなちっぽけな街じゃ、人知れずになんてことはありえない。

「かもしれない。それがどうかしたの」ジーモンはコーヒーを注ぎ足した。父親とは眼を合わせないようにした。

「それがどうかしたかだと？　おまえは気でも違ったのか？」ボニファッツ・フロンヴィーザーは息子同様、小柄な体つきだが、小柄な人にありがちな怒りっぽい性格だった。眼をいっぱいに見開き、すっかり白くなった八の字髭の先を震わせている。

「わしはおまえの父親なんだぞ！　おまえは、自分が何をしでかしてるか、わかってないのか？　今ここにこうしていられるようになるまで、わしがどれだけの年数をかけたと思ってるんだ。だが、おまえなら簡単にいくかもしれん。この街で一番の医者になれるかもしれんのだ。なのに、あんな首斬りのあばずれと落ち合うわ、その首斬りの家に出入りするわで、何もかもめちゃくちゃにしやがって。街なかでどんな陰口を叩かれてるか知らんのか、おまえは」

　ジーモンは天井を見上げ、くどくどしい小言を右から左へと聞き流していた。どれももうさんざん聞かされてきたことばかりだ。父は下っ端の軍医として戦争に従軍し、兵士相手に物売りをしていた母と知り合った。母は、ジーモンが七つのときにペストで死んだ。

その後も数年は父子で兵隊の後に付いてまわって、銃創を熱い油で灼いたり、脚を鋸で切断したりしていたが、やがて戦争が終わってしまうと、住むところを探して国じゅう渡り歩いた。そして、ようやくここショーンガウに迎え入れられたのである。それから何年間か、父は死にものぐるいで働き、まずは外科医を兼ねた風呂屋に、そしてついにはこの街のお抱えの医者に登りつめたのだった。しかし、父は専門の教育を受けたことがあるわけでなく、街の参事会が父でもいいだろうと妥協したのは、単に、それまでの風呂屋があまりに無能であり、かといって遠くミュンヘンやアウクスブルクから医者を連れて来るとなると費用が嵩むからという、ただそれだけの理由だった。

そんなこともあって父親のボニファッツは、なんとか息子には大学で学ばせようとインゴルシュタットへ送り出したのだが、学資が続かなくなり、結局ジーモンはショーンガウに戻って来ざるをえなくなった。以来、父親は金に細かくなり、息子を疑り深い目で見るようになった。父親には、伊達男を気取る軽薄なお調子者としか映っていなかったのである。

「……ほかの連中はまともな娘を相手にしてるっていうのに。ヨゼフのやつを見てみろ、ホルツホーファーんとこの娘とうまいことやってるじゃないか。ああいうのが似合いのカップルってもんだ。大したもんさ。それを、おまえときたら……」父親は、そこで話を切り上げた。息子はとうに父親の話には上の空で、コーヒーを啜りながらマクダレーナのことを考えていた。いつも微笑みかけてくるような黒い瞳。大きめの唇は昨日は赤ワインで湿っていたっけ。あれは革袋に入れて川に持って行ってたんだ。ワインの雫が胴衣の胸に垂れて、ハンカチを差し出してやった。

「話しているときぐらい、わしのほうを向いたらどうだ」言うが早いか、父親の平手打ちが飛んできた。手の甲がバシッと音を立てて頬を直撃し、飲みかけのコーヒーが弧を描いて部屋に飛び散った。カップが床に落ち粉々に割れた。ジーモンは頰をさすった。父親はわなわなと震えながら目の前に立っている。昨日の一件で染みになった胴着に、さらにコーヒーの染みが加わった。やりすぎたか。もう十二歳の子供ではないのだ。が、そうは言ってもこいつは俺の息子だ。何だかんだと一緒になって切り抜けてきたんだし、なろうことなら最高を目指したい……。

「首斬りさんのところに行ってくる」ジーモンが小声で言った。「引き留めたかったら、俺の腹にメスでも刺せばいい」テーブルの上の本を何冊か手に取り、外に出るとバタンとドアを閉めた。

「クィズルのとこでもどこでも行きやがれ」父親の怒声が飛んだ。「後で吠えづらかくなよ」

ボニファッツはかがんでカップの破片を拾い上げると、悪態をつきながらそれを窓から通りに向かって投げつけた。息子の背中めがけて。


頭に血が上って、何も見えていない。むしゃくしゃしながら小路を急いだ。あの、石頭の、頑固親父め！もっとも、父親の言うこともわからないわけではない。息子の将来のためを思ってのことなのだ。学問を修め、いい嫁をもらい、子供をなして……。が、いかんせん、大学の水はジーモンに合わなかった。ギリシア、ローマの昔からお題目のように繰りかえされてきた、埃まみれの知識ばかりなのである。また父親にしても、その治療法は、下痢を起こさせたり包帯を巻いたり血を抜いたりといった程度で、それ以上のものでは決してない。それに対し、ヤーコプ・クィズルの家には新しい風が吹いている。パラケルススの『オプス・パラミルム』や『パラグラヌム』があるのだ。本好きにはたまらない貴重な書物で、ジーモンはちょくちょく貸してもらっていた。

レヒ門通りに折れたところで、子供たちの一団に行き逢った。何かを取り囲むようにして立っていて、その真ん中から悲鳴が上がった。そばに寄り爪先立ちになって覗きこむと、大柄の男の子が女の子に馬乗りになっている。両膝を地面につけてしっかりと女の子を押さえつけ、右手の拳で殴りつけていた。女の子の口許が切れて血が流れ、右目は腫れあがっていた。まわりを取り囲む子供らは、男の子が殴るたびに、もっとやれもっとやれと囃したてた。ジーモンはその悪たれどもを押しのけ、馬乗りになっている男の子の髪をつかむや、ぐいと後ろに引いて、女の子から引き離してやった。

「女の子一人に寄ってたかって、卑怯だろうが！　離れろ」

子供らはしぶしぶ数メートル下がった。女の子は身を起こし、顔に貼りついた泥まみれの髪をぬぐった。あたりを窺うような目つきは、どうやらまわりの子供らに隙間が出来たら、すぐにも逃げ出そうという魂胆らしい。

大柄の男の子がジーモンの前に立ちはだかった。相手は十五歳、ジーモンより頭半分大きい。こいつのことは知っていた。ワイン通りにあるパン屋、ベルヒトホルトの息子ハネスである。

「邪魔すんなよ、先生。これは俺たちの問題だ」そう言って凄んでみせた。

「女の子の歯でも折られたら、ほっとくわけにもいかんのでな。それに、いかにも俺は先生なんでな、おまえの楽しみがいくらにつくか値踏みしとかないわけにいかないのさ」

「いくらにつくかって？」ハネスは額に皺を寄せた。頭の回転は鈍いらしい。

「いや、ほら、おまえがこの子にけがでもさせたら、弁償しなきゃならんだろう。証人はいっぱいいるわけだし、な？」

ハネスは困ったような視線を仲間に向けた。もう、何人かはさっさと逃げてしまっている。

「ゾフィーは魔女なんだ!」別の男の子が口をはさんだ。「髪は赤いし、いっつもシュテヒリンと一緒だし、ペーターだって、死んじゃったじゃないか!」ほかの子供らが小声で、そうだそうだと同調した。

ジーモンは内心肩をすくめた。始まったか。もう、これだ。遠からずショーンガウは魔女しかいなくなっちまうな。みんなで指の差しあいだ。

「ばかばかしい。この子が魔女だったら、何でいつまでもおまえらに殴らせておくんだ? 箒にでも乗ってさっさと逃げてるだろうが。さあ、行った行った」

子供らの一団はしぶしぶその場から去って行った。みんなジーモンをぎろりと睨みつけることは忘れなかった。そして石を投げれば届く距離まで離れると、いっせいに悪たれ口をたたきはじめた。「今から首斬り娘と床入りするのかなぁ」

「んなことしたら首に縄をかけられるんじゃねえか」

「ただでも小せえってのに、頭一つ短くなったら大変だなぁ」

ジーモンは溜息をついた。マクダレーナとはまだ淡い関係でしかないのに、もう公然の秘密になっている。親父があぁ言うのももっともだ。すっかり噂の種にされている。

女の子のほうに身をかがめて、助け起こそうとした。

「いつもシュテヒリンのところでペーターと一緒だったっていうのは、ほんとうか」

ゾフィーは唇の血をぬぐった。赤毛の長い髪は土埃でごわごわしている。十二歳くらいかな、とジーモンは思った。泥だらけの顔ながら、どことなく利発そうな眼をしていた。もしかすると、外壁下のレヒ地区に住んでいた皮鞣し一家の子かもしれない。たしか、父親も母親もこの前のペストにやられて死んでしまって、別の皮鞣しの家に引き取られたのではなかったろうか。

女の子は押し黙ったままだ。ジーモンはその子の肩をつかんで、「シュテヒリンのところで、ペーターと一緒だったのか？　いいか、これは大事なことなんだ」と繰りかえした。

「のときもあった」蚊の鳴くような声だった。

「あの晩も？」

「シュテヒリンは何にもしてない、できるはずないもの」

「じゃ、誰が」

「ペーターは……あの後、川まで下りて行って……ひとりで」

「何で？」

ゾフィーは唇をきつく結び、眼を逸らした。

「何でって、訊いてるんだ」

「内緒のことがあるからって。なんか……誰かに会うとかって」

「誰かって？」

「教えてくれなかった」

ジーモンはゾフィーの体を揺すった。何かを隠している、そう思った。突然ゾフィーは身を振りきって駆け出し、一つ先の小路に入って行った。

「待って！」

ジーモンは後を追った。裸足のゾフィーは、踏み固められた地面を滑るように駆けて行く。見る間にツェンク小路に達し、籠を抱えて市場からやって来た数人連れの下女のあいだを擦り抜けて行った。あわてて追いかけたジーモンはその下女の一人が持っていた籠にぶつかり、中身が路上に散らばった。大根、キャベツ、人参が地面を転げて行く。後ろから怒鳴り声が聞こえてきても、立ち止まりはしない。ここで止まったら、ゾフィーを見逃してしまう。ゾフィーはすばしっこく、次の角を曲がって姿が見えなくなった。この辺の小路まで来ると、住人はぐっと少なくなる。ジーモンは片手で帽子をしっかりと押さえつけ、なおも追跡を続けた。左手に、両側の家から廂が延びる肩幅ほどしかない狭い小路があった。そのまま行けば外壁に出るらしい。路上には瓦礫やがらくたが山になっている。突き当たりに小さな影が走り去るのが見えた。くそっ。舌打ちしてから、牛脂を擦りこんで手入れした愛用の革のブーツに断りを入れると、手前の瓦礫の山を飛び越えにかかった。

ゴミの山に足を取られてずるっと滑り、瓦礫と腐った野菜と毀れたおまるの残骸のなかに思いっきり尻餅をついてしまった。遠くに小走りに駆ける足音が聞こえた。呻き声をあげながら立ち上がると、すぐ近くの二階の窓の鎧戸が開いて、数人の呆れ顔が覗いた。ジーモンはげんなりしながら、マントに付いた野菜の葉っぱを一つひとつ取り除いた。

「ゴミの始末ぐらい、ちゃんとしとけ!」やけくそに怒鳴り散らし、足どり重くレヒ門へと歩いて行った。

ヤーコプ・クィズルはレンズ越しに、蠟燭の明かりにきらめく黄色い星のかたまりを見つめていた。雪のような結晶、その形と構造は完璧だ。にやりと笑みがこぼれた。自然の神秘に潜りこんだとき、クィズルはそこに神の存在を確信した。神がいなかったら、いったい誰がこんな美しい作品をつくれよう。人間が発明品をどれだけ産み出そうと、所詮それは創造主の真似ごとにすぎない。しかし、人間がペストや戦争で蠅のようにあっけなく死んでいくのも、同じ神の計らいである。こういう時代に神を信じろと言われてもなかなかできるものではないが、自然の美しさにだけはクィズルは神を見出していた。

下に敷いた羊皮紙の上でその結晶をピンセットを使って慎重に分けていると、ドアがノックされた。答える間もなく「研究室」のドアが細めに開けられ、その拍子に風が立ち、羊皮紙がテーブルの端へと吹かれて行った。あわててつかまえ、すんでのところで落ちるのを防いだ。結晶のいくつかはテーブルの隙間に消えた。

「誰だ、くそったれが……」

「ジーモンです」ドアを開けた妻が、なだめるように言った。「あなたに本を返したいとかで。それと、話したいこともあるそうです。急いでると言ってました。それから、そんなに大声を出さないでください、子供たちが寝てるんですから」

「来るように言ってくれ」

　入ってきたジーモン・フロンヴィーザーに振り向くと、相手がぎょっとした顔つきになった。ああ、そうか、モノクルを着けたままだったか。ジーモンにはドゥカーテン金貨大の瞳が見えていたことだろう。

「おもちゃみたいなもんだ」そうつぶやきながら、クィズルは真鍮の枠にはまったレンズを顔から外した。

「たまには、けっこう役にも立つがね」

「どこからそれを？　大変な値打ち物のはずですよ」

「いや、ちょいとお偉いさんの頼まれごとを聞いてやったら、現物給付されたのさ」そう言ってから、クィズルは鼻をくんくんいわせた。「臭いな」

「あ、その……ちょっとした事故に遭って。ここに来る途中に」

　クィズルは手で振り払う仕草をしてから、相手にモノクルを差し出し、羊皮紙の上の黄色いかたまりを見るように言った。

「とりあえず覗いてみろ。何だかわかるか？」

　ジーモンはモノクルを着けて、小さな粒のかたまりに屈みこんだ。

「これは……これはすごい！　こんなによく見えるレンズは初めて……」

「その粒が何に見えるかと訊いてるんだ」

「そうですね、臭いからして硫黄のような」

「グリマーの倅のポケットから粘土のかたまりと一緒に見つかったものだ」

　ジーモンははっとしてモノクルを外し、クィズルを見つめた。

「ペーターのポケットに？　でも、なんで硫黄がそんなところに」

「俺もそれが知りたいのさ」

クィズルはパイプを手に取り、煙草を詰めはじめた。そのあいだジーモンは小さな部屋を行ったり来たりしながら、孤児の女の子と逢ったことを話した。クィズルは時おり何やらぶつぶつ言っては、パイプに詰め終わると、火を点けた。ジーモンの話が終わるころには、クィズルのまわりにはもうもうと煙が立ちこめていた。

「シュテヒリンのところへ行ってきた。確かに子供らは彼女のところに来ていたそうだ。それと、アルラウネがなくなったらしい」

「アルラウネ」

「魔法の根だ」

クィズルは、産婆と会ったことや産婆の家のなかがめちゃくちゃに荒らされていたことを、手短に語った。


途中、何度も話を中断して、大きくパイプを吸いこんだ。床几に腰をおろしていたジーモンは、そのたびに不安げにあちこち上体を傾けた。

「どうもよくわからないんですが」話し終わるのを待って、ジーモンが言った。「死んだ男の子には肩に魔女の印があった、そしてポケットには硫黄ですよね。下手人とされてる産婆はアルラウネを盗まれたという。そして孤児の一団がいて、その子らは何かを隠している。とても全部に意味があるとは思えないんですけどね」

「時間がないんだ。数日以内に選帝侯の執事が来ることになって、それまでにシュテヒリンを罪人に仕立てなきゃならない。そうしないと俺が参事会から責められる」

「なら、あなたが拒むというのは？　誰もあなたに無理強いはできないんじゃ……」

クィズルはかぶりを振った。「そんなことをしたら別の処刑人を使うだけのことだ。俺には新しい仕事を探せと言ってな。そんなこと、させてたまるか。だから、俺たちでほんとうの下手人を見つけなきゃならない、それもすぐに」

「俺たち？」

クィズルがうなずいた。「ぜひとも手伝ってもらいたい。俺とは誰も話したがらないからな。お偉方は、遠くからでも俺の姿を見たとたん顔をしかめるし。もっとも……」にやりと笑いながら付け加えた。「今のおまえじゃ、同じように鼻をひん曲げるかもな」

ジーモンは染みだらけの、臭いふんぷんの胴着に眼をやった。褐色の斑模様に染まり、ズボンの左膝には鉤裂きが出来ていた。帽子にはしなびた葉っぱが一枚引っかかっている。上着に付いた血の染みは今さら言うまでもない……。新しい服が欲しいところだが、先立つものを考えると暗澹とした気分になる。下手人を挙げたら、ひょっとして参事会から褒美に何グルデンか出るなんてこともあるのだろうか。

ジーモンはクィズルの申し出に考えこんでしまった。俺に失うものなんてあるだろうか。少なくとも失って困るような名声は初めから持ってない。それに、この先マクダレーナと会うにしても、父親と仲よくしておいて損はない。本のことだってある。今もテーブルの上のモノクルのわきには、イエズス会のアタナシウス・キルヒャーの書いた本が載っている。もうぼろぼろになりかけているが、血のなかにいるごく小さな虫について、マイクロスコープという、たぶんクィズルが持っているモノクルよりはるかに大きく見える道具を使って書き著したものだ。そういう本を家のベッドに持ちこんで、ひとり熱いコーヒーを飲みながら読めると思うと……。

ジーモンはうなずいた。「わかりました、お力になりましょう。ついては、そこの本……」

交換条件を口にしかけたところで、先を続けられなくなってしまった。ドアが勢いよく開いて、使い番のアンドレアスがよろけるように部屋に入ってきたのだ。はあはあ息をきらしている。

「遅くにお邪魔してすみません。急用なんです。フロンヴィーザーの息子さんがこちらにいらっしゃると聞いたもので。お父さまが手を貸してほしいとおっしゃってます！」

アンドレアスの顔から血の気が失せている。まるで人間の姿をした悪魔を目の当たりにしたような顔だった。

「そんなにあわてて、いったい何の用事だ？」ジーモンが訊いた。

「クラッツさんの息子が死にそうなんです」アンドレアスはそう言うのがやっとだった。手は、首にぶら下げた木の十字架をひっきりなしに撫でさすっている。

それまで黙って聞いていたクィズルが焦れて、平手でテーブルをバシッと叩いた。モノクルルとアタナシウスの本が一瞬浮き上がった。「事故か？　ちゃんと話せ」

「もう血まみれです。ああ、神のご加護を、その子にも印があったんです。グリマーのときと同じです……」

ジーモンが床几から飛び上がった。体のなかで不安の迫り上がってくるのがはっきりとわかる。

クィズルはもうもうと立ちこめる煙草の煙のなかでジーモンをじっと見据えた。「目立たないよう気をつけて行けよ。俺はシュテヒリンの様子を見に行く。ほんとうに牢にいるかどうか確かめておかないとな」

ジーモンは帽子をつかみ、通りに飛び出した。気配を感じて振り向くと、屋根裏の窓からマクダレーナがこちらに手を振っているのが見えた。しばらくは二人の時間があまり持てなくなるような気がした。

男は窓辺に寄り、厚手の赤いカーテンから手幅一つ分だけ離れて立っていた。外には宵闇が迫っていたが、どのみち、いつも薄暗いこの部屋には関係がなかった。室内は、日中でも陽の光が吸い取られ、どんよりと曇った薄明かりに包まれる。男の内なる眼には街の上にかかる太陽が見えていた。昇っては沈む、一瞬たりとも留まることのない永遠の繰りかえし。わしも、たとえ今は遅滞を見ようとも、いつまでも留まることはないだろう。だが、度々の遅滞は……実に腹立たしかった。

「木偶の坊の役立たずが！　おまえ、もうちょっと頭を使って、いいかげん終わりにできないのかね」

「終わらせるさ」

薄明かりのなかにもう一つの影が見えた。テーブルに座り、屠った豚の腹を抉るように、ナイフをパイに突き刺した。

窓辺の男はカーテンを閉めようと、布地に手をかけたところで、思わず指先に力が入った。痛みの大波に一襲われたのだ。残された時間は多くはない。

「子供らまで巻き添えにしなくてもよさそうなものを。要らぬ噂が立つだけだ」

「誰も何も言っちゃいないよ、俺を信用してくれ」

「不審に思う者が出はじめたんだ。産婆が自白すりゃ済むことなんだが。首斬りのやつもくだらんことを訊きまわってるようだし」

テーブルの人影はパイを切り分け、パンくずと肉のスープに放りこんでいく。ナイフがせかせかと上下した。

「ほう、首斬りがね。首斬りの言うことなぞ誰が信じる？」

「クィズルを甘く見るな。あいつは狐みたいに狡猾だぞ……」

「ずるい狐ほど罠にはまるってね」

窓辺の男はつかつかとテーブルに寄り、手の甲でバシッと一発かました。もう一人の男は殴られた頬に一瞬手をやり、それから探るような眼で相手の顔を見た。

相手は下っ腹を押さえ、痛みに喘いでいた。

かすかな笑いが唇に浮かんだ。放っておいても、この問題はじき解決しそうだ。

「もうこんなばかげたことはやめたほうがいい」年嵩の男が痛みに顔をゆがませながら、か細い声で言った。鈍い刺すような痛みが腹腔の内側で疼いている。テーブルに屈みこんでしまった。

「手を引け。わしが直接やる」

「それはできない」

「できない……？」

「ほかのやつに任せた。手出しは無用だと念を押されている」

「取り消せばいい。それくらいできるだろう。シュテヒリンが自白すれば、あとは金が転がりこんで来るんだ」

年老いた男は座らずにいられなかった。ほんの少しでも休めれば。喋るのまでつらくなってきた。このいまいましい体め！　まだ必要だってのに。もう長くはない、金が転がりこむまで、そう長くはないのだ。そうすれば、安心して死ねる。このままだと、一生かけてやってきたことが無に帰すかもしれん。木偶の坊にまかせたのが間違いだった。が、わしが生きているかぎり、そうはさせん。生きているかぎりは……。

「うん、このパイは絶品だ。あんたもどうかね」

もう一人の男は、テーブルの上で切り分けた肉片をナイフで突き刺し、うまそうに食べはじめた。

年老いた男はかぶりを振るのがやっとだった。相手が小さく笑った。

「下手に動かんでも、万事うまくいくさ」

髭に付いた肉汁をぬぐうと、剣をつかみ、軽やかな足どりで出口に向かった。

使い番が遅れるのもかまわず、ジーモンは、レヒ門地区の横丁にあるクラッツの家に急いだ。クレメンスとアガーテのクラッツ夫婦は働き者と評判の商人で、何年もかかってそこそこの財産をなした。五人の子供はそろってこの街のラテン語学校に通い、実の子四人とアントンのあいだに差別をつけることはなかった。アントンは、両親の死後、街の役所からの割当で里親となって引き取った子供だった。

父親のクレメンス・クラッツは売り台のあいだにがっくりと肩を落として座っていた。右手だけが、すすり泣きながら寄り添う妻の肩を単調にさすっていた。二人の前にある売り台に男の子の遺体が載せられていた。死因を見定めるのに、長くはかからなかった。何者かがアントンの喉を過たず掻き切ったのである。迸り出た血が亜麻布の肌着を赤く染めていた。十歳の男の子の眼はじっと天井を睨んでいた。

一時間ほど前に発見されたときは、まだ息があったらしいが、それから数分もしないうちに事切れてしまったという。街医師のボニファッツ・フロンヴィーザーはその死を見届けることしかできなかった。ジーモンが到着したときには、やるべきことはなくなっていた。父親は息子を上から下までじろっと見てから、器具をまとめると、クラッツ夫婦に悔やみの言葉を述べ、息子には声もかけずに立ち去った。

ボニファッツがその家を去ってからも、ジーモンはなおしばらく押し黙ったまま死人のそばに座り、白くなった顔を見つめていた。たった二日のあいだに二人も死ぬとは……この子は殺したやつを知っていたのだろうか。

父親のクレメンスに向かって、

「どこでこの子を見つけたんですか」と訊いてみた。

返事はない。クラッツ夫婦は、人の声も届かない悲しみの淵に沈んでいた。

「済まないが、この子をどこで見つけたんですか」同じ質問を繰りかえした。

ようやくクレメンスが眼を上げた。泣き疲れた嗄れ声で言った。「戸口の外です。友だちのところに行くと言って大急ぎで出て行ったんですが……。なかなか帰って来ないので、探しに行こうとドアを開けたら。そこに倒れてました。血まみれで……」

また妻のアガーテのすすり泣きが聞こえてきた。奥の隅に置かれたベンチに、ほかの四人の子供たちが座っている。不安そうに眼を大きく見ひらき、いちばん下の娘は、端切れで作った人形をしっかりと胸に抱いていた。

その子供たちに向かって、「アントンお兄ちゃんがどこに行くつもりだったか、知ってる?」と訊いた。

「あいつは俺たちのきょうだいじゃない」長男の声には、不安を覚えつつも、きっぱりとして頑なな響きがあった。「あいつは里子だ」

(このぶんじゃ、ふだんからそう思うよう仕向けていたかもしれんな)そう考えると、溜息が出た。「そうか、じゃ、言い直す。アントンがどこに行くつもりだったか、誰か知ってる?」

「どうせまた、ほかの子のところさ」長男はこちらにまっすぐ顔を向けて言った。

「ほかの子って?」

「ほかの里子だよ。やつら、いっつも会ってるんだよ、レヒ門で。だから、そこへ行くつもりだったのさ。俺、四時の鐘が鳴ったとき、あいつが赤毛のゾフィーと一緒だったのを見たもん。なんか、大事な話みたいだったぜ。牛みたいに頭突きあわせて、ひそひそやってさ」

数時間前、殴られまいと必死に身を守っていた女の子が、頭に浮かんで来た。赤毛で、きかん気な眼をしたゾフィーという女の子。十二歳なのに、まわりは敵だらけのようだ。

「そうなんです」父親のクレメンスが口をはさんできた。「あの子たちは確かにしょっちゅう会ってました。

シュテヒリンのところです。ゾフィーとシュテヒリンは、あれは同じ穴の狢《むじな》、魔女なんですよ。この子が死んだのはあの二人のせいです。悪魔の印もあの二人がつけたんです、そうに決まってます！」

そこでまたアガーテが泣きだしたため、夫は話をやめ、妻をなだめなくてはならなくなった。

ジーモンは死体に寄り、そうっと俯せにした。確かに、右の肩甲骨にグリマーの息子と同じ印がある。ただ、それほどはっきりとしたものではなく、誰かが消そうとしたようにも見えた。とはいえ、印の黒ずんだ色は皮膚の下深くまで入りこみ、その子の肩に消すことのできない痕をとどめている。

背後にクレメンスの気配を感じた。憎しみに満ちた眼をその印に向け、「これはシュテヒリンが付けたんです。ゾフィーも」歯を剝きだし、鋭く言った。「そうに決まってます。二人とも、火あぶりにすべきです！」

ジーモンはクレメンスを落ち着かせようとした。「シュテヒリンは穴蔵のなかです。彼女なわけがありません。それにゾフィーはまだ子供です。子供がそんなことをするとほんとうに思ってるんですか……」

「悪魔が乗り移ったのよ！」後ろからアガーテが叫んだ。眼を真っ赤に泣き腫らし、顔は血の気を失っていた。「悪魔がこのショーンガウにいるのよ！　まだいくらでも子供を攫いに来るわ」

ジーモンはもう一度、男の子の背中を見やった。色あせた印。誰かがそれを除こうとして、うまくいかなかった、それだけは間違いない。

「あなたがたのなかに、これを洗い落とそうとした人はいますか」一同を見わたしながら、訊いた。

父親が十字を切った。

「私らは誰も、そんな悪魔の印には触ってません、神かけて」ほかの家族もかぶりを振り、十字を切った。

ジーモンは心の内で溜息をついた。これでは話が先へ進まない。いとまを告げ、闇のなかに出て行った。

背中に、母親のすすり泣きと、父親の祈りをつぶやく声を聞きながら。

口笛に、はっとして振り向いた。小路に視線を走らせる。角の家の壁に小さな影が立ち、手招きしていた。

ゾフィーだ。

ジーモンはあたりを見まわしてから、その小路へ入って行き、その子の前に立った。

「さっきは何で逃げて行ったの？」屈みこむようにして、小声で訊いた。

「また逃げ出すかも。でも、ちょっとだけ、あたしの話を聞いて。男の人がね、アントンのこと訊きまわってたの、斬られるちょっと前だった」

「男の人？　でも、それ、何で知ってるの……」

ゾフィーが肩をすくめた。ふっと笑ったようにも見えた。ジーモンは一瞬、この子は五年たったらどんな娘になるんだろうと思った。

「あたしたち孤児はね、どこにでも眼があるの。いじめられないように」

「それで、どんな人だった、その男の人」

「すごい大きい人。マントを着て、鍔の広い帽子をかぶって、帽子には羽根がついてた。顔に長い傷跡があった」

「それだけ？」

「骨の手をしてた」

「嘘をつくんじゃない」

「川で筏師にクラッツの家のことを訊いてた。あたし、木の陰に隠れて見てたの。左手はいつもマントの下に隠してたけど、一度だけちらっと見えて、陽に当たって白く光った。骨の形してた」

ジーモンは身をかがめ、ゾフィーの肩に腕をまわした。

「ゾフィー、そんな話、僕は信じないぞ。いちばんいいのは、今から僕と一緒に行って……」

ゾフィーは身をよじり、ジーモンの腕を振り払おうとした。怒りに眼が潤んでいた。

「誰もあたしの話、信じてくれない。でも、ほんとうなんだから。骨の手をした男の人がアントンを殺したの！　あたしたちレヒ門で会うことになってたの、なのに死んじゃって……」その声は、しだいにすすり泣きに変わっていった。

「ゾフィー、一緒に全部のこと……」

ゾフィーはジーモンの手を振り切るや、一散に小路に駆けだした。ものの何メートルかで闇に消えてしまった。後を追おうとして、腰に着けた巾着がベルトからなくなっているのに気づいた。新しい服を買おうと思って金を入れておいたのだ。

「あいつぅ……」

小路に盛られた汚物と糞尿の山が眼に入り、二度目の追跡劇はあっさりと断念した。そんなことより、さっさと家に帰って、ぐっすり寝たほうがよさそうだ。

5

一六五九年四月二十六日、木曜日、朝七時

考えごとをしながら、マクダレーナはレヒ橋を渡り、ぬかるんだ街道をパイティングに向かった。肩から吊した袋には乾燥させた薬草のほかに、ようやく昨日挽き終えた「聖母の粉」が入っている。何日か前、産婆のダウベンベルガーにその粉末を今度持って来るからと約束していたのだった。カタリーナ・ダウベンベルガーは七十歳を過ぎていて、足が悪かった。それでも、パイティングの近辺では今も村の産婆として、お産が大変そうなときには家にまで呼ばれていた。ダウベンベルガーはこれまでに何百人となく赤ん坊を取り上げてきた。その手はどんな難儀なお産でも赤ん坊をちゃんと取り上げると評判だった。また、「賢い女性」、治療師としても認められていて、司祭や医師からうさんくさい眼で見られてはいたものの、その診断や処置はほぼ的確だった。マクダレーナの父親もよく助言を求めていた。聖母の粉はそんな産婆に対する父親からのささやかなお礼の印であり、父親もまたいずれあれこれ薬草を都合してもらうことになるのである。

マクダレーナはパイティングのとば口の家々に差しかかったとき、農夫が自分のほうを振り向いてひそひそ話を始めたのに気づいた。一人また一人と十字を切っている。首斬り役の娘ということで村人には薄気味悪い存在であり、ベルゼブブと情を通じていると思っている者も少なくなかった。あの美貌だって魔王御自らと取引して手に入れたのさ、代わりに神から授かった永遠不滅の魂を差し出してな、そんな陰口が交わされているのを耳にしたこともある。そう思いたいやつには思わせておくまでだ。少なくともしつこく言い寄って来られるよりはましというものだ。

それ以上農夫のことは気にかけず、右に折れ、小路に入って行った。まもなく産婆の小さなあばら家の前に立った。

どことなく、おかしい。上天気の朝だというのに窓の鎧戸は閉め切られたままで、前庭の薬草や草花はところどころ踏みにじられている。マクダレーナはドアのところへ行き、取っ手を押した。鍵がかかっていた。

さすがに、何かあったと思わざるをえない。ダウベンベルガーは訪ねて来るのを拒むような人ではなく、マクダレーナもこの家に鍵がかかっているのは見たことがなかった。地元の女たちはいつでもこの老いた産婆を頼って来てよかったのである。

重々しいドアを力いっぱいノックした。

「ダウベンベルガー、いるんでしょう?」大声を張り上げた。「ショーンガウのマクダレーナです。聖母の粉を持って来ました」

しばらくしてから、上の切妻の窓が開いた。恐る恐るこちらを見下ろすカタリーナ・ダウベンベルガーの顔が覗いた。いかにも不安げである。ふだんよりたくさんの皺が顔に刻まれている。血色が悪く、疲れているふうだ。マクダレーナとわかると、むりに笑って見せた。

「あら、マクダレーナ、あなただったの。いらっしゃい。ひとり?」

マクダレーナがうなずいた。ダウベンベルガーは用心深くあちこち見やり、それから中へ消えた。木の階段を降りる足音がして、閂が押し戻された。ようやく両開きのドアが開いた。急いで入るよう手招きした。

「どうしたんですか?」中に入ってから、マクダレーナが訊いた。「市長に毒でも飲ませちゃったんですか」

「何を言いだすの、ばかな子だね」ダウベンベルガーはぴしゃりと言い返し、竈の火を掻きおこした。「夜討ちをかけて来たんだよ、村の若いのが。この家に火を点けようとしやがった。さいわいケスルのミヒャエルが駆けつけてくれて、地元の大農だよ、で、連中をやめさせてくれた。でなかったら完全に死んじまってた」

「シュテヒリンのせい?」マクダレーナは訊いて、竈のそばのぼろ椅子に腰をおろした。歩きどおしで足が痛かった。

ダウベンベルガーがうなずいた。

「産婆はまたみんな魔女になっちまった」とつぶやいた。「あたしらの婆さんの時代のことだってのに、何にも変わっちゃいない」

マクダレーナの向かいに座り、黒っぽい香りのいい手製の酒をカップに注いだ。

「飲みな。ビールと麻黄のエキスを混ぜた蜂蜜水だ」

「何のエキス?」マクダレーナが訊いた。

「麻黄。これを飲めばまた足腰が立つようになる」

マクダレーナはその熱い煮出し液を啜った。甘い味がして元気が出そうだ。両脚に力が戻って来たような気がした。

「あのさ、あんたたちのところで起こっていることって、ほんとうのところはどうなのさ」ダウベンベルガーが知りたがった。

マクダレーナは知っていることをかいつまんで伝えた。一昨日の夕方レヒ川のほとりを散歩したとき、ジーモンが死んだ男の子のことや肩に付いていた魔女の印について話してくれたのだ。ほかにも、昨夜、部屋の薄い板壁越しに聞こえてきたジーモンと父親とのあいだで交わされた会話を断片的に覚えていた。

「で、また一人、男の子が犠牲になったみたいなの、同じような印が肩に付いて。ジーモンは夜中に出て行ったわ。その後のことは何も聞いてない」それで話は終わった。

「ニワトコの汁が彫りこまれてたって言ったね」ダウベンベルガーがそう言いながら考えこんだ。「それは妙だね。悪魔は血を取るって思うのが普通じゃないかい？　あとさ……」

「何？」マクダレーナがじれったそうに口を挟んだ。

「いやね、男の子のポケットに硫黄が入ってて、それからその印ってのは……」

「あれってほんとうに魔女の印なの？」

「うん、まあ、賢い女性の印って言われてる。大昔の印さ。たしか手鏡を表してるんじゃなかったかな、大昔の偉い女神の鏡」

ダウベンベルガーは立ち上がって、竈のところへ行き、薪をもう一本くべた。

「どっちにしても、怒りの矛先はあたしらに向けられるんだ。それが長く続くようだったら、パイセンベルクの嫁のところへでも行くしかないね、ほとぼりが冷めるまで」

そこまで言って、はっとしてその場に立ちつくした。その視線がカレンダーに向けられた。使い古されたカレンダーがストーブのマントルピースの上に載っている。

「そういうことか」小声でつぶやいた。「なんでこんなこと忘れてたんだろう」

「どうしました?」マクダレーナが歩み寄った。ダウベンベルガーはカレンダーを手に取り、もどかしげにあちこちめくっている。

「ほら、これ」ようやく探し当てた絵柄を指さした。壺と本を手にした尼僧院長の黄ばんだ絵がそこにあった。「聖ヴァルブルガ。病気と産褥婦の守護聖人。来週はこの聖人の祝日なのよ」

「それで?」

マクダレーナはダウベンベルガーの言わんとすることが理解できなかった。わけがわからないまま染みだらけの印刷物を眺めていた。ページの隅が少し焦げている。そこに描かれた女性は頭に光輪を戴き、眼はうつむきかげんだった。

「あのね」ダウベンベルガーが話しだした。「聖ヴァルブルガの祝日は五月の一日なの。だから、その前の晩のことをヴァルプルギスの夜とも言うの……」

「魔女の夜」マクダレーナの声がかすれた。

ダウベンベルガーはうなずいてから、先を続けた。

「パイティングのお百姓さんたちのあいだでは、その夜、魔女たちがホーエンフルヒの上の森に集まりサタンに求愛するって言われてる。今の時代にその印が出てきたっていうのはただの偶然かもしれないけど、でも何にしても妙ではあるのよ」

「どういうこと……」

ダウベンベルガーが肩をすくめた。

「さあ、あたしには何とも。でも、ヴァルプルギスの夜まではあと一週間。そして、昨夜また一人、同じ印の付いた男の子の死体が発見されたんでしょう」

そう言うなり、そそくさと隣の部屋に向かった。マクダレーナが後について部屋に入ると、ダウベンベルガーはせっせと服や毛布を袋に詰めている。

「何してるんですか」マクダレーナがびっくりして訊いた。

「何をしてるかだって？」語気が荒くなった。「荷造りしてんのさ。パイセンベルクの嫁のところへ行くの。これ以上人殺しが起こったら、とてもこの辺にはいられないからね。ヴァルプルギスの夜までには、村の若いのがこの家に火を点けに来るだろうよ。ほんとうに魔女がこの辺をうろついてて、それがあたしだなんて見られたらたまったもんじゃないしね。それに、いなきゃいないで誰かしら魔女に仕立てられるんだ」

肩をすくめながらマクダレーナを見据えた。

「あんたも逃げ出しな。消えたほうが身のためさ。首斬りの娘なんてのはやつらにしてみりゃ、魔女と同じくらい破廉恥に見えてるんだから」

マクダレーナは一目散に外へ出た。レヒ川へ下る道すがら、納屋や農家の前を通り過ぎるたびに、どの窓からもうさんくさい眼が自分の背に向けられていたような気がした。

午前十時、ジーモンは、〈明星亭〉の奥のテーブルに座り、放心した体《てい》で羊肉と人参の煮こみを口に運んでいた。別に食欲があるわけではない。が、昨夜から何も食べていないのだ。しかし、昨夜のことを思い出すと、クラッツの息子の視線や、両親の泣く様、隣近所の昂奮、そういったものがありありと思い返されて、おのずと胃が縮こまってしまう。いくら頑張っても何も入っていかない。ただ、少なくとも、この〈明星亭〉なら、昨日の出来事についてもう一度落ち着いて考えられそうな気がした。

飲み屋の店内に視線を這わせる。ショーンガウには十余りの飲み屋があるが、格という点では〈明星亭〉

は広場に面したいちばんいい店だ。オーク材のテーブルはつるつるに磨かれ、天井からは枝付きの燭台がぶら下がり、蠟燭もこまめに取り替えている。裕福な客が来れば数人の下女がついて、ガラス製のカラフからワインをなみなみと注いでくれる。

この時間、ここにやって来るアウクスブルクの荷運びは数えるほどしかいない。朝早くに荷物をバレンハウスに送り届けてきた人たちだ。ショーンガウから先は、この人たちに代わって別の者がシュタインガーデン、フュッセン、アルプスを越えてヴェネツィアまで運んで行く。

荷運びたちはパイプを吹かし、もう相当にワインを飲んでいた。大きな笑い声がジーモンのところにまで聞こえて来た。

荷運びたちを見ていると、ジーモンは、筏師がレヒ川で話してくれた喧嘩を思わずにはいられなかった。ヨゼフ・グリマーがアウクスブルクの商売敵数人と悶着を起こしたという一件である。そのために息子が殺されるなどということがありうるだろうか。が、なら、もう一人の男の子の死はどうなる？　それと、ゾフィーが話してくれた骨の手をした男は？

ジーモンは度数の低いビールを口に含みながら、考えつづけた。アウクスブルクが新しい交易路をレヒ川のシュヴァーベン側に造るという計画は今に始まったことではない。ショーンガウに独占されている輸送路とは別のルートを通そうというわけだが、これまで公爵によってことごとく阻止されてきた。長い目で見れば、今回の諸々の出来事がアウクスブルク側に有利に働くのは疑いない。悪魔が暗躍しているからとショーンガウが敬遠されるようになれば、商人たちは一気に新しいルートを支持するようになる。それに、ショーンガウには折から施療院の建設計画が持ち上がっている。参事会のなかには、商人たちが怖れをなして近づかなくなるんじゃないかと心配する者も少なくない。

となると、骨の手をした男というのはアウクスブルクから送られた人間ということか。不安と混乱を広めるために。

「ここは落ち着くでしょう」

ぎょっとして我に返り、眼を上げた。カール・ゼーマーが目の前に立ち、アルコールの強い黒ビールを満たしたジョッキをテーブルにどすんと置いた。泡が飛び散った。ショーンガウの第一市長が自ら酒場に姿を見せることはめったにない。ジーモンは、この店の亭主でもあるゼーマーを見つめながら、この人から直々に話しかけられたことなんて今まであったろうかと思った。そういえば一度だけあった。たしか、ここの息子が熱を出してベッドに臥せっていたときだ。しかし、そのときはよそ者の風呂屋に対するようなあしらいで、薬礼を払う段になっても仏頂面のまま素っ気なくヘラー銀貨を差し出しただけだった。それが今、にこやかな笑みを浮かべながらジーモンのテーブルにやって来て腰をおろした。指輪をはめた肉付きのいい手で下女の一人を呼び、ビールをもう一杯持って来させると、ジーモンとジョッキを合わせた。

「クラッツのとこの子供が死んだんだってな。ひどいもんだ。この街のどこかにシュテヒリンに加担するやつがいるんじゃないか。そうとしか思えん。ま、しかし、それも、じき、はっきりするさ。今日はな、あの女に道具を見せることになっているんだ」

「シュテヒリンのやったことだって、どうして断定できるんですか」反論の口調にならないようにして、ジーモンは訊いた。

ゼーマーは黒ビールをぐいっと飲んでから、髭をぬぐった。

「証人がいる。子供らと一緒にサタンの儀式をやっているのを見たという証人がな。それに、遅くとも、引っ張り台に載せられりゃ、罪を白状するさ、わしが請け合うよ」

「おたくでアウクスブルクの人と喧嘩があったたって聞いたんですが」畳みかけるように訊いた。「グリマーさんが何人かと手ひどくやらかしたとかって……」

ゼーマーは一瞬戸惑ったように見えたが、それから、声高に否定しだした。

「別に大したことじゃありません、そういうのはよくあることです。レズルに訊いてみればいい。その日、酒場に出てたんだ」

ゼーマーが下女にテーブルに来るよう手招きした。レズルは二十歳ぐらい、どんぐり眼にひん曲がった鼻で、どう見ても神さまに祝福された容貌とは言いがたい。恥ずかしそうに、もじもじしながら俯いている。

そういえば、たまにぽうっと俺を見ていることがあったな、とジーモンは思った。下女のあいだでは相変わらずこの街の人気男の一人と見られていたし、まだ独り者の身でもあるのだ。

ゼーマーに呼ばれた下女が二人のテーブルに座った。

「レズル、この前のアウクスブルクの連中との喧嘩がどんなだったか話してくれ」

レズルは肩をすくめ、ジーモンを横目で見ながら、ぎこちなく微笑んだ。

「アウクスブルクの男は三、四人でした。すっかり酔っぱらってて、うちらの筏師のことをぼろくそに言ってました。荷物の留め方がいいかげんだし、傷はつけるし、運びながら酒を飲んでるしって。グリマーのやつも、そうやって積み荷を一つ川に落としたんだとか言って」

「それに対してグリマーが何か言ったのか」ジーモンが訊いた。

「あの人かーっとなって、アウクスブルクの一人を捕まえて口のところをガツンって。たちまち殴り合いでした。男衆に頼んで全員外に出してもらったんで、その後は静かになりましたけど」

ゼーマーがジーモンを見てにやりとし、もう一口ぐいっと飲んだ。

「どうだね、大したことじゃないだろう」

ジーモンの頭に、ふとあることが思い浮かんだ。

「レズル、その日、大男は見なかったか、羽根の付いた帽子をかぶってて、顔に傷跡があるんだが」

驚いたことに、レズルが即座にうなずいた。

「いたわよ。奥の隅に座ってた、ほかに二人が一緒だった。陰気くさい人たちで、兵隊さんかなって思ったわ。みんな剣を持ってて、一番の大男は、顔いっぱいに走る傷跡があった。ちょっと片足を引きずってるようだったけど。悪魔の手先みたいに見えた……」

「そいつらも喧嘩に加わったのか」

レズルはかぶりを振った。「ううん、眺めてただけ。殴り合いが収まったらすぐにいなくなったわ。あの人たちって……」

「レズル、もう充分だ。仕事に戻っていいぞ」ゼーマーが口をはさんだ。

下女が行ってしまうと、店の亭主は怒りの眼をジーモンに向けた。

「何をいらんことまで訊く？　訊いてどうしようってんだ。下手人はシュテヒリンなんだ。それでいいだろうが。わしらに必要なのは、この街に平穏無事な暮らしが戻って来ることだ。あんなことをしつこく訊いて、みんなを刺激するだけだろうが。なあ、フロンヴィーザー、余計な手出しはせんでくれ。騒ぎを起こすだけなんだから」

「まあ、でも、はっきりしたことは何も……」

「手を出すなと言っただろうが！」ゼーマーが太い人差し指でジーモンの胸を突いた。「あんたと首斬りの二人で訊きまわってるようだがな、不安を煽るだけなんだ。余計なことはするな、わかったか！」

そう言うなりゼーマーは立ち上がり、挨拶もせず上の部屋へ行ってしまった。ジーモンはビールを飲み干し、出口に向かった。

外に出たところで、上着をつかまれた。下女のレズルだった。誰かに見られてやしないかと、不安げにあたりを見まわした。

「まだ言わなきゃいけないことがあって。三人の男のことだけど……」小声で言った。

「ん?」

「出て行ったわけじゃないの。上に行っただけ。そこでまた誰かと会ったみたい」

ジーモンはうなずいた。ショーンガウで何か話し合いをしようとすれば、たいがい〈明星亭〉に行く。そして、ほかの者に見られたくないときは二階の個室を使う。脇に入り口が設けてあるのは、そういう目的があるとき酒場を通らなくても済むようにとの配慮からだった。三人の男はいったい誰と会っていたのだろう。

「ありがとう、レズル」

「あの、ほかにもまだ……」レズルはあたりを窺った。やっと聞き取れるような声で、先を続けた。唇がジーモンの耳にくっつきそうだった。

「信じてもらえるかしら。その傷跡のある大男が勘定を払うとき、左手が見えたんだけどね、それが、もうびっくりしちゃって、手がね、骨、骨で出来てたの。悪魔がこのショーンガウにやって来たのよ。あたし見ちゃったんだから……」

名前を呼ぶ声がして、レズルはぎくっとした。酒場のほうから声がかかったのだ。若い医者にちらっと流し目を使ってから身をひるがえすと、その場から立ち去った。

下女の姿が見えなくなると、ジーモンは飲み屋の建物の正面を見上げた。豪華な造りで、ガラス窓や化粧塗りが施されている。その男たちは、ここで誰と会っていたのだろう。

ふいに、ぶるっと身震いした。ゾフィーが言っていたことは、どうやら嘘ではなかったようだ。もしかすると、ほんとうに悪魔がショーンガウに来たのかもしれない。

「マルタ、そろそろだ、起きてくれ」

ヤーコプ・クィズルは人に気づかれないようにして房のなかに入り、産婆が毛布代わりに掛けていたマントをそっとめくった。マルタ・シュテヒリンは眼を閉じ、すやすやと眠っている。唇に笑みすら浮かんでいる。今は、何の不安も痛みもない世界にいるのだろう。クィズルは、役目とはいえ、そんな彼女を現実の厳しい世界に引き戻すのが気の毒になった。まもなくこの場所で非常な苦痛が繰り広げられることになる。シュテヒリンには気をしっかり持っていてもらわなくては。

「マルタ、もうすぐ参事会の人が来るんだ！」

今度は体を揺すった。産婆は眼を開け、一瞬戸惑ったふうにあたりを見まわした。記憶が戻って来た。土埃にまみれてもつれた髪を顔から払い、狩り立てられた獣のように我が身を見つめた。

「ああ、そうね、始まるのね……」そう言うと、さめざめと泣きだした。

「怖がらなくていい、マルタ。今日は道具類を見せるだけだ。しっかりな。下手人は、俺たちがきっと見つけてやる、そうすれば……」

ドアの軋む音が聞こえ、クィズルは話すのをやめた。午後遅くの陽の光が、開いたドアを通して砦の内部に射しこんで来た。四人の捕吏が入って来て、壁際に立った。続いて参事会の代表と法廷書記官ヨハン・レヒナーが入って来た。

クィズルは、参事会員が三人も来たことに面食らった。今日は拷問具を見せるだけだと聞いている。実際の拷問はその後のことであり、それにはミュンヘンの裁可や、執事の臨席が必要なはずだ。書記官は自分の裁量で拷問を始めようというのだろうか。

レヒナーは、クィズルが躊躇しているのに気づいたらしく、促すように大きくうなずいて見せた。

「お察しのとおりだ。参事会のお三方には立会人として来ていただいた。この案件を速やかに処理すれば、それだけ早く街に平和が戻って来る。ザンディツェル伯爵閣下も感謝されるであろう」

「しかし……」クィズルが言いかけたが、レヒナーの眼は、抗弁しても無駄だと言っていた。どうしたものか。予期せぬ事態だ。これではシュテヒリンを拷問にかけるしかなくなってしまう。ただ……。

ただ、立会人が別の判断をしてくれれば、話は変わってくる。

クィズルは経験上、拷問に陪席した参事会員から異論が出ることがあるのを知っている。場合によっては、それで尋問が予定より早く打ち切られることもあった。拷問を続けても思い通りの成果が得られそうにないと判断された場合である。

三人の立会人を見やった。パン屋のミヒャエル・ベルヒトホルトとシュレーフォーグルは知っていたが、もう一人は……。

レヒナーはクィズルの視線に気づき、「参事会員のマティアス・アウグスティンが病気につき、代わりとして息子のゲオルクを寄越された」と付け加えた。

クィズルはうなずきながら、三人の立会人の人となりに思いをめぐらせた。

ミヒャエル・ベルヒトホルトは、拷問を見るのが楽しみだと言ったり、シュテヒリンは魔女として火あぶりにされなくてはならないんだと言い張るような参事会員を前にすると、そんなことを口にするもんじゃないと躍起になるような男だ。今も、離れたところからでもこの産婆に魔法をかけられ、ネズミにされてしまうのではないかと内心びくびくしながら、恨みがましい眼を向けている。クィズルは、火酒で眼を赤く充血させたこの小柄で痩せこけた男を見ながら、小さく含み笑いをした。灰色のコートを着て、けばだった毛皮の帽子をかぶった姿は、夜中にパン焼き場をうろちょろするネズミそっくりだった。

パン屋の後に牢屋に入ってきたシュレーフォーグルは、多少怒りっぽいところはあるにしても、参事会内では堂々たる後継者ぶりを見せている。このシュレーフォーグルがシュテヒリンに罪はないと思っているというのは、ほかの会員から聞いていた。

（俺たちの味方になるだろうか……）

クィズルは、ショーンガウ随一の有力者とも目されている製陶一族の若き後裔を見つめた。ゆるやかに湾曲した鼻、高い額、青白い顔色、クィズルが都市貴族という言葉から想い描く風貌そのものである。製陶業者が作るものは食器やストーブに使うタイルなどだが、シュレーフォーグル一族はこの地に小さな製造工場を持っていて、七人の職人が壺や皿やタイルの生産に従事していた。先代のフェルディナントは仕事に勤しみ、はるか下から富豪にのし上がり、周囲からは奇蹟とすら見なされたものだった。教会や参事会や大農に納めたタイルに、自筆の痛烈な諷刺画を焼きこんだタイルを混ぜていたのは有名な話だ。

昨年その父親が亡くなると、息子は遺産を無駄使いするどころか、至極まっとうに投資にまわしていると評判になったものだ。先週も新たに一人雇い入れたばかりだ。父親がホーエンフルヒ坂の地所を教会に遺贈していたことも、意に染まぬことと思いつつも受け容れた。施療院はそこに出来ることになっている。

クィズルにとって、シュレーフォーグルはこの街で時おり言葉を交わす数少ない男の一人である。今も、こちらを見て短くうなずいて見せた。口許には励ますような笑みがかすかに浮かんでいた。

三人目の立会人、ゲオルク・アウグスティンは判断のつけようがなかった。この若者は遊び人との風評があり、これまでは遠くアウクスブルクやミュンヘンで、父親の指示に従って宮廷との取引に従事していた。アウグスティン家はショーンガウでは運送業の名門であり、ゲオルクもその栄光に浴している。羽根飾りの付いた帽子をかぶり、トランクホーズに折り返しのあるブーツをはいた伊達男ぶりで、興味津々な眼差しは首斬り役を素通りし、その先の産婆に向けられていた。

シュテヒリンは震えながらマントをぴったりと体に巻きつけ、凍えて青くなった足先をこすり合わせている。牢獄の石壁は、四月とはいえまだ氷のような冷たさだ。

「では、始めましょうか」ヨハン・レヒナーの声が、いっとき続いた静寂を破った。「地下牢へ参りましょう」

捕吏が地下に降りる揚げぶたを開いた。この階段を降りて行くと、粗い切石造りの煤に汚れた部屋に出る。左隅に染みだらけの引っ張り台があり、頭を置く側に木製の車輪が付いている。その脇に、やっとこを熱するための火床がある。やっとこはいろいろな大きさのものがあり、もう何年も使われていないため錆が浮いていた。鉄のリングを嵌めこんだ石が、いくつも床に転がっている。天井からは鉤の付いた鎖がぶら下がっている。昨日のうちに捕吏が親指締めともう何種類かのやっとこをバレンハウスから持って来て、無造作に隅に放ってある。もう一方の隅には使い物にならなくなった椅子が積み上げられていた。拷問部屋はさながら、がらくた置き場の様相を呈していた。

ヨハン・レヒナーが松明をかざしながらひとわたり室内を見てまわった。それから、クィズルに非難の眼差しを向け、叱りつけた。

「ちっとは片づけたらどうだね」

クィズルは肩をすくめた。「こんなにお急ぎとは思わなかったもので」動じるふうもなく、椅子を並べはじめた。

「前回の尋問から少々時間も経ちましたし」

前の尋問のことはよく覚えている。四年前のことで、ペーター・ライトナーという贋金造りを後ろ手に縛り、鉤に掛けて天井から吊した。四十ポンドの石を脚に結びえつけたところでとうとう腕が折れ、泣きながら自白した。その前には親指締めもやっていたし、真っ赤に灼いたやっとこでいたぶることもやっていた。そのときはクィズルは初めからライトナーの罪を確信していた。今回は逆にシュテヒリンの無実を確信している。

「何をぐずぐずしている、さっさとやれ！　私らはこんなことで一日つぶすわけにいかんのだ」

レヒナーは出された椅子の一つに腰をおろし、クィズルがほかの出席者のために席を設えていくのを見守っていた。どでかい手でずっしり重いオークのテーブルを持ち上げ、レヒナーの前にどすんと置くと、レヒナーはじろりと睨みつけたものの、何も言わずにインク壺と鵞ペンを取り出し、羊皮紙を前に広げた。

「始めましょう」

立会人たちはすでに席に着いている。マルタ・シュテヒリンは向かいの壁に身を押しつけ、ネズミ穴でも何でもいいから逃げ出せそうなところはないかと探しているように見えた。

「服を脱がせろ」レヒナーが言った。

クィズルは訝しげにレヒナーのほうを見た。

「しかし、まずは……」

「服を脱がせろと言ってるんだ。魔女の印があるかどうか調べる。そういうのが見つかれば、罪の裏付けになり、尋問もその分はかが行く」

捕吏二人がシュテヒリンのもとに歩み寄った。シュテヒリンは腕を組んで隅にうずくまった。パン屋のミヒャエル・ベルヒトホルトが薄い唇を舐めた。こいつは今日は、これ見たさにやって来たのかもしれない。

クィズルは胸の内で呪った。こういう展開になるとは予想外だった。魔女の印の有無を調べるのは、魔女狩りには恰好の手段とされている。嫌疑をかけられた者の体に妙な形の母斑が見つかると、即座に悪魔の印とされ、首斬り役がその母斑に針を刺して調べることになる。血が出なければ、魔女と断定される。クィズルは、この針刺し検査には血を出さないやり方があるというのを、祖父から聞いて知っていた。祖父はそれに熟達していて、そのおかげで魔女裁判はとんとん拍子に結審し、首斬り役にはどんどんお金が入り、となったのだった。

布を裂く音に、はっとして我に返った。捕吏の一人がシュテヒリンの着ているものを引き剝がしたのだ。異臭を放つ染みだらけの服を脱がされ、青白い瘦せた体が露わになった。太腿と上腕に青痣がついている。一昨日の朝、ヨゼフ・グリマーが押しかけて来たときに出来たものだ。両手で胸と恥部を隠しながら壁に身を押しつけた。

捕吏に髪の毛をつかまれ、ぐいと持ち上げられると、たまらず叫んだ。パン屋のベルヒトホルトの血走った小さな眼がシュテヒリンの体をなぞるように這っているのがはっきりとわかった。

「こういうものなんですか？　せめて椅子ぐらい座らせてやったらどうなんです？」シュレーフォーグルが勢いよく立ち上がり、捕吏をやめさせようとしたが、逆にレヒナーに引き止められた。

「私たちは真実を見つけようとしているのです。そのために必要なことなのです。ただ、椅子ぐらいはいいでしょう。座らせてやれ」

捕吏は仕方なさそうに中央に椅子を一つ置き、そこにシュテヒリンを座らせた。おどおどした視線がレヒナーとクィズルのあいだをせわしなく行き来した。

「髪を切れ。そこにも印がないか調べる」レヒナーが言った。

捕吏がナイフを持って近寄ろうとすると、クィズルがすかさずそのナイフを取り上げた。

「俺がやる」

一つかみずつ丁寧に、シュテヒリンの巻き毛を切っていった。髪の毛は小さな束になって椅子のまわりに落ちた。シュテヒリンは声もなく泣いた。

「心配するな、マルタ」耳許でささやいた。「痛くはしない。今日のところは」

レヒナーが咳払いした。「刑吏、この女の印調べはおまえに任せたい、体じゅう全部だ」

　パン屋のベルヒトホルトがレヒナーに身を寄せ、小声で言った。

「こいつに任せるのはいかがなものかと思います。シュテヒリンとはぐるですから。私はこの眼で見たんですよ、こいつが薬草やら何やらこっそりこの女から受け取るところを。それと、コイスリンバウアーんとこの下女から聞いた話ですがね……」

「ベルヒトホルトさん、今あなたのお話を伺っている暇はないんですよ」レヒナーは、ベルヒトホルトの臭い息にたまりかね、顔をそむけた。しかし、とかく大酒飲みのほら吹きとの噂がある男とはいえ、今の話に限っては信用がおけそうだ。かといって、二番目の立会人にやらせるというのも……そこまで考えて、もう一度ベルヒトホルトに顔を向けた。

「あ、いや、これも真実を見つけるためです、ありがたくご忠告をお受けしましょう。アウグスティンさん、よろしかったら、刑吏に手を貸していただけませんか」

　ベルヒトホルトは満足げに椅子に背をもたせかけ、また被告人に好奇の眼を向けはじめた。一方、声をかけられた富豪の息子ゲオルク・アウグスティンは、小さく肩をすくめてから立ち上がり、ゆったりとした足どりでシュテヒリンに歩み寄った。端整な顔立ちで、あまり陽を浴びたことのないような青白い肌をしている。瞳は深い青。その視線が、ほとんど関心なげにシュテヒリンの体に向けられた。人差し指がきゃしゃな体に触れ、乳房のまわりに円を描き、臍の上で止まった。

「後ろを向いて」小声で言った。

　小さく震えながらシュテヒリンは背中を向けた。指先が首筋から肩へと滑っていく。右の肩甲骨で止まり、そこにある母斑をとんとんと軽く叩いた。確かにほかのよりは大きい。

「どう思う?」

アウグスティンは、そばに立っているクィズルに顔を向け、じっと眼を見据えた。

クィズルは肩をすくめた。「ホクロですな。これをどう思えと?」

アウグスティンは引き下がらない。その唇にうっすら笑みが浮かんだように見えた。「死んだ二人の男の子の肩にも、こんな印があったんじゃないですか」

レヒナーとベルヒトホルトが椅子から飛び上がった。シュレーフォーグルまでが、その印を確かめようと近寄って来た。

クィズルは眼をしばたたき、もっとよく見ようとした。茶色い染みのようなホクロは、確かにほかのに較べ大きかった。黒い毛が何本か生え、そこから下に向かって線状のものが伸びている。

シュテヒリンは寄ってきた男たちにぐるりと取り囲まれた。鑑定台に上げられた仔牛同然で、わが身の運命に身をゆだねるほかはなかった。時おり、かすかな嗚咽が洩れた。

「確かに」レヒナーがささやくような声で言い、そのホクロに身をかがめた。「悪魔の印に似ているような……」ベルヒトホルトが激しく首を縦に振り、十字を切った。シュレーフォーグルだけがかぶりを振った。

「これが魔女の印だというのなら、私まで一緒に焼かれることになる」

シュレーフォーグルはシャツのボタンを外し、胸元の茶色い染みを見せた。確かに、そのホクロも妙な形をしていた。「これは生まれたときからのものだ。今まで、これのせいで悪魔呼ばわりされたことなど一度もない」

レヒナーはかぶりを振り、シュテヒリンから身をそむけた。「なら、これはこのくらいにしておこう。クィズル、道具を見せてやれ。真実を言わないかぎり、私らがどういう考えでいるかも、ちゃんと説明してやれ」

クィズルはシュテヒリンの眼をじっと見据えた。それから、火床からやっとこを引き抜き、歩み寄った。奇蹟でも起こらないかぎり、始めなくてはならない。と、そのとき、嵐のような鐘の音が外から聞こえてきた。

6

一六五九年四月二十六日、木曜日、午後四時

ジーモンは春の息吹を思いっきり吸いこんだ。数日ぶりに自由な気分を味わっている。遠くに川のせせらぎが聞こえ、草地は瑞々しい緑に輝いていた。ユキノハナが蕾をつけ、白樺やブナのあいだで光を放っている。木々のあいだの日陰にだけは、まだところどころ雪が残っていた。

レヒ川上流の川辺をマクダレーナと歩いていた。径は細く、時おり二人の肩が触れ合った。もう二度ばかりマクダレーナは、転びそうになってはジーモンにしがみついてきた。そして、転びそうにないところまで

行っても、なかなか手を放そうとしなかった。

〈明星亭〉での会話の後、ジーモンはレヒ川に急いだ。頭を外の風に当て、落ち着いて考える時間が必要だった。父親からチンキの調合をするように言われていたが、明日まで待てるだろう。今はとにかく父親から離れていたい。クラッツの男の子の死に際してもお互い口もきかなかった。処刑吏の家に行くからと家を空けたことが、未だに許せないらしい。まあ、でも、いつものことだから、そのうち怒りも煙となって消えるだろう。それまでは顔を合わせないほうが無難だ。親父は別の世界の人間なんだ。そう思うと溜息が出た。死体の解剖は神を冒瀆するものだとか、病人の治療は、結局のところ下痢を起こさせたり血を抜いたり、あとはひどい臭いの丸薬を使ったりという、そういう世界の人間なのである。ペストで死んだ人の葬儀を終えた後に父親の言った言葉が、ふと脳裡に蘇った。〝わしらがいつ死ぬかは神の決めることだ。神の仕事にわしらは手を出しちゃならんのだ〟

ジーモンはそうはしたくない。神さまの仕事に手を出したいのである。

その後レヒ門で、母に言いつかって川辺にラムソンを摘みに行くところだったマクダレーナと出くわした。例によってにこやかな笑みを向けられ、すぐに野草摘みに同道することにした。レヒ橋の近くで、数人の洗濯女から痛いほどの視線を背中に受けたが、気にしても始まらない。

午後はずっと、川辺の林のなかを二人で歩きまわった。今またマクダレーナの手がジーモンの手に触れた。ジーモンは体がかっと熱くなり、頭皮がむずむずしだした。こんなに俺を惑わせるとは、この娘はいったい何を持っているのだろう。禁断の魅惑というやつか。マクダレーナと一緒になれないのはわかりきったことだ。ショーンガウなどという、些細な疑いをかけるだけで一人の女を火刑の薪に載せることができるような息の詰まる狭苦しい田舎街では、どだい無理な話だ。

ジーモンは額に皺を寄せた。言いしれぬ思いが雷雲のように湧き上がって来た。

「どうかしたの？」マクダレーナが立ち止まり、ジーモンを見つめた。ジーモンの不安を感じ取ったらしい。

「いや……何でもない」

「何よ、話してよ。話してくれないんならもう帰りましょう。もうあなたには二度と会わないわ」

ジーモンは苦笑した。「下手なおどしだな。その手には乗らないよ」

「ばれたか。でも、何なの？」

「いや……男の子のことなんだけど」

マクダレーナは溜息をついた。「そんなことだろうと思った」踏み分け道のそばに横倒しになったオークの大木があった。春の嵐で倒れたのだろう。マクダレーナはジーモンをそこに誘い、一緒に腰をおろした。マクダレーナの眼は遠くを見つめている。話しだすまで、少し間があった。

「ひどい話よね。あの男の子たちのことは私も頭から離れなくて。ペーターもアントンも。二人とも市場ではよく会ってたわ、特にアントンとは。誰にも相手にされなくて。里子になって、首斬り人の子供と同じようなものかなぐらいには思ってたんだけど、全然違ってた」

マクダレーナは真一文字に唇を嚙みしめた。ジーモンの手が肩に置かれ、しばらく二人とも無言だった。

「里子どうしで、いつもシュテヒリンのところに集まってたというのは知ってた？」ようやくジーモンが口を開いた。

マクダレーナはかぶりを振った。

「そこで何かあったのかもしれない」ジーモンは林のなかに視線を這わせた。はるか遠くにショーンガウの外壁が聳えている。

少し間をおいてからまた話しだした。「ゾフィーの話だと、殺しがあった日の前の晩もみんなシュテヒリンのところにいて、しばらくしてみんな家に帰ったんだけれども、ペーターだけは帰らなかったらしい。誰かに会おうとして川に行ったと言うんだ。誰だろうね、それ。殺した下手人かな。それとも、ゾフィーが嘘をついてるんだろうか」

「アントンはどうなの？　やっぱりシュテヒリンのところにいたの？」マクダレーナがジーモンの肩に身をもたせ、そっと膝に手を置いた。が、ジーモンの頭のなかは別のことを考えていた。

「もちろん、アントンもだよ」考えをまとめようとしながら言った。「しかも、二人とも肩にあのニワトコの汁で彫りこんだ変な印が付いていた。アントンのほうのは、誰かが消そうとしたみたいで、だいぶ薄くなっていたけど」

「自分でかしら」マクダレーナがジーモンの肩に頭を載せた。

ジーモンは遠くを見つめたままだ。「それと、きみのお父さんがペーターのポケットから硫黄を見つけてる」ぶつぶつとつぶやくような声だ。「シュテヒリンのところからはアルラウネが消えた」

マクダレーナがはっとして身を起こした。首斬り人の娘であれば、その根のもつ魔力のことは充分に知っている。

「アルラウネって、それ、確かなの？」不安そうに訊いた。

ジーモンが横倒しの大木から勢いよく立ち上がった。

「魔女の印、硫黄、アルラウネ……出来すぎてる。そう思わない？　まるで、誰かが、この街に魔物がいるってみんなに信じこませようとしているみたいじゃないか」

「魔物はほんとうにいるのかも」マクダレーナがささやくように言った。春の陽に雲がかかり、肩掛けを掻き合わせた。

「今朝、ダウベンベルガーさんのところに行って来たんだけど」恐る恐る話しはじめた。「おばさん、聖ヴァルブルガの話をしてくれたの」

産婆のダウベンベルガーとの会話の中身をジーモンに伝えた。そして、この人殺しが一週間後のヴァルプルギスの夜と関係があるかもしれないと産婆が思っているということも。が、話し終えたとき、ジーモンはかぶりを振った。

「そんな魔物話は信じたくないね。魔法だとか呪文だとかってのも。子供たちが死んだのには、何かしら然るべき理由があるはずなんだ」

そう言ってから、ふと骨の手をした男のことを思い出した。ゾフィーと〈明星亭〉の下女がそろって口にした男だ。そいつはほんとうにクラッツの息子のことを訊いていたのだろうか。それとも、あれはやっぱり、ゾフィーの法螺だったのか。金をそっくり盗まれたことまで思い出されて、にわかに頭に血が上った。まったく油断も隙もあったもんじゃない！　あんなガキ、信用できるか！

溜息をついてから、またマクダレーナのわきに腰をおろした。冷えてきた。ぶるっと震えが来たのを見て、マクダレーナが肩掛けを広げ、ジーモンの肩にも掛けてやった。マクダレーナはジーモンの手を探るようにしてつかむと、そのまま自分の胴衣にゆっくりと引き寄せた。

ジーモンは相変わらず骨の手の男のことを考えている。そいつがほんとうにいるとして、子供らの死に関わりがあるのであれば、何のためにそんなことをしたのか。満月の夜にシュテヒリンのところにいたこと以外に、二人の死を結びつけるものは何だろう？

それに、特に……。

（ほかにも誰かシュテヒリンのところにいた人間がいる？）

マクダレーナはジーモンの横顔を見つめていた。今日はもうずっとこの調子だ。せめて、そばに誰がいるのかぐらい教えてあげなくちゃ。

「ジーモン、あたし……」

そう言いかけたとき、けたたましい鐘の音が風に乗って響いてきた。街から遠く離れたこんなところにまで、赤ん坊の鳴き声のような音が届くとは。何かあったな！　胸騒ぎがした。ジーモンは勢いよく立ち上がるや、ショーンガウに向かって駆けだした。数メートル行ったところで、マクダレーナが付いて来ないのに気づいた。

「ほら、早く！　まさか、また川に死体が上がったなんてのじゃなきゃいいけど」

マクダレーナは溜息をついて立ち上がると、ジーモンの後を追った。

ヤーコプ・クィズルは監獄内の地下牢からの階段を一気に駆け上がった。後ろから、同じように出口へ向かおうとする書記官や参事会員のわめき声が追いかけて来る。外からはひっきりなしに、街じゅうを覆いつくすような鐘の音が響いてきた。

いくつかある見張り塔の鐘がいっせいに鳴らされるのは、敵の襲来や火災といった緊急事態の場合のみである。敵兵が襲って来ることはまずありえない、クィズルはそう思った。平和になってからもう十年以上になる。今でも、傭兵くずれの輩が森に潜み、村はずれの農家を襲って略奪行為を働くことは絶えないが、そういった宿無しの寄せ集めに襲われたところで、ショーンガウはびくともしまい。となると、残るは火災だが……。

ショーンガウの街なかの建物は相変わらず木造が大半で、その多くが茅葺きの屋根である。風向きしだいでは、ちょっとしたぼやが街全体を焼きつくすことにもなりかねない。火災に対する住民の不安は大きく、クィズルも家族のことが気がかりだった。

監獄になっている砦の出口まで来て、とりあえず街じゅうに危険が及ぶことはなさそうに見えた。細い煙がまっすぐに立ち上り、上空で雲のように広がっている。煙は外壁の外から上がっているらしく、おそらくは筏の寄せ場あたりだろうとクィズルは見当をつけた。

ほかの人たちにはかまわず、ミュンツ通りをバレンハウスへと駆け、左に折れてレヒ門へ向かった。街の住民たちも様子を確かめようとその門に殺到している。川に面した家々の上階の窓は、日暮れ時になって閉めたばかりだったのに、次々と開けられ、岸で何があったのか一目見ようと好奇の顔を覗かせている。

レヒ門を抜けたところで、筏の寄せ場にある保管倉庫が燃えているのが見えた。屋根がめらめらと燃え上がっている！ 筏師が五、六人、一列になって桶を渡し、燃えさかる炎に水を掛けていた。ほかの者は大急ぎで倉庫のなかから木箱や梱を運び出している。火の粉が舞い、パチパチとはぜる音がする。クィズルは倉庫が焼け落ちるのは防げそうにないと見たが、それでも手を貸してやらなくてはと橋めざして駆けて行った。倉庫内の箱の中身はどれも燃えやすいものばかりである。羊毛、絹、ワイン、香辛料……。いずれも街なかのバレンハウスを通さず、すぐにまた筏で運ばれていく荷物で、この倉庫はその一時的な保管場所だった。

門を出ていくらも行かないうちにクィズルは立ちすくんでしまった。その位置からは寄せ場全体が見渡せる。筏用の突堤付近に人が群がり乱闘騒ぎになっている。拳が飛び交い、すでに地面に倒れている者もいて、筏用の竿を手にした者どうしがなおも殴り合いを演じていた。荷運びや筏師ら見知った顔もあれば、よそ者らしきのも混じっている。

夕陽が森の向こうに沈んだ今、目の前には人間と炎とが奇妙な対照をなして浮かび上がっていた。数メートルも離れていないところで倉庫が燃え上がっているというのに、男どもが火事そっちのけで殴り合いをしているのだ。クィズルにはわけがわからなかった。

「気でも違ったか！」橋を数メートル過ぎたところで、クィズルは大声を上げた。「やめろ。倉庫が燃えてるんだぞ！」

その声に気づいた様子もなく、男たちは相変わらず派手な立ちまわりを演じている。額から血を流している者もいれば、顔に掻き傷やみみず腫れをこしらえている者もいた。クィズルは強引にあいだに割って入り、双方を引き離した。中の一人、胴着を引きちぎられた男には見覚えがあった。市の広場の裏手にある飲み屋の常連で、名前はゲオルク・リーク、ショーンガウの荷運びの一人だ。酒癖が悪く喧嘩っぱやいことで知られているが、仲間内ではいいやつとの評判だった。もう一人の男はよそ者のようである。唇から血を流し、右の眉がぱっくり割れていた。

「やめろと言ってるんだ」肩を鷲づかみにされ、二人はようやくクィズルに気づいた。「喧嘩をしている場合か。火消しの加勢をしたらどうなんだ」

「火をつけたのはアウクスブルクのやつらなんだから、てめえで消せばいいのさ」そう言ってゲオルク・リークがもう一人の男の顔にぺっと唾を吐きかけた。

相手が殴りかえそうとしたので、クィズルは二人の頭をむんずとつかんで鉢合わせさせた。「何か言いたいことは？」

「でたらめなことをぬかしやがって！」訛りからアウクスブルクの人間だと知れた。燃えている倉庫のほうに顎をしゃくった。「てめえらの見張り番がよく見てねえからこういうことになったんだ。それをわしらに尻ぬぐいさせようってのか。ご免だね。損害の弁償に血でも何でも流せってんだ」

背後に何かが動く気配を感じた。振り向くや、視界の端に筏の竿が振り下ろされるのが見えた。咄嗟に反応して二人を押し倒し、次の瞬間には竿を受け止めていた。その竿をぐいと押し戻してやると、相手の男が悲鳴をあげながらレヒ川に落ちていった。すかさず、左からもう一人襲って来た。肩幅の広いがっしりした男で、見覚えがある。アウクスブルクの筏師仲間の一人ではなかったか。気合いとともに襲いかかって来た。クィズルはすんでのところで身を躱し、首筋に渾身の一撃を見舞った。男は呻きを洩らし、どうと地面に倒れた。が、ものの数秒で立ち上がると、また攻撃を加えてきた。横から繰り出した拳は空を切ったが、次の一撃をクィズルは右手で受け止めた。その手をじわりと締め付けていく。やがて指の骨がぎりぎりと音を立てはじめた。手の力を緩めず、じわじわと相手を突堤の端へと追い詰めて行き、最後は川のなかへ突き落とした。大きな水音をあげて男は川の流れのなかに沈み、寄せ場の下手あたりに達したところで浮き上がると、必死に水を掻き、川のなかに穿たれた柱につかまろうとした。

「やめろ。街の名において、やめるんだ」

いつのまにかヨハン・レヒナーが捕吏を従えて寄せ場に到着していた。四人の捕吏がほかのショーンガウの住民の手も借りて、喧嘩の双方を引き離した。

「全員、桶を持って倉庫へ行け!」レヒナーがわずか二言三言でその場の者を統率し、消火作業にかかるよう指示したものの、もうほとんど手遅れで、屋根は焼け落ち、建物内部に通じる通路はどれも赤々と燃える梁に行く手を阻まれていた。まだ中に残っている荷物も遅かれ早かれ炎の餌食になる。数百グルデンがむざむざと失われていく。焼け落ちた倉庫のわきには煤にまみれた木箱や梱が山積みになっていた。なかにはちろちろと炎を出しているものもある。焼けたシナモンのにおいがあたりに漂った。

捕吏が殴り合いに関わった者たち全員を寄せ場の隅に追い立てて行き、ショーンガウとアウクスブルクの二つのグループに分けた。互いに憎々しい眼で睨み合っている。ただ、どちらももうへとへとで、これ以上殴り合いや罵り合いを続ける力は残っていないようだ。

クィズルはショーンガウのグループのなかに、パン屋のベルヒトホルト親方の弟、ヨゼフ・ベルヒトホルトが混じっているのに気づいた。兄のミヒャエルが湿らした布を弟の腫れ上がった左目に押し当て、アウクスブルクの連中に向かって悪態をついている。砦での尋問に立ち会っていたもう二人の参事会員は群衆のなかに紛れていた。

ジーモンの父親、ボニファッツ・フロンヴィーザーの姿もあった。レヒナーの指示を受けて駆けつけたのだろう。水と亜麻布を手に、傷のひどい者の手当てに当たっている。ショーンガウの荷運びの一人が上腕に刺し傷を負い、アウクスブルクのほうにも一人、太腿から血を流している者がいた。

クィズルはレヒナーの声を聞くや、すぐさま殴り合いから手を引き、今は桟橋の支柱に腰をおろし、パイプをくゆらせながら寄せ場の騒ぎを遠目に眺めていた。

さながら、ショーンガウが街を挙げてこの見せ物を見物しようと川に押しかけて来たようなありさまだった。街の門のほうまで人の列が出来、焼け落ちる倉庫を見下ろしている。炎に包まれた梁がまた大きな音とともに崩れ落ちた。その火炎は夏至祭りの櫓の炎のように、暮れなずむ背後の森を明々と照らした。

まもなくレヒナーの前に寄せ場の番人が連れられて来た。しょげ返って身を縮め、我が身の無実を必死に訴えていた。

「信じてください、書記官さま」涙声になっている。「何でこんな火が出たのか、さっぱりわからないんです。あっしは、ベネディクトとヨハネスと一緒にここでサイコロをやってて、そいで、ふっと振り返ったら、もう倉庫が火の海だったんで。誰かが付け火したに違いねえんです、でなかったらあんなに早く火がまわるはずはねえんで」

「誰が火をつけたかなんざ、とっくにわかってる」ショーンガウのグループからゲオルク・リークが声を張り上げた。「アウクスブルクの連中でさ。手始めにうちらの子供を殺しておいて、今度は倉庫に火をつけやがって、みんな怖がってわしらの街に近づかねえようにしようって魂胆なんだ。げす野郎が！」

　ショーンガウの仲間内の何人かがまた騒ぎだした。石が飛び、罵声が上がった。捕吏がかろうじて二つのグループを押しとどめていた。

「てめえでてめえの荷物に火をつける馬鹿がどこにいる！」今度はアウクスブルクのグループから声が上がった。ショーンガウからは罵声と蛮声の野次。「ろくに見てもいねえで、でたらめ言うな！　俺たちのせいにしようったって、そうはいかないからな。ちゃんと弁償しろよ。びた一文負からねえから、そう思え」

「へん、じゃあ、あれは何だ」ゲオルク・リークが、焼け落ちた倉庫の前に置かれた樽と木箱を指さした。「てめえらの荷物はさっさと運び出してるじゃねえか、火のまわらねえうちによ」

「嘘をつけ！」アウクスブルクの者たちは抑えが利かなくなりつつある。「俺たちが運び出してるときにはもう火がまわっていた。てめえらなんざ、ぼけっと突っ立っておろおろしてただけじゃねえか」

「静かにしろ、この畜生どもが！」

　書記官の声はとりたてて大きかったわけではない。が、やはり人を黙らせるだけのものは持っているのだろう。ヨハン・レヒナーは啀《いが》みあう二つのグループを交互に見やってから、アウクスブルクの荷運びたちを指さした。

「頭は誰だ？」

　最前クィズルに川に突き落とされた大男が前に出た。首尾よく岸に泳ぎ着けたのだろう。ずぶ濡れの髪が顔に垂れ、ズボンと胴着は体にぴったりと貼り付いている。ショーンガウの法廷書記官を前にしても畏縮した様子はまったくない。むすっとしたままレヒナーの顔を見据えた。

「俺だ」

レヒナーがその男を上から下までじろりと見つめた。

「名前は?」

「マルティン・ヒューバー。フッガー家の荷運びだ」

口笛ともつかないかすかな音がまばらに起こった。フッガー家といえば、今でこそもう大戦争前のような力はなくしていたが、それでも、名門であることに変わりはない。その一族のもとで働いているとなれば、他の者の代弁者たる資格は充分だ。

レヒナーは、たとえ頭の隅にそんなことを思い浮かべたとしても、顔に出すようなことはしない。短くうなずいて、こう言った。「マルティン・ヒューバー、この事件がはっきりするまで、私どもの客人になっていただこう。この街を出ることも禁じる」

ヒューバーの顔が赤くなった。「そんなことをされる筋合いはない。俺が立つとすればアウクスブルクの法廷だ」

「私にも可能なはずだがな」低く突き入るような声だ。「おまえはこの街の領内で殴り合いをやったのだ。証人もいる。したがって、こちらにとどまって、こちらの水を飲んでもらうことになる」

ショーンガウの筏師の側から喝采と嘲りの笑いが起こった。レヒナーがそちらに向き直った。

「喜ぶのはまだ早い。この者一人ではない。ゲオルク・リーク、おまえも一味の頭として牢獄行きだ。怠け者の橋番と一緒に行け。最後に笑う者が誰かは、じき明らかになる」

ゲオルク・リーク、橋番、アウクスブルクのマルティン・ヒューバーの三人は、大声で異を唱えながら引っ立てられて行った。橋の上まで来て、ヒューバーが振り返り、ショーンガウの人たちに向かって怒鳴った。

「後で吠えづらかくな。明日には、ここで何があったかフッガー家の者が知ることになる。かわいそうに。

全部の梱を弁償してもらうことになるぜ。一つ残らずな」

　レヒナーは溜息を吐いてから、そばに立って真っ青な顔をしている市長に向かって言った。

「この街は呪われている。すべては、あの魔女が子供らを殺してからだ」

　市長のカール・ゼーマーが問いただすような眼で相手の顔を見つめた。

「まさか、シュテヒリンがこの倉庫を……？」

　レヒナーは肩をすくめ、それから薄く笑った。

「おそらくは。まずはあの女に自白させることです。そうすれば、事は一気に片が付く。元どおり平和になりますよ」

　ほっとしたように市長はうなずいた。それから二人は連れ立って街のなかへと戻って行った。

　女の子は木の人形を痩せた胸に押しつけていた。息をするたびにぜえぜえという音がする。顔は青ざめ、やせこけて、眼のまわりは落ちくぼんで隈が出来ている。また咳が出た。激しく咳きこみ、苦しそうだ。喉が痛むのだろう。遠く、レヒ川のほとりにいる人たちの声が聞こえる。何かあったらしい。やっとの思いでベッドのなかで身を起こし、窓越しに一目見ようとした。が、見えるのは空と雲と、立ち上る煙の柱だけだった。父親には、何でもないから、心配しなくていい、ベッドにそのまま横になってなさい、と言われた。もう少ししたらお医者さんが来て、湿布が効かないようだったら、何かしら手を打ってくれるから、とも。女の子は小さく笑った。若いお医者さんのほうがいいな、おじいさんのほうじゃなくて。若い医者のほうが好きなのだ。一度、市場でリンゴを差し出して、具合はどうって声をかけてくれたことがあった。そんなふうに自分の容態を訊いてくれる人はあんまりいない。ううん、一人もいない。

クララは五歳のときに両親を失くした。先に逝ったのは母親だった。弟を産んだあと、そのまま目を覚まさなかった。今でも母親の豪快な笑いを覚えている。人なつっこい大きな眼も、夜寝る前によく歌を歌ってくれたことも。柩の後について行きながら、お母さんは眠ってるだけなんだ、すぐまた目を覚まして家に帰ってくるんだ、と思っていた。葬列が聖ゼバスティアン教会に着き、柩が新しい墓地で地中に沈められると、手を引いてくれていた父親にきつく抱きしめられ、思わず叫んでしまった。参列した女たちは、きっとお母さんを思って泣いたのだろうと思い、クララの頭をやさしく撫でてくれた。

それからは、父親の具合が悪くなっていった。今のクララと同じように、激しい乾いた咳に悩まされ、やがて血を吐くようになった。そんな親子に近所の人たちは同情の眼差しを向けては、かぶりを振ったものだった。クララは夜になると父親のベッドのそばに座り、母親がいつも歌ってくれた歌を歌ってあげた。父親にとってはクララが、クララにとっては父親がかけがえのない身内だった。ショーンガウに籠職人は充分足りていたから、父親のきょうだいはいなくなっていた。弟のように死んでいった者もいる。弟は母親の乳房を含むこともできないまま三日三晩泣きつづけて、そして突然おとなしくなり、それっきり動かなくなった。

父親が死んだのは冷え冷えとした雨模様の秋の日で、母親と同じ墓地に運ばれて行った。墓の土はまだやわらかく、掘り返すのは容易かった。

それからの数週間、クララは近所のおばさんのもとで過ごした。六人の子供たちと一緒で、テーブルに座ると、大麦粥の入った深皿一つをめぐってひっぱたき合いながらの取り合いになる。お腹が空いてひもじい思いをすることはなかったものの、ストーブの前のベンチに潜りこんでは泣いた。ひとりぼっちだった。おばさんがたまにお菓子をこっそり渡してくれることもあったが、すぐにほかの子供たちに取られてしまった。クララのもとに残るのは、父親が昔彫ってくれた木の人形だけ。それだけは昼も夜も肌身離さず持っていて、誰にも渡さない。最後に残った両親の形見なのだ。

一月後、若くて親切な男の人がやって来た。頭を撫でながら、いいかい、これからはクララ・シュレーフォーグルという名前になるんだぞと言った。その人に連れられて、市の広場に面した大きな三階建ての家に行った。広い階段と、たくさんの部屋。どの部屋にも金襴の厚手のカーテンが掛かっていた。シュレーフォーグル家にはすでに五人の子供がいて、マリア・シュレーフォーグルはもう子供を産めない体になっていたという。一家はクララをわが子のように迎えた。初めのうち、ほかの子供たちがひそひそ陰口をきいたり悪口を言ったりすると、父親が飛んできて、ハシバミの枝で三日三晩座れないくらいにお尻をぶったものだった。クララはみんなと同じようにおいしい料理を食べ、同じように亜麻布の服を着せてもらったが、それでも自分は別であるとわかっていた。人に養ってもらう里子。家族のお祝いごとや復活祭や聖ニコラウスの夕べには、自分とシュレーフォーグル一家とのあいだに見えない壁を感じていた。自分以外の人どうしで交わされる抱擁や愛情のこもった視線、暗黙の会話、身ぶり、触れあい、そういうものを目にするなり、部屋に駆けこんで泣いた。誰にも気づかれないよう、ひっそりと。

窓の外がにわかに騒がしくなった。叫んだりわめいたりする声が聞こえる。クララはベッドのなかにじっとしていられなくなった。体を起こし、重い羽毛ぶとんをわきへ押しのけて、ひんやりした床に降り立った。すぐに頭がふらっときた。熱がある。ぬかるみに足を取られているような感覚だ。それでもよろよろと歩いて窓辺に寄り、窓を開け、下を見た。

川のほとりの倉庫が燃えている！　空に向かって炎が伸び、街じゅうの人が筏の寄せ場に集まっている。

クララの両親やきょうだいも、乳母までも野次馬になって殺到していく。クララだけ、病気の里子だけが、ここに置き去りにされた。三日前、あわてて逃げだしたとき、クララは川に落ちてしまった。運よくヨシの茂みにつかまることができたので、流されずに済んだ。岸に這い上がり、湿地のやぶのなかを家めがけて走った。走りながら、何度も振り返って男たちがいないか確かめた。もう姿は見えなかった。ほかの子供たちもいなくなっていた。キュー門のそばにあるオークの樹まで来て、やっとアントンとゾフィーを見つけた。アントンはぎょっとした眼でクララを見つめ、悪魔でも出たのかと思ったとしきりに大声で繰りかえした。ゾフィーが見かねて平手打ちを食らわせると、やっと口をつぐんだ。そのアントンも死んでしまった。理由はわかっている。十歳とはいえ、何があったのかぐらいはちゃんとわかるのだ。クララは不安だった。

と、下のほうで玄関のドアの軋る音が聞こえた。里親の両親が戻ってきたのだろう。すぐに呼びかけようと思ったが、何となくためらわれた。この家は親が帰宅するたびに一騒動になる。乱暴なドアの開け閉めに始まって、子供たちが歓声をあげながら階段をどたどたと降りていく。乳母が市場から帰ってきたときでも、がちゃがちゃと鍵を開ける音や籠をどさっと置く音が聞こえてくる。それが、今はしんと静まりかえったままだ。誰かがそっとドアを開けたようにも思える。ドアの軋る音が聞こえたのは確かなのだ。階段のぎしぎしいう音が聞こえてきた。クララは本能的に窓辺から急いでベッドに戻り、その下に潜りこんだ。埃が鼻に入り、くしゃみが出そうになった。かろうじてこらえた。身を潜め、ベッドの下から様子を窺っていると、部屋のドアがゆっくりと開き、泥のはねかかったブーツが現れ、そのまま敷居に立っている。クララはじっと息を殺した。里親のブーツでないのは明らかだ。養父は見てくれには気をつかう人なのだ。誰のブーツなのかわからないが、ただこの泥には見覚えがある。自分の靴も三日前こんなふうに泥だらけになった。逃げるとき通ってきた湿地の泥だ。

男たちが戻って来たんだ。少なくとも、そのうちの一人が戻って来たんだ。

埃が鼻に入りこんで来る。右手がむずがゆい。ちらっと見やると、クモが指の上を這って暗がりに消えた。必死に悲鳴をこらえ、敷居に立ちつくしたままのブーツにじっと目を凝らした。男の静かな息づかいが聞こえ、それからブーツは遠ざかって行った。足音が上の部屋に通じる階段を上がって行った。クララはその音にじっと聞き耳を立てた。ふつうの歩き方の音とは違っていた。一定の間隔で引いたり引きずったりしている。逃げた夜の記憶がよみがえってきた。追っ手のなかに一人、妙な走り方をするのがいた。跳ねるような……そうだ、びっこを引いていた！　いま階上にいるのは、そのびっこを引いた男だ。そうに違いない。とすると、そんなに速くは走れないんじゃないか？

クララは一呼吸待ってからベッドの下から這い出ると、爪先立ちになって開いているドアに走り寄った。上を見あげたが、階段に人影はない。よそ者は上の部屋のどこかに入ったにちがいない。クララは足音を忍ばせて階下に降りて行った。

一階の応接間まで来たところで、人形を上に置き忘れてきたことに気づいた。

唇を嚙んだ。目の前の玄関ドアが大きく開いたままになっていて、川のほうからがやがやと騒々しい声が聞こえてくる。川から徐々に人々が戻りはじめたようだ。

クララはぎゅっと眼をつぶってまたすぐに開けると、大急ぎで階上に上がり、自分の部屋に飛びこんだ。ベッドに置いたままの人形をつかみ取り、両手で抱きかかえた。そしてまた階下に向かおうとしたとき、階上から足音がした。急ぎ足になっている。

男が聞きつけたのだ。

足の運びが速くなった。男が一気に階段を降りてくる。クララは、人形をしっかりと抱きかかえながら部屋から飛び出そうとした。敷居のところでちらっと上を見た。黒い影が勢いよく迫って来た。ケープをまとった髭の男が右手を前に突き出している。悪魔だ。白い骨の手をした悪魔だ。

クララは部屋のなかに引き返し、ドアを閉めると、内側から閂をかけた。そのドアを向こうからドンドンと叩いている。ののしり声もかすかに聞き取れる。しまいに、男が体当たりでもしたのだろう、ドアが震えた。一回、二回……。クララは開け放したままにしてあった窓に走り寄った。救けを求めて叫ぼうとしたが、恐怖で喉が締めつけられ、声にならない。喘ぎ声がかすかに洩れるだけだ。窓の下の通りにはあいかわらず人影はない。はるか向こう、レヒ門を通って戻って来る人だかりがかろうじて見えた。手を振ろうとしたが、すぐに、そんなことをしても何にもならないことに気づいた。せいぜい愛想よく手を振り返してくれるだけだろう。

背後で木がばりっと裂ける音がした。はっとして振り返ると、剣の切っ先がドアを突き破り、その裂け目をどんどん大きくしている。クララはもう一度下の通りを見やった。クララの部屋は二階にある、地面まではおよそ十フィート。玄関のすぐそばにお百姓さんが止めたままの荷車があった。麦藁がいっぱい積んである。

ぐずぐずしてはいられない。クララは夜着の胸元に人形を押しこみ、窓敷居によじ登った。そして敷居を乗り越えると、両手で窓枠をつかんでぶら下がった。ドアの裂ける音がますます大きくなり、閂がわきに押しやられた。えいっと小さな掛け声をあげてクララは両手を離した。荷車の上にまともに落ちた。右肩が囲いの格子に当たり、激痛が走った。が、それにかまけてはいられない。囲い枠を乗り越え、地面に降りた。髪の毛や夜着が藁まみれなのもかまわず、通りを駆け、逃げた。もう一度振り返ると、窓に悪魔の立っているのが見えた。骨の手を動かし、なにやらクララに呼びかけているようにも見えた。

〝さようなら。すぐにまた逢おう……〟

クララは熱に浮かされた頭でその声を聞いていた。目の前がもうろうとなり、脚が勝手に動いている。人影のない通りをよろよろと歩くたびに、喉の奥のぜいぜいいう音が強まったり弱まったりした。悪魔に跡をつけられている。救けてくれる人は誰もいない。

ジーモンとマクダレーナが筏の寄せ場に着いたときには、ショーンガウの人たちはおおかた街に戻った後だった。消防班が残って煙をあげている梁などを掻き集めたり、赤く燃え残っているところに水をかけたりしていた。ほかには野次馬が数人うろうろしているぐらいだった。少なくとも、番小屋や桟橋にまで火が及ぶという危険は避けられたようだ。

ジーモンは、何があったのか数人の男たちに訊いてまわった。それから、ようやく桟橋の先の支柱にクィズルが座っているのに気づいた。パイプをくゆらせながら、思案顔で倉庫の焼け跡を見つめている。ジーモンとマクダレーナが近づいていくと、眼を上げた。

「どうした。一日、楽しんで来たか?」

ジーモンは顔が紅潮するのを感じた。マクダレーナはわざとそっぽを向いた。

「僕は……僕らは……僕は、マクダレーナがラムソンを摘むのを手伝ってたんです、そうしたら煙が見えて」そこまで言って言葉に詰まった。それから、かぶりを振りながら焼け跡に目を向けた。「ひどいことを。街には大変な出費になる!」

クィズルが肩をすくめた。

「やったのがこの街の人間だったらな……うちの街の

筏師は、アウクスブルクの連中が自分で倉庫に火をつけて、荷物はその前に運び出していたと言っていた」

ジーモンが肩越しに見やった。確かにまだ煙をあげている瓦礫の山から離れた安全な場所に木箱や梱や袋がうずたかく積み上がっている。そばにはアウクスブルクの筏師が数人立ち、険しい目つきをして見張っていた。

「それって、どういうことですか？」とクィズルに訊ねた。

クィズルはもう一口大きくパイプを吸いこんだ。

「少なくともやつらは、俺たちが争っているあいだに品物を安全なところへ運んで行った」そこまで言うと、座り疲れたとでもいうように立ち上がり、歩きだした。

そして、ぶつぶつとつぶやくような声で続けた。

「いずれにしても、一つははっきりしている。あの火は誰かがつけたものだということだ。俺は火あぶりの薪の山に何度も火をつけてきた。よく燃えるようにするにはそれなりの苦労があるんだ。松明を投げこんだぐらいではああはならない」

「付け火、ですか？」ジーモンが訊いた。

「まず間違いない」

「でも、どうして？」

「そんなことは知らん。だがな、これはしめたと思った」

クィズルが橋のほうへ向かう。わきを通りすぎるときにかぶりを振った。

「火事は悪いことばかりじゃなかった」

ジーモンが後を追った。

「いったい、どういうことです？」

「この件でアウクスブルクとショーンガウの人間に尋問することになれば、シュテヒリンのことでは猶予期間が生じることになる。少なくとも今日のところはいいほうに働いた」

言いながら木橋をのっしのっしと歩いて行く。と、突然立ち止まって振り返った。

「おっと、忘れるところだった。シュレーフォーグルのところに寄って行ってくれ。クララが病気だそうで、診てほしいと言っていた。それと、マクダレーナのことも家まで送ってくれ。いいな」

ジーモンが振り向くと、マクダレーナがにっこりと微笑んだ。

「父はあなたのことが好きなのよ」

ジーモンが額に皺を寄せた。「本気でそう思ってるの？」

「もちろん。でなかったらとっくにあなたから大切なものを取り上げて、あなたのことをレヒ川に放りこんでるわ。目にも留まらぬ早業でね」

ジーモンは苦笑した。それから、この首斬り役を敵にまわしたらどうなるか想像してみた。マクダレーナの言うとおりであってほしいと思った。

ヤーコプ・クィズルは地下牢へと戻って行った。通りはすでに夕闇に包まれている。監獄の入り口には見張り番が一人立っているだけだった。この男をここに立たせ、見張っているよう言いつけてから、みんな筏の寄せ場に急行したようだ。その後、仲間の捕吏がゲオルク・リークと橋番を連行して戻って来たが、二人を有無を言わせず投獄してしまうと、また駆け足で川へ降りて行っていた。

見張り番の若い男が不安げな顔をした。この街で自分だけが何が起きたのか知らずにいる。そこに今度は首斬り役が一人で戻って来た。ほかの人たちはどうしたんだろう。書記官は？　立会人は？

「今日はもういいことにしよう」クィズルがぼそっとつぶやき、見張り番を押しのけた。「上がりにしようや。俺はまだ道具を片づけなきゃならんが。シュテヒリンはまた閉じこめてあるんだろう？」

見張り番がうなずいた。まだ十八になったばかりだ。

天然痘であばた面になっている。このごろようやく奇異の眼で見られても気にならなくなっていた。「下で何があったんです？」

「倉庫が焼けた。見たいか？」

見張り番は心配そうに下を向いた。視線の先にあるのは牢獄に通じる控えの間だ。クィズルが見張り番の肩をぽんと叩いた。

「魔女は逃げやしない。俺が見ててやるから、今から行って来い」

ありがたいとばかりにうなずくと、見張り番はクィズルに鍵を差し出した。そして、瞬く間に家の角を折れ、姿が見えなくなった。

クィズルは砦の内部に足を踏み入れた。すぐさま石壁のひんやりとした空気に包まれ、そこに尿と湿った藁の黴くさい臭いが混じる。左の房にはゲオルク・リークと橋番が入っている。アウクスブルクの荷運びのほうは、力のある隣街を下手に刺激しないようにと、バレンハウス内の小さいながらも居心地のいい部屋に監禁された。

ショーンガウの二人はとりあえずは自分の運命を受け容れたようだ。房の隅に寄り、ぼんやりとしている。筏師のリークがクィズルを認めるや、飛んできて、格子にしがみついて揺らした。

「クィズル、見てくれ。やつら、俺たちを魔女と同じところに叩きこみやがった。魔法にかけられないうちに、どうにかしてくれ」

「おとなしくしろ」

クィズルは筏師には眼もくれず、隣の房へ行った。捕吏はマルタ・シュテヒリンを房に戻すとき、衣類も返してくれていた。シュテヒリンは隅にうずくまり、ざん切りにされた頭を両手でおおっている。クィズルが格子に歩み寄ると、足元から鼠が素早く逃げて行った。

「マルタ、大事なことなんだ。こっちを向いてくれ」

シュテヒリンが眼を細め、こちらを見た。

「子供たちの名前を教えてくれ」声を低めて言う。

「どの子の?」

クィズルは唇に指を当ててから隣の房を指し示した。そして小声で続けた。

「殺される前の晩、あんたのところにいた子供たちの名前だ。一人ひとり、全部。ここから出してやるにしても、何があったかは聞いておかないと」

シュテヒリンが名前を挙げていく。全部で五人。ペーター・グリマー以外は孤児だ。そのうち二人はもう生きていない。

思わずクィズルの手が格子を叩いていた。この子らは何かしら秘密を持っていたにちがいない。また鼠が一匹、物陰から出て来て足元を擦りぬけようとした。それをクィズルはこともなげに踏んづけ、隅に放り投げた。チューと一声あげ、鼠はこときれた。

「じゃ、マルタ、また明日」声が大きくなっていた。

「明日はちょっと痛い目を見ることになるかもしれんが、気をしっかり持つんだぞ」

「へっ、叫ぶんじゃねえか、魔女なんだから。それが俺のすぐそばにいるとはよう、すぐそばだぜ」

ゲオルク・リークの声がこちらまで響いてきた。格子をつかんでまたがたがたやっている。そうしながら片足で橋番をつついた。ぼんやりしていた橋番がびくっとして我に返り、リークを見つめかえした。

「リーク、静かにしろよ」橋番が小声で話しかける。「俺たちに危害が及ばないだけ、ありがたいと思えよ」

クィズルは夜の闇のなかへ出て行った。が、一つ目の角を曲がったところで足に根が生えたように立ち止まってしまった。

市の広場のほうから松明を手にした人々がこちらに向かっていた。

ジーモン・フロンヴィーザーは子供の様子を見ようとシュレーフォーグル家に着いたとき、すぐに普段とは様子が違うのに気づいた。玄関の前に十人からの人だかりが出来ている。夜のとばりが降りかかったなか、ランタンを手にしている者もいて、その炎のゆらめきが等身大以上の影を家の壁に投げ、野次馬の顔を鈍く赤い光のなかに浮かび上がらせていた。ひそひそ話が交わされ、一人が繰りかえし二階を指さしている。その男の声がジーモンにも聞こえてきた。「あの窓から飛んで行ったんだ、子供を連れてな。あれは悪魔の化身だ、誓ってもいい！」別の者がシュテヒリンを呪い、今日にも焼き殺されるのを見たいと言った。

ジーモンが見あげると、真上の窓の鎧戸が開いたままになっている。両開きの窓の右側は上の蝶番がはずれ、下の蝶番だけでかろうじて留まっていた。時おりぶらぶらと風に揺れるさまは、大男でもそこにぶら下がっているようだった。明かり取り用のガラスが砕けて路上に散らばっている。上の部屋から女のすすり泣きが聞こえてきた。その泣き声が甲高い叫びに変わったとき、ジーモンはほかの窓ガラスも砕けるのではないかとさえ思った。

ジーモンは人だかりを掻き分けて家に入ると、分厚い絨毯が敷かれた幅広の階段を上って二階へ行った。叫び声は左側の部屋から聞こえる。下女と召使いが死人のような青ざめた顔をしてその前に立っていた。下女のほうはぶつぶつと祈りの文句を唱え、ロザリオを指でつまぐっていた。毀されたドアがジーモンの眼に飛びこんできた。中央部の薄い板が破られ、破片が絨毯に飛び散っている。胸の高さほどの穴を通して、マリア・シュレーフォーグルがベッドにうつぶせになっているのが見えた。指を羽毛ぶとんに食いこませ、頭を枕に埋めている。そのすぐそば、ベッドの縁にヤーコプ・シュレーフォーグルが座り、何ごとか慰めの言葉をかけながら妻の髪を撫でている。部屋のなかの椅子は二つとも倒され、額縁の毀れた聖母マリアの絵が床に落ちていた。おだやかな笑みをたたえたその顔にブーツの跡が斜めにくっきりと残っていた。

毀れたドアのところにジーモンが立っているのに気づいたヤーコプ・シュレーフォーグルがうなずきかけ、なかに入るよう促した。

「クララの病気を診に来てくれたというのであれば、遅すぎたと言うしかありません」シュレーフォーグルが低い声で言った。その眼に涙が浮かんでいるのがジーモンにも見て取れた。ただでさえ青白い顔がいちだんと青ざめている。涙で赤く染まった眼のあいだにゆるやかな弧を描いてすっと伸びた鼻が心持ち脹らんで見え、ふだんはきちんと整えているブロンドの髪が艶を失くして額に垂れ下がっていた。

「何があったんです?」ジーモンが訊ねた。

マリア・シュレーフォーグルがまた激しく泣きだした。「悪魔があの子を！　この部屋にやって来て、うちのクララを攫って……」最後のほうは言葉にならなかった。

ヤーコプ・シュレーフォーグルがかぶりを振った。

「何があったのか正確なことはわからないんですが、誰かがあの子を攫って行った……としか思えないんです。下の玄関は鍵をかけて行ったのに、そこから入ってここまで上がってきて、ドアを蹴破り、クララに襲いかかって、そのまま窓から連れ去ったんじゃないかと」

「窓から?」ジーモンが額に皺を寄せた。それから、窓枠に歩み寄り、下を見た。真下に干し草車が置いてある。

ジーモンはうなずいた。これくらいなら、飛び降りても足の骨を折ったりせずに地上に降り立つことができるかもしれない。

「通りにいた人が、そいつはクララを連れて飛んで行ったと言ってましたが」言いながら下に集まっている人だかりに目をやった。怒りにまかせた声が蜜蜂のうなりのようになって上まで響いてきた。「実際にそれを目撃した人はいるんですか？」

「アントン・シュテッヒャーがこの眼で見たと言ってます」そう言ってシュレーフォーグルは、なおもしくしくと泣いている妻の手を取った。かぶりを振り、「これまで、子供たちと殺人というのは当然説明のつくものだと思っていました、でも、こんなことがあると……」シュレーフォーグルの声がそこで途切れ、ジーモンのほうに向きなおると、「どう思います？」と訊ねた。

ジーモンは肩をすくめた。「私は自分の眼で見たものしか信じません。ここで私が目にしたのは、賊が押し入ったということと子供がいなくなったということだけです」

「でも下のドアは閉まっていました」

「合い鍵を作れる者には造作もないことです」

シュレーフォーグルがうなずき、「たしかに」と言った。「となると、アントン・シュテッヒャーは嘘をついていることになる」

「そうともかぎりません」ジーモンが答え、窓の下にある干し草車を指さした。「こういうことだったんじゃないかと思います。つまり、男が合い鍵を使ってなかに入った。クララはその音を聞きつけ、この部屋に閂を下ろした。男がドアをこじ開けて、揉み合いになった。最後は男がクララを抱えて窓から飛び降り、あの干し草車に落ちて、そのまま立ち去った」

シュレーフォーグルが額に皺を寄せた。「でも、どうしてそいつは子供を抱えて窓から飛び降りなくちゃならなかったんです？　玄関から出て行ったっていいんじゃないですか」

ジーモンは咄嗟には答えられなかった。代わりに、「クララは孤児なんですよね？」と訊いた。

シュレーフォーグルがうなずく。「両親は五年前に死にました。街があの子を私たちの里子に割り当てたんです。里子であっても私たちは実の子同様に接してきました。妻は特に目をかけて可愛がっていたんです……」

言っているうちに、また涙があふれてきた。あわててぬぐった。妻のマリアはなおもすすり泣くばかりで、男たちの視線を避けようと向きを変えると、あらためて枕に顔を埋めた。

窓の外の人だかりがますます大きくなり、騒々しさが増してきた。ジーモンが見おろすと、新たにやって来た者が松明を持っている。何かが始まりそうな雰囲気だった。

ジーモンは考えこんだ。アントン・クラッツも里子だったし、ペーター・グリマーは母親なしに育った。みんな、最初の殺人があった前の晩はシュテヒリンのところにいた……。

「おたくのクララはそんなにちょくちょくマルタ・シュテヒリンのもとに行っていたんですか?」シュレーフォーグルのほうに向きなおって訊ねた。相手は肩をすくめた。

「あの子がどこに行っていたのかまでは私は知りません。そういうことも……」

「産婆のところにはよく行ってました」妻が口をはさんだ。いくぶんしっかりした声になっていた。「みんなであそこに集まってるんだと話してくれたことがあるんです。そのときは別に気にもとめなかったんですが……」

「二日前の朝ですよね」ジーモンが確かめるように言った。「グリマーさんの男の子が死んだのは。そのとき、クララに何か変わったことはありませんでしたか?」

シュレーフォーグルがちょっと考えてから、うなずいた。「顔色が悪くて、朝は何も食べようとしませんでした。熱が出てくるんじゃないかと話していたら、案の定、その日のうちに具合が悪くなってしまいました。ペーターのことを聞いたときは、上の部屋にこもったきり、夕方まで出て来ませんでした。そのときは一人にさせておいたほうがいいと思ったんです。何と言ってもペーターはあの子の遊び相手でしたから」

「あの子には印がついていました」

「えっ?」考えこんでいたジーモンが、その言葉にぎょっとした。

マリア・シュレーフォーグルが頭をもたげ、虚空を見つめながらもう一度繰りかえした。「あの子には印がついていました」

ヤーコプ・シュレーフォーグルが信じられないといった顔で妻を見つめた。「何を言いだすんだ、おまえ」ささやくような声だった。

マリアはなおもぼうっと壁を見つめたまま、話しつづけた。「あの晩、桶であの子の体を洗ってやったんです。薬草入りのお湯を使えば熱が下がるんじゃないかと思って。初めはいやがってましたが、無理やり脱がしました。そしたら、お湯をかけるとき肩を隠すようにするんです。でも、私には見えました。今みんなが話しているのと同じ印です。だいぶ色があせてましたが、それでもはっきりそれとわかりました」

ジーモンは何か言おうとしたが、すぐには言葉にならない。ようやく、「あの、丸の下に十字がついているやつですか?」と訊いた。

マリアがうなずいた。

長い間が生じた。表の群衆の怒りの叫びだけが聞こえていた。突然ヤーコプ・シュレーフォーグルが勢いよく立ち上がった。顔が真っ赤になっていた。

「どうして俺に何も言わなかったんだ、それも、一度ならず二度までも、くそっ!」ほとんど叫び声になっていた。

妻がまた泣きだした。「私は……私は……これがそうだなんて思いたくなくて。見なかったことにすれば、そのうち消えるかもしれないと思ったから……」しゃくりあげ、またすすり泣きになった。「それがあさはかだっていうんだ！　あの子のことは救えてたかもしれないんだぞ！　あの印の意味を話し合っていれば、救えたかもしれないんだ。もう手遅れだ！」

ヤーコプ・シュレーフォーグルは部屋から走り出ると、隣の部屋に消え、叩きつけるようにドアを閉めた。ジーモンが後を追ったが、階段に出たところで、下から騒々しい声が聞こえてきた。「行くぞ！」誰かが叫んだ。「俺たちで引っ立てよう！」

ジーモンは思い直して急いで階段を降りた。外に出ると、松明や大鎌、長槍を手にした集団がミュンツ通りに向かって歩きだしたところだった。捕吏の姿も何人か見て取れた。法廷書記官や参事会員の姿まではなかった。

「どうしようっていうんですか？」ジーモンが後ろから群衆に向かって叫んだ。

一人が振り向いた。皮鞣しのガブリエル、グリマーの息子が事故に遭ったとき知らせに来た男だ。「これ以上子供らを攫われないよう、俺たちであの魔女を引っ立てるんだ！」と言う。松明の明かりに顔がゆがんで見え、白い歯が闇のなかに浮き上がった。

「でも、シュテヒリンは閉じこめられているんだぞ」何とか落ち着かせようとした。「それに、クララを連れて行ったのは男だったはずだ」

「悪魔だ！」別の男がわめいた。アントン・シュテッヒャーだったな、クララを攫って行ったやつを見たと言っていた男だ。

「そいつは白い骨の手をしていた。しかも飛んで行ったんだ！　シュテヒリンが魔法を使ってそいつを寄越しやがったんだ」そう叫びながら、ほかの人の後を追っかけて行った。

「また、そんなばかなことを！」大声で言ってはみたものの、もう誰も聞いている者はなく、声はむなしく闇に吸いこまれた。と、突然、後ろからどたどたという足音が聞こえてきた。ヤーコプ・シュレーフォーグルが階段を駆け下りてきたのだ。右手にランタン、左手には剣を持っている。さっきの昂ぶりはおさまったように見えた。

「一緒に追いかけよう。流血沙汰だけは避けないと。みんなもうタガが外れてしまってる」ジーモンが追いついたときには、もうミュンツ通りまで達していた。

並んで走りながらシュレーフォーグルに問いただした。「あなたは、魔法なんて信じてないんですね？」

「そんなものは信じちゃいない」シュレーフォーグルが息を切らしながら答えた。二人でワイン通りに折れた。「悪魔も神さまもな。今は、とにかく急ごう。地下牢に押し入られたら、おおごとだ！」

法廷書記官のヨハン・レヒナーは熱い風呂に入るのを楽しみにしていた。召使いには下の厨房で大釜に湯を沸かすよう命じておいた。やがて、小部屋に置かれた木桶に亜麻布が張られ、そこに熱い湯が半分ほど満たされた。レヒナーは胴着とズボンを脱ぐと、それをきちんとたたんで椅子の上に置き、ぶるっと心地よい身震いを覚えながら、木桶に身を滑らせた。小部屋にはジャコウソウとラベンダーの香りがただよい、床には粗朶と藺草が敷きつめられている。書記官は熟考を要することが持ちあがると、決まってこうして熱い湯に浸かるのだった。

事件が立てつづけに起こった。二人の子供が死に、倉庫が焼けた。この両者に何らかの関連があるのかどうか、レヒナーはまだ確信が持てずにいる。アウクスブルクの人間が倉庫に火をつけたという可能性は充分にある、ショーンガウの人間による輸送の独占はやつらにとってずっと目の上のたんこぶであったのだ。しかし、これまでそういう行動に出たことは一度もなかったのではないのか？　これは書類に当たって確かめる必要があるな。

アウクスブルクの筏師がショーンガウの子供を殺害したなんていうのは、どう見てもこじつけとしか思えない。が、そうは言っても……倉庫が焼き払われ、おぞましい殺人が起きて、街のすぐそばには、教会のお為ごかしとしか言いようのない施療院まで近々つくられることになっている。こんなふうに、ショーンガウを避けて別のルートを取りたくなる理由はいくらでもあるのだ。そのかぎりではもろもろの恐ろしい出来事で利益を受けることになるのはアウクスブルクの人間だ。長年、参事会の書記官としてあらゆる物事に対処してきたレヒナーには一つの大きな経験則がある。誰がやったのかを知りたければ、それによって得をしたのが誰かを考えろ――。

（ラテン語に言う「クイ・ボーノ」だ……）

レヒナーは頭を湯に沈め、その温もりと無音の静けさを楽しんだ。ようやく落ち着いた。長談義はもううたくさんだ。己れの利益のことしか頭にない口うるさい参事会員どももうんざりだ。陰謀なんかであってたまるか。一分たった。そろそろ息が続かなくなってきた。勢いよく湯から顔を出し、思いっきり息を吸った。

火事と殺人に関連があるかどうかなどこの際どうでもいい。この俺の街に確実に平和を取り戻せる手段はシュテヒリンに吐かせることなのだ。火刑の炎が上がればすべての問題が煙となって消えるのだ。明日にも尋問は再開しよう。ミュンヘンの決定を待たずとも、それが非合法であろうとも。

そうなれば、血の気の多いリークとあの厚かましいアウクスブルクの男の尋問もおのずと片がつくというものだ。フッガー家の筏師とか言ってたな。たいしたタマだ。まあ、あのふてぶてしい態度だけでも、バレンハウスに二、三日留め置いていいだろう。

ドアがノックされ、召使いが入って来た。湯気の立つ桶を手にしている。レヒナーは御苦労とばかりに軽くうなずいてから、前屈みになって背中に熱い湯をかけさせた。召使いが行ってしまうとブラシを手に取った。またノックの音がした。いらっとしてブラシを下ろした。

「何だ？」ドアのほうに向かって不機嫌に言う。

おどおどした召使いの声が返って来た。「だんなさま、お邪魔して申し訳ございません……」

「どうした、話していいぞ」

「また一大事が起こったようでございます。その……悪魔がシュレーフォーグル家のクララを連れて飛び去ったとか。今、街の者が大勢で砦に向かっているところで、口々にシュテヒリンを火あぶりにしてやるとわめいているそうです。みんな槍や松明を手にして……」

レヒナーは舌打ちしてブラシを湯に沈めると、乾いた亜麻布に手を伸ばした。一瞬、そのまま放っておこうかとも考えた。さっさとシュテヒリンが焼かれてくれたほうがいいかもしれない。が、すぐに思い直した。自分こそはこのショーンガウを治める法なのだ。

あわただしく身繕いする。シュテヒリンは焼いてしかるべきだ。だが、それは俺が命じてからでなくてはならない。

ヤーコプ・クィズルは一目見るなり、群衆がどこへ向かおうとしているのか分かった。身をひるがえして駆け戻ると、砦の入り口の前に仁王立ちになった。この砦の入り口はここだけだ。シュテヒリンのところへ行こうとすれば、ここを通るしかない。眼を細め、腕組みをしながら、二十人余りに膨れあがった群衆が到着するのを待ちかまえた。松明の明かりに、血の気の多いいつもの面々が見て取れた。先頭に立っているのはパン屋のミヒャエル・ベルヒトホルトだ。が、参事会員の息子も何人か混じっている。第一市長ゼーマーの末子の顔も見えた。手に手に槍や大鎌を携えている。その集団が首斬り役の姿を認めて立ち止まった。何やらぶつくさ言う声が聞こえてきた。ベルヒトホルトが全員の総意だと言わんばかりに自信たっぷりの笑みを向けてきた。

「俺たちは魔女を引っ立てに来たんだ。クィズル、さあ、鍵を寄こせ、さもないと痛い目にあうぞ」

そうだ、そうだと同調する声があちこちからあがった。暗闇のなかから石まで飛んできて、胸板に当たって落ちた。クィズルは微動だにしない。それどころか値踏みするような冷ややかな眼差しをベルヒトホルトに向けた。

「今、口を利いたのは今朝ほど拷問の立会人に選ばれていたお方かな、それとも、今夜私の手で近くの樹に縛りつけられたがってる暴徒の一人かな？」

パン屋の親方の顔から笑みが消えた。が、すぐに気を取り直したようだ。

「クィズル、どうやら何があったかおまえの耳には入ってないようだな。ならば教えてやる。悪魔がシュレーフォーグルんとこの娘を攫って行ったんだ。しかもそれを仕向けたのはシュテヒリンだ。ここから悪魔に呼びかけたんだ」

そう言って仲間の顔を見まわした。「俺たちがぐずぐずしていたら、悪魔はシュテヒリンまで連れ出してしまう。いや、もういなくなってるかもしれん」

群衆の声は低いうなりとなり、クィズル一人が護る鉄の扉にじりっじりっと近づいてくる。

「この街を治めるのはあくまで法律だ。大鎌だの唐棹《からさお》だのを得物に街なかをのし歩いて人を怖がらせて喜ぶような馬鹿な百姓でないことぐらいは俺だって知ってるぜ」

「いいか、クィズル」シュテッヒャーの声だ。「こっちはどれだけの人数がいると思ってるんだ。しかも、おまえは丸腰じゃねえか。何ならおまえから先にぶっ殺して、シュテヒリンと一緒に焼いてやろうか」

クィズルはにやりとし、自分の腕をあげてみせた。

「俺の得物はこれだ。何なら背中にこれをお見舞いしてやるが、どうだ、相手になりたいやつはいるか？」

みんな黙りこんでいる。クィズルの力は誰もが知るところだ。泥棒の首に縄をかけて吊したり、身の丈ほどもある首斬り刀を振りかざすのを一度でも見ていれば、そういう男に挑みかかる気を起こす者などまずいない。クィズルが父親に代わってこの役目についたのは今から十五年前だ。その前はあの大戦争に従軍し、戦場で殺した敵の数は、ショーンガウの墓地に眠る人たちよりも多いと言われたものだった。

じりじりと寄って来ていた群衆が今度は一歩二歩と後ろへ退いた。誰も何も言わない。目の前には処刑吏が依然、大木のように立っている。

ようやくアントン・シュテッヒャーが前に進み出た。手にしていた唐棹をクィズルめがけて振りおろし、「魔女をやっつけろ！」と叫んだ。

クィズルは肩をわずかにひねって唐棹をかわし、その柄をつかんで相手をぐいと引き寄せた。顔面に一発食らわせると、シュテッヒャーは水を吸った粉袋のように群衆のなかにもんどり打って倒れた。まわりの者がわきによけたため、そのまま石畳に倒れこみ、鼻から赤く細い筋がたらりと落ちた。ランタンに照らされた明かりの輪から這いつくばって逃げていった。

「まだいるか？」クィズルが声をかける。

みな不安そうな目つきになった。あまりの早業に、いまいましげにひそひそと言葉を交わしている。後ろのほうではランタンを消して家路につく者も現れた。

と、遠くから何やら規則的な物音が聞こえてきた。クィズルが聞き耳を立てると、公爵邸のほうから舗道を急ぐ足音がする。一群の兵士を従えて現れたのは、法廷書記官のレヒナーと第一市長だった。

そして、それと時を同じくして市の広場のほうからジーモンとヤーコプ・シュレーフォーグルがやって来た。シュレーフォーグルはレヒナーの姿を認めると、剣を鞘に収め、息を切らしながら「よかった」と言った。「手遅れにならずに済んだ。なんだかんだ言って、この街を掌握できるのは書記官なんだ」

槍をかまえて迫ってくる兵士を見て群衆はたちまち得物を投げ出し、おびえた眼であたりを見まわした。

「いいかげんにしろ！」レヒナーが一喝する。「家へ帰れ！　今すぐ帰れば、お咎めはなしにしてやる」

その声に、皆ぞろぞろと街の小路へ消えて行った。

ゼーマーの息子が父親のもとに駆け寄った。父親はげんこつを一発くらわしただけで、すぐ家へ帰るよう命じた。ここに着いてから様子を見守っていたジーモンはかぶりを振った。この若者はあやうく殺人を犯すところだったのに、第一市長はさっさと家に帰って飯を食えという……シュテヒリンの命は一文の値打ちもなくなっていた。

ゼーマーが砦を護っていたクィズルを見やり、声をかけた。「よくやった。この街を治めるのは参事会なんだ、街なかでの好き勝手は許されん」それから書記官のほうに向きなおって続けた。「みな頭ではわかっているんでしょうが。二人の子供が死に、女の子まで攫われたとなっては……私らにだって家族がいるんです。いいかげん、もう終わりにしなくてはいけません」

レヒナーがうなずく。「明日、明日になればもっとわかりますから」

悪魔は片足を軽く引きずりながら通りを行き、獲物のにおいを嗅ぎつけようとでもするかのように鼻を風上に向けた。通りの角に差しかかると立ち止まって闇のなかに耳を澄ませたり、牛車の下を一つひとつ覗きこんだり、ゴミ溜めのなかを掻きまわしたりした。そう遠くには行っていないはずだ。俺から逃げられるわけはないのだ。

物音がして、頭上の窓が開いた。咄嗟に家の壁に張りついた。この黒いマントなら夜陰にまぎれて人目につくことはまずない。と、上から小便が降ってきて目の前の通りではねかえった。窓が閉まった。悪魔はマントを掻きあわせ、探索を続けた。

遠くから人の声がする。が、俺を呼んでいるわけではない。あれは、幽閉されている女の名を呼ぶ声だ。どうやら、連中はあの女が魔法を使って俺を呼び出したと本気で思っているようだ。そうとしか聞こえなかった。思わず笑ってしまった。大した想像力だ。魔女ってのはいったいどんな恰好をしてるんだ？　まあいい、そのうちお目にかかることもあるだろう。今はとにかく金を手に入れるのが先決だ。俺がここで始末をつけてるあいだに、ほかのやつら、やるべきことをちゃんとやってくれているだろうな。唾を吐いた。まったく汚れ仕事は何でも俺に押しつけてきやがる。まあ、俺も嫌いじゃないんだが。視界のなかにさまざまな影が立ち現れてくる。血まみれのおぼろげな輪郭が、やがて細密画のような絵になった……乳房を抉られ泣き叫ぶ女、焼け残った壁に玩具のようにつぶれてへばりついた乳飲み子、血染めの祭服に身を包んだ首なしの聖職者……。

そんな絵の数々を手で振り払い、冷え冷えとした骨の指を額に当てた。これは効く。まぼろしが一気に消え失せた。また歩きだした。

キュー門までやって来ると、門番がうつらうつらしているのが見えた。槍に身をあずけ闇に眼を凝らしているように見えても、風に乗ってかすかないびきが聞こえてくる。

その門にほど近い荒れ放題の庭に眼を転じた。柵は崩れ、奥の建物は先の戦争で破壊されたまま廃墟同然になっている。庭のなかにはキヅタやタデが繁茂し街の外壁のほうにまで伸びている。その葉に隠れるように、梯子が立てかけられていた。

悪魔は柵を跳び越え、外壁沿いの地面をつぶさに見ていった。満月からまだそう日数はたっていない。やわらかな地面に残った足跡を見きわめるには充分な明るさだ。子供の足跡がある。一人ではない。屈みこんで、土のにおいを吸いこんだ。

逃げられたか。

猫のような敏捷さで梯子を登っていった。外壁の上は腕の長さほどの張り出し部が延び、回廊になっている。左側を眺めやった。そちらからはあいかわらず門番のいびきが聞こえてくる。右を見ながら回廊を小走りに駆けた。一定の間隔をおいて銃眼が設けられている。百メートルほど行ったところでふいに立ち止まり、二、三歩後戻りした。思ったとおりだ。

銃眼のところの積み石がいくつか毀され、もとの三倍はある大きな穴になっていた。

子供がくぐるには充分な大きさだ。

外壁の向こう側にオークの樹が聳え、こちらに枝を伸ばしている。何本かの枝は最近折られたばかりのようだ。その穴に頭を突っこみ、ひんやりした四月の空気を吸いこんだ。

いずれ捜し出してやる。そうすれば、あの忌まわしい絵の数々も消えるかもしれない。

7

一六五九年四月二十七日、金曜日、朝五時

今朝は冷えこんだ。街の周囲の草地にはうっすらと霜が降り、谷川には濃い霧が立った。街の聖母マリア被昇天教会から朝の鐘が聞こえてきた。

まだ早い時間だというのに、レヒ川をはさんでショーンガウの街の反対側に菱形模様に広がる畑地には野良仕事に出ている人たちがいる。背をかがめ、半分凍てついた茶色の大地を犂《すき》やまぐわで耕している。吐く息が白い。牛に牽かせている者からは時おり叱咤の声があがる。街なかで商いをしようという人たちが荷車を引いてキュー門やレヒ門をめざしている。荷車に積まれた檻のなかではガチョウや子豚がガアガア、キーキー鳴いている。橋の下では、荷運びが数人がかりで一ダースの樽を筏に積みこんでいる。五時になった。開門の時間だ。街が目覚めていく。

ヤーコプ・クィズルは街の外壁の外にある家の前に立ち、人々のそんな朝の営みを見つめていた。体がふらつき、喉がひりつく。もう一度手にしていたジョッキを乾いた唇に持っていったが、それが空であるのを確認しなおすことになっただけだった。ちっと舌打ちして、それをゴミ捨て場に放った。それに驚いた鶏がけたたましい鳴き声をあげ、ばたばたと羽ばたきながら逃げまどった。こんな朝っぱらから。

クィズルは重い足どりで三十メートルほど先にある池に降りて行った。ヨシの茂みでズボンと胴着を脱ぎ、震えながら岸辺に立った。桟橋に立つと、深呼吸を一つしてから、ためらうこともなく水に飛びこんだ。

肌を刺す冷たさに、いっとき感覚を失った。が、おかげで頭がすっきりしてきた。何度か力いっぱいストロークを繰りかえすうちに頭のなかの麻痺していた感覚が弱まってきた。疲労感が消えた。身も心もさっぱりとした。もっとも、この感覚が長続きするものでないことはわかっている。どうせすぐにまた鉛のようにずしりと重い疲労感が襲ってくるのだ。そうなったら、迎え酒という手もあるにはあるが。

昨夜は夜どおし飲んでいた。ワインとビールに始まり、朝方には火酒に替わっていた。何度も前かがみに沈みこんでいって頭をテーブルの板に打ちつけては、はっとして身を起こし、また飲んだ。妻のアンナ・マリアが煙草の煙でもうもうとなった台所を何度か覗きにきたが、自分にはどうしてあげることもできないとわかっていた。こうした暴飲は一定の間隔をおいてやって来る。嘆いても始まらない。そんなことをしてもかえって夫を怒らせ、酒量を増やしてしまうだけだ。こんなときは好きなようにさせ、ただ過ぎ去るのを待つしかなかった。首斬り役人が飲むときはいつも独りなので、これほどの泥酔ぶりを知る街の人はまずいない。が、アンナ・マリアには、いつまたそうなるかほぼ正確に予測がつく。処刑や拷問の予定が立つと、最悪になる。頭のなかが悪い夢でいっぱいになるのだろう、テーブルに爪を立て、大声で譫言《うわごと》を叫ぶこともある。

クィズルの場合、その体の大きさもあって酒にはめっぽう強い。ただ、今度ばかりはアルコールがなかなか抜けてくれない。アヒルが泳ぐような小さな池を何度か行き来しているうちに、また不安に襲われている自分に気づいた。桟橋に躍り上がり、急いで服を着ると、家に向かった。

台所の戸棚を漁り、何か飲めるものはないかと探した。何もないとわかると、隣の薬草室に駆けこんだ。人の背丈ほどもある戸棚の左上に緑青色の液が入ったフラスコがある。それを見つけてにやっとした。咳止めだが、成分のほとんどはアルコールだ。これに薬草を足せば、今の体調にはおあつらえむきかもしれない。ケシなんかだったら鎮静効果は抜群だ。

頭をそらし、突き出した舌の上にその液を垂らした。この度の強いアルコールをとことん味わってやる。

台所のドアの軋む音がして、飲むのをやめた。見ると、妻が眠たげな眼をこすりながらそこに立っている。

「また飲んでたの？ ほどほどにしたほうが……」

「ほっといてくれ。こうでもしないとやってられないんだ」

そう言ってまた飲みだし、残っていたものを一息で空けてしまった。手で口をぬぐいながら台所へ行き、テーブルの上にあったパンに手を伸ばした。昨日の昼から何も食べていなかった。

「朝からなの、シュテヒリンは？」夫がどんなに気の重い思いをしているかアンナ・マリアはわかっている。

クィズルはかぶりを振った。「すぐというわけじゃない」口いっぱいに頬ばりながら言う。「正午になってからだ。お偉いさんたちはとりあえず倉庫の扱いをどうするか協議することになる。ほかにも尋問しなきゃならん人間がいるんだ」

「もしかしてその人たちも……？」

クィズルは鼻で笑った。「いくら何でも、フッガー家の荷運びに焼きごてを当てるような真似はせんだろう。ゲオルク・リークにしても、弁護してくれそうな仲間はいくらでもいるんだ」

アンナ・マリアが溜息をつく。「何かあると目をつけられるのは決まって貧しい人たちなのよね」

その言葉にかっとなってクィズルがテーブルを叩いた。ビールのジョッキとワイングラスが揺れた。「悪いことをしたやつがそうなるんだ、貧しいからじゃない！ 悪いことをしたやつが……」

アンナ・マリアが後ろから夫の肩に手を置いた。

「ヤーコプ、あなたにそれが変えられるわけじゃないでしょう。なるようにしかならないのよ」

そんなことは言われるまでもなくわかっている。妻の手を払い、部屋のなかを行ったり来たりしはじめた。どうすればこの窮地を切り抜けられるか、夜どおし頭を悩ませていた。が、結局、何も思いつかず、アルコールのせいで思考はかえってにぶっていった。このまま何もできなければ、十二時の鐘とともにマルタ・シュテヒリンを拷問にかけなくてはならなくなる。かといって、その場に行かなければ役目を召し上げられ、家族ともども路頭に迷うことになる。渡りの風呂屋にでもなって金を稼ぐか、路傍で乞食でもするしかなくなってしまう。

だが、そうは言っても……マルタ・シュテヒリンはうちの子を取り上げてくれたんだ、彼女は絶対に無実だ。なのに、この手で拷問にかけるなんて、どうしてできよう？

薬草室の戸棚のところで歩みが止まった。わきにある長持が開いたままになっている。大事な本はここに仕舞うようにしていた。古代ギリシアの医者、ペダニウス・ディオスコリデスの薬草の本がいちばん上になっていた。相当に使いこまれ黄ばみも目立つようになっていたが、今でも充分に通用する本だ。ひらめくものがあってそれを手に取ると、ページを繰りはじめた。数百種の植物が挿絵や説明文つきで載っていて、葉の一つひとつ、茎の一つひとつが実に正確に記されている。

ページを繰る手が止まった。説明書きを指でなぞりながら、ぶつぶつと読みはじめた。読み終えるや、顔いっぱいに笑みが広がった。大急ぎでマントと帽子と袋を手にすると、外へ飛び出して行った。

「どこへ行くの？」妻が後ろから呼びかけた。「せめてパンを少し持って行ったら？」

「そんな暇はない！」返事をしたときには、もう庭まで達していた。「時間がないんだ！　竈に火を熾しておいてくれ。すぐ戻る」

「でも、ヤーコプ……」

もう妻の声は聞こえていないようだった。そのとき、マクダレーナが双子と一緒に階段を降りてきた。バーバラとゲオルクはあくびをしている。父親の発する大声と物音とで目が覚めてしまったのだ。起きてしまうと、今度はお腹が空いたといってきかない。

「父さん、どこへ行ったの？」マクダレーナが眠い眼をこすりながら訊いた。

アンナ・マリアはかぶりを振った。「知らない。何を考えてるんだか」そう言いながら子供たちのために竈の鍋にミルクを注いだ。「薬草の本をめくってたと思ったら、蜂に刺されたみたいになって飛び出して行った。シュテヒリンに関係あることにちがいないとは思うけど」

「シュテヒリンに？」

マクダレーナの眠気が吹っ飛んだ。父親の姿を眼で追った。池の畔の草地に消えて行くのが見えた。後先も考えず、テーブルにあったパンをつかむと、父親の後を追って駆けだした。

「マクダレーナ、待ちなさい！」後ろから母親が呼びかけた。

娘が早足で草地にまで駆けていったのを見て、母親はかぶりを振り、それから下の子供らのところに戻ってきた。

「父親そっくり。変なことに巻きこまれなきゃいいけど……」

ジーモンは寝室のドアをノックする音で目が覚めた。夢のなかでその音に追われていた。眼を開け、それが夢でなく現実であるとわかった。窓を見やった。外はまだやっと明るくなりかけたところだ。寝ぼけ眼をこする。こんなに早くに起こされるのには慣れていない。ふだんは八時の鐘がなるまでは寝ているのだ。

「何？」寝起きの嗄れ声をドアに向けた。

「わしだ。起きろ、話がある！」

ジーモンは溜息をついた。父のボニファッツはいったんこうと決めたら、後へ引くような人ではない。

「ちょっと待って」言いながらベッドから足を下ろすと、顔にかかる黒髪を払い頭をすっきりさせようとした。

昨夜はあの騒動のあと、ヤーコプ・シュレーフォーグルに付きあって一緒に家に行った。あの若い参事会員には慰めたり話を聞いたりしてくれる相手が必要だったのだ。朝方までずっとシュレーフォーグルはクララのことを話していた。気だてのやさしい子で、時として愚鈍さが目につくほかの兄姉よりずっと気がきいて知識欲もあると言う。話を聞いているうちにジーモンは、シュレーフォーグルは自分の実の子供らより里子のクララのほうが好きだったのではないかとさえ思った。

妻のマリアはジーモンに眠り薬と火酒を処方してもらい、すぐに眠りに就いた。もっとも、それを服むまでは、クララはきっとすぐに戻って来るからと何度も言い聞かせなくてはならなかったのだが。

残った火酒はジーモンとシュレーフォーグルの喉に流しこまれることになった。シュレーフォーグルはしまいには自分の身の上まで洗いざらい喋っていた。塞ぎこんで黙りこみがちな妻が心配なこと、早くに死んでしまった父親の跡を継いだもののちゃんと利益をあげてうまくやっていけるかどうか不安なことなども。父親は世間から変わり者と見られていたが、倹約家で要領のいい人だった。人の使い方もうまかった。その跡を襲い、父のようになるというのは容易なことではなかった。何しろ三十歳そこそこでそうなってしまったのだ。父親はせっせと働いて下からの叩き上げで成功した人で、製陶ギルドの仲間からは羨望の眼差しで見られていた。今、その眼差しが厳しい監視の眼とな

った。

って息子に向けられている。少しでも判断を誤ろうものなら、たちまち鳥のように群がって襲いかかって来るだろう。

熱病で死んだ父親とは、その死の直前に大喧嘩をした。原因はタイルの焼き損じが荷車一台分出たという些細なことだったのだが、その言い争いがエスカレートし父親のフェルディナントがいきなり遺言書を書き替えてしまった。ヤーコプが新たに焼き窯を計画していたホーエンフルヒ坂の地所を教会に渡すことにしたのだ。臨終の床で父親はなおも何か言いたげにしていたが、か細い声は聞き取れないまま咳となり、それっきりになった。あれはほんとうに咳だったのだろうか。ひょっとすると笑ったのではなかったか。

ヤーコプ・シュレーフォーグルは今になっても、父親がいまわのきわに何を伝えたかったのかわからずにいる。

昨夜のさまざまな記憶がアルコールでずきずきする

ジーモンの頭のなかをめぐっていった。こんなときにはコーヒーの一杯でも欲しいところだが、あの父がそんな猶予を与えてくれるとも思えない。またドアをノックする音が聞こえてきた。

「わかった、わかった！」大声で答えると、大急ぎでズボンを穿き胴着のボタンをはめた。よろける足でドアのところへ行きかけたとき、おまるに足を引っかけてしまい、中身が床にこぼれた。舌打ちし、足先を濡らしたまま閂を外すや、勢いよくドアが開けられ額に当たった。

「何をぐずぐずしてたんだ！」そう言うなり父親はつかつかと部屋に入ってきた。机の上にある本に眼を向けた。

「こんなもの、どこから持ってきた？」

ジーモンは痛む頭をかかえ、「知りたくもないくせに」とぶつぶつ言いながらベッドに腰をおろし、ブーツを履いた。

父親は自分の息子が首斬り役から借りてくる本はどれも悪魔の手になるものだと見なしている。いちばん上に広げてある本の著者がイエズス会士であっても同じことで、アタナシウス・キルヒャーなど父にはサントーリオやアンブロワーズ・パレといった異国の医師同様、自分の与り知らない人でしかない。父はショーンガウという街にあっても従軍医そのままで、病人の扱いはいまだに戦場での負傷者に対する経験をもとにしていた。熱した油を銃創に注いだり、麻酔だといって火酒を一瓶丸ごと使ったりしていたのは今でもよく覚えている。子供のころは、そんな処置をされた兵士たちの叫び声がずっと耳について離れなかった。叫び声だけではない。夜が明けるのを待ってテントから引きずり出され石灰を振りかけられていた死体も一つや二つではなかった。

それ以上父親の言葉には取りあわず、ジーモンは階段を降りると台所へ急いだ。炉のそばに置いてある陶製の大きなカップを手に取った。前日のコーヒーの残りがちゃぷんと揺れた。それを一口飲むと、生気がよみがえってきた。コーヒーがなかったころはどうしてたっけ。いや、そんなことはどうでもいい。それにしても、たいした飲み物だ。それこそ悪魔の飲み物かもな。苦味があって元気が出て。旅まわりの人から聞いた話では、アルプスの向こうのヴェネツィアや麗しきパリでは旅籠でもコーヒーを出してくれるのだという。思わず溜息が出た。ショーンガウでそんなふうになるにはきっと何百年もかかるんだろうな。

父親が階段をどたどたと降りてきた。

「話がある。昨日、レヒナーが来たんだ」

「書記官が？」

ジーモンは興味を覚え、カップを下におろすと、父親を見つめた。「何でまた書記官が？」

「おまえがシュレーフォーグルんとこの若いのと会っているというのを聞きつけたらしくてな。自分に関係もないことをあれこれ訊き出しているって言うんだ。余計なことはするなとさ。そんなことをしても何にもならん、とも言ってた」

「それはそれは」ジーモンはまた一口コーヒーを啜った。

父親はなおも言う。

「シュテヒリンだったんだ、それですべて丸くおさまる、そうレヒナーは言ってた」

話しながら、竈のわきのベンチに座っているジーモンのすぐ隣に腰をおろした。火は消えている。口臭がもろににおってきた。

「いいか、よく聞け。わしはおまえと離ればなれになりたくないんだ。知ってのとおり、わしらはこの街の名士でも何でもないし、喜んで迎え入れられたわけでもない。お情けで置いてもらってるだけだ。わしらの前にいた医者がペストで地獄行きになって、大学で勉強したか何か知らんが、そういう藪医者でもミュンヘンとかアウクスブルクにとどまって遠くには行きたがらないからな。レヒナーはいつでもわしらをこの街から追い出せるんだ。あいつならやりかねない。ましてや、おまえが要らぬことをして街の平和を乱すようなことがあったら、なおのことだ。おまえとあの首斬りがな。なあ、たかが魔女一人のために今の暮らしを棒に振るような真似はしないでくれんか」

冷たくこわばった手をジーモンの肩に置いた。それを押しのける。

「シュテヒリンは魔女なんかじゃない」低い声で言った。

「魔女であろうとなかろうと、レヒナーはそういうことにしたいのさ。そのほうが街にとってもいいわけだから。それに……」

そこまで言っていかにも父親然としてジーモンの肩を叩きながら、にやりとした。

「この街では首斬りと産婆とわしらとが治療で生計を

立ててるが、街の規模からしてそんなには要らないんだ。シュテヒリンがいなくなれば、わしらの仕事が増える。お産の手伝いは全部おまえにまかせるから、そうなれば生活も楽になるというもんだ」

ジーモンが勢いよく立ち上がった。カップがテーブルから転げ落ち、残っていたコーヒーが竈の煉にかかってジュッといった。

「言いたいことはそれだけ？　要は自分の生計ってこと？」声が大きくなっていた。大股にドアへと向かう。父親が立ち上がった。

「ジーモン、わしは……」

「揃いもそろって馬鹿ばっかりだ。人殺しがこの街にいるんだよ、それがわからないの？　自分の腹の心配ばっかりして。子供らを殺しまわってるやつがこの街にいるんだよ！」

ドアを力まかせに閉め、通りに飛び出して行った。怒鳴りあう声に驚いた近所の人たちが、何ごとかと窓から顔を覗かせた。

怒りの収まらないジーモンは、上を見て大声で言った。

「せいぜいわが身の心配をしてればいいさ。後で吠えづらかくなよ。シュテヒリンが焼かれて灰になったら、ほんとうに始まってしまうんだ。二人目が焼かれ、三人目、四人目とな。そのうちあんたらにも番がまわってくるぞ！」

かぶりを振り、踏み出す足に力をこめながらゲルバー地区へと降りていった。その後ろ姿を近所の人たちが見送る。噂どおりだね、フロンヴィーザーんとこの息子は首斬り人の娘とつきあうようになってから、人が変わってしまった。あれはどう見ても誑かされたんだ、少なくとも頭がいかれちまってる、もともと同じ穴の狢だったってことか。もしかすると、このショーンガウにはほんとうにまだ焼かれなきゃいけない人間がいるのかもしれない。そうしないと街に平和は戻ってこないのかもしれない。
近所の人たちは窓の鎧戸を閉め、オートミールの朝食の支度に戻っていった。

ヤーコプ・クィズルは家を出てから岸辺への小径を足早に進んで行った。川沿いの船曳き道を上流に向かい、しばらくしてレヒ橋のたもとに着いた。

焼け落ちた倉庫には今なお煙がたなびき、残り火がくすぶっていた。もう一人の橋番のゼバスティアンが橋脚の上のところで鉾鑓にもたれながら座っている。処刑吏を認めると、挨拶がわりにけだるげにうなずいた。このずんぐりとした小男は寒い日にはいつもマントの下に壺を忍ばせていて、今朝もそれは欠かせなかっただろう。ゼバスティアンは、相方が牢屋に入れられたんで、そいつの分までまかされて夜どおしここに立っていた、次の交替までにはまだもう一時間もあるとこぼしてから、悪魔まで夜なかにすぐ目の前を通って行ったんだぜ、と付け加えた。黒いなりでさ、背中を丸めて、足を引きずって。

「俺に向かっておいでおいでまでしたんだぜ、この眼ではっきり見たんだ」声をひそめて言ってから、革紐で首にぶら下げた小さな銀の十字架を取り出して口づけした。「聖母マリアさま、われらにお慈悲を。シュテヒリンが悪さするようになってからだな、あんな地獄の輩がうろつくようになったのは、きっとそうだ！」

相手の言葉に聴き入っていたクィズルは、じゃあというように手をあげパイティングのほうへと渡って行った。

森を抜ける街道はそこかしこでぬかるんでいる。厳しい冬を経ていちだんと凹みを増した穴や水たまりを避けながら先へ行く。たまに通行不能と見えるようなところもある。半マイルほど行ったところで泥濘にはまって動けなくなった牛車に出逢った。パイティングの農夫らしき男が荷車の後ろにまわり懸命に押しているが、片方の車輪がすっかり泥のなかに埋まっている。クィズルは足を止め、農夫の視線もかまわず荷車に巨体を預けると、ぐっと力をこめた。がくんと動いたかと思うと、荷車はもう泥濘から抜け出ていた。

農夫は礼を言うどころか、首斬り役人とはなるべく眼を合わせないよう、それればかり気にしながら祈りの言葉をつぶやいた。そして、急いで荷車の前にまわると御者台に飛び乗り鞭を振るった。さすがにむかっとし、クィズルは小石を拾って後ろから農夫に向かって投げつけた。

「とっとと失せやがれ、パイティングの恩知らずが！ぐずぐずしてると、てめえの鞭で首を吊してやるぞ！」

自分を避ける人間が多いことに慣れているとはいえ、あからさまにそうされるとやはり心は疼く。感謝しろとまでは言わないが、せめて荷台に乗せるぐらいのことはしてくれてもいいだろうにと思う。かくしてその先もぬかるみの道を歩いて行くことになった。道の両側に続くオークの木立が落とす影は淡い。頭のなかはどうしてもシュテヒリンのことに戻っていく。こうしているあいだにも刻一刻と拷問と火刑のときは迫っているのだ。

（午後には始めることになるが、やりようによっては時間稼ぎができるかもしれない……）

左手に獣道が現れた。身をかがめ枝を掻き分けながらその道をたどり、森のなかへ入って行った。木立は静かにこの身を受け容れてくれる。いつ来ても心休まる静けさだ。ほんとうに神さまがその手でこの世を護ってくれているようだ。梢を透かした朝陽がやわらかな苔をまだらに照らす。そこここに残る雪。どこか遠くでカッコウが啼いている。かすかなうなりとなって聞こえてくる音は、虫たちの立てる羽音だ。やみくもに森のなかを歩いているわけではない。が、行く手にかかる蜘蛛の巣に、顔はやがてマスクでもかぶったようになってしまう。足音を呑みこむ苔むす大地。クィズルにとって森こそは心底くつろげるわが家だった。そして、何とかしなければならなくなると決まってここにやって来ては、薬草や根、茸などを採るのだった。ショーンガウではクィズルほど植物に精通している者はないと言われていた。

ぱしっと枝の鳴る音がして、クィズルは動きを止めた。音は右手、街道のほうから聞こえてきた。また音がした。誰かがこちらに近づいて来る。それも忍び足で。が、さして巧みな動きとも思えない。

あたりを見まわすと、樅の木の枝がちょうど頭の高さにまで垂れ下がっている。枝先は上方に伸び、針状の枝葉を広げている。だんだんと足音が近づいてきた。その足音が真下に来るまで待ってから、飛び降りた。

間一髪のところで父の声が聞こえた。マクダレーナは瞬時に反応し、前方へ身を投げてから後ろを振り返った。真後ろの地面に父がどすんと音を立てて落ちた。枝から飛び降りるまぎわに下に来たのが誰かわかったので、咄嗟にわきにそれたのだった。腹立たしげに立ち上がりながら、胴着についた雪や樅の針葉をはたき落とした。

「気でもちがったか？」きつい口調で言う。「森には追い剝ぎみたいなのがごろごろいるんだ。家で薬草でも擂って母さんの手伝いをしてりゃいいだろうが。はねっかえり女が」

マクダレーナは息を呑んだ。父の癇癪玉は有名だ。それでも、まっすぐ父の眼を見て答えた。

「母さんが、父さんはシュテヒリンのことでここに行ったんだろうって言ったから。だったら、あたしにも手伝えることがあるかもしれないって思ったの」

クィズルが笑いだした。

「手伝う？　おまえが？　母さんの手伝いをしてりゃ、それで充分だ。ぶん殴られないうちに、さっさと帰るんだな」

マクダレーナが腕組みした。

「子供じゃないんだから、そう簡単には追い返されないわよ。せめて何をするつもりかぐらいは教えて。あたしだってマルタに取り上げてもらった一人なの。物心ついてからは、週に一回、薬草や軟膏を届けたりもしてきたわ。それなのに、あの人がどうなろうと知らんぷりしてろって言うの？」

クィズルは溜息をついた。「マクダレーナ、ここは父さんにまかせろ。それがいちばんいいんだ。あんまり首を突っこまないほうが、余計なことも喋らずに済む。あの若い医者といちゃついてられるだけでよしとしろ。人の陰口もそれぐらいならどうということはない」

マクダレーナは幼い女の子が甘いものをねだるときのような笑みを向けた。

「ねえ、父さんもあのジーモンのこと気に入ってるんでしょう？」

「いいかげんにしろ」低い声になった。「俺が気に入ってたらどうだっていうんだ。あいつは医者の倅で、おまえは処刑人の娘なんだぞ。すっぱりとあきらめろ。ほら、さっさと家に帰って母さんの手伝いでもしろ」

マクダレーナは引き下がらなかった。何か言おうと言葉を探しながら、森のほうに視線を這わせた。と、ハシバミの木の向こうに何か白いものが光っている。

あれはたしか……。

そちらへ走り寄り、星形の白い花を根こそぎ掘ると、土まみれの手のまま父親に差し出した。クィズルがびっくりし、その小さな花を大きな手でやさしく包むように受け取った。

「クリスマスローズだ」言いながら、その花を鼻のところへ持っていき、においを嗅いだ。「ここで見つかるなんて何年ぶりだろう。魔女がこれから軟膏をつくると言われてるのは知ってるよな、ヴァルプルギスの夜に飛んでいくのに使うやつだ」

マクダレーナがうなずいた。「パイティングのダウベンベルガーさんが話してくれた。あの人、子供たちが殺されたのはヴァルプルギスの夜と何か関係があるかもしれないとも言ってた」

父親が怪訝そうな顔つきをした。「ヴァルプルギスの夜と？」

マクダレーナがうなずいた。「偶然じゃないかもしれないって言うの。あと三日したら魔女の安息日なのよね、ホーエンフルヒ坂の上に集まって魔女が踊ったり飛んだりする、そして……」

クィズルが邪慳に話をさえぎった。「ばかばかしい。おまえそんな話、本気にしてるのか？　さっさと帰って洗濯でもしろ、おまえの手は借りん」

マクダレーナは怒って父親を睨み返した。「父さん、自分で魔女と飛び軟膏のこと話したばっかりじゃない！」声を荒らげ、白樺の倒木を蹴りつけた。「あれは何だったの？」

「俺は、世間ではそう言われてると言ったんだ。それとこれとは別だ」溜息をついてから、まじめな顔つきになった。「父さんはな、悪人というのはいると思っている。ただ、それが魔女だろうと坊主だろうと、そういうことは問題じゃない。それと、自分が魔女にでもなったように思わせる飲み物とか軟膏もあると思っている。それを飲んだら悪いことをするとか、塗ったらさかりのついた猫みたいになるとかっていうやつだ。飛べるようにする薬もあるとは聞いてる」

マクダレーナがうなずいた。「ダウベンベルガーさんは、飛び軟膏にどういう材料が使われるか知ってたわ」小声で数えあげていく。「クリスマスローズ、アルラウネ、洋種朝鮮朝顔、ヒヨス、毒ニンジン、ベラドンナ……あの人、森でいろんな薬草を教えてくれたの。類葉升麻《るいようしょうま》を見つけたこともある」

クィズルは信じられないという顔をした。

「類葉升麻を？　確かか、それ？　俺はまだ一度も見たことがないんだぞ」

「マリアさまに誓って、ほんとうよ。これでもあたし、このへんの薬草なら何でも知ってるの。父さんが教えてくれたもののほかに、ダウベンベルガーさんからもいっぱい教わったから」

そう言われてもクィズルには半信半疑だった。そこで、いくつか質問してみることにした。娘は、訊かれた薬草についてすべて正確に知っていた。その答えに満足したクィズルは、ある植物の名前を挙げ、それが生えていそうな場所を知っているかどうか訊いた。ちょっと考えてから、マクダレーナがうなずいた。

「そこへ案内してくれ。ほんとうにそうだったら、俺が何を考えているか話してやる」

三十分ほど歩いて、目当ての場所に着いた。森のなかにぽっかりとあいた、さして日当たりのよくない空き地だった。沼地のようだが、水は干上がっている。まわりはヨシにおおわれ、真ん中へんが島のようにこんもりと盛り上がり、その先が草地になっている。その草にまぎれて紫色のものがぽつぽつと浮き出て見えた。泥炭湿原のにおいがする。クィズルは眼を閉じ、森のかおりを吸いこんだ。松脂と湿った苔のにおいにどこか繊細な香気が混じっている。

娘の言ったとおりだった。

父親と喧嘩して家を飛び出したジーモン・フロンヴィーザーは、顔を真っ赤にしながら、とりあえず市の広場へ急いだ。怒りは少し収まってきた。ずらりと並んだ屋台で輪切りの干しリンゴとパンを求め、それを簡単な朝食にした。噛みごたえのある甘いリンゴを噛んでいるうちに、腹立ちも煙となって消えていった。父親に当たったところでどうなるものでもない。親父と俺は根本的に違うんだし、今は冷静に考えることのほうが重要なんだ。とにかく時間がない。ジーモンは額に皺をよせた。

参事会員のヤーコプ・シュレーフォーグルが話してくれたところでは、数日のうちに選帝侯の執事がこの街にやって来て、判決を下すことになっているという。それまでに罪人を見つけ出しておかなくてはならない。選帝侯の名代とそのお供の一行に必要以上に長逗留されては賄いやら何やらで参事会員の出費がばかにならないからだ。それに、法廷書記官のレヒナーにしてみれば街は平穏であらねばならない。名代のヴォルフ・ディートリヒ・フォン・ザンディッツェル閣下が現れるまでに平和が戻っていなかったら、ショーンガウでの書記官の権威が著しく低下してしまうのだ。そんなこんなで、残されている時間は三日ないしは、せいぜい四日なのだった。兵士と従者を引き連れた一行が遠くティーァハウプテンの領地からここショーンガウに着くまで、それくらいはかかるはずだ。執事がここに到着してしまったら、俺やクィズルどころか、神さまにだってマルタ・シュテヒリンを火刑から護ることなどできはしまい。

ジーモンは干しリンゴの最後の一切れを口に押しこみ、人々でにぎわう市の広場を抜けて行った。売り台のわきを通ると、肉や卵や野菜などを奪いあうようにして買い求めていた下女や農家の女たちがいっときその手を止めて秋波を送ってきた。そういうのにはいっさい取りあわず、ゾフィーの里親が住んでいるヘンネ小路へと入って行った。

赤毛の女の子のことが頭から離れなかった。あの子はいろいろと知っている、話してくれたのはほんの一部だ。あの子がどういう役割を演じているのかはよくわからないが、それでも秘密を解く鍵であるような気がしてならない。が、二つの大きな木骨家屋のあいだに窮屈そうに建って塗りなおしを待っているような小さな家に着いたとき、ひそかな期待は失望に変わった。ゾフィーは二日前から姿が見えなくなったという。里親は、どこにいるのか見当もつかないと言う。

「まったく、やりたい放題にやってくれるよ」亜麻布織りが生業のアンドレアス・ダングラーが文句たらたらに言う。両親が死んでからゾフィーはこの家に引き取られていた。「ここにいたって、わしらの頭の毛まで食いつぶそうって肚だ。仕事をやらせても街のなかをほっつき歩いてるだけだし。こっちとしちゃ揉めごとには巻きこまれたくないんだがね」

ジーモンは、ゾフィーの養育費として街から手当をたっぷりもらっているんだろうと言ってやりたいところだったが、うなずくだけにしておいた。

ダングラーの愚痴はなおも続く。「あいつが魔女と一つ屋根の下にいるって言われても、わしは驚かんね」そう言って、唾を吐いた。「あいつの母親はあれだ、あの皮鞣しのハンス・ヘルマンの女房だ。亭主に魔法をかけて墓に放りこんで、それから自分も肺を悪くして死にゃあがった。子供はいっつも強情張って、もっといい暮らしがしたい、わしら布織りと一緒のテーブルには座りたくないって、そればっかりだ。身から出た錆ってもんさ」

ダングラーはドア枠にもたれ松の木片を銜えた。

「いっそのこと、もうここには戻って来なくてもいいと思っている。自分からこっそりいなくなったんだし、そのうちシュテヒリンみたいになるんだろう」

ダングラーの愚痴は止めどなく続く。ジーモンは家のそばに置いてある手押し車に腰をおろし、大きく深呼吸した。聞いているうちにだんだんいらいらしてきた。声高に毒づくダングラーの顔に一発お見舞いしてやりたくなった。が、それは思いとどまって、相手の話をさえぎると、「最近ゾフィーに何か変わったことはなかったかな？　ふだんと違ってたとか」と訊いた。

ダングラーがジーモンを上から下へと眺めおろした。この布織り職人にはさぞかし伊達男に見えてるんだろうなとジーモンは意識した。丈長のブーツ、緑のビロードの上着、先を尖らせて刈りそろえた流行の顎髭、一介の職人の眼にはアウクスブルクのような開けた都会のお坊ちゃんに見えてることだろう。父親の言うとおりだ。俺はここの人間じゃない。別にここの人間であろうと努める必要もない。

「藪医者、それがあんたに何の関係がある？」

「シュテヒリンの拷問の担当医なもんでね」口から出まかせを言った。「前もってシュテヒリンという女のイメージを作っておきたいんだ。そうすれば、どういう魔物が彼女のなかに巣くっているかわかるからね。要するに、ゾフィーがシュテヒリンのことで何か話してなかったかってことだけど」

ダングラーは肩をすくめた。「そういや、産婆になりたいとかって言ってたな。女房が病気になったとき、あいつがそれに効く薬をすぐに用意したんだ。どうせシュテヒリンからもらって来たものなんだろうがな」

「ほかには？」

すぐには答えなかったが、何かを思い出したようで、ダングラーがにやりとした。「中庭で砂に何か印みたいなのを描いていたな。俺に見られると、あわてて消しやがった」

ジーモンが身を乗り出した。

「印って、どんな？」

ダングラーはちょっと考えてから口から松の木片を引き抜くと、前かがみになって地面に何やら描きつけた。

「こんなだったかな」

線があいまいで、よくはわからないが、三角形の下に渦巻き模様みたいなのが付いているように見える。

どことなく見覚えがある。もう少しで思い出せそうな気がするのだが、いくら思い出そうとしても記憶は途中で立ち消えになってしまった。最後にもう一度地面に描かれたものを見てから、足で消すと、川のほうへ降りて行った。今日はもう一つ行くところがある。

「おい！」ダングラーが後ろから声をかけた。「この印は何なんだ？　あいつも魔女なのか？」

ジーモンは先を急いだ。ダングラーの声はすぐに街なかの朝の喧噪にかき消された。遠くに鍛冶屋のハンマーの音が響き、ガチョウの群れが子供らに追いまわされながらガアガアと駆けて行く。

まもなくホーフ門に着いた。すぐそばに選帝侯の邸がある。このホーフ門の界隈は石造りの、よそにくらべしっかりした建物が軒を並べ、通りには汚物も少ない。もっぱら財をなした職人や筏師が住む区域で、臭いのひどい河畔のゲルバー地区とか、もっと東の染めや箱づくりの下級職人らが暮らすメック地区からは遠く離れている。ジーモンは当直の門番に挨拶の言葉をかけ、アルテンシュタットのほうへ向かった。ショーンガウから一マイルばかり北西に位置する村だ。

今はまだ四月、それも早朝で陽射しはやわらかいというのに、ジーモンの眼には突き刺すようなまぶしさだった。頭が痛み、口が渇く。昨夜のヤーコプ・シュレーフォーグルとの酒盛りの宿酔がぶり返してきたらしい。けわしい坂道のわきを流れる小川に屈みこみ、水を飲む。と、樽を満載した馬車ががらがらと音をたてながらやって来た。咄嗟にわきに飛び退いてから、機転をきかして荷台に結わえつけられた樽にしがみついた。御者は気づいたふうもなくそのまま馬車を進めていく。おかげでアルテンシュタットには思いのほか早く着くことができた。

行こうとしていたのは、この村の真ん中にあるシュトラッサーの居酒屋だ。昨夜シュレーフォーグル家に行く前に、クィズルがシュテヒリンのところに出入りしていた子供の名前を五つ挙げた。グリマー、クラッツ、シュレーフォーグル、ダングラー、シュトラッサーの五人だ。このうちの二人はすでに死に、二人は行方がわからなくなっている。残る最後の一人は、アルテンシュタットのシュトラッサーの里子だった。

ジーモンは居酒屋の丈の低いドアを開けた。腐ったキャベツと煙草の煙と古くなったビールと小便のにおいに迎えられた。シュトラッサーはこの村唯一の居酒屋だ。もっといいところへ行きたければ、ショーンガウまで足を延ばすことになる。ここはただ飲んでうさを晴らすところなのだ。

ジーモンはナイフ傷が目立つテーブルの丸椅子に腰をおろし、ビールを注文した。二人の荷運びがこんなに早い時間からジョッキをちびりちびりやっていて、うさんくさそうにこちらを見た。亭主はてらてらした禿頭のでっぷり太った男で、革のエプロンを着け、足を引きずりながら泡立った大ジョッキを持ってテーブルにやって来ると、それをジーモンの目の前に押してよこした。

「どうぞ」ぼそっとした声でそれだけ言うと、カウンターに戻ろうとした。

「ちょっと座ってくれないかな」とジーモンは声をかけ、隣の空いている椅子を指さした。

「今はだめだ、見てのとおり客がいる」亭主はそう言って踵を返した。ジーモンはすばやく腕を取り、やんわりと引いた。

「頼むから、座って」と繰りかえした。「ぜひとも話したいことがあるんだ。おたくの里子のことで」

亭主のフランツ・シュトラッサーはちらりと荷運びのほうを見やった。二人は話に夢中になっているように見える。「ヨハネスのことか？」と小声で言った。

「見つけたのか？」

「いなくなったの？」

シュトラッサーは溜息をつきながらジーモンのそばの椅子に腰かけた。「昨日の昼からな。馬小屋の様子を見てくるように言ったんだが、それからさ、姿が見えなくなったのは。おおかた、こっそり逃げ出したんじゃねえかと思ってるんだがな、あのくそガキ」

ジーモンは眼をしばたたいた。酒場には弱々しい明かりしかついていなかった。窓の鎧戸は閉め切られ、ほとんど光が入ってこない。窓敷居にある松の木片がぼうっとした光を投げている。

「いつからヨハネスはお宅に見習いに入ったんですか?」

シュトラッサーはちょっと考えてから、「もう三年にはなるかな」と言った。「両親はここアルテンシュタットの出だ。いい人たちだったが、胸が弱くてな。母親は産褥で死んでしまった。父親はそれから三週間もしないうちに後を追うように亡くなった。ヨハネスは末子で、わしが引き取った。あいつにしてみりゃ運がよかったさ、嘘なもんか」

ジーモンはジョッキを一口啜った。ビールは薄くて気が抜けていた。

「よくショーンガウに行っていたと聞いたけど」

シュトラッサーがうなずいた。「ああ、そのとおりだ。空き時間ができると向こうに行ってたな。そこで何をしていたかは悪魔にでも聞いてくれ」

「じゃ、どこへ行ったかなんてのも、見当もつかない?」

シュトラッサーは肩をすくめた。「隠れ処かもしれん」

「隠れ処?」

「何度かそこで夜を明かしたことがあってな。へまをやらかして、わしに背中を打ち据えられたりすると、決まってその隠れ処へ行ってた。一度問いただしたことがあるんだが、誰にも見つからないところだとしか言わなかった。悪魔からだって身を守れるんだとさ」

ジーモンは放心したようになってもう一口ビールを啜った。味はどうでもよくなっていた。

「ほかの子供らも、その……隠れ処っての、知ってたのかな」慎重に訊いた。

シュトラッサーが額に皺を寄せた。「たぶんな。あいつはほかの子供とも遊んでいたからな。一度そいつらがわしんとこのジョッキを一列丸ごと粉々にしたことがあった。酒場にやって来て、パンに手を出し、逃げるときにジョッキを倒しやがった、悪ガキどもが！」

「その子供たちというのはどんなでした？」

シュトラッサーは話しているうちにだんだん昂奮してきた。

「悪ガキどもの集まりさ！　悪さすることしか頭にない、街の孤児どもだ。恩知らずのやくざ者！　引き取ってくれたことをありがたいとも思わないで、あつかましいにもほどがある！」

ジーモンは大きく溜息をついた。頭痛がまたぶり返してきた。

「どんな子供たちだったか、知りたいんだけど」声を低めて言う。

シュトラッサーは考えこむような目つきになった。

「赤毛がいたな、魔女の髪だ……言っとくが、どのみち役立たずの連中だぞ」

「その隠れ処がどこにあるかは見当もつかないんですよね」

相手は困惑げに見つめかえしてきた。

「あんた、あいつと何の関係があるんだ？　大急ぎで探さなきゃならんほど、あいつが何かやらかしたのか？」

ジーモンはかぶりを振った。

「大したことじゃない」ビールの代金として一クロイツァーをテーブルの上に置き、暗い酒場を後にした。

シュトラッサーはかぶりを振りながら見送った。

「ただの悪ガキどもの集まりだぞ！」なおも後ろから ジーモンに向かって声をかけてきた。「あいつを見かけたら、二、三発ぶん殴ってくれ！　それだけのことをしたんだからな！」

8

一六五九年四月二十七日、金曜日、午前十時

書記官は庁舎の大会議室のテーブルに座りながら、そのへんで耳にした傭兵行進曲を指でとんとんと叩いていた。なぜかそのメロディが頭から離れなかった。視線は着席している男たちの肉づきのよい顔をすべっていく。赤くたるんだ頬、潤んだ眼、薄くなった髪……。いくら今風に仕立てられた上着を着こみ念入りに糊づけされたレースの布で飾っても、すでに男盛りを過ぎていることまでは隠せない。こいつらには権力と金にしがみつくこと以外もう何も残ってないんだな、とレヒナーは思った。男たちの眼には、気の毒になるほど無力感がありありと浮かんでいる。自分たちの小さな美しい街に悪魔が跋扈し、それに対し何もできずにいるのだ。倉庫が焼け落ち大金を失った者もいれば、子供を奪われた人たちもいる。下女も下男も、農夫も街の人たちも皆こぞってこの街のお偉方にどうにかしてほしいと願っている。だが、そのお偉方にしてからが途方に暮れ、ただただレヒナーを見つめていた。この人なら指をぱしっと鳴らして、鵞ペンをかりかりいわせて、たちどころに自分たちから災いを除いてくれるはずだと言わんばかりに。レヒナーはそんな男たちを蔑んだ、そんな素振りはおくびにも出さないが。

(自分の乗るロバを打ってはならぬ……)

鐘を鳴らし、会議を始めた。

「本日はご多忙ご多用中のなか臨時の常任参事会に速やかにご出席いただきありがとうございます」と切りだした。「なにぶん急を要することでございますので、その点ご理解を賜りたく存じます」

六名の常任会員はうんうんとうなずいた。第一市長のカール・ゼーマーは汗のにじんだ額をレースのハンカチでぬぐった。第二市長のヨハン・ピュヒナーは両手をこねまわし、同意の言葉をつぶやいた。それ以外は無言だった。診療所の老管理人ヴィルヘルム・ハルデンベルクだけは天井に向かって薄い唇でぶつぶつと悪態をついていた。倉庫の火事がいくらにつくか頭のなかで計算しているのだ。シナモン、菓子類、何バレンもの高級生地、それらすべてが灰になってしまった。

「ああ何てことだ、その弁償をしなくてはならぬ！弁償しなくちゃいかんのだぞ！」

盲目のマティアス・アウグスティンがそれに苛立って杖でオークの床を叩いた。「嘆いたってどうなるものでもない。荷運びを尋問してわかったことがあったのなら、それをレヒナーから話してもらいましょう」

法廷書記官はアウグスティンに感謝の眼差しを向けた。少なくとも冷静な頭の持ち主が自分のほかにもう一人はいる。演説を続けた。「すでにお聞き及びかとは存じますが、昨夜、クララ・シュレーフォーグルが何者かに攫われました。実は、この女の子もその前に死んだ二人の子供同様シュテヒリンのところに出入りしていました。路上で悪魔を見たと言っている人もいます」

ことさらに歯を剝き出してシューと鳴らしたり、ぼそぼそとつぶやいたりする声が会議室に流れた。十字を切る者もいた。ヨハン・レヒナーはなだめるように両手をあげた。「人々の眼にはいろいろなものが見えています、この世に存在しないものまでも。本日午後のシュテヒリンの尋問が済めばもっと多くのことが言えるかと存じます」

「さっさと魔女を引っ張り台にかけてしまえばよかったものを」アウグスティンがぶつぶつ言った。「まるまる一晩、時間があったのに」

レヒナーがうなずいた。「確かにそれができていれば、事はもっと先へ進んでいたでしょう。ですが、立会人の一人であるシュレーフォーグルから延期の申し出があったのです。奥さまの具合がよくないものですから。それと、荷運びを放火の廉で尋問したかったということもあります」

「それで？」ハルデンベルクがこちらを向いた。眼には憤怒の色が浮いている。「誰だったんだ？　げす野郎は誰なんだ？　今日にもロープで吊されることになるのか？」

レヒナーは肩をすくめた。「それはまだわかりません。橋番もゲオルク・リークも、火は非常に早くまわったと言ってました。ただの火遊びとはとても思えないと。また、アウクスブルクの者は一人も見ていないとも言ってます。アウクスブルクの連中は後からやって来て、自分たちの荷物を運び出したのです」

「けっこう早く来たぞ」第三市長のマティアス・ホルツホーファーが発言した。でっぷりと太った禿頭の男で、クッキーや菓子類で財をなした人である。「自分たちの梱は全部運び出して、ほとんど損失はなかったんだろう。うまくやったもんだ」

第一市長のゼーマーは少なくなった髪の毛をしごいている。「どうなんでしょう、アウクスブルクの連中が自分で火をつけて自分の荷物だけはさっさと安全な場所に運び出したということはありうるんでしょうか？　もし彼らが本気で新しい通商路をつくろうとしているのであれば、誰も私どものところに寄りつかないように画策するということは大いに考えられます。で、それがひとまずうまくいったことにもなるわけですが」

第二市長のピュヒナーがかぶりを振った。「それはないでしょう。風向きは読めませんし、梁が焼け落ちてるんですよ。向こうもこちらと同じように品物を焼失してるんです」

「だとしてもですよ」ゼーマーが言う。「アウクスブルクルクにとってそれしきの梱や樽が何だというんでしょう？　向こうが自分たちの通商路を確保したら、もうこちらがいくら金を積もうがどうにもなりません。街のすぐ外にらい患者のための療養所が造られはじめたと思ったら、今度は倉庫が焼け落ちたんですよ、これはもう街の存亡に関わる一大事です！」

「施療院といえば……」法廷書記官が口をはさんだ。「昨日の晩、倉庫の火事とはまた別に、施療院の建設現場も何者かによって手ひどく荒らされたそうです。司祭から知らせがあったのですが、足場が倒されたり基礎壁が何ヵ所にもわたって崩されたり、ほかにもモルタルがなくなったり建築用の角材がずたずたにされたりしていたとか……。何週間分もの仕事が台なしになったそうです」

市長のゼーマーが得心顔でうなずいた。「私はいつも言ってたんです、こういうらい患者のための療養所を造るのはここでは歓迎されないって。街の門のすぐ先に施療院なんか造ったら、商人が寄りつかなくなるのではないかと、みんな心配なんですよ。それに、その病気がこの街の手前で止まってくれると誰が保証できます？　悪疫が広がるんですぞ」

診療所の老管理人ヴィルヘルム・ハルデンベルクがその意見に同調した。「こうした破壊行為は厳罰に処せられなくてはなりません。それに……誰しも己が身を護ろうとするのはわかりきったことです。こんな療養所を望んでいる者など一人もいないのに、それが建てられようとしている。慈善の履きちがえです！」

ゼーマー市長が鉛ガラスのコップからぐっと一飲みしてから、話を続けた。「この街の利益が危うくなるというのであれば、慈善はやめてしかるべきです、それが私の意見です」

盲目のアウグスティンがたまりかねたように杖でテーブルを打った。カラフの高級なポートワインがちゃぷちゃぷと揺れ、今にもこぼれそうになった。

「くだらんことを！　ここで施療院の話を持ち出して何になるんだ。差し迫った問題がいくらでもあるというのに。私らがアウクスブルクの、それもフッガー家の荷運びを監禁したってのをアウクスブルクの街が嗅ぎつけたら……私は、荷運びを釈放し、魔女を焼くようにと言いたい、そうすればこのショーンガウに平穏が戻ってくるんです！」

第二市長のピュヒナーがなおもかぶりを振る。「必ずしもそうとは言いきれないでしょう。火事と殺人と誘拐と施療院の破壊……そういうことが起こっているとき、シュテヒリンはずっと閉じこめられていたんですよ」

ほかの人たちもめいめい勝手に話しだした。

法廷書記官ヨハン・レヒナーはそうした口論に黙って耳を傾け、時おりメモを書きつけたりしていたが、やがてこほんと一つ咳払いをした。参事会の面々がいっせいに期待の眼差しを向けてきた。答えるまでに間があった。

「私は、アウクスブルクの荷運びの無実については必ずしも納得はしておりません」ようやく言った。「そこで、本日シュテヒリンを拷問にかけることを提案いたします。子供らの殺害のほかに火事についても自白すれば、アウクスブルクの荷運びを釈放することができます。これに賛同いただけないようであれば、荷運びを尋問することもやぶさかではありません」

「フッガー家は大丈夫ですか？」ゼーマー市長が訊いた。

レヒナーがにやりとした。「フッガー家は戦争前こそは名門中の名門でしたが、今は雄鶏すら相手にしません。それに、あの荷運びが拷問で放火を自白するようなことになれば、おのずとフッガー家の立場はきついものになります」

そう言って立ち上がり、議事録を書きつけた羊皮紙を丸めた。「それに、そうなれば、私たちはアウクスブルクに対していい担保を手にすることになるのではありませんか?」

参事会員たちがうなずいた。法廷書記官がいてくれてよかった。特にレヒナーのような書記官は。この人なら何でも解決してくれそうな気がする。

悪魔の白い骨の手がつかみかかり、ゆっくりと締めつける。苦しい、息が詰まる、とクララは思った。舌が脹れ、ぼってりした肉のかたまりになっていく。飛び出た眼が覗きこんでいるのは、霧のむこうにぼんやりとしか見えない顔。悪魔は牡山羊のように毛深く、額にひん曲がった角が二本生えていた。眼は赤々と燃える石炭のようだ。その顔が変わった。異様に歪んだ産婆の顔。赦しを乞う眼差しで両手を首に巻きつけ爪を立ててきた。何かささやいている。でも、何? どういうこと?

〝雪のように白く、血のように赤く……〟

また、顔が変わった。里親のヤーコプ・シュレーフォーグルがひざまずき身をかがめてきた。口をゆがめて笑い、きつく、どんどんきつく締めつけてくる。命が体から流れて行きそう。遠くから子供たちの声が聞こえた。男の子の声だ。遊び仲間のペーターとアントン。でも、あの二人、死んだんじゃなかったっけ。その二人が救けを求めて叫んでいるのに気づいてぎょっとした。顔がまた変わった。ゾフィーだ。荒っぽく揺り動かし、しきりに話しかけてくる。ゾフィーが手をあげて、ぱしっと平手打ちを食らわせた。

その平手打ちで現実に戻った。

「起きて、クララ、起きて!」

クララは身震いした。まわりの世界がはっきりしてきた。ゾフィーを見た。覆いかぶさるように身をかがめ、痛む頰を撫でてくれている。その後ろに灰色の印や十字や決まり文句が描かれた湿っぽい岩壁が見えた。何となく安心した。あたりはひっそりと静まりかえり、ひんやりとしている。遠くから木々のざわめきが聞こえてきた。木の人形はすぐそばにあった。汚れてぼろぼろだけど、かけがえのない心のよりどころ。クララはほっとして力を抜いた。こんな下なら悪魔に見つけられることもないだろう。

「何……何があったの？」か細い声で言った。

「何があったの、って」ゾフィーの顔に笑いが戻った。「夢を見てたのよ。あんたの叫び声のおかげで、あたし、ずいぶんと不安な思いをしたんだから。外にいたら急に悲鳴が聞こえてきてさ。もしかして見つかったのかと思って……」

クララは身を起こそうとした。右足に力をかけると、脚から腰へ痛みが走った。あえぎながら、また横になるしかなかった。痛みはゆっくりと引いていった。ゾフィーが心配して足もとを見た。クララもそちらに眼をやると、右足のくるぶしがリンゴのように腫れあがっている。足に青あざがいくつも出来、脛も腫れているようだ。上半身をひねると、肩が痛む。寒さにぶるっと震えた。そうだ熱があったんだ。

ふいに逃げたときのことが頭によみがえってきた。窓から飛び降りて、通りを一目散に駆けて、街の外壁のところでオークの樹からまた茂みに飛び降りた。病気から回復していたわけではないことにはすぐに気づいた。でも怖くて、どんどん走りつづけるしかなかった。畑を抜け、森へ入った。何度も枝に顔を打たれた。何回も転んだ。でも、そのたびに立ち上がって、どんどん先へ走った。そして、やっと隠れ処に辿りついた。小麦袋のように地べたに倒れこみ、そのまま寝てしまった。翌朝になり、今ゾフィーに起こされたのだった。

赤毛の女の子も同じようにこっそり街から出て来ていた。クララは、ゾフィーがそばにいてくれて嬉しかった。十三歳のゾフィーはクララにはほとんど大人に見え、この隠れ処で一緒に遊ぶときはいつも母親のような存在だった。そもそもゾフィーがいなかったらみんなが契りを結んで結束するようなことはなかっただろうし、クララも寂しい里子のまま、里親の眼の届かないところで兄姉からけなされ、殴られ、つねられ、足蹴にされていただろう。

「おとなしくしてて」

ゾフィーが持ってきた袋からオークの樹皮とシナノキの葉を取り出した。そこには軟膏が塗ってあり、それをクララのくるぶしに巻きつけると菌糸束を使って全体をしっかりと縛った。心地よい冷たさが足に広がり、くるぶしの痛みが軽くなった。義姉の巧みな手つきに感じ入っていると、ゾフィーが後ろに手を伸ばした。

「これ、飲んで。あんたのために持って来たの」そう言って陶器の深皿を差し出した。なかに不気味な液体がぱちゃぱちゃ波打っている。

「何これ？」

ゾフィーがにっこり笑った。「何も訊かないで、飲んで。元気……になる飲み物。シュテヒリンから教わったの。これを飲めばぐっすり眠れるから。今度目が覚めたときには足はうんとよくなってるわ」

クララは半信半疑にその液体を見つめた。イラクサとハッカのにおいが強烈だ。ゾフィーはいつも産婆のやることを注意深く見ていた。マルタ・シュテヒリンがみんなに女の秘密を話しているときも、何一つ聞き逃さず理解した。毒になるものと薬になるものについての話も聞いていた。二つのあいだにはほんの数滴の違いしかないとの注意を受けながら。

クララは覚悟を決め、深皿のものを一息に飲んだ。ひどい味だった。鼻汁みたいで、飲みこむとき喉がかっと熱くなった。が、まもなく、お腹のなかがほかほかしはじめ、心地よさが放射されるように体じゅうに広がっていった。後ろの岩壁に寄りかかると、さっきまでの体のなかの重みがすうっと取れ、すぐにも治りそうな気がしてきた。

「ねえ……これからどうなるの？　あたしたち見つけられちゃうの？」ふいに暖かい光の輪に包まれたように見えたゾフィーに向かって訊ねた。

ゾフィーがかぶりを振った。「大丈夫よ。あのときは隠れ処からずっと遠くにいたんだもの。でも、この近くを探すことはあるかもしれない。何があってもあんたはこのなかにいるのよ」

クララの眼に涙があふれた。「みんなあたしたちのこと魔女だって思ってる！」すすり泣きになった。「これは呪われた印だからって、あたしたちのことを魔女だって思いはじめてる！　あたしたち戻ったら焼かれちゃう。ここにいてもあの男たちに見つけられるわ！　あの……あの悪魔があたしの後ろをぴったり追って来て、あたしに手を伸ばして……」話しているうちに涙声になった。ゾフィーがクララの頭に手をまわし、慰めてやろうと膝の上にその頭を載せた。

ふいに途方もない疲労感に包まれた。腕に羽が生え、翼になって、この世の嘆きの谷から連れ出してもらえそうな気がした。はるか遠くの暖かい国へ……。

最後の力を振り絞って訊いた。「ペーターとアントンはほんとうに殺されたの？」

ゾフィーがうなずいた。急にゾフィーの顔がはるか遠くへ行ってしまったような気がした。

「ヨハネスも？」

「知らない。あんたが寝たら見てくるね」そう言ってゾフィーはクララの髪を撫でた。「今は考えないで。あんたは安全なところにいるんだから」

生えたばかりの翼を羽ばたかせてクララは空へ舞い上がった。

「あたし……あたし、もう二度と家に帰れない。あたしたち焼かれるんだ」つぶやいているうちに寝入った。

「誰も焼かれないよ」遠くから声がした。「あたしたちを救けてくれる人がいる。悪魔をつかまえて、全部もとどおりにしてくれるよ、約束する……」

「天使？」

「うん、天使だよ。大きな剣を持った天使。復讐の天使」

クララが小さく笑った。「よかった」ささやくような声だった。そして、翼に運ばれて行った。


午前十一時、ヤーコプ・クィズルは監獄のドアをノックした。なかから錠に鍵が差しこまれ、それがまわる音がした。重いドアが開き、見張り番のアンドレアスが顔を出した。処刑吏の顔をまともに見て唖然とした。

「え、もう来たの？　拷問は正午に始まると聞いていたけど……」

クィズルがうなずいた。「そうなんだが、ちょっと用意することがあって。ほら、えーと……」言いながら、腕を引きのばすような仕草をした。「今日は挟んで伸ばすのから始める、火を熾しておかないといけないんだ。ロープもくたびれてるし」

血の気を失くしている見張り番の鼻先に新しいロープを一巻き突き出して見せ、下を指さした。

「なるほど、そういうことね」アンドレアスはぼそりとつぶやいてから、クィズルをなかへ入れた。そして、あらためて相手の肩に手を置いた。

「クィズル」

「うん？」

「痛くはしないよね？　むやみに痛めつけるようなことはしないよね。あの人、俺んとこのガキも取り上げてくれたんだ」

クィズルは見張り番を見おろした。頭一つ分は大きい。口もとに小さな笑みが浮かんだ。

「ここでの俺の仕事は何だと思う？　治療か？　手足の整復か？　ここでは脱臼させるほうだ。何ならあんたにもやってやろうか、どっちもやれるんでね」

見張り番をわきへ押しのけ、牢獄内に入って行った。

「俺は……俺はそんなのは絶対にいやだからな。ぜったいに！」アンドレアスが後ろからわめき声をあげた。

倉庫での殴り合いの首謀者として橋番とともに左の房に収容されているゲオルク・リークが、そのわめき声にびくっとして勢いよく立ち上がった。

「ほう、やっとお偉いさんのお出ましか！　いよいよ始まるんだな。おい、クィズル、じわじわとやれよ、魔女が泣きだしたら俺たちにも聞こえるようにな！」

クィズルはその房に歩み寄り、相手をじっと見すえた。何か考えているふうだったが、やにわに鉄格子のあいだに手を差し入れると、囚人の一物をぎゅっとつかんだ。相手の顔から眼が飛び出て、かすかに喘ぎ声が洩れた。

「リーク、せいぜい気をつけるんだな」低い声でクィズルが言う。「おまえのあくどい肚ぐらいこっちはわかってるんだ。おまえのことは何だってわかってる。おまえ、精をつけるんだって言って、煎じ薬をもらいに俺のところに何回足を運んだ？　あげく、女房に堕ろさせるからって小瓶入りの天使の毒をもらいに来たこともあったな。おまえ、産婆は何回呼んだ？　五回か？　六回か？　そのくせ今度はあの産婆は魔女だときた。おまえらみたいなのはとっととといなくなりゃいいんだ。俺を虚仮にしやがって！」

そこまで言うと股間を握っていた手を離し、後ろへ突き飛ばした。リークは壁に当たってずるずると身を沈め、痛みに耐えかねて泣きだした。クィズルはそれを見届けるでもなく身を転じ、別の房へと行った。そこではシュテヒリンが待ちわびていた。おどおどした眼で、房の格子に指を絡ませながら。

「俺のマントを返してくれ、毛布を持ってきてやった」クィズルは大きな声で言いながらウールの毛布を差し出した。シュテヒリンがマントを脱ぎ、寒さに震えながら丸めた毛布に手を伸ばしたとき、クィズルは声を低めて話しかけた。

「その毛布は奥の暗がりのなかで広げろ。小瓶がなかに入っている。それを飲め」

シュテヒリンが物問いたげにクィズルを見つめかえした。「何なの……？」

「何も言わず、飲め」なおも小声で言った。見張り番のアンドレアスがドアのわきの丸椅子に座っている。槍に身をもたせ、怪しいことがないか眼を光らせている。

「十二時の鐘が鳴ったらお偉方が来る」クィズルが大きな声で続けた。「そのときには祈りを始めてたほうがいいだろう」

そして、声を落として付け加えた。「怖がらなくていい、これがいちばんいいんだ。俺を信じてくれ。その小瓶を今すぐ全部飲むんだ」

それから身をひるがえすと、準備のために拷問室に通じる湿っぽい階段を降りて行った。

二人の男がポートワインの入ったグラスをわきに一緒に座っている。一方の男は飲むのが大変そうだ。痛みに体が震え、そのせいで高価な飲み物の雫が金襴を縫いつけた上着に落ち、血のような染みが広がっていた。他人にはまだどうにか隠しおおせているものの、昨日からいちだんと悪化していた。

「逃げられたんだぞ」その男が言う。「おまえにまかせておくと、何もかも悪いほうへ悪いほうへと進んで行く。何一つ、まともにやれてないじゃないか」

もう一方の男はそれを意に介するふうもなくポートワインを啜った。「そのうち捕まえるさ。遠くには行けない。たかが子供だ」

また痛みの大波が襲ってきた。かろうじて自分の声をコントロールできた。

「このままだと舵がきかなくなってしまう！」呻くように言った。右手は鉛ガラスの磨きぬかれたコップをしっかりと握っていた。今あきらめてはならない、投げ出してはならない、今はまだ。目ざすところまであとほんの少しなのだ……。

「わしらが没落することになるんだぞ、おまえやわしだけでなく、一族全体の没落だ、わかるか？　わしらの名前が永遠に穢されるんだ」

「何をくだらんことを」もう一方が言い、椅子に背をもたせた。「子供だぜ、誰が信じるって？　魔女の件が長引いたってどうってことはない。先に子供らを始末してしまえば、魔女は焼かれることになるんだ。俺たちに疑いがかかることはない」

その男が立ち上がり、ドアへ行きかけた。仕事が待っている。このところ何かにつけてずっと下降線をたどっている。俺のような手綱を引き締められるやつがいなかったからだ。みんな俺のことを見損ないやがって。

「もともとの依頼のほうはどうなってる？」年嵩の男が訊ねながら、テーブルから立ち上がろうとした。

「大金が手に入るんだぞ！」

「心配いらん、いずれ片がつく。場合によっちゃ今日のうちにもな」そう言って取っ手を下に押し、部屋の外へ身を向けた。

「あと五日やる」年嵩の男が後ろから呼びかけた。「五日だぞ！　それで片をつけられなかったら、人殺し一味にはわしのほうから人を出す！　そうなったら一文も拝めないと思え！」

その話が終わらないうちに、相手は重いオークのドアを閉めた。最後のほうはくぐもった声しか聞こえなかった。

「五日のうちにはくたばるくせに」男がつぶやいた。なかの年嵩の男には聞こえないと知ってのことだ。「悪魔があんたを迎えに来ないなら、俺が地獄に送ってやるまでだ」

華麗な装飾が施された手すりが付いたバルコニーを行きながら、男は幾重にも重なる甍と街の門の向こうヨモギと一緒に小さな薬草の束をベルトにぶら下げていた。何ごとかぶつぶつとつぶやきながらロザリオをつまぐっている。牢獄内に足を踏み入れるときは十字を切った。ヤーコプ・シュレーフォーグルはかぶりを振った。どうやらこのパン屋は、パンが焦げたりパン焼き場に大量の鼠が出たりするのはマルタ・シュテヒリンのせいだと見ているようだ。シュテヒリンが灰になってもあいかわらずパンが焦げるようだったら、たぶん新たに魔女を探すことになるのだろう。そう思ってシュレーフォーグルは軽蔑するように鼻に皺を寄せた。ヨモギの強烈なにおいがその鼻先に漂ってきた。

その後ろに続いて牢獄に入ったのはゲオルク・アウグスティンだった。この有力な運送業一族の息子には若い医者を思い起こさせるところがある。ジーモン同様、最新のフランスの流行の服を着るのが好きなのだ。髭はきちんと刈りそろえ、黒い長髪には丁寧に櫛を入れ、ふくらはぎにまで届く筒状のズボンは仕立てが完

に黒くひっそりと広がる森に眼を向けた。一瞬不安が頭をよぎった。よそ者は計算できない。子供を始末したら、次はどうなるのだろう？ それで終わりになるだろうか？ 次は俺の番ということになりはしないか？

十二時きっかりに鐘の音とともにやって来た。街の下役四人を先頭に、書記官と三人の立会人が後に続いた。ヤーコプ・シュレーフォーグルは青ざめた顔をしていた。昨夜はあまり眠れなかった。妻が悪い夢にうなされて何度も目を覚まし、クララの名を呼んでいた。それに、若い医者と飲んだせいで宿酔にもなっていた。ジーモンに何を言ったのかろくに思い出せもしないが、それでも自分が聞き役ではなくひたすら話していたような覚えはある。

その前をミヒャエル・ベルヒトホルトが行く。このパン屋は、魔女の魔力から護ってくれるとされている

壁だ。その水色の瞳で嫌悪感も露わに牢獄内を眺めている。こういう環境にはなかなか馴染めないらしい。

房のなかの男二人が、街のお偉方がやって来たのに気づいて格子をがたがたと揺らしはじめた。ゲオルク・リークはあいかわらず青ざめた顔をしているが、わめくことはしなかった。

「閣下」書記官に向かって呼びかけた。「俺の言うことを聞いてくれ……」

「何だ、リーク、証言するようなことがあるのか?」

「どうか、わしらをここから出してくだせえ。かかあは一人で家畜の世話をしなきゃならんし、子供らは……」

「事件の調査が終わるまではこのなかにいてもらう」

レヒナーは相手に眼を向けることなく、その言葉をさえぎった。「これは、おまえの仲間とバレンハウスにいるアウクスブルクの荷運びにも当てはまる。権利はみな平等だ」

「でも、閣下……」

ヨハン・レヒナーはすでに下に通じる階段に足をかけていた。拷問室は暖かく、暑いくらいだった。隅のほうに置かれた三脚の火皿に石炭が赤々と熾っている。最前のときとは違ってきれいに片づけられていた。すべて準備が整い、天井からは真新しいロープが垂れ下がり、親指締めとやっとこは油を差して長持の上にきちんと揃えて置かれている。部屋の中央に置かれた椅子には、髪を切られ、ぼろの服を纏ったシュテヒリンが頭を垂れて座っていた。処刑吏はその真後ろに腕を組んで立っている。そこが所定の位置なのだ。

「ほう、クィズル、準備万端整っているじゃないか。よろしい、非常によろしい」そう言って、レヒナーは両手をこすりあわせながら記録用の机に座った。その右側に立会人が座った。「では始めようか」レヒナーが産婆を見すえた。シュテヒリンは誰が入って来たのかも気づいてないふうだった。「シュテヒリン、私の声が聞こえるか？」

　頭は垂れたままだ。

「私の声が聞こえるか答えてほしいんだがな」

　あいかわらず産婆は何の動きも示さない。レヒナーはシュテヒリンのところまで行き、顎に二本の指をかけて持ち上げ、頬をひっぱたいた。ようやくシュテヒリンが眼を開けた。

「マルタ・シュテヒリン、なぜここにいるのかわかるな？」

　うなずいた。

「よろしい。だが、もう一度私のほうから説明しよう。おまえは、ペーター・グリマーとアントン・クラッツの二人の子供を下劣きわまるやり方で死に至らしめたとの疑いがかかっている。また、悪魔の助力を得てクララ・シュレーフォーグルを誘拐し、同時に倉庫に付け火をした」

「うちの家畜小屋の雌豚も殺したろう？　あの雌豚に何をした？」ミヒャエル・ベルヒトホルトが勢いよく立ち上がった。「昨日は泥んこになって転げまわってたというのに、今日になったら……」

「ベルヒトホルト証人」レヒナーが怒鳴りつけた。「証人は求められた場合にのみ発言するように。ここは雌豚ごときを問題にする場ではありません。愛すべき子供たちのことが問題になっているのです！」

「しかし……」

　法廷書記官の視線にベルヒトホルトが黙りこんだ。

「さて、シュテヒリン」レヒナーが先を続ける。「おまえの咎とされるこの行為をおまえは認めるか？」

　産婆は首を振った。唇は真一文字に結ばれ、涙が頬を伝う。声もなく泣いていた。

　レヒナーが肩をすくめた。「ならば私たちは今から拷問に移るとしよう。刑吏、親指締めを始めろ」

　この声にヤーコプ・シュレーフォーグルが自分の席にじっとしていられなくなった。「どう考えても、やっぱりばかげている！」大声で言った。「クラッツの男の子が殺されたとき、シュテヒリンはずっとこの牢獄のなかにいたんです。うちのクララが攫われたのも倉庫が焼けたのも、この女には関わりようがない！」

「おたくのクララを連れ去ったのは悪魔自身だって、みんな言ってるんじゃないんですか？」シュレーフォーグルの右に座っていたアウグスティンが言った。製陶業の息子を見つめる青い瞳は、かすかに笑っているようにも見えた。「シュテヒリンは、ここに囚われの身になってからは悪魔にすべてを行うよう頼んだということはありえませんか？」

「それだったら、悪魔になんか頼まず、自分で牢獄から抜け出して連れ出せばいいんじゃないんですか？　どれもこれも全然意味をなしてませんよ！」とシュレーフォーグルが応じた。

「拷問こそが私たちを真実に導いてくれます」法廷書記官が再び発言した。「刑吏、続けろ」

処刑吏が後ろの長持に手を伸ばし、親指締めを取り出した。鉄製の器具で、親指を両側から挟みつけ、ネジの力で締めつけるようになっている。ヤーコプ・クィズルが産婆の左の親指を取り、その器具に差し入れた。ヤーコプ・シュレーフォーグルはクィズルが平然としているのを見て訝しく思った。昨日まであんなに拷問に激しく反対し、若い医者も一緒に火酒を飲みながら、クィズルはシュテヒリンの逮捕にはまったく納得していないと打ち明けてくれたのだ。それが今、産婆を親指締めにかけた。

一方、産婆も自分の運命を受け容れたようだ。言われるがままに手を出した。クィズルがネジをまわしはじめた。一回、二回、三回……ぴくっと短い動きが体を走っただけで、後は何もない。

「マルタ・シュテヒリン、さあ、おまえがなしたとされる罪深き行為を白状するんだ」書記官が抑揚なく決まり文句を唱えるような口調で訊いた。

産婆はなおも首を振った。処刑吏がさらに締める。何の反応も示さない。唇が赤みを失くした一本の細い線になっただけだった。きっちりと閉じられたドアのように。

「くそっ。おい、あんた、ちゃんとまわしてるんだろうな？」ミヒャエル・ベルヒトホルトが処刑吏に訊いた。クィズルがうなずいた。そして、その証拠にと、ネジをゆるめ拷問されている者の腕を取って高く掲げた。親指は青黒く変色し、爪のところから血が噴き出てきた。

「悪魔が手を貸してるんだ」パン屋が声をひそめて言った。「神さま、我らを護りたまえ……」

「これでは先へ進めん」ヨハン・レヒナーがかぶりを振り、メモを取ろうと手にしていた鵞ペンをテーブルに戻した。「おい、そこの二人、その箱をこっちへ持ってこい」

下役二人が書記官に小さな長持を差し出した。レヒナーはそれをテーブルに載せ、蓋を開けた。「魔女、こっちを見ろ。これはすべておまえの家で見つけてきたものだ。これについて何か言うことはあるか？」

ヤーコプ・シュレーフォーグルをはじめ一同が驚いて見つめるなか、書記官は長持から小袋を取り出し、手のひらに焦げ茶色の穀物の粒を載せた。それを立会人に見せる。製陶業の息子は二つ三つ指でつまんだ。かすかに腐敗臭がする。外見は似ても似つかないがキャラウェーを思わせた。

「ヒヨスの種だ」書記官が教えるような口調で言った。「魔女が空を飛ぶ箒に擦りこむ飛び軟膏の重要な成分だ」

シュレーフォーグルが肩をすくめた。「うちの父はこれをビールの薬味に使ってましたよ。でも、だからって誰も父を――神さま、父の霊魂を救いたまえ――魔法使いだなんて言わないと思いますけどね」

「あんたの眼は節穴か？」レヒナーが鋭く言った。

「この証拠の品は紛れもないものだ。ほら……！」そう言って、栗のいがに似た棘のある莢を高々と掲げた。「洋種朝鮮朝顔だ！　これも飛び軟膏の成分で、シュテヒリンのところで見つかった。そして、ほら……」小さな白い花束をぐるりと示して見せた。「クリスマスローズだ、採ったばっかりのな。これも魔女の薬草だ！」

「話をさえぎって申し訳ないが」シュレーフォーグルがまた発言を求めた。「クリスマスローズというのは、私たちを悪から護ってくれる植物でもあるんじゃないんですか？　司祭さまだって最近はそれを説教のときに新しい生命と再開の象徴として称揚しています。いわれなく我らの救世主の名が付けられているわけではない……」

「シュレーフォーグル、あんた何なんだ？」ゲオルク・アウグスティンが横から訊ねた。「立会人だろう、それともあいつの弁護人なのか？　この女は子供たちと一緒にいて、そしてその子供らが死んだり、いなくなったりしたんだ。その女の家からけしからん魔女の薬草とチンキが見つかったんだぜ。この女が投獄されるや倉庫が焼け、悪魔がこの街を徘徊しはじめた。すべてはこの女とともに始まったんだ。だから、この女とともに終わらせりゃいいんだ」

「そうとも、みんなでそれを見届けようじゃないか」ベルヒトホルトががなりたてた。「とにかくネジをもっときつく締めろ、そうすりゃきっと白状するさ。悪魔がこの女を護ってやがるんだ。俺はここにエリキシールを持って来てる……」そう言って小さな瓶を取り出した。なかには血のような赤い液体が入っている。それを高々と掲げた。「これがあれば悪魔を追い出せる。こいつをこの女の喉に流しこめばいいんだ、この魔女に！」

「まったくどいつもこいつも！　いったいどっちがほんとうの魔女なんだかわからなくなってきた」シュレ

ーフォーグルがそう言って毒づいた。「産婆か、それともパン屋か！」

「静かに！」書記官が怒鳴った。「これでは先へ進まない。刑吏、女をロープに吊せ。悪魔がそれでもこの女に手を貸すかどうか見てみる」

マルタ・シュテヒリンはいちだんと感情を失ったように見えた。頭はいくら起こしてもすぐに前のめりになり、眼球は奇妙に内側を向いている。この女はまわりに起こっていることがわかっているのだろうかと、シュレーフォーグルは疑問に思った。なされるがままに処刑吏の手で椅子から身を持ち上げられ、吊しロープのところへ引きずられて行った。ロープは天井の鉄のリングに通されてぶら下がり、その端に鉤が付いている。処刑吏がその鉤を、産婆の背で両腕を縛っている手鎖につないだ。

「石も一つ、下に結びつけますか？」クィズルが法廷書記官に訊いた。妙に生気の感じられない顔だったが、やけに落ち着いているようにも見えた。

レヒナーはかぶりを振った。「いや、まずはそのまま試して、後のことはそれからだ」

処刑吏がロープの端を引っぱった。産婆の足が地面から浮いた。体が前方に沈みかげんになり、上下に揺れはじめた。何かがぱきっといった。シュテヒリンがかすかに呻いた。法廷書記官が最初から質問をやりなおしはじめた。

「マルタ・シュテヒリン、もう一度訊く。白状するか、あわれなペーター・グリマーを……」

その瞬間、産婆の体に震えが走った。ぴくぴくいわせながら頭をあちこちに振り乱しはじめた。唾液が口から垂れ、顔が真っ青になった。

「おおっ、見ろ」パン屋のベルヒトホルトが叫んだ。「悪魔がこの女のなかにいるんだ！　そいつが出て行こうとしている」

立会人全員と書記官も飛び出して行き、その様子を間近から見つめた。処刑吏が地面に降ろすと、産婆は痙攣を起こして身をよじらせた。最後に棒立ちになったかと思うと、そのまま生気なくくずおれた。頭が奇妙にわきを向いている。

一瞬、誰もが言葉を失った。

ようやくアウグスティンが口を開いた。「死んだのか？」興味津々という口ぶりだった。

クィズルが屈みこみ、産婆の胸に耳を当てた。首を振った。

「心臓は鳴ってます」

「なら、起こせ、先を続ける」とレヒナーが言った。

シュレーフォーグルはあやうくその顔を殴りそうになった。

「どうやってやろうっていうんです？」声を張りあげた。「この女は病気だ、それが見えないんですか？　今すぐ救けないと！」

「何をばかなことを。悪魔がこの女から出て行ったんだ、これがそうなんだ！」パン屋のベルヒトホルトが言い、ひざまずいた。「きっとやつはまだこの部屋にいる。アヴェ・マリア、主は汝とともにあり……！」

「刑吏！　この女を今すぐ起こせ！　わかったか？」

書記官の声がけたたましくなっていた。「そして、おまえたちは……」後ろでおびえている下役のほうを向いた。「おまえたちは医者を呼んで来い、急げ！」下役たちは階段を一散に駆け上がって行った。この地獄の場所から逃れられてほっとしつつ。

クィズルは隅に置いてあった桶を手に取り、水を産婆の顔にかけた。産婆はまったく動かない。続いてその胸をマッサージし、頰を軽く叩いた。何をやってもだめとわかると、後ろの長持に手を伸ばして火酒の小瓶を取り出し、それをシュテヒリンの口に流しこんだ。残りをその胸に垂らし、揉みはじめた。

まもなく階段に足音が聞こえた。下役がジーモン・フロンヴィーザーを連れて戻って来た。たまたま通りにいたところに出くわしたという。ジーモンは処刑吏のそばに屈みこみ、産婆の上腕をつまんだ。それから針を取り出すと、それを肉深くに刺しこんだ。シュテヒリンがなおも動かないので、今度は小さな鏡を鼻の下に置いた。鏡が曇った。

「生きてます」ヨハン・レヒナーに向かって言った。「ですが、深い気絶状態にあります。ここからいつ目を覚ますかは神のみぞ知る、ですね」

法廷書記官は椅子に身を沈め、白くなりかかったこめかみをこすった。そして、肩をすくめた。「となると、これ以上尋問はできないと、待つしかないということか」

ゲオルク・アウグスティンがびっくりして書記官を見た。「しかし、選帝侯の執事が……あと数日でここに現れるんですよ。その方に罪人をお見せしなくちゃいけないんですよ！」

ミヒャエル・ベルヒトホルトも書記官の説得にかかった。「外で何が起こっているかおわかりでしょう？悪魔がうろついているんですよ、たった今この眼で見たじゃありませんか。街の人が望んでいるのは、結末が……」

「くそっ」レヒナーが手でテーブルを叩いた。「そんなことはわかっている！　だが、今は尋問そのものが続けられないんだ。どうやって悪魔に喋らせようっていうんだ！　あんたたちは、気絶した者に自白しろというのか？　待つしかないんだ！　こうなったら、全員上だ、上！」

ジーモンとクィズルは気絶した産婆を房のなかにまで運んで行き、毛布をかけてやった。顔はもうすっかり血の気が失せ、蒼白になっている。瞼がぴくぴくと震えているが、呼吸はおだやかだ。ジーモンが横から処刑吏を見た。

「あなたが何か与えたんですね。拷問が止み、時間稼ぎができるようにって。そして、奥さんに言付けて、私が昼に表で待っているようにしたんだ。役人は父ではなく私を迎えに来た、父だと何か気づくかもしれないから……」

　クィズルはにやりとした。「数種類の薬草と果実だ……どれもマルタが知っているものばかりだ、それを体内に入れればどうなるかもマルタはわかっていた。失敗に終わるおそれもあったが」

　ジーモンは産婆の青ざめた顔を見やった。「あなたが言ってるのは……」

　クィズルがうなずいた。「アルラウネの根だ、これ以上のものはない。俺が……俺たちがうまいこと見つけたもんでね。めったにないものなんだ。痛みを感じなくなるし、体は弛緩し、この世の苦悩は遠い岸のまぼろしでしかなくなる。親父もこの飲み物をよくあわれな罪人に流しこんでいたものだ。ただ……」

　物思わしげに黒い髭をしごいた。

「今回はトリカブトを多めにした。最期までいったようにに見せかけたかったんだ。これ以上多くしていたら、ほんとうに神さまに引き取られていたかもしれん。結果よしだ、少なくとも時間稼ぎにはなった」

「どのくらい？」

　クィズルは肩をすくめた。「一日か二日だな。そのころには麻痺も弱まって、眼を開けるだろう。そうなったら……」言いながら、もう一度、眠っているマルタ・シュテヒリンの顔を撫で、それから牢獄を後にした。

「そうなったら、マルタを痛い目に遭わせることになるんだろうな」と言った。その背中はドア枠いっぱいだった。

9

一六五九年四月二十八日、土曜日、朝九時

翌《あ》くる朝、医者と処刑吏はクィズル家の居間で大ジョッキに薄口のビールを満たして座り、前日までのことをあれこれ思いかえしていた。ジーモンは一晩じゅう気絶した産婆のことを考えていた。自分たちに残された時間がいかに少ないかも。押し黙ったままビールを一口啜った。かたわらではヤーコプ・クィズルがパイプを銜えている。マクダレーナが水を取りに来たり、テーブルのベンチの下に鶏の餌を撒きに来たりしたため、気が散ってなかなか考えに集中できなかった。一度などマクダレーナがジーモンの真ん前にひざまずき、ついうっかりというようにジーモンの太腿に手を触れたので、ぞくっと怖気が走ったものだった。

クィズルから森のなかでアルラウネを見つけたのは自分の娘だと聞かされ、マクダレーナに対する好意はさらに増した。この娘は容貌が美しいだけでなく、頭もいいのだ。女性に大学に入ることが禁じられているのは痛恨事だ。ジーモンは、マクダレーナなら大学に入って勉強すれば教育を受けた藪医者どもとも互角に渡り合えると確信していた。

「ビールもう一杯いる?」首斬り役の娘が目くばせしながら訊ね、答えるのも待たずに注ぎ足した。その笑みを見てジーモンは、この世には姿を消した子供たちや異端審問官を名乗る者にまさるものがあることを思い出した。ジーモンも笑みを返す。それからまた考えは陰鬱なものへと戻っていった。

昨日の夕方は父親のお供で治療に駆り出された。ハルテンベルガーの農家の下男が悪性の熱に襲われたのだ。冷罨法《れいあんぽう》を施した後、例によって父親は瀉血も行った。それでも今回は何とか父親を説得して、稀少な木から採った粉薬を多少なりとも服ませることができた。父親にとっては怪しげな粉でしかないかもしれないが、熱が出たときに何度も使ってきたものだ。病人の症状は、ヴェネツィアの荷運びが路上で倒れたときとは違っていた。ヴェネツィアの男は口から腐敗臭を放ち、全身膿疱疹に覆われていた。世間の人たちはフランス人の病気という言い方をし、ふしだらな愛にふけった者たちを悪魔が罰したのだと言い合ったものだった。

ジーモンも昨日の夜はふしだらな愛にふけってみたいとばかりにマクダレーナを誘って人目につかない街の外壁の隅での逢い引きに漕ぎつけたのだが、マクダレーナの関心はもっぱらシュテヒリンに向けられていた。マクダレーナも産婆の無実を確信していたのだ。ジーモンがマクダレーナの胴衣に触れようとしても巧みに身を躱されるだけで、あらためて試そうとしたときには夜回り番に見つかり、家へと送りかえされた。それが若い娘が往来に出てはいけないことになっている八時のことで、それからの夜は長かった。ジーモンは絶好の機会を逃してしまったような気がし、そういう幸運にいつまた巡りあえるだろうと考えると暗澹とした気分になった。もしかすると父親の言ったことはやっぱり正しいのかもしれない、首斬り役の娘からは手を引いたほうがいいのだ。俺はただの遊び相手なのかもしれないし。いや、そんなことはない、マクダレーナだって俺のことを……。

ヤーコプ・クィズルも今朝は自分の仕事になかなか集中できずにいた。ジーモンがビールをちびちびやり窓の外を眺めているかたわらで、乾燥させた薬草とガチョウの脂を混ぜ合わせて泥膏を作っている。しょっちゅう乳棒を置いてはパイプに煙草を詰めなおした。妻のアンナ・マリアは畑に出ていた。双子は一緒になって居間のテーブルの下ではしゃぎまわっている。たまに乳鉢にぶつかってひっくり返しそうになった。たまりかねて怒鳴りつけ庭に出してやった。ゲオルクとバーバラはふくれっ面をして出て行ったが、父親の癇癪がそう長く続かないのはわかっている。

ジーモンはクィズルがテーブルの上に広げたままにしておいた本を手に取り、ぱらぱらとページをめくった。以前借りた二冊の本は返却し、新しい知識に飢えていた。だが、いま目にしている大冊は必ずしもそれに応えるものではない。ディオスコリデスの『マテリア・メディカ』は、著者が救世主の時代に生きていたギリシアの医者であるにもかかわらず、今なお医術のスタンダードとなっている。インゴルシュタットの大学でもそれに則って教えられた。ジーモンは溜息をついた。人間が足踏みしているような気がした。何百年も、その後新たに習得したものがないのである。

それでも、クィズルがこういう本まで持っていることには驚いた。処刑吏の薬の棚や長持には一ダースもの本と夥しい数の羊皮紙が仕舞ってあり、そこにはベネディクト会修道女のヒルデガルト・フォン・ビンゲンの著作や、体内の器官の配置や血液の動きについての比較的新しい著作までも含まれている。ドイツ語に翻訳されたアンブロワーズ・パレの『解剖と外科治療についての諸論文』のような新しい版まであった。ジーモンは、このショーンガウの街にクィズルほどたくさんの本を持っている者はほかにいるだろうかと思った。この街でとりわけ教養があるとされている法廷書記官も含めて。

ギリシア人の著作をめくりながら、ジーモンは自分もクィズルも産婆と関わる一連の事件を放っておくことができないのはなぜだろうと考えた。どうやらそれは、与えられたものをそのまま受け取ろうとしない姿勢や、次から次へと知りたくなる貪欲さにほかならないようだ。それが二人を結びつけている。それと、生来の頑固さかな、そう考えてにやりとした。

ふと、あるページで指が止まった。人間の体のスケッチのそばに錬金術で使われる記号がいくつか描かれている。そのなかに三角形の下に渦巻き模様の付いたものがあった。

それは硫黄を示す昔の印だった。

そうか、大学時代に見ていたんだ。あのときはどうしても思い出せなかったが、亜麻布織りのアンドレアス・ダングラーが描いてみせた記号はこれだったんだ。里子のゾフィーが奥の中庭で地面に描いていたのと同じ印。

ジーモンはその本を、薬草を磨りつぶしているクィズルのほうへ押してやった。

「これ、この印。前にゾフィーが描いてたって話した印。こんなところで見つけるなんて!」声が大きくなっていた。

クィズルがそのページに見入り、うなずいた。

「硫黄……悪魔とその遊び相手をする女はこのにおいがする」

「ということは、ほんとうに……?」ジーモンが訊いた。

ヤーコプ・クィズルがパイプを銜えた。「最初はウェヌスのマークで今度は硫黄の印か……妙だな」

「ゾフィーはどこからこんな印を知ったんでしょう?」ジーモンが畳みかけるように訊いた。「いや、産婆しかないか。産婆はゾフィーやほかの子供たちにそういう話をしていたんだろうし。ひょっとすると、ほんとうに魔術も教えてたとか……」溜息をついた。

「残念ながらそれについてはもう訊けないか、少なくとも今すぐは」

「ばかばかしい」クィズルがぼそぼそと言う。「シュテヒリンは俺と同じでちっとも魔女なんかじゃない。子供らはそういう印ならシュテヒリンの居間でいくらでも目にしていたはずだ。本でも、坩堝や瓶でもな」

ジーモンはかぶりを振った。「硫黄の印はそうだとしても、でも、ウェヌスのマークは、あれは魔女の印なんでしょう？　あなた、自分で言いましたよね、あいう印は産婆のところで見たことはないって。だとしたら、やっぱり産婆は魔女ってことなのでは？」

　擂り鉢のなかはとっくに緑のペースト状になっているのに、クィズルはなおも薬草を搗き砕いていた。

「シュテヒリンは魔女じゃない、それで充分だろう」ぼそぼそと言う。「あの悪魔ってのを見つけたほうがいいな、この街をうろついて子供らを攫ったやつだ。ゾフィー、クララ、ヨハネス、みんないなくなった。どこへ行った？　その子らを見つけ出せば必ず謎も解けると思うんだが」

「子供たちがまだ生きていればですが」ジーモンがつぶやいた。それから考えこんだ。

「ゾフィーはその悪魔を川で見たんだ、クラッツさんちの男の子のことを訊いているところを」ようやく言った。「その子が死んだのはそのすぐ後です。男は背が高く、マントを着て、羽根のついた帽子をかぶり、顔には斜めの瘢痕があったとか。それと、骨の手をしていたとも。どれも女の子が見たって言ってるのばかりですけど……」

　クィズルがさえぎった。「ゼーマーの旅籠の下女も酒場で骨の手をした男を見ている」

「ええ」とジーモン。「数日前のことですね、ほかにも数人の男がいたそうです。下女はその人たちは傭兵のようだったと言ってました。その後で上に行き、そこで誰かと会っていた。誰とかな？」

　クィズルは擂り鉢から泥膏をこそげて坩堝に移し、蓋をしたうえで革紐で縛った。

「傭兵がこの街をうろついてるのは、気に食わんな」ぼそぼそと言う。「傭兵ってのは腹立たしいことしか持ちこまない。酒ばっかり飲んで、盗みを働いて、あちこち毀して」

「毀すといえば……」とジーモン。「シュレーフォーグルがおとといの夜に話してくれたんですけど、毀されたのは倉庫だけじゃないそうです。同じ日の夕方、施療院の建設現場にも何者かが現れて、石積みがめちゃくちゃにされたとか。それもアウクスブルクのやつらの仕業だったんでしょうか」

クィズルが手を振って否定した。「それはないだろう。やつらにしてみれば俺たちの街にああいう施療院が出来るのは都合がいいはずだ。最終的に旅の者がこの街に泊まるのを避けるようになって寄りつかなくなるのを望んでいるわけだから」

「それじゃ、いずれそこを通ることになるよその荷運びがらいにかかるのを怖れてやったか」ジーモンが口をはさんだ。「通商路はホーエンフルヒ坂からそんなに離れてはいないから」

クィズルが唾を吐いた。「まさにそこさ、ショーンガウの人間がいちばん危惧しているのはそこなんだ。教会は施療院を望んでいるが、街のお偉方にとっちゃ施療院のおかげで商取引がこの街を大きく迂回することになるんじゃないかと不安でならない。だから大反対なんだ」

ジーモンがかぶりを振った。「大都市にはいくらでもそういう施療院はあるのに、レーゲンスブルクやアウクスブルクにだって……」

クィズルは薬草室へ行き、坩堝をそこに置いた。

「胡椒袋なんて呼ばれてる金持ち連中ってのは、えてして臆病なものさ」そこから大声でジーモンに言った。「そのうちの何人かは俺のところにちょいちょい現れる。ペストがヴェネツィアに現れただけで震えあがってな！」

腕の長さほどのカラマツ材の棍棒を肩にかついで戻ってきて、にやりとした。「一度あの施療院を近くから見ておいたほうがよさそうだ。俺には一度に多くのことが起こりすぎたような気がしてならないんだ、偶然とはとても思えんほどにな」

「今から？」ジーモンが訊いた。

「今から」とクィズルが言い、棍棒を振りかざした。「もしかするとその辺で悪魔に出くわすこともあるかもしれん。そうなったら、ぜひともその化け物の背中をどやしてやりたい気もあるしな」

その巨軀が狭い戸口を抜けて四月の朝のなかに出て行った。ジーモンの体がぶるっと震えた。ショーンガウの処刑吏には悪魔でさえも恐怖を抱くのではないか、ふとそんなことを思った。


施療院の建設地はホーエンフルヒ坂にある、街道に面した森の一画を切り開いたところで、街から三十分と離れていない。ジーモンは通りすがりに何度かそこで働いている人たちを見ていた。基礎はすでに埋めこんであり、煉瓦積みの壁も高く築かれていた。最近では木組みの足場と屋根の骨組みが組み上がったところまで見ていた。そばの小さな礼拝堂の基礎壁もそのときには出来上がっていた。

ここ何カ月かのミサのことが思い出された。司祭は説教の折りに建設工事の進み具合を誇らしく報告していた。この施療院を造ることで教会は積年の望みをかなえたのです。貧しい人や病気の人の面倒をみることは教会本来の務めです。それに、感染のおそれのあるらいは街にとって危険でもありました。これまで、そういう人はいつもアウクスブルクの施療院へ追いやられていました。しかし、アウクスブルクにもらい患者はおるわけですから、最近では受け入れを拒否することも一再ならずあるのです。そういったいわば祈願の行列をショーンガウには今後はもうさせたくなかったのです。新しい施療院が街の独立のシンボルになることでしょう、たとえ街の参事会の方々がこの建設をはねつけたがっているとしても——。

だが、眼前の建設地からかつての活気はすっかり消え失せていた。壁は力まかせに体当たりを食らったかのように倒壊し、屋根の骨組みは煤けた骸骨となって空に突き出ていた。木組みの足場はめちゃめちゃに崩れ、焼け焦げているところもある。あたりには湿った灰のにおいが立ちこめ、側溝には木材や樽が載った荷車がはまりこんだまま置き去りにされていた。

森を切り開いた建設地の一角に古い石積みの井戸があり、そこに職人の一団が座って破壊された建物を呆然と見つめていた。ここ数カ月とまでは言わなくとも、数週間の仕事が台なしになったのだ。この建設工事は職人たちにとって日々の飯の種だった。その人たちの将来が今不確実なものとなっている。教会もまだこの先どうするか明らかにしていない。

ジーモンは職人たちに手をあげて挨拶し、近寄って行こうとした。職人たちがパンをかじりながら迷惑げな視線を向けてきた。どうやら食事の邪魔をしたらしい。わずかばかりの休憩時間を無駄話に費やしたくはないようだ。

「ひどいもんですね」ジーモンは歩きながら声をかけ、建設地を指さした。処刑吏はある程度の距離をとって後に続いた。「誰の仕業か、もうわかってるんですか？」

「おまえに何の関係がある？」職人の一人がジーモンの前で唾を吐いた。ジーモンは、それが二日前に監獄の産婆のところに押しかけようとした人たちの一人だと気づいた。その男がジーモンの肩越しにヤーコプ・クィズルを認めた。クィズルはにやりと笑い、肩の上で棍棒をとんとんとやった。

「よう、ヨゼフ」クィズルが言った。「奥さんはどうだ、元気か？　俺の薬が効いたか？」

ほかの職人たちが、街から現場の棟梁に任命されているその大工を怪訝そうに見た。

「おまえのかかあ、病気なのか？」一人が訊いた。

「そんなこと一言も言ってなかったぞ」

「いや、その……ひどくはないんだ」もごもごと言い、救けを求めるように首斬り役のほうを見た。「ただの軽い咳だ。な、そうだよな、クィズル親方？」

「まあ、そうだな、ヨゼフ。で、物は相談だが、俺たちにここの様子を見せてくれないか？」

ヨゼフ・ビヒラーは肩をすくめ、倒壊した壁のほうへ行った。「見るようなものは大してないよ。ついて来な」

首斬り役と医者が後について行った。ほかの職人たちは井戸のところにとどまったまま、ひそひそと話を交わしていた。

「奥さん、どうしたんです？」ジーモンが小声で言った。

「やつのベッドに入りたがらないんだ」クィズルは言いながら視線を敷地に向けた。「産婆のところへ行って惚れ薬をもらおうとしたんだが、断られたのさ。それは魔法だって言われてな。そこで、俺のところにやって来た」

「で、渡したの……？」

「信じるのが最良の薬ってこともある。信じることと、あとは水に溶かした礬土《ばんど》だ。以後、苦情はなくなった」

ジーモンがにやりとした。同時に、産婆が魔女として焼かれるのを見たがる一方で産婆の魔法の飲み物を求めた男に対し、かぶりを振らずにはいられなかった。

三人は施療院の基礎のところに着いた。人の高さほどもあった壁はあちこちで毀され、地面に積み石が散乱していた。材木の山は崩されたうえで火をつけられていた。ところどころまだ煙が上がってくすぶっている。

ヨゼフ・ビヒラーは十字を切って、破壊の跡を見やった。「悪魔の仕業としか思えない」声をひそめて言った。「子供たちを殺したのと同じやつだ。でなかったら誰がこんなふうに壁を台なしにできるものか」

「悪魔か、でなければ何人かの力持ちが丸太でも使ってやったかだな。たとえば、あれなんかで」そう言ってクィズルは、北側の壁からそう遠くないところに転がっている枝おろしをした樅の丸太を指さした。森のへりからその場所まで引きずった跡があり、そこからさらに壁まで延びていた。うなずいてから、「あれを城攻めのときの突き棒みたいにして使ったんだろう」と言った。

三人は壁の残骸をまたいで、建物のなかへ入った。鶴嘴か何かを使って暴れまわったかのように地下室の基礎がそこかしこで割られている。板石がわきに押しのけられ、粘土の塊りや煉瓦の破片が散らばっていた。地下室の隅は膝の深さほども掘り返され、掘られた土が山になっている。スウェーデン人に襲撃された後よりもひどいように見えた。

「誰がこんなことを?」ジーモンが小声で言う。「妨害というより、何でもいいからめったやたら破壊したかっただけって感じだ」

「妙だな」とクィズルが言い、火のついていないパイプを銜えた。「建築工事を妨害するのなら、壁を崩すだけで充分だろうに。なのに、ここのこれは……」

大工が不安そうな顔でクィズルを見た。「そうなんですよ、悪魔のやつ……」口ぶりが鋭くなった。「こんな暴力を働くのは悪魔ぐらいなもんだ。わきの礼拝堂も羊皮紙で造ったみたいにぺしゃんこにされちまってる」

ジーモンはぶるっと身震いした。昼時に近づくにつれ太陽が朝霧をはらそうとしているが、まだ充分ではない。森とその一画を切り開いたこの建設地にはまだ濃い霧がかかっていて、敷地のわずか数メートル先から始まっている森はおぼろにしか見えない。

クィズルが石積みの門のアーチをくぐって外に出た。西側の壁の前で何かを探しているふうだ。ようやく立ち止まって、「ここだ!」と大声をあげた。「はっきり跡がある。四人か五人というところだな」

ふいに屈みこんで、何かを拾い上げた。黒い革袋で、子供の拳ほどの大きさがある。開けて、なかを覗き、それからにおいを嗅いだ。至福の笑みが顔に広がった。「極上の煙草だ」近くに寄って来たジーモンと大工に向かって言った。細く刻まれた茶色の葉を磨りつぶして粉々にし、もう一度深々と香りを吸いこんだ。「だが、この辺のじゃないな。いい葉っぱだ。マクデブルクでこういうのを嗅いだことがある。これ欲しさに商人を豚みたいに殺したやつがいたな」

「マクデブルクにいたことがあるんですか？」ジーモンが小声で訊いた。「そんなこと一度も話してくれたことがなかった」

その小袋をクィズルは素早くマントのポケットに突っこんだ。ジーモンの問いには応えず、礼拝堂の基礎壁のほうへ歩いて行った。ここも廃墟同然の様相を呈していた。壁は倒壊してただの小山になっている。クィズルはそのうちの一つに上がり、あたりを見まわした。見つけた袋が気になるらしい。「こういう煙草はここじゃ誰も吸わない」上から見おろすように二人に向かって言った。

「どうしてそうだとわかるんで？」大工が素っ気なく訊いた。「こんな悪魔の草はどれも同じにおいでしょうが」

クィズルの癇に障るものがあったらしい、腹立たしげにヨゼフ・ビヒラーを睨みつけた。瓦礫の小山に立ち霧に沈むさまは、ジーモンに伝説の巨人を思い起こさせた。大工を指さしながらクィズルが大声で話しだした。「おまえは臭う、その歯も臭う、その口も臭う。しかしだ、この……おまえが言うように、草は草でも、これは香るんだ！　感覚をよみがえらせ、己れを夢から醒ましてくれる。世界を覆い隠し、天上へといざなってくれる。よく覚えておけ！　もっとも、おまえみたいな百姓頭にはもったいない。これは新世界からの舶来だ。どこの馬の骨ともわからぬようなやつのために作られたものじゃない」

大工が何も答えられずにいると、ジーモンがあいだに割って入り、礼拝堂のすぐそばにある茶色い湿った土の山を指さした。「見て、ここにも跡がある!」と大きな声で言った。確かに、その山は足跡だらけだった。もう一度ビヒラーに怒りの一瞥をくれてからクィズルは小山を降り、その足跡を調べた。「ブーツの跡だ。これは傭兵ブーツだ、まずまちがいない。この手のものはいやというほど見てきたんだ」大きく口笛を鳴らした。「ここのやつだが……」そう言ってくっきりと残っている跡を指さした。靴底の端が擦れたようになっている。「こいつは足が悪いようだ。片方の足を引きずりかげんにしている、だから踏みこみがあまり深くないんだ」

「悪魔の内反足だ!」ビヒラーが鋭く言った。

「くだらんことを」クィズルがぼそぼそと言う。「これのどこが内反足だ、それぐらい見りゃわかるだろうが。いいか、この男は足が悪いんだ。戦争で盲管銃創を負ったんだろうな。弾は取り除いたが、脚はつっぱったままなんだ」

ジーモンがうなずいた。軍医の息子として戦場にいたことから、そのような手術も覚えている。父親は細長い把握鉗子を使って負傷者の肉をほじくっては、鉛の弾を見つけ出していた。その後に来るのは往々にして化膿や創傷壊疽で、それがもとで兵士は死んでいった。たまによくなることもあったが、よくなればなったで男はまた戦場へ戻っていく。次には腹に銃弾を受けて親子の前に横たわることになるのだったが。

クィズルが湿った土の山を指さし、「この粘土で何をつくってる?」と訊いた。

「壁や床の仕上げ塗りに使っている」と大工。「この粘土はゲルバー地区の向こうにある煉瓦小屋のわきで掘り出したものだ」

「ここの敷地は教会のものですよね?」今度はジーモ

ンが大工に訊ねた。

ビヒラーがうなずいた。「あの変わり者のシュレーフォーグルの大旦那が教会に遺贈したんだ、去年亡くなる直前にな。で、跡取りの若いのはわけがわからんと間抜けづらして眺めてる」

ジーモンは一昨日のヤーコプ・シュレーフォーグルとの会話を思い出した。そんなようなことをあの富豪の息子も話していた。ビヒラーがにやりとジーモンに笑いかけ、何やら歯の隙間からほじくり出すような物の言いかたをした。

「シュレーフォーグルの若旦那には相当な癪の種なんだよな」

「それ、何で知ってるんですか?」ジーモンが訊いた。

「前に大旦那の仕事をしていたことがあるんだ、向こうの焼き窯で。ご両人、派手に喧嘩をやらかしてな、しまいに、大旦那が、この地所は教会に施療院のためにくれてやると言ったんだ、神の恩賞があるようにってな、そしててめえの息子はここからは追い出したってわけさ」

「で、若旦那のほうは?」

「ひどい罵りようさ、何しろ、ここに二つ目の焼き窯を造るつもりでいたんだからな。それが全部教会のものになっちまった」

ジーモンはもっと質問したかったが、どすんという音がして、思わず振り向いた。クィズルが材木の山を飛び越えて、さらに街道を突っ切って森のへりにまで達していた。見ると、ほとんど霧に呑みこまれているが、そこにもう一つ人影らしきものがある。その影が姿勢を低くして木立のあいだをレヒ川の段丘のほうへと駆けて行く。

呆気にとられている大工をそこに残し、ジーモンも駆けだした。行く手を遮ってやろうと思ったのだ。森のへりにまで達したときにはその影にあと数メートルのところまで迫っていた。右手から枝の折れる音が聞こえる。クィズルが息をはずませ、棍棒を振りまわしながら近づいて来た。

「やつの後を追え、俺は右にまわる、畑のほうに逃げられないようにな！　川岸の崖あたりで追いつけるだろう」

ジーモンは鬱蒼とした樅の木立のなかに入っていた。人影が見えなくなった。が、聞こえはする。前方で枝の折れる音がし、針葉に覆われた地面をくぐもった足音が遠ざかって行く。時おり、枝を透かしておぼろげな人影が見えたような気がした。男、だとは思うが、そいつは身をかがめ、どことなく……奇妙な走り方をしている。だんだん息苦しくなってきた。金属的な味が口のなかに広がっていく。久しくこんなに長く、しかもこんなに速く走ったことがなかった。どう考えても、子供のとき以来だろう。部屋のなかで本を読みながらコーヒーを飲むというのには慣れていたが、走るというのにはここ何年まったく縁がなくなっていた。綺麗な街娘の父親の怒りを買ってあわてて逃げ出したことが一、二度あったが、それとてもだいぶ前のことだ。

その人影との差が開きはじめた。枝の鳴る音が小さくなっていく。ふいに右手遠くから木の砕ける音が聞こえてきた。クィズルにちがいない、イノシシのように倒木を飛び越えて来る。

数瞬のうちにジーモンは窪地の底に達していた。目の前は急な上りになっている。その先からレヒ川の段丘が始まる。樅の木立が途切れ、このあたりは丈の低い茂みが絡みあって生えている。そこを抜けていくのはなかなか厄介だ。ジーモンは茂みの一つにつかまって伸び上がったものの、すぐに舌打ちして手を離した。木イチゴの株にもろに手を突っこんだのだ。右手にびっしりと棘が刺さった。聞き耳を立てる。後ろから木の砕ける音がするだけだ。そちらからクィズルがやって来るのが見えた。朽ちかけた大木を猛然と飛び越え、ジーモンの前で止まった。

「どうした？」クィズルが訊いた。ジーモンほどではないにしても、クィズルも追跡で息が切れている。ジーモンはかぶりを振りながら、脇腹の痛みの残る体を前方へ屈めた。「取り逃がしたようですね」あえぎながら言った。

「くそっ」クィズルが悪態をついた。「あれは建設現場を荒らした男の一人だな、まちがいない」

「何で戻って来たんでしょう？」なおも息を切らしながらジーモンが訊ねた。

クィズルが肩をすくめた。「わからん。もしかすると建設現場から人がいなくなっているかどうか見に来たのかもしれん。もう一度来たかっただけかもしれんし、自分の高級煙草を探したかっただけかもしれん」棍棒で立ち枯れのトウヒを叩いた。「まあいい。どのみち取り逃がしたんだ」そう言って険しい斜面を見あげた。「いずれにしても、この上まで行ったのなら相当な体力だな。そうそう誰にでもできることじゃない」

ジーモンは苔に覆われた大木に腰をおろし、手に刺さった棘をせっせと抜いた。ブヨが頭のまわりをぶんぶん飛びかい、血の吸えそうなところを探している。「ひとまず、ここは離れましょう」そう言って、ブヨを手で払いのけようとした。

クィズルがうなずき、歩きだした。二、三歩行ったところで立ち止まり、地面を指さした。根こそぎ倒れた樹の地面に湿った赤土が露わになっている。そのちょうど真ん中にブーツの跡が二つくっきりと残っていた。左足のほうがいくぶん輪郭が崩れ、靴底を引きずったようになっている。

「びっこひきだな」ヤーコプ・クィズルが小声で言った。「これは確かに傭兵のものだ」

「でも、何で施療院を破壊したんでしょう？　それに、これも全部死んだ子供たちと関係があるんでしょうか？」ジーモンが訊いた。

「それはすぐにわかるだろう、すぐにな」クィズルがぼそぼそと言った。その視線がもう一度斜面の上に向けられた。一瞬そこに人影を見たように思ったが、また霧がたなびいてきた。マントのポケットから煙草の小袋を取り出し、歩きながらパイプに詰めはじめた。

「少なくとも味のわかるやつだ、悪魔はな。そのげす野郎に香りぐらいは残してやらんとな」


悪魔は斜面の上に立ち、ブナの陰から二つの人影を見おろしていた。そばに大きな石がある。ふと、その石を転がしてみたい衝動に駆られた。これを転がせば砂利や岩や枯れ枝を巻きこんで下の二人に襲いかかり、あわよくば生き埋めにしてくれるかもしれない。その白っぽい骨の手を大石に伸ばしかけたとき、二つの人影のうちの大きいほうがふいにこちらに頭を向けた。ほんの一瞬だったが、その男と眼が合った。あの首斬りにも俺が見えたろうか？　ブナの木にまた体を押しつけ、石を転がすのはやめにした。あの男は手強い。頭も働く。落石の音を聞きつけたらすぐにもわきに退くだろう。藪医者の小男は問題ではない。いろいろ嗅ぎまわっているようだが、ついでの折りにでも街なかの暗がりで喉を掻き切ってやれば済むことだ。だが、あの首斬りは……。

ほんとうはここに戻って来るはずではなかった。それも明るいときには。いずれこの建設現場も調べられることはわかりきっていた。だが、煙草の袋をなくしてしまったのだ。みすみす手がかりをつかませるようなものだ。それに、ある疑念が頭に巣くっていっこうに消え去ろうとしない。だから、こうしてわざわざ自分で様子を見にやって来たのだ。ただ、ほかのやつらにこのことを知られてはならない。やつらはただ俺から自分の取り分を渡されるのを待っているだけだ。職人たちがまた建設工事を始めれば、やつらにまた来てもらって、あらためてめちゃくちゃに毀す、それが頼まれた仕事だ。しかし、どうもこの仕事の裏にはほかに何か隠されているような気がしてならない。それもあって、こうしてやって来たのだ。それにしても同じ時間に嗅ぎまわり屋の小男と首斬りが現れたのは腹立たしかった。だが、捕まるようなへまはしなかった。

夜になったらもう一度探すとしよう。

ほかの連中に小娘を捜し出すよう言ってはおいたが、やつらはその命令には渋々従っているにすぎない。言うことを聞いているのも俺が怖いからだし、当初から俺を首領として受け容れたからだ。しかし、最近はだんだんと俺に口ごたえするようになってきた。子供らを片づけることがどれだけ重要か、やつら、何にもわかってない。すぐに小僧一人を取っ捕まえたから、もうほかのガキは怯えきってるだろうとぬかしやがる。そういうものではない、物事は最後までやりきらなくてはならないのだ、そういうことがやつらにはわかってない。請け負った仕事が危うくなり、こっちの取り分まで覚束なくなるってのに！　薄汚いガキどもめ、俺から逃げおおせられるなどと思うなよ。きいきいと小うるさい子豚ども、その喉首、必ず掻き切ってやるからな、そうすりゃこの頭のなかの金切り声も止むだろう。

（けたたましい鐘の音、泣き叫ぶ女、ぎゃあぎゃあ泣きわめく赤ん坊……）

また霧がかかってきた。斜面に転げ落ちないよう、しっかりとブナにつかまってなくては。唇を嚙む。血の味がした。ようやく、もとどおり頭がすっきりまわるようになってきた。まずはあの小娘を片づけなくてはならない。それからあの嗅ぎまわり屋と首斬りだ。首斬りは手強いだろうが、相手にとって不足はない。あとは、あの建設現場の確認だ。あの胡椒袋が俺に何か隠しているのはまちがいない。が、悪魔をだますことなどできはしないんだ。そんなことをしようものなら、存分にそいつの返り血を浴びてやる！
大地の息吹とたおやかな花の香りを深々と吸いこんだ。万事順調。口許に薄い笑みを浮かべ、丘の裾を歩いて行った。やがて、その姿を森が呑みこんだ。

ジーモンとヤーコプ・クィズルがショーンガウに戻って来ると、幽霊のような人影が現れたとの噂がすでに広まっていた。ヨゼフ・ビヒラーはじめ職人たちが市の広場に直行し、誰彼となくつかまえては悪魔が目の前に出現したと話したのである。たちまちバレンハウス周辺の屋台はひそひそ話とささやき声に包まれた。広場の職人たちは仕事もそっちのけに三々五々寄り集まっては立ち話に耽り、街には緊張した空気がみなぎった。ジーモンは、樽があふれる寸前まで来ているのではないかと思った。根も葉もないことが声高に叫ばれ、民衆の気分が一気に昂揚し、シュテヒリンを手ずから焼いてしまおうとするのではないか——。

市場の女や職人たちからうさんくさい眼を向けられながら医者と首斬り役は街の教区教会の正面入り口を入って行った。この街いちばんの神の家の内部に入ると、ひんやりとした空気に迎えられた。ジーモンは化粧塗りの剝がれ落ちた高い柱から、盲窓、老朽化した聖堂内陣の席へと視線を移して行った。暗い側廊に蠟燭がぽつぽつと燃え、ゆらめく光を黄変したフレスコ画に投げている。

ショーンガウの街だけでなく、街の教区教会である「聖母マリア被昇天教会」もいい時代はあった。お金を施療院の建設ではなく教会の修繕に注ぎこんだほうが有意義だと思っているショーンガウの人は少なくない。特に教会の塔はいかにも老朽化した印象を与えている。向かいに建ち並ぶ旅籠や食堂の人たちは、ここの塔がミサの最中に倒壊するようなことにでもなったらどういう事態になるか、暗澹とした気持ちで思い描いていた。

今は土曜日の真昼どき、教会のベンチに座っているのは祈りを唱える数人の老婦だけだった。時おり、そのうちの一人が立ち上がり、右手の告解場に行き、しばらくロザリオを細い指で爪繰りながら何ごとかつぶやき、それから戻って来た。ヤーコプ・クィズルはベンチの最後列に座り、その老婦たちを眺めていた。老婦たちはクィズルを認めると、いちだんと祈りの声を激しくし、クィズルのそばを通るときはできるだけ身廊の壁に体を押しつけた。

首斬り役は教会では快く見られない。クィズルに割り当てられた席は左側の後ろで、聖餐を受けるのは常に最後だった。それでも、クィズルは今日も老婦たちに親しげな笑みを向けることを怠らない。老婦たちはそれに対して十字を切って応え、そそくさと教会から姿を消した。

ジーモン・フロンヴィーザーは最後の老婦が告解場を後にするのを待って、自分もそこに入った。目の細かい格子窓を通して街の教区司祭コンラート・ヴェーバーの温もりのある声が聞こえた。

「願わくは全能の天主汝を哀れみ、汝の罪を赦して終わりなき生命へ導き給え……」

「司祭さま」ジーモンがささやき声で話しかけた。「私は告解をしに来たのではありません。ぜひとも教えていただきたいことがあるのです」

ラテン語のつぶやきが止まった。「どなたかな？」

司祭が訊いた。

「街医師フロンヴィーザーの息子、ジーモンです」

「いかなる理由があるにせよ、私はついぞ告解の場におまえの姿を認めたことはなかったぞ」

「司祭さま、今から……今から私は改めることにいたします。すぐにも告解いたします。ですが、先に施療院のことについてぜひとも知っておかなくてはならないことがあるのです。亡くなったシュレーフォーグルがホーエンフルヒ坂の地所をあなたに譲ったと聞き及んだのですが、そのとおりなのでしょうか？　もともとは自分の息子に譲ると約してい たそうですが」

「なぜおまえはそれを知りたい？」

「施療院が毀されました。裏に誰がひそんでいるのか知りたいのです」

司祭はしばらく無言だった。

ようやく咳払いすると、「それは悪魔の仕業だと聞いている」と言った。ささやくような声だった。

「司祭さまもそうだと思われるのですか？」

「さて、悪魔の現れようは実にさまざまだ、人間となって現れることもできる。あと数日でヴァルプルギスの夜だ。その夜、悪魔の化身がまた神をも畏れぬ女どもと一つになる。あの土地ではすでに長らく魔女の踊りが行われていると言われ……」

ジーモンはぎくりとして身をすくませた。

「誰がそんなことを？」

司祭はためらってから、話を続けた。

「世上の噂だ。今、小教会を建てているところは以前は魔法使いと魔女たちが悪事をはたらいていた場所だと。はるか昔に礼拝堂があったこともあるが、前の施療院のように倒壊して荒廃してしまった。まるで呪いの地ででもあったかのように……」司祭の声がしだいに低くなっていく。「すると古い石の祭壇が見つかった、異教の祭壇だ。それを見つけて破壊できたのは幸いだった。教会がそこに新しい施療院と礼拝堂をつくることにしたのはそれも理由の一つだった。悪は、神の光に遭ったなら消え失せなくてはならない。私たちはその場所全体に聖水を撒いた」

「成果はなかったようですね」ジーモンがつぶやいた。

さらに訊ねる。「亡くなったシュレーフォーグルは息子にこの地所を遺贈していたのでしょう？　つまり、息子はすでに相続人として登録されていた」

司祭が咳払いをした。

「老シュレーフォーグルのことはまだ覚えてるかね？

まあ、言うなれば……頑固な変人だ。ある日私の館にやって来て、逆上して、こう言った、うちの息子は商売のことが何もわかっていない、こうなったら坂下のあの土地は教会に譲ったほうがましだ、と。私たちは彼の遺言を書き替えた、司教座教会首席司祭が証人です」

「そして、その直後に亡くなった……」

「ああ、熱病で、私自身が終油の秘蹟をしている。臨終の床でも彼は地所のことを話していた。どうだ、嬉しいだろう、これでいいことをたくさん施すこともできるぞ、と。自分の息子は決して赦さなかった。彼が最後に会いたがったのはヤーコプ・シュレーフォーグルではなく、老マティアス・アウグスティンだった。二人は街の参事会の時代から仲がよかったんだ、幼なじみなんだ」

「臨終の床でも贈与を撤回することはなかったんですね?」

司祭の顔が格子にぐっと近づいた。

「どうすべきだったというんです? 老人に思いとどまるよう勧告しろと? 私は、やっとその土地を取得できると嬉しかったのです、それも一グルデンも出さずにです。状況からしてそれは施療院のためのものと考えるのが妥当でしょう。街からは遠く離れ、それでいて街道には近く……」

「建設現場を荒らしたのは誰だと思いますか?」

コンラート・ヴェーバー司祭はまた沈黙した。この人はもう何も話さないなとジーモンは思った。が、またその声が聞こえてきた。もっとも、非常に声を落として。

「これからも破壊行為が続くようなら、私はもう参事会に対して施療院を建てるという決意を維持できなくなります。反対する人が多すぎるのです。首席司祭でさえ、私たちはこのような施設を建てる余裕はないと思っています。この地所を売るしかなくなるでしょう」

「誰に?」

また沈黙。

「誰にですか、司祭さま」

「今のところはまだ誰も名乗り出ていません。でも、あのシュレーフォーグルの若主人がすぐにも私の館に現れるのは想像がつきます……」

ジーモンは狭い告解場のなかで立ち上がり、外へ出ようとした。

「司祭さま、ありがとうございました」

「ジーモン?」

「はい?」

「告解を」溜息をつきながらジーモンはまた座り、聖職者の単調な声音に耳を傾けた。

「願わくは全能にして慈悲なる主、汝の罪を憐れみ、その赦しを与え給え……」

長い一日になりそうだ。

告解場を後にしたジーモンの後ろ姿を見送りながら、コンラート・ヴェーバー司祭は何か言い忘れたような気がして、しばしその場に立ちすくんだ。ついさっき口に出かかったことなのに、いくら思い出そうとしても出て来ない。つかのま思い悩んだ後、また自分の祈りに戻った。そのうちひょっと思い出すかもしれん。

溜息をつきながらジーモンは暗い教会内部から戸外へと出て行った。太陽はいつしか屋根の上にかかっている。墓地のそばのベンチにヤーコプ・クィズルが座り、パイプを吸っていた。眼を閉じて暖かい春の陽射しと建設現場で見つけた高級な煙草を楽しんでいた。寒々とした教会はさっさと後にしていたのだった。ジーモンの足音に気づき、眼をしばたたいた。

「どうだった?」

ジーモンがベンチに並んで腰をおろした。「手がかりらしきものはあったと思います」そう言ってから、司祭との会話をひととおり話した。

クィズルはパイプを銜えながら考えこんだ。「その魔女と魔法使いの話ってのはただの仮装行列だったんじゃないのか。ただ、死んだシュレーフォーグルが実際に息子から相続権を取り上げたというのは、考えてみるだけの価値はあるな。それで、シュレーフォーグルの息子が、あの土地をもう一度自分のものにしようと思って建設現場の妨害をしたというのはありうる話だと思うか？」

ジーモンがうなずいた。「ありうるでしょうね。いずれはそこに二つ目の焼き窯をつくるつもりでいたんだ、自分でそう言ってました。功名心が強いところもあるし」

そこまで言って、ふと思い出したことがあった。

「そういえば、ゼーマー酒場の下女のレズルが、傭兵のことを話してくれたことがあったんです、旅籠の上でそいつらが誰かと会っていたって」声が大きくなった。「そのうちの一人はびっこを引いていたと言ってました。それって今日二人で見た悪魔じゃないんですかね。もしかすると、その悪魔やほかの傭兵と旅籠で会っていたのはヤーコプ・シュレーフォーグルだったのかも」

「で、それは倉庫の火事や印や死んだ子供らとどういう関係がある？」クィズルが訊きかえし、またパイプを吸った。

「全然関係ないかもしれない。倉庫と子供たちはほんとうにアウクスブルクの人間によるものかもしれないし、シュレーフォーグルは人知れず建設現場を荒らすためにその騒ぎを利用しただけかもしれない」

「自分の里子が攫われたときに？」クィズルがかぶりを振りながら立ち上がった。「まったく愚にもつかん。俺に言わせれば、それはいろんな偶然が一度に起こったということにしかならん。何となく全部がうまいぐあいにはまったとな。火事と子供らと印と毀された施療院と、俺たちがまだわかってないだけなんだ、どんなふうに……」

ジーモンがこめかみをこすった。香煙と司祭のラテン語のつぶやきのせいで頭痛がする。

「これ以上のことはわかりません。時間も限られてる。シュテヒリンの気絶はあとどのくらい続くんですか?」

クィズルは教会の塔を見あげた。太陽はすでに屋根の棟木から浮き上がっていた。

「せいぜい二日だ。そのころには選帝侯の名代、ザンディツェル伯もじきにやって来るだろう。それまでに真の罪人をあげてなかったら、短い審理をやっただけですぐに産婆の処刑ってことになる。お偉いさんたちは伯爵とそのお供にはなるべく早くここから出て行ってもらいたがってるし。金ばっかりかかるからな」

ジーモンがベンチから立ち上がった。

「これからヤーコプ・シュレーフォーグルのところへ行ってみます。今のところ、これが唯一の手がかりですから。どうにもこの施療院は腑に落ちないところがある」

「そうしな」クィズルがぼそぼそと言う。「俺はもうしばらく悪魔の煙草を吹かしてる。考えごとをするのに、これにまさるものはないからな」

そう言ってまた眼を閉じ、新世界の香りを吸いこんだ。


法廷書記官のヨハン・レヒナーは執務室を出てバレンハウスへ向かっていた。広場を歩いていると、否が応でも女たちのひそひそ話が耳につく。職人たちまでが寄り集まって何やらぶつぶつと言い合っている。そういう人たちのわきを通るたびに、レヒナーは軽く活を入れる言葉を投げつけた。「こら、仕事に戻れ! 街の秩序は保たれてるんだ、いずれすべて明らかになる。さあ、働くんだ。それとも、わしに片っ端から逮捕させたいか！」

　職人たちは仕事場にこそこそと戻って行き、市場の女たちはまた品物の選別にかかった。しかしレヒナーには、自分が背中を向けたらすぐにまたおしゃべりが始まるのはわかっていた。暴動を未然に防ぐには広場に捕吏を送らなくてはならなくなるかもしれない。いいかげん、このいとわしい章を終わりにせねば。が、よりによってあの産婆は話ができる状況にはないときた。参事会員どもはわしの後ろにまわって成果を求めてるだけだし。まあ、しかし、もうじきなにがしかのことは見せてやれるかもしれん。もちろん二枚目の切り札はちゃんとこの手のなかにある。

　足早にバレンハウスの階段を上がり、二階へ行った。そこにはドアに錠の付いた小部屋がある。腐敗臭の立ちこめる鼠の穴蔵みたいな監獄に入れるわけにはいかない名のある者を監禁するための部屋だ。ドアの前の見張り番がレヒナーに向かって軽くうなずいてから、ものものしい錠を開けた。

　小さなテーブルの向こうに座れるようになっている出っ張りがあり、そこにアウクスブルクの荷運びマルティン・ヒューバーがだらしなく座り、明かり取りの窓から広場を眺めていた。法廷書記官がやって来たのを耳にして、振り返り、にやりと笑いかけた。

「これはこれは、法廷書記官どの。ようやく分別がおつきになったようで。では、行かせていただきましょうか、あの件についてもう語り残したことはないでしょう」

　そう言って立ち上がりドアのほうへ行きかけたが、レヒナーは目の前でそのドアをがちゃりと閉めた。

「何か誤解されているのではありませんか。マルティン・ヒューバー、あなたには嫌疑がかかっているのです、仲間の荷運びとともに倉庫に付け火をしたという嫌疑がね」

　ヒューバーの顔が紅潮した。平手でテーブルを叩いた。

「そうではないと言ってるでしょう！」

「否認しても無駄です、ジョーンガウの何人かの筏師があなたとあなたの仲間を見ているんです」

レヒナーは眉一つ動かさず平然と言い放ち、相手の反応を窺った。

ヒューバーは大きく深呼吸してから、また腰をおろした。腕組みをし、黙りこんだ。

レヒナーが再度訊ねる。「でなければ、あなたがたは夕方のあの時間、あそこで何をしていたのですか？ 積み荷を下ろすのは昼過ぎには済んでいたはずです。倉庫が焼けたとき、あなたたちは突然そこに現れた、ということは直前にその辺をうろついていたに違いないんです」

ヒューバーはなおも黙っている。レヒナーはドアのところに戻り、取っ手に手をかけた。

「いいでしょう。あなたが拷問にかけられてもそうやって黙っていられるかどうか、いずれわかることです」そう言って取っ手を下に押した。「今日にも砦に連れて行きます。刑吏とはすでに筏の寄せ場で知り合いになってますよね。あなたの骨の二、三本は喜んでへし折ってくれるでしょう」

レヒナーは相手の脳裡で何が起こっているか推し量った。ヒューバーが唇を嚙んだ。ようやく、言うべきことが奔流となって口から出て来た。

「そのとおりだ、俺たちはそこにいた！」大きな声だ。「だが、倉庫を焼くためではない！ 俺たちの荷物だってなかにあったんだ！」

レヒナーがテーブルのほうに向きなおった。

「ほう、それで、何をしようとしてたんだ？」

「ジョーンガウの筏師をぶん殴る、それだけだ！ 向こうの〈明星亭〉で、おたくらの荷運びのヨゼフ・グリマーがうちの一人を痛めつけたんだ、二度と働けないくらいにな。だから相応のお返しをしてやりたかっね。そうすれば、こんなつらい目に遭わずに済んだものを」

「それを言ったら、その場に俺たちが前からいたと認めることになる」そう言って溜息をついた。「それに、今の今まで俺はほんとうに、そいつらはおたくの人間だと思っていたんだ。街の捕吏のようだったから！」

「捕吏って、どんな？」

ヒューバーは言葉を探した。

「少なくともそんなふうだった。もう暗くなりかけてたし、遠かったから、そんなによくは見えなかった。今になって思うと、あれは傭兵だったのかもしれない」

レヒナーは困りきって相手を見つめた。

「傭兵ね……」

「ああ、色のついた兵隊服で、長いブーツで、帽子もかぶってた。剣を持っていたのも一人二人いたような気がする。気がするだけで……自信はない」

たのさ、もう二度とこういうことが起こらないように。だが、神かけて、俺たちは付け火なんかしていない。それは誓う！」

荷運びの眼に不安の色が浮かんだ。レヒナーは満足感を覚えた。多少なりとも予感はあった。しかし、このアウクスブルクの荷運びがこんなに早く落ちるとは思っていなかった。

「ヒューバー、顔色がすぐれんな。まだ何か言い残してることがあるんじゃないのか？」

荷運びは少し考えてから、うなずいた。

「確かなことじゃないんだが。筏の寄せ場にいたとき、男が数人走り去るのを見た、四人か五人だ。おたくらの人間だと俺たちは思っていた。その直後だ、倉庫が燃えだしたのは」

レヒナーは、息子にがっかりさせられた父親のように、悲しげにかぶりを振った。

「どうしてそれをもっと早く言ってくれなかったのか

「いや、自信を持っていいぞ、ヒューバー」

レヒナーはまたドアのところに戻った。「自信を持ってくれたほうがいい。でなけりゃ、こちらが手を貸すまでだがな。おまえにはもう一晩考える時間をやる。明日私は鵞ペンと羊皮紙を持ってここに来る。そして、すべて書きとめる。もしまだ不確かなことがあるようだったら、それは速やかに片づけよう。刑吏も今は手持ちぶさたにしてるんでな」

そう言うと、荷運び一人を部屋に残して外に出、ドアを閉めた。ヨハン・レヒナーはほくそえんだ。一晩でこのアウクスブルクの荷運びに何が思いつくか、まあ見てやろう。倉庫の火事には無関係だとしても、やつの自白には千金の価値がある。フッガー家の荷運びがショーンガウの筏師に対する陰謀の首魁となるのだ！　アウクスブルクは今後の交渉では主張を引き下げざるをえなくなるだろう。うまくするとアウクスブルクの物品の保管料を引き上げることもできるかもしれない。何だかんだ言って倉庫の再建は高くつく。これはおもしろい展開になってきた。あとは産婆さえ自白してくれれば、すべて正常に復する。藪医者のフロンヴィーザーが言ってたな、産婆は明日、遅くとも明後日には尋問ができるようになると。

今少しの辛抱だ。

シュレーフォーグルの家は、公爵邸にほど近いホーフ門地区のバウエルン通りにある。この一帯には都市貴族と呼ばれる豪商、富豪の家が建ち並んでいる。いずれも四階建ての壮麗な建物で、正面には絵が描かれ、彫刻を施されたバルコニーがついている。あたりにはいいにおいが立ちこめている。レヒ川のほとりの悪臭ふんぷんのゲルバー地区から遠く離れているからだ。下女が手摺りのついたバルコニーで上掛けの埃を振り払い、玄関先では行商人が料理女相手に香辛料や燻製肉や羽をむしったガチョウを売りこんでいる。ジーモンは丈の高いドアの真鍮製のノッカーを叩いた。数秒もしないうちに足音が聞こえた。下女がドアを開け、玄関ホールに通された。まもなくヤーコプ・シュレーフォーグルが幅広の螺旋階段を降りて近づいて来た。心配顔でジーモンを見おろす。

「クララのことで何かあったのでしょうか？　妻は今もベッドに臥せったままです。できれば要らぬ心配はかけさせたくありません」

ジーモンがかぶりを振った。「今朝ホーエンフルヒ坂の麓に行ってきました。施療院の建設現場が荒らされていました」

ヤーコプ・シュレーフォーグルが溜息をついた。

「そのことは私も知っています」言いながらジーモンに控えの間の椅子を指し示し、自身も肘掛け椅子の一つに腰を沈めた。クッキーが入った皿に手を伸ばし、ゆっくりと一枚嚙みはじめた。「誰の仕業なんですかね。参事会に施療院建設に反対する動きがあるのは事実ですが、だからといって何も破壊行動に出なくてもと思うのですが……」

ジーモンは、この富豪とは率直に話をすることにした。

「あなたがあそこに二つ目の焼き窯をつくろうとしっかり計画まで立てていたのに、その後お父上がその土地を教会に譲ったというのは、まちがいありませんか？」と訊いた。

シュレーフォーグルは額に皺を寄せ、クッキーを皿のなかに戻した。「それはすでにお話ししたとおりです。口論の後、父は遺言書を書き替えたんです、おかげで、いろいろ考えていた計画を葬ることになりましたが」

「すぐ後にはお父上も」

シュレーフォーグルが眉を吊り上げた。「フロンヴィーザー、あなた、何をたくらんでるんです？」

「翻意させるつもりでいたお父上が亡くなって、あなたは遺言書を書きなおしてもらう可能性を失ってしまった。今、あの土地は教会のものです。あなたがそれを再度自分のものにしようとすれば教会から買い戻すしかない」

シュレーフォーグルが小さく笑った。「なるほどね。あなたは私を疑ってるんですね、教会があきらめて地所を返すまで私がずっと工事の妨害をすると。でもね、私は参事会ではいつも施療院建設のために力を尽くしているんですよ、あなたはそれを忘れていらっしゃる」

「別に、あなたにとってすこぶる重要なあの土地に、ではないでしょう」ジーモンが話をさえぎった。「土地の交渉はほかでやっています。二つ目の焼き窯は別の場所にということです。あの坂下の土地はシュレーフォーグル家の名前を危険にさらしてまでどうのこうのというほど重要でもないのです」

ジーモンはシュレーフォーグルの眼をまっすぐ見つめた。嘘の痕跡は認められなかった。

「あなたでないとなれば、施療院を破壊しようと考えそうな人はほかに誰がいるでしょう？」

シュレーフォーグルが大笑いした。「参事会の半分は建設に反対です。ホルツホーファー、ピュヒナー、アウグスティン、第一市長のカール・ゼーマーなんかは特にそうですね」それから急に真剣な顔つきになった。「だからといって、その人たちがやったなどと言うつもりは毛頭ありませんよ」

シュレーフォーグルが立ち上がり、室内を行ったり来たりしはじめた。「フロンヴィーザー、私にはあなたという人がわからない。うちはクララがいなくなってるんです、子供が二人死に、倉庫が焼かれ、あなたは建設現場が荒らされたことで私に根ほり葉ほり訊く。これってどういうことです？」

「今朝、施療院で人影を見ました」ジーモンが口をは
シュレーフォーグルが肩をすくめた。

さんだ。

「誰です？」

「悪魔」

シュレーフォーグルが何か言いかけようとしたが言葉にならない。ジーモンは先を続けた。

「少なくとも、巷で悪魔と呼ばれるようになった人物です。たぶん傭兵でしょう、びっこを引いてました。おたくのクララを攫い、何日か前にほかの傭兵と一緒にゼーマーの酒場でうろついていたやつです。そして旅籠の上の個室でこの街の重要人物と思われる人と会ってもいた」

シュレーフォーグルがまた腰をおろした。

「そいつがゼーマーの酒場で誰かと会っていたというのは、どこから聞いたんです？」

「下女が私に話してくれました」ジーモンは短く答えた。「市長のゼーマーに余計なことを言うなと止められましたが」

シュレーフォーグルがうなずいた。「その人が重要人物だとは、どうして言えるんです？」

ジーモンは肩をすくめた。「傭兵は雇ってもらうものです、それが仕事ですから。四人の男を雇うとなると、相応の金が要るでしょう。問題はそいつらが何のために雇われたかですが……」

そこまで言ってシュレーフォーグルのほうに身を乗り出した。

「一週間前の金曜日、あなたはどこにいらっしゃいましたか？」声低く訊ねた。

シュレーフォーグルは落ち着いて医者の視線に応えた。

「私がその件に何か関係していると言うおつもりなら、それは思い違いというものです」口調が鋭くなった。

「攫われたのは私の娘なんです、それをお忘れなく」

「どこにいらっしゃいました？」

シュレーフォーグルは後ろにもたれかかり、いっとき考えているふうだった。「焼き窯にいました。煙突が詰まってしまったんで、夜遅くまでその掃除をしていました。何なら職人たちに訊いてみてください」

「では、倉庫が燃えたときの夕方は、どこにいらっしゃいました？」

シュレーフォーグルがテーブルを叩いた。クッキーの皿が震えた。「人を疑うのもたいがいにしてくれませんか！　私の娘がいなくなってるんですよ、話すことはそれだけです。建設現場が荒らされたことなんか私にはどうでもいい！　いいかげん帰ってください、今すぐ！」

ジーモンはなだめようとした。「私は探し当てた痕跡を片っ端から跡づけしているだけです。全体がどんなふうにつながっているのか、私にもわかりません。でも、何となく全部がつながっているようなんです。そして、それをつなげてるのが悪魔なんです」

ドアをノックする音がした。

苛立って立ち上がっていたシュレーフォーグルがそのままドアまで行き、荒っぽく開けた。

「何の用だ？」つっけんどんに訊いた。

ドアの前に八歳ぐらいと見える男の子が立っていた。ジーモンは顔に見覚えがあった。たしかヘンネ小路にあるパン屋のガングホーフの子だ。男の子がこわごわと富豪の主を見あげた。

「参事会員のヤーコプ・シュレーフォーグルさんですか？」おどおどと言う。

「そうだが、何か用でもあるのか？　あるんなら、さっさと言え」シュレーフォーグルがドアを閉めようとした。

「クララ・シュレーフォーグルのお父さんですか？」男の子がなおも言う。

シュレーフォーグルの動きが止まった。「そうだ」ささやき声になっていた。

「伝えてくれって言われたんです、おたくの娘さんは無事ですって」

シュレーフォーグルがドアをいっぱいに開け、男の子を引き寄せた。

「どこでそれを聞いた？」

「それは……それは言っちゃいけないって。約束だから」

シュレーフォーグルは男の子の染みだらけのシャツの襟をつかみ、眼の高さにまで引っぱり上げた。

「うちの娘を見たのか？　娘は今どこにいる？」男の子の顔に向かって怒鳴りつけるように言った。男の子はじたばたもがき、その手から逃れようとした。

ジーモンが歩み寄って行った。きらきら光る硬貨を見せ、それを手のなかでもてあそんだ。男の子の視線がその硬貨に注がれ、催眠術にかかったように眼で追っている。

「約束に縛られなくたっていいさ、キリスト教の誓いじゃなかったんだろう？」そう言って男の子を安心させた。

男の子が首を振った。シュレーフォーグルはその子をそっと下に降ろすと、期待をこめた眼でジーモンと男の子を交互に見つめた。

「それじゃ、クララは無事だって、誰から聞いたのかな？」ジーモンがあらためて訊いた。

「それは……ゾ、ゾフィーです」男の子がか細い声で言った。硬貨からは眼を離さない。「赤毛の女の子。たった今、筏の寄せ場で聞いた。ちゃんと伝えてくれたらリンゴを一個やるからって」

ジーモンは安心させるように男の子の頭を撫でた。

「よくやった。で、クララが今どこにいるかもゾフィーから聞いてるのかな？」

男の子は不安そうに首を振った。「ゾフィーが言ったのはそれだけです。神の聖母に誓って」

「じゃ、ゾフィーは？　ゾフィーは今どこにいる？」

シュレーフォーグルが口をはさんだ。

「ゾフィーは……すぐにいなくなった、橋の向こうの森のほうへ。俺がずっと見てたら、石を投げられた。それからすぐ、こっちに、あなたのところに」

ジーモンは側からシュレーフォーグルを見つめ、

「この子の言ってることはほんとうだと思います」と言った。シュレーフォーグルがうなずいた。

ジーモンがその子に硬貨を差し出そうとすると、シュレーフォーグルが割って入り財布を取り出した。真新しいペニヒ銀貨を男の子に差し出した。

「これをおまえにやろう。ゾフィーからうちのクララがいるところを見つけてくれたら、もっとたくさんやる。私たちはゾフィーに何か悪いことをしようって言うんじゃない、わかったな？」

男の子は銀貨に手を伸ばし、小さな右手で握りしめた。

「ほかの……ほかの子は、ゾフィーは魔女だって言ってる、シュテヒリンと一緒にすぐ焼かれるって……」もごもごと言った。

「ほかの子が言ってることなんか信じなくていい」シュレーフォーグルが男の子を小突いた。「さあ、行くんだ。そしてこれは俺たちだけの秘密だぞ、そのことを忘れるな、いいな？」

男の子がうなずいた。宝物を握りしめ、瞬く間にすぐ先の家の角を曲がっていなくなった。

シュレーフォーグルはドアを閉め、ジーモンに眼を向けた。「生きていた」ささやくように言った。「クララが生きていた！　さっそく妻に話してやらなくては。失礼」

そう言うなり大急ぎで階段を上がって行った。階段の真ん中で立ち止まり、振り返ってジーモンを見おろした。

「フロンヴィーザー、あなたのことは今でも買っています。悪魔を見つけ出してください、お礼はいくらでもしますから」にこやかに笑い、なおも言う。「よかったら、いつでも私のささやかな蔵書を見にいらしてください。あなたが興味を持ちそうな本も何冊かはあると思います」

言い終えると、大急ぎで妻の寝室へと上がって行った。

10

一六五九年四月二十八日、土曜日、正午

ジーモンは富豪の家の控えの間に半分間も麻痺したように立っていた。いろんな考えが頭のなかで渦巻いた。ようやく意を決すると、通りへ駆け出て、バウエルン小路を下り、市の広場にまで行った。市場の女たちにぶつかり、あやうくパンの売り台をひっくり返しそうになり、叫び声や罵りを背に受けながらも、バレンハウスを過ぎレヒ門まで一気に駆けて行った。数分後には川の橋のたもとに立っていた。そこを急いで渡り、焼け落ちた倉庫を右に見ながら通りすぎ、さらに筏の寄せ場からパイティングへと通じる街道へと出た。

短時間のうちに森のへりにまで達していた。こんな昼時には街道は死に絶えたように静まりかえっている。ほとんどの荷車は朝の早い時間に川へと向かうのだ。かすかな鳥のさえずりが聞こえ、時おり森の奥で枝の鳴る音がする。それ以外は静かだ。

「ゾフィー！」

ジーモンの声は静寂のなかに細々と虚ろに響く。数メートルもいかないうちに森がその声を呑みこんでしまうかのように。

「ゾフィー、聞こえるか？」

自分でもばかなことを考えたものだとは思う。ゾフィーが森のこの方角に駆けこんだとしても三十分も前のことだ。この声を聞いているとはとうてい思えない。とっくに遠くに行ってしまっているだろう。それに、あの子が俺の声を聞きたいなんて誰が言った？　だが、どこかの枝に座って俺の様子を窺っているということもないとは言いきれない。いや、そうは言ってもゾフィーは自分から身を隠したのだ。産婆とともに魔法を使ったという嫌疑をかけられている。孤児の身では弁護をしてくれそうな人もいなければ世間の評判も当てにはできない。十二歳になったばかりだといっても、シュテヒリンと一緒に火刑の薪の山に上げられることはいくらでもありうるだろう。過去の魔女裁判ではもっと年下の子も焼かれたことがあると聞いたことがある。となれば、わざわざ自分から居どころを明かす必要などどこにあろう？

ジーモンは溜息をつき、踵を返した。

「待って！」森の奥のほうから声がした。ジーモンは立ち止まり、肩越しに振り返った。石が飛んできて脇腹に当たった。

「痛っ！　こらっ、ゾフィー……」

「振り向かないで。あたしがどこにいるか見えなくてもいいでしょ」

ジーモンは言われたとおりにし、肩をすくめた。小石の当たったところが痛む。さらに石を投げつけられてけがをしたくはなかった。

「あの子がしゃべったんだね？　あたしに頼まれたって話したんだ」

ジーモンがうなずいた。「あの子は悪くない。どっちみち僕が探し当てたと思うよ」

ジーモンは前方の藪の一点に視線を据えた。姿の見えない相手とはこうしたほうが話しやすい。

「ゾフィー、クララはどこ？」

「安全なところ。それ以上のことは言えない」

「どうして？」

「あたしたちのことを探してる人がいるから。クララとあたしは街なかにいたら危ないの。アントンとペーターはつかまった。シュトラッサーのヨハネスのこと見ててくれない、アルテンシュタットの居酒屋の……」

「その子も、いなくなった」ジーモンがさえぎった。

ゾフィーが黙りこんだ。すすり泣きが聞こえたような気がした。

「ゾフィー、あの晩、何があったの？　みんな一緒だったんだろう？　ペーターときみとクララと、ほかの孤児たちも……何があったの？」

「あたし……あたしには言えない」ゾフィーの声が震えた。「そのうち全部わかる。あたしたち焼かれるの、あたしたち、みんな焼かれるの！」

「ゾフィー、僕はきみの味方だ、誓ってもいい」ゾフィーを安心させようとした。「誰にもつらい目にはあわせない。誰にも……」

枝の鳴る音がした。ゾフィーがいるはずの後ろからではない。前からだ。ジーモンの斜め前、二十歩分は離れているところに薪の山がある。

その向こうで何かが動いた。

ジーモンの後ろでどすんという音がした。すぐに足音がして、急速に遠ざかって行く。ゾフィーが逃げた。

直後に薪の山の後ろから人影が飛び出して来た。マントを羽織り、鍔の広い帽子をかぶっている。一瞬ジーモンはクィズルではないかと思った。が、その人影はマントの下から剣を引き抜いた。刀身が木洩れ日にきらりと光った。明るく照らされた森の細道をその人影がジーモン目ざして迫って来る。ひときわ白いものを際だたせて。

骨の手――悪魔の手だ。

ジーモンは突然、時間がねっとりと垂れていくような感覚にとらわれた。身振りの一つひとつが、あらゆる細部がしっかりと記憶のなかに焼きつけられていく。足が泥沼にでもはまりこんだように大地に貼りついた。あと十歩のところまで悪魔が迫ったとき、ようやく体が動いた。身をひるがえし、一散に駆けた。死の恐怖に覆われながら森のはずれに向かって駆けた。悪魔の足音がすぐ背後に聞こえる。砂利と土を踏みしめる規則的な音。追っ手の呼吸が聞こえてきた。接近してきた。

あえて後ろは振り返らない。そんなことをしたら距離が縮まる。走りに走った。口のなかに血の金属的な味が広がった。もうだめだ。これ以上は無理だ。後ろの男は走るのに慣れている。呼吸が穏やかで安定している。すぐに追いつかれてしまうだろう。森のきわは見えてこない。藪と暗がりだけだ。

その息づかいが間近に迫って来た。一人で森に行こうなんていう気を起こした自分を呪った。悪魔は俺とクィズルを建設現場で見ていたんだ。こっちが追っていたのに。刺激してしまったんだ。だから悪魔は俺を追ってるんだ。ジーモンは淡い幻想は抱かなかった。この男は追いついたら、まちがいなく俺を殺す。やっかいな蠅でも叩き殺すみたいに、素早くこともなげに。

ようやく行く手が明るくなってきた。心臓が激しく打つ。森が切れる！　道は窪地への下りになり、そのまま森を抜けて川へと出るようだ。梢を透かす光の明るさが増した。影が薄らいでいく。あと数メートル、よろけた、足がもつれた。それでもどうにか光のなかに出た。森のきわに辿りついたのだ。ふらつく足で丘を越えきると、下に筏の寄せ場が見えた。川のほとりに人々が立ち、荷車を牽く牛が山を登って森へと向かっている。ここまで来てようやくジーモンは後ろを振り向いた。背後に迫っていた人影は消えていた。昼の陽射しのなか森のふちが黒い帯のように伸びている。

　まだ安心はできなかった。もう一度大きく深呼吸し、それからよたよたと街道を筏の寄せ場へと下って行った。歩きながら何度も後ろを振り返った。そうやって何度も森のほうに首をまわしていると、突然誰かとぶつかった。

「ジーモン？」

　マクダレーナだった。野草をいっぱいに満たした籠を手に抱え、びっくりした顔でジーモンを見つめている。

「どうしたの、いったい？　幽霊にでも遭ったような顔をして」

　ジーモンはマクダレーナの背を押して数メートル下の筏の寄せ場まで行き、材木の山に腰をおろした。筏師や荷運びが忙しく立ち働いている。ここならもう安全だろう。

「あいつ……あいつに、追っかけられて」つっかえつっかえ言った。呼吸が少し落ち着いてきた。

「あいつって？」マクダレーナがそばに腰をおろしながら心配顔で訊ねた。

「悪魔」

　マクダレーナが大笑いした。だが、いかにもわざとらしい笑いだった。「ジーモン、ばかなこと言わないでよ」ようやく言った。「昼間っから酔っぱらってるんじゃないの！」

　ジーモンはかぶりを振った。それから、朝からの出来事を全部話した。建設現場が荒らされていたこと、森のなかでクィズルと怪しいやつを追いかけたこと、司祭との会話、シュレーフォーグルとの会話、ゾフィーとの会話、そして最後に、ついさっきの筏の寄せ場までの逃走劇。話し終えると、マクダレーナが心配そうな眼差しをジーモンに向けた。

「でも、どうして悪魔があなたを狙ったの？　あなたは何の関係もないんでしょう？」

ジーモンは肩をすくめた。「おそらく、俺たちがあいつの後をつけたからだろうね。もう少しであいつをつかまえるところまで行ってたから」そこまで言ってマクダレーナを真顔で見つめた。「きみのお父さんも危ない」

マクダレーナがにやりとした。「悪魔が父に一発くらわすところ、ぜひとも見てみたいわ。父が死刑執行人だってこと忘れないで」

ジーモンが腰をおろしていた材木の山から立ち上がった。「マクダレーナ、冗談を言ってる場合じゃないんだ。もしかすると子供たちを殺したやつかもしれないんだ！　俺のことも殺そうとした。今だって俺たちのことを見張ってるかもしれない」

マクダレーナがあたりを見まわした。すぐ近くで荷運びが二つの筏に箱と樽を積み、しっかりと繋ぎとめた。下流では数人の男が焼けこげた倉庫の残骸を片づけている。すでに新しい角材が組まれはじめたところもある。時おり仕事をしながらこちらに眼を向け、隣の者と何やらひそひそと話を交わした。

男たちが何を話しているのか、おおよその察しはつく。首斬り役のあばずれとその思い者……医者の息子だぜ、首斬り役の娘とベッドに入って、悪魔がショーンガウをうろついていることも産婆が焼かれなきゃならんこともいっさい認めようとしねえんだってよ。

ジーモンは溜息をついた。もともとマクダレーナはひどい言われようだったのだが、このごろは俺までもだ。マクダレーナの頬に手をかけ、その眼の奥を見つめた。

「きみのお父さんが話してくれたんだけど、きみが森でアルラウネを見つけたんだって？　シュテヒリンの命はきみが救ったようなものだ」

マクダレーナがにっこりした。

「当然のことをしたまでよ。何だかんだいって今の私があるのはあの人のおかげなの。母さんが言ってたけど、私は生まれるときほんとうに大変だったらしいの。逆子で、なかなか出て来なかったんだって。シュテヒリンがいなかったら、私は生まれてなかった。今度は私が恩返しする番」

そう言ってからまた真顔になった。

「父さんのところに行って用心するよう伝えなきゃ」つぶやくように言った。「父さんなら、悪魔をどうやって捕まえられるか何か思いつくかもしれない」

ジーモンがかぶりを振った。「その悪魔ってのとほかの傭兵がゼーマーの酒場で会っていたという男が誰なのか、それを突き止めるのが先だろうな。その人物がすべての鍵だと思う」

二人は黙って考えこんだ。

「どうして悪魔は戻って来たの？」

「え？」ジーモンは考えごとから引き戻された。

「悪魔はどうして建設現場に戻って来たの？」マクダレーナがもう一度訊いた。「めちゃくちゃにしたのが悪魔とその仲間の仕業だとしたら、どうして後になってそこへ戻って来たの？　目的は達してたわけでしょう」

ジーモンが額に皺を寄せた。「何かなくしたからかもしれない。きみのお父さんが見つけた煙草の袋とか。誰かに拾われて足がつくようなことにならないように」

マクダレーナがかぶりを振った。

「そうは思えないわ。袋にはモノグラムもなかったんだし、持ち主がわかるようなものは何もなかったんで

「何かを探していたのかな」ジーモンが推測する。

「何か、荒らしたときには見つけられなかったもの」

マクダレーナが考えこんだ。

「悪魔を建設現場に引き寄せる何か。ダウベンベルガーさんが話してくれたんだけど、あの場所は昔、魔女が踊ってたところなんだって。で、もうすぐヴァルプルギスの夜……もしかすると、それでほんとうに悪魔が現れたとか」

また沈黙。太陽は四月にしては熱すぎるほどで、座っている材木の山も熱を帯びている。遠くから筏師の掛け声が聞こえてきた、レヒ川をアウクスブルクへと向かって行くのだ。水面はとろけた金のようにきらきらと輝いている。ついにジーモンはこらえきれなくなった。逃走劇、絶えざる問い、思案投げ首、不安……。勢いよく立ち上がりマクダレーナの籠をつかむと、上流に向かって駆けだした。

「どこへ行くの？」

「薬草摘み、一緒に行こう。ほら、いい陽気だし、絶好の場所を知ってるんだ」

「うちの父は？」

ジーモンは手にしている籠を揺らし、マクダレーナに微笑みかけた。

「待たせておけばいい。さっき自分で言ったじゃないか、あの人は死も悪魔も恐れないって」

荷運びのうさんくさそうな眼差しを背にマクダレーナはジーモンの後を追った。


夕闇がその手を広げ、西から森を経てショーンガウ一帯を覆った。ホーエンフルヒ坂はすっかり暗くなり、西から近づいてきた男は建設用地のへりの茂みのなかではとんど見分けがつかなかった。男は街道わきの藪のなかを歩いていた。そのため道のりは倍ほどに長くなったが、そのほうが人目につかないのだ。街の門が閉められてもう半時間になる。ここで誰かと出逢うことはまずあるまい。しかし、危険を冒したくはなかった。

スコップをかついできた両肩が痛い。汗が小川となって額を流れ落ちた。棘や棘のある葉がマントに刺さり、あちこちに細かい搔き傷をつくっている。男は舌打ちした。ここまで男を駆り立てたのは、もうすぐすべてが終わるとの確信だった。その暁には好きなように振る舞えるようになるし、男に指図をするような者もいなくなる。いつの日か遠い将来、子や孫にそのことを話すことがあるかもしれない。子や孫たちはわかってくれるだろう、俺がこれを引き受けたのはすべておまえたちのため、おまえたちの家族の存続のため、おまえたちの一族のためだと。そして、一族を救ったのは俺だったと是認することだろう。が、そのとき男の頭に浮かんだのは、自分がすでに遠くまで来ているということだった。男はそれについてもう誰にも話せなくなっていた、すでにあまりに多くのことが起こった、あまりに汚く血にまみれたことが。秘密は墓場まで持って行かなくてはならない。

暗がりのなかで枝が鳴り、ぱたぱたと何かがはためいた。男は動きを止め、息をこらした。マントの下に隠し持っていた小さなランタンを慎重に引き出し、物音がした方向を照らした。フクロウが男のすぐそばから飛び立ち、そのまま敷地の向こうへと飛び去った。小さく笑った。何を怖がっている、不安のせいで気がおかしくなっていたようだ。

あたりをぐるりと見まわしてから、建設現場に足を踏み入れ、中央の建物へ急いだ。

どこから始めようか？　崩れた基礎壁をぐるりとまわって手がかりを探した。何もないとわかると、石の山を越えて内部へ上がった。そしてスコップで地面の板石を叩いた。金属音が骨の髄まで突き抜けた。この音がショーンガウにまで達したのではないかと思った。

すぐに叩くのをやめた。

ならばと、中央の建物に接している小さい壁によじのぼり、敷地を眺めわたした。施療院、礼拝堂、材木の山、井戸、そのわきに石灰の入った袋、桶がいくつか転がっている……。

敷地の中央にあるシナノキの老木が眼にとまった。枝が地面すれすれにまで垂れ下がっている。ここにこうして立っているということは何らかの理由があってのことだろう。将来、病人や長患いの療養者に木陰を与えるからと、教会が切り倒したがらなかったのかもしれない。

(あるいはあの老いぼれがそう命じたからか?)

足早にそのシナノキに駆け寄り、身をかがめて枝をくぐると、すぐに掘りはじめた。固く締まった土の下に強靱な根が四方八方へ伸びている。男は悪態をつきながらも、せっせと掘った。やがて噴き出た汗が奔流となってマントをつたって落ちた。両手でスコップの柄をつかみ刃先を腕の太さほどもある根に突き刺していく。その根が砕けた。が、スコップの先には別の根が当たるだけだった。場所を変えてみても、結果は同じだった。息を切らし呼吸を乱しながらしゃにむに固い土と根に向かっていった。とうとう息が続かなくなり柄に体をあずけた。場所をまちがえたにちがいない。ここには埋められてない。

ランタンをシナノキの幹にかざし、節穴を探した。いちばん下の枝の下に拳大の穴がある。腕を伸ばしても届かない。ランタンを置き、枝をつたって上っていく。汗で手が滑る。どうにか重い体が浮き上がった。じりじりと上っていく。ようやく右手を節穴に突っこむところまで登った。湿った藁の感触がして、なかに何か冷たく硬いものがある。金属だ。

心が躍った。

いきなり刺すような痛みが手に走った。たまらず引き抜いた。その瞬間、何か大きな黒いものが怒り狂ったようにばたばたと羽ばたいたかと思うとそこから飛び立って行った。手の甲に指の長さほどの裂傷が出来、血が噴き出した。咄嗟に握りしめていた金属をいまいましげに放り投げた。錆の浮いたスプーンが大きく弧を描いて地面に落ちた。みずからも地面に降りると、傷口の血を舐めた。痛みと絶望の涙が頬をつたって落ちた。カササギの啼き声が嘲りのように聞こえてきた。

徒労に終わった。

もう見つけるのは無理なのかもしれない。あの老いぼれは秘密を墓場に持って行ってしまったのだ。もう一度、敷地全体を見渡した。壁、礼拝堂の基礎、井戸、材木の山、シナノキ、敷地のへりに立つ不恰好な数本のトウヒ。あらかじめそこにあったもののはずだ、気づきやすいもの、後からでもそれとわかるもの。いや、もしかすると、目印となるものを職人たちがそれと知らずに除けてしまったかもしれない。

かぶりを振った。敷地が広すぎる。何夜もかけて掘りつづけ、あげく何一つ見つからなかったとしたら——いや、そんなに早くあきらめてはならない。あきらめてなるものか。少なくとも今はまだ。のっぴきならない状況に置かれているんだ。だから、新しい計画は……よし、もっと系統立ててやることにしよう。この敷地を区割りして、それを一つひとつ虱潰しに当たっていく。少なくとも一つは確実に言えるのだ。探し物はここにある。ここは辛抱が必要だ。最後には報われる。

遠からぬところ、建設用地のはずれの樹にもたれながら悪魔がその男の土を掘るさまを見つめていた。夜空に向かって煙草の煙で輪をつくり、それが月に向かって立ちのぼっていくのをちらりと眼で追った。この建設現場にまだ何か別の意味があるとはわかっていた。今まで人に嘘をつかれたことはない。だからこそ腹立たしかった。ここに着くまでは、壁の陰でさっさと男の喉を掻き切ってその血を敷地に撒いてやろうと思っていた。しかし、それでは、楽しみを一挙に二つ台なしにすることになる。一つは今後妨害行為をしても報酬を得られなくなること、もう一つは、この男がこんなに必死になって探しているものが何なのか永久に聞けなくなることだ。ここは辛抱するしかない。いずれこの男が掘り当てたなら、その嘘のために罰してやればいいことだ。医者と首斬りをうるさくつきまとうからという理由で罰してやるのと同じように。藪医者には今回は逃げられてしまったが、この俺が二度もしくじることなどありえない。

悪魔はもう一つ煙の輪を夜空に押し出した。それから、樅の木の根元のやわらかい苔の上に身を休め、なおも掘りつづけている男を見つめた。いずれは何かを見つけるのかもしれない。

11

一六五九年四月二十九日、日曜日、朝六時

ジーモンはかすかな物音で目が覚めた。何かが軋む音が夢のなかにも忍んできた。一瞬の後にはすっかり目覚めていた。そばにマクダレーナが眠っている。すやすやと寝息をたて、口もとに小さな笑みを浮かべている。何かいい夢を見ているのかもしれない。どうせなら昨夜のことを夢に見ているのならいいのだが、とジーモンは思った。

マクダレーナと一緒に薬草を摘みながら川沿いを歩いた。それまでにショーンガウで起こった出来事については努めて口にしないようにした。少なくともしばらくは忘れたかった。悪魔と呼ばれる男のこと、自分を殺すことに狙いを定めた男のことを考えたくなかった。監獄のなかで気絶したままの産婆のことも考えたくなかった。死んだ子供たちのことも思い出したくなかった。春なのだ。暖かい陽射しが降りそそぎ、レヒ川の水は小さく波打ちながら流れていく。

川岸に延びる森を一マイルほども行ったところに、お気に入りの場所がある。小さな砂利場の入り江で、道行く人からは見えない。一本の大きな柳の木がその入り江に丸天井のように枝を伸ばし、ゆらめく葉の向こうにきらきらと輝く水面が見える。何年か前から、考えごとをしたくなるとここに来て座るようになった。今はマクダレーナがそばにいる。川を眺めながら、この前の市の立った日のことを話題にした。二人で踊っていると、まわりのテーブルに座っていた人から口々にあしざまに言う声が聞こえてきた。子供のころの話をした。ジーモンは戦場医時代のことを、マクダレーナは七歳のときに熱を出して何週間もベッドに縛りつけられていたときのことを。そのときに父親から読み書きを教わったという。父親が昼も夜もベッドについていてくれたのだ。それ以来チンキを混ぜ合わせたり薬草を擂りつぶしたりするのを手伝うようになった。父親の本をぱらぱらとめくっては新しいことをどんどん覚えていった。

ジーモンにとってそれは奇蹟だった。マクダレーナは本のことを話題にできる初めての女だった。ヨハネス・スクルテトゥスの『傷薬の貯蔵庫』を読み、パラケルススの著作を知っていた初めての女だった。だが、この娘が決して自分の妻になることはないのだと思うと、胸が痛んだ。首斬り役の娘は賤しい身であり、そういう女と結ばれることは街が許すはずもない。街を出て、処刑吏の娘と渡りの戦場医という身で路上で物乞いしながら生きていかなくてはならなくなる。だが、どうしてそれがいけないのか、それでもいいんじゃないか？　そう考えたとき、この娘への愛は、ほかのすべてを棄ててもいいほどに強くなっていた。

そうやって夕方までずっと二人は語らった。そして、気づいたときには街の教区教会の鐘は六時を告げていた。三十分以内にショーンガウの門はみな閉まってしまう。それまでに戻れないのは二人ともわかっていた。近くの使われなくなった納屋に行くことにした。ジーモンが何度か夜を明かしたことのある納屋だ。二人はなおも昔の子供のころの悪さを話題にしては笑い合った。ショーンガウも、ひそひそ話を交わす街の人や二人の父親も、遠く、はるか彼方だった。時おりジーモンはマクダレーナの頬や髪を撫でた。が、その指が胴衣にまで伸びると、マクダレーナは決まって笑いながらその手を押しのけた。まだ身をゆだねるつもりはなかった。ジーモンはそれを受け容れた。いつしか二人は子供のように並んで眠りについた。

あれは納屋の扉が軋んだ音だ。早朝とはいえ眠気は吹っ飛んでいた。

二人が寝床に選んだところは屋根裏で、梯子をつたって上がるようになっている。ジーモンは藁の梱のそばから下を窺った。戸口が細く開き、朝の光が射しこんでいる。昨日の夕方、冷えこんでいたこともあり戸口はきちんと閉めた。音を立てないようにしてズボンを穿き、まだ眠っているマクダレーナのほうをちらりと見やった。踏み天井の真下から、引きずるような足音が聞こえてくる。それが梯子に近づいて来た。ジーモンは藁のなかでナイフを探った、死人の解剖や負傷者の外科処置に使う鋭利なナイフだ。その柄を右手でしっかりと握り、左手でひときわ大きな藁の梱を踏み天井のへりまで押した。

下に人影が現れた。一呼吸だけ待ってから、その梱をぐいと押した。ずるっという音とともに、その人影目がけ真っ逆さまに落ちていった。鋭い気合いとともにジーモンは飛び出して行った。そいつを地面に引き倒し、あわよくばそのナイフを背中に突き刺してやるつもりだった。

上に眼を向けることもなく、男は体をひねった。梱は男のわきをかすめて地面に落ち、はじけて埃と藁の雲となった。と同時に両腕を突き出し、ジーモンの攻撃をはねつけた。力強い指先が手首を締めつけてくる。ジーモンは痛みに耐えかねて短剣を離した。続けて下腹部への膝蹴り。たまらず前のめりに地べたに倒れた。目の前が真っ暗になった。

やみくもに地べたを這いずりまわり、ナイフを探す。その右手をブーツの先がとらえ、ぎりぎりと踏みつけてきた。痛みをこらえ喘いでいるうちに、手首が妙な音を立てはじめた。その痛みがふっと引いた。ぼんやりとしか見えてなかった人影の足が手から引いた。

「もう一度うちの娘をかどわかしたら、拷問台にかけて、その両手をへし折ってやるからな、わかったか？」

まだ下腹部を押さえてはいるものの、危険ゾーンから脱したことはわかった。

「彼女には……指一本触れてない」呻くように言った。「あんたが言うようなことは。でも、僕らは……愛し合ってるんだ」

その言葉は素っ気なく笑い飛ばされた。

「知るか、そんなこと！　首斬り人の娘だぞ、わかってるのか？　賤しい身なんだ。あいつを世間の笑い者にするつもりか？　てめえのわがままで」

ヤーコプ・クィズルはジーモンに覆いかぶさるように立ち、足の先でジーモンを仰向けにした。まともに眼が合った。

「金玉をつぶされなかったことをありがたく思え。おまえだけじゃなく、街の娘どもにまで恨まれちゃかなわんしな」

「父さん、ジーモンから手を引いて！」踏み天井からマクダレーナの声が聞こえて来た。格闘の物音で目を覚ましたらしく、寝ぼけ顔の頭に藁をつけてこちらを見ている。「かどわかしたって言うけど、誘ったのはジーモンじゃなくてあたしのほうよ。それに、賤しい身のあたしが誘うんなら、そんな大した問題にはならないでしょう」

クィズルは拳を突き上げて脅した。「赤ん坊を抱いて罵声を浴びながら街から追い出されるようにするためにおまえに読み書きや治療を教えたわけじゃない。父親に恥辱の面を被せさせるつもりか」

「マク……マクダレーナの面倒ぐらい、僕が見る」股間をさすりながらジーモンが口を出した。「二人でよその街へ行って、そこで……」

すかさず無防備だった腎臓にもう一蹴り飛んできた。たまらず身を縮める。

「何をくだらんことを！　乞食でもするつもりか？　マクダレーナはシュタインガーデンの俺のいとこと結婚する、もう決まったことだ。さあ、さっさと降りてこい！」

クィズルが梯子を揺すった。マクダレーナの顔から血の気が引いた。

「あたしが誰と結婚するって？」抑揚のない声で訊いた。

「シュタインガーデンのハンス・クィズルだ、いい縁組みだ。そいつとはもう何週間も前に話をつけてある」

「それを今ここで面と向かって言うわけ？」

「いずれは言うことになってたことだ」

藁の梱がもう一つクィズルの頭に落ちてきた。さしものクィズルもこれは計算外で、まともに当たってよろけてしまった。痛みに顔をしかめながらもジーモンがにやりとした。この俊敏さは父親ゆずりだな。

「あたし、誰とも結婚なんてしないから」マクダレーナが上からわめく。「あんなシュタインガーデンのでぶのハンスとなんか絶対にするもんですか。口が臭くて、歯だってないじゃない！　あたしはジーモンのところにいる、それだけは言っておく！」

「頑固な女だ」クィズルがぼそっと言った。が、少なくとも、娘を無理やり家に連れ帰るのはやめにしたようだ。出口に向かい納屋の戸口を開けると、朝陽が入りこんで来た。束の間その光のなかに立っていた。

「ああ、そうだ、シュトラッサーのヨハネスが遺体で見つかった、アルテンシュタットの納屋で」戸口の外に出て、ぼそぼそと言う。「その子にもあの印があった。シュトラッサーの酒場の下女が教えてくれた。今から見に行くところだ。ジーモン、すまんが一緒に来てくれんか」

言い終えると、朝の冷えこんだ外気のなかへ歩きだした。ジーモンは一瞬ためらった。マクダレーナのほうをちらりと見あげたが、マクダレーナは干し草に身を埋めてすすり泣いていた。

「二人で……二人で、もっと話そう」マクダレーナに向かってささやきかけた。それから、よろける足どりでクィズルの後を追った。

長いこと無言のまま歩いて行った。筏の寄せ場を過ぎた。この時刻にはすでに一番筏が着いている。そこから左へ向かい、ナテルン坂を越えてアルテンシュタットへの道に出る。街なかを通る道はあえて避けた。誰とも逢いたくなかった。街の外壁の下をくねくねと行くこの細い踏み分け道に人影は見えない。

道々歩きながらずっと考えていたことを、ようやくジーモンが言葉を選びながら切りだした。

「す……すみませんでした。でも、娘さんを愛しているというのはほんとうです。彼女の面倒を見ることだってできます。最後までではないけど、大学で勉強したんですから。お金が尽きたんです。でも、渡りの医者として生計を立てるぐらいの知識はあります。娘さんの知識と合わせれば……」

クィズルが立ち止まり、丘の上から下を見おろした。地平線まで森が広がっている。

「日々の糧を得ることがどういうことか、わかって言ってるのか？」景色から眼をそらさず口をはさんだ。

「これまでさんざん父と渡り歩いてきました」

「それは親父さんがおまえの面倒を見なきゃならなかったからだ。親父さんには一生感謝しないとな。これからはおまえが独力で女房と子供を養うことになる。もぐりの医者なんてのは、歳の市を転々として、饐えたビールのような安物のチンキを吹聴しては腐ったキャベツを投げつけられるのが関の山だ。百姓どもにおまえの医術のよさがわかるわけはないんだし。どこかの街に腰を落ち着けようとしたって、大学で勉強した医者が裏から手をまわしておまえを締め出しにかかるだろう。おまえの子供は飢えてあっけなく死んでしまうぞ。それでもいいのか？」

「でも、どんなときでも僕は父と一緒に生計をたててきた……」

クィズルが唾を吐いた。

「それは戦争中のことだ。戦争になれば何かしらすることはある。手足を鋸で切ったり、傷を油で洗ったり、死体を運び出して石灰をかけたりな。今は戦争じゃない。一緒に移動できる軍隊もいない。ありがたいことにな！」

クィズルがまた歩きだした。ジーモンも数歩の間をおいて後に続いた。

しばらく無言だったが、ジーモンが「親方、ちょっと訊いていいですか？」と話しかけた。クィズルはそのまま歩きつづけ、振り返らずに言った。

「何を？」

「あなたはずっとショーンガウにいたわけじゃないそうですね。今の僕と同じくらいの歳にこの街を離れていたと聞きました。なぜですか？　そして、なぜ戻って来たんですか？」

クィズルが立ち止まった。二人は街をぐるっとまわりこむように歩いて来ていた。右手にアルテンシュタットへの街道が現れ、牛車がゆったりと進んで行く。その向こうは地平線まで森が続いている。クィズルはずっと黙っていた。ジーモンがこの人はもう答えることはないだろうと思ったころになって、ようやく話しはじめた。

「俺は、人を殺すことを生業にはしたくなかったんだ」

「代わりに何をしたんですか？」

クィズルは低く笑った。

「それこそ人殺しばっかりだ。誰彼かまわず。男も、女も、子供も。我を忘れて酔いしれたみたいになって」

「傭兵……だったんですか？」慎重に訊いた。

答えるまで、また長い沈黙があった。

「俺はティリーの軍にいたんだ。ならず者や追い剝ぎの集まりだ。だが、真っ当な男や遍歴武者もいた、俺みたいなのも……」

「マクデブルクにいたことがあるって言ってましたね……」

クィズルの体がぴくりと反応した。遠い北の都市の没落にまつわるおぞましい話ははるか南のここショーンガウにまでも達していた。その街はティリー伯ヨハン・セルクラエス麾下《きか》のカトリック軍に殲滅されたのだ。大虐殺を生き延びた住民はほんのわずかだった。ジーモンが聞いたところでは、傭兵たちは情け容赦なく子供を殺し、女を強姦しては家々のドアに救世主のように釘で打ちつけていったという。話半分としても、ショーンガウの住民にしてみれば、そのような大虐殺に遭わなかっただけでも感謝の祈りを唱えずにはいられなかった。

クィズルがまた歩きだした。ジーモンもあわてて追いかけ、アルテンシュタット街道で追いついた。はるか遠くまで来たような気がした。

「どうして戻って来たんですか?」しばらくの沈黙の後、訊いた。

「首斬り役人が要るって言われたからさ」ぼそぼそと言う。「そうしないと、破滅への道だ。制度としてある以上、殺すといっても少なくとも法律には則っている。だから俺はショーンガウという生まれ故郷に戻って来た、それで決まりがつくからな。そろそろおとなしくしてもらおうか、いろいろ考えることがあるんだ」

「マクダレーナとのこと、もう一度考えなおしてもらえませんか?」ジーモンは最後にもう一度頼んでみた。

クィズルがぎろりと怒りの眼差しを向けてから、大股にさっさと歩きだした。ジーモンは追いついていくのがやっとだった。

三十分ほど行くと、前方にアルテンシュタットの家並みが見えてきた。歩きながらクィズルが断片的に話してくれたことによると——ヨハネス・シュトラッサーは今朝早く里親の家畜小屋で死体で見つかった。麦藁の梱のあいだに倒れていたのを下女のヨゼファが見つけた。それを居酒屋の亭主のシュトラッサーに知らせるや、下女はすぐにショーンガウの首斬り役のもとに駆けつけ、オトギリソウを求めた。花輪に編むことで悪の力をはねつけてくれるとされているからで、下女は悪魔が男の子を連れに来たと信じこんでいたのだ。クィズルはヨゼファにその薬草を与え、ひととおり話を聞いた後、ただちに家を出た。途中で娘の恋人をこらしめてやろうとも思って。夜の明けきらぬうちに二人の跡をたどり、難なくその納屋を見つけた……。

アルテンシュタットの居酒屋に着いた。つい数日前にジーモンが訪ねたばかりのところだ。自分たちだけではなかった。この村の農夫や荷運びの一団が前庭に群がり、間に合わせに板を釘で繋ぎあわせてつくった担架を囲んで、ひそひそ話を交わしている。女たちのなかにはロザリオを手にしている者もいる。下女が二人、担架の頭のところにひざまずき、上半身を上下に揺らしながら祈りの言葉を唱えている。アルテンシュタットの村の司祭もいた。ラテン語の詩句が二人の耳にも聞こえてきた。首斬り役が来たのに気づくと、村人の何人かが十字を切った。司祭が連禱を中断し、敵意のこもった視線を二人に向けてきた。

「ショーンガウの刑吏がここに何の用ですかな」不信感を露わに訊ねた。「あんたにやってもらう仕事はここにはない。悪魔がすでにその仕事をやっていきおったわ！」

クィズルは動じるふうもない。「事故があったと聞いたものですから。もしや何か手伝えることがあればと」

司祭がかぶりを振った。「今言ったばかりだ、してもらうようなことは何もない。少年は死んだのだ。悪魔がこの子を連れに来て、印を焼きつけていった」

「首斬り役、遠慮せず、こちらへ」シュトラッサーの亭主の声が響いた。担架を囲む農夫に混じって立っているのが見えた。「あの魔女がうちの子に何をしたか、どうぞ、その眼で確かめてください。そうすりゃ、なぶり殺しにしたくもなるというものです」シュトラッサーの顔は蒼白で、眼は文字どおり憎しみに燃え立っていた。話しながらその眼をクィズルと死んだ里子に交互に向けた。

ならばと、クィズルが担架に近づいて行った。ジーモンがその後に続く。担架は粗朶と樅の生木の枝でおおわれていた。樹脂の香りで死体から立ちのぼるにおいを消しているのだ。ヨハネス・シュトラッサーの体は四肢の部分にすでに黒い染みが浮き、顔には蠅がたかっている。誰が置いたのか、かっと見ひらいて天を凝視する眼に硬貨が載せられていた。顎の下が深く抉られ、一方の耳からもう一方の耳にまで達していた。

乾いた血が男の子のシャツに貼りつき、そこにも蠅が群がっている。

ジーモンは思わず身をすくませた。誰がこんなことを？　男の子はせいぜい十二歳。たぶんこれまでで最大の罪は、里親からパン一つかジョッキ一杯のミルクを盗んだくらいだろう。それが今ここに土気色になり冷たくなって横たわっている。あまりに短く不幸な人生の血まみれの最期。愛されることなく耐えどおしの果てに行き着いた腐乱の屍。誰一人心から泣いている者はない。なるほどシュトラッサーは殺した者への憎しみをみなぎらせ、唇を固く結んで担架のそばに立っている。だが、その底に悲しみはない。

クィズルはそうっとヨハネスを横向きにした。肩甲骨の下に紫色のマークが見えた。色あせてはいるが、まだ充分にそれとわかる。丸の下に十字の印。

「悪魔のマークだ」司祭が小声で言い、十字を切った。それから主の祈りを唱えだした。

「天に在します我らの父よ、願わくは御名の尊まれんことを……」

「この子をどこで見つけた？」クィズルが死体から眼を離さずに訊ねた。

「裏の家畜小屋だ、藁の梱のあいだにはさまってた」

ジーモンが振り返った。言ったのはシュトラッサーだった。憎しみも露わに、かつての里子を見おろした。

「ずっとそこに倒れてたんだな。ヨゼファが今朝早くに、変なにおいがするといって見に行ったんだ。家畜でも死んだと思ったらしい。ところが、そこにいたのはヨハネスで……」もごもごと言った。

ジーモンは寒けを覚えた。数日前のアントン・クラッツと同じ切り口だった。（ペーター・グリマー、アントン・クラッツ、ヨハネス・シュトラッサー……）ゾフィーとクララはどうなってる？　二人も同じように悪魔につかまったのか？

クィズルは身をかがめて死体の点検を始めた。顎の傷を撫でてから、ほかに傷はないか見ていった。何も見つからない。死体のにおいを嗅ぐ。

「長くて三日というところだな。この子を殺したやつは相当に腕が立つ。喉を一搔きだ」

司祭がわきから悪意のこもった眼をクィズルに向けた。「クィズル、もういいだろう」罵り声だ。「行っていいぞ。ここからは教会の仕事だ。せいぜい自分の街の魔女の面倒でもみてるんだな、あのシュテヒリンを！ ここでのことはすべてあの女がしたことだ！」

周囲のつぶやきと祈りの声が大きくなった。シュトラッサーがそれに勇気づけられたようだ。

「街のお偉いさんたちに言ってくれ、魔女どもを今すぐ始末しないなら、俺たちが自分でやるってな！」クィズルに向かって怒鳴りつけた。頭が怒りに真っ赤になっている。

数人の農夫が大きな声で力強く応じた。シュトラッサーが先を続ける。「あの女をいちばん高いところに吊して下から火を点けてやる。そうすりゃ、あの女とぐるになってるやつもわかる！」

司祭がおもむろにうなずいた。「そういうことだな。我らは、我らの子供が次々と悪魔の手に帰するのを座視しているわけにはいかない。魔女たちは焼かれなくてはならない」

「魔女たち？」ジーモンが問いただした。

司祭が肩をすくめた。「これが一人の魔女の仕業でありえないことはどう見ても明らかだ。悪魔は何人もの魔女と情を通じている。それに……」司祭は論理的な根拠を証明してみせると言わんばかりに人差し指を上げた。「シュテヒリンは砦のなかにいるのであろう？ ということはほかにもまだ魔女がいるということだ。じきヴァルプルギスの夜だ。その夜サタンの情婦たちは森のなかでその悪魔の化身と踊り、そのアヌスに口づけする。それからみなで、裸のまま陶然として、純真無垢の子供の血を飲みに街へ出て行くのだ」

「そんなこと本気で思っているわけじゃないでしょう！」ジーモンが少し不安げに口をはさんだ。「そんなのは迷信、ただの迷信だ！」

「シュテヒリンは自分の家に飛び軟膏と魔女の唾液を持っていたんだぞ」後ろのほうから農夫が大声で言った。「ベルヒトホルトが教えてくれたんだ。拷問に立ち会った人だ。シュテヒリンは今、自分で自分に魔法をかけて気絶してる。仲間を裏切れないようにだ！ヴァルプルギスの夜になったら、大勢でもっとたくさんの子供を連れに来るつもりだ！」

シュトラッサーがそうだとばかりにうなずいた。

「ヨハネスはしょっちゅう森に行ってた。おびき寄せられたみたいにな。隠れ処って何度も口にしていた」

「隠れ処？」クィズルが訊きとがめた。

それまでクィズルは黙々と死体の点検をしていた。血にまみれた髪や手指の爪を一つひとつ丁寧に。印も繰りかえし眺めていた。今の言葉に興味を覚えたらしい。

「どこの隠れ処？」

シュトラッサーは肩をすくめた。

「そのことはそこの医者に話してある」とつぶやくように言った。「森のどこか、たぶん洞穴かなんかだろう。戻って来るといつも泥まみれになってたからな」

クィズルはあらためて死後硬直した男の子の指を点検した。

「泥まみれってどういうことだ？」

「そうだな、粘土だろうな。どこかを這いつくばってたように見えたな……」

クィズルは眼を閉じた。「こんちくしょう、どうしてこうも頭のにぶいのろまなんだ」とつぶやいた。「こんなわかりきったことに眼が行ってなかったとは」

「何……何なんです？」唯一クィズルのすぐそばで悪態を耳にした者として、ジーモンが小声で言った。

「何を見てなかったんですか？」

クィズルはジーモンの腕をつかみ、人だかりから連れ出した。「まだ……確信したわけではないが、子供らの隠れ処がどこにあるかわかったような気がする」

「どこ？」ジーモンの心臓が早鐘を打った。

「まずは調べなきゃならないことがある」クィズルは小声で言いながら、急いで街道に歩を進めショーンガウへと向かった。「だが、それには、夜になるまで待たなくてはならん」

「お偉方に言ってくれよ、俺たちはいつまでも黙ってはいないとな！　魔女は焼かなきゃだめだ」声高に叫ぶフランツ・シュトラッサーの声が後ろから聞こえてきた。「あの赤毛のゾフィー、あいつのことは俺たちで探すぞ。森だ、森を探すんだ。絶対に隠れ処を見つけてやる。見つけて魔女の巣を燻してやる！」

おう、という声と喝采が聞こえてきた。それにかぶさるようにして司祭の細い声が響いた。ラテン語の歌を唱えはじめた。それはとぎれとぎれに二人のもとにも迫って来た。

「怒りの日、その日は、世界が灰燼に帰す日……」

ジーモンが唇を嚙んだ。怒りの日はほんとうにもう遠くはない。


法廷書記官ヨハン・レヒナーは書き終えたばかりのものに撒いた砂を吹き、羊皮紙を丸めた。見張り番に向かってうなずきかけ小部屋のドアを開けるよう指示した。立ち上がるときもう一度アウクスブルクの荷運びに顔を向けた。

「あんたが真実を述べたのであれば、何も怖れることはない。我々は殴り合いには興味がない……少なくとも、今のところは」一呼吸おいてから付け加えた。「とにかく我々が知りたいのは、倉庫に火をつけたのが誰かというその一点だ」

マルティン・ヒューバーは眼を伏せたままうなずい

た。テーブルに頭を垂れ、肌は生気なく青ざめている。一夜たった一人で監禁され、もし拷問にかけられることになったらどうしようと悶々としていたのだろう、高慢な荷運びはすっかりしょげかえっていた。

レヒナーはにやりとした。数日以内にフッガー家から使者が来て憤然とこの荷運びの引き渡しを要求したとしても、そいつらが目の当たりにするのは罪を悔い憔悴しきったあわれな罪びとだ。そのときには寛大に釈放してやればいい。ヒューバーがはるかアウクスブルクの地でも獄につながれる可能性は大いにある。上役の失態をあがなうためだけに……これで次回からはアウクスブルクの商人たちが強気に出ることもなくなるだろうとレヒナーは思った。

マルティン・ヒューバーは前日語ったことをほぼそのまま認めた。二週間ほど前、仲間が〈明星亭〉で喧嘩沙汰に巻きこまれ、そのときヨゼフ・グリマーにしたたか殴られた一人が病院に担ぎこまれるほどの大けがを負った。その後の木曜日の夕方に仲間を引き連れ筏の寄せ場に忍んで行き、その場に居合わせたショーンガウの人間をめった打ちにした。倉庫に行ったときには、すでに火が上がっていた。いくつかの人影が走り去るのが見え、傭兵のようだった。ただ、遠くからだったのでそれ以上ははっきりしたことはわからない。その後で殴り合いになったのは、ショーンガウの連中が俺たちが火をつけたとの疑いをかけてきたからだ。

「それで、倉庫に火をつけたのは誰だと思う？」レヒナーがドアのところからもう一度問いただした。

ヒューバーは肩をすくめた。「よその兵士です、このへんの者じゃない、それだけは確かです」

「それに気づいたのがショーンガウの番人ではなく、あんたたちアウクスブルクの者だけだったというのがどうにも腑に落ちんが」レヒナーが問い返した。

荷運びがまた泣き言をこぼしはじめた。「ですから、もう何度も申し上げました。ショーンガウの人たちは火を消すので手一杯だったんです。煙に邪魔されてほとんど何も見えなかったでしょうし！」

レヒナーは射通すような視線を向けた。「救世主が、あんたが嘘をついていることにならないようにしてくれりゃいいが」つぶやくように言う。「でなかったら、吊されることになるな。あんたがフッガー家の荷運びだろうが、いや、仮に皇帝の荷運びであっても、そういうことは私には何の関係もない」そう言い捨てて歩きだした。

「囚人に温かいスープとパンを与えてやれ、忘れるな！」下の倉庫へ降りる階段に足をかけながら見張り番に大きな声で命じた。「我々は人でなしではないんでな」レヒナーが行ってしまうと、監禁室のドアが音を立てて閉まった。

磨り減った階段でヨハン・レヒナーはもう一度立ち止まり、そこからこの街の大倉庫を眺めおろした。梁には虫食いの跡が目立ち、漆喰も剝げ落ちたところがあるが、それでも、この大倉庫は今なおショーンガウの誇りだった。羊毛や布地や良質の香辛料、それらの梱がところによっては天井まで積み上がっている。チョウジのかおりが漂っている。この富を焼きつくしてみたいと考えるやつがいるのだろうか？　だが、ほんとうに傭兵だったのなら依頼人がいたということだ。それは誰だ、ショーンガウの者か？　よそ者か？　それとも、やはりアウクスブルクの者か？　いや、ひょっとしてほんとうに悪魔だったとか？　レヒナーは額に皺を寄せた。何かを見落としているのではないか、そう思うと自分で自分が赦せなかった。完璧な男の性だ。

「書記官さま！　監獄の番人アンドレアスからの言付けです！」その声にレヒナーが下を見やると、木靴を履き、亜麻布のシャツを着た少年が戸口に駆けこんで来たところだった。息を切らし、眼が輝いている。

「番人のアンドレアスだと？」レヒナーは興味深げに

訊いた。

「シュテヒリンが目を覚ましたそうです、復讐の女神フリエのように嘆き、泣きわめいているそうです！」

少年は階段のいちばん下の段まで来ていた。十四歳にもなっていまい。期待のこもった眼を書記官に向けてきた。「書記官さま、あの女はすぐにも焼かれるんですか？」

レヒナーが満足げな視線を少年に向けた。「さて、そうなるかな」言いながら、少年の手に数クロイツァーを握らせた。「医者を探して連れて来てくれ、シュテヒリンの体の具合を診てもらう」

少年が振り向いて駆けだそうとすると、後ろからもう一度声をかけた。

「父親のほうを連れて来るんだぞ、若いのじゃなく。わかったな？」少年がうなずいた。

「若いのはちょっとな……」ヨハン・レヒナーはそこで言いよどんでから、にっこり笑った。「いや、さあ、みんなすぐにも魔女が焼かれるのを見たがってるんじゃないか？」

少年がうなずいた。眼にかすかな炎がゆらめいている。レヒナーはほんの少し不安を覚えた。


ドックンドックンと、まるでドアをハンマーでひっきりなしに叩いているような音でマルタ・シュテヒリンは目が覚めた。眼を開けてみて、そのハンマーが荒れ狂っているのが自分の体内だとわかった。いまだかつて経験したことのない痛みが一定の間隔で右手を貫く。自分の体を上から下へと見おろしていった。不恰好な青黒い豚の膀胱が目にとまった。その膀胱が自分の手であるとわかるまでしばらく時間がかかった。処刑吏が親指締めの仕事をきちんと果たしたのだ。指と手の甲は倍以上に脹れ上がっていた。

かすかな記憶が戻って来た。ヤーコプ・クィズルがくれた水薬を飲んだ。苦い味だった。そこに何が入っているかは察しがついた。私だって産婆なんだ。洋種朝鮮朝顔、トリカブト、アルラウネといったものを使った薬のことぐらいよくわかっている。少量ならば出産のさいに鎮痛薬として使ったこともある。誰でも知っているようなものではなく、どれも魔女の薬草として知られているものばかりだ。

クィズルから与えられた水薬はかなり強く、その後の出来事についてはおぼろな記憶しかない。拷問にかけられたが、書記官や立会人、処刑吏までも妙に遠くにいた。その人たちの声は消えていくこだまのように響いていた。痛みはまったく感じず、手にあったのは心地よい暖かさだけだった。それから暗闇がやって来た。そして今この規則的なハンマーの音、それが恐怖と苦悩とは無縁の国から容赦なく呼び戻した。痛みが空っぽの容器に注がれる水のように体のなかに押し寄せ、隅々まで満たしていく。叫びだし、もう片方の痛みのない手で格子を揺らしはじめた。

「やい、こら、魔女、焼かれる夢でも見たのか?」筏師のゲオルク・リークが隣の房から声をかけてきた。筏の寄せ場の番人ともどもまだ投獄されたままだ。シュテヒリンの叫びは恰好の気晴らしになった。

「自分で魔法を使って出て行きゃいいじゃねえか、それとも何か、悪魔に見放されたか?」リークがあざけった。

一緒に閉じこめられた番人がリークの肩をつかんだ。

「ゲオルク、やめろよ。あの女、痛がってるぜ、番人を呼んだほうがよくはねえか」

そうするまでもなかった。リークがあらためて悪たれ口をたたこうとしたちょうどそのとき、番人のアンドレアスが監獄のドアを開けた。外の番人を居眠りから覚ますほどの叫び声だったのだ。番人はシュテヒリンが格子をがたがたいわせているのを確認するや、すぐにまた出て行った。その後を追うようにシュテヒリンの泣き声と嘆きが通りにまで聞こえてきた。

それからわずか半時間後、知らせを受けたベルヒトホルト、アウグスティン、シュレーフォーグルの三名の立会人が監獄に出向くと、書記官のヨハン・レヒナーが医者とともに待っていた。

ボニファッツ・フロンヴィーザーは街には何かと重宝な医者だった。今は深く屈みこんで腫れあがった産婆の手に濡れた布を巻いている。染みだらけの布はそれまで体のあちこちに使われていたようなにおいがした。

「どうだね？」と訊ねながら、書記官はむせび泣く産婆に羽をむしり取られた昆虫でも観察するかのような視線を向けた。叫び声はいつしか幼い子供がぐずるときのような泣き声に変わっていた。

「ただの腫れ、腫脹です」とボニファッツ・フロンヴィーザーが言い、巻いた布をしっかと結んだ。「ただ、親指と中指は折れてるようです。アルニカとオークの樹皮で罨法をつくってやりました。これで腫れはひくはずです」

「尋問はできるのか。私が知りたいのはそっちなんだが」レヒナーが問い返した。

医者は卑屈にうなずき、軟膏用の坩堝と錆の浮いたナイフと十字架を袋に詰めはじめた。「拷問するのであればもう片方の手を使ったほうがいいでしょう。でないと、また気絶しかねません」

「ご苦労だった」とレヒナーは言い、フロンヴィーザーの手に一グルデン金貨を握らせた。「もう帰っていいぞ。連絡のつくところにいてくれ、必要になったらまたおまえを呼ぶことになる」

何度もお辞儀をしながら医者はいとまを告げ、大急ぎで通りに出た。外に出てかぶりを振った。拷問された者をなぜ治療しなければならないのか、わけがわからなかった。拷問が始まってしまえば、あわれな罪人はどうしたって薪の山行きか車輪につながれた木偶となる。息子のジーモンがいくら無実を信じていようとも、いずれ産婆は死ぬ運命にあるのだ。まあ、しかし、あの女のおかげで実入りがあった。もう一度呼ばれるとはとても思えんし。

満足げにグルデン金貨をポケットのなかでもてあそびながら市の広場へ向かった。これで温かいミートパイでも買おう。手当のおかげでごちそうにありつける。

地下の拷問室では立会人と書記官がすでに席に着き、処刑吏が産婆を連れて降りてきて言いなりにしてくれるのを待っていた。ヨハン・レヒナーは今日の尋問はいくぶん長くなるかもしれないからと、全員にワインとパンとコールドミートを手配しておいた。シュテヒリンはかなりの強情者だと見ているのだ。とはいえ、選帝侯の執事がお供ともどもやって来て街を挙げて歓待することになるまでには、まだ少なくとも二日ある。それまでには産婆も自白するだろう、レヒナーはそう見こんでいた。

だが肝腎の処刑吏が現れてない、処刑吏が来ないことには何も始められないのだ。書記官は苛立たしげに指で机をこつこつと叩いた。

「クィズルはわかっているんだろうな?」捕吏の一人に訊いた。訊かれた者がうなずいた。

「また飲んだくれているんじゃないのか」立会人のベルヒトホルトが甲高い声で言った。が、言った当人のほうが、迎えに行った先がパン焼き場でなく、市の広場の裏手の居酒屋だったような様子をしている。着ているものには粉やビールの染みがつき、べとついた髪は房状になって、空になった樽みたいなにおいを撒き散らしている。カップのワインをむさぼるように飲み干しては注ぎ足していた。

「ほどほどにしておいたら?」ヤーコプ・シュレーフォーグルが諫めるように言った。「ここは拷問の場であって、常連どうしでテーブルを囲むところじゃないんですよ」言いながら心のうちでは、処刑吏が逃げてしまい、そのために拷問が行えなくなることを願っていた。むろん、そんなことがありうるはずもないのは百も承知だ。そんなことをしたらヤーコプ・クィズルは即座に職を失い、数日もしないうちにアウクスブルクかシュタインガーデンあたりの処刑吏がクィズルの代わりにここに立つことになる。が、わずか数日の延期でも、ほんとうに殺したやつを見つけ出すには充分かもしれない。シュレーフォーグルは今では、シュテヒリンが無実でありながら格子の向こうに座っていると思うようになっていた。

もう一人の立会人ゲオルク・アウグスティンはワインのカップを一口啜ってから、白のレースの襟を直した。

「刑吏のやつ、逃げたんじゃありませんか。延々と待っているような時間は私どもにはないんですがね。こういう尋問のたびに私は山ほどの金貨を儲け損ねているんです」退屈そうに拷問具に視線を這わせながら続けた。「私どもの荷運び連中は、ちょっと目を離すと、〈明星亭〉に居座ってしまいましてね。帳簿づけにしたってひとりでに片づくわけじゃないんです。お願いですから、いいかげん始めませんか」

「魔女は今日か遅くとも明日には自白するものと私は確信しております」ヨハン・レヒナーがなだめるように言った。「そうなればこの街はまた秩序ある歩みを取り戻しますので」

シュレーフォーグルが鼻で笑った。「秩序ある歩みですって? これまでに三人の子供を殺した悪魔が外をうろついているのをお忘れのようですね。それに、うちのかわいいクララだってどこにいるのやら……」声が途切れ、目尻からあふれる涙をぬぐった。

「そんな芝居がかった真似はやめろ」アウグスティンが怒鳴りつけた。「魔女が死ねば、悪魔はそこから抜け出てもとのところへ消えちまうんだ。おたくのクララだって戻って来る」

「アーメン」ベルヒトホルトがぼそっと言い、大きなげっぷをした。すでに三杯目にかかっていた。とろんとした眼を虚空に向けている。

「そもそもですよ」とアウグスティンが続けた。「うちの親父の言うとおりにしていれば、尋問はもっとずっと早くにやれていたはずなんだ。そうすれば、シュテヒリンは今ごろはとっくに焼かれて、事件は解決していたはずなんです！」

先の水曜日の参事会の会議のことはヤーコプ・シュレーフォーグルもよく覚えている。盲目のアウグスティンが七十年前のショーンガウの大魔女裁判のことをほかの全員に思い起こさせ、速やかな解決を迫ったのだった。それから四日が過ぎた。シュレーフォーグルにははるか昔のことのように思えた。

「お静かに！」ヨハン・レヒナーが盲目の運送業者の息子を怒鳴りつけた。「私たちがなかなか先へ進めずにいることは見ておわかりでしょう。あなたでなく、お父上がここにいらしてたら、そういうくだらない話を聞かされることもなかったでしょうね」

ゲオルク・アウグスティンは面と向かってぴしゃりと言われ、びくっとした。何か言い返したかったようだが、カップに手を伸ばし、また拷問具のほうに眼をやっただけだった。

お偉方が言い争っているあいだ、ヤーコプ・クィズルは下に気づかれないようしてシュテヒリンの房に入って行った。二人の捕吏の監視のもと、すすり泣く産婆の鎖を解き、身を起こした。

「マルタ、いいか、よく聞け」小声で言った。「気をしっかり持つんだぞ。もうじきほんとうの下手人が見つけられそうだ。そうしたら、ここから出られる、きっとな。だが、今日だけはもう一回痛い目に遭わせることになる。今回は水薬は使えない、やつらも気づくだろうから。言ってることがわかるか？」

産婆の体をやさしく揺すった。産婆はすすり泣くのをやめ、うなずいた。クィズルの顔がすぐ目の前にある。捕吏たちに聞かれる気遣いはなかった。

「マルタ、くれぐれも自白はするなよ。自白したら何もかもが終わりだ」クィズルはその大きな手で細面の血の気のない顔を包んだ。

「俺の言っていることが聞こえるか?」もう一度訊いた。「自白するなよ……」

産婆があらためてうなずいた。クィズルは産婆をしっかりと抱きしめ、それから一緒に下の拷問室へ通じる階段を降りた。

階段にシュテヒリンの裸足の音がすると、立会人の頭がいっせいにそちらに向けられた。会話が止み、静まりかえった。拷問劇の始まりだ。

被告人は二人の捕吏によって室内中央の椅子に座らされ、指の太さほどの麻縄で縛られた。その視線は不安そうにお偉方のあいだをさまよい、最後にヤーコプ・シュレーフォーグルのところで留まった。テーブルをはさんだ席からでも、産婆の胸が激しく波打っているのが見て取れる。死の恐怖におびえる若鳥のようだった。

「最前、私たちは中断のやむなきに至りました」ヨハン・レヒナーが尋問を開始した。「それゆえ私はあらためて最初から始めたいと思います」そう言って丸めてあった羊皮紙を目の前に広げると、鵞ペンをインク瓶に浸した。

「一つ」と弁じ立てる。「法を犯した者は、証拠となりうる魔女の印を呈示しうるか」

パン屋のベルヒトホルトが唇を舐めた。捕吏がマルタ・シュテヒリンの茶色の贖罪服を頭から脱がせた。

「最前のときのような諍いを避けるために、今回は私がみずから調べることにいたします」とレヒナーが言った。

産婆の体をセンチメートル単位で点検していく。腋の下を調べ、臀部を調べ、腿のあいだを見ていった。シュテヒリンは両眼を閉じている。書記官が指先で恥部を調べたときも、泣くことはなかった。レヒナーの手が止まった。「肩甲骨の印が最も疑わしく思える。検査をしましょう。刑吏、針を！」

ヤーコプ・クィズルが指の長さほどの針を差し出した。レヒナーはためらうことなくその針を肩甲骨深く突き刺した。シュテヒリンの口から悲鳴があがった。その大きさにクィズルはぎょっとした。が、皆が始めたことだ、クィズルには何もできない。

レヒナーは針の刺し痕を仔細に見つめ、満足げにやりとした。「思ったとおりだ」と言いながら机に戻り、筆記具を並べた席に座った。大きく読み上げながら書いていく。「法を犯した者は裸にされた。私みずからが針を刺した。血の流れ出ない箇所が発見された……」

「これはやはり証拠にはなりません」ヤーコプ・シュレーフォーグルが口をはさんだ。「肩の骨のへんは血が出にくいのは子供でも知っている！　それに……」

「シュレーフォーグル審判人」レヒナーがその言葉に割って入った。「この印の位置が、子供たちの印とまさに同じ箇所にあるということにお気づきかな？　また、この印がまったく同じものではないにせよ、非常に似たものに見えるということにも」

シュレーフォーグルはかぶりを振った。「母斑です、それに尽きます。選帝侯の執事は見のがしませんよ！」

「もちろんこれで終わりというわけではありません」とレヒナーが言った。「刑吏、親指締めを。今度はもう片方の手だ」

マルタ・シュテヒリンの悲鳴が拷問室から砦の細い窓を通して街のなかにまで達した。近くにいた者はいっとき仕事の手を休め、十字を切ったりアヴェ・マリアを唱えたりした。それからまた自分の仕事に戻った。

街の住民たちは、魔女は当然の罰を受けているのだと信じて疑わなかった。魔女が強情であろうとも、審判人はこの街の高貴な方々の前にすればきっとすぐに自分のたくらみを白状するにちがいない。そして、それでようやく終わりになる。悪魔と情を通じたことや不埒な夜のこと、一緒になって純真無垢な幼な子の血を飲み、その子らに悪魔の印を焼きつけたときの様子などを包み隠さず話してることだろう。どんちゃん騒ぎの踊りのこと、悪魔の尻にキスをし悪魔の言いなりになった様子も話してるだろう。すごいにおいのする魔女軟膏を恥部に塗って昂奮し、一緒に箒にまたがって空を飛んで行ったほかの魔女のことも話すのだろう。揃いもそろって好色な女ばっかり！　ショーンガウの実直な男たちは考えただけで口のなかに唾が湧いた。ショーンガウの女たちの頭にはすぐにほかの魔女の顔が思い浮かんだ。隣の目つきの悪い女、ミュンツ小路の奥にいる乞食女、真正直な夫を追いまわす下女……。

シュテヒリンの悲鳴が風に乗って街なかに聞こえだしたころ、ボニファツ・フロンヴィーザーは市の広場の屋台で温かいミートパイにかぶりついていた。が、その悲鳴を耳にしたとたん、パイが不味くなった。残りをじゃれ合っている犬の群れに投げつけ、家路についた。

クララのなかに入りこんだ悪魔はなかなか出て行かなかった。小枝を敷きつめた寝床の上でクララは何度も寝返りを打った。冷たい汗が額に浮き、顔は蠟人形のように青白い。幾度となく寝言をつぶやき、大声で叫ぶこともあった。そのたびにゾフィーはあわてて口に手を当てた。今もまた悪魔がすぐそばにいるようだ。

「あいつが……あいつが、つかみかかってきた。いやあ！　あっちへ行って！　あっちへ！　地獄の鉤爪が……体から心臓を……痛い、痛くてたまらない……」

ゾフィーはクララを寝床にそっと押し戻し、濡らした布で熱い額をぬぐった。熱はなかなか引かなかった。むしろ上がっている。さながら小さな炉のように燃えさかっている。ゾフィーが調合してやった飲み物は一時的にしか効かなかった。

これで四日三晩、ここで看病している。ほんのたまに外へ出て行って、果実や薬草を集めたり、周辺の農家から食べられるものを盗んできたりした。昨日は鶏をつかまえて、つぶし、夜になるとクララのためにそれで熱いスープを煮た。が、その煮炊きの火が誰かに見られるのではないかと不安になり、すぐに戻って来た。予感が当たった。その夜、足音が聞こえ、隠れ処のすぐ近くを通り、やがて遠ざかって行った。

一度、筏の寄せ場まで行って、たまたまいた男の子に、参事会員のシュレーフォーグルにクララは無事であることを伝えてくれと頼んだ。それが何よりもいい考えだと思ったのだ。ところが、その後、あの医者が森に現れた。ばかなことをしたと悔やんだ。悪魔がふいに飛び出てきたときはなおさらだった。素早く窪地の藪に降りて行った。身を潜めていると、骨の手をした男が医者を追いかけてすぐわきを掠めて行った。あの医者が死んだのか逃げられたのかはわからない。でも、男たちが自分たちをつけ狙っていることだけはわかる。

昨夜は、街へ行って何もかも話したほうがいいのではないかと何度も考えた。あの医者が生きているのならそこへ、あるいは首斬り役人のところへ。あの二人なら助けてくれるような気がする。何もかも話すことができれば、クララだって救かるかもしれない。シュテヒリンだけは晒し柱につながれることになるのだろうか。それに里親は罰金を払わなくてはならないのだろうか、何の関わりもない事柄に里子が巻きこまれたからということで。うんとぶたれるかもしれない。でもそれだけだったら。今ならまだすべてうまくおさまるかもしれない。

だが、ゾフィーにははっきりと感じるものがある。人よりも秀でているこの感覚のおかげでゾフィーはほかの子の上に立つリーダーになってきた。その感覚が、話したところで信じてもらえないと言っている。もう行きつくところまで行っている、後戻りはできない。

クララが眠ったまままた悲鳴をあげた。ゾフィーは唇を噛んだ。涙が泥まみれの顔をつたって落ちた。出口がわからない。

突然遠くから互いに呼びかわす声が聞こえてきた。笑い声と怒鳴り声、それがこの隠れ処にまで迫ってくる。ゾフィーはクララの額にキスしてから、森を見わたせるところへ向かった。

木々のあいだをせわしなく動きまわる影がある。夕闇のせいで、その人影が誰とはわからない。犬の吠える声も聞こえてきた。ゾフィーはそうっともう数センチメートル首を伸ばした。男たちだ、アルテンシュタットの農夫だ。ヨハネスの養父フランツ・シュトラッサーもいる。犬の手綱を握っている。手綱の先の大きな犬がこちらの隠れ処目がけてシュトラッサーをぐいぐい引っぱっている。ゾフィーは素早く身をかがめ、姿を見られないところまで這って行った。男たちの声がトンネルの向こうから聞こえてくるような妙な響き方をした。

「フランツ、そろそろやめにしようぜ」一人が大きな声で呼びかけた。「丸一日探しどおしなんだ。もうじき暗くなる。みんな疲れてるし腹も減ってきた、家が恋しいとよ。隠れ処探しの続きは明日だ、明日」

「まあ、ちょっと待て。ほら、ここだ」シュトラッサーが大声で返す。「犬が何か嗅ぎつけた」

「そりゃ、においぐらいはするさ」別の男が笑った。「魔女か？　ゼップ・シュパナーんとこの雌犬のにおいでも嗅ぎつけたんじゃねえのか、あいつ今さかりがついてるから。どうやって誘ってるか確かめようってか？」

「あほ！　そんなんじゃねえ。ほら、狂ったみてえに……」

声がだんだん近づいて来た。犬が吠えはじめた。ゾフィーは息を止めた。男たちが真上まで来た。

「ここに何かあるにちげえねえ」シュトラッサーがつぶやく。「この場所をもうちょっと捜してみようや、それでよしとしよう」

「よしわかった、この場所だな。犬の野郎ほんとうに狂ったみてえに……」

呼びかわす声と怒鳴り声がゾフィーのところまで聞こえてきた。ほかの農夫たちが焦れてきた。頭上で砂利を踏む足音があっちへ行ったりこっちへ来たりしている。犬がハアハアと今にも窒息しそうな声を出している。たぶん首を絞めつけるほどに手綱をぐいぐい引っぱっているのだろう。

そのときクララがまた悲鳴をあげた。不安の叫びが長く尾を引いた。また暗闇から影が襲ってきて、長い爪を立てたのだ。ゾフィーは素早くクララのところに身を投げ、口に手を当てた。が、遅かった。

「おい、聞こえたか？」シュトラッサーが昂奮して言った。

「何を？　おまえの犬の喘ぎぐらいで、ほかには何も聞こえんぞ」

「馬鹿犬が、こら、いいかげん静かにしろ！」

蹴りつける音、それからクーンという声。犬がおとなしくなった。

「誰かの悲鳴だ、ありゃ子供の声だな」

「犬がキャンていったんじゃねえのか。耳に悪魔でも飛びこんでよう」

笑い声。ほかの人たちの声がだんだん弱くなっていく。

「ったく。あれはたしかに子供の声だ……」

ゾフィーの手の下でクララが身をよじった。強く押さえすぎて窒息させてしまうのではないかと思いながらも、ゾフィーはその口を押さえつづけた。が、クララはもう叫ばなくてもよくなったらしい。もうだいじょうぶだ。

突然、上でぎょっとした声があがった。「見ろ、この畜生」シュトラッサーが大きな声で言った。「こいつ、穴掘りを始めやがった。これだったのか！」

「だろうな、埋めておいた……自分でさ……」

別の男の声が哄笑に変わった。

「骨だ、なんともひでえ骨を掘り出したもんだ！　ハハ、おおかた悪魔の骨かなんかじゃねえのか」

シュトラッサーは悪態をつきはじめた。「この馬鹿犬、何やってんだ？　そんなもん置いていけ、叩っ殺すぞ！」

また蹴りつける音、クーンという声。それを汐に足音は遠ざかって行った。やがて何も聞こえなくなった。

それでもゾフィーはクララの口にしっかりと手を当てていた。万力で締めつけるように小さな頭を押さえつけていた。顔から血の気が失せている。ようやくゾフィーは手を離した。クララが水に溺れたときのように口をぱくぱくさせた。まもなく息づかいが落ち着いてきた。黒い影は身を引いた。クララは静かな眠りに落ちていった。

そばにへたりこみ、ゾフィーは声もなく泣いた。あやうく友だちを殺すところだった。これじゃ魔女じゃないか、みんなが言うのももっともだ。神さまに罰せられるかもしれない。

シュテヒリンが拷問を受けているあいだ、ジーモン・フロンヴィーザーは処刑吏の家でコーヒーを淹れていた。腰のベルトの小袋にいつも一つかみ分の異国の豆を持ち歩いている。その豆をクィズル家の薬草用の擂り鉢で粉に砕き、鍋に水を満たして火にかけた。湯が沸いたところで、錫のスプーンで黒い粉を少し掬って鍋に入れ、掻き混ぜた。すぐに芳しい香りが家のなかに広がった。ジーモンは鍋に鼻を近づけ、香りを吸いこんだ。このにおいが頭をすっきりさせ、自由な気分にさせてくれる。液体をカップに注ぎ、粉が沈澱するのを待ちながら、この数時間のうちに起こったことを思い起こした。

アルテンシュタットへ寄り道をした後、ヤーコプ・クィズルに同道してこの家に帰ってきた。クィズルはシュトラッサーの居酒屋を訪れたときに最後に洩らした謎めいた言葉の意味を明かそうとはしなかった。何度問うても、ジーモン、今夜は徹夜になるぞ、そのつもりでいろよ、解決にかなり近づいてる、としか言わなかった。そう話したときの顔つきはふだんの厳しい顔とちがって、やたらにやついていた。こんな満足そうな顔をしたクィズルは何日ぶりに見たろうとジーモンは思った。

そんな浮かれ気分は、二人がレヒ地区のクィズルの家に着いたとたん吹っ飛んだ。戸口の前に二人の下役人が待っていて、クィズルを認めるや、シュテヒリンをあらためて尋問する準備が整っていますと伝えたのである。

クィズルの顔から血の気が引いた。

「今からか？」そうつぶやくと、家のなかに入って行き、まもなく最低限必要な道具類を手にして戻って来た。出かける前にジーモンをわきへ連れて行って、耳打ちした。「こうなったら、マルタに耐え抜いてくれと願うしかない。ただ何があっても、今夜は十二時になったら俺に付きあってくれ」

それから、役人の後について街へ向かった。のそのそと、ことさらにゆっくりと歩いて行った。背にかついだ袋には親指締めと脚締め、縛るためのロープ、硫黄マッチが入っている。硫黄マッチは指の爪に押しこんで火を点けるためのものだ。やがてその姿がレヒ門へと消えて行った。

どうしたものかと思いつつジーモンが遠くの門の一点を見つめていると、クィズルの妻のアンナ・マリアが家の前に出て来た。ワインの用意をしてあるわよと言ってから、頭をさっと撫でると、下の子二人を連れてパンを買いに市場へ出かけて行った。日々の暮らしは進んで行く。三人の少年が死に、たぶん何の罪もない女が今この瞬間に言うに言われぬ苦痛に苦しんでいるとしても。

ジーモンは湯気の立つ液体を持ってクィズル家の小部屋に戻り、手当たりしだいに本をめくりはじめた。しかし、なかなか集中できず、眼の前の文字が何度もぼやけた。背後にドアの軋む音がして誰かが来たとわかったときにはありがたいとすら思った。振り返ると、マクダレーナが立っていた。泣きはらした顔、髪は乱れ、櫛も入れていない。

「あたし、ぜったい、シュタインガーデンの処刑人となんか結婚しない」しゃくりあげながら言う。「川に飛びこんだほうがまし！」

ジーモンはぎくりとした。ここ数時間ぞっとするような出来事ばかりでマクダレーナのことはすっかり失念していた。開いていた本を閉じ、マクダレーナを抱きしめた。

「お父さんはそんなことはしないさ、きみの了解なしにそんなことするもんか」そう言って慰めようとした。

マクダレーナはジーモンを押しのけた。「うちの父さんの何がわかるっていうの？」大声で言う。「あの人はね、首斬り人なのよ、人を痛めつけたり殺したりするの。そういう仕事がないときは、おばさん連中には媚薬を、若い女には毒を売ってるの、お腹の赤ん坊を死なせるためのね。父さんなんか人でなし、怪物なのよ！　グルデン金貨数枚と火酒一本とであたしを結婚させる気なの、眉一つ動かさず平然とね！　父さんなんか糞くらえよ！」

ジーモンはマクダレーナを押さえつけ、その眼を見すえた。「自分のお父さんのことをそんなふうに言うもんじゃない！　それが本心じゃないってのは自分でわかってるんだよね。きみのお父さんはたしかに処刑吏だ、でも、誰かがそれをやらなきゃいけないんだ！　あの人は意志の強い賢明な人だ。そして自分の娘を愛している！」

泣きながらマクダレーナはジーモンの胴着に爪を立て、何度も何度も首を振った。「あなたは知らないのよ。あの人は人でなし、怪物なの……」

ジーモンはその場に立ちつくし、うつろな眼で窓越しに薬草園を見やった。茶色い土に新芽が伸びている。自分の無力を感じた。どうして俺たちは一緒に幸せになるのが簡単にいかないんだろう？　どうしていつもいつも、こうでなきゃだめだと俺たちに指図する人がいるんだろう？　俺の親父、マクダレーナの父親、そして街じゅうこぞって……。

「俺、話したんだ、きみのお父さんと……僕たちのことで」唐突に切りだした。

マクダレーナがすすり泣きをやめ、物問いたげにジーモンを見あげた。

「それで？　何て言ってた？」

期待に満ちた眼差しを向けられ、ジーモンは咄嗟に嘘をつくことにした。

「よく……よく考えてみると言ってた。僕がなにがしかの役に立つかどうか見てみようって。シュテヒリンのことが首尾よく終えられたら、そのときに決めよう、何も今から決めてしまうこともあるまい、そう言ってた」

「でも……それって、とってもすごいことよ！」

マクダレーナは顔から涙をぬぐい、泣きはらした眼でジーモンに微笑みかけた。

「それって、つまり、あなたが手伝って、シュテヒリンが砦から出られさえすればいいってことでしょう」

マクダレーナの声が一言ごとにしっかりしていった。

「あなたができる男だって父さんが気づいたら、安心して自分の娘をあなたにまかせるってことよね。それってふだんから、父さんにはすごい意味のあることなの。何かできるものを持っているということがね。そうよ、あなた、それを今度父さんに証明してやって!」

ジーモンはうなずいたものの、マクダレーナをまともに見ることは避けた。マクダレーナはすっかり自分を取り戻していた。カップにワインを注ぎ、一息で飲み干した。

「あなたたち、今朝早く何を見つけたの?」手の甲で口を拭きながら訊いた。

ジーモンはシュトラッサーの男の子の死についてと、気絶していた産婆が意識を回復したことを話した。ほかに、クィズルがほのめかしたことと今夜の申し合わせのことも。マクダレーナは一つひとつ注意深く聞き、合間に短い質問をはさんだ。

「さっき、ヨハネスがよく泥だらけになって帰って来たってシュトラッサーの親父さんが教えてくれたって言ったわよね」

ジーモンがうなずく。「そう言ってた。その後だよ、お父さんが妙な目つきになったのは」

「あなたもその男の子の指の爪を見た?」

ジーモンはかぶりを振った。「いや。でも、きみのお父さんは見たんじゃないかな」

マクダレーナがにっこり微笑んだ。ジーモンはふとマクダレーナの父親の顔を見たような気がした。

「何にやにやしてるのさ? 言ってごらん」

「父さんが今夜あなたと何をしようと考えているのかわかったような気がする」

「何、いったい?」

「あのね、たぶん、ほかの男の子の指の爪をもう一度見てみるつもりなのよ」

「でも、その子たちは聖ゼバスティアン墓地にずっと前に埋葬されてるんだよ！」

マクダレーナの笑みが狼のそれに変わった。「もうわかったでしょう、二人で出かけるのが今夜の十二時だというわけが」

ジーモンの顔から血の気が引いた。座らずにいられなかった。

「きみが……きみが言ってるのは……？」

マクダレーナはワインをもう一杯カップに注いだ。大きく呷ってから、話を続けた。

「男の子二人、ほんとうに死んでいると願うばかりね。後から悪魔がその子たちのなかに入りこんでたりして。十字架は持って行ったほうがいいわよ。もちろん、どうなるかは……」

そこまで言ってマクダレーナはジーモンの口に短いキスをした。ワインと土の味がした。コーヒーよりよかった。

12

一六五九年四月二十九日、日曜日、夕方六時

街がゆっくりと暮色に包まれていく。道や野はまだ残照のなかにあるものの、オークやブナの鬱蒼とした木立の下はすでに夕闇が落ちていた。その夕闇が森のなかに開けた空き地めざして這い寄っていく。四人の男がぱちぱちとはぜる焚き火のまわりに座っていた。焚き火の上には二匹のウサギを刺した槍がまわってい る。燃えさかる炎のなかに脂が滴り落ちるたびに食欲をそそるにおいがあたりに立ちこめた。四人とも今日はパンと野草を少し口にしたぐらいで、ほとんど何も食べていなかった。空きっ腹にみないらいらしていた。

「いつまでこんなところに尻を据えてなきゃいけないんだ？」火にかざした槍をまわしている男がぶつくさ言った。「さっさとフランスへ行こうぜ。そこなら俺たちみたいなのを使ってくれる連中がいるはずだ。まだ戦争をやってるからな」

「じゃ、金はどうなる、ああん？」二人目の男が訊いた。苔むした地べたに足を投げ出している。「あの建設現場をめちゃくちゃにすりゃ五十グルデン出すって約束なんだぜ。それに、ブラウンシュヴァイガーが小娘どもを殺っちまえば、もう五十だ。そのうちの四分の一は拝めてるってわけだがな。さてと、俺たちはちゃんと頼まれたことはやったんだが……」

言いながら、少し離れたところで樹にもたれている男を盗み見た。男は眼をあげようともしない。何やら余念なく自分の手をいじくりまわしている。どうもその手はふつうではないようだ。というのも、その手を押したり、揉んだり、こねたりして具合を確かめてい

るふうなのだ。頭には雄鶏の羽根のついた鍔広の帽子をかぶり、着ているものといえば血のように真っ赤な胴着と真っ黒なマント、そして脚をすっぽりと被う擦れた革のブーツ。ほかの男たちとちがって髭を入念に刈りこんであるので鉤鼻だけでなく青白い顔に浮いた長い瘢痕までがくっきりと見える。かなりの長身だが、筋肉質の鋼のような体をしている。

　ようやく手入れに満足したようで、にやりと笑みを浮かべてからその手を高くかかげた。炎の明かりに白く浮き上がった。肘から指の先までが骨で出来ていた。一つひとつの部分にいくつも穴があけられ、銅線で結ばれている。見た目は死人の手のようだ。ようやく悪魔は仲間に眼を向けた。

「何か言ったか？」低い声で訊いた。

　火のそばの男はすぐには言葉が出なかった。が、それでも、話を続けた。「俺たちは自分の分は果たした、と言ったんだよ。あんたはあのあまっこどもをどうでも一人で殺したかったんだろう。いまだに元気に走りまわってるぜ、俺たちは金が入ってくるのを待ってんだがよお……」言いながらも恐る恐る、その骨の手をしている男を見つめた。

「三人は死んだ」悪魔がささやくような声で言う。「あとの二人はこのあたりのどこかにいる。この森のなかだ。きっと見つけてやる」

「そうだな、秋にでもなればな」火のそばの三人目の男が笑い声をあげ、槍からウサギの肉をそうっと引き抜いた。「けどよ、そんなに長いこと俺はここにはいないぜ。明日にでも俺は行くぞ。こんだけの分け前がありゃ俺は充分だ、で、あんただ、あんたには俺はもううんざりなんだよ！」樹のほうに向かって唾を吐いた。

　一瞬のうちに悪魔はその男のもとに達していた。男の手から槍を奪い取るや、その穂先を顎の真下に突きつけた。顔と顔は数センチと離れていない。男がごくりと喉を鳴らすと、喉仏が熱を帯びた穂先に触れた。悲鳴があがり、赤い血の糸が首筋をつたって落ちた。

「ばか者が！」槍の穂先を一ミリも遠ざけることなく、悪魔が鋭く言い放った。「いったい誰がてめえらにこの仕事を世話してやったと思ってるんだ、ええ？　これまで誰がてめえらの飲み食いの面倒をみてやったんだ？　俺がいなかったら、てめえら、とっくに飢え死にしてたか、どこかの大枝に吊されてたんだぞ。小娘どもは必ずつかまえる、心配いらん、それまでは全員ここにとどまる！　みすみす大金を逃してたまるか！」

「ブラウンシュヴァイガー、いいかげんアンドレを放せ」火のそばにいた二人目の男がゆっくりと立ち上がった。大男で肩幅も広い、顔に斜めに瘢痕が走っている。剣を引き抜き、悪魔に切っ先を向けた。よく見ると、その眼に不安の色がにじんでいる。剣を握る手にかすかな震えが走る。

「たしかに俺たちはみんなずっとおまえに従ってきた」鋭い口調で言う。「だがな、おまえのその血に飢えた残虐ぶりには俺はほとほと愛想が尽きてるんだ！　あのぼうずは殺しちゃいけなかったんだ、おかげで街じゅうが俺たちの後を追っている」

ブラウンシュヴァイガーと呼ばれた悪魔が肩をすくめた。「話を聞かれちまったからな。ほかのガキも同じだ。俺たちのことをばらされたら、金がぱあになっちまう。それに……」にやりと笑った。「街の連中は俺たちを捜しているわけじゃない、ガキどもは魔女が殺したと思いこんでいる。その魔女ってのは明日にも火あぶりになるだろうよ。だからよ、ハンス、その剣を納めろや。仲間内で争いごとはしたくない」

「槍をアンドレからのけるのが先だ」ハンスと呼ばれた男が声低く言った。自分よりも小柄な男から一秒たりとも眼を離さない。いくら体格で優ろうとも、ブラウンシュヴァイガーがどんなに危険な男かわかっていた。

る。この場で三人で襲いかかっても、下手をしたら三人とも斬り殺されかねない。

悪魔が薄笑いを浮かべながら槍を下ろした。「けっこう。さてと、これでやっと俺の掘り出し物をおまえたちに話してやれる」

「掘り出し物？　何だ掘り出し物って」それまで苔の地べたで寝そべって傍観していた三番目の男が訊いた。

名をクリストフ・ホルツアプフェルと言い、ほかの三人の男同様、元兵士である。この四人が一緒に放浪するようになってもう二年になる。兵士として最後に給料をもらったのがいつだったかも思い出せない。以来、人殺し、盗み、強請《ゆすり》などで食いつないできた。常に追われる身で、野生の獣と変わるところはない。ただ、心の奥底には今でも火花ほどの矜持がかすかな光を放っていた。幼いころの母親の寝物語や、村の司祭に叩きこまれた祈りの何ほどかが残っているのだ。だが、そんな火花ほどのものもブラウンシュヴァイガーという名の男にだけは欠けているとみんな感じていた。この男の冷たさは外科的に切断した後に作ってもらった骨の手と同じだった。武器を扱う手にはなりえなくても、恐怖心を引き起こし威嚇するのに役立つ義手なのだ。そしてそれこそがブラウンシュヴァイガーの最も好むところだった。

「掘り出し物って何のことだ？」クリストフ・ホルツアプフェルがもう一度訊いた。

悪魔が薄笑いを浮かべた。主導権が取れたとわかったのだ。楽しげに苔の地べたに腰をおろし、ウサギの腿をもぎ取ると、その肉にかぶりつきながら話しだした。「あの胡椒袋をつけまわしたんだ、あの建設用地にどんな意味があるのか知りたくてな。やつは昨夜またそこへ行ってた、で、俺も……」そこまで言って唇の脂をぬぐった。

「それで？」アンドレが焦れて先を促した。

「やつはそこで何かを探していた。どうもそこに何か隠されてる」

「宝物か？」

悪魔は肩をすくめた。「その可能性は大いにある。だが、おまえたちはもうここにはいたくないんだろう。まあ、俺一人で探すさ」

ハンス・ホーエンライトナーがにんまりした。「ブラウンシュヴァイガー、おまえみたいな強欲非道なやつは初めてだ。だが、少なくとも、頭はよくまわる……」

物音がして、みながいっせいに振り向いた。枝の鳴る音で、かすかとはいえ、経験豊かな四人の傭兵が用心するには充分な大きさだ。ブラウンシュヴァイガーが声を出すなと合図をしてから、茂みに消えた。まもなく悲鳴があがった。枝が折れ、呻き声と喘ぎが聞こえてきた。悪魔が何やらかついで来た。手足をじたばたさせている。それを火のそばに放り投げた。見ると、自分たちに仕事を頼んだ男だ。

「あんたたちを探してたんだ」呻くように言った。「俺をこんな目に遭わせやがって、いったい何を考えてるんだ？」

「胡椒袋さんよ、だったら、何で忍んで来たんだ？」

クリストフが低い声で言った。

「俺は……俺は、別に忍んで来たんじゃない。あんたたちにぜひとも聞いてもらいたいことがあって。手を借してもらいたい。あるものを探してるんだ。それをあんたたちに手伝ってほしい。それも今夜のうちにだ。一人じゃ無理だから」

しばしの沈黙があった。

「俺たちの取り分は？」ようやくブラウンシュヴァイガーが訊いた。

「あんたたちに半分だ、嘘は言わん」

それから、男は何をするつもりか手短に話した。

傭兵たちがうなずいた。またしても首領の言ったとおりになった。当然みんな首領についていく。分け前については後からでも話せる。

マルタ・シュテヒリンは朦朧としていた意識がしだいに回復してきた。痛みがひっきりなしに襲って来る。全部の指を押しつぶされ、最後は硫黄マッチまで爪に刺されて自分の肉の焼けるにおいを嗅いだ。それでも、ずっと黙っていた。レヒナーは何度も訊ね、質問を忠実に調書に書きとめていった。

〃この者はペーター・グリマー、アントン・クラッツ、ヨハネス・シュトラッサーを死に至らしめたか？　この者は純真無垢な子供たちの肌に悪魔の印を彫りこんだか？　この者は倉庫を焼き払ったか？　この者は魔女の踊りに参加しほかの女たちを悪魔のもとに連れて行ったか？　この者はパン屋のベルヒトホルトの子牛に魔法をかけて死なせたか？〃

何度も何度も、いいえと答えた。ヤーコプ・クィズルが脚締めを取り付けても、気丈にしていた。とうとう立会人が協議のためにカラフのワインを手にいっとき引き下がると、クィズルが耳もとまで来て、「マルタ、耐え抜くんだぞ」とささやいた。「何も言うんじゃない、もうすぐ終わる」

結局、審判人は翌朝、尋問を続行することに決定した。それからは、また房のなかで横になり、夢うつつのなかでうつらうつらしていた。時おり教会の鐘が聞こえてきた。隣の房のゲオルク・リークも助けてくれとはもう叫ばなくなっていた。もうすぐ夜の十二時だ。

痛みと不安にもかかわらず、マルタ・シュテヒリンはもう一度よく考えてみようと思った。クィズルから教えてもらったことや尋問や問責の中身などから、出来事の全体像を作ってみようとした。これまでに三人の子供が死に、二人がいなくなった。みんな最初の殺害があった前の晩に自分のところにいた。それに、クィズルが話してくれた死んだ子供たちの体についていたという奇妙な印。ほかに私のアルラウネがなくなった。誰かが盗んだにちがいない。

（誰が？）

牢獄の地面の土埃に教えられた印を指で描いてみた。が、誰かに見られるかもしれないと不安になり、すぐに消した。それから思い直して、もう一度描いた。

♀

たしかに魔女の印の一つだ。誰がこんなのを子供たちに彫りこんだのだろう？　こんなのを知ってるのって誰だろう？

（この街のほんとうの魔女って誰なんだろう？）

ふと芽生えた疑念に自分でもびっくりした。すぐさまその印を消し、ゆっくりと書きなおした。ひょっとしてこうなのじゃ？

痛みがあるにもかかわらず、声低く笑った。何だ、単純なことじゃない。みんなずうっと眼にしてたのに、何も見えていなかったんだ。


丸の下に十字……魔女の印……。

と、石が飛んできて額の真ん中に命中した。一瞬目の前が真っ暗になった。

「魔女め、やったぞ！」ゲオルク・リークの声が牢獄内にこだました。もう一方の格子の向こう、その暗がりのなかに、投げ終えて手を上げたままの姿がおぼろに見えた。その隣では一緒に拘束された筏の寄せ場の番人がいびきをかいている。「下卑た笑いをしやがって！　てめえのために俺たちはいつまでもここに放りこまれてるんだぞ！　いいかげん、倉庫に火をつけて子供らを殺したって吐きやがれってんだ。そうすりゃ街は元どおり静かになるんだ。頑固な魔女め！　いったい何の印を描きやがったんだ？」

さらに拳ほどもある石が飛んできて右耳に当たった。地面にくずおれた。必死に印を消そうとしたが、手がいうことを聞いてくれない。気を失い、そのまま夜の闇へと引きこまれて行った。

ほんとうの魔女は……クィズルに伝えなくては……。

教会の塔の鐘が十二時を打つあいだに、マルタ・シュテヒリンは血まみれになって牢獄の地面に倒れた。わめきたてるゲオルク・リークが見張り番を呼んでいるのももう耳に届いていなかった。

街の教区教会の鐘がショーンガウの家々の屋根に鈍く響きわたった。十二回。夜霧のなか、マントに身を包んだ二つの影が聖ゼバスティアン墓地に至る道を歩いていた。レヒ門の番人はヤーコプ・クィズルが火酒一瓶で買収した。老門番のアロイスにとって、処刑吏と医者の息子がこの時間に通りを出歩いて何をしようと、どうでもよかった。四月の夜はまだ冷える、一口か二口でも飲めば気持ちよくなるだろう。あたりを窺いながら一人用の通用口を順に通し、そっと閉めると、アロイスはさっそく瓶に口をつけた。すぐに火酒が心地よい温かさで胃の腑に広がった。

街なかに入ると、クィズルとジーモンはヘンネ小路から先は人けのない細い道を行くことにした。この時間は街の住人は外に出ていてはならないことになっている。二人いる夜回り番の一人に出くわすとも思えないが、それでも、日中や夕方にはたくさんの人でごったがえす市の広場や広いミュンツ通りは避けた。

ランタンは光が拡散して人目についてはまずいのでマントの下に抱えこんでいる。漆黒の闇が二人を包んでいた。ジーモンは側溝に足を踏みはずしたり、放置された汚物の山に足を取られそうになった。そのつど悪態をつきながらも、倒れこむのだけはどうにか免れていた。また夜用のおまるの中身に足を突っこんでしまった。文句を言いかけたとき、クィズルが振り向いて肩をぎゅっとつかんだ。

「静かにしろ。それとも何か、おまえは俺たちが死体剝ぎするのを近所の人にわざわざ感づかせようってのか?」

ジーモンは怒りをぐっと呑み下し、暗闇のなかを覚束ない足どりで進んで行った。遠いパリには、ランタンに照らされた街並みがあると聞いたことがある。夜になると街じゅうが明かりの海となるのだ。溜息が出た。ショーンガウでも日が落ちても汚物の山に足を突っこんだり家の壁にぶつかったりしないで通りを歩けるようになるには、あと何年かかるのだろう。声低く悪態をつきながらよたよたと先へ進んだ。

ジーモンもクィズルも一定の距離を保って人影がついて来るのには気づいていなかった。

その影は家の角ごとに立ち止まったりニッチに身を潜めたりして、二人が先へ進むのを待っては素早い動きで後に続いた。

ようやく前方にちらちらとゆらめく明かりが見えた。聖ゼバスティアン教会の窓から蠟燭の明かりが洩れているのだ。喜捨の蠟燭がこの時間にもまだ燃えている。その明かりを頼りに進んで行った。教会のそばに墓地に通じる格子門がある。クィズルは錆びた取っ手を下に押し、舌打ちした。メスマーのやつ、きちんとしてるぜ。門は閉まっていた。

「よじ登るしかないな」小声でつぶやいた。マントの下に忍ばせて来た小さな手鋤を門の向こうに放った。それから人の背丈ほどの高さの塀によじ登り、反対側に降り立った。どすっという音がジーモンの耳に聞こえてきた。ジーモンも一度大きく深呼吸してから、ひ弱な体で塀をよじ登りにかかった。塀の積み石に高価な胴着がこすれた。ようやく上にまたがったところで墓地を眺めおろした。

裕福な住民の墓に小さな蠟燭が燃えているほかは、十字架と墓の盛り土がおぼろげに見て取れるだけだ。奥の隅のほう、街の外壁のそばに小さな納骨堂がひっそりと建っている。

そのとき向こうのヘンネ小路の家で明かりが灯った。その拍ぎいっと音がして鎧窓が外に向かって開いた。その拍子にジーモンは塀から滑り落ち、掘り返したばかりの盛り土に尻餅をついた。声をあげないよう必死にこらえた。恐る恐る上のほうを窺う。明かりに照らされた窓に下女が立ち、大きな弧を描いておまるの中身を空けた。ジーモンには気づかなかったようだ。鎧戸はすぐに閉まった。ジーモンは湿った土を胴着からはたき落とした。少なくとも軟着陸ではあった。

後を追ってきた影は門のアーチに身を押しつけ、そこから墓地の二人の様子を見つめていた。

街の外壁に接している聖ゼバスティアン教会の墓地は造られてからまだ間もない。ペストと戦争のせいで、それまでの街の教区教会わきの墓地では足りなくなってしまったのだ。いたるところに藪や茨の茂みがあり、ぬかるんだ踏み分け道がそこを縫うようにしてそれぞれの墓へと通じている。墓に装飾を施した墓標板を置けるのは豊かな人たちだけで、最近のものは外壁ぎわにある。ほかは広い敷地を見渡しても盛り土に木の十字架を突き刺した墓ばかりで、その十字架も傾いたままのが多い。ほとんどの十字架には複数の名前が刻まれている。地中に入っても狭い場所を分け合ったほうが安くつくのだ。

右側にある納骨堂にほど近い墓丘は最近のものだ。ここには、二日間自宅に安置された後、昨日の朝になって埋葬されたペーター・グリマーとアントン・クラッツがいる。葬儀は短いものだった。街はこれ以上不安を引き起こすような危険を冒したくなかったのだ。ごく身内の者だけが参列して司祭のラテン語の祈り、少しばかりの香煙と慰めの言葉があって、後は家へと帰された。ペーター・グリマーにしてもアントン・クラッツにしても共同の墓しかあてがわれなかった。両家族とも自前の墓を持つだけのお金はなかった。

すでにその共同墓に達していたクィズルが手に鋤を持って十字架のそばに立ち、死者の名前を物思わしげに眺めている。

「すぐにヨハネスもここに寝かされる。俺たちがぐずぐずしていたら、ゾフィーとクララもだ」

　鋤を手にして土中深く突き刺した。ジーモンは十字を切り、不安そうにヘンネ小路の暗い家々を見やった。

「これってほんとうに必要なことなんですか？」声を低めて言う。「死体凌辱ですよ！　この場を押さえられたら、あなたは自分で自分を拷問にかけて、火を点けることになるんですよ」

「ごちゃごちゃ言ってないで、手伝え」

　クィズルは数週間前に祝別されたばかりの納骨堂を指さした。そのドアのわきにスコップが立てかけてある。かぶりを振りながらジーモンはその道具を手に取り、クィズルと並んで土を掘り返した。念のためにもう一度十字を切った。とりたてて迷信家ではないが、神が稲妻をもって罰するようなことがあれば、それはきっと子供の死体を掘り起こしているときだろう。

「そんなに深くまで掘らなくてもいい」クィズルが小声で言う。「墓はほぼ一杯だったからな」

　実際、一メートルも掘ると白い石灰の層に行き当たった。その下に小さな柩と、同じく小さな亜麻布の包みが現れた。

「思ってたとおりだ！」クィズルが手鋤でこわばった包みを突いた。「クラッツんとこはアントンに柩すら用意しなかったんだ。金がないわけじゃないのに。里子は、家畜なみの埋葬ってわけか！」

　かぶりを振り、それから怪力の両腕で包みと柩を引き上げ、墓穴のそばの草むらに置いた。どでかい手のなかで子供の柩は小さな道具箱のように見えた。

「ほら」ジーモンに向かってぼろ布を差し出した。

「これを巻け、相当に臭うぞ」ジーモンはその布を顔に巻き、クィズルがハンマーと鑿を当てるのを見つめた。一本ずつそうやって釘を押し上げていった。ほどなく木の板はわきに落ちた。

　その間にジーモンはナイフを使って亜麻布の袋を縦

方向に切り裂いた。すぐに饐えた甘ったるいにおいが立ちこめ、喉を絞めつけてくる。医者としてこれまで死体はいくらでも見てきたし、においも嗅いできたが、この二人の少年はすでに死後三日以上経っている。布を巻いていても、そのにおいは強烈で、顔をそむけずにはいられなかった。たまらず布を持ち上げて吐いた。喘ぎながら口をぬぐう。向きなおると、クィズルがにやりと笑みを浮かべた。

「当たりだ」

「何が？」嗄れ声でジーモンは言った。すでにあちこちに黒い染みが浮いている二つの死体に眼をやった。ペーターの顔の上を虫が一匹さっと動いた。

クィズルは満足げな顔つきでパイプを取り出すと、ランタンでそれに火を点けた。数回、深々と吸ってから死体の指を指し示した。ジーモンがきょとんとしていると、ナイフの先でアントン・クラッツの指の爪の先をほじくり、そのほじくり出したものをジーモンの鼻先に差し出した。初めのうちはよくわからなかったが、ランタンをそのナイフに近づけてみると、先端にほんのりと赤みのある土が見分けられた。物問いたげな視線をクィズルに向けた。

「これが何か？」

クィズルがナイフを鼻先に近づけてきたので、ジーモンは怖くなって、一歩退いた。

「ほれ、これが見えないのか、相当に鈍い頭でっかちだな」小ばかにした口調で言う。「赤いだろう、この土が！　ペーターにしてもヨハネスにしても同じなんだ。三人とも死ぬ前に赤い土を掘ってたのさ！　で、赤い土ってのはどんな土だ？　ええっ、どんなのが赤い？」

ジーモンは一呼吸おいてから、言った。

「粘土……粘土なら、赤い」ささやくような掠れ声だった。

「それでだ、このへんで粘土がたくさんあって、掘って身を隠せるようなところとなると、どこになる?」

そう言われてジーモンはがつんと殴られた思いだった。二つのばらばらだった部分が一気に繋ぎあわされた気がした。

「ゲルバー地区のすぐ裏手、煉瓦小屋のわきの掘り出し穴! 粘土の煉瓦は全部そこでつくられてる! となると……となると、もしかして、そこが子供たちの隠れ処ってこと?」

顔にまともにパイプの煙を吹きつけられ、ジーモンはたまらず咳きこんだ。しかし、少なくとも死臭を追っ払ってくれる煙ではある。

「藪医者にしちゃ上出来だ」そう言って、咳きこんでいるジーモンの肩を叩いた。「さっそくこれからそこに行って、あまっこどもに会ってみようじゃないか」

クィズルは大急ぎで墓を埋め戻し、鋤とランタンを抱えこむと、墓地の塀へと走った。その巨軀が石積みの塀に足をかけて登ろうとしたとき、上に人影が現れた。その人影が舌を出してあかんべえをした。

「ふんっ、死体凌辱の現場を押さえたわよ! 墓暴きそのものね、ちょっとばかり肉づきがいいけど……」

「マクダレーナ、こいつぅ、俺は……」

クィズルは引きずり下ろそうと娘の脚に手を伸ばしたが、マクダレーナはさっとわきに飛び、これ見よがしに塀の上を歩いて行った。小ばかにした眼差しを二人の墓荒らしに向けてきた。

「思ってたとおり墓地に来たわね。あたしの眼はごまかせないわ。で、父さん、二人の爪もヨハネスと同じように汚れてたの?」

クィズルは怒りの眼をジーモンに向けた。

「おまえ、娘に何か……?」

ジーモンが抑えて抑えてというように両手をあげた。

「僕は何も! ただヨハネスのことを話してあげただけで……あとは、あなたが指の爪をじっくり見つめていたってことも」

「あほ！　女にそんな話をするもんじゃない、ましてや俺の娘に！　こいつに何もかも知られてしまったじゃないか」

　クィズルはあらためて娘の脚をつかもうとしたが、マクダレーナはまたしても塀の上をバランスをとりながら教会のほうへ数歩進んだ。クィズルが後を追った。

「降りてこい、今すぐだ！　近所の人が目を覚ます、そしたら大騒ぎになる！」声を低め、強い口調で言った。

　マクダレーナはにやにやしながら父親を見おろした。

「今までわかったことを話してくれたら降りていくわ。あたしがばかじゃないってことぐらい知ってるでしょう。あたしだって手伝えるんだから」

「降りるのが先だ」クィズルがぶつぶつ言う。

「約束する？」

「ああ、する、くそっ」

「聖母マリアに誓って？」

「聖者でも悪魔でも何にでもだ、そういうのがいればの話だがな！」

　マクダレーナは軽やかに塀から飛び降り、ジーモンのすぐそばに着地した。クィズルは脅すように手をあげてから、溜息を一つついて、その手をおろした。

「それともう一つ」マクダレーナがささやき声で言う。「閉めきられた門の前に立ったら、少しはまわりに眼をやることね。ちょっとした宝を運よく発見できることだってあるのよ」そう言って大きな鍵を差し出した。

「どこからそれを？」ジーモンが訊いた。

「門のアーチのくぼみから。母さんは家の鍵をいつも塀のなかに隠すから」

　素早い動きで鍵を穴に差しこみ、くいっと捻ると、かすかな軋みとともに扉が開いた。クィズルは何も言わず娘のわきを擦りぬけ、レヒ門のほうへ急いだ。

「こら、さっさとしろ！」低く鋭く言った。「時間がないんだ！」

ジーモンは思わずにやりとした。それからマクダレーナの手を取り、クィズルの後を追った。

すぐ近くをまた足音が過ぎて行った。声が反響して下まで聞こえて来る、クララはいつしか静かな寝息を立てていた。ゾフィーは隠れ処のなかで息を殺した。

昼に大熱を出したのを最後に呼吸はだんだん規則正しくなっていった。快方に向かっているようだ。ゾフィーはクララの眠りをうらやんだ。もう四夜もろくに寝ていない。見つけられるのではないかと不安でならないのだ。そして今もまた上から足音と話し声が聞こえてくる。男たちが上の敷地を歩きまわっているのだ。何かを探しているみたいだ。ただ、この前とは違う。

「ブラウンシュヴァイガー、こんなことをしていても何にもならんぞ！　いくら掘ったって埒があかん、敷地がでかすぎる！」

「黙って探せ。ここのどこかに宝の山が眠ってるんだ、腐らせてたまるか」

話し声はちょうど真上から聞こえる。ゾフィーは身がすくんだ。聞き覚えのある声。恐怖が腹の底から喉元へゆっくりと上ってきた。必死で叫ぶのをこらえた。

少し離れたところから別の男が二人に呼びかける。

「礼拝堂のなかは見たのか？　ここのどこかにあるにちがいないんだ！　入り口を探してみてくれ、穴のなかも、もしかするとゆるんでる基礎板が……」

「すぐやる！」相手の声を打ち消すようにその声が響いた。それから急に静かになった。隣どうしで話しているらしい。「腐れ胡椒袋め！　シナノキの下に座って見張り役をしなきゃならんと言いやがる。まあ、せいぜい待ってればいいさ。こっちが先に見つけたら、あいつの素っ首を掻き切って礼拝堂に血を撒き散らしてやる！」

ゾフィーは両手で口を押さえた、あやうく大声で叫びそうになった。もう一人の遠くから聞こえたシナノキの下の男の声、これも知ってる。どっちも忘れられない声だ。

　思い出した。

〝ガキか、あいつは俺たちの話も聞いていたにちがいないんだ。今ごろは魚どもがそいつの血を吸ってるだろうよ。ほかのガキも見つけて……〟

〝何だと、何てことをしたんだ？　何てことをしてくれたんだ？　自分が何をやったかわかってるのか。街をあげてその子を捜すことになるんだぞ〟

〝心配するな、そういうのは川がきれいに流してくれる。ほかのやつらもつかまえようや。どうせ俺たちから逃げられはしないんだ〟

〝でも……たかが子供だぞ！〟

〝子供だって口はある。あんた、あいつらに告げ口してほしいのか？　ええっ、そうしてほしいのか？〟

〝いや……もちろん、そんなことは〟

〝なら、そんな態度はとらんことだ。あわれな胡椒袋が、てめえの金は血で稼いでるくせに、何一つ見えてやしねえ。ちょっくらあんたには高くつくからな〟

　あわれな胡椒袋……ゾフィーの息づかいが荒くなった。悪魔がいるんだ、すぐそこに、この真上に。仲間の三人があいつにつかまった。残っているのはあたしとクララだけ。そして今、あたしたちのこともつかまえようとしている。逃げ道はない。きっとあたしたちのことを嗅ぎつけたんだ。

「まあ、待て、宝物がどこにあるか、俺に考えがある」声が響いた。「どう思う……」

　このとき外で悲鳴があがった。どこか遠くのほうで誰かが痛みに呻いている。

　すぐに地獄が始まった。ゾフィーは耳をふさぎ、何もかも悪い夢であってほしいと願った。

粘土質の穴の底、ぬかるみに足を取られ赤い泥水に転ぶたびにジーモンは悪態をついた。ズボンは泥だらけになり、ブーツもぐっしょり水気を吸っている。一度転ぶと起きあがるのが一苦労だった。穴の上のへりには処刑吏とその娘が立って物問いたげに見おろしている。

「どうだ？」ヤーコプ・クィズルが何メートルもの深さの穴の底に向かって声をかけた。松明に照らされたその顔は、闇のなかにぽつんと灯る明かりのように赤々としていた。「何か洞穴とか窪みとかはないか？」

ジーモンはとりあえず大きな汚れを胴着からはたき落とした。「何にも！ 鼠穴一つありません」もう一度松明をかざして穴の底を見まわした。数メートル先までは何とか見えるが、その先は闇に呑まれている。「おおい、子供たち、聞こえるか？」もう一度呼びかける。「いるんなら、返事をしてくれ。大丈夫だ。僕らはきみたちの味方だ！」

どこからか水がちょろちょろと流れる音が聞こえるだけで、あとはしいんと静まりかえっている。

「くそっ」ジーモンが悪態をついた。「何だってこんな真夜中に粘土穴で子供らを捜そうなんてばかなことを思いつくんだ！ ブーツが泥のかたまりになっちまった、胴着なんか捨ててもいいくらいになってるんじゃないか」

クィズルは、ジーモンが悪態をついているのを耳にしてにやにやした。

「そうやけになるな、時間がないのはわかってるだろう。焼き窯のほうも見たほうがいいな」

梯子を押さえてやる。ジーモンが滑りやすくなっている踏み段を登ってきた。上に着いたところで、目の前にマクダレーナの顔が現れた。ジーモンの眼の前に松明をかざした。

「あなた、ほんとうに、なんか……へとへとみたい」

くすくすと笑った。「どうして、そんなに転んでばかりいるの?」

エプロンの裾でジーモンの額の泥をぬぐってあげた。文字どおりの、骨折り損のくたびれもうけ。赤土が頬紅のように顔にこびりついている。マクダレーナが微笑んだ。

「少しくらいこのまま泥を顔に残しておいたほうがいいかしら。どっちみち鼻のまわりは青白く見えるんだから」

「黙れ、そもそも何で僕がこんな穴の底に降りることになったと思ってるんだ?」

「それは、おまえのほうが歳が若くて、ぬかるみで転んだくらいじゃけがをしないからだ。いや」クィズルの声が響いた。「いくらなんでも、若い、か弱い娘をこんな泥穴に降りて行かせたいとは思わんだろう」

言い終わらないうちにクィズルは焼き窯に向かって歩きだしていた。その建物は敷地のへりに建ち、裏はすぐ森になっている。人の背丈ほどの高さに積まれた薪の山が至るところにある。建物自体は頑丈な石造りで、屋根の真ん中に高い煙突が聳えている。この焼き窯はゲルバー地区から四分の一マイルは離れていて、森と川のあいだに位置していた。時おり西にちらちらとまたたく光が見えた。街のほうのランタンか松明の明かりだろう。それ以外は、黒々とした闇に包まれている。

煉瓦の焼き窯はショーンガウの重要な建物の一つだ。過去に何度か大火があって以来、住民は家は石造りにし、屋根も藁ではなく瓦で葺くように奨められた。製陶ギルドの職人たちも、陶器や炉をつくるのにその原料をここに取りに来た。日中はほぼ常に濃い煙がこの敷地にたなびいている。牛車が煉瓦や瓦を積んでアルテンシュタットやパイティング、ロッテンブーフにまで運んで行く、それがひっきりなしに行き来する。が、今は夜中、誰一人行きあう者もなく、建物の内部へ通じる重厚なドアは閉じられていた。クィズルは建物の正面に沿って進み、両開きの扉が傾いでいる窓を見つけた。その右側の扉を力まかせにぐいと引きむしってわきに置き、松明でなかを照らした。

「おい、子供たち、怖がらなくていいぞ！」なかの暗がりに向かって呼びかけた。「俺は、ゲルバー地区のクィズルだ。おまえたちが殺しに何の関係もないことはわかっている」

「首斬り人が呼びかけたって、逃げていくだけよ」マクダレーナがきつい口調で言った。「あたしが行く。あたしなら怖がらないから」

そう言ってスカートをたくり、低い窓敷居をまたいで、なかへ入って行った。

「松明をちょうだい」小声で言う。

ジーモンが無言のまま松明を差し出した。マクダレーナが闇のなかへ消えて行く。男たちはその足音をたよりに、マクダレーナが部屋から部屋へと歩んでいく様子を窺った。踏み段の軋む音が聞こえてきた。階段を上がって行ったらしい。

「はねっかえりもいいとこだ」クィズルは火のついていないパイプを銜えながらぶつくさ言った。「あれは母親に似たんだな。強情で出しゃばりで。さっさと結婚させておとなしくさせたほうがいいな」

ジーモンは何か言い返したいところだったが、そのとき上から大きな物音がし、同時に悲鳴も聞こえてきた。

「マクダレーナ！」ジーモンが呼びかけ、急いでなかへ飛びこんだが、石の床に転げ落ちしたたかに体を打ってしまった。すぐに立ち上がり、松明を手に取ると、階段へと走った。クィズルが後に続いた。焼き窯のある部屋を横切り、上の踏み天井に通じる階段に急いだ。煙と灰のにおいがする。

上に着くと、もうもうと赤い埃が立ちこめ、松明の明かりではほとんど何も見えなかった。右隅から呻き声が聞こえてきた。埃がしだいにおさまると、毀れた煉瓦が床に散乱しているのが見えた。壁ぎわには天井に届くほどに煉瓦が積まれていて、そこに一ヵ所ぱっくりと裂け目が出来ていた。百キロはあろうかと見える焼き物が崩れて床に散乱していた。なかでとりわけ大きな山の下で何かが動いている。

「マクダレーナ!」ジーモンが呼びかけた。「大丈夫か?」

マクダレーナが身を起こした。真っ赤な幽霊だ、全身煉瓦の粉塵におおわれている。

「大丈夫……だと思う」そう言って咳きこんだ。「煉瓦をどけようとしたの。後ろが隠れ処になってると思って……」また咳きこんだ。ジーモンとクィズルも赤い粉塵に染まっていた。

クィズルがかぶりを振った。「何か違うな」とつぶやいた。「何か見逃してるんだ。赤い土……確かにそれが指の爪についていたんだ。が、子供たちがここにいないとなると、いったいどこだ?」

「この煉瓦はどこへ運ばれていくの?」マクダレーナが訊いた。埃をはたき落とし、煉瓦の残骸の山に座っていた。「ひょっとしてそっちのほうなんじゃない?」

クィズルはまたかぶりを振った。「爪についていたのは煉瓦の粉じゃなかった。あれは粘土だ、湿りけのある粘土だ。そこを掘ったにちがいないんだ……そういう粘土だらけのところってのは、どこだ?」

ジーモンの頭にぱっとひらめくものがあった。

「建設用地だ!」大声をあげた。「あの敷地なら!」

その声にクィズルは自分の考えから引き戻された。

「今何と言った?」

「施療院の建設用地!」ジーモンが繰りかえした。

「あそこに粘土が山になっていた。壁の仕上げはそれでやるって言ってた」

「ジーモンの言うとおりよ!」マクダレーナも大きな

声で言い、残骸の山から勢いよく立ち上がった。「あたし見たことがあるの、職人たちが手押し車で粘土をそこまで運んでた。施療院は今はショーンガウで唯一大きな建設地よ！」

クィズルが煉瓦を蹴った。壁に当たり煉瓦は粉々に砕けた。

「こんちくしょう、たまにはいいこと言うじゃないか。建設地を忘れられるとは俺もよっぽどどうかしてるな。わざわざ足を運んで、この眼で粘土を見ていたってのに！」

急いで階段を降りた。「施療院まで大急ぎで行くぞ！」走りながら言う。「ありがたい、まだ手遅れにはなってない」

煉瓦の焼き窯からホーエンフルヒ坂までは歩いて半時間ほどかかる。森を抜ければ近道になる。ヤーコプ・クィズルは獣道と言ってもいいような細い山道を行くことにした。時おり月明かりが樅の葉陰から射しこむだけで、それ以外は見通しのきかない真っ暗闇だ。ジーモンはクィズルの後を追いながら、こんな道をよく見つけるものだと不思議でならなかった。マクダレーナとともに覚束ない足どりで前の松明について行く。樅の木の枝が何度も顔を打つ。時おりすぐわきの藪でぱきっという音がしたように思った。が、自分の呼吸の音が大きすぎて、それが空耳なのかほんとうの足音なのか何とも言えなかった。しばらくして息が切れてきた。つい先日、悪魔から逃げたときと同じで、あらためてこういう森のなかを歩く訓練が自分には欠けていると気づかされた。俺は医者なんだ、ふん、狩人でもなけりゃ兵士でもない！　隣のマクダレーナは軽やかな足どりで歩を進めている。彼女には気取られないようにしなくては。

突然、森が終わりになった。三人は森から出て、切り株の残る畑に立っていた。クィズルは短時間で方向

「俺たちだけじゃなかったな」クィズルが声を低めて言った。「松明は四つか五つってとこだ。俺にはお仲間さんが戻ってきたとしか思えん」

「前に二人で追った男ってこと？」マクダレーナがささやいた。

クィズルがうなずいた。「ああ、おまえの大事なジーモンの首を掻き切ろうとした男でもあるな。悪魔って呼び名ももらってる。今度こそとっつかまえてやる」自分のほうに来るようジーモンに合図した。「松明は敷地全体に散らばっている。何か探してるようだな」

「何を？」ジーモンが訊いた。

クィズルがにやりとした。「すぐにわかる」そう言って、地面に転がっていた太いオークの棒をつかむと、小枝を払い、重さをはかった。「俺たちで一人ずつお仕置きをしてやる。順番に」

「俺たち？」

を定めたらしく、畑のへりを左へと進んだ。「東だ、オークの林で大きく右！　そこまで行けばすぐだ」

その言葉どおり、オークの木立を突っ切ったところで、森を切り開いた大きな敷地に出た。建物の輪郭がおぼろに見て取れる。施療院の建設用地だ。

ジーモンは息を切らして立ち止まった。マントに小枝やらアザミの葉やら樅の針葉やらがくっついている。帽子は樅の林を抜けるときにでも枝に攫われてしまったらしい。「今度、森のなかを走るときは前もって言ってくれるとありがたいな。それなりの恰好をしてくるから。あの帽子は半フロリンもしたんだ、このブーツだって……」

「しっ」クィズルが大きな手でジーモンの口をふさいだ。「ごちゃごちゃ言うな。向こうを見てみろ」

そう言って建設現場を指さした。小さな光の点が敷地内を行ったり来たりしている。話し声がとぎれとぎれに聞こえてきた。

「もちろん」クィズルがうなずいた。「俺一人じゃ無理だ。向こうのほうが多いんだから。ナイフは持ってるんだろう?」

ジーモンはベルトを探った。震える手で短剣を月明かりにかざして見せた。

「よし」クィズルがつぶやく。「マクダレーナ、おまえは街まで一っ走りして、邸のレヒナーに知らせるんだ。建設現場でまた妨害行為がされてるってな。加勢が欲しいから、なるべく早くだぞ」

「でも……」娘が言い返そうとした。

「口答えはなしだ。言うことを聞けないんなら、明日にでもシュタインガーデンの首斬りと結婚だぞ。さあ、行け」

マクダレーナはふくれっ面をし、いかにも不服げだったが、すぐに森の暗がりへと消えて行った。

クィズルはジーモンに手で合図すると、身をかがめながら森のへりを走った。ジーモンも後に続いた。二百歩も行ったところで、職人が森のきわに積み上げておいた丸太の山に行き当たった。その丸太の山は敷地に向かって突き出ている。それを掩蔽にして二人は半分ほど出来上がっている建物へ忍び寄って行った。ここまで来ると、ランタンや松明をかざしてうろついている男の数が五人であることがはっきりとわかった。明らかに何かを探している。一人が敷地の真ん中にあるシナノキのわきの大石に座り、二人が井戸に寄りかかっている。ほかの二人は敷地内に別々に立っている。

「こんな暗いところで尻を冷やすのも、そろそろうんざりしてきたぞ!」男たちのうち、四方の壁だけが積み上がった建物の内部にいた一人が大きな声で言った。「かれこれ一晩じゅう探してるんだ。明日の日中に出直そうぜ」

「ばかか、おまえは。日中はここは職人でいっぱいになるんだ」井戸のわきにいた男が鋭く言った。「おまえ、どう思う? 何でこんなくだらんことを夜中にやらなきゃならんのかね。暗くなってからあちこちひっくり返してさ。ま、探すはいいとしても、胡椒袋の言ってたことが嘘で、ここに何も埋まってなかったら、そんときはこの井戸の角であいつの頭かち割ってやろうか、生卵みたいによ」

ジーモンは聞き耳を立てた。何かがここに埋まっている。何が？

クィズルがジーモンの肩をちょんと突いた。

「いつまでも加勢を待っていられん」とささやいた。「やつらがいつまでここにいるのか、わからん。俺はこれから壁まで走って一人つかまえる。おまえはここにいろ。俺のところに近づいて来るやつが見えたら、カケスみたいに口笛を吹け。できるな？」

ジーモンは首を振った。

「くそったれ、じゃ、ただ口笛を吹くだけでいい、嘴が生えたみたいにやるんだぞ。やつらに気づかれることはあるまい」

クィズルはもう一度あたりを見まわしてから大股に壁へと向かい、その背後にまわって身を潜めた。男たちは何も気づいていない。

また声があがった。今度はかなり遠くからで、ジーモンには何と言っているのか聞き取れなかった。クィズルが壁にそって身をかがめ、壁の内部で角材を使って基礎板を持ち上げている男めがけてまっしぐらに走って行くのは見える。クィズルがその男まであと数歩のところに迫った。ふいに男が振り向いた。何かを聞きつけたらしい。クィズルが地面に身を伏せた。ジーモンは眼をしばたたいた。あらためて眼を凝らしたときクィズルの姿は闇に呑まれていた。

安堵の吐息をつこうとしたとき、前方から物音が聞こえた。見ると、敷地内を歩きまわっていた別の男がジーモンの目の前に立っていた。ジーモンだけでなく相手もびっくりしたようだ。どうやら探し物のありかを求めて丸太の山の周辺を虱潰しに当たっていたらしく、角を曲がったところで文字どおりジーモンと鉢合わせしたのだった。

「何だ、おい……？」

それ以上は言葉にならなかった。ジーモンがわきにあった棒を引っつかむや相手の股間のあたりに一撃を食らわせたからだ。男が横倒しになった。男が起きあがる前にジーモンは男の上に乗り、両の拳で殴りつけた。髭におおわれた顔に瘢痕が見える。が、いくら殴りつけても岩でも打っているかのようだ。殴られても平然としていた相手はジーモンの体をさっとつかむと、ぐいと持ち上げそのまま前方へ放り投げた。同時に右手で殴る構えをとった。

その右の一撃がジーモンの側頭部をとらえた。目の前が真っ暗になった。気づいたときには、男が胸の上にのしかかり、両手でじわじわと喉を締めつけてくる。男の顔がにやけた笑いにゆがんでいった。腐った歯の残根と無精髭が見えた。刈り取りの終わった十月の畑のように赤く、茶色く、黒かった。男の鼻から血が滴り落ちてきた。突然ジーモンの眼に一つひとつの情景がいまだかつてなかったような鮮やかさでよみがえってきた。空気を求め必死にもがいても無駄だった。自分はこれで終わるんだと思った。断片的な思考と思い出が頭のなかを荒々しく駆けめぐった。

ベルトから……ナイフを……抜かなくては。

ナイフを探った。また新たな闇が襲ってきた。ようやく握りに触れた。気絶する寸前にナイフを引き抜き、突いた。刃先が柔らかいものに吸いこまれていくような感触だった。

悲鳴がジーモンを現実に引き戻した。わきに転げ、口をぱくぱくさせて空気を求めた。隣に髭面の男が横たわり、太腿をさすっている。血がズボンに広がっていた。ジーモンのナイフが男の脚をとらえたのだ。が、深い傷でなかったことはすぐに明らかになった。男はジーモンに眼を向け、にやりとした。体勢を立てなおし、新たな攻撃に移ろうとした。眼の端に地面に転がっている石をとらえると、それを拾おうと身をかがめた。一瞬、その顔がわきを向いた。その瞬間を逃さずジーモンはナイフを手に男に躍りかかった。男がまた悲鳴をあげた。男は、このひ弱な若造は逃げ出すだろうと計算していたのだろう、その一瞬の気の弛みを衝かれてしまった。ジーモンは相手の厚い胸板に馬乗りになり、ナイフを突き刺そうと右手を高く上げた。男の眼が驚愕の色に満たされた。今にも悲鳴をあげようとしている。ジーモンはすぐにも突き刺さなくてはならないのはわかっていた。ほかの男たちに聞かれてはならない。手のなかには確かな柄の感触がある。固い木だ。指には汗。男が身をよじるのがわかる。その眼には確実な死が見えている。

ジーモンは、自分の腕が鉛のように重くなっているのに気づいた。俺には……刺せない。今まで人を殺したことはない。敷居は越えがたいものだった。

「待ち伏せだ！」男が叫んだ。「俺はここだ、丸太の、丸太の陰だ……」

オークの棒がうなりをあげてジーモンを掠め、その男の額にもろに当たった。二度目の殴打で頭蓋が割れ、血と白い塊りが飛び出た。顔が血染めの煮込みに変わった。太い腕がジーモンを死体から引き剝がした。

「くそっ！　叫びだす前に、何で殺してしまわなかったんだ？　俺たちがいることを知られてしまったぞ」

クィズルは血糊のついた棒をわきに放り、丸太の山の後ろにジーモンを引っぱって行った。ジーモンは何も答えられなかった。死に行く者の顔が生々しい絵となって記憶のなかに焼きついた。

声はすでに聞かれていた。男たちが近づいて来た。

「アンドレ、おまえか？　どうした、何があった？」

「ここにいてはまずい」クィズルが小声でささやいた。「まだ四人いるし、手練れの傭兵ぞろいだ。戦い方を心得てる」そう言って半ば放心状態のジーモンをつかむと、森のへりまで引きずって行った。そこで茂みのなかに身を潜め、様子を窺った。

男たちはすぐに死体を見つけた。大きな声があがり、叫ぶ者もいた。それからばらばらに散って行った。松明の様子から二人一組になっているのがわかる。森のへりに沿って歩き、暗がりを照らしている。一度、二人がいる茂みからわずか数歩のところを通りすぎた。が、暗すぎて何も見分けられなかったようだ。やがてまた死体のところに集まった。ジーモンが安堵の息をつこうとしたとき、明かりの一つがまた二人が潜んでいるところへ近づいて来た。連れはいない。どことなく片足を引きずるような歩き方だった。

二人がいる茂みからそう遠くない森のきわまで来ると、男は立ち止まり空に鼻を向けた。においでも嗅いでいるように見える。その声が二人にもはっきりと聞こえてきた。

「首斬り、おまえだというのは、わかってる」語気鋭く言った。「どこかそのへんにいるというのもな。この礼はたっぷりとしてやるぞ。おまえの鼻、耳、唇を削ぎ落としてやるから、そう思え。おまえがほかのやつに拷問で加えた苦しみなど、自分で味わう苦しみにくらべたら物の数ではない。アンドレに対してやったとそっくり同じに俺がおまえの頭蓋をかち割ってくれるのを祈ることだな」

そう言ってしまうと男はふいに身をひるがえした。暗闇が男を呑みこんだ。

しばらくしてようやくジーモンは大きく息をつくことができた。

「誰……誰なの、あれは？」と訊いた。

クィズルは立ち上がり、マントから木の葉を払い落とした。「悪魔さ。みすみす逃してしまった。おまえが怖じ気づいたばっかりにな！」

無意識のうちにジーモンはクィズルから眼をそらしていた。悪魔に対する怖れだけでなく、自分の隣にいる男に対する怖れも感じていた。

「僕は……僕には、殺せない」ささやくような声だった。「僕は医者だ。人を治すことを教わったんだ、殺すことじゃない」

クィズルが悲しげに小さく笑った。

「だがな、いいか、俺たちはそれをできるようにしなきゃいけないんだ。俺たちができるようになれば、やつらだって怖がる。ならず者なんてのはみんな同じなんだ」

そう言うと、大股にのっしのっしと森のなかへ入って行った。ジーモン一人が取り残された。

マクダレーナはレヒ門の通用口を激しくノックした。通用口は、遅くに帰って来る者があっても門全体を開ける必要がないよう、人一人が通り抜けるのにちょうどの幅と高さになっている。門全体を開けたら敵の襲撃を受けないともかぎらないからだ。

「真夜中だぞ！　明日の朝、出直して来い、門は六時の鐘で開くんだから」反対側からぶつくさ言う声がした。

「アロイス、あたし！　クィズルのマクダレーナ。開けて！　大事な用なの」

「何だ、今どき？　入れたと思ったら出て行って、今になってまた入りたいだと。だめだ、マクダレーナ、朝までここからは誰も街には入れん」

「アロイス、ホーエンフルヒ坂下の建設現場で、また妨害行為がされてるのよ。よそ者よ！　うちの父さんとジーモンが引きとめてるけど、長くはもたないわ！　役人に来てほしいの！」

軋み音を立てて通用口が開いた。くたびれ顔の門番がマクダレーナを迎えた。焼酎のにおいがぷんぷんし、いかにも眠たげだ。「俺には何も決められん。レヒナーのところへ行ってくれ」

ほどなくマクダレーナは公爵邸の門の前に立った。

門番に言って邸内には入れてもらえたものの、法廷書記官を起こすのは聞き入れてもらえなかった。マクダレーナはなりふりかまわず喚いたり叫んだりした。ようやく二階の居宅の窓が開いた。

「何だ、この騒々しさは、くそっ」

ヨハン・レヒナーは眼をしばたたき、寝ぼけながらモーニングガウン姿で窓から下を見おろした。マクダレーナはそのチャンスを逃さず、書記官に向かって何が起こっているか伝えた。ひととおり話が終わると、レヒナーがうなずいた。

「すぐ下に行く、待っててくれ」

夜回り番と門番を引き連れ、二人はアウクスブルク街道をホーエンフルヒ坂へと向かった。番人らは槍と二挺の銃で武装していた。眠そうな顔をしており、夜も明けきらぬうちから略奪行為を働く傭兵どもを何が何でもとっつかまえてやるぞという気迫は微塵も感じられなかった。レヒナーは間に合わせに胴着とマントを羽織ってきただけで、参事会用の帽子からは乱れた髪があちこちに覗いている。並んで歩くマクダレーナに不信の眼差しを向けた。

「ほんとうなんだろうな。でなかったら、親父さんともども、ただでは済まんぞ。そもそも、こんな時間に坂下で何をやってたんだ？　真っ当な住民は家にいるぞ！　最近おまえの親父さんは少し出しゃばりすぎだぞ。痛めつけて、吊して、あとは口を噤んでいれば、それでいいんだ、わかったな！」

マクダレーナは謙虚に頭を垂れた。

「私たちは……私たちは、森で薬草採りをしてたんです。スギゴケやヨモギです。月明かりのもとでしか摘んではいけないものなので」

「悪魔の道具だ！　それで、フロンヴィーザーの息子はそこで何をしてたんだ？　クィズルの娘さんや、あんたの言うことは信用ならんな！」

ようよう夜が明け初めてきた。霧のかかるなか、街道わきの建設用地に近づいたところで番人がランタンを消した。ずっと奥のほうにある材木の山に処刑吏と医者が腰をおろしていた。

ヨハン・レヒナーは地面を踏みしめながら二人に近づいて行った。「どうした？　妨害行為をした者はどこだ？　わしには何も見えんぞ。建設現場も昨日とそっくり同じに見えるがな！」

ヤーコプ・クィズルが立ち上がった。「連中は何も毀さないまま逃げて行きました。一人は私が顔面に一撃食らわしましたが」

「それで？　そいつは今どこにいる？」書記官が問い返した。

「そいつは……もうだめなように見えたんですが、ほかの者が連れて行きました」

「クィズル、わしにそんな話を信じろというのか、ならちゃんと理由を言ってくれ」

「こんな真夜中に呼び出すもんじゃないと言うんでしたら、その理由を言ってください」

クィズルは書記官に歩み寄った。

「五人でした」訴えかけるように言う。「うち四人は傭兵です。五人目は……よくはわかりません。依頼人、でしょうね。この街の人間だと思います」

書記官が小さく笑みを浮かべた。「たまたま顔はわからなかったと？」

「暗かったんです」ジーモンが口をはさんだ。「でも、ほかの男たちがそいつのことを話していて、胡椒袋という呼び方をしていました。街の富豪ということでしょう」

「ふむ、それで、どうしてそういう街の富豪が、施療院の建設現場を荒らすよう傭兵に依頼したんだ？」レヒナーがジーモンの話をさえぎった。

「荒らしてはいません。何かを探しているふうでした」とジーモンが言った。

「ほう、何を？　建設現場を荒らしてると言ったり何かを探してると言ったり、いったいどっちなんだ？　はじめは、そこを荒らそうとしていると言っていたぞ」

「くそっ、レヒナー」クィズルが抑えた声で言う。「そんなに呑みこみが悪いわけじゃないだろう！　誰かが男どもにここを引っかきまわすよう頼んだんだ。建設工事を妨害し、依頼人がここに隠されてるものをじっくり探せるように」

「それがくだらんことだと言うんだ」レヒナーが口をはさんだ。「毀したところで何も手に入りゃしないだろう。そんなことをされても職人たちは仕事を続けるんだし」

「でも、遅らせることにはつながりました」ジーモンが口をはさんだ。

クィズルは黙りこんだ。書記官が踵を返そうとしたときになって、ふいに口をきいた。

「基礎だ」

「何？」

「依頼人は、宝は基礎の下にあると考えたんだ。宝がどんなものか知らんが、とにかくここの建築工事が終わってしまったらもう手が出せなくなるってことだ。しっかりした石の建物が建ち、モルタルが塗られ、塀がめぐらされる。だから、工事を妨害するしかなかった。そして、何が何でも目当てのものが見つかるまでそこらじゅうの土を掘り返す」

「そう、そのとおりですよ！」ジーモンが大きな声をあげた。「前ここに来たときは基礎の部分が膝の深さまで掘り起こされていました。石の板はきちんとわきへのけて。今夜も角材を使って板石を持ち上げてました！」

ヨハン・レヒナーがかぶりを振った。

「真夜中の宝探しやら秘密めいた探索話か……それをわしに信じろというのか？」レヒナーは手で敷地を指し示した。「ここにどんなどでかいものが隠されているというんだ？　この敷地が教会のものだというのは、おまえたちも知ってるんだろう。仮に何かあるとしても、そういうのは司祭がとっくに記録のなかに見つけているはずだ。教会の地所はどれも正確な記録が残っている。平面図、状況、前史……」

「ここは違う」クィズルがさえぎった。「この地所は最近になってシュレーフォーグルの親父さんから教会に贈与されたものだ。天国への道と引き替えに。そのへんのことについては教会は何一つ知らない」

クィズルは敷地のほうへ視線を向けた。礼拝堂の基礎壁、施療院の基礎、井戸、シナノキ、家畜小屋になるところに組まれた角材の足場、材木の山……。

（ここに何かが隠されている）

法廷書記官がやわらかな笑みを浮かべた。「なあクィズル、おまえは自分の本分を守っていればいいんだ。あとのことは我ら参事会にまかせなさい。わしの言ってることがわかるな？　さもないと、おまえの家を事るということになるぞ。媚薬やら魔女の何たらやらを売ってるという話じゃないか……」

ジーモンが口をはさんだ。「ですが、書記官さま、この人の言うとおり、この地所は……」

レヒナーが振り返り、ジーモンを睨みつけた。

「フロンヴィーザー、おまえもだ、その生意気な口を慎んだらどうだ？　この首斬り役のあばずれとの色恋沙汰は……」と言ってマクダレーナのほうを見た。マクダレーナはそっぽを向いた。「破廉恥きわまりない。おまえの父親にとってだけではないんだぞ。参事会内にはおまえたち二人を晒し柱につないでやろうという声もあるんだ。何たる光景だ！　刑吏が自分の娘に恥辱の面をかぶせるんだぞ！　今まではおまえの父親のためを思ってわしはそれには距離を置いてきた、刑吏もわしが評価してきた男だしな」

首斬り役のあばずれという言い方にクィズルが激昂した。マクダレーナが引き止めた。「父さん、ほっときなさいよ」とささやいた。「あたしたちが不幸になるだけよ」

レヒナーは敷地のほうに眼をやり、番人に帰るぞと合図をした。

「わしがどう思っているか言っておこう」振り向かないで話した。「傭兵はほんとうにここにいたんだと思う。ショーンガウのどこぞの富豪がそいつらに施療院を毀すよう依頼したこともまあ認めよう。そうしないと旅の者がこの街を避けるようになると怖れたんだろうからな。だがな、宝のお伽噺だけは信じない。それと、その富豪が誰であるかも知ろうとは思わん。すでに土埃はいやというほど立ったんだ。今日からはここに毎晩見張りを立てることにする。建築工事は、参事会が決めたとおり引きつづき行う。で、クィズル、おまえは……」ここでようやく処刑吏のほうを向いた。「今からわしと一緒に来て、神に与えられた本分を行うんだ。引きつづき、子供たちを殺害したことを自白するまでシュテヒリンを痛めつけろ。大事なのはそっちであって、決して建設現場を荒らしにうろつく傭兵どもではない」

レヒナーが行こうとして向きなおったとき、役人の一人がその袖をつまんだ。今夜、砦で見張り番をしていたベネディクト・コストだった。「書記官さま、シュテヒリンが……」と切りだした。

レヒナーが立ち止まった。「うん？　シュテヒリンがどうした」

「その……重傷を負って、気絶しています。夜中に牢獄の地面に印を描いていて、ゲオルク・リークが投げつけた石が当たって口がきけなくなってるんです。フロンヴィーザーの親父さんに来てもらって意識が回復するようやってもらってるんですが」

ヨハン・レヒナーの顔に赤みが差した。「どうしてそれを早く言わん」きつい口調で言った。

「私たちは……私たちは、書記官さまを起こさないほうがよろしいかと思いまして」ベネディクト・コストが絞り出すように言う。「朝まで待てると思ったのです。朝早くにお伝えしようかと……」

「朝まで待つだと？」レヒナーは声を冷静に保つのがやっとだった。「あと一日か二日したら選帝侯の執事が輜重隊を引きつれてやって来るんだぞ。そうなったらここは大混乱だ。それまでに罪人を一人も差し出せなかったら、あのお方がご自分で探すことになる。そんなことになったらおおごとだ。あの方が探しだしたら魔女一人で収まらなくなるんだ。わしの言ってることがわかるな！」

突然身をひるがえすと、ショーンガウへと戻る街道へ急いだ。番人たちが後を追った。

「クィズル！」レヒナーが街道に出たところで大声で呼んだ。「おまえも来い、ほかの者もだ！　シュテヒリンから自白を絞り出すんだ。いざとなったら、今日は死人にだって話させてやる！」

朝霧が少しずつ霽《は》れてきた。

建設用地から一人もいなくなってしまうと、どこからかすかな泣き声が聞こえてきた。

マルタ・シュテヒリンは依然気を失ったままで、尋問はとうてい不可能だった。高熱を出し、しきりに譫言を言う。ボニファツ・フロンヴィーザーがシュテヒリンの胸に耳をあててそれを聞いた。

「印……子供たち……全部、錯覚……」そんな言葉が切れ切れに発せられた。

老医師はかぶりを振った。ヨハン・レヒナーに卑屈な眼差しを向けた。レヒナーは牢獄の扉にもたれ、焦りの色をつのらせながら、処置の様子を眺めている。

「どうなんだ？」レヒナーが訊いた。

フロンヴィーザーが肩をすくめた。「よくはないですね。ひどい熱です。意識が戻らないまま死ぬこともありえます。瀉血を施してはみますが……」

レヒナーはしなくてもいいというように手を振った。

「くだらんことはやらんでいい。そんなことをしたら死ぬのが早まるだけだ。おまえの藪医者ぶりはわかってるんだ。短時間でもいいから意識が戻るようにできる方法はないのか？　自白さえとれれば、この女が死のうが生きようが俺にはどうでもいい、とにかくこいつの自白がいるんだ！」

フロンヴィーザーが考えこんだ。「残念ながら私にはそのような方法はございません」

レヒナーはいらだたしげに格子の棒を指で叩いた。

「なら、そういう方法を知ってるやつはおらんのか？」

「そうですね、首斬り役なら、もしかすると。ですが、悪魔の代物ですよ。強力な瀉血と産婆が……」

「見張り番！」レヒナーは外に出かかっていた。「刑吏を連れて来い。シュテヒリンの意識を回復させるんだ、大至急だぞ。これは命令だ！」

あわただしく駆けていく足音がゲルバー地区へと遠ざかって行った。

フロンヴィーザーが恐る恐る書記官に近づいた。「ほかに何かお手伝いできることはございましょうか」

レヒナーは短くかぶりを振った。考えごとに沈んでいた。「行っていいぞ、必要になったらこちらから呼ぶ」

「書記官さま、恐れ入りますが、お代を……」

溜息をつきながらレヒナーはフロンヴィーザーの手に数枚の硬貨を握らせた。それから砦の内部へ戻って行った。

産婆が荒い息を立てながら牢獄の地面に横たわっている。そのわきの地面に印がかすかに痕跡を残していた。

「悪魔の情婦め」レヒナーが鋭く言った。「知ってることを言え、そして地獄へ行け」足で産婆の脇腹を蹴りつけた。産婆が呻きながら仰向けになった。レヒナーはその魔女の印を消し、十字を切った。

レヒナーの後ろで格子の桟を揺らす者があった。

「俺がその女が印を描いているところを見たんだ！」ゲオルク・リークが大声をあげた。「すぐに頭めがけて思いっきり石を投げつけてやったんだ、二度と魔法をかけられないようにな。ほらあ、リークは信用できるだろう。なあ、書記官どの」

レヒナーが振り向いた。「おまえはつくづく不幸の虫だな！　おまえのせいでこの街が燃えつきるかもしれないんだぞ！　おまえがけがさせなかったら、今ごろはこの女が悪魔の歌を歌っていたかもしれないんだ、それでやっと平穏になったってのに！　いや、しかし、まずは執事がやって来る。街にはもう金がないってのに。この大ばか者めが！」

「あっしには……何のことだか」

ヨハン・レヒナーはもう聞いていなかった。すでに路上に出ていた。処刑吏がシュテヒリンを昼までに治療できなかったら、参事会召集の段取りを決めなくてはならない。しだいに手に余るようになってきた。

13

一六五九年四月三十日、月曜日、朝八時

マクダレーナは籠を手にレヒ川から街なかへと至る急な坂道を登り、市の広場へ向かっていた。頭のなかはどうしても昨夜の出来事に行ってしまう。一睡もしなかったというのに、眼は冴えていた。

ヨハン・レヒナーは産婆が気絶し重傷を負っているのを自分の眼で確かめると、口汚く罵りながら処刑吏と医者に帰っていいぞと告げた。今二人はクィズルの家にいる。疲れて腹をすかせ、途方にくれて。マクダレーナは二人を元気づけてやろうと、市場でビールとパンと燻製肉を買ってくると言って出て来た。市の広場でパン一塊りとベーコンを買い求めると、バレンハウスの裏手に建ち並ぶ居酒屋へ向かった。〈明星亭〉は避けた。店の亭主でこの街の第一市長であるカール・ゼーマーが父親のことをよく言わないからだ。首斬り役が魔女の側についていることはもう周知の事実になっている。マクダレーナは〈太陽ビアホール〉に行って、ジョッキ二杯分のビールを購入した。

泡の立つ大ジョッキを持って通りに戻ると、後ろからひそひそ話と忍び笑いが聞こえてきた。振り返った。食堂の入り口の前に子供が群がり、こちらを見つめている。不安そうな眼を向けてくる者もいれば、好奇心剝き出しの者もいる。マクダレーナはその子供たちの群れを掻き分けるように進んで行った。通りすぎると、その背中に向かって何人かが歌を歌いだした。マクダレーナを貶める歌だった。

「マクダレーナは首斬り娼婦、額に印がついている。若い男をつかまえる、男は早くは走れない！」

頭にきて振り向いた。

「それって誰のこと？　さあ、言ってごらん！」

すぐに逃げていった子もいたが、ほとんどの子は突っ立ったまま、にやにや笑いを浮かべてこちらを見つめている。

「誰のことなの？」もう一度言った。

「おまえはフロンヴィーザーのジーモンに、子犬みたいにどこでもついて来るよう魔法をかけたんだ、そして魔女のシュテヒリンともぐるなんだ！」

そう言ったのは、鼻の曲がった、十二歳くらいと見える血色の悪い男の子だった。その子のことは知っている。パン屋のベルヒトホルトの息子だ。マクダレーナの顔を睨みつけてきたが、手は震えていた。

「ふうん、誰がそんなことを言ったの？」マクダレーナはやさしい口調で訊ね、微笑もうとした。

「父さんがそう言ってた」ベルヒトホルトの息子が鋭く言った。「この次は、おまえが薪の山に乗る番だって！」

マクダレーナは子供たちを睨みつけた。「このなかにもそういうくだらないことを信じてる子がいるのかな？　だったら、今すぐ逃げ出したほうが身のためよ、ぐずぐずしてたらゴツンだからね」

ふとある考えがひらめいた。籠に手を伸ばし、砂糖漬けにした果物を一つかみ取り出した。弟妹のためにと市場で買ったものだ。にっこり笑みを浮かべて話を続けた。

「ね、ちょっと教えてくれないかな。教えてくれた子には、これあげるんだけどなあ」

子供たちが近寄って来た。

「魔女からもらうんじゃない！」ベルヒトホルトの息子が叫んだ。「その果物には魔法がかかってて、病気になるぞ！」

不安そうな目つきになる子もいたが、食べたいという欲求のほうがまさった。眼を丸くしてマクダレーナの動きを追う。

「マクダレーナは首斬り娼婦、額に印がついている……」ベルヒトホルトの息子が繰りかえした。が、もう誰も一緒に歌わなかった。

「うるさい、黙れ！」別の男の子がさえぎった。前歯がそっくり欠けている。「おまえんとこの親父、俺がパンを取りに行くと、毎朝酒臭いぜ。酔っぱらって何でもかんでも一緒くたにしてさ。嘘なもんか。さっさと行け！」

パン屋の息子が泣きだし、わめきながらその場から去って行った。何人かが後に続いたが、ほかの子はマクダレーナを取り囲み、催眠術にかけられたようにその手のなかの砂糖漬けの果物を見つめていた。

「それじゃ」とマクダレーナが切りだした。「殺された男の子たちとクララとゾフィーなんだけど、この子たちが産婆のところで何をしていたか、誰か知ってる？　どうしてその子たちはあなたたちと遊ばないの？」

「汚いからさ、むかつくもん」すぐ前にいた男の子が言った。「別にいなくたって何とも思わない。誰も関わり合いになりたがらないし」

「どうして？」マクダレーナが訊いた。

「だって、親のいない孤児で、里子だから！」今度はブロンドの女の子が口をはさんだ。マクダレーナがどういうことかよくわからないという顔をしているように見えたらしい。「それに、向こうもあたしたちとは関わり合いになりたがらないもん。あの子たち、いつもゾフィーと一緒なの。ゾフィーはね、あたしの弟をさんざん殴ったんだよ、魔女よ！」

「でも、グリマーさんちのペーターは里子じゃないわよ。父親はちゃんといたわ……」マクダレーナが口をはさんだ。

「ゾフィーに魔法をかけられたんだ！」歯の欠けた男の子が声をひそめて言った。「あいつ、ゾフィーと一緒にいるようになったら変わっちゃったんだ。キスしたり、お尻を出して見せ合ったり！　一度話してくれたけど、里子どうしで契約を結んでるんだって。ほかの子に魔法をかけて顔にいぼをつけることだってできるし、やろうと思えば疱瘡にもできるんだってさ。マティアスなんか疱瘡で一週間で死んじゃった！」

「みんなシュテヒリンのところで魔法を教わったんだ」後ろのほうにいた小さな男の子が大声で言った。

「みんないつもシュテヒリンの部屋に行ってさ、今度は悪魔が男の子を連れて行った！」別の男の子が鋭く言った。

「アーメン」マクダレーナがつぶやいた。それから、子供たちに秘密を打ち明けるような眼を向けた。

「私も魔法ができるのよ」小声で言う。「本気にする？」聞いていた子供たちが不安そうにほんの少し後ろに下がった。

マクダレーナはいかにも企みごとをする顔つきになり、いくつか謎めいた印を手でつくった。それからこうささやいた。「ほうら、砂糖漬けのお菓子が空から降ってくるぞぉ」

そう言って手にしていた糖菓を大きな弧を描いて空中に放り投げた。子供たちが歓声をあげながらその果物を求めてつかみあいをしているあいだに、家の角を曲がって姿を消した。

一定の距離を保って後をつけている人影があることには気づいていなかった。

「今日はひとつ、おまえのその悪魔の飲み物を飲んでみようかと思う」ヤーコプ・クィズルが、ジーモンがベルトにぶら下げている小さな袋を指さした。ジーモンがうなずき、鍋で湯を沸かしコーヒーの粉を流しこんだ。つーんとした、いかにも元気の出そうなにおいが広がった。クィズルはそれを鼻で吸いこむと、納得の表情でうなずいた。「うん、悪魔の小便と言われて

「そうなんでしょうけど、残念ながらもう確かめようがない」そう言って、舌で唇を舐めた。「日中は職人が現場に出ているし、夜はレヒナーの指示で見張り番が立つことになった。子供たちのことで何か感づいたら、すぐにもレヒナーに知らせて……」

「ゾフィーはマルタと薪の山に、か」クィズルが引き取った。「くそっ、これじゃまるっきり魔法にはまったようなもんじゃないか！」

「そういうことは言いっこなしですよ」ジーモンがにやりとした、が、すぐにまた真顔になった。

「もう一度整理してみましょう。子供たちはたぶんあの建設用地のどこかに身を隠している。そしてそこには何か別の物も埋められている。金持ちの男でも欲しがるような何かが。その何かのためにそいつは金を出して傭兵まで雇った。ゼーマーの酒場のレズルの話によれば、その傭兵たちは先週酒場の二階で誰かと会っていた」

るにしては、悪くないにおいだ」

ジーモンがにやにやした。「頭もすっきりして考えがまとまると思うよ」

クィズルの錫のコップにたっぷりと注いでやった。自分もカップに注いでちびちびと飲んだ。一口ごとに疲れが頭から引いていった。

二人の男はクィズル家の居間で古びた大テーブルをはさんで座り、昨夜の出来事について考えた。妻のアンナ・マリアは、二人だけになりたがっているのを察して、双子を連れてレヒ川へ洗濯に行っていた。部屋のなかは静まりかえっていた。

「クララとゾフィーは絶対あの建設用地にいるな」クィズルがぼそぼそと言い、テーブルの天板を指でこつこつと叩いた。「あそこのどこかに隠れ処があるんだ、それもかなりいい隠れ処だ。でなけりゃ俺たちか、ほかの者にとっくに見つけられてるはずだ」

ジーモンがびくっとした。カップが熱すぎた。

「たぶん依頼人と」

　クィズルは松の木片でパイプに火を点けた。煙草の煙が二人の男の上を天幕のように覆い、コーヒーの香りと混じった。ジーモンが短く咳きこんでから、また話しだした。

「傭兵たちが施療院の建設現場を荒らしたのは、そこで探す期間を長引かせるため——それは理解できます。でも、何で、傭兵は孤児たちを殺害したんでしょう？　意味ないですよ！」

　クィズルはパイプを吸いながら考えこんだ。その眼は遠くの一点に向けられていた。ようやく口を開いた。

「子供らは何かを見たんだ。絶対に明るみに出してはならない何かを……」

　ジーモンが手で額を打った。はずみで残っていたコーヒーをこぼしてしまい、茶色の液体がテーブルの上に広がった。が、今はそんなことはどうでもよかった。

「依頼人だ！　荒らすよう依頼した人間を見たんだ！」

　クィズルがうなずいた。

「それならば、倉庫が焼かれた理由の説明もつく。目撃した子供たちには悪魔は容易に近づくことができた。ペーターのことは川のそばでつかまえた。アントンとヨハネスは嫌われ者の里子ということでたやすい獲物だった。クララ・シュレーフォーグルだけは富豪の子供としてよく護られている。悪魔は、クララが病気で臥せっていることをどこかから嗅ぎつけたんだ……」

「そして、家族や召使いたちを外におびき出すために仲間が倉庫に火を点け、そのあいだに子供を連れに来た」ジーモンが呻いた。「シュレーフォーグルにしてみればただごとではない。倉庫には自分の品物も保管してある。当然大急ぎで川に駆けつける」

　クィズルがあらためてパイプに火を点けた。「クララだけが病気で家で臥せっていた。だが、あの子は逃げおおせた。そして、ゾフィーも……」

ジーモンが勢いよく立ち上がった。「悪魔に見つけられないうちに僕らが子供たちを見つけないと。建設現場は……」

クィズルがジーモンを椅子に引き戻した。

「まあ、落ち着け。あわてることはない。子供らを救えばそれでいいってものでもない、マルタのこともある。それに、死んだ子供たちに魔女の印があったというのも事実だ。それと、前日に子供たちがみんなで産婆のところに集まっていたというのも。選帝侯の執事は明日にも着くかもしれん、レヒナーはそれまでには何としても自白させたがっている。レヒナーの気持ちもわからんでもない。ここで執事が鼻を突っこむようなら、魔女一人ではとどまらないだろうからな。先のショーンガウの大魔女裁判はそんなだったんだ。最終的にこの一帯で六十人以上の女が焼かれた」

クィズルはジーモンの眼を覗きこんだ。

「まずは、この印にどんな意味があるのか見つけ出さないと。それも、大至急だ」

ジーモンが呻いた。「何なんですかね、この印。謎が深まるばっかりで」

ドアをノックする音がした。

「誰だ?」クィズルが声低く言った。

「コストのベネディクトです」不安げな声がドアを突き抜けてきた。「レヒナーの使いです、連れて来るようにと言われて参りました。魔女の面倒をみるようにとのことです。女がうんともすんとも言わないんです、でも、今日のうちに供述させたいとかで。それで今からあなたに治療をしてほしいとおっしゃっています。街の医師が持ってないような本も薬も持ってるだろうからと」

クィズルが大笑いした。

「最初に痛めつけさせといて、今度は治療しろか。で、最後には火を点けろだ。どうかしてるぜ、まったく」

ベネディクト・コストが咳払いした。

「レヒナーは、これは命令だと言ってます」

クィズルは溜息をついた。

「待ってろ、すぐ行く」

そう言って小部屋に行くと、小瓶と坩堝をいくつかつかんで袋に詰め、出発した。

「一緒に来てくれ」とジーモンに言った。「実地の勉強だ。医術は、あんな大学の、人間を四つの液に分類してそれに意味があるとぬかす伊達男連中が紙に書いたものだけじゃないってことを学ぶためだ」

外に出るとドアを閉め、大股に歩きだした。使い番とジーモンが後に続いた。

マクダレーナはゆっくりとバレンハウスの前を通り、市の広場を進んで行った。まわりでは女たちが声高に春の野菜を売っている。タマネギ、キャベツ、走りのカブ。焼きたてのパンや獲れたての活きのいい魚のにおいが漂ってくる。が、マクダレーナの耳には何も聞こえず、鼻は何のにおいも嗅いでなかった。頭のなかの思いは絶えず先ほどの子供たちとの会話へと戻って行った。ふと思いついたことがあり、西のほうへと踵を返すと、キュー門に向かった。売り声や喧噪はすぐに背後に遠ざかり、すれちがう人もまばらになった。

まもなく目当ての場所に着いた。

産婆の家はぞっとするような光景を呈していた。窓は毀されて蝶番に斜めにぶら下がっている。ドアも打ち破られていた。戸口の前には陶器のかけらや砕けた板きれが散乱している。明らかに、この小さな住まいは何度も略奪の標的にされたのだ。なかにはもう金目のものは何も残っていないだろうとマクダレーナは思った。一週間前にここで何があったかを思わせるようなものも。それでも家のなかに足を踏み入れ、あたりを見まわした。

部屋のなかは文字どおり上を下への様相だった。湯沸かし、火かき棒、長持は影も形もなくなっている。

以前マクダレーナが訪れたときに眼にしたことのある綺麗な錫のコップや皿までも。ベンチの下の鶏籠はこじ開けられ、なかにいた鶏は持ち去られていた。部屋の隅に置かれていたキリスト十字架像も蠟燭とマリア像ごとなくなっていた。マルタ・シュテヒリンの持ちもので残されていたのは、めちゃくちゃに壊れたテーブルと、床に散乱した無数の陶器の破片ぐらいのものだった。そのうちのいくつかに錬金術の印がついている。これはたしか、産婆が炉のわきのニッチに置いていた陶器の坩堝に付いていたものだ。

マクダレーナは部屋の真ん中に立ち、空っぽながら、つい先週まで子供たちがここで産婆と一緒に遊んでいた様子を思い浮かべようとした。シュテヒリンが子供たちに恐ろしいお伽噺を話してやっているところ、自分の秘密の知識を教えているところ、薬草やそれを粉末にしたものを見せているところ——ゾフィーなんかは特にそういうものに興味を示したことだろう。

廊下を通って庭へ出た。産婆が捕らえられてからまだ数日しかたっていないというのに、庭がすっかり荒れてしまったような気がした。伸びはじめたばかりの春野菜までが苗床からむしり取られ、かつては立派だった薬草園も荒らされていた。マクダレーナはかぶりを振った。憎しみと欲がこれほどとは。意味のない暴力がこれほどとは！

はっとした。あることを確かめようと大急ぎで部屋に戻った。それがすぐに眼に飛びこんできた。

もっと早くに気づいてよかったのに。もう少しで大笑いするところだった。屈みこんで、それを手に取り、急いで表に出た。外に出て忍び笑いをこらえきれなくなった。まわりの人がびっくりした顔でその姿を眺めやった。

首斬り役の娘と魔女がぐるだというのは前々からみんな感じていた。ほら見たことか、これがその証拠だよ！

マクダレーナはそんな眼差しにひるむことはなかった。なおも笑いながら、レヒ門のほうへは戻らず、そのままキュー門を通って家へ帰ることにした。そこが物寂しい細道であることは知っている。城壁の下に沿って延び、坂道を越えてレヒ川へと下って行く道だ。四月の暖かい陽光を顔に浴びながら門を通りすぎた。門番に声をかけ、ぶらぶらとブナの林を抜けて行った。

こんな単純なことだったんだ。どうしてみんなもっと早くに気づかなかったんだろう？　ずっと眼にしていたはずなのに、何にも見えていなかったんだ。マクダレーナはどうやって父親にこのことを知らせようか、あれこれ考えた。物は手にしっかりと握っている。これがあれば、今日にも産婆は釈放されるかもしれない。いや、釈放とはいかないまでも、拷問は取りやめになって審理をし直すことになるかもしれない。すべてはいいほうに向かうはず、とマクダレーナは確信した。

いきなり後頭部に棒が当たり、前のめりに地面に倒れこんだ。

すぐに手を突いて起きあがろうとしたが、今度は首筋に拳を食らい、またぬかるみに倒れこんだ。顔が水たまりに落ちた。息をつこうとすると、汚物と汚水のにおいが鼻を突いた。陸に上げられた魚のようにもがいた。が、襲って来た者が頭を下へぐいぐいと押しつける。目の前が真っ暗だった。と、ふいにその手が頭を持ち上げた。右耳のすぐそばに声が聞こえた。

「首斬りの売女、俺が何をしようとしているかわかるか。マクデブルクで俺は小娘の胸を抉って食わせたことがある。おまえもそうしてほしいか、ええっ？　だが、その前に俺にはおまえの父親が必要だ。だから、おまえだ、おまえに手伝ってもらう、いいな」

再び頭を強打され、意識が飛んだ。何も感じ取れないままに、悪魔に水たまりから引き出され、川のそばの茂みへと引きずられて行った。

手に握られていたものは水たまりの底に沈み、徐々にぬかるみに埋もれていった。

ヤーコプ・クィズルは気を失った産婆を蘇生させることに奮闘していた。最前まで拷問で痛めつけていたというのに。頭の傷をきれいにし、オークの樹皮でつくった包帯を巻いた。腫れあがった指には黄色い軟膏を擦りこんでやった。クィズルは何度も小瓶の液を口に流しこんだ。が、マルタ・シュテヒリンはなかなか飲み下してはくれなかった。赤茶色の液が唇からこぼれ、床に垂れた。

「それは何？」ジーモンが小瓶を指さして訊ねた。

「オトギリソウとベラドンナとほかにおまえが知らない植物をいくつか混ぜ合わせて煮出したものだ。気を鎮める、それだけのことだ。頭の傷をすぐにきれいにしてくれてりゃよかったのに、くそっ！　炎症を起こしてしまってる。おまえの親父さんは救いようのない藪医者だな！」

ジーモンは何か言いたかったが、反論はできなかった。

「そういう知識はどこから得たんですか？　大学で学んだわけでもないのに、という意味ですけど……」

クィズルは産婆の脚の内出血の様子を調べながら、豪快に笑った。

「大学で学ぶ、だと。へっ！　頭でっかちの医者連中は大学なんていう冷めたところで真実に近づけると思っているみたいだがな、そこには何にもありゃしない！　頭のいいやつが書き、別の頭のいいやつが書き写した本があるだけだ。ほんとうの命、ほんとうの病人ってのはな、こんなふうに自分の目の前にあるんだ。本ばっかりじゃなく、そういう病人を読むんだ。そのほうがインゴルシュタットの大学図書館にまさるものを得られる」

「でも、本も家にいっぱい持ってるじゃないですか」

ジーモンが口をはさんだ。

「ああ、だが、どんな本だ？　大学の埃まみれの教えにそぐわないからと禁止されたり無視されたりした本ばかりだ。スクルテトゥス、パレ、ディオスコリデス、俺に言わせりゃみんな真の学者だ。それにひきかえ、連中はあいかわらず血を抜くだの、尿を見るだの、臭いの強烈な液を信奉するだの、だ。血液、粘液、胆汁、それがすべてってわけだ。人の体はそれで成り立っている、とな。一度でも大学で医学の試験を受けさせてくれりゃ……」

話すのをやめ、かぶりを振った。「なんか、つい昂奮しちまったな。産婆を治さなくちゃいかんのに。治ったら、殺して、それで終いだ」

ようやくクィズルは産婆の診察を終えた。最後に亜麻布を帯状に何本かに裂いて、黄色い軟膏を含ませ、まるごと内出血しているように見える脚に巻きつけた。巻きながら何度もかぶりを振った。

「ひどいことにはならないようにしていたつもりだったんだが、この頭の傷は最悪だ。数時間が山だな。このまま下がらないようだと、マルタには今夜がこの世で最後の夜となるかもしれん」

立ち上がった。

「いずれにしてもレヒナーには、今日は自白を得るのは無理だと伝えなくちゃならん。俺たちには時間ができたってことにはなるが」

クィズルはもう一度産婆に屈みこんで、頭をきれいな藁束にのせた。それから出口へ向かった。ジーモンがなおぐずぐずと病人のそばにとどまっていると、さっさと出るように手で合図した。

「もうこれ以上してやれることはない。何なら教会に行ってお祈りでも唱えるか、ロザリオを繰って祈るかするんだな。俺はこれから家の庭でパイプでも吸いながら考えることにする。そのほうがよっぽどシュテヒリンの救けになる」

あとは振り返ることもなく、監獄を後にした。

ジーモンが自宅に戻ると、父親が居間でワインのコップを前に座っていた。いかにも満足そうな様子で、部屋に入った息子ににこやかに微笑みかけさえした。美味い酒らしい。

「帰って来てくれてよかった。ちょっと手伝ってもらいたいんだ。デングラーのマリアがらい病でな、ビヒラーのゼップが……」

「救けられなかったくせに」ジーモンがいきなり話をさえぎった。

ボニファツ・フロンヴィーザーはわけがわからないといった顔で息子を見た。

「何のことだ?」

「救けてあげられなかったろう。いいかげんなことしかできなくて、これ以上のことはわからないからって首斬りさんに来てもらったじゃないか」

父親が眼を細めた。

「わしが使いを出したわけじゃない、滅相もない」鋭く言った。「レヒナーが望んだことだ。わしに言わせりゃ、あんな藪医者もっと早くに締めつけをきつくしておくべきだったんだ。ああいう怪しげなもぐりの医者がわしらの生業を糞味噌に言うなんてもってのほかだ。学もない男のくせに、笑わせやがる!」

「藪医者? もぐりの医者?」ジーモンは声を張り上げないようにするのがやっとだった。「あの人はね、あんたの好きなインゴルシュタットのろくでなしが束になってかかってもかなわないくらいの知識と理解力を持ってる! シュテヒリンが生き延びたら、あの人のおかげだからね。どうせまた瀉血とか尿を嗅いだりとかしたんだろうけど、そんなの何の足しにもなってないからね!」

父親は肩をすくめ、ワインを啜った。「どのみちレヒナーは、俺のやりたいようにはやらせてくれなかったんだ。あのいかさま師と掛かり合いになるなんて、誰が考えるか……」そう言ってから、顔に笑みを浮かべた。なだめにかかろうとするように見えた。

「それでも金にはなった。それに、産婆が今すぐ死ぬようなことになったとしても、本人にはそれがいちばんいいんだ。な、そうだろう。どっちみち死ぬことに変わりはない。少なくとも、これ以上の拷問と火刑は省かれるんだから」

ジーモンはもう少しで手を振り上げ殴りつけそうになった。どうにかこらえた。

「あんたって人は……」

その先を言おうとしたとき、ドアが激しくノックされた。外にアンナ・マリア・クィズルが立っていた。息を切らし、顔が青ざめている、レヒ門地区からずっと走りどおしだったようだ。

「ヤーコプ……ヤーコプが」つっかえながら言う。「あなたが必要だって。あなたに今すぐ来てほしいって。私が川から子供たちを連れて戻って来たら、あの人、石みたいになってベンチに座って。あんな姿、初めて見ました。ああ、どうか、悪いことでなければいいけど……」

「何があったんです？」ジーモンは大声をあげ、帽子とマントをつかむや、飛び出して行った。

「私には話したがらないんです。でも、マクダレーナの身に何かあったらしくて」

ジーモンは駆けた。父親がかぶりを振りながらドアをぴしゃりと閉めたのは眼に入らなかった。ボニファツ・フロンヴィーザーは腰をおろすと、またワインを飲みだした。三クロイツァーぐらいでは大していいワインは手に入らなかったが、それでも忘れる助けにはなる。

ヤーコプ・クィズルは浮かぬ顔で川沿いのゲルバー地区を歩いていた。自宅まではこの小路をたどればあと数百メートルだ。今しがた、産婆の尋問は無理だということをレヒナーに伝えてきた。法廷書記官は無表情な視線を返し、それからうなずいた。クィズルを非難することはしなかった。ある程度予測はしていたふうだった。

ただ最後にレヒナーは鋭く射抜くような視線を向けてきた。

「クィズル、これでこの先どうなるか、わかっているな？」

「どういうことでしょう、閣下」

「選帝侯の執事が来れば、おまえにはやってもらわねばならないことがたくさん出て来る。心しておけ」

「閣下、もうそろそろ解決がつくかと私どもは……」

が、そう言ったときには書記官はもう背を向けていた。相手の言うことになど興味がないらしい。

木イチゴの茂みをいくつか抜けると、小路から池へと広がる処刑吏の庭はすぐ目の前だ。岸辺の柳が綿状の花穂をたくさんつけている。湿地にはセツブンソウやヒナギクがきらきらと輝いている。薬草の苗床は掘り返されたばかりで、陽を受けて蒸気が立ちのぼっている。この日初めて処刑吏の口許に笑みがこぼれた。と、その表情が一瞬にして凍りついた。

家の前のベンチに男が一人座り、陽の光に顔を向けていた。眼は閉じている。ヤーコプ・クィズルが庭の門にやって来たのを聞きつけると、男はいい夢から目覚めたように眼をしばたたいた。雄鶏の羽根のついた帽子をかぶり血のような赤の胴着を着ている。陽の光をさえぎるように顔にかざした手が白々と照りかえった。

悪魔はクィズルを見つめ、薄く笑った。

「よう、首斬り役人！　立派な庭を持ってるじゃないか！　きっと奥さんが丹精してるんだろうな、それとも娘さんのマクダレーナかね？」

クィズルは庭の門に立ち止まった。さりげなく壁から石を一つ手に取り、ひそかに手のなかでその重さをはかった。過たず当てるには……。

「ああ、そうか、マクダレーナだよな」悪魔が先を続けた。「たいした跳ねっ返りだよな。だが、母親似で上玉ときてる。いやらしい言葉を耳許にささやかれると乳首は固くなるのかな？　ぜひ試してみたいもんだ」

クィズルは手の肉に石の角が食いこむほど固く握りしめた。

「何をしようというんだ？」低声で言った。

悪魔が立ち上がり、窓に寄って、そこに置いてある水差しを手に取った。おもむろに口をつけ、ぐびぐびと飲んだ。雫がきれいに刈りこんだ髭をつたって地面に落ちた。水差しを空にしてしまうと、それを置き、片手で口をぬぐった。

「俺が何をしたいかって？　その質問はむしろ、おまえがどうしたいか、だな。娘にもう一度会いたいかね、それもちゃんとまとまった形で？　それとも、真っ二つのほうがいいか、家畜みたいに切り分けてでもいいか、減らず口の唇を切り取ってからだがな」

クィズルが手を振りあげた。石が悪魔の額めがけてまっすぐに飛んで行く。目にも留まらぬ動きで悪魔が体をひねった。石はむなしくドアに当たった。

悪魔は一瞬驚いたような顔をした。それからまたにやりと笑った。

「首斬り、いい動きをしてるな。気に入った。その腕なら俺と同じように人を殺せそうだな」

いきなりその顔が野獣のような形相に変わった。クィズルは一瞬、こいつは俺を前にして分別を失くしたんじゃないかと思った。しかし、悪魔はすぐに自分を取り戻した。顔が無表情になった。

クィズルはじっと男を見つめた。俺は……こいつを知っている。なぜかはわからない。この顔の記憶を懸命に探った。たしかに見たことがある。どこでだ？　戦争でか？　戦場でか？

いきなり陶器の瓶の割れる音がして、思考が遮られた。悪魔がそれを後ろへ放ったのだ。

「余計なおしゃべりはたくさんだ」声を低めて言う。「いいか、これは俺からの提案だ。宝がどこにあるか教えてくれたら、娘は返してやる。でなかったら……」ゆっくりと唇を舐めた。

クィズルはかぶりを振った。

「宝がどこにあるかなど、俺は知らん」

「なら、探せ！」悪魔が語気鋭く言った。「おまえは頭の切れるやつだと聞いている。なら、何かしら考えつくはずだ。俺たちはあの土地をくまなく掘り返したが、何も見つからなかった。だが、宝はあそこにあるにちがいないんだ！」

クィズルは口が渇いてきた。あわてるな。時間をかけて、ゆっくりとだ。こいつがもっと近くに来たら……。

「首斬り、変な気は起こすなよ」悪魔がささやく。「可愛い娘のことは仲間がちゃんと見てくれている。あと半時間のうちに俺が戻らなかったら、手筈どおりのことをやることになっている。仲間は二人だ、せいぜい楽しむだろうよ」

クィズルは両手をあげ相手をなだめようとした。

「役人はどうする？」と訊いた。時間をかけるんだ。喉がざらついているような気がした。「建設現場は昼も夜も見張りがついている」

「俺の知ったことか」悪魔が身を転じ、歩きだそうとした。「明日、同じ時間にまたここに来る。宝を手に入れておくんだぞ、さもないと……」

悪魔は、悪しからずというふうに、肩をすくめて見せた。それから池のほうへ歩いて行った。

「あんたらの依頼人は？」クィズルが後ろから声をかけた。「黒幕は誰なんだ？」

悪魔が振り返った。「本気でそれを知りたいのか？あんたらの街が怒りに包まれるだけだぞ、そのぐらいわかるだろう？　宝を渡してくれたら話してやるさ。もっともそのときにはくたばってるかもしれんがな」

悪魔は緑の湿地をずんずんと進んで行き、塀を飛び越えるとすぐに川辺の木立のなかに姿を消した。

ヤーコプ・クィズルはベンチに座りこみ、遠くを見つめた。しばらくして、ようやく手から血が滴っているのに気づいた。石を固く握りしめていたために、その角が刃物のように肉に食いこんだのだった。


ヨハン・レヒナーはバレンハウスの上の階で机に向かい書類の整理をしていた。次の参事会の準備である。少し時間を長めにとり、これを最後にしようと考えていた。書記官は己れの信念をまげるつもりはなかった。選帝侯の執事ザンディッツェル伯爵閣下がこの街に来てしまえば、レヒナーの権力は終わりになる。単に名代としての役割を果たすだけとなる。ザンディッツェル伯はやるからにはとことんやるはずだ。一人の魔女で済ませるとはとうてい思えない。すでに往来では騒々しさが増し、レヒナーに直接、シュテヒリンがうちの子牛に魔法をかけただの、収穫物を雹で台なしにしただの、女房を子供の出来ない体にしただのと言って来る者も一人や二人ではなくなっていた。今朝はシュタインガーデンのアグネスに路上で袖をつかまれ、隣のコールハースのマリアも魔女よと、ワインの染みこんだ息を耳許に吹きかけられた。昨夜その女が箒にまたがって空へ飛んでいくのを見たの。レヒナーは溜息をついた。事態が悪化したら、ほんとうに処刑吏のやることがいっぱいになる。

参事会員の第一陣が暖房のきいた部屋に到着した。高級なローブに身を包み毛皮の帽子をかぶって、所定の椅子に座った。市長のカール・ゼーマーが横から値踏みするような視線をレヒナーに向けた。第一市長でありながら公務においては全面的に書記官を頼りにしている。だが今回ばかりは、レヒナーが思ったほどのことをしてくれていない。ゼーマーが書記官の袖をつまんだ。

「シュテヒリンのことで何か新しいことはありますか?」小声で言った。「自白してくれましたか?」

「もうすぐです」レヒナーはまだ署名しなくてはならない文書があるようなふりをした。書記官は、自分の出自を笠に着るしか能のないこの手の肥った胡椒袋が嫌いだった。レヒナーの父親も書記官だったし、大叔父もそうだったが、自分より前の法廷書記官でこれほどの権力を握った者はいなかった。地方判事の職はもう長いこと空席になっており、選帝侯の執事がほんのたまにこの街にやって来るだけだ。レヒナーには、実際には書記官たる自分自身が実権を握りながら、都市貴族と称される富豪たちにこの街を治めているのはあなたがたですと思いこませるだけの賢い頭があった。

だが、今その権力が揺らぎかけているように見える。そしてそれを参事会員が感じとっている。


レヒナーはなおも書類の整理を続けた。それから眼をあげた。富豪たちが期待のこもった眼差しをレヒナーに向けた。レヒナーの左右に四人の市長と診療所の管理人が着席し、その後にほかの常任、非常任の参事会員が続いた。

「早速、議案に入りたいと思います」レヒナーが切りだした。「私が今回の参事会を召集いたしましたのは、街が苦境に陥っているからであります。残念ながら、マルタ・シュテヒリンに話をさせるには今のところ至っておりません。本日早朝、この魔女は再度気絶してしまったのです。リークのゲオルクが女の頭に石を命中させまして……」

「何だってそんなことが起こるんだ?」老アウグスティンが話をさえぎった。その見えない眼がレヒナーをぎろりと睨んだ。「リーク本人は倉庫を焼いたかどで閉じこめられているんだぞ。どうやってシュテヒリンに石を投げつけられるんだ?」

レヒナーは溜息をついた。「とにかくそういうことが起こったのです、いたしかたありません。いずれにしてもシュテヒリンは意識を回復していません。みずからの行いを自白しないうちに悪魔がこの女を連れに来たこともありえます」

「いっそのこと、あの女が自白したことにしては？」市長のゼーマーがぶつぶつと言い、禿頭の汗を絹のハンカチで拭いた。「そうすれば焼けるんですから、街の安泰のために死んでもらいましょう」

「市長どの」レヒナーが語気鋭く言った。「そんなことをしたら神ばかりか選帝侯閣下をも欺くことになります！　尋問には常に立会人に同席していただいてます。その方たち全員にも偽りの宣誓をせよとおっしゃるのですか？」

「いえ、私はただ……今申しましたように、ショーンガウの安泰のためと思って……」第一市長の声がだんだん小さくなり、しまいに消え入るように聞こえなくなった。

「選帝侯の執事の到着はいつになると見こんでおかねばならないのですか」アウグスティンがまた質問した。

「私から使者を送りました」とレヒナー。「今の様子ですと、ザンディツェル伯爵閣下は明日の午前中には私どものもとにお着きになられるものと思われます」

会議室内に呻き声があがった。富豪たちには、その先自分たちを待ち受けているものが何かわかっている。選帝侯の執事がお供ともども数日間、いや何週間もここに滞在することになったら、その間の賄いのために街は厖大な負担を強いられるのだ！　魔法に絡んでいそうな者を男女かまわず片っ端から延々と尋問することになるのは言うまでもない。真に罪ある者が捕らえられないかぎり、街の住民の誰もが悪魔と通じている可能性があるというわけだ。参事会員とてもその妻も含め……前の大魔女裁判では名望家の妻も数人それに該当した。悪魔は飲み屋の下女と女主人、産婆と市長の娘に区別をつけなかった。

「倉庫への放火のかどで拘禁した、あのアウクスブルクの荷運びはどうなってますか？」今度は第二市長のヨハン・ピュヒナーが、いらだたしげにテーブルを指で叩きながら訊ねた。「何か関わりはあったんですか？」

レヒナーはかぶりを振った。

「私がじきじきに聴取しました。彼は無実です。それゆえ今朝、いくつかきついことを申し渡したうえで釈放しました。今回のことで少なくとも今後しばらくはアウクスブルクもそう面倒なことは言ってこないでしょう。当然の報いです。ただ、あの荷運びは、傭兵が倉庫に何かしていたのを目撃しています」

「傭兵だと？　どんな傭兵だ？」アウグスティンが訊いた。「なんかやたらとこんがらかっていくな。レヒナー、どういうことかみんなにわかるよう説明してくれ！」

レヒナーは建設用地での処刑吏との会話について参事会員に話したほうがいいかどうか考えた。やめておこう。事件はすでにして充分複雑になっている。レヒナーは肩をすくめた。

「そうですね、略奪行為を働くルンペンどもが私たちの倉庫に火をつけたと言えばいいでしょうか。そのルンペンどもは施療院の建設現場も荒らしました」

「そして、あちこちうろついて、子供たちを殺し、その肩に魔女の印を描いた」アウグスティンが口を差しはさんだ。その間、杖でじれったそうに高価な桜材の床を叩いている。「あんたが言いたいのは、そういうことかね？　レヒナー、しっかりしてくれ！　魔女はもう私らの手中にあるんだ、あとは自白させればいいだけなんだ！」

「あなたは誤解されてます」法廷書記官は盲目の富豪をなだめにかかった。「火を放ったのはたぶんこの傭兵たちでしょう。しかし、子供たちが死んだのは明らかに悪魔とその協力者のせいです。証拠は明白です。実はシュテヒリンのところから魔法の薬草が見つかりました。子供たちは頻繁にこの女のもとに出入りしていて、この女が子供たちに魔法の秘術を教えていたのを目撃したという住民もいます……私たちに必要なのはこの女の自白に尽きます。カロリナ刑法に、誰であれ自白した者こそは有罪に処される、とあるのはみなさんもよくご存じかと思いますが」

「あんたにカール五世の刑事裁判法について教えてもらわんでも、そんなのは百も承知だ」アウグスティンはぶつぶつとつぶやいた。その盲目の眼は遠くに向けられ、鼻翼が遠くのにおいを嗅ぎとったかのようにふくらんだ。「焼かれる女の肉のにおいがする、七十年前と同じように。そういえば、地方判事の妻もあのときは薪の山でその命を吐き出した……」

盲人の頭がオオタカのそれのように法廷書記官のほうにさっと向けられた。書記官は自分の書類に向かいながら、低い声で言った。「私の妻は、みなさんご承知のように三年前に亡くなりました、今さら疑念も何もないでしょう。それへのあてこすりならということですが……」

「では、魔女を水による神明裁判にかけるというのはどうなんです？」診療所の管理人ヴィルヘルム・ハルデンベルクが唐突に口をはさんだ。「アウクスブルクでも何年か前にそれをやっています。魔女の手の親指を足の指に結びつけて、水のなかに放りこむんです。魔女が水面に浮くようなら、それは悪魔が助けているのであり、魔法の証明になります。沈んでしまえば無実ですが、それはそれで女はいなくなるわけですから……」

「おい、ハルデンベルク」アウグスティンが怒鳴った。「おまえ、耳が聞こえてるのか？　シュテヒリンは気絶してるんだぞ、当然、石みたいに沈んでいくさ！　今どきそんな神明裁判を誰が信じるって？　少なくとも選帝侯の執事は信じないぞ！」

ヤーコプ・シュレーフォーグルがこのとき初めて発言を求めた。「アウグスティン、あなたは子供たちを殺したのが傭兵だと考えるのは間違ってるとお思いになってるようですが、それはどうしてですか？　うちのクララがいなくなったとき、私の家から人影が飛び出たのを見たという人が何人もいます。その男は血のような赤の胴着をまとい、羽根のついた帽子をかぶっていたそうです、傭兵がかぶるようなやつです。そして足を引きずっていました」

「悪魔だ！」うとうとと居眠りしながら昨夜の酔いを醒ましていたパン屋のベルヒトホルトがびくっと目を覚まし、十字を切った。「聖母マリア、われらとともにあれ」

ほかの参事会員も声低くせわしなく短い祈りを唱え、十字を切った。

「悪魔、悪魔って。まあ、せいぜい言い立ててればいいさ！」ヤーコプ・シュレーフォーグルがぶつぶつとつぶやく声のなかに呼びかけた。「そいつがすべての解決の鍵なんです。一つこれだけははっきり言えます！」シュレーフォーグルは立ち上がり、憤慨して一同を見まわした。「うちのクララはヤギの脚をした怪物に攫われたのではなく、肉も血もある人間に攫われたんです。悪魔ならわざわざドアを破ることなどしないでしょうし、窓から飛び降りたりもしません。安っぽい兵隊帽をかぶることも、ゼーマーの居酒屋で大ジョッキ片手に傭兵たちと落ち合うこともしないでしょう」

「何で悪魔がわしの店に出入りするって話になるんだ？」ゼーマー市長が勢いよく立ち上がった。頭が真っ赤に染まっている。玉の汗が額から滴り落ちた。

「しらじらしい嘘を、賠償ものだぞ！」

「医者の息子さんが話してくれました。うちのクララを攫っていったのと同じ男がおたくの店の上の個室に姿を消したと」シュレーフォーグルはおだやかに市長の眼を覗きこんだ。「誰かとそこで会ってたのです。ひょっとして、あなたですか？」

「あのフロンヴィーザーのやつ、黙らしてやる、あんたもだ！」ゼーマーが拳でテーブルを叩いた。「私の店をそんなでたらめ噺のだしにするなんて許さん」

「カール、まあ落ち着いて、座りなさい」アウグスティンの声が低いながら鋭く響いた。ゼーマーは一瞬呆気にとられ、それから自分の席に腰をおろした。

「では、どういうことか話してもらおうか」アウグスティンが続けた。「今のはただの臆測なのか、それとも……？」

市長のカール・ゼーマーは眼をぎょろつかせ、ワイングラスをぐいと呷った。明らかに言葉を探している。

「そうなのか？」第二市長のヨハン・ピュヒナーも問いかけた。ハルデンベルクも名望ある〈明星亭〉の亭主のほうを向いた。「カール、ほんとうのことを言ってくれ。あんたのところで傭兵たちが会っていたのか？」

参事会のテーブルにざわめきが起こった。非常任の参事会員が数人、後ろのベンチで議論を始めた。

「これはまったくもって根も葉もない嘘であります！」ようやくゼーマー市長が語気鋭く言い放った。「何人か汗が奔流となってレースの襟に落ちていく。「何人かの元兵士が私の〈明星亭〉にいたことはあるかもしれませんが、それをきちんと確認することは無理というものです。ただ、そういう連中が上に行ったとか、ましてや誰かと会っていたなどという事実はいっさいありません」

「なら、それでいいだろう」アウグスティンが言った。

「それでは重要な案件に戻りましょう」その見えない眼が書記官のほうを向いた。「レヒナー、次は何ですか？」

ヨハン・レヒナーは両側にいる参事会員の途方にく

れた顔を覗きこんだ。

「正直、どうしたものか、今は何とも。ザンディッツェル伯爵は明日の午前中には当地に到着します。それまでに話さなければ、大変なことになります……産婆が今夜はみなさんに祈っていただくしかないかもしれません」

そう言って立ち上がると、鵞ペンとインクを仕舞いこんだ。ほかの会員もためらいつつ立ち上がった。

「私は今から伯爵の出迎えのための準備にかかります。みなさんも応分の負担のほどお願いいたします。魔女の裁判に関しては……ひたすら望みをつなぐことしかできません」

レヒナーは挨拶もせずに外へ急いだ。参事会員は議論しながら二人三人ずつ後に続いた。二人の富豪だけが会議室に残った。明らかにすべき重要なことがまだ残っていた。


悪魔はマクダレーナの衣服にゆっくりとその骨の手を這わせた。胸から首、そして細い顎へと。その手が唇まで来たとき、マクダレーナは眼を剝いて顔をそむけた。悪魔は薄笑いを浮かべ、マクダレーナの顔を自分のほうに向けなおした。森のなか、マクダレーナは縛られて地面に転がされ、口には汚らしいぼろ切れが猿ぐつわとして咬まされている。怒りの眼差しでマクダレーナはその男を見すえた。悪魔が投げキスを送ってよこした。

「おおいにけっこう。そうやって元気にしてててくれたほうが、後々俺たちの楽しみも増えるというものだ」

二人の後ろに男が一人現れた。傭兵のハンス・ホーエンライトナーだ。注意深く近づいてから、立ち止まって咳払いした。

「ブラウンシュヴァイガー、そろそろここから姿を消したほうがいいんじゃないか。クリストフが向こうの街に行って来た。人の話じゃ、伯爵が明日、魔女のことでやって来るそうだ。そうなったら、ここは兵士でいっぱいになる。この娘とここで楽しんで、あとはさっさと行っちまおうぜ。アンドレが死んじまったんだ、もうたくさんだ」

「ふん、じゃ、宝は？　宝はどうするんだ？」

ブラウンシュヴァイガーと呼ばれた悪魔が振り向いた。その口もとがぴくっと引きつった。

「宝のことは忘れたって言うのか！　それに、あの胡椒袋にはまだどっさり貸しがあるんだ！」

「金なんぞ糞くらえだ。やつからは昨日、建設用地を荒らしたのと倉庫の火事に対する残りの二十五グルデンをもらったじゃないか。これだけありゃ充分すぎるほどだ。これ以上ここで稼ぐこともない」

もう一人の傭兵、クリストフ・ホルツアプフェルがホーエンライトナーのかたわらに歩み寄った。黒い長髪がだらしなく顔にかかっている。縛られて地べたでのたうっているマクダレーナを盗み見た。「ブラウンシュヴァイガー、ハンスの言うとおりだ。行こうぜ。宝なんてないんだ、もうさんざん探したんだ。あのいまいましい建設用地をくまなくな！　石だって一つ残らずひっくり返した！　明日になったら伯爵の家来どもがここの森をうろつきまわる」

「先へ行ったほうがいいな」ホーエンライトナーが言う。「俺にとっちゃ自分の首のほうがグルデン金貨より大事だ。アンドレはやられちまったし――神に呪われし魂に安らぎを――あんまりいい徴候じゃない。が、その前に少しくらいは楽しみたいもんだな……」そう言ってマクダレーナのほうに屈みこんだ。あばた面がマクダレーナの口のすぐ上に現れると、焼酎とビールの酒臭い息がにおった。男の唇がゆがんだ笑いになった。

「おい、可愛いの、股のあいだに痛みが走るのも感じてみるか？」

マクダレーナの頭が前方へ跳んだ。額がハンスの鼻にまともに当たり、熟した実のようにぱっくりと割れた。血が噴き出した。

「あばずれめ！」傭兵は泣き顔になって鼻を押さえ、娘の腹に一蹴り入れた。マクダレーナは身を縮め、痛みをこらえた。こいつらに叫ぶのを聞かれてはならない。今はまだ。

ハンスが二度目の蹴りを入れようとしたとき、悪魔が引き止めた。

「やめろ、きれいな顔が台なしになる。そうなったらこいつとのお楽しみも半減しちまうだろう？　いいか、言っとくがな、まず俺が手本を見せてやる、地獄の魔王ですら反吐を吐くような……」

「ブラウンシュヴァイガー、そりゃ病気ってもんだ」ホルツアプフェルが不快げにかぶりを振った。「俺たちはこの娘とほんのちょっと楽しみたいだけだ。おまえがランツベルクに残してきたようなあんなひどいことは俺はたくさんだ」そう言って身をそむけた。「何考えてるんだか。遊ぶだけ遊んで、さっさとここから姿を消そうや」

マクダレーナが身を縮めた。次の一撃に備えて身構えた。

「今はまだだめだ」悪魔がつぶやいた。「宝を手に入れるのが先だ」

「おい、ブラウンシュヴァイガー！」ホーエンライトナーが言いながら、なおも血の流れる鼻を押さえた。「宝なんてないんだ！　病気の頭にそういうのは入っていかないのか？」

悪魔の口もとがまたぴくぴくと動きだした。内部の緊張をほぐそうとでもするかのように頭を大きくまわした。

「ホーエンライトナー、二度と俺を……病気だなどとぬかすな。二度と……」その視線が二人の傭兵のあいだを素早く行き来した。「いいか、おまえたちに言っておく。俺たちはもう一晩ここにいる。一晩だけだ。

おまえたちはこの娘を連れて安全な場所へ行け、宝は俺が明日の朝までに持って来る。ドゥカーテン金貨がどっさり手に入るんだ、それで糞をひれるぐらいにな。この娘をもてあそぶのはそれからだ」

「もう一晩だと?」ホーエンライトナーが訊いた。悪魔がうなずいた。

「どうやってその宝を見つけるつもりだ?」

「それは俺にまかせておけ。おまえたちはただこの娘を見張ってればいい」

ホルツアプフェルがまた近寄って来た。

「ふん、で、俺たちはどこに隠れてりゃいいんだ?明日はこのへん一帯は兵士どもがうじゃうじゃいるんだぜ」

悪魔が薄く笑った。

「俺が安全な場所を知ってる。そこなら見つかることはない。それに眺めもいいしな」

その場所を教えると、悪魔は街へ向かった。マクダレーナは唇を嚙んだ、涙が頰をつたって落ちた。傭兵に見られまいと懸命に顔をそむけた。泣いているところを見られてはならない。

二人の男が建設用地のへりに立ち、職人が仕事をしているのを眺めている。左官や大工の何人かが二人に手を振り挨拶して来た。二人がここで何をしているのか多少訝しく思ったかもしれないが、誰も疑念は持たなかった。わきから眺めている二人はこの街の名士だからだ。どうやらこの二人は建築作業を概観したいだけらしい。

ここ数日の破壊を思わせるようなものはもうほとんどない。施療院の壁は新たに築き上げられ、礼拝堂の基礎には真新しい小屋組みが聳えている。二人の番人が敷地の真ん中にある井戸のへりに座り、サイコロで暇をつぶしている。法廷書記官の指示を受けて、敷地内を四六時中監視することになったのだ。また書記官の命令は例によって徹底していた。役人用に特別に雨露を凌ぐ板張りの小屋が建てられたのだ。小屋の外壁の鉤にランタンが掛かり、そのそばには鉾鑓が二本立てかけられている。

「で、おまえたちはほんとうに全部探したのか？」年嵩の男が訊いた。

若いほうがうなずいた。「ああ全部、隅から隅まで何度もな。ほかに探せるところが残ってるとは思えないくらいに。でも、あれはここのどこかにあるにちがいないんだ！」

もう一方の男が肩をすくめた。「あのどケチが嘘をついたのかもしれんな。臨終の床でろくに考えもなく口から出まかせに言っただけかもしれない。熱にうかされた夢物語、それにまんまとはめられた……」

年嵩の男が突然呻き声を発し、脇腹を押さえた。しばらく前かがみになっていたが、やがて痛みが治まったらしく、身を転じて歩きだした。

「どっちにしても、もう過ぎたことだ」

「過ぎたこと？」若いほうがその後を追った。肩につかみかかると、相手を自分のほうに向けた。「過ぎたとはどういう意味だ？ 俺たちはまだ探せる。俺はまだ傭兵たちに全部は払ってないんだ。もう数グルデン出せば、やつらは全部毀して豚みたいにほじくり返してくれるさ。宝はここのどこかにあるんだ！ 俺の……俺の感覚がそう言ってる！」

「ばかばかしい、もう済んだことだ！」年嵩の男が若い男の手を不快げに肩から押しのけた。「この敷地には監視がついた。おまえは埃を巻きあげすぎた。傭兵を雇ったのがおまえだというのをレヒナーは知っているんだ。首斬りとフロンヴィーザーの若いのもおまえの後をつけまわしている。二人はあちこちで嗅ぎまわってるんだ。司祭のところにまで行ったんだぞ！ わしらは危険を冒しすぎた。この件はもう終わったんだ、これを限りに！」

「しかし……」若いほうがまた相手をつかんだ。年嵩の男がいまいましげにかぶりを振り、また脇腹を押さえた。呻き声が洩れた。

「わしは今ほかのことで目がまわるほど忙しいんだ。おまえが雇った傭兵のせいで明日伯爵をお供ともどもこの街に迎えることになった。裁判も大きなものになるかもしれん。また薪の山が焼かれる。ショーンガウの破滅だ。何もかもおまえのせいだ。このまぬけめが！　わしは恥ずかしい。おまえのことで、わしらの家族のことで。さあ、もう放せ。わしは行きたいんだ」

年嵩の男はしっかりとした足どりでその場から去って行った。若いほうは建設用地のぬかるみに一人残された。泥濘が磨きあげられた革のブーツのまわりに浮きあがる。俺はあきらめんぞ！　目に物見せてやる！　憤激の大波が襲ってきた。

職人の何人かが男に手を振ってきた。男もそれに手を振って返した。憎しみでこわばった男の顔は職人たちには見えなかった。

14

一六五九年四月三十日、月曜日、午後二時

ジーモンはアンナ・マリア・クィズルと一緒にヘンネ小路をレヒ門に向かって走り、さらにゲルバー地区を抜けた。マクダレーナの身に何かあったようだという知らせに、自分でもびっくりするほどの速さで走っていた。すぐにアンナ・マリアを置いてきぼりにしてしまった。心臓が激しく打ち、口のなかには金属の味が溜まっていく。それでも途中立ち止まることなく、処刑吏の家に着いた。家は昼下がりの陽を浴びて建ち、アトリが数羽、庭のリンゴの木でさえずっている。遠くから筏師の掛け声が聞こえてきた。それ以外は静まりかえっている。家の前のベンチに人影はなく、表のドアはいっぱいに開いている。リンゴの木に無人のブランコが下がり、風にかすかに揺れていた。

「まあ、子供たちは！」アンナ・マリアがジーモンに追いついた。「子供たちまでがいなくなった……」

終いまで言わないうちに、ジーモンのわきをかすめて家のなかへ駆けこんだ。ジーモンがその後に続いた。居間に入るや、ミルクの海に座る二人の六歳の無垢の天使に出くわした。そのそばに瓶が毀れて転がっている。双子は陶器の深皿から蜂蜜を指で掬いとっているところで、頭から足まで全身真っ白だった。小麦粉の樽までひっくり返っていた。

「ゲオルク、バーバラ、何考えてるの、あんたたち……」

アンナ・マリアは小言を言って叱りつけようとしたが、双子の無事な姿を見てほっとした気持ちのほうが大きかった。大笑いした。が、すぐに気を取りなおしジーモンはすぐには何も答えず、じっとアンナ・マリアを見つめていた。頭のなかをいろんな思いが駆けめぐった。今にも飛び出して行って行動を起こしたかったが、何をすればいいのかわからなかった。マクダレーナはどこにいるんだ？　クィズルは？　マクダレーナのことを捜しに行ったのか？　ということは、悪魔がマクダレーナをどこへ連れ去ったか、心当たりがあるということか？　やつはマクダレーナをどうしようというんだ？

「僕は……僕には、はっきりしたことは何も言えません」ようやくもごもごと言った。「ただ、死んだ子供たちに関わりのある男がマクダレーナを連れ去ったということじゃないかと」

「ああ、何てこと！」アンナ・マリアが両手に顔をうずめた。「でも、どうして？　何で？　その男はうちの娘をどうしようというの？」

「ご主人に脅しをかけるつもりなんだと思います。二

た。

「上のベッドに行きなさい。しばらくは顔も見たくないからね。あんたたち、自分でしでかしたこと、見てごらん！」

悪いことをしたとわかって、双子はのそのそと上に行った。アンナ・マリアはミルクを拭き取り破片や小麦粉を掃き集めながら、もう一度ジーモンに何があったか手短に伝えた。

「私が家に戻って来たら、あの人が石みたいになってベンチに座ってたんです。どうしたのって訊いたら、ただ、マクダレーナがいなくなった、悪魔があの子を連れて行ったって言うだけで。ああ、悪魔だなんて、何てこと……」

破片を無造作に隅に捨て、手で口を押さえた。眼から涙があふれた。立っていられなかった。

「ジーモン、それって、いったいどういうことなの、ね、教えて！」

人でそいつのことを追ってたんですが、それが気に入らないんでしょう。よけいな真似をするなということかもしれません」

アンナ・マリアが期待に満ちた眼差しを向けて来た。

「じゃ、あなたたちが言われたとおりにすれば、マクダレーナは返してもらえるの？」

ジーモンは即座にうなずき、娘さんはすぐに戻って来ますよと言って慰めてあげたかった。が、できなかった。立ち上がると、ドアに向かった。

「あの子、戻って来ますよね？」アンナ・マリアの声は哀願の響きを帯びていた。ほとんど叫びに近かった。ジーモンは振り返らなかった。

「僕には何とも言えません。あの男は病的なところがあり、悪人そのものです。早く見つけないと、殺しかねません」

ジーモンは庭に出ると街へと急いだ。双子がまた泣きだしたのが背後から聞こえてきた。二人は階段の上に身をひそめ、聞き耳を立てていたのだ。何のことか頭では理解できなくとも、何かとても悪いことが起こったということを感じ取ったのだ。

ジーモンはとりあえずは当てもなくゲルバー地区の小路を抜け、それから川沿いを歩いた。頭のなかを整理しなくてはならない。レヒ川のゆったりとした流れがその助けになった。考えられるのは二つ。悪魔がマクダレーナを閉じこめている隠れ処を自分で探すか、悪魔に依頼した者を見つけ出すか、そのどちらかだ。依頼主がわかればこの誘拐は解決されるような気がする。マクダレーナがまだ生きていればの話だが……。

悪寒がジーモンの背筋を貫いた。愛する娘が喉を掻き切られて川に浮かぶさまが目の前に浮かび、思考が停止してしまった。そんなことを考えてはいけない。そんなことを考えたって何にもならない。マクダレーナは悪魔の人質だ、その人質にそんなに早々と見切りをつけることはないはずだ。

ジーモンには、悪魔がマクダレーナを隠すような場所の心当たりはまったくなかった。だが、依頼主のことならあの子たちが教えてくれるかもしれない。あの子らの居場所は？　建設用地のどこか。どこだ、いったい？

（くそっ、どこなんだ？）

もう一度ヤーコプ・シュレーフォーグルを訪ねてみることにした。何と言ってもあの地所はかつてはその父親のものだったのである。もしかすると、クィズルと二人で行ったところのほかに隠れ処になりそうなところを知っているかもしれない。

半時間後には市の広場に戻っていた。売り台はどこも閑散としている。昼下がりともなると、もうみんな買い物は済ませた後だ。商いに来ていた女たちが売れ残った野菜を籠に詰めたり、それまでずっと売り台のそばにいるよう言われ駄々をこねはじめた子供たちの相手をしたりしている。地面には馬糞や牛の糞尿に混じって萎れたサラダ菜や腐ったキャベツが落ちていた。人々はみな家路に急ぐ。明日は五月一日、多くの人にとっては今から休日が始まるのだ。それに五月祭の準備もある。バイエルンのほかの村や都市同様、ショーンガウも明日は夏の始まりを祝うのである。今夜は愛し合う者たちのものだ。ジーモンは眼を閉じた。この五月祭はマクダレーナと一緒に過ごすつもりでいたのだ。喉の詰まる思いだった。考えれば考えるほど不安が体のなかに広がった。

そういえば、とふと思いついたことがあった。今夜はまったく別の祝いごとがある。どうしてこんな大事なことを忘れていたのだろう。四月三十日から五月一日にかけての夜はヴァルプルギスの夜なのだ！　魔女たちが森のなかで踊り、悪魔とまぐわう。ドアの前に塩を置いたり窓に印をつけたり呪文を唱えたりして悪に備える人たちは少なくない。あのおぞましい殺人と奇妙な印はやはりこのヴァルプルギスの夜と関係があったのだろうか？　自分までそんな疑念を抱くようでは、多くの人たちにとって今夜は砦のなかの魔女とされている人にとどめを刺すきっかけになるのではないかと思えてきて、ジーモンは不安になった。時間がどんどん過ぎていく。

公爵邸を過ぎバウエルン小路に入ると、シュレーフォーグルの家はすぐ目の前だ。上のバルコニーに下女が立っていて、ジーモンに不信の眼差しを向けてきた。首斬り役の娘との色恋沙汰はすでにあちこちで噂になっていた。ジーモンがその女に手を振ると、女は挨拶もせず、若旦那に取り次ぐために家のなかに消えた。

まもなくヤーコプ・シュレーフォーグルがみずからドアを開け、ジーモンを請じ入れた。

「ジーモン、嬉しいね！　私に対する疑惑は消えたってことだろう。で、うちのクララについて何か新しいことがわかったのかな？」

ジーモンは一瞬、この富豪をどこまで信用していいものか考えた。ヤーコプ・シュレーフォーグルが今回の件でどんな役割を演じているのか、今も確たる自信を持てずにいた。そこで、それについては手短に話すにとどめることにした。

「傭兵が子供たちを殺したのは、見てはならないものを子供たちが見てしまったからだと私たちは思っています。でも、それが何なのかはわかりません」

富豪がうなずいた。

「それは私も考えました。でも、参事会はあなたたちの言うことを信用はしないでしょうね。今日の午前中にまた会議が開かれたんです。お偉方はさっさと片をつけたがっています。時間が差し迫っている今となっては、あの人たちには悪魔に魔女がくっついて一つの絵に収まってくれたほうがいいんです。明日には選帝侯の執事も到着します」

ジーモンはぎくりとした。

「明日には到着？　それじゃ思っていたより時間が少なくなる」

「それに、ゼーマー市長は、自分の店の個室で傭兵が誰かと会っていたということについては頑強に否定しています」とシュレーフォーグルは続けた。

ジーモンはそれを笑い飛ばした。

「嘘だ！　ゼーマーのところの下女のレズルが僕に話してくれたんだ。彼女は傭兵の特徴をつぶさに話すことができたんだ。絶対にそいつらは上に行った！」

「レズルの言ったことが嘘だったら？」

ジーモンはかぶりを振った。

「彼女は絶対の自信を持っていた。嘘をついているのは市長のほうだ」そう言って溜息をついた。「誰を信用していいのかだんだんわからなくなってきた……でも、今日来たのは別のことでなんです。クララとゾフィーの隠れ処についてなんですけど、ある程度の当たりがついた」

シュレーフォーグルがジーモンの面前に迫り、その肩をつかんだ。

「どこだ？　教えてくれ、どこなんだ？　あの子を見つけるためだったら何でもする」

「いや、その、施療院の建設用地に潜んでるんじゃないかと思ってるんですが」

シュレーフォーグルが信じられないというふうに眼をしばたたいた。

「建設用地？」

ジーモンがうなずいて、控えの間をせわしなく行きつ戻りつしはじめた。

「死んだ子供たちの爪に粘土がついているのを見つけたんです。施療院の建設用地のものと思われます。子供たちがその隠れ処で何かを見て、怖くなって出てこれなくなっているということは充分ありえます。ただ、いくら探しても、何も見つからなくて」

そこまで言ってシュレーフォーグルのほうに向きな

おった。

「子供たちが隠れていそうなところ、どこか心当たりはありませんか？　亡くなった親父さんが何か話していたとか？　洞穴なんかは？　基礎の下に穴があるとか？　あの土地には以前は別の建物が建っていたんですよね。そこに地下室があったという可能性はありませんか？　司祭は異教徒の時代の古い祭壇のことを話してましたけど……」

シュレーフォーグルはストーブのわきの椅子に腰をおろし、しばらく考えていた。そして首を振った。

「私にわかるはずはない。あの土地はもう何代も前からわが家のものだったんです。たしか私の曾祖父母がそこを牛や羊の放牧地にしていました。私の知っているかぎりでは、ずっと前に礼拝堂か教会が建っていました。祭壇用の石か何か、そういうのもありました。でも、ずっと昔の話です。あの土地は、私が焼き窯を造ろうと思うようになるまでは、家族の者は誰一人関わり合うことはなかったんです」

と、ふいにその眼が輝きを帯びた。

「この街の記録簿なら……それなら何か記帳されているかもしれない」

「街の記録簿？」ジーモンが訊く。

「ええ、契約とか、売買とか、贈与品とか、そういうものについては記録簿に記帳することになっているんです。ちょうど今ヨハン・レヒナーが法廷書記官として全部自分で整理しています。私の父があの土地を教会に遺贈したときも、公式の文書が残されました。覚えているかぎりでは、その文書には、父の所有していた古い図面が添えられていました」

ジーモンは口が渇いてくるのを感じた。解決にぐんと近づいたような気がした。

「で、その……街の記録簿はどこにあるんですか？」

シュレーフォーグルが肩をすくめた。

「さて、どこだろう？　バレンハウスのなかであることは確かです。会議室の隣の執務室。レヒナーは、街にとって重要なものはすべてそこの棚に保管してるんです。あなたが閲覧できるかどうか訊いてみることはもちろん可能だと思いますよ」

ジーモンはうなずくと、ドアのほうに向かった。そこでもう一度振り返った。

「とても助かりました、ありがとうございます」

シュレーフォーグルがにっこり笑った。

「お礼には及びません。うちのクララを連れ帰ってください、それがいちばんの礼になります」そう言うと、幅広の階段を上がりかけた。「失礼。妻がまだ病気なものですから。付き添っててあげないといけないんです」

そこまで言って、ふいに立ち止まった。何か考えをめぐらしているふうだ。

「まだ、ほかに何か……」

ジーモンは期待の眼差しを向けた。

「いや、実は、私の父は生前かなりのお金を貯めてたんですよ、ちょっとやそっとの金額じゃありません。ご承知のように、父が亡くなる直前、二人で大喧嘩をしました。私は、その喧嘩の後、父が全財産を教会に遺贈したものとずっと思っていました。でも、司祭と話をしたとき……」

「どうしたんです?」

「いえね、教会のものになったのは、あの土地だけなんです。で、私はこの家のなかをくまなく探してみました。でも、そんなお金はどこにも見つからなかったんです」

ジーモンは終いのほうはもうほとんど聞いていなかった。すでに表の通りに立っていた。

足早にバレンハウスへと急いだ。ヨハン・レヒナーがその街の記録簿とやらを見させてくれるとはとうてい思えない。レヒナーからは今日の早朝の建設用地で、ジーモンとクィズルが抱いている疑念について、そんなものはいっさい聞き入れないときっぱり告げられたのだ。レヒナーが望むのはこの街の平穏であって、街の記録簿を嗅ぎまわるような医者ではない。そんなことを認めれば、街の富豪の命取りになるような手がかりに辿りつくことにもなりかねないのだ。だがジーモンとしては、その契約はぜひとも見なくてはならない。

問題は、どうやって、だが……。

バレンハウスの入り口前には鉾鑓を持った二人の番人がぼうっと突っ立って、市場に残って売り台を片づけている女を眺めていた。午後もこの時間になると、仕事をしているのはこの二人の番人くらいのものだ。バレンハウス内に参事会員が残っていないのはわかっている。参事会の会議は今日は昼までだった。富豪のお偉方たちはとっくに家族の待つ家に帰り、法廷書記官も公爵邸に戻っている。バレンハウス内は無人だった。この二人の番人だけ通れればいいのだ。

にこやかに笑みを浮かべながら二人に近づいて行った。そのうちの一人は前に一度診てやったことがある。

「やあ、ゲオルク、咳のぐあいはどう？　シナノキの花を煎じてやってからは、うんと良くなったんじゃないか？」

その番人は首を振った。これ見よがしに何度も息苦しそうに大きな咳をしてみせた。

「旦那、残念ながら、だめだね。かえって悪くなってる。最近は胸まで痛む。仕事するのも大変になってきた。ロザリオを三つも使って祈ってるんだが、全然ききやしねえ」

ジーモンは考えこむような顔つきをした。その顔がぱっと明るくなった。

「そうだ、これなら効き目があるかもしれない。西インド産の粉だ……」そう言って小袋を取り出し、心配そうに空を見あげた。「ただ、これは、陽が高いときに服まないといけない。この時間だとちょっと遅いなあ」

　番人のゲオルクがまた咳きこみ、その小袋に手を伸ばした。

「旦那、それをもらうよ。今すぐ。いくらだね？」

　ジーモンはその薬を差し出した。

「あんたなら五クロイツァーでいいよ。ただし、焼酎で溶かないと効かないよ。酒は持ってる？」

　ゲオルクがごそごそやりはじめた。番人の顔が晴れやかになったらすかさず助言してやろうとジーモンは待ちかまえた。

「酒は向こうの居酒屋に行けばなんとでもなる」

　ジーモンはうなずいて、金を受け取った。

「ゲオルク、なかなかいい考えだ。ちょいとひとっ走り行ってきなよ。すぐに戻って来ればいい」

　ゲオルクが立ち去ると、もう一人の番人が持ち場につきながらそわそわしはじめた。ジーモンは気づかわしげな視線を向けた。

「あんたも咳が出るの？　顔色が悪いよ。胸に痛みでもある？」

　その番人はちょっと考えてから、仲間のほうを見やった。今にも居酒屋に姿を消そうとしているところだった。結局、この番人もうなずいた。

「ならあの男を追いかけな、酒はいくらでも手に入るんだろうから。それは、少なくともコップ一杯に溶かなきゃだめだよ、できれば二杯のほうがいいけど」

　番人のなかで義務の意識と眼前に映る一、二杯の焼酎とが格闘している。とはいえ、これはあくまで医術目的によるものだ。肚は決まった。仲間の後を追った。

　ジーモンはにんまりした。クィズルから教わっていたのだ。アルミナの入ったこの小袋は何かにつけいろいろと役に立つと。

　二人が視界からいなくなるまで待ってから、ジーモンは念のためあたりを窺った。市の広場に人影はない。素早く大きなドアを細めに開け、なかへ身を滑りこませた。

　香辛料と黴くさい亜麻布のにおいに迎えられた。大きな格子窓を透かして光の筋が差しこんでいる。広い倉庫内は薄闇に包まれ、壁ぎわの暗がりに山積みになった袋や箱が不恰好な眠れる巨人のように見えた。驚いた鼠が一匹、箱の陰から飛び出てきて、暗がりのなかに消えた。

　ジーモンは足音を忍ばせながら広い階段を上に行き、会議室のドアで聞き耳を立てた。何も物音がしないとわかると、そうっとドアを開けた。室内には誰もいない。大きなオークのテーブルのまわりに並ぶ椅子は後方にずれたままで、半分ほど残ったワインのカラフやクリスタルガラスのグラスもテーブルに載ったままだ。部屋の隅には緑のタイル貼りの巨大なストーブが据えられている。ジーモンはそのストーブに手をかざしてみた。まだ熱い。参事会員が短い休憩時間をとってこの部屋を後にし、今にも戻って来そうに思えた。

　ジーモンは床がぎしぎし鳴ったりしないよう、なるべく忍び足で部屋のなかを歩いた。東側の壁に黄ばんだ油絵が掛かっている、オークのテーブルを囲んだ参事会員を描いたものだ。近寄ってまじまじと見る。一目で、それがわりと古いものであるとわかった。そこに描かれている男たちがつけている襞襟はもう何十年も前に流行っていたものだ。上着はかちっとした黒で、ボタンはいちばん上まで留めている。どの顔もきちんと先を尖らせた顎髭を生やし、まじめくさった目つきだが、ほとんど無表情に近かった。とはいえ、そのうちの一人には見覚えがあるような気がした。中央に座っているうっすらと笑みを浮かべ射抜くような目つきをした参事会員はフェルディナント・シュレーフォーグルにちがいない。そういえば、シュレーフォーグルの親父さんは街の第一市長だったこともあったなと、ジーモンは思い出した。手にはびっしりと文字が記された文書を持っている。お、この隣の男も見覚えがあるな。どこで見たんだろう？　懸命に思い出そうとしたが、名前までは浮かんで来なかった。絶対に最近どこかで会っているはずだ、でも、生きていたとしてももうかなりの歳だろうし。

と、そのとき、下の市の広場のほうで陽気な話し声と笑い声があがった。二人の番人はどうやら処方どおりにしてくれたようだ。ジーモンはにやりとした。あいつらのことだ、あの薬を少し多めに割ったんだろう。

足音を忍ばせながら会議室内をさらに先へと進む。鉛ガラスの窓の前を通るときは身をかがめて、外から見られないようにした。ようやく書庫のドアに達した。取っ手を下に押す。

鍵がかかっている。

わが身の愚かさを呪わずにはいられなかった。よくもまあ、このドアが開いているなんて馬鹿正直に考えたものだ。法廷書記官が鍵をかけるのは当然のことだ。何と言ってもここは書記官の聖域とも言うべきところなのだから。

戻りかけたところで、もう一度考えた。ヨハン・レヒナーは何かにつけ気のまわる人だ。自分が不在のときには少なくとも四人の市長がこの書庫に出入りできるようにしてあるはずだ。つまり、市長の一人ひとりに鍵を持たせているのではないか？　いや、それはないだろう。むしろ書記官がほかの人たちのためにここに鍵を保管していると考えたほうが自然だ。なら、それはどこだ？

ジーモンの視線が書巻のレリーフが象られた松材の天井から、テーブル、椅子、ワインのカラフ……と移って行く。戸棚や長持はない。唯一大きな調度品といえば、タイル貼りのごついストーブだ。幅が二歩分、高さはほぼ天井にまで達する。ジーモンはそこに近づき、つぶさに見ていった。ストーブのなかほどの高さに田舎の生活をモチーフにしたタイルが横一列に並んでいる。犂を持った農夫や種を蒔く農夫、豚、牛、ガチョウの番をする下女……その列の真ん中に、ほかとは違った柄のタイルが嵌めこまれている。参事会員の襞襟をつけ鍔の広い帽子をかぶった男が巻紙を敷きつめた夜用のおまるに座っている絵柄だ。ジーモンはそのタイルを叩いてみた。

うつろな響きだった。

ジーモンは短剣を取り出してタイルの隙間に差しこみ軽く押してみた。タイルは簡単に手のなかに滑り落ちた。なかは小さな物入れになっていて、奥に何やら光るものがある。ジーモンはにやりとした。たしかこのストーブはシュレーフォーグルの親父さんが生前、市長だったときにつくったものだ。製陶ギルドのなかでは芸術家とも評されていた人だが、かなりのユーモアのセンスの持ち主でもあったようだ。書類に糞を垂れる参事会員……この図案に描かれているのは当時の法廷書記官だったヨハン・レヒナーの父親だろうか？

ジーモンは銅製の鍵を取り出して元のタイルを嵌めこむと、書庫のドアに戻った。鍵穴に鍵を差しこみ、まわした。ドアはかすかな軋み音を立てて内側へと開いた。

部屋のなかは埃と古い羊皮紙のにおいがした。小さな格子窓が一つだけ市の広場に面してついている。ほかにドアはない。格子窓から午後の陽が射しこみ、その光のなかに細かい埃の粒が舞っている。部屋のなかは空っぽと言っていい。奥の壁ぎわに簡素なオークの小テーブルと古ぼけた椅子が置かれ、左側の壁面は天井まで届くほどの戸棚におおわれている。戸棚には小さな引き出しがいっぱいついていて、そこから書類がはみ出ている。大振りの書棚には革装の分厚い大型本が並び、テーブルの上にも数冊の本と何枚かの書類が載っている。そのわきにはインク壺と鵞ペンと燃えつきた蠟燭。

ジーモンはかすかな呻きをもらした。ここは言うなれば法廷書記官の城だ。書記官にとってはすべては一つの秩序のもとにあるのだろうが、医者のジーモンにはわけのわからないただの羊皮紙の巻紙と書類と大型本の寄せ集めにしか見えなかった。街の記録簿と呼ばれるものは本にはなっていなくて、大きなカードボックスのようなものだった。ここからたった一枚の土地の図面をどうやって見つけ出せばいいのだろう？

ジーモンはその戸棚に近づいた。見ると、それぞれの引き出しにアルファベットが書かれている。だが、アルファベットは棚の列に意味なく割り振られているようにしか見えない。略語のようだが、書記官と常任会員の人たちさえわかればいいようにしてあるようだ。

RE, MO, ST, CON, PA, DOC……。

その最後の略語のところではっとした。これは文書を意味するラテン語Documentumの略語だ。ということは、この引き出しのなかに贈与の文書もあるのではないか？　その引き出しを手前に引いた。封印された書状がぎっしり積み重なっている。一目見ただけで自分の考えていたとおりだったことがわかった。書状はどれも街の印章が捺され、富裕な人の署名がなされていた。子孫のないままに死去した人たちの遺言書、売買契約書、贈与証書などで、その下に金額、物納、地所が記されている。さらにその下には比較的最近の文書があり、いずれも街の教区教会が受取人になっている。ジーモンは自分の体が熱を帯びてきているのを感じた。目当てのものに迫っている。ショーンガウの教会は近年たくさんの贈与を受けていた。その多くは聖ゼバスティアンの新しい墓地のためのもので、自分の死期が近づいているのを感じ、街の外壁のすぐそばに永遠の場を確保したいと願う者は、誰もが教会に財産の一部を遺贈したのだ。ほかに、高価なキリストの十字架像や聖人画、豚や牛を物納としたり、土地の遺贈ももちろんある。ジーモンはさらにめくっていった。とうとう引き出しの底まで行き着いた。が、ホーエンフルヒ坂の土地に関する契約書は見あたらない……。

ジーモンは舌打ちした。秘密を解く鍵はここにあるはずなのだ。それを肌が、体が感じている！　腹を立てながら引き出しを持って戸棚に戻り、元の場所に押しこむと、別の引き出しを引いた。立ち上がるときにテーブルの上に載っていた紙片に触れ、それがひらひらと床に落ちた。あわててそれを拾い上げた。はたと動きが止まった。手にした文書は端のほうがちぎれていた。印章も大急ぎで開けたような割れ方だった。ざっと眼を走らせた。

〝Donatio civis Ferdinand Schreevogl ad ecclesiam urbis Anno Domini MDCLVIII…〟

ジーモンはぎくりとした。贈与証書じゃないか！　しかしあるのは最初のページだけで、残りはきれいさっぱり切り取られている。テーブルに載っているほかの文書にも眼を通し、床も探してみた。ない。誰かがこの戸棚から証書を取り出し、それを読んで、自分にとって重要な部分、たぶんあの地所の見取り図を持って行ったのだ。しかしあまり時間がなかったらしい、少なくともこの証書を引き出しに戻す時間まではなかったようだ。盗人は手早くその書類をテーブルの上のほかの文書の下に押しこんで行った……。

（……参事会の会議に戻って行った）

ジーモンはぞっとした。この文書を盗んだ者がいるとなれば、それはタイルの奥の鍵のことを知っている者ということになる。つまり、ヨハン・レヒナー自身か……あるいは四人の市長のうちの一人。

生唾をごくりと呑みこんだ。文書を持つ手がかすかに震えた。富豪のヤーコプ・シュレーフォーグルはさっきこの会議について俺に何と言っていた？

〝ゼーマー市長は、自分の店の個室で傭兵が誰かと会っていたということについては頑強に否定しています〟

第一市長みずからが子供たちとの件に絡んでいるということか？　心臓が早鐘を打つ。ふと、ゼーマーが数日前に自分の店で探りを入れてきて、最後にこの件にはこれ以上かかずらわないほうがいいと忠告めいたことを言ったのが思い出された。また、施療院の建設に常に反対の発言をしていたのもゼーマーではなかったか。本人は、純粋に街のことを考えてと言っていたが。らい患者が商業の街の門前にいるのは具合が悪いからと。だが、ゼーマーがあの地所に宝がありそうだからという理由だけで建設工事を遅らせているのだとすれば、どうだろう？ 親友で常任会員だったフェルディナント・シュレーフォーグルから死の直前にその宝のことを聞かされて。

思考がめまぐるしく頭のなかをめぐる。悪魔、死んだ子供たち、魔女の印、マクダレーナが誘拐され、クィズルも姿を消した、とんでもない人殺しの陰謀をあやつる市長……すべてが一挙に雨霰と降りかかってきた。その混沌を何とか重要度に応じて頭の奥で整理しようとした。今いちばん重要なのはマクダレーナを救い出すことだ、そしてそのためにはあの敷地で子供たちの隠れ処を見つけなくてはいけない。だが、俺よりも先にこの部屋に入って土地の図面を盗み出したやつがいる！ 残っているのは最初のページだけで、そこに記されているのは贈与の基本事項のみ。絶望的な思いでジーモンは端をちぎられた紙に残るラテン語の文字に眼を向けた。ドイツ語に訳していく。

〝フェルディナント・シュレーフォーグルの地所、一六五八年九月四日、ショーンガウの教会に遺贈、土地面積＝二百歩×三百歩、ほかに二ヘクタールの森と井戸（涸渇）〟

涸渇？

ジーモンは書類の隅に小さく書かれた文字をしばらくぽかんと見つめていた。

涸渇。

いきなり額を手で打った。そしてその羊皮紙をシャツの下に差しこむと、息のつまる部屋から駆け出した。

大急ぎで部屋のドアを閉め、鍵をタイルの奥の物入れに戻した。瞬く間にバレンハウスの入り口に達してい た。二人の番人はいなくなったままだ。おおかた居酒屋で薬を新たに足しているのだろう。誰かに見られているかどうかも気にかけず、ジーモンはバレンハウスを出ると市の広場を突っ切って行った。

広場の反対側の窓からそれを見つめていた者がいた。ジーモンの後ろ姿を見届けると、男はカーテンを引き、机に戻った。ワインのグラスと温かいパイのそばにちぎれた羊皮紙が置かれている。ワインを飲む男の手が震えた。書類に落ちたワインが血のような赤い染みとなってゆっくりと広がった。

ヤーコプ・クィズルは苔むした地べたに横になり、パイプを吹かしながら、遅い午後の陽射しに眼をしばたたいた。遠くから建設現場の見張り番の声が聞こえてくる。職人たちは明日の五月祭のために昼には上がって家路についた。今は命令を受けてやって来た二人の番人が礼拝堂の壁のところを見まわったり、サイコロをしたりしているだけだ。時おり大笑いする声がクィズルのところまで届いた。番人たちはもういやな役目はそっちのけになっていた。

左手のほうから新たな物音が加わった。枝の鳴る音だ。クィズルはパイプを消し、飛び起きると、素早く茂みのなかに姿を消した。ジーモンが目の前を通りすぎようとするのを見るや、そのくるぶしに手を伸ばして引き倒した。ジーモンは小さな叫びを洩らして地面に倒れ、あわてて自分のナイフを探った。すると藪のなかからクィズルの顔がにゅっと出て来た。

「バア！」

ジーモンはナイフを落としてしまった。

「クィズル、何だって僕を脅かすんだ！　ずっとここにいたの？　さんざん探したんだよ。奥さんがすごい心配して、それに……」

クィズルは唇に指を当ててから、敷地のほうを指さした。枝のあいだから番人の姿がおぼろに見てとれた。あいかわらず壁に腰かけてサイコロをやっている。ジーモンは声を落として続けた。

「それに、やっと子供たちの隠れ処がわかったんだ。それは……」

「井戸」クィズルが先を引き取って、うなずいた。

ジーモンは一瞬呆気にとられてしまった。

「何で知ってるの？　その……」

クィズルは素っ気なく払うような手振りをして、ジーモンをさえぎった。

「俺たちが初めてこの建設用地に来たときのことを覚えてるか？　側溝に荷車がはまったろう。荷台には水の入った樽も載っていた。そのときは何の気なしだったんだが、今になって、井戸があるのに何でわざわざ水を運んで来るんだろうと思ったのさ」

そう言って、向こうの石積みで囲われた井戸を指さした。かなり古ぼけていて、今も使っているようには見えない。石積みの上の列はいくつか石が欠け落ちて、そのへりに自然に出来た小さな階段のように積み重なっている。上に架け渡された木組みはぼろぼろになり、鎖も釣瓶もついていない……ジーモンは出かかった言葉を呑みこんだ。やつらも相当な馬鹿だな！　解決の糸口はずっと目の前にあったのだ。

ジーモンはクィズルに、ヤーコプ・シュレーフォーグルとの会話とバレンハウスの書庫で見つけたものの話をした。クィズルがうなずいた。

「フェルディナント・シュレーフォーグルは自分の金を、スウェーデン人がやって来る直前に、不安になってここのどこかに埋めたんだ。おそらく井戸にも隠したんだろう。その後、息子との喧嘩があって、この地所を宝ごと教会に遺贈した」

ジーモンが口をはさんだ。

「そういえば司祭が告解場で言ってたな、シュレーフォーグルは臨終の床で、司祭に向かって、この土地があればいいことをたくさん施すことができますよ、と言ってたって。そのときは施療院のことを言っているんだろうとしか思わなかった。でも、それって宝のことを言っていたんだ」

「参事会の胡椒袋の誰かがそれを嗅ぎつけた。シュレーフォーグルの親父さんが酒の席か死の間際に誰かに話したというのはありえそうなことだ。そしてその誰かがこの土地の建設工事を妨害し、宝を見つけようと、あらゆることをやりだした」

「市長のゼーマーかもしれない。書庫の鍵を持ってるから土地の図面を盗むことも可能だ。今ごろ涸れ井戸のこともわかってるんじゃないかな」

「それはおおいにありうる。すぐにも行動に出ないといけなくなってきたな。謎解きの糸口はあの井戸の下にある。もしかするとマクダレーナのこともそこで何かわかるかもしれない……」

会話がそこで途切れた。沈黙が続いた。聞こえるのは鳥のさえずりと、時おり上がる見張り番の哄笑だけ。ジーモンは、ここ数時間すっかり昂奮し、いっときマクダレーナのことを忘れていたことに気づいた。恥ずかしくなった。

「どう思ってます、その……」言いかけて、自分の声がうわずっているのに気づいた。

クィズルはかぶりを振った。

「悪魔が攫って行った、が、殺してはいない。子供らの隠れ処を俺に探させるための人質にしている。それに、あいつはすぐに殺してしまうようなやつじゃない。殺す前に……楽しむ。そういうのが好きなんだ」

「なんか、悪魔のことをよく知っているような言い方ですね」

クィズルがうなずいた。

「たぶん、よく知ってるやつだと思う。見覚えがある」

ジーモンが飛び上がった。

「どこで？　この近辺で？　あいつの正体を知ってるの？　だったら参事会に言って、そういうならず者は監禁してもらえばいいじゃない」

立てつづけに発せられたジーモンの質問をクィズルは、うるさい蠅でも追っ払うように手で払いのけた。

「ばかか、おまえは。この辺なんかじゃない。前の話だ。ずっと……ずっと昔のことだ。それに、俺の思い違いかもしれんし」

「じゃ、話して。話せば何か役に立つことが出て来るかもしれない」

クィズルはかぶりを振った。

「話しても無駄だ」苔の上にどっかと腰をおろし、火の点いていないパイプを吸った。「それより暗くなるまでもう少し休んでいたほうがいい。今夜は長い夜になる」

言い終わるやクィズルは眼をつむり、すぐに寝入ってしまった。ジーモンはそれをわきから見ていてうらやましくなった。よくこんなに落ち着いていられるな。俺には寝るなんてとても考えられない。そわそわと落ち着かないまま、夜になるのを待った。


ゾフィーは湿っぽい石に頭をもたせかけ、落ち着いて静かに呼吸しようとした。いつまでも二人でこんな下にいるわけにはいかない。空気が乏しくなり、時間とともに体に疲れもたまってきた。重い濁った空気を吸いこんでいるような気がしてならない。上に行けなくなってからもう何日も経つ。近くの窪みで用を足しているが、その臭いがきつくなってきた。食べものも傷んできた。

眠っているクララのほうを見やった。その息づかいがだんだんと弱くなっている。病気になって死期をさとり洞穴へ這いこんできた動物のように見えてきた。血の気が失せ、頬がこけ、目のまわりに隈が出来ている。肩や胸のあたりは骨が浮き出ている。この子に救けが必要なのはわかりきっている。四日前に服ませた飲み物が効いて眠ってはいるものの、熱はなかなか下がらない。それに挫いた右のくるぶしは三倍にも脹れ上がっている。その部分がポンプのように波打ち闘っているさまが容易に見て取れた。脚は膝まで青黒く変色している。応急の罨法はあまり効いていなかった。

ゾフィーはすでに三回、もう大丈夫かどうか確かめに竪穴まで這って行った。が、そのたびに男たちの声が聞こえてきた。笑い声、つぶやき、わめき声、足音……。どうも上に何かあったようで、男たちはいっこうに立ち去ろうとしない。昼も夜も。とはいえ、幸いこの隠れ処はまだ発見されてはいない。ゾフィーは暗闇に眼をこらした。獣脂蠟燭はまだ半分は残っている。節約のために昨日の昼からは蠟燭をつけないようにしていた。暗闇に耐えきれなくなると、竪穴まで這っていき、上を見あげた。だが、太陽の光にすぐに眼が痛くなり、また這い戻るしかなかった。

クララにとって暗いのはどうということはなかった。ずっとうつらうつら過ごし、たまに目覚めて水を欲しがったりすると、ゾフィーが手を握ってさすってやる。すると、また眠りに落ちるのだった。たまにゾフィーは歌を歌ってやった、路上で覚えた歌だ。生前両親が歌ってくれた歌を思い出すときもある。やさしい顔や笑い声のおぼろげな記憶と結びついてはいるものの、やはりそれは切れ切れになった断片でしかなかった。

（おやすみ、小さなゆりかごで、屋根には瓦、屋根にはこけら、神さまあたしの赤ちゃん守れ……）

ゾフィーの頬が涙に濡れた。何だかんだ言ってもクララは恵まれてる。自分を愛してくれる家族にめぐりあえたんだから。でも、それって今何の役に立ってる？　この子は岩穴のなかでぜえぜえ言いながら死にかけているんだ、愛する家族のこんな近くで、いやずっと遠くで。

時間がたつにつれゾフィーは暗闇に慣れた。はっきりと見えるわけではないが、それでも闇の濃淡の区別はつく。通路を歩くときも、多少よろけはするものの頭をぶつけることはなくなったし、途中で右や左に分かれるところも見えるようになった。三日ほど前、蠟燭を持たずに歩いて曲がるところをまちがえ、数歩も行かないうちに壁にぶつかったことがあった。一瞬、もう戻れないのではないかと、ものすごく怖くなった。気が動転し、同じところをぐるぐるまわって、手を差し出しても空をつかむばかりだった。が、そのときクララの泣き声が聞こえ、その声を頼りに進んで、どうにか元の場所に戻れたのだった。

そんなことがあってからは、自分の服の裾を裂いて紐にし、それを自分たちのいる窪みから井戸まで敷いた。竪穴までなら明かりがなくとも、裸足でその紐を感じ取りながら行けばいいのだ。

そんなふうにして昼が過ぎ、夜が過ぎていった。ゾフィーはクララに食べさせ、歌を歌って寝かしつけ、暗闇を見つめ、物思いに耽った。時おり空気を求めて光のなかへ出て行った。クララにも新鮮な空気と光にふれさせてあげたいという思いが頭をかすめることもあったが、心配になるほど痩せこけているとはいえ、抱えて運んで行くにはやはり重すぎた。それに、クララがひっきりなしに泣くので、男たちにその声を聞かれて隠れ処を感づかれてしまうおそれがあった。昨日の叫び声はもう少しで居場所がばれるところだった。今はまだこの窪みにとどまっているしかない、地中の奥深くに。

ゾフィーは、森のなかで遊んでいるときに見つけたこの通路はもともと何だったのか、ずっと考えていた。何かの隠れ処？　集合場所？　それとも人間の造ったものなんかじゃ全然なくて、地底のこびととかが造ったもの？　そう言えばたまにささやき声みたいなのが聞こえる。小さい意地の悪いのがあたしたちのことを笑ってるみたいなのが。でも、やっぱり、どこかの岩の割れ目を吹き抜けるただの風なんだろうな。

あ、また何か音がする。ささやき声なんかじゃない、石が落ちてきて底に当たったような音だ。井戸のふちから石が落ちて来たのだろうか……。

ゾフィーは息を呑んだ、人の話し声だ。誰かが悪態をついている。その声はいつものように上から聞こえて来るのではなく、すぐ近く、井戸の底のほうから聞こえて来た。

咄嗟に紐を終いまでたぐり寄せた。もう外に出て行けなくなるかもしれない。でも、今は、声が聞こえてきた男たちに見つけられないことのほうが大事だ。脚を引いて身を縮こませ、クララの手を握りしめた。そして待った。

日が落ちると、ヤーコプ・クィズルは苔の寝床から起きあがり、藪のあいだから二人の見張り番の様子を探った。

「あいつらを縛り上げるしかなさそうだな、それ以外は危険が大きすぎる」クィズルが声をひそめて言った。「月は皓々と照っているし、井戸は敷地のど真ん中だ、どうしたって目に付く。墓場でけつを丸出しにしてるようなもんだ」

「でも……どうやって始末するんですか？　向こうは二人ですよ」

クィズルがにやりとした。

「こっちだって二人だ」

ジーモンが呻いた。「クィズル、僕はご免こうむりますよ。この前だってろくな働きができなかったんだ。僕は医者であって、辻強盗なんかじゃない。またしくじる可能性はおおいにあります」

「ふむ、それもそうだな」そう言ってクィズルはまた見張り番のほうを見やった、教会の壁ぎわに焚き火をおこし、それにあたりながら焼酎の瓶をまわし飲みしている。クィズルがまたジーモンのほうに向きなおった。「よし、おまえはここにいろ、動くんじゃないぞ。すぐ戻って来る」

クィズルは茂みから出ると、草深いところを匍匐前進で建設現場に向かった。

「クィズル！」ジーモンが後ろから小声で呼びかけた。「やつらを痛めつけることはないよね？」

クィズルが振り返ってにやりと笑った。マントの下から丁寧に磨きあげたカラマツ材の小振りの棍棒を取り出して見せた。

「ちょっくら頭がくらっとはするかもしれんがな。どうせあのまま飲んでりゃ同じことになるんだ。早いか遅いかの違いだけだ」

こっそりと忍び寄って行き、昨夜ジーモンが身を隠した材木の山にまで達した。そこで拳大の石を手に取り、教会の壁の後方へ放った。石が壁に当たり大きな音を立てた。

見張り番が飲むのをやめ、小声で声を交わすのがジーモンにも見えた。一人が立ち上がって剣を抜き、壁の基礎のあたりを確かめに来た。二十歩も行くと、相方の視界から外れた。

クィズルが黒い影となってその見張り番に襲いかかった。鈍い音と短い呻きがあがり、すぐにまた静かになった。

暗がりのなか、ジーモンに見分けられたのはクィズルの影だけだった。クィズルは壁の後ろに身を伏せ、もう一人の見張り番が不安になって動きだすのを待った。しばらくして、見張り番が初めは低い声で、それからだんだんと大きな声で相方の名を呼んだ。いくら呼んでも返事がないので、立ち上がって鑓とランタンを手にすると用心しながら壁のほうにやって来た。茂みを過ぎたところで、そのランタンがぱっと燃え上がり、そしてふっと消えた。直後にクィズルが茂みから出て来て、こっちへ来いとジーモンに向かって合図した。

「急げ、気を失っているうちに縛り上げて、猿ぐつわも咬ませるんだ」そばまで来たジーモンに小声で言って急かした。クィズルは悪戯が成功したときのような笑みを浮かべた。持ってきた袋からロープを取り出した。

「こいつら、俺にやられたとは気づいてないはずだ。明日レヒナーに、傭兵の集団に襲われて勇敢に戦ったとでも話してくれるだろう。そのためにもう二、三発お見舞いしておいたほうがいいかもしれんな」

言いながらジーモンにもロープを放った。一緒に気絶している二人の見張り番を縛り上げた。クィズルが先に殴り倒したほうは後頭部からわずかに血を流している。もう一人のほうは額に大きな瘤が出来ていた。ジーモンはいったん手を止めて心音と呼吸を確かめた。どちらも生きている。ほっとして作業を続けた。

最後に、引き裂いた亜麻布で猿ぐつわを咬ませてから、材木の山の後ろに運んで行った。

「ここなら、意識を取り戻しても、見られる気遣いはない」そう言うとクィズルはさっさと井戸のほうへ歩いて行った。ジーモンはためらっていた。番小屋に取って返し、上掛けを二枚持ってくると、それを気を失っている見張り番に掛けてやった。それからクィズルの後を追った。ちょっとした自衛策だ！　裁判沙汰にでもなったとき、こういう配慮を見せておけば情状酌量の足しぐらいにはなるだろう。

月はすでに中天にかかり、青白い光で建設地を包んでいた。見張り番の焚き火の残り火がまだちろちろと燃えていた。静かだ。鳥さえももう鳴かない。井戸に架かる、かつて鎖と釣瓶がぶら下がっていたはずの木組みはもうぼろぼろになっている。そのへりに容易に登れるよう踏み段代わりに石が積まれている。竪穴と化した井戸、そこに渡された木組みの横木にクィズルがランタンをかざした。

「見てみろ、この掻き傷はまだ新しい」ぼそぼそと言いながら、その横木を指先でなぞっていった。「腐った表面が剝げて地の色が出ているところがある」

底のほうを覗きこみ、うなずいた。

「子供らはこの横木にロープをかけて降りたんだ」

「でも、まだ下にいるのなら、何でここにそのロープがかかってないいんですか」

クィズルは肩をすくめた。「怪しまれないようゾフィーがロープを持って行ったんだろうな。上がるときには、下からロープを投げてこの横木に掛けることになる。むろん簡単じゃないが、ゾフィーならそれくらいのことはできるだろう」

ジーモンがうなずいた。

「クララのことを伝えに森で僕の前に現れたときも、そうやって出てきたんだ」言いながら、底のほうを覗きこんだ。穴は、あたりを包む夜の闇のように真っ暗だった。小石を二つ三つ落とし、底に当たる音に耳を澄ました。

「ばかか、おまえは」クィズルが罵った。「俺たちがここにいるのを知らせてるようなもんだぞ!」

ジーモンがつっかえながら弁解した。「この……この井戸の深さが、どれくらいあるのかと思って。底に当たるまでの時間が長ければ、それだけ深いってことだから。その時間から……」

「あほ」クィズルが相手の言葉をさえぎった。「深さが十歩分もあるわけないだろう。そんなにあったら、ゾフィーが登れないだろうが。森でおまえに会うにしたってロープを投げ上げて登ってきたんだ、それくらい考えろ」

あらためてジーモンは、クィズルの単純だがそれでいて説得力のあるロジックに感心した。当のクィズルはそんなことはおかまいなしに袋からもう一本ロープを取り出し、それを横木に結わえはじめた。

「俺が先に降りて行く。下で何か見つけたら、ランタンで合図する、そしたらおまえも降りて来い」

ジーモンがうなずいた。クィズルはロープをぐいと引いて横木の強度をもう一度確かめた。ぎしぎしと音を立てたものの、大丈夫だった。ランタンを腰のベルトにつなぎとめ、両手でロープをつかんで底のほうへ降りて行った。

数メートルも行かないうちにその姿は闇に呑みこまれた。明かりの点だけがロープに人がぶら下がっていることを示していた。その明かりの点が少しずつ沈んでいき、やがて止まった。それからその明かりが行ったり来たりした。クィズルがランタンで合図しているのだ。

ジーモンはもう一度大きく深呼吸した。同じようにランタンを腰のベルトに留め、ロープをしっかりとつかんで降りて行った。湿っぽく黴くさいにおいがする。目の前の粘土質の土がぼろぼろと地底に落ちていく。子供たちの爪のあいだにはさまっていたあの土……。

ほんの数メートルで、クィズルの言ったとおりだということに気づいた。十歩分くらいで底が見えてきた。小さな水たまりがちらちらとランタンの光を反射する。それ以外は穴の底は乾いていた。底に達したところで、その理由がわかった。穴の片側に、礼拝堂のアーチ門を思わせる膝の高さほどの半楕円形の穴がある。いかにも粘土質の地底に人の手で掘られたように見える。そしてそこから丈の低い穴が奥へと通じている。その穴のわきにクィズルが立ち、にやりと笑った。ランタンでその入り口を照らして見せた。

「〝シュラツェルの穴〟だ。誰が考えたんだか。この辺にもこんなのがあるとは知らなかった」

「何なんですか？」とジーモンが訊いた。

「地中の住処だな。こびとの穴とかアルラウネの洞穴とも呼ばれている。戦争に行っていたときにはよく見かけたものだ。兵隊がやってくると、よく農民がそのなかに隠れていた。場合によっては何日も出て来ないときもある」クィズルがランタンをかざして暗いトンネルのなかを照らした。

「この穴は全部人間の手でつくられたんだ」声低く続ける。「かなり昔のもので、何のためのものかはわかっていない。避難所として造られたんだろうと言われてはいる。俺の祖父さんは、死んだ者の魂がここに最後の安らぎを見いだすんだって言ってたがな。こびとがつくったんだという人もいる」

ジーモンはその半楕円の穴をしげしげと見つめた。ほんとうにこびとの穴への入り口のように見えた。あるいは、地獄への門のように……。

ジーモンが咳払いして言った。「司祭がここでは昔、魔女と魔法使いが逢っていたと言ってました。災いに満ちた祝祭のための異教徒の場所だと。それと、この……シュラッツェルの穴は関係があるんでしょうか?」

「どうだかな、ま、いずれにしても」とクィズルは言い、その場に膝を突いた。「ここに入ってみないとな。さあ、行くぞ」

ジーモンはつかのま眼を閉じ、頭上十歩のところに雲がかかる天に向かって短い祈りを唱えた。それからクィズルの後に続いて狭いトンネルに這いこんだ。

上の井戸のへりには悪魔が鼻を風に向けていた。復讐のにおいがする。なお一瞬待ってから、ロープを伝って底へするすると降りて行った。

ジーモンは入り口を過ぎてすぐ、これはとても快適な散歩にはなりそうにないと気づいた。トンネルは数メートルも行かないうちに狭くなった。横向きになってずりながら進むしかない場所もある。角ばった岩の出っ張りで顔や体にひっかき傷が出来ていく。やがて通路が少しだけ広くなったが、うんと広がったわけではない。前かがみになってふらつきながら一メートル、また一メートルと進んで行った。片方の手にランタンを持ち、もう片方の手で湿った粘土質の壁を伝いながら。ズボンと胴着がどんなことになっているかは極力考えまいとした。が、暗闇のなかではどのみち何も見えはしない。

方向を定められるのは唯一、前を行くクィズルのゆらめくランタンだった。クィズルは、筋骨隆々の体をこの針穴に通していくのに明らかに苦労していた。たびたび天井から土がぼろぼろと崩れ落ち、襟のなかに入っていく。天井は鉱山の坑道のように歪んでいる。一定の間隔をおいて壁に手の大きさの煤けた窪みが現れた。以前はそこに蠟燭か石油ランプでも置かれていたように見えた。このニッチのおかげでジーモンは通路の長さを測れそうに思えた。とはいえ、数分もたたないうちに時間に対する感覚はいっさい失くなっていた。

二人の上にはトン単位の岩と土がある。ジーモンは一瞬、この頭上の湿った粘土が突然崩落したら、どうなるのだろうと考えた。そうなっても感覚はあるだろうか？　この岩は一思いに俺の首の骨を折るだろうか、それともじわじわと窒息することになるんだろうか？

心臓がばくばくいいだしたのに気づき、自分の考えを何か美しいものに向けようとした。マクダレーナのことを考えた、その黒髪、笑みを宿した黒い瞳、ふくよかな唇……その顔が手に取るようにはっきりと目の前に見える。その表情が変わった、何か呼びかけようとしている。その口が開き、音もなく閉じた。その眼に不安の色が露わになった。まともにこちらに向きなおったとき、白昼夢はシャボン玉のようにはじけた。通路が突然曲がり、人の高さほどもある部屋が開けた。

目の前でクィズルが身を起こし、ランタンで照らしながらその部屋を調べている。ジーモンはとりあえずズボンの汚れをはたき落とし、それからまわりに眼を向けた。

その部屋はほぼ正方形で、幅、奥行きともに三歩ほどだった。側面に棚のようなくぼみと段がある。向かい側にさらに二つのトンネルがあり、やや傾斜のある下りになっている。二つともやはり最初の入り口で見たのと同じ半楕円形をしている。部屋の左隅に、天井の穴に通じる梯子が立てかけてある。クィズルがランタンをかざしてその梯子を仔細に見つめている。青白い光に浮かび上がったのは、緑がかった腐りかけた梯子段だった。そのうちの二段は完全に砕けている。ジーモンは、この梯子はまだ人が登れるのだろうか、と思った。

「これはきっと大昔からここにあるんだろうな」とクィズルが言い、確かめるようにその木を叩いた。「百年とか二百年とか……？　どこに通じてるかは悪魔しか知らないな。思うに、ここ全体は神に呪われた迷路だな。子供たちに呼びかけたほうがいいだろう。頭のいい子たちなら、答えてくれるだろう、隠れんぼももう終わりだ」

「もし、誰か……別の者に聞かれたら？」ジーモンが不安そうに訊いた。

「へっ、誰が？　こんだけ地中深く来てるんだぜ、俺たちが叫んだのが外にまで突き抜けるってんなら嬉しいじゃないか」そう言ってにやりとした。「もしかしたら生き埋めになって救けが必要になるかもな。どこもそんなに頑丈には見えんし、特に入り口の細いトンネルは……」

「クィズル、お願いだからさ。そんな冗談はやめにしよう」

またしてもジーモンは頭上に何トンもの土を感じた。一方クィズルは向かいにある入り口を照らしている。それから暗闇に向かって呼びかけた。

「子供たち、俺だ、ヤーコプ・クィズルだ！　何も怖がらなくていい！　おまえたちに危害を加えようとしているやつのことはもうわかっている。俺たちが来たからもう大丈夫だ。だから、出て来い、いい子だ！」

その声は、まわりの粘土に水が吸いこまれるのに似て、奇妙にうつろでかすかな響きにしかならなかった。答えはない。クィズルはもう一度試した。

「子供たち！　聞こえるか？　もう何もかも大丈夫だ。俺が無事にここから連れ出してやる、約束する。おまえたちに指一本でも触れるやつがいたら、俺がそいつの骨をへし折ってやる」

なおも答えはない。どこからかぽとりぽとりというかすかな水の滴りが聞こえるだけだった。クィズルがいきなり平手で粘土の壁を叩いた、粘土がぼたぼたと落ちた。

「こら、いいかげん、うんとかすんとかはっきりしろ、くそガキが！　でないと、三日も歩けなくなるくらい尻をぶったたくぞ！」

「そんなふうに言ったら出て来ようにも出て来れないんじゃないかと思うんだけど」とジーモンが言う。

「もうちょっと……」

「しっ」クィズルが口に指を当て、向かいの入り口を指さした。泣き声らしきものがかすかに聞こえてくる。弱々しく。ジーモンは眼を閉じて、それがどこから聞こえてくるのか確かめようとした。できない。上から聞こえてくるようでもあり、脇から聞こえてくるようでもある。確実なことは言えなかった。まるで声が霊となって壁を突き抜けて来ているかのようだった。

クィズルも手こずっているようだ。上を見たり横を見たりしている。それから肩をすくめた。

「別々に行くしかなさそうだ。俺はこの梯子を登って行く、おまえはどっちかのトンネルを行け。子供らを見つけたほうが大声で呼ぶ」

「どっちも見つけられなかったら？」訊きながらジーモンは、また狭いトンネルに這いこんで行くと思うとうんざりだった。

「五百数えるまで探す。それまでに見つけられなかったら引き返せ。ここに戻ってきて、次の手を考えよう」

ジーモンがうなずいた。クィズルはさっそく梯子に手をかけた、その重みで梯子が危なっかしい音を立てて軋んだ。行きかけて、ジーモンのほうに振り返った。

「おっと、そうだ、フロンヴィーザー……」

ジーモンが期待のこもった眼を上に向けた。

「はい？」

「迷うなよ。迷ったら、みんなと会えるのは最後の審判でってことになるからな」

そう言ってにやりと笑ってからクィズルは天井の穴へ消えて行った。しばらくは頭上に物音が聞こえていたが、やがてまた静寂が戻ってきた。

ジーモンはふうっと溜息を一つついてから、二つの穴に近づいた。大きさも同じなら暗さも同じだ。さて、どちらへ行こうか。ふと鬼ごっこの鬼を決めるときの数え歌でも歌って決めてやろうかとも思ったが、次の瞬間には右の穴に決めていた。

なかを照らしてみると、腰までの高さしかない通路がゆるやかな下りになっている。地面の土は湿ってぬるぬるする。両側に小さな水の流れがあり、ちょろちょろと底のほうに向かって落ちていく。ジーモンは膝を突き、手探りで進んだ。すぐに気づいたのは、下の地面に粘々した水生植物がびっしりと生えていることだった。両手を壁に突っぱってみようとした。が、右手にランタンを持っているので、何度も滑っては左の壁に当たった。とうとう自分の身を支えきれなくなった。ランタンを放して身を支えるか、いっそのこと滑るにまかせるか、どちらかに決めざるをえなくなった。滑っていくことにした。

ジーモンはだんだんと傾斜が急になっていく通路を滑り降りていった。数メートルも行かないうちに、滑っていた地面の感触が突然なくなった。空中を飛んでいた！　叫ぶ間もなく、地面に落ちた。固い粘土の地面に落ちた拍子に、ランタンが手から離れどこか隅のほうへ転げて行った。さっきのと似たような岩壁の小部屋であるとわかったが、すぐにランタンが消えてしまった。

闇に呑みこまれてしまった。

暗闇は深く、跳ね返されてしまいそうな壁のように思えた。愕然とした。が、いつまでもそうしてもいられない。四つん這いになってランタンのありそうなほうへ進んで行った。手に触れるのは石と土塊だ、小さな水たまりもある、そして、ランタンの熱を帯びた銅に触れた。

ほっとして、ランタンに火を点けようと、ズボンのポケットに手を伸ばし、点火道具の入ったケースを探った。

ない。

ポケットを叩いて調べはじめた、先に左を、それから右。胴着の内ポケットまでごそごそやった。ない。点火ケースはどこかで落としたにちがいない、この小部屋に落ちたときか、あるいは通路を這って歩いていたときに。役に立たなくなったランタンをしっかりと抱きかかえながら、闇雲に膝を突いてなくなったケースをもう一方の手で探った。すぐに反対側の壁に行き当たった。向きを変え、また手探りして戻ってきた。それを三度繰りかえして、とうとうあきらめた。ここでは点火ケースは見つかりそうにない。

ジーモンは平静を保とうとした。あいかわらずまわりは真っ暗だ。生き埋めになった気分だ。呼吸が早くなってきた。湿った壁に身をもたせた。それからクィズルに呼びかけた。

「クィズル！　俺、滑って転んじゃった。ランタンが消えた。助けて！」

静かなまま。

「クィズル、くそっ！　楽しんでる場合じゃないよ！」

だんだんと早くなってきた呼吸とぽたりぽたりと垂れる雫の音のほかは何も聞こえない。ひょっとしてここの粘土は音を全部呑みこんでしまうんじゃないのか？

ジーモンは立ち上がって、壁づたいに歩きだした。数メートルも行かないうちに、手が空をつかんだ。上に向かう出口だ！　ほっとして、その場所を手で確かめた。胸の高さのところに腕を広げた幅ほどの穴がある。ここからこの小部屋に落ちたんだ。上の部屋へ這い上って行くことができれば、必然的にクィズルに行きあうはずだ。五百を数えるまでには至ってないが、ここにはもうずっと昔からいたような気がしていた。クィズルはきっととっくに戻っているさ。

でも、だったら、何で返事してくれないんだ？

ジーモンは自分の前にあるものに集中した。ランタンを口にくわえ、体を持ち上げ、その通路を上へと向かってみずからを押し上げようとした。ところが、何かおかしい。

通路がゆるやかな下りになっている。

何でこうなるの？　俺はこの小部屋に落ちたんだぜ。だったら上に登らなきゃいけないだろうが！

それとも、これは別の通路か？

ジーモンは自分が間違っていたことに気づいてぎょっとした。正しい通路を探しに小部屋のほうに身を滑らせて引き返そうとしたときだった、何か音が聞こえてきた。

しくしく泣く声だ。

下のほうに通じる今自分がいるトンネルの先のほうから聞こえてくる、それもすぐ近くから。

子供たちだ！　この下に子供たちがいるんだ！

「ゾフィー！　クララ！　聞こえるか？　俺だ、ジーモンだ！」下に向かって呼びかけた。

泣き声が止んだ。代わりにゾフィーの声が響いた。

「ほんとうにジーモンなの？」

ジーモンのなかにほっとした気持ちが広がった。少なくとも子供たちを見つけたのだ！　もしかするとクィズルも一緒かもしれない。当たり前だ！　上の部屋では何も見つからなかったんだ。それで、また下へ降りてきてもう一つのトンネルのほうに行ったんだ。で、今は子供たちのところにいて、俺のことをからかってる。

「ね、クィズルもそっちにいる？」と訊いた。

「ううん」

「ほんとうに？　あのね、正直に言わなくちゃだめだよ。遊びじゃないんだからね！」

「聖母マリアに誓って、嘘じゃないわ」ゾフィーの声が下から響いてきた。「ああ、神さま、あたし怖くて怖くて！　足音が聞こえて、でも逃げられなくて、クララがいるから……」

その声が泣き声に変わった。

「ゾフィー、心配しなくていい」ジーモンがなだめようとした。「足音はきっと僕らのだ。僕らが連れ出してあげる。クララは？」

「クララは……クララは、病気なの。熱があって、歩けないの」

こりゃ、何ともすごいことになってきたな、とジーモンは思った。ランタンが消えて、道に迷って、クィズルはいなくなってしまったというのに、今度は子供を運び出さなきゃいけないときた！　ゾフィーでなくとも泣きたくなってきたが、そうも言ってられない。すぐに気持ちを奮い起こした。

「僕ら……僕らにまかして、ゾフィー。大丈夫。今からそっちに行くから」

ランタンを口にくわえ、通路を滑り降りた。今度は転落しないよう気をつけた。落差は半メートルしかなかったが、やんわりと着地したところは冷たい泥水の水たまりだった。

「ジーモン？」

ゾフィーの声が左から聞こえてきた。暗闇のなかにその姿がおぼろに見えるような気がした。まわりより黒く見える部分があって、それがゆっくりと右に左に動いているように見える。ジーモンが手を振った。そうか、こんな闇のなかでそんなことをしてもしょうがないか、と思った。

「ゾフィー、俺はここだ。クララはどこ？」ささやき声で言った。

「あたしのそばで寝てる。男たちは？」

「男たちって？」言いながらジーモンは、おぼろな影に這い寄った。石の段があり、苔と藁に覆われている。

「ほら、あの男たちよ、上から声が聞こえてきたの。まだいる？」

ジーモンは手探りで石の段に上がった。ベッドのように長くて幅もある。子供の体が横たわっているような感触がある。冷たい肌、小さな足の指、脚に巻かれたぼろ切れ。

「いや」と答える。「やつらは……いないよ。出て行ったって何も危ないことはない」

ゾフィーの影がすぐ近くにやって来た。ジーモンが手を伸ばす。服に触れた。手が伸びてきて、ジーモンをつかまえると抱きついてきた。

「ああ、ジーモン！　あたし怖くって！」

ジーモンは小さな体を抱きしめ、やさしくさすった。

「もう大丈夫だ。もう大丈夫。今から僕らが……」

後ろのほうで何かカサコソと音がした。何かが開口部を通ってこの小部屋にゆっくりと入ってきた。

「ジーモン！」ゾフィーが大声をあげた。「何かいる！　あたしには見える。ああ、たいへん、あたしには見える！」

ジーモンが振り向いた。二人からそう遠くないところに、ほかより黒くなっているところがある。その黒いものがこちらに寄って来た。

「ここに明かりはないの？」ジーモンがわめいた。「蠟燭か何か？」

「火口……と、火打ち石は持ってる。このなかのどこかにある……お願い、ジーモン！　何……何なの？」

「ゾフィー、火口はどこ？　答えて！」

ゾフィーが泣きだした。ジーモンが平手打ちを食らわした。

「火口はどこ？」闇に向かってもう一度言った。

平手打ちがきいた。ゾフィーは瞬く間におとなしくなった。あたりを手探りし、すぐにスポンジ状のものと冷たい火打ち石を差し出した。ジーモンは腰のベルトから短剣を取り出し、それと火打ち石を荒っぽく打ち合わせた。火花が出た。ツリガネタケから取った火口がかすかな光を放ちはじめた。手のなかで小さな炎がゆらめいた。が、その火口でランタンに火をともそうとしたとき、背後にすうっと空気の流れるのを感じた。影が襲いかかってきた。

ランタンがもう一度消えてしまう前に、その消えていく明かりのなかでジーモンは別の手が降りてくるのを見た。それから闇に呑みこまれた。


一方、ヤーコプ・クィズルは子供たちの痕跡も見つけられないまま、二つの小部屋を通っていた。梯子を伝って行った先の小部屋は空っぽだった。地面に古いジョッキの残骸と朽ち果てた樽の板があった。隅のほうに、表面が滑らかになった石の出っ張りがあり、何百人にも上る人たちが不安になりながらそこにしゃがんでいたように見えた。この小部屋からも二本のトンネルが闇のなかに延びていた。

クィズルはいまいましく思った。このシュラッツェルの穴はほんとうに癪にさわる迷路だ！　下手をすると地下で教会の壁まで延びていることもありうる。司祭の妖怪噺もあながち嘘ではないかもしれない。こんな地下でどんな秘密の儀式が執り行われていたのだろう？　あるいは、地中深く男や女や子供たちが不安になりながら征服者の声や足音に耳を澄ませているあいだに、どれだけの野蛮人や兵隊の集団が通過していったのだろう？　その音が聞こえていたとも思えないが。

左のトンネルの入り口の上に印がいくつか刻まれている。クィズルにはその意味がわからなかった。まっすぐな線と曲がった線、それに十文字、自然に出来たもののようでもあり人間が刻んだもののようでもある。ここでも潜りぬけていく穴は狭く、文字どおり体を押し進めていくしかない。もう三十年も前になるが、年老いた産婆が、人間の体が悪いものや病気や邪まな考えを母なる大地に渡してしまえるように、通り道というのはわざと狭くつくられているんだと話してくれたことがあったが、あれはまんざらでたらめではなかったということか。

狭い穴をどうにか通り抜け、次の小部屋へ出た。これまでのよりは大きかった。クィズルがまっすぐ立てる高さがあり、反対側まで四歩分の奥行きがある。そこからさらに狭い通路がまっすぐ延びている。頭上にも穴があった。指の太さほどの淡黄色の根がその細い竪穴から下に伸び出ていて、クィズルの顔を撫でた。そのずっと上にかすかな明かりが見えたような気がした。月か？　それとも明るさを欲しがる眼が見たただの幻覚か？　ここまでで井戸からどのくらい進んで来たのか計算してみた。敷地の真ん中にあるシナノキの真下あたりまでは来ているだろう。あのシナノキは昔から聖なる木とされている。この建設用地であれだけでかいものとなるときっと数百年は経っているはずだ。以前はシナノキの幹からこの魂の安息所まで竪穴が通じていたのだろうか？

クィズルは試しに根を引っぱってみた。強靱で、それなりの重みがあるようだ。ほんとうにシナノキの根なのかどうか調べるためにこれを伝って上に上がってみようかとも考えた。が、すぐに、やっぱり、水平に延びている通路のほうを行くことにした。この奥に何もなければ戻って来ればいいのだ。頭のなかではずっと数を数えていた。もうすぐジーモンと示し合わせた五百になる。

前かがみになり、狭いトンネルに這い込んだ。これまでいちばん狭い通路だ。粘土や石が肩に当たってぼろぼろと落ちる。口が渇いてきた。土埃と泥のにおいが口のなかに広がる。このトンネルは漏斗の形になっているのではないかという気がした。袋小路か？もう戻ろうかと思ったとき、ランタンの明かりの先にあと数メートルで通路がまた広くなっているのが見えた。そこまで懸命に体を押し進めて行く。瓶からコルク栓を抜くようにして、やっと広めの部屋に出た。

その部屋は天井が低く背をかがめているしかない。二歩も行くと湿っぽい粘土の壁に行き当たった。そこから先に行く通路はない。明らかに迷路の端だ。戻るしかなさそうだ。

細い抜け穴へ戻って行こうとしたとき、眼の端に何か注意を引くものが見えた。

部屋の左側の粘土の壁に胸の高さほどのところに何か刻みつけてある。今度のはさっき入り口のアーチの上にあった単純な線や印みたいなのとは違っていた。ちゃんとした文字が刻まれている、しかもわりと最近のもののようだ。

F. S. hic erat XII. Octobris, MDCXLVI.

思わず息を呑んだ。
F. S.……
これはフェルディナント・シュレーフォーグルの頭文字にちがいない。一六四六年十月十二日にここに来たんだ。そして、どう見てもこれは後世の人に知ってもらいたくて書いたものだ。

クィズルは素早く逆算した。一六四六年はスウェーデン人がショーンガウを占領した年だ。住民は街が焼き払われるのを阻止するために多額の金を差し出さざるをえなかった。にもかかわらずその後の二年間で、アルテンシュタットやニーダーホーフェン、ゾイエンといったショーンガウ近郊の村々やホーエンフルヒまでもが炎の餌食となった。クィズルは熟考した。自分の知るかぎりではショーンガウは一六四六年にスウェーデン人に明け渡された。ということは、老シュレーフォーグルがその年の十月にこの下にいたとなれば、その理由は一つしかありえない。

財産をこの迷路に隠した。

クィズルの思考がめまぐるしく展開する。老人はおそらくシュラッツェルの穴を知っていたのだ。昔からの一族の秘密で、それを結局は墓にまで持って行った。スウェーデン人がやって来たとき、そのことを思い出し、金の大半をこの下に埋めた。ヤーコプ・シュレーフォーグルがジーモンに話していたところでは、父親の遺言に金のことはほとんど記載されていないという。なるほど、そういうことか。

老人は以後ずっとこの地下に宝を置いておいたのだ。おそらくこの先もっと悪くなったときのために！　だが、息子と仲たがいすると、この地所を宝ごと教会に遺贈することに決めた。ただ、それについて教会に何か話すようなことはしていない。ほのめかしただけだ。シュレーフォーグルは司祭に何と言ったか？

あなたはこの地所でいいことをたくさん施すことができるようになりますよ……。

もしかすると老人は司祭にそのことについて話すつもりはあったのかもしれない。だが、そんなこと誰が知ろう、まったく突然に死んでしまったのだ。いや、もしかすると自分の秘密も一緒に墓場へ持っていくつもりだったのかもしれない。何しろフェルディナント・シュレーフォーグルはひねくれた性格の持ち主として知られていたのだ。しかし、その秘密を知っている者がいた、そういうことにちがいない。そして、そいつが宝を探すためにあらゆることをやりはじめたのだ。ところが施療院の建設がそいつの目論見をつぶしかねなくなった。そこで、少しでも長く人知れず探索ができるようにと、傭兵を雇って建設工事の妨害に出た。

また、そいつは三人の殺害にもひるまなかった。子供たちを殺すことにも……。

クィズルはなおも考えつづけた。何かを子供たちは見たにちがいない、そいつの正体がわかる何かを。それとも、宝のことを知ってしまったとか？　それでそいつは子供たちにその秘密を吐かせようとした？

クィズルはランタンの明かりを粘土の地面に這わせた。瓦礫で埋まっている。隅のほうに錆びついた手鋤が立てかけてあった。両手で瓦礫を除けてみた。このやり方では何も見つからないとわかると、鋤を手にして掘りはじめた。一瞬、遠くからかすかな物音が聞こえたような気がした。かすかな呼び声のようだった。手を止めた。それ以上何も聞こえてこないので、さらに掘った。小部屋のなかは鋤でガツガツやる音と荒い息づかいに満たされた。どんどんと掘っていくと、とうとう固い岩にぶつかった。何もない、宝なんてない。残骸もなければ空箱すらもない、何にもない。子供たちがここに来て宝を持ち出したのだろうか？

もう一度壁に刻まれた文字に眼をやった。

F. S. hic erat XII. Octobris, MDCXLVI.……

はっとして、壁のほうへ歩み寄った。その文字のまわりが壁のほかの部分よりも淡く見える。腕の長さほどの正方形、そこに壁のほかの部分との違いを隠すために粘土を塗りつけてある。

クィズルは鋤を手に取り、力いっぱいその文字のところに打ちつけた。粘土が砕けて剝がれ落ち、赤い煉瓦が現れた。もう一撃加えた。煉瓦が砕け、穴があいた。さらに三回打撃を加えると、拳ほどの大きさしかなかった穴が大きく広がって、目の前に人が座れるような出っ張りが現れた。

その出っ張りに口を蠟で封印された陶製の瓶が載っている。

クィズルはそれにも鋤で一撃を加えた。瓶が砕け、硬貨金貨銀貨が出っ張りの上にこぼれて散らばった。

が、まるで昨日磨いたばかりのように、ランタンの明かりにきらきらと輝いた。

フェルディナント・シュレーフォーグルの宝……それをクィズルが見つけたのだ。

ざっと見たかぎりでは、プフェニヒ銀貨とラインのグルデン金貨、どれも状態はよく、申し分のない重さだ。数えるにも多すぎる量だ。優に百枚以上はあるだろう。これだけの金があれば街のなかに家を新築できるし、血統のいい最高級の馬を厩ごと買うことだってできる。一介の処刑吏には一生かかってもお目にできない大金だ。

震える指先でその硬貨を掻き集め、自分の袋に流しこんだ。カチャカチャと音がし、袋はずっしりと重くなった。その袋を口にくわえ、また細い通路を押し通って、一つ手前の部屋に戻った。

さんざん苦労して這い戻って来ると、汗みどろの体で立ち、服についた土埃を払い落とし、最初の部屋へ戻る道にかかった。クィズルはにやりとした。おそらくジーモンはもうとっくにそこに戻っていて、暗がりのなかで不安に俺の帰りを待っていることだろう。それとも、もう子供たちを見つけただろうか。さっき誰かが呼んでいるのがかすかに聞こえたような気もしたが。まあ、いずれにしてもあの若いのをこれでちょっと驚かしてやろう……。

クィズルは意地の悪い笑みを浮かべ、穴からあちこちに根が垂れ下がっているところを通りすぎた。

そこで、はっとした。

何でこれが動いてるんだ？

さっきこの部屋を通って根に触れてから、かなりの時間が経っている。なのに、その根がまだ軽くゆらゆらと揺れている。こんな下に風が吹くはずもない。ということは、俺の真上で誰かが敷地内を通り、そのせいでこの根が揺れたか、それとも……

誰かがここでこれに触れたか。

誰かほかの者がここを通ったのか？　いったい誰が？　で、どこへ行った？　この部屋は出口は二つしかない。そのうちの一つは俺が前にここに出て来たところで、もう一つのほうは袋小路だ。

頭上に延びる竪穴はもちろん別だ。

クィズルは用心しながらその穴の下端に近づき、上を見あげた。淡黄色の根が指のように顔を撫でた。

その瞬間、その竪穴を黒くて大きな、さながら巨大なコウモリのようなものがクィズルめがけて飛び降りて来た。咄嗟にわきへ身を投げた。肩が粘土の地面に当たり激痛が走った。それでも、燃えているランタンはしっかりと抱えていた。すぐに腰のベルトに結わえつけてあるカラマツ材の棍棒に手を伸ばし、もどかしげにそれをほどいた。眼の端に、巧みに地面に舞い降りてからすっくと立ち上がった人影が見えた。胴着は真っ赤な血の色だ。雄鶏の羽根がついた帽子は舞い降りたときに頭から滑り落ちた。左手が骨の白さに輝き、松明を持っている、右手は剣の柄を握っていた。

悪魔がにやりと笑った。

「首斬り、なかなかいい跳躍だ。だが、本気で俺から逃れられると思っているのかな」

悪魔はクィズルの手のなかにある棍棒を指し示した。すでに立ち上がっていたクィズルは、攻撃に備えて巨体をあちこちに揺らした。棍棒はどでかい手のなかではおもちゃ同然に見えた。

「おまえにはこんなのは使わんほうがいいかもな。これでおまえをやっつけたら、顔がぐちゃぐちゃになっておふくろさんにもわからなくなる。もっとも、おまえにおふくろさんがいればの話だが」

そう言って笑ってみせたものの、クィズルは内心悪態をついていた。この唐変木！　子供たちのところへ行く道をこいつに教えてしまったじゃないか！　こいつが子供たちを追っていくのはわかりきっていたのに。こいつの罠にまんまと嵌ってしまうとは、俺もロバなみだ！

眼の端で背後のトンネルを見きわめようとした。この悪魔の言うとおりだ。剣を持ったやつ相手ではリーチの関係で自分一人では万に一つも勝ち目はない。それに、目の前にいる男は手練れの戦士だ。剣を振りまわす動きからだけでも、少なくとも同等の腕を持った相手であると推測できた。こいつが軽くびっこを引いているといっても、その力量を減じることにはなりそうにない。差し支えがあるとすれば長い距離に渡ったときくらいのものだろう。いずれにしても目の前の男は恐れるに足りないという印象は微塵も感じさせなかった。いやそれどころか、こいつは闘う喜びを体じゅうから発散させている。

クィズルは自分に残されている可能性を頭のなかで探った。退却は問題外だ。井戸に向かう狭いトンネルを抜けて逃げるのは不可能だ。その前にこの悪魔にめった斬りされてしまう。となると、ジーモンがこの戦いに折よく気づき加勢してくれるという望みぐらいしか残らない。それまで時間稼ぎをしなくては。

「かかって来いよ、それとも子供や女ぐらいしか相手にできないか？」クィズルは、何とかジーモンに聞こえるようにとことさらに大きな声を出した。もう一度出口のほうをひそかに窺った。

悪魔が同情するように唇をゆがめた。

「おや、助けを欲しがってるのか？　たしかここの通路はいっぱい枝分かれしてるし、けっこう深いんだ。おまえさんがどんなにでかい声を出そうがせいぜい隣の壁にしか届かんよ。俺はこの穴のことはよく知ってるんだ。戦争のとき、そのうちの何本かを燻し出したこともあるんでね。百姓連中が窒息しかけてよろよろと出て来たら、じっくりととどめを刺してやるのさ。あの医者のやつも……」

そう言って腰の高さの細い出口を指し示した。

「喜んで来るだろうよ。そこから首を出したら、鶏の首みたいに叩っ切ってやるまでだ」

「いいか、覚えておけよ、ジーモンやうちのマクダレーナに指一本でも触れたら、おまえの骨という骨をへし折ってやるからな」クィズルが声低く言った。

「ほう、できるものなら、どうぞ。何てったたって、それがおまえさんの仕事なんだからな。まあ、でも、心配しなくても、娘さんは後々のために取っといてやるよ。ただ……俺の仲間がおまえさんの娘をどうするかまでは知らんがね。あいつら、もう長いこと女を抱いてないからな、わかるだろう？　ちょっくら……タガが外れてってこともないとは言えん」

クィズルの頭をさあっと赤い靄がよぎった。怒りが込みあげてきた。憤怒だ。

(落ち着け。こいつの狙いは俺が自分を見失うことなんだ)

大きく深呼吸した、二度、三度。怒りはどうにか鎮まった。が、まったく消えたわけではない。慎重にじりっじりっと後じさりした。話しつづけながら、自分の体で出口をさえぎるつもりだ。ジーモンがトンネルから這い出しても、こうすれば悪魔はまず俺のわきを通ることになる。その後は？　やさ男の学生と棍棒を持った年寄り対武器を持った手練れの傭兵……時間がいる！　もっとじっくり考える時間が！

「俺は……俺はあんたのことを知ってる。どこかで逢っているはずだ、マクデブルクにいたときか」

悪魔の眼にちらっと戸惑いの色が浮かんだ。顔がゆがんだ、今朝早くクィズルの家の庭で見せたときのように。

「マクデブルクだと？　マクデブルクなんかで何をやってたんだ？」ようやく言った。

クィズルは棍棒をまわした。

「俺は傭兵だった……あんたみたいにな」声がかすれる。「あの日のことは絶対に忘れない。一六三一年五月二十日、俺たちはティリーとともにその街に侵入した。あのご老体は早朝にマクデブルクの全住民から法による保護を奪った……」

悪魔がうなずいた。

「そのとおりだ。ということは、おまえさんもその場にいたってことだな。なら、お互い通じ合うものを持ってるってことだ。こりゃ、いい。もっとも残念ながら俺のほうは、おまえさんのことはてんで記憶にないがな」

そう言った後で、顔にぴくりと動くものがあった。

「おまえさん……あの街道にいた男か！　外壁わきの家……そうか、思い出した！」

クィズルはほんの一瞬眼を閉じた。記憶がよみがえってくる。家の庭ではまだおぼろげな断片でしかなかったものがしだいに形を取りはじめた。一つひとつの映像が霰の粒のようにぱらぱらと頭上に落ちてきた。

(砲火……街の外壁の破れ穴。女と子供が悲鳴をあげながら道を走って行く。何人かが転んだ。傭兵が襲いかかり、剣でめった斬りにした。血が小路に流れ落ち、人々がそれに滑って転び悲鳴をあげた。左手には富豪の家、そこから泣き声とけたたましい悲鳴があがった。屋根と二階はすでに炎に包まれている。開け放たれたドアに男が一人立ち、乳飲み子を屠った子羊のように両足を持ち頭を下にしてぶら下げている。乳飲み子が泣きわめく。その泣き声は砲火を、兵士の笑い声を、火にはぜる音をも圧倒した。地面には血にまみれた男。その家の女が膝を突いて傭兵の前に進み出て、その胴着にすがりついた。

「金だ、金はどこにある、異端の雌豚め、言え！」

女はただ泣いて首を振ることしかできない。乳飲み子はひたすら泣きわめく。と、男が身をよじる子供を上にあげ、ドア枠に叩きつけた。一回、二回、三回。泣き叫ぶ声が止んだ。剣での一太刀、そして女が横倒しになった。傭兵が小路の反対側に眼をやった。眼には狂気が薄く光っていた。あざけりのきらめき、口が痙攣したようにぴくっと動いた。手を上げて合図した。手が白い、曲がった骨の指、それが血に飢えた狂乱状態に加わるよう手招きしている。男は家のなかへ姿を消した。

上から叫び声が聞こえてきた。俺はやつの後を追って駆けていき、男や女や乳飲み子を飛び越えていき、燃えている階段を駆け上がり、左手にある部屋へ。その傭兵が若い娘の前に立っている。娘は食事用のテーブルの上に乗せられ、壊れた食器や砕けたワインのカラフのあいだに横たわっている。血染めの服は膝まで引き上げられている。傭兵は俺に向かって笑みを浮かべ、招き寄せる仕草をした。娘は恐怖に見ひらいた眼で虚空を見つめている。俺は剣をつかみ男に向かって振り上げた。が、男はひょいと身をかがめて躱し、バルコニーへ走った。急いで後を追うと、そいつは三メートル下の道路に飛び降りた。着地に失敗し、もんどり打って倒れた。それから足を引きずりながら横丁に入って行った。姿を消す前に、やつは骨の手で俺を指さした、覚えていろとでも言うように……)

シュッという音。

クィズルの記憶がふいに中断された。悪魔の剣がクィズルの頭めがけてうなりをあげたのだ。寸前にどうにかわきへ飛び退いたが、その一撃は左肩をかすめ、鈍い痛みを残した。クィズルはよろけながら後ろの壁ぎわに下がった。悪魔の顔が松明の明かりのなか憎しみにゆがんで光っている。耳から口もとにかけて延びる長い傷痕がぴくぴくと震えた。

「首斬り、あれはおまえだったのか！　おまえがこの脚をいかれさせたのか。おまえのせいで俺はびっこになったんだぞ！　こうなったら、たっぷりと痛めつけて殺してやるから、そう思え。少なくとも娘と同じぐらいには痛めつけてやる！」

傭兵はまた出口のところに位置を定めた。部屋の中央に立ち、相手の隙を窺った。いまいましさを覚えつつクィズルは肩の傷をさすった。手が血でぬるぬるした。素早くマントでその手をぬぐい、また傭兵に集中した。ランタンの明かりではなかなか見きわめがつかない。打ちこむべきよりどころとなるのは相手の松明だけだ。右側にフェイントの攻撃をかけ、それから悪魔の左側にまわった。傭兵はさっと一歩わきへよけ、クィズルにたたらを踏ませ、壁にやり過ごした。もう一度棍棒を振り下ろした。固いカラマツ材は狙いをつけた後頭部には当たらなかったものの、少なくとも肩甲骨には当たった。苦痛の叫びをあげて悪魔が後ろへ飛びすさり、壁を背にするまでになった。対しながら二人とも息があがってきた。どちらも壁を背にし、冷たい眼で敵を見すえながら。

「首斬り、なかなかやるじゃないか」悪魔が呼吸の合間に言った。「だがな、それくらいのことは知ってたんだ。マクデブルクでこいつは俺と同じぐらいの力があるってな。こうなったら、おまえさんに断末魔の苦しみを味わわせるのが楽しみになってきた。西インド諸島では野蛮人が最強の敵の脳味噌を食べると聞いたことがある、その強さが自分たちに移るようにな。おまえさんにもぜひそれを試してみたくなった」

言うが早いかクィズルに飛びかかってきた。剣が渦を巻きながら空を切り裂いてクィズルの喉めがけて迫って来た。クィズルは咄嗟に棍棒を上に跳ね上げ、刃先をわきへのけた。カラマツ材が裂けたが、折れはしなかった。

クィズルが悪魔の胃に肘打ちを食らわせた。悪魔がぐえっと呻き、すかさず向かいの壁に走り寄った。二人の位置が入れ替わった。壁の上で影が踊り、ランタンと松明の赤みを帯びたゆらめく明かりのなかに小部屋が浮かび上がる。

呻きながらも楽しくてたまらないといった体《てい》で傭兵は身を丸め、剣を握る手を腹の上に置いた。そうしながらも相手から一瞬も眼を離すことはない、クィズルのほうはその間を利用して自分の傷の具合を見ていた。左の上腕のところで胴着がぱっくりと割れている。そこから血が噴き出て来る。が、傷は深くはないようだ。クィズルは拳を握って肩を動かした。刺すような痛みを感じた。痛むというのはいいことなのだ。腕がまだちゃんと動くということだから。

ここにきてようやくクィズルは、マクデブルクで気づいていた相手の骨の手を仔細に見るだけの余裕ができていた。その手はほんとうに一つひとつが骨の指の部分から成っているようで、それぞれが銅線で結びつけられている。内側に金属のリングがついていて、そこに差してある松明の炎がゆらゆらと揺れている。このリングにはほかのものもぶら下げることができそうだなとクィズルは思った。クィズル自身、戦争に行って実にさまざまな補装具を知った。そのほとんどは木製でかなり大ざっぱな作りだった。このような精巧な骨の手は一度も見たことがなかった。

悪魔がクィズルの視線に気づいたらしい。

「俺のこの手が気に入ったかね？」言いながら松明ごとその手を振ってみせた。「俺もだ。これは自分の骨なんだ、わかるか？　銃弾を食らって左腕が砕けちまった。傷が壊疽を起こしたんで、手を切断するしかなくなった。この骨のおかげで俺はあのけっこうな思い出も作れたってわけさ。ほら、願ったり叶ったりの出来になってるだろう」

そう言って手を上にあげた、松明の明かりがその青白い顔を照らした。クィズルは、この傭兵はさっきまでこの竪穴の天井にどうやって身を隠していたのだろうと考えた。それが今ようやく明らかになった。この男は負傷しなかったほうの手一本で身を引き上げたのだ！　こいつの体にはどれだけの力が潜んでいるんだ？　俺に勝機なんてこれっぽちもないじゃないか。ジーモン、どこにいる、くそっ！

時間を稼ごうと、問いを重ねた。

「あんた、建設現場の妨害をするよう依頼を受けたんだろう？　だが、そのとき子供たちに見られた、だから子供たちを殺すしかなかった」

　悪魔がかぶりを振った。

「首斬り、全然違うな。子供らは運が悪かったのさ。俺たちが依頼を受けて手付け金をもらったときにたまたまあいつらがここに隠れてた。胡椒袋がそれを知られたんじゃないかってやたら心配してな。で、子供らの口をふさぐよう、その依頼もしてきたってわけだ」

　クィズルは内心どきりとした。

　子供たちが依頼人を知っている！　陰で糸を引く黒幕を知っている！

　なるほど、子供らが街に来ようとしないわけだ。かなりの有力な男にちがいない、それもただ顔を知っているというだけでなく、まわりの人たちが自分たちの言うことよりもその人の言うことのほうをはるかに信じるとわかっているような、そんな男ということだ。表沙汰になればその名声が危険にさらされることになるような男。

　時間だ。もっと時間が要る。

「倉庫の火事は、あれは単に注意を逸らすためだったのか？　仲間がちょっくら火遊びをしているあいだに、あんたは街に忍びこんでクララを連れ出そうとした……」

　悪魔が肩をすくめた。

「ほかにどうやってあの子に近づけるというんだ？　前もって訊きまわったのさ。男のガキどもは造作もなかった。腕白ざかりで、そのへんをほっつき歩いてるからな。あの赤毛のあまっこも遅かれ早かれ俺の手で始末するつもりだった。だが、クララだけは病気だ、あれこれ嗅ぎまわって風邪を引いたんだな、あのちびで、なかにこもっているしかなくなって……」

　同情するようにかぶりを振ってから、話を続けた。

「こうなると何としてでも、かのシュレーフォーグル一家が里子を一人だけ家に置くような状況をつくらないといけなくなった。あの富豪が寄せ場の倉庫に品物を保管しているというのはわかっていたんでね。火事になったときには、案の定召使いともども即座にそこに駆けつけた。残念ながらあの子には逃げられてしまったが、今から迎えに行くさ。つまり……おまえさんを片づけてからってことになるが」

剣でフェイントをかけてきた、が、元の位置に立ったままだ。まだ相手の弱点を窺っているかのようだ。

「なら、魔女の印は？　あれはどういうことだ？」クィズルがなおもゆっくりと訊く、出口の前の自分の位置を逃しはしない。相手の気分が変わらないようにしないといけない。ジーモンが助けに来てくれるまで、とにかく話して、話して、話しつづけさせるのだ。

悪魔の顔に当惑の影が差した。

「魔女の印だと？　何のことだ、魔女の印とは。首斬り、なにくだらんことを言ってる」

クィズルは一瞬はっとしたが、ここは気取られてはならない。この傭兵たちはあの印とは何の関係もないだと？　そんなことがありうるのか？　俺たちがずっと追っていた手がかりは間違いだったのか？　シュテヒリンはやはり子供たちと魔法をやっていたのだろうか？

産婆は俺に嘘をついていたのか？

クィズルはそれでも質問を続けた。

「子供たちはみんな肩に印がついている。魔女が使うのと同じような印だ。あんたらがつけたんじゃないのか？」

しばし沈黙の間が生じた。やがて悪魔がけたたましく笑いだした。

「そうか、やっとわかった！」息がはずんでいる。「だから、おまえさんたちは魔女を閉じこめたのか！　だから、誰も俺たちを捜さなかったんだ！　そんなことをしたら魔法にかかずらうことになるからと信じこんで。胡椒袋どもはどいつもこいつも揃ってまぬけな野郎どもだ。へん、魔女が焼かれれば、それですべて元どおりよくなるだと。アーメン。そこに主の祈りが三回つくな。下手に気をまわす必要なんか全然なかったってことだな」

　クィズルは考えた。俺たちはどこかで間違いを犯したようだ。解決はすぐそこだと思っていたのに。まだモザイクの石が残っている、それですべてがぴったりと嵌るはずの石が。

　それは何だ？

とはいえ、今はそれどころではない。ジーモン、いったいどこにいる？　この下で何かあったのだろうか？　道に迷ったか？

「どうせ地獄へ行くのであれば……どうだ、あんたらに依頼をしたのが誰かぐらいは話してくれないか」

　悪魔の高笑いはなおも続く。

「ほう、そんなに知りたいか？　知りたきゃ話してやらんでもないが……」ふいに何かおもしろいことを考えついたとでもいうように、狼のような笑いを見せた。「おまえさん、拷問はお手の物だよな？　解決を求めてそれが見つからないとなったら、それも一種の拷問じゃないのかね？　死にかかっていてもほんとうのことを知りたがる、ところがそれでも解決してもらえない、え、どうだ、これも拷問だろう？　さあ、そろそろ死んでもらおうか」

　なおも笑いながら悪魔はフェイントの攻撃を仕掛けてきた、もう一回、そして今度はまともにクィズルめがけて。クィズルは寸前で剣を棍棒で止めた。が、その刃先はじりじりと喉元に寄ってくる。背中が壁についた、その圧迫を返すほかなくなった。目の前の男はとてつもない力がある。顔がクィズルの間近に迫った、それとともに刃先も。一センチ、また一センチと。

　男の息の酒くさいのがわかる。眼を覗きこむと、その奥にあるのはうつろなヴェールだけだ。戦争がこの傭兵から何もかも吸い尽くしたのだ。いや、もしかすると戦争がこの男に別のものを与え、すでに狂気の者と化しているのかもしれない。クィズルに見えたのは憎悪と死、ほかには何もなかった。

刃先が喉から残すところ指の幅ほどになった。どうにかしなくては。クィズルはランタンを落とし、左手で傭兵の頭を後ろへ押した。ゆっくりと刃先が後退した。

あきらめちゃ……いかん……絶対に……マクダレーナ……

絶叫とともに渾身の力を振り絞って悪魔を反対側の壁まで投げつけた。毀れた人形のようになって悪魔が地面に滑り落ちた。

傭兵は短く身震いしてから、立ち上がった。手にはそれぞれ剣と松明があり、次の攻撃の用意はできている。クィズルの勇気が零にまで落ちた。この男には勝てない。何度でも立ち上がってくる。憎しみが常人にはないエネルギーをこの男に与えている。幸い消えてはいない。

ランタンが隅のほうに転がっている。幸い消えてはいない。

幸い？

クィズルにひらめくものがあった。どうしてももっと早く思いつかなかったのだろう？　危険を冒すことにはなる。が、どうやらこれが残された唯一のチャンスだ。悪魔から眼を離さないようにしながら、地面でまだ炎がゆらめいているランタンに手を伸ばした。それを手に取ると、にやりと相手に笑いかけた。

「ちょっと不公平だよな。あんたは剣を持ってるってのに、俺が棍棒だけってのは……」

悪魔が肩をすくめた。

「人生そのものが不公平にできてるのさ」

「俺はそんなことはないと思うがね。同じ闘うにしても、せめて同じ条件でやりたいもんだ」

そう言ってランタンを吹き消した。

クィズルの顔が闇に呑まれた。相手にはもう見えなくなっていた。

次の瞬間、クィズルは悪魔の骨の手めがけてランタンを正確に投げつけた。傭兵が絶叫した。こういう攻撃は計算外だったようだ。必死にその手を引っこめようとしたが、間に合わなかった。ランタンは白い骨に命中し、固定されていた松明が外れた。そのまま地面に落ち、消えてしまった。

真っ暗闇となり、クィズルは泥の海の底に沈んだような気がした。大きく息をついた。

それから全体重をかけて悪魔に飛びかかっていった。

15

一六五九年四月三十日、月曜日、夜十一時、ヴァルプルギスの夜

マクダレーナも暗黒のほかには何も見えなかった。手口は猿ぐつわの黴くさいにおいでいっぱいだった。手首と足首はロープで縛られ、かすかにむずがゆさを感じるくらいでほとんど感覚がない。頭の傷はあいかわらず痛む。が、もう血は出ていないようだ。汚らしい亜麻布のせいで、どこに運ばれて来たのかも確かめられない。屠られた家畜みたいに傭兵の肩にだらんと担がれてきた。おまけに単調に揺られてきたせいで船酔いにかかったみたいになっていた。むかむかして吐き

そうだ。

記憶の最後にあるのは、今朝キュー門を通って街を後にしたことだ。その前はどこにいたんだっけ？　何か探していたような……何だっけ？

また頭が痛みだした。頭蓋骨の真下に記憶が詰まってるのに、そこから何かを引き出そうとするたびに額をハンマーで打たれたような痛みに襲われる、そんな気がしてならなかった。

この前目覚めたときには、父親が悪魔と呼んでいた男が身をかがめて見おろしてきた。どこかの納屋だったのだろう、藁と干し草のにおいがした。男は血止めだと言って苔を額に載せ、それから、左の、妙に冷たい手をゆっくりと服に這わせていった。その傭兵の言葉ははっきりと聞き取れたが、そのまま気絶しているふりをしていた。男は耳許まで屈みこんでささやくように言った。

〝おやすみ、マクダレーナ、いい子だ。俺が戻ってきたら、これはただの夢だと祈るがいい……おやすみ、今はまだいくらでも……〟

恐怖に叫びそうになったが、どうにか気絶したふりを続けられた。眼はじっと閉じていた。もしかすると逃げ出せるチャンスもあるかもしれない。

悪魔に縛られ、猿ぐつわを咬ませられ、目隠しまでされては、その望みもはかなく消えてしまった。どうやら、目覚めたときに運ばれた場所を知られるのは避けようということのようだ。その背に担われ、しばらく森のなかを抜けて行った。松と樅のにおいがし、フクロウの鳴くのが聞こえた。何時なんだろう？　空気の冷たさとフクロウの鳴き声から、夜であることはまちがいない。捕まる前は朝陽が照っていたのではなかったか？　ということは一日じゅう気絶していたってこと？

あるいは、それよりもっと長く？

パニックを来しそうになった。落ち着こう、震えちゃいけない。目が覚めたことを担いでいる男に気づかれてはならない。

　とうとう森のなかで乱暴に地べたに放り投げられた。まもなく男たちの声がして、こちらに近づいて来た。

「これが例の娘だ」悪魔が言った。「示し合わせた場所に運んで、そこで俺を待ってろ」

　誰かが枝か何かで服の上を撫でてから、上にめくった。マクダレーナはぴくりとも動かなかった。

「ふうむ、こいつは見るからにうまそうだ」すぐ上で声が響いた。「首斬りんとこのあまだと？　あのやさ男の医者の思いものか……へん、本物の男を相手にしたほうが喜びを味わえるだろうによ」

「手を出すんじゃないぞ、わかってるな」悪魔が脅しつけるように言った。「この女は俺のもんだ。こいつの親父にはちょいとした恨みがあるんでな」

「こいつの親父はアンドレを殺したんだぞ」別の声がした。深みのある声だ。「アンドレとは五年の付きあいだ、いいやつだった……俺だってこいつと楽しみてえ」

「そうだ」もう一人の男が言った。「どうせおまえはこいつを切り刻むんだろう。だったら、その前にちょっとぐれえ楽しませてくれてもいいじゃねえか。俺たちだってあの首斬りのげす野郎に仕返しする権利はあるんだ」

　悪魔の声が威嚇の響きを帯びた。

「もう一度言う。この女には手を出すな。俺が戻ってきたら、みんなで楽しむ、それは約束しよう。だが、それまでは指一本触れるんじゃない。この女も何か知ってるかもしれん、それを訊き出したいってのもあるんでな。遅くとも夜明けには示し合わせた場所で落ち合おう。さあ、行け！」

　森のなかを踏みしめて行く足音がしだいにかすかになった。悪魔はいなくなった。

「いかれ野郎が」傭兵の一人がつぶやいた。「何でこ

「それもそうだな」もう一人がつぶやいた。

それから、あいかわらず気絶したふりをしているマクダレーナを背中に担ぎあげた。またゆらゆらと揺られて行った。

男の背中で揺られているあいだにマクダレーナの頭を悩ましていたのは、悪魔に打ちのめされる前、何があったのかということだった。ジーモンと父親のために市場まで食べ物や飲み物を買いに行ったことは覚えている。そこで通りにいた子供たちと話をした。が、どんな話だったか正確なところまで思い出せない。その後の記憶は途切れとぎれになっている。降りそそぐ陽射し。路上でひそひそ話をする人たち。荒らされた部屋。

誰の部屋？

また頭が痛みだした、それもかなりひどい、これは吐くかもしれないと、ちらりと思った。懸命に吐き気をこらえどうにか嚥み下すと、辿っている道に集中することはねえ」

うも毎度毎度言いなりになってなきゃならないんだ」

「怖いからだろうが！」もう一人が言った。「シュテットホーファーのゼップやランツベルガーのマルティンみたいな目に遭うのが怖いからだろう……二人の黒き魂に神の憐れみを。みんな怖いんだよ！」

「ふん、何が怖いだ」一人目の男の声が大きくなった。「どうだ、ハンス、ものは相談だ。このあまっこを俺たちのものにして、ずらかろうじゃねえか。ブラウンシュヴァイガーには一人で勝手に宝物を掘らせておけばいいさ！」

「見つかったらどうなると思ってんだ、ああん？　夜明けまでは待とうや。それで何か損するわけでもねえだろう？　やつが戻って来なけりゃ、それもよし。金をたんまり持って現れりゃ、それを頂戴してあとはおさらばすりゃあいいんだ。どっちみち明日の朝までのことだ、それ以上あんな吸血鬼みたいなのと一緒にいることはねえ」

ることにした。男たちはどこに連れて行こうとしているのか。坂道を登っている。担いでいる男が息を切らしぶつくさ文句を垂れているのが聞こえる。風が強くなってきた、森を出たということか。鳥の鳴き声。どこかで何かの軋む音が風に乗ってかすかに聞こえてきた。何となく思い当たるものがある。

男たちが立ち止まり、薪の束でも放り出すようにどさりと降ろされた。鳥がすぐ近くで鳴いている。ここがどこかわかった。見える必要はなかった。

マクダレーナにはにおいでわかった。

黒い影がジーモンに飛びかかり、その口をふさいだ。じたばたして抵抗しようとした。くそっ、短剣はどこだ？ さっきそれと火打ち石を打ちあわせたばかりなのに、どこか暗闇のなかに転がっている。手を伸ばしても届かない。口をふさぐ手に力が込められていく、息ができない。そばにいたゾフィーがまた叫びだした。

と、ふいに、耳許に聞き慣れた声がした。

「頼むから、静かにしてくれ！ やつがすぐ近くにいるんだ！」

やっとその手を離してくれた。ジーモンがごつい腕の下で身をよじった。

「クィズル、あんただったんだ！」ほっとして言った。

「一言、声をかけてくれりゃいいのに」

「しーっ……」

暗闇にもかかわらずジーモンは間近にあるクィズルのでっかい顔を見分けることができた。妙に沈んでいるように見えた。

「やつを……あの気ちがいをやっつけた。だが、たぶん……死んじゃいない。おとなしくしてる……だけだろう……」

ヤーコプ・クィズルは話すのも大儀そうに、途切れとぎれにしゃべった。左の上腕から生温かいものが滴っているのがジーモンにもわかった。けがをしている。

血が出ているんだ、それもただの切り傷ではない。

「けがしてる！　診てあげようか？」言いながら傷のぐあいを手で確かめようとした。が、クィズルはその手を素っ気なく払いのけた。

「時間が……ない。悪魔が……今にもここに……来るかもしれん。うう……」脇腹を押さえた。

「何があったの？」ジーモンがささやいた。

「悪魔のやつ……俺たちの後をつけていた……畜生なみのばかだよ、俺たちは。で……明かりを消して、逃げてきた。あの、くそったれに、棍棒で二、三発食らわしてはやったんだが。てめえが出て来た地獄に帰れってんだ……」クィズルの体に震えが走った。痛みで震えたんだ、とジーモンは思ったが、すぐに笑っているのだと気づいた。ふいに、クィズルの動きが止まった。

「ゾフィー？」暗闇に向かってクィズルが問いかけた。少女はそれまでずっと無言だった。ようやくジーモンのすぐそばから、その声が返ってきた。

「はい」

「出口は、ほかにもあるのか？」

「トンネルが……あることは、ある。この部屋から出て行けるのが。でも、埋まっちゃってて」声がさっきまでと違う、とジーモンは思った。落ち着いてしっかりしている。ショーンガウの街なかで聞いた、孤児たちのリーダーの声だ。一時的にではあっても恐怖感に勝つことができたようだ。

「その通路がどこに出るのか知りたかったから、みんなで石をどけはじめていたんだけど、それが終わらないうちに……」

「なら……そこを掘ろう」とクィズルが言う。「それと、ちくしょう、明かりをつけてくれんか。あのくたばり損ないが降りて来るようだったら、いつでも消していい」

　ジーモンが地面を手さぐりで探し、ようやく短剣と火打ち石と火口を見つけた。まもなくゾフィーの蠟燭に火が点った。もう残り少なくなっているが、それでもジーモンには真っ暗闇に灯ったこの獣脂の明かりが真昼の明るさに見えた。部屋のなかを見まわした。

部屋の大きさはそれまでのものと変わりなかった。自分が落ちてきた穴が見分けられた。壁のあちこちに石でできた椅子のような出っ張りがついている。小さいのは蠟燭などを置くためのものらしい。その上に子供の手で刻まれたような錬金術の記号やいたずら書きがある。ベンチのような長細い出っ張りの上にクララが横になっていた。息づかいが荒く、顔色が悪い。額に手を置いてみると、燃えさかる炎のような熱さだった。

そのクララが横になっている石のベンチにクィズルが身をもたせていた。マントの一部を歯で裂いて、それを胸に巻いているところだった。肩のところも赤く濡れて光っている。ジーモンの気遣わしげな視線に気づいて、にやっと笑った。

「藪医者、涙なんか流すなよ。クィズルはまだ死んじゃいない、泣きたいのはおまえだけじゃないんだ」そう言って後ろを指さした。「ゾフィーのことを手伝ってくれ、一緒に通路を開けるんだ」

ジーモンが振り向いた。ゾフィーの姿が見えない。もう一度見まわしてやっと、奥の出っ張りのところからもう一つ通路が延びているのに気づいた。数歩先のところが崩れた石の山になっている。ゾフィーがそこから石をせっせと運び出している。その石の山に拳ほどの穴が開いていて、その穴を通って空気が流れこんで来ているような気がした。この通路はどこに通じてるんだ？

石を除けるのを手伝いながらジーモンはゾフィーに話しかけた。「ここで待ち伏せしていた男って、前に僕らを追いかけた男だよね？」

ゾフィーがうなずいた。

「男の子たちを殺した、あたしたちが上の敷地にいる男たちを見たから」ささやき声で言う。「今度はあたしたちのことも殺すつもりなの」

「きみたちは何を見たの？」

ゾフィーは通路に立ち止まり、ジーモンを見つめた。蠟燭の明かりが弱く、涙を流しているのかどうかまでは見えなかった。

「ここはあたしたちの秘密の場所だったの。このことは誰も知らない。あたしたち、ほかの子供らに襲われたときには、ここに来ることにしてた。ここなら安全だったから。あの夜もこの井戸のなかで会うために街の外壁を越えて来てた」

「どうして？」ジーモンが訊き返した。

ゾフィーはそれにはかまわず話しつづけた。

「あたしたちここで会ってたの。そしたら、急に声が聞こえてきて。這い上がって出てみたら、男の人が四人の男にお金を渡しているのが見えた。小さな袋だった。お金を渡してる人の声も聞こえた」

「何て言ってたんだ？」

「建設現場を毀してくれって。ショーンガウの職人たちが造り直したら、また毀してくれ、何回でも、俺がいいと言うまでって。でも、そのとき……」

言いよどんだ。

「そのとき、どうした？」ジーモンが訊く。

「そのときアントンが石の山を崩しちゃって、それでみんな見つかってしまって。いっせいに逃げたんだけど、ペーターが、ペーターの叫ぶ声が後ろから聞こえてきた。でも、あたしはそのまま走った、ずっと走りつづけて、外壁まで行った。あたしたち、ペーターのこと救けられたらよかったんだけど、一人だけ置いて来ちゃって……」また泣きだした。ジーモンは土埃にまみれた髪を撫でてやった。少し落ち着いた。

口の渇きを覚えながら、また訊きはじめた。「ゾフィー、いい、これは大事なことなんだ。男たちにお金を渡していた人って、誰だった?」

ゾフィーは声もなく泣きつづけた。その顔に涙のこぼれるのがわかる。それでも重ねて訊いた。

「誰だった?」

「あたしにはわからない」

ジーモンは初め、言ってる意味がわからないのだと思った。が、しだいに事情が呑みこめてきた。

「わからないって……そいつのことが?」

ゾフィーが肩をすくめた。

「暗かったから。声はみんな聞いてるけど。その男たちのなかに悪魔がいるのはわかった、赤い胴着を着ていたし、骨の手も見えたから。でも、お金を渡した人のことは、あたしたち誰もわからなかった」

ジーモンはもう少しで笑いだすところだった。

「でも……でもさ、それじゃ、今までのことは何だったんだ。次々に人が殺されて、きみたちは隠れ処にこもって……そのきみたちは、男が誰だったかわからなかったって! そいつだけがきみたちに見られたと思ってるんだ! どれもこれもやらなくていいことばっかりだったのに。あんなに血が流れて、みんな無駄に……」

ゾフィーがうなずいた。

「あたしは、これはみんな夢、いつかは覚める悪い夢なんだって思ってた。でも、街で悪魔に逢って、その後でアントンが死んで、それでわかったの、あたしたち皆殺しにされるって。みんなで同じものを見たんだから。だからあたしはここに隠れた。あたしがここに来たときには、もうクララが来てた。もう少しで悪魔につかまるところだったって言って」

また泣きだした。ジーモンは、この十二歳の女の子がこの数日間どんな思いで過ごしてきたか思い描いてみようとした。できなかった。なすすべなく、ただ頬をなぜてやった。

「ゾフィー、もうすぐ終わるよ。僕らがここから出してやる。そしたら何もかも解決する。ただ、それにはまず……」

まだ話すつもりだったのだが、鼻をつくにおいに先を続けられなくなった。

煙のにおいだ。だんだん強くなってくる。

どこか上のほうから声が聞こえてきた。嗄れた甲高い声だ。

「首斬り、聞こえるか？　俺はまだ死んじゃいない！　おまえだってそうだよな？　どうだね、この焚き火の味は？　おまえさんのランプの石油と濡れた角材が二、三本ありゃ、けっこうな煙が出るってもんだ、わかるな？」わざとらしく咳をした。「あとは、おまえらが鼠みたいに穴から這い出すのを待つだけのことだ。そのまま下にいたら窒息しちまうんだろうからな。まあ、それもいいか」

クィズルはすでに通路にいる二人のところに来ていた。マントを切り裂いて作った薄汚れた包帯が上半身に巻かれている。出血はもうしてないようだ。クィズルが口に指を当てた。

「首斬りさんよ、聞こえてるよな？」新たな声が聞こえてきた、さっきより近い。「やっぱ、考え直した。今からそっちへ降りて行く。煙があろうがなかろうが、この機を逃したくはないんでね……」

「急いで」クィズルが声低く鋭く言った。「やつは俺が相手する。ジーモン、クララのことを頼む。この通路がすぐには通れなかったり、袋小路になってるようだったら、俺のほうに戻って来い」

「でも、悪魔が……？」ジーモンが言いかけた。

クィズルはすでに、部屋から上に延びる穴に入りこんでいた。

「あいつを地獄に送り返してやる。今度こそ、必ず」

そう言って穴のなかに姿を消した。

マクダレーナは地面に横たわったまま、身動きできなかった。目隠しをされ、猿ぐつわもされたままなので息苦しい。かすかな腐敗臭が鼻をつく。一定の間隔をおいて軋む音がする。あれは鎖だ、絞首刑の者を吊す鎖。その手入れは父親がやっていた、いつもたっぷりと油を差して。だがどんなに油を差して手入れをしても、何ヵ月も風雨や雪にさらされたらたちまち錆びてしまう。

残った体が今も烏の餌食になっているブラントナーのゲオルクは、この一帯にあまたある盗賊集団の首領だった。その一味が一月の末にとうとう方伯の捕吏の網にかかった。盗賊たちはその妻や子供などの家族ともどもアマー渓谷の洞窟に立てこもった。三日間に及ぶ包囲戦の末、盗賊は投降した。捕吏と交渉し家族を自由に立ち去らせることを条件に、盗賊たちは無抵抗で判事の前に出た。年若い盗賊は、子供も含め、右手を切り落としたうえでその地から追放となった。首領格の四人はショーンガウの絞首台、ガルゲンビヒルに吊された。見物は多くはなかった。極寒の季節であり、雪も深かったからだ。そんななか処刑は粛々と行われた。腐った果物が投げつけられることもなく、罵声も少なかった。マクダレーナの父親は男たちを順々に梯子に登らせ、首にロープをかけ、梯子を外した。盗賊たちはほんの少し足をじたばたさせ、ズボンを濡らし、それで終わった。男たちのうちの三人は家族の手でロープを外され、引き取られて行った。ブラントナーだけは見せしめとして鎖につながれたままとなった。それからもう三月になる。寒かった時期はまだ形が保たれていたが、やがて右の脚が落ち、残りももうおよそ人間の姿をとどめていなかった。

少なくとも盗賊の首領は死ぬ瞬間には絶景を眼にしていた。ガルゲンビヒルは街の北に位置する丘で、そこからは天気がよければアルプスを一望にできる。畑と森のあいだにぽつんと聳えているために、旅の者は遠くからでも、ショーンガウの街が盗賊にどういう態度を取ったかがわかるのだった。盗賊の首領の残骸はほかのならず者にとっては抜群の見せしめとなった。

マクダレーナは、その丘を吹きすぎる風に服がはためくのを感じた。さほど離れていないところから男たちの笑い声が聞こえてくる。サイコロをやっているか酒でも飲んでいるのだろうが、その話し声までは聞き取れなかった。心のなかではいまいましく思っていた。ここを隠れ処とするのは賢い選択と言っていい。あと何時間かで選帝侯の執事が兵を伴ってショーンガウに到着するにしても、この傭兵たちは何も怖れる必要はないだろう。ガルゲンビヒルは呪わしい地と見なされているのだ。大昔からここは刑場に使われてきた。吊された者たちの霊がうろついているのである。大地にはその骨がしみこんでいる。取りたてて必要のない者は、ここにはわざわざ登って来ないのだ。

それに、遠くからよく見えるといっても、ここは完璧な隠れ処になる。下の林に数メートルも潜りこめば、ちょっとやそっとでは見つからないのだから。

マクダレーナは手をこすり合わせ、ロープをゆるめようとしてみた。こんなことをしていたら何時間かかるかしら？　一時間？　二時間？　もうすでに鳥が鳴きはじめている。ということは、そろそろ夜が明けるのだ。でも、正確なところは何時なのだろう。すっかり時間の感覚が失せていた。

しだいしだいに、ロープがそんなにきつくなくなっている。少しゆるんだらしい。角ばった石に体を載せようと慎重に少し横へ体をずらした。その石が肋骨に当たる。痛い。体の位置を直し、石がちょうど手首のところに来るようにした、そしてこすりはじめた。しばらくして、麻縄がほつれだしたのがわかった。こうして根気よく続ければ、いずれ手は自由になる。

その後は？

目隠しのせいで二人の傭兵のことは見えてなかったが、それでも運ばれているときに、少なくとも一人はかなりの力持ちであるのには気づいていた。それに二人はきっと武器を持っているだろうし、足も速いだろう。どうやって逃げる？

　ロープがほとんど切れようかというところになって、突然話し声が止んだ。足音が近づいて来る。すぐにまた気絶しているふりをした。足音がすぐそばで止まったかと思うと、顔に冷たい水をぶっかけられた。思わず息を吹き、あえいだ。

「姉ちゃんよ、俺が勝ったんでな。サイコロで……」深みのある声が真上で響き、脇腹を蹴った。「おい、ちょっくら目を覚まして、俺たちを楽しませてくれや。いい子にしてたら、ブラウンシュヴァイガーが戻って来る前に逃がしてやらんでもないからよ。だが、もちろんクリストフの相手もちゃんとやってからってことになる……」

「ハンス、さっさとしろい」少し離れたところからもう一人の声がした。重たげな呂律のまわらない声だ。

「すぐ日が昇る、やな野郎が今にもここに現れるかもしれねえんだ。そうなったらあいつに一発食らわして、さっさととんずらしようぜ！」

「そういうこった、姉ちゃん」ハンスが身をかがめてマクダレーナの耳許にささやきかけた。焼酎と煙草のにおいがぷんぷんする。相当に酔っぱらっているなとマクダレーナは思った。「ま、今日は、姉ちゃんには幸運の日ってとこだな。俺たちでブラウンシュヴァイガーにとどめを刺してやるのさ、あの吸血鬼にな。そうすりゃ、あんたがあいつに切り刻まれることはない。で、俺たちは宝を持っておさらばだ。だが、その前にもう一回ちゃんと面倒をみてやることにはなるだろうな。あの骨ばった医者が舐めてくれるのとはまた違ったものになるぜ……」

　そう言ってマクダレーナのスカートに手を入れた。

　そのとき、ようやく麻縄がほどけた。後のことは考えずに、マクダレーナは右膝を上に引き、膝頭を傭兵の股間に打ちこんだ。うっと息を呑むような叫びをあげて相手が地面に突っ伏した。

「あばずれめ……」

マクダレーナは猿ぐつわと目隠しを顔から取っ払った。うっすらと夜が明けはじめている。まだ闇が濃いとはいえ、朝靄のなかに傭兵の姿が灰色の塊りとなって目の前の地面に横たわっていた。マクダレーナは眼をこすった。ずっと目隠しをされていたので、薄ぼんやりとした明るさに慣れるのにも時間がかかった。追い立てられた獣のようにあたりを見まわした。

目の前にガルゲンビヒルが聳えている。ブラントナーのゲオルクの残骸が風にぶらぶらと揺れているのが見えた。二十歩ほど離れた木立のなかに小さな炎が上がっている。人影が立ち上がってこちらへやって来る。その傭兵は少し足元がふらついている。が、それでも恐ろしいまでの速さで近づいて来た。

「ハンス、待て！　そのあまは俺がつかまえる！」

マクダレーナが走りだそうとしたとき、後頭部に一撃を食らった。わきの地面にいた男が奮起して枝か何かで殴ったにちがいない。頭の痛みが矢のように額へ突き抜けた。一瞬、眼が見えなくなったような気がした。が、視力はすぐに戻った。前方によろけ、足を滑らせ、突然斜面を転げ落ちたように感じた。枝と棘のある葉が髪に絡みついてきた。汚泥と草の味がした。ようやく立ち上がり、藪のなかによろよろと駆けこんだ。後ろのほうからわめき声がし、足音がどんどん近づいて来る。

低い茂みに紛れながら霧のかかる畑地に出ると、昨日の記憶がよみがえって来たような気がした。

すべてが目の前にはっきりと見えた。

痛みと恐怖にもかかわらず笑ってしまった。二人の追っ手にすぐ後ろに迫られ、命がけで走っているというのに。くすくすと含み笑いしながら、同時に涙が出て来た。謎解きは単純なことだった。それをもう誰にい。

も伝えられないかもしれないと思うと、残念でならない。

煙が濃くなってきた。ジーモンは何度も咳が出た。煙が通路に流れてきて、一緒に入り口の石を一つひとつどけているゾフィーにも襲いかかった。二人は湿った布で顔を被ったが、何の役にも立たない。ジーモンは眼がひりひりした。何度も手を止めては顔をぬぐった。貴重な時間が失われていく。何度も、石の出っ張りの上で熱と闘いながら寝返りをうつクララのことを見やった。病気の女の子にとって煙は地獄であるにちがいない。

ヤーコプ・クィズルが姿を消してからかなりの時間が経つ。自分たちの喘ぎや咳の音以外にもう何も聞こえなかった。とりあえず拳大の穴だけはしっかりと開いた。ジーモンはそれを苛立ちをつのらせながら見つめた。やせぎすの十二歳のゾフィーならたぶんもう押し通れるのかもしれないが、自分にはまだ充分とは言えない。とりわけ大きな石をわきに持ち上げると、苦労して開けた穴がまた崩れて最初からやり直さなくてはならなくなった。ようやく穴が充分な幅になると、クララも問題なく連れて通れるようになった。向こう側から新鮮な空気の流れがやって来た。ジーモンはそれを肺いっぱいに吸いこみ、それから急いで部屋のなかのクララのところへ行き、抱え上げた。

女の子は乾燥した薪の束のように軽かった。とはいえ、その子を穴を通させるのはなかなかに大変だった。「俺が先へ行って、通路がずっと続いてるか見てくる」このやり方では先へ進めないとわかると、息も絶え絶えにゾフィーに言った。「俺が這って抜けられたら、クララを引っぱるから、後ろから押してくれ。地面の石で擦り傷をこしらえないよう、少し持ち上げるようにして。わかった？」

ゾフィーがうなずいた。その眼は土埃をかぶった髪と口をおおう布のあいだで煤けた隙間としか見えなかった。あらためてジーモンはその子の落ち着きぶりに感心した。が、おそらくこの子も相当にショックだったはずだ。この数日間眼にしたことはあまりにもひどいことばかりだった。

二人が掘り起こした穴はジーモンが肩で通り抜けられるほどの大きさになった。いずれこの通路はまたこの箇所で崩落するかもしれない。ジーモンは今はまだそうならないことを願うばかりだった。歯を食いしばった。ほかにどんな選択肢がある？　後方には火と煙といかれた傭兵がいる。それにくらべたら崩れた通路など何ほどのこともないじゃないか。

ジーモンはランタンを前に突き出した。通路がまた広くなったように感じた。まわりを照らしてみた。確かにトンネルが広くなっている。屈んで歩けるくらいの高さもある。ここにも一定の間隔をおいて壁に煤けた小さな出っ張りがある。何歩か進むと通路が曲がっていて、先までは見通せない。新鮮な空気が向こうから流れて来た。

急いで振り返り、穴の後方を見た。

「クララをこっちへ押して寄こして」とゾフィーに言った。

穴の反対側から呻き声と地面を搔く音が聞こえた。それからクララの頭が覗いた。女の子はうつぶせになり、青白い顔を横に向けている。まだ気を失ったままで、まわりのことは何もわかっていないようだ。ジーモンはその子の汗まみれになった髪を撫でた。

（この子には天の恵みかもしれない。すべて悪い夢だと思うだろう）

クララの肩をつかみ、慎重に手前に引いた。どんなに頑張っても、服が岩肌の地面にこすれ、引きちぎれて肩が露わになった。

その右の肩甲骨にくっきりとあの印がついている。

ジーモンはそれを初めて上から見た。

♀

ジーモンは眩暈に襲われた。煙と恐怖心が一気に吹っ飛んだ。その印しか見えてなかった。心の眼に大学にいたときに慣れ親しんだ錬金術の記号が次々に浮かんできた。

（水、土、空気、火、銅、鉛、アンモニア、灰、金、銀、コバルト、錫、マグネシア、水銀、塩化アンモニウム、硝酸カリウム、塩、硫黄、牛黄《ごおう》、礬《ばん》類、赤鉄鉱……）

赤鉄鉱。これって単純にそういうことなんじゃない？　自分たちは単純に、ほかの可能性には目もくれず、一つの観念に凝り固まっていたのではないのか？すべては大きな誤解にすぎなかったのではないのか？

それ以上考えている時間はなかった。上のほうからぎしぎしと軋む音が聞こえる。土埃がぱらぱらと落ちてきた。素早くクララの肩をつかみ、その体をぐいと自分のほうに引き寄せた。

「ゾフィー、早く！」穴に向かってわめいた、穴からはいちだんと濃くなった煙が押し寄せてきた。「通路が崩れる！」

間をおかずゾフィーの頭も現れた。一瞬ジーモンは、この子の肩も一目見てみたいという誘惑に駆られた。しかし、大きな石がすぐそばにどしんと落ちてきて、そんな場合ではないと思いなおした。ゾフィーが穴を抜け出すのを手伝った。そして、その子が身を起こすのを見届けると、ジーモンは気絶しているクララを肩にかつぎ、屈みながら通路を先へ急いだ。

もう一度後ろを振り向くと、煙が通路に充満しているのがランタンの明かりで見えた。それから天井が崩落した。

ヤーコプ・クィズルは上に通じる竪穴へ身を入れ、煙と闘っていた。眼は閉じたままにしていた。暗闇のなかではどっちみち何も見えないし、そのほうが煙が眼にしみることがないからだ。折よく薄目を開けると、上のほう、竪穴が終わりになっているところに、かすかに燃えているものが見えた。煙のせいでほとんど息がつけない。太い腕でじりっじりっと体を引き上げ、急な通路を上がって行く。ようやくトンネルの縁を感じることができた。喘ぎながらも気合いとともに小部屋のなかへ身を引き上げ、体を伸ばしてから眼を開けた。

眼をしばたたいて見ると、右手に膝の高さほどの穴が、さらに胸の高さのところに上に通じるもう一つの竪穴があった。さっき悪魔との闘いの後この竪穴を抜けて下へ滑り降りたのだ。火はその上のほうから来ているようだ。この部屋のなかにもすでにかなり濃い煙が立ちこめている。

クィズルの眼から涙が出はじめた。煤けた指で顔をぬぐう。ちょうど右手の小さな通路を見てみようと思ったとき、上から物音が聞こえた。

かすかな引っ掻くような音だ。

何かがゆっくりと竪穴を滑り降りてきた。荒い息づかいが聞こえたような気がした。

クィズルは竪穴のわきに身を寄せ、カラマツ材の棍棒をかざした。引っ掻く音が近づいて来た。滑る音がだんだん大きくなってきた。炎のゆらめく明かりのなか、竪穴から何かが滑り出て、目の前を通りすぎた。雄叫びとともにクィズルはそれに飛びかかっていき、棍棒を打ち下ろした。

それが腐れかかった梯子の一部でしかないとわかったときには遅かった。

その瞬間に後ろからシュッという音が聞こえた。わきに身をかがめたが、刃先がマントの袖をとらえ、左の前腕を斬りつけた。鈍い痛みが体を貫いた。地面に倒れ、大きな鳥のようなものが自分の上を滑るように飛び去って行ったように感じた。

再び起きあがると、涙でくっついた眼に、部屋の向かいの壁で巨大な影が踊っているのが見えた。炎は悪魔の姿を倍の大きさに膨らませ、その上半身は天井にまで広がっていた。長い指でクィズルにつかみかかろうとしているように見えた。

クィズルはまばたきし、ようやく影の真ん中にその傭兵自身が立っているのを見て取った。煙がますます濃くなっていて、悪魔のことはぼんやりとしか捉えられない。悪魔が自分の松明を頭の高さに上げたとき初めてよく見えた。

敵の顔は血に染まり、赤い筋が額を走っている。松明の明かりを反射して眼が爛々と光っている。歯が猛獣のように白く光った。

「首斬り……俺は……まだ、まだだ」ささやくような声だ。「さあ、正念場だぞ、おまえと俺の……」

クィズルは棍棒をしっかりと握り、身をかがめて構えた。左腕は地獄のような痛みだ。が、それを気取らせてはならない。

「うちの娘をどこへ連れて行った？」声低く言った。「狂い犬みたいに殴り殺してやるから、その前に吐け！」

悪魔が笑った。挨拶代わりのように骨の手を上げると、二本の指がなくなっているのがクィズルに見て取れた。それでも、松明は中手骨の鉄の輪のなかに差してあった。

「娘のことは……知りたい……だろうな。いい場所さ……首斬りの娘には似合いの場所だ……今ごろは鳥に眼が抉られて……」

クィズルは威嚇するように棍棒を振り上げてから、さらに言った。

「鼠のように踏みつぶしてやる……」

悪魔の唇に薄い笑いが浮いた。

「やれるものならな」うなるような声。「おまえも俺と同じだ……殺すのが俺たちの仕事だ……俺たちは似た者どうしだ……おまえが考えている以上に」

「同じものか」声低く言った。

その言葉とともに煙のなかの悪魔にまともに飛びかかって行った。

マクダレーナは、もう振り返ることもせず斜面を駆け下りた。枝が顔に当たり、茨の藪が足に絡みつく。服も裂けた。背後から傭兵の喘ぎが聞こえてくる。男たちは初めのうちは走りながらマクダレーナに声をかけてきたが、いつしか無言の狩り立て猟へと変わっていた。犬のように足跡を嗅ぎつけて追ってくる。獲物を追いつめて初めて止まるのかもしれない。

ちらっと後ろを振り返った。男たちは二十歩のところにまで迫っている。ガルゲンビヒルの麓近くまで来ると、あたりはもうそんなに鬱蒼とはしていない。茂みはなくなり、目の前には茶色い畑が広がっている。これでは隠れようがない。唯一のチャンスはレヒ川の段丘の森だ。樅と白樺の林まで行けば、木立のなかに身を隠せるかもしれない。が、そこまではまだかなりある。男たちは今にも追いつきそうだ。

走りながらマクダレーナは畑に眼をやった。右に左に、種蒔きに出ている農民がいないか必死に探した。だが、こんな早朝では人っ子一人見あたらない。左手の丘の向こうに度々見え隠れするホーエンフルヒ坂にも救けを求められるような旅人の姿はない。たとえいたとしても、女が一人、武装した男二人に追いかけられているのだ、首斬り人の娘のために我が身を危険にさらす農夫や商人がいるだろうか。視線を前に向けたまま、牛車を急がせるだけのことだろう。

マクダレーナは走るのには慣れている。子供のころからしょっちゅう裸足で近隣の村の産婆のところへ出かけていた。そういうときには、ぬかるんだ道や土埃の立つ街道を肺が苦しくなるまで駆けたものだ。それがたまらなく楽しかった。鍛えられているから持久力もあるし、ペースもつかんでいる。だが、後ろに迫っている男たちもなかなか諦めようとしない。人を狩り立てるのはお手の物らしく、楽しみながら追っかけてるようにも見える。そのテンポは乱れることなく、目標に向かってひたむきだ。

街道を突っ切り、レヒ川の段丘の樅の森めざして駆けた。だが、その森はまだ畑のむこうに細い緑の帯となって延びているのが見えるだけだ。そこまで行き着けるかどうか自信は持てない。口のなかに鉄と血の味がした。

走っているうちに固まっていた思考がほぐれ、小さな幽霊のように頭のなかでふらふらとうろつきだした。記憶がよみがえってきた。死んだ子供たちの肩に浮いていた魔女の印をどこで見たのか思い出した。昨日、産婆の家を訪れたとき、床に散らばっていた破片に眼が行った。もともとは棚に並んでいた陶製の坩堝の破片だ。シュテヒリンはそういう容器に毎日の仕事に使う止血の苔や痛みをやわらげる薬草、妊婦や病人に服ませる煎じ汁に混ぜる粉末などを詰めていた。その破片に錬金術のシンボルが刻まれたのが混じっていた。古くは大パラケルススが使用し、産婆たちのあいだでも広く使われている印だ。

そこに魔女の印もあったのだ。

最初は訝しく思った。産婆の家にこの印があるとはどういうことだろう？ やっぱりシュテヒリンは魔女なのだろうか？ が、その破片を指でつまんで矯めつ眇めつしているうちに、ふと思い当たるシンボルがあったのだ。

そしてその瞬間、魔女の印は無害な錬金術の印に変じた。

（赤鉄鉱。血石……）

それを粉末にしたものは出産後の止血に投与される。マクダレーナ自身はそれを使うことに抵抗を感じていたが、医者仲間でもふつうに認められている無害な薬剤だ。

窮地を脱してもいないのに、笑いがこみあげてくる。魔女の印というのは赤鉄鉱のシンボルを逆さにしたものにほかならなかったのだ。

ジーモンが子供たちの肩にあった印だと言って描いてくれたものが思い出された。ジーモンも父も、あんなふうに逆さに見ていたから魔女の印に見えたのだ。ちゃんと上下正しく見れば、何のことはない、ふつうの錬金術の印なのに……。

子供たちはこの印をニワトコの樹液を使って自分たちで肩に彫りこんだのだろうか？　しょっちゅうシュテヒリンのところに行っていたんだから、ゾフィーやペーターやほかの子もその容器のシンボルは見ていたにちがいない。でも、どうしてそんなことをしたのだろう？　それとも、やっぱり彫ったのはシュテヒリンだったのだろうか？　でも、それだとあんまり意味がないような。シュテヒリンが子供たちの肩に赤鉄鉱の印を描いて何の意味がある？　ということはやはり子供たちが……。

頭のなかでいろんな考えが渦巻くあいだに、森がだんだん近づいてきた。さっきまで朝の薄明かりのなかで暗緑色の帯としか見えてなかったものが、今は白樺と樅とブナの樹林帯となってすぐ目の前に広がっている。マクダレーナはそこを目ざしてひたすら走りつづけた。男たちがすぐ背後まで追いついて来た。あと十歩のところまで迫っている。はあはあと喘ぐ息づかいが聞こえる。だんだん近づいて来る。一人が走りながら狂ったみたいに笑いだした。

「やい、首斬りのあばずれ、俺だっててめえと同じように走るのは得意なんだ。仕留めたらたっぷり賞味してやらあ……」

もう一人も笑いだした。

「このあまぁ、もうすぐつかまえてやる。もう逃げられんぞ！」

段丘の森にあと一息のところまで来た。身を守れる木立の手前に湿地がある。両足がぬかるみに踝まで埋まる。白樺と柳の木立のあいだに残雪が解けて出来た水たまりや小さな池が口を開けている。彼方にレヒ川の水音が聞こえた。

マクダレーナは沼地のなかの乾いた小山に狙いを定め、ぴょんぴょんと跳んで行った。が、ついに、次の小山への間隔があきすぎていて足が届かなかった。両足ともぬかるみに突っこんでしまった。必死に足を抜こうとする。

はまってしまった！

男たちが追いついた。獲物を追いつめた嬉しさに「やっほう」と歓声をあげ、にやつきながらぬかるみを取り囲み、足を汚さずに獲物を捕らえる道を探している。マクダレーナは手近の小山に両手を突き、ぬかるみから足を引き抜いた。ずぼずぼといやな音がした。なんとか抜け出して小山に立ったところで、正面から傭兵の一人が飛びかかってきた。かろうじて身を躱した。男がばちゃんと大きな音を立ててぬかるみに足を突き、よろけた隙に、二人のあいだをかいくぐって一目散に森へ走った。

薄暗い藪に潜りこんだものの、すぐにそれが自分を利するものではないことに気づいた。木々がまばらに立っているのだ。身を隠せるような茂みがない。やむなく、さらにどんどん先へと走った。走るしかなかった。男たちがすぐまた後ろまで迫って来た。追跡が終わるまでもう長くはかかるまい。川の流れの音が大きくなった。川岸の断崖はすぐ目の前だ。逃げられない……。

ふいに左の足が空《くう》を踏んだ。はっとして飛びすさる。目の前で砂利が底深く消えていく。柳の枝をわきへのけ、垂直に落ちこんでいる斜面を覗きこんだ。下に砂利の河原が見える。

断崖のへりでもたもたしていると、眼の端で何かが動いた。いきなり傭兵の一人が柳の陰から現れ、マクダレーナをつかまえようと手を伸ばしてきた。ままよとばかり、マクダレーナは断崖を飛び降りて行った。岩や土塊の上を転げ、飛び出ている根につかまっては何度かもんどり打った。一瞬目の前が真っ暗になった。気づくと、ハシバミの茂みに腹這いに乗っている。河原からわずか数メートル手前で転落の衝撃をやわらげてくれていた。砂利の河原に墜落するのは免れた。

痛みに身を丸め、いっときそのまま動けなかった。そうっと頭を起こし、上を見た。はるか上方に男たちの姿が見える。川に降りられるところを探しているようだ。傭兵の一人が断崖の上に生えている大木にロープを縛りつけはじめた。

マクダレーナはハシバミの茂みから抜け出ると、斜面を伝い歩きして河原まで降りた。

レヒ川はこの曲がりのところでかなりの急流になっている。中央にはひっきりなしに渦が出来、川べりの水は白く泡立って岸辺の低木を洗い流そうとする。四月の末になっても水嵩は多く、岸辺の白樺は梢まで水をかぶっていた。その白樺に絡みつくようにして一ダースほどの伐り出された丸太が流れる方向を定められずに川面にたゆたっていた。邪魔だとばかりに怒り狂ったレヒ川が襲いかかるが、のらりくらりと位置をずらすだけだ。いずれはこの奔流に攫われてしまうのだろうが。

と、その丸太のあいだに小舟が一艘揺れている。

マクダレーナは我が身の幸運をにわかには信じられなかった。朽ちた小舟は上流から流されて来たにちがいない。それが今丸太の群れに巻きこまれ、渦につかまってその場で輪を描いている。よく見ると、船腹にちゃんとオールも二本ついている。

まわりに眼をやった。傭兵の一人がロープをつたって河原にまで降りて来た。すぐにもここまで来るだろう。もう一人はたぶん別の道を探して降りて来るのだろう。マクダレーナは丸太に向きなおり、短い祈りを唱えるや、靴を脱いで手前の丸太に飛びついた。

飛びついた木はゆらゆらして安定しない。それでもバランスは保てた。その丸太を踊るように進み、次の丸太に飛び移った。その丸太がくるくる回りながら右へと寄って行く。マクダレーナにはその程度の回転なら手足を使って造作なくバランスをとることができる。ちらりと振り返ると、ロープを使って降りてきた傭兵が岸辺に立ち、どうしたものかと逡巡している。が、女の行く手に小舟があるのを認めたらしく、おっかなびっくりながらも丸太に足をかけ、そろそろと進んで来た。

後ろを振り向いたことでマクダレーナはバランスを失いかけた。あやうく足を滑らせ川のなかに転落しそうになったが、かろうじて身を支えた。左右の足を別々の丸太に乗せて立つ恰好になった。足下では水が白く泡立ちごぼごぼと音を立てている。ここに落ちたら、石臼で碾かれる穀粒のように巨木にはさまれてぺしゃんこになってしまう。

慎重に歩を進める。背後の傭兵がじりじりと間を詰めてきた。見ると、緊張し真剣そのものの顔つきになっている。サイコロで勝ったからと先に凌辱しようとしたハンスだ。恐怖を、それも死の恐怖を抱いているのがありありと見て取れた。が、今さら引き返せるわけもない。

マクダレーナは軽やかな足どりで次の丸太へ飛び移った。その先はもう小舟だ。その小舟まであと一息というところで、背後から悲鳴が聞こえてきた。振り返ると、傭兵がロープを渡る曲芸師のように踊っている。一瞬、空中で静止したように見え、それから川のなかへ転落していった。男が沈んだところで丸太どうしが押し合ってぎしぎしと音を立てた。丸太のあいだに頭がちらりと浮かんだようにも見えたが、それを最後に傭兵の姿は見えなくなった。

断崖の上にいたもう一人の傭兵は轟音をあげて流れる水をいまいましげに見おろしていたが、やがて身をひるがえし木立のなかへと姿を消した。

マクダレーナは最後の一歩を踏み出して小舟のへりをつかむと、舟のなかに身を滑りこませた。舟には手幅二つほどの深さに水が溜まっている、が、幸い水洩れはしていないようだ。震えながらその場にくずおれ、声低く泣きだした。

朝陽でほんの少し体が暖まり、身を起こすと、オールをつかみ岸辺沿いに下流のキンザウのほうへと漕ぎだした。

背後の通路が崩れだすや、ジーモンは素早くクララの上に身を投げ体を張って護った。そして祈った。ぎしぎしと軋んで砕ける音が聞こえた。石が右に左に落ちてきた。土の塊りが背中に落ちてきた。最後にさらさらと細かいものも。ようやく静かになった。

なぜか蠟燭は消えていなかった。なおもしっかと右手に握りしめている。そろそろと身を起こし、蠟燭で通路を照らした。土埃と煙が徐々におさまり、蠟燭の明かりが届く数メートル先まで視界が開けた。

後ろでゾフィーが身を縮めて地面に伏せていた。土塊と土埃が全身を覆っている。それでもその体が軽く震えているのがわかった。生きている。すぐ後方には崩れた石と暗闇しかなかった。ジーモンは厳しい顔つきでうなずいた。退路は断たれた。が、少なくとも、煙もここまでは届かなくなった。

「ゾフィー？　どうだ、何ともないか？」小声でささやきかけた。

ゾフィーは首を振り、身を起こした。顔は青ざめていたものの、それ以外は大丈夫なようだ。

「通路が……通路が……崩れちゃった」ぶつぶつと言った。

ジーモンはそうっと上を見あげた。真上の天井はしっかりしているように見える。支柱はないが、滑らかで締まりのある固い粘土だ。丸みがあって上方がやや細くなっている形状はトンネルの強度を増すというのを、以前、鉱業に関する本で読んだことがある。こういう通路を造ったのはその分野の親方だろう。この迷路を造りあげるまでに、いったいどれくらいの時間がかかったのか？ 何年？ 何十年？ 今の崩落はおそらく湿気で粘土の締まりがもろくなったことによるものだろう。どこかから水分が染みこんだにちがいない。それ以外はトンネルの状態は良好だ。

それにしても、この構造物にはただただ驚嘆するほかない。よくもこんな、どう見ても何の意味もないような迷路をつくることに多大な労力を費やしたものだと思う。地下の避難所として役に立たないことは、火を燃やされればひとたまりもないということでたった今証明されたばかりだ。上の部屋などで火をつければ通路はたちまち煙が充満し、なかにいる者は鼠のごとく地表へ殺到するしかない。あるいは、トンネル内で窒息死するのを待つほかない。

もっとも、このトンネルがどこかほかでも地上につながっているとなれば話は別だが……。

ジーモンはゾフィーの両手を引っぱった。

「先へ行かなきゃ。通路が完全に崩落してしまわないうちに。どこかで出られるにちがいない」

ゾフィーが驚いて眼を丸くしている。ショックで、固まってしまったように見えた。

「ゾフィー、聞こえてるか？」

動かない。

「ゾフィー！」

ばしっと音を立てるほどに平手打ちを食らわせた。

我に返った。

「何……どうしたの……？」

「ここから出なくちゃ。しっかりしろ。きみが先に行って。蠟燭持って、消さないよう気をつけて」ジーモンはゾフィーに鋭い眼を向け、それから言葉を継いだ。

「クララは僕が連れて行く、すぐ後ろについていくから。言ってることわかった？」

ゾフィーがうなずいた。歩きだした。

通路は曲がりきってしまうと、またまっすぐになった。初めは気づかないほどだったが、だんだんと登りになっている。通路の幅も高さも膝を突いて進まなくてはならなかったのが、先へ行くにつれて広がり、屈んで歩けるほどになった。ジーモンはクララをおんぶした。その腕が左右の肩の上でぶらぶらと揺れた。ほとんどその重みを感じないくらいに軽かった。

突然、前方からの空気の流れを感じた。ジーモンは大きく息を吸った。新鮮な空気のにおいがする。森の、樹脂の、春のにおいだ。こんなに空気がおいしいものだったとは。

まもなくトンネルは袋小路になって終わっていた。

ジーモンは信じられなかった。ゾフィーの手から蠟燭を取り、パニックに陥って見まわした。通路がない。穴もない。

しばらく探してようやく上に通じる竪穴を見つけた。約五歩分の高さに狭い隙間があり、そこを透かして陽の光が洩れている。石の板がのっかっているらしい。手は届きそうになかった。ゾフィーを肩に乗せても届きそうになかった。ましてや、重い石をゾフィーが持ち上げることなど不可能だ。

袋の鼠だ。

ジーモンは意識を失くしているクララをそっと地べたにおろし、そのそばに座った。めったやたらに喚いてみたい衝動に駆られた。せめて大声で叫んでみたい——今日はもう何度こんな思いをしただろう。

「ゾフィー、俺たち、ここから出られないかも……」

ゾフィーはジーモンのそばに座って縮こまり、頭をジーモンの膝にのせた。両手でジーモンの脚をしっかりとつかんだ。震えていた。

ふいにジーモンの頭に例の印のことが浮かんできた。ゾフィーの服に手をかけ、肩を露わにした。右の肩甲骨のところに魔女の印がくっきりとついている。

長いことジーモンは何も言わなかった。

「この印は自分たちで描いたんだよね？」ようやく訊いた。「赤鉄鉱、ただの粉末……きみたちはこのシンボルをシュテヒリンのところで見たんだ、そしてそれをニワトコの樹液で彫りつけた。全部ただの遊びだった……」

ゾフィーがうなずいた。その頭をいっそうジーモンの膝に押しつけてきた。

「ニワトコの木の汁で！」ジーモンが先を続けた。「僕らがばかだっただけかもしれない。子供用のシロップで自分の印を描く悪魔がどこにいるって。でも、ゾフィー、何で？　どうして？」

ゾフィーの体が震えた。ジーモンの膝に涙が落ちた。頭を上げないまま、ようやく話しはじめた。

「あいつらがあたしたちのことを殴ったり、蹴ったり、咬んだりするの……あたしたちのことを見ると、唾を吐きかけてきて、ばかにするの！」

「誰が？」ジーモンは困惑して訊いた。

「ほかの子たち！　あたしたちが孤児だから、あたしたちには家族がいないから！　だから、あたしたちのことを踏みつけにするの！」

「でも、じゃ、その印はどういうこと？」

ゾフィーが初めて眼を上げた。

「あたしたち、マルタのところでそれが棚にあるのを見ていたの。坩堝の一つについてた。何となく……魔法みたいに見えたから。それで、この印をみんなでつけていればお守りのまじないになるような気がして。もう誰もあたしたちに手出しできないように」

「お守りね」ジーモンはつぶやいた。「ただの子供の悪ふざけ、それ以上のものではなかった……」

「マルタがそういうお守りのことを話してくれたことがあったの」ゾフィーが続ける。「死から護ってくれたり、病気や天災から護ってくれる印というのがあるんだって。でも、どれがということまでは教えてくれなかった。そんなことをしたらあたしを魔女だって言う人が出て来るってマルタは言ってた……」

「えっ、そうか……」ジーモンがささやいた。「それが始まりだったんだ」

「だからあたしたちは、満月のときには自分たちの隠れ処に行くの。おまじないがよく利くようにって。その印をみんなで彫りつけ合って、これからはみんなずっと一緒だよって誓い合った。あたしたちいつも助け合って、ほかの子に唾を吐きかけて、ばかにするって」

「そのときに男たちの声を聞いた……」

ゾフィーがうなずいた。

「おまじないは利かなかった。あたしたちは男たちに見つかって、みんなで助け合うこともできなかった。あたしたちは逃げた、ペーターは犬みたいに殴り殺された……」

また泣きだした。ジーモンはやさしく撫でてやった。やがて落ち着くと、涙を流して泣いていたのが時おりしゃくりあげるむせび泣きに変わった。

ゾフィーのそばではクララが眠りながらぜえぜえと喉を鳴らしている。ジーモンは額にさわってみた。あいかわらず熱い。こんなところにいてはクララはこの先何時間も持たないのではないかと思えてきた。この子には暖かいベッドと冷罨法と熱を下げるシナノキの花を煎じた汁が必要だ。それに、脚のけがも処置してやらなくては。

初めは慎重に、それからだんだんと大きな声でジーモンは救けを求めて呼んだ。何度か呼んでみたものの答えてくれる者はなく、あきらめてまた石だらけの湿った地べたに腰をおろした。見張り番はどこにいるんだ？　あいかわらず縛られて猿ぐつわを咬まされたまま地面に転がっているのか？　それとも、もうとっくに自由の身になれたのだろうか？　もしかすると、襲われたことを知らせに街へ向かっているところかもしれない。だが、悪魔にやられたら、どうなる？　今日は五月の一日。街のなかではみんな楽しく踊って笑い声をあげていることだろう。誰かがここに来るのは明日か、下手すると明後日になってからということもありうる。それまでにはクララは熱で死んでしまっているかもしれない。

悪いほうに考えるのをやめるためにも、ジーモンはゾフィーにあれこれ細かいことを訊ねることにした。自分やクィズルが見つけたもろもろのことが次々と頭に浮かんで来る。それらが今ようやく一つの意味を成しつつある。

「ペーターのポケットに硫黄を見つけたんだけど、あれもきみたちのまじないの一つなの？」

ゾフィーがうなずいた。

「マルタのところにあった坩堝から持ち出したの。あたしたち、魔女が硫黄を魔術に使うんなら、あたしたちにも害にはならないって思ったの。ペーターはポケットにそれを詰めこんでいた。なかなかいいにおいがするだろうって言って……」

「シュテヒリンのところのアルラウネを盗んだのもきみたちだね？」ジーモンが続けた。「自分たちのまじないごっこに使おうとして」

「あたしが見つけたの」ゾフィーが白状した。「マルタはアルラウネの不思議な力について話してくれた。それであたし、それを三日間ミルクのなかに漬けておけば、そこから男の子が生まれてあたしたちを護ってくれるって信じこんで……でも、ただ臭いだけだった。その残りはここでクララのために飲み物にした」

ジーモンは気を失っている女の子を見やった。そんな荒療治を生き延びたのは奇蹟と言ってよかった。だが、もしかするとアルラウネも何かしら効き目をもたらしたのかもしれない。結果的にクララはそれ以来ずっと眠りつづけ、体を回復させるに充分な時間をとれている。

また、ゾフィーのほうに向きなおった。

「自分たちが見たことを法廷書記官やほかの参事会員のところへ知らせに行くこともしなかったのは、そのおまじないの印のせいで疑われるかもしれないと思ったからだね」

ゾフィーがうなずいた。

「ペーターがああなったときには、まだそうしようと思ってた。ほんとうよ、十時の鐘が鳴ったらすぐレヒナーと参事会員のところへ行って全部打ち明けるつもりだった。でも、その後、みんながペーターをレヒ川で見つけて、魔女の印も。そして、それから大騒ぎになって、みんな魔法だ、魔法だって言うようになって……」

ゾフィーは必死にすがるような眼をジーモンに向けた。

「あたしたち、もう誰もあたしたちのこと信じてくれないって思った。あたしたちのことを魔女だと思ってマルタと一緒に焼くんだって思った！　だから怖くて、怖くて！」

ジーモンはゾフィーの汚れた髪を撫でてやった。

「もう大丈夫だ、ゾフィー。もう大丈夫だ……」

ジーモンは、そばで頼りなげにちらちらと揺らめいている小さな蠟燭に眼をやった。あと半時間もすれば燃えつきてしまうだろう。そうなったら、明かりは石板の隙間を透かして射しこむかすかな光だけとなる。自分の上着の一部でクララの腫れあがったくるぶしを冷やす罨法を施してやろうかとも考えたが、すぐに思い直した。水たまりがあるにはあるが、水が汚すぎるのだ。たぶん、そんな罨法では病状を悪化させるだけだろう。同業の医者仲間と違ってジーモンは不潔が感染につながると考えていた。汚れた包帯を巻かれた兵士たちが次々に死んでいったのを自分の眼で見ていた。と、そのとき何か音が聞こえたような気がして考えるのをやめ、耳を澄ませた。どこか遠くから人の声が聞こえる。上からだ。ジーモンは飛び上がった。建設用地に人がやって来たにちがいない！　ゾフィーも泣くのをやめた。一緒になってそれが誰の声か聞き分けようとした。が、あまりにもかすかだ。

いっときジーモンはリスクを量った。上に来たのが傭兵たちだということもありうる。それも悪魔自身かもしれない……あの狂ったのがクィズルを殺して、今また白昼、井戸まで忍んでやって来たのかもしれない。その一方で、クララはここから出してくれる者がなければ、このままここで死を待つことになる。少しためらってから、ジーモンは両手で口の前にラッパをつくり、竪穴に向かって嗄れた声で叫んだ。

「おうい、救けてくれ！　こっちだ、下だ！　聞こえるか？」

上から人の声が聞こえなくなった。もう先へ行ってしまったのか？　ジーモンはなおも大声で叫んだ。ゾフィーも手伝った。

「救けてくれ！　おうい、誰か、聞こえないのか？」

一緒になって声を張り上げた。

ふいに、どたどたという鈍い足音が聞こえた。真上から何人かの話し声が聞こえてきた。それから石の板がぎりぎりと音を立てて脇へどけられた、閉じこめられていた者の顔に光が降ってきた。上の開口部に頭が一つ現れた。ジーモンは目をしばたたいた。ずっと暗闇のなかにいたせいで、陽の光がまぶしすぎてよく見えない。ようやくその顔が見分けられた。

富豪のヤーコプ・シュレーフォーグルだった。

その参事会員は自分の娘が下にいるとわかると、大声で呼びかけた。おろおろした声だった。

「クララ、よかった、ほんとうによかった！　生きていたんだね！　聖母マリアに讃えあれ！」

そう言ってから後ろを振り向いた。

「早く！　ロープを持ってこい！　下の人たちを引き上げるんだ！」

まもなく一本のロープが竪穴に垂らされ、その先端がするすると降りてきた。ジーモンはそれで輪をつくりクララのお腹に巻くと、引き上げるよう合図した。次はゾフィーの番だった。ジーモンは最後に引き上げてもらった。

上に着くと、ジーモンはあたりを見まわした。自分のいる場所を定めるまでしばらく時間がかかった。まわりにぐるりと新しい礼拝堂の壁が聳えている。竪穴はその真ん中、ぼろぼろになった石の板の真下にあった。職人たちは古い基礎をそのまま基底部として使ったようだ。ジーモンは改めてその底を覗きこんだ。この場所にずっと昔、教会か何か聖なる建物があったというのは充分考えられる、そしてその建物は一本の通路で冥界とつながっていたのだ。今回作業に当たった職人たちはこの石の板には気づかなかったようだ。

ジーモンの背をひんやりとしたものが走った。地獄へと通じる大昔の竪穴……下には悪魔みずからがあわれな罪びとを待ちかまえている。

後ろのほうに昨夜の二人の番人が壁に腰かけているのが見えた。一人は額に包帯を巻き、ぼうっとした顔で頭をさすっている。もう一人は右眼のまわりが大きく腫れあがっているにもかかわらず、わりあいとすっきりと目覚めている印象だった。ジーモンは苦笑を洩らした。クィズルの仕事は大したもんだ、これだけのことをやって後遺症は残さないんだものな。まさにこの道の大家だ。

ヤーコプ・シュレーフォーグルはその間にも自分の里子の世話をしていた。口に水を滴らせ、額の汗を軽く叩いてぬぐっていた。ジーモンの視線に気づくと、手を休めずに話しはじめた。

「昨日の午後私のところにいらして、昔の資料についていろいろ訊ねられたでしょう、あれからどうにも落ち着かなくて。一晩じゅうああでもないこうでもないと考えてました。朝になってようやく、まずはあなたのところに、それから刑吏のところに行ったんです。どちらにも会えなかったんで、この建設現場にやって来たというわけです」

そう言ってから、あいかわらずぼうっと壁に座っている二人の見張り番を指さした。

「あの人たちのことは材木置き場の奥で見つけました。二人とも縛られて、猿ぐつわを咬まされてました。ジーモン、ここで何があったのか教えていただけませんか？」

ジーモンはこの井戸で目にしたものを手短に話した。シュラツェルの穴のこと、ヤーコプ・クィズルと傭兵の闘いのこと、トンネルを通って逃げて来たことなどを話した。子供たちが一週間前の満月の夜に見たことにも触れた。シュレーフォーグルの父親の宝が地下にあるのではないかという疑問だけは口に出さなかった。それと、クィズルが見張り番を殴り倒したという事実も。シュレーフォーグルは、悪魔が見張り番の戦闘能力を失わせ、そのうえで井戸に降りて行ったと思うことだろう。

相手は口をあんぐりと開けたまま聴き入っていた。ほんのたまに短い質問をはさんだり、クララの面倒を見るためにそちらに屈みこんだりするぐらいだった。

「つまり、この子たちは、ほかの子供らから身を護るために魔女の印を自分たちで描いたと……」

ようやくそう言って、眠っているクララの火照った額を撫でた。クララの呼吸は目に見えておだやかになっていた。「何とも、クララ、何でそれを私に言ってくれなかったんだ？　いくらでも助けてやれたのに！」

それからゾフィーに脅しつけるような視線を向け、

話しつづけた。

「アントン少年とシュトラッサーさんちのヨハネスは、きみらがそんなばかな考えを起こさなければ救かっていたかもしれないんだぞ！　洟たれ小僧どもが、いったい何を考えてるんだ？　頭のいかれたのがうろつきまわってるのに、いつまでも遊び呆けて！」

「子供たちを責めないでください」ジーモンが口をはさんだ。「この子たちはまだ幼いんです、怖かったんです。大事なのは殺した者を私たちが捕まえることです。マクダレーナを攫ったのもたぶんそのうちの二人です。首領格はまだこの下のシュラッツェルの穴のなかでクィズルと一緒なんです！」

そう言って井戸のほうに眼を向けた。そこから煙が上がっている。いったい下はどうなっているんだ？　クィズルは死んでしまったのか？　ジーモンはその考えを押しのけた。またシュレーフォーグルのほうに向きなおった。


「仕事を依頼したのは誰なんでしょうね？　施療院が建つと困るっていうのは、いったい誰なんでしょう？　しかも子供たちを殺すことも怖れない人って？」

シュレーフォーグルが肩をすくめた。

「最前まではあなたは私のことを疑っていた……私としては同じことを繰りかえすしかありません。参事会の面々は、市長も含め、不利益になることを怖れてますから、建設には反対でした。アウクスブルクさえもこういう施療院を持っていることを考えると、噴飯ものですよ！」

憤りもあらわにかぶりを振った、それからまた考えこむような顔つきになった。

「でも、だからって建設現場を荒らし、秘密を知った者を始末するもんですか？　それも子供をですよ。私には、どう考えたって想像もつかない……」

そのとき、大きな咳がして、二人はびっくりした。思わず振り返った。

井戸からロープをつたって真っ黒い影がよじ登って来た。見張り番が武器を手にして、井戸に駆け寄った。不安そうな面持ちで鉾鑓を構えた。井戸のへりからぬっと現れた影は悪魔そのもののように見えた。頭のてっぺんから足の先まで煤で真っ黒で、眼だけが白い輝きを放っている。着ているものはあちこち焼けこげたり血に染まったりしている。かすかに燻っているカラマツ材の棍棒を口にくわえていたが、それを草むらに吐き出した。

「こんちくしょう！　てめえら、自分の街の首斬り人も知らねえのか？　まあいい、とにかく水を持って来てくれ、体が焼けちまう！」

見張り番が肝をつぶして引きかえして行った。ジーモンが井戸に急行した。

「クィズル、生きてたんだ！　てっきり悪魔に……いや、そんなことより、よかった、ほんとうによかった！」

クィズルが井戸のへりに躍り上がった。

「話は後だ。げす野郎は、自分の元の居場所に戻って行った。うちのマクダレーナはまだ人殺しどもにつかまったままだ」

そう言ってから、足を引きずりながら水槽まで行き、体を洗った。煤が取れて少しずつ顔が見えてきた。ちらりとヤーコプ・シュレーフォーグルと子供たちに眼を向けてから、うなずいた。

「救けてくれたんだな、よかった」つぶやくように言う。「子供らと参事殿と一緒にショーンガウに戻ってくれ。後で俺の家で会おう。俺は娘の様子を見に行く」そう言って棍棒を手に取り、ホーエンフルヒ坂のほうへ急いだ。

「どこにいるか、当てはあるんですか？」ジーモンが後ろから声をかけた。

うなずいたようにも見えたが、はっきりとはわからなかった。

「やつが言ってた。間ぎわにな。そのときが来りゃ誰だって口にする……」

ジーモンはごくりと喉を鳴らした。

「番人は？」もうホーエンフルヒ坂に向かう道に出ていたクィズルに向かって呼びかけた。「誰か連れて行かなくていいの……助っ人を？」

最後の言葉はもう届いてなかった。クィズルはとっくに角を曲がって姿が見えなくなっていた。怒り心頭、はらわたが煮えくりかえる思いだったのだ。

マクダレーナはショーンガウに向かう道をふらふらと歩いていた。服はちぎれ、びしょ濡れで、体じゅうがたがたと震えた。頭もまだ痛む。昨夜は一睡もできなかったのだ。喉が渇いている。が、もう一人の傭兵にいつ襲われるかわからない、何度も振り向いてはあたりを窺った。道に人影はない。農夫が荷車を引いて歩いていそうなものだが、それも見えない。前方に、丘の上に外壁をめぐらしたショーンガウの街が見えてきた。右手には、今は誰もいなくなったガルゲンビヒルがある。もうすぐ、もうすぐ家に着けるはずだ。

と、そのとき、黒い点がぽつんと現れ、それがこちらに近づいて来る。だんだん大きくなってきた。足を引きずりながら、その人影が大急ぎでやって来る。

眼をしばたたき、そして眼を凝らすと、父だった。

ヤーコプ・クィズルは、どんなにつらかろうが、最後の最後まで走った。致命傷寸前の深手を胸に受け、左の上腕にも傷を負っていた。出血だけでなく、迷路のどこかで右のくるぶしをくじいたらしい。だが、それ以外はどうにか体を動かせる程度には大丈夫だった。先の大戦争のときにもクィズルは重傷を負った。

娘を腕のなかに抱きしめ、頭を撫ぜた。娘の体がその大きな胸のなかにすっぽりと包まれた。

「マクダレーナ、どんなめに遭ったんだ？」ささやくような声にはやさしさまでこもっていた。「ばかな傭兵に捕まって……」

「父さん、あたしもう無茶はしない。ぜったい」娘が答えた。

しばらくは抱き合ったまま無言だった。やがて娘が父親の眼を覗きこんだ。

「ねえ、父さん?」

「何だ、マクダレーナ」

「あの、前に言ってたシュタインガーデンの刑吏、クィズルのハンスとの結婚のことだけど……もう一回考えなおしてくれない?」

クィズルはすぐには何も言わなかったが、やがてにやりとした。

「もう一度考えてみるか。だが、今はまず家に帰ろう」

父は娘の肩にごつい腕をまわした。活気を見せつつある街へ向かって一緒に歩いた、その街の上、東の空にちょうど太陽が昇りはじめた。

16

一六五九年五月一日、火曜日、夕方六時

法廷書記官のヨハン・レヒナーは庁舎の会議室の窓から市の広場の様子を見おろしていた。六時の鐘の音が街の教区教会から響いて来た。すでに薄暗くなっている。広場をぐるりと取り囲むように置かれた三本足の火皿のなかで小さな炎が光を放ち、そのまわりで子供たちが踊っている。バレンハウスの前には、木の葉で作った冠と色とりどりのリボンの飾りがついたメイポールが若者たちによって立てられた。数人の楽士が樅の木で作られた真新しい樹脂のにおいの香り立つ舞台に立ち、バイオリンやリュートの音合わせをしていた。煮物や焼いたもののにおいが漂っている。

レヒナーは、五月祭のために並べられたテーブルに視線を這わせた。どのテーブルにも街の人たちが晴れ着を着て座り、市長のカール・ゼーマーから振る舞われた五月のビールを味わっている。歌声があがり、笑い声がさんざめく。だが、書記官に祭りの気分は微塵も見えなかった。

あのいまいましい産婆はいまだに気を失っているし、選帝侯の名代は今夜にも到着すると見られている。ヨハン・レヒナーはそれから起こるであろうことを考えてぞっとした。尋問、拷問、諜報、嫌疑……シュテヒリンが自白していれば、すべては丸く収まっていたのに。魔女を裁判にかけ、焼いてしまっていたのに。いやはや、当人はもうあの世へ行ってるも同然なんだが！　焼死はあの女にとっては救済であったのだ、あの女だけでなく街にとっても！

ヨハン・レヒナーは、今となっては二世代も前となった魔女迫害についての古い書類をめくった。庁舎の会議室の隣にある書庫からまた持ち出してきていたのだ。八十件の逮捕、無数の拷問……焼かれた女の数六十三！　迫害の大波が始まったのは、地方判事がその件を引き受け、最終的に公爵からのお達しがあってからだった。それからはもう止めどがなかった。レヒナーは、魔法はくすぶりつづける火事であるとわかっている。それは時宜を見て止めないと社会のなかに食いこんでいく。今はもう手遅れになっているかもしれない。

ドアの軋る音がして、はっとして振り向いた。ヤーコプ・シュレーフォーグルが顔を紅潮させて会議室内に立っていた。その声が震えている。

「レヒナー、お話があります。うちの娘が見つかりました！」

法廷書記官が耳を傾けた。「生きてましたか？」

シュレーフォーグルがうなずいた。

「それは喜ばしい。どこで見つかったんですか？」

「施療院の建設地の地下です」参事会員の声はうわずっていた。

それから、シュレーフォーグルは、ジーモンから聞いたことを書記官に話した。「ですが、それだけではないのです……」いくらも聞かないうちにレヒナーは腰をおろすほかなかった。この年若い富豪が述べた話は、ただただ信じがたいものだった。

シュレーフォーグルが話し終えると、レヒナーはかぶりを振った。

「それが真実であろうとも、誰も信じてはくれまい。少なくとも選帝侯の名代は」

「私たちが常任参事会を終えた後では、そうではないでしょう」シュレーフォーグルが口をはさんだ。「私たちがシュテヒリンの釈放に全会一致で賛成すれば、伯爵も同意せざるをえません。私たちの総意を無視はできないでしょう。私たちは自由な民です。それはこの街の法律に謳われています。そして公爵自身がその法律にサインをされています！」

「しかし、参事会は私たちに賛成することはまずあるまい」レヒナーが注意を喚起した。「ゼーマー、アウグスティン、ホルツホーファー、三人とも産婆の罪を信じて疑わない」

「私たちが子供殺しの真の依頼人を示してやれば、話は別でしょう」

書記官が笑った。

「忘れることです！　そいつがほんとうにこの街の内輪の者だとしたら、その行為を秘匿しようとするのは大いにありえます」

シュレーフォーグルは両手に顔をうずめ、力なくこめかみを揉んだ。

「それでは、シュテヒリンが救われる途はもうないと……」

「あるいは子供たちを犠牲にする」書記官はこともなげにそう口にした。「伯爵に魔女の印のほんとうの由来を――」

来を話してごらんなさい、もしかすると無罪放免にしてもらえるかもしれませんよ。でも、子供たちは……？ 子供たちは魔法と関わり合いになったんです。私は、伯爵がそう簡単に子供たちを自由にさせるとは思いませんね」

しばらく沈黙が続いた。

「産婆かおたくの娘さんか、どちらかを選ぶことになりますよ」レヒナーが言った。

それから窓辺に行った。北の方角から突如ホルンの響きが聞こえてきた。書記官は頭を突き出し、その音がどこから出たのか確認した。眼をしばたたき、その位置を見定めた。

「方伯閣下です」会議室のテーブルに石のように固まって座っているシュレーフォーグルに向けて言った。「早々に決断するほかなさそうですよ」

伯爵の姿を真っ先に目にしたのは、ホーフ門で遊んでいた男の子たちだった。選帝侯の名代はアルテンシュタット街道を四頭立ての立派な馬車に乗ってやって来た。側には胸甲、兜で身を固め、銃と剣で武装した六名の騎兵がついている。先頭の兵士がホルンを持ち、それで伯爵の到着を知らせる。その馬車の後ろにもう一台馬車が続き、閣下の持ち物が入った長持と従者が乗っている。

時間になって閉められていた門が速やかに開けられた。馬の蹄が舗石にカッカッと響く。祭りのために市の広場に集まっていた住民の大半が高貴なお方の到着を一目見ようと門に殺到し、賛嘆と懐疑の念の入り交じった眼差しで出迎えた。何しろこのような高雅な支配者がショーンガウのような小さな街にやって来ることはめったにないのである。以前は公爵が時おり姿を見せたりもしたのだが、それももうずっと昔のことになった。今では、こんなふうにこの街を訪れる貴族があると、住民は単調な日々の暮らしに変化をもたらす恰好の見ものとみなすようになっていた。むろん、その一行に自分たちの乏しい蓄えを食い尽くされるというのも充分に承知している。大戦争では傭兵の軍隊がイナゴさながらに一度ならず街に襲いかかってきた。だが、この高貴なお方はひょっとするとそう長くはいらっしゃらないかもしれない……。

たちまちのうちに人垣が出来、そのあいだを一行がゆっくりと市の広場のほうへ移動して行った。みなひそひそと話を交わしながら銀の金具で飾られた長持を指さしている。なかには伯爵の高価な家財道具が入っている。十二名の兵士の視線はまっすぐ前に向けられている。伯爵の姿は馬車の扉に赤いダマスク織りのカーテンが降りているので見ることはできない。

市の広場に到着すると、馬車はバレンハウスの正面で停まった。街にはすでに夜の帳が降りている。が、火皿に白樺の薪が赤々と燃えているので、近くに立っている人たちには、緑の胴着をまとった姿が馬車から降りてくるのはよく見えた。伯爵は右側に儀仗刀を佩いていた。上品に刈りこまれた髭、丁寧に櫛が入れられた絹のような艶やかな長髪。深い革のブーツはぴかぴかに磨きあげられている。ちらりと群衆に一瞥をくれてから、バレンハウスに向かって歩みだした。その入り口には参事会員が並んで立っている。皆よほど慌てて着替えてきたようで、きちんと身なりを整えている者は少ししかいなかった。胴着からシャツの裾が覗いている者もいれば、上着のボタンを掛け違えている者もいる。乱れた髪に手櫛を入れただけの者も多かった。カール・ゼーマー市長が選帝侯の名代のもとに歩み寄り、おずおずと手を差し出した。

「閣下、私ども一同、閣下のご到着を心より待ち望んでおりました」いくぶんつっかえ気味に切りだした。「ご到着が五月祭の佳き日と結ぼれましたるは、まことに麗しきことにございます。夏の始まりを閣下とともに祝えますことを、ショーンガウはまことに誇らしく存ずるものであります……」

伯爵は素っ気なく手を払って挨拶の口上をさえぎり、あたりを見まわした。急ごしらえのテーブル、メイポール、ちんまりとした炎、木組みの舞台……大きな祭りをいくらでも見てきた伯爵にとっては興趣の湧くはずもないものばかりだ。

「こうしてわがショーンガウを再訪するは余も慶びである」ようやく言った。「たとえその理由が悲しいものであろうともな……して、魔女はもう自白したのか？」

「されば、遺憾ながら、その魔女めは狡猾にして、最後の尋問にあたり気を失っております」法廷書記官のヨハン・レヒナーが発言した。ヤーコプ・シュレーフォーグルとともにバレンハウスの門を抜けてグループに合流していた。「ですが、明日までには必ずや意識を回復するものと確信しております。さすれば、尋問は続行可能となります」

伯爵は同意しかねるというようにかぶりを振った。

「苦痛を伴う尋問にはミュンヘンの許可が必要なことぐらいはわかっておろう。それを待たずに始める権利などそちたちにはない」脅すように指を突き出した、半ば真剣に半ば冗談めかして。

「閣下、私どもはこの事件は迅速に行えるものと考えておりました、と申しますのも……」法廷書記官が話しはじめたが、すぐにまた伯爵にさえぎられた。

「もうよい！　許可が先だ！　ミュンヘンの枢密院相手に揉めごとを起こしとうはないのでな！　こたびの全貌が把握できしだい、余は使者を出す。もっとも、明日は……」言いながら、星のさやかな空を見あげた。「明日は、狩りに出ようかと思うておる。天気もよさそうじゃ。魔女はその後だ」

伯爵の顔がほころんだ。

「それまでに魔女が逃げるということもあるまい？」

市長のゼーマーがしゃっちょこばって首を振ってみ

せた。ヨハン・レヒナーの顔から血の気が引いた。伯爵が本気でミュンヘンからの許可を待つとなると、街の出費はどれほどになるだろう。素早く計算する。優に一月は滞在することになる、いやそれ以上かも……一行の一カ月にわたる宿泊と賄いの世話ということだ、いやそのほかに尋問があり、嫌疑をかけては諜報まですることになる！ 魔女一人では収まらなくなる……。

「閣下……」と言って切りだそうとしたが、ザンディツェル伯爵はすでに兵士のほうに向きなおっていた。

「鞍を下ろせ！ 後は楽しむがよい！ 今日は祭りだ。ともに夏を迎えようぞ。見てのとおり、火はすでに燃えている。あと二、三週間もすればここではもっと大きな火が燃える、この街の騒ぎはそれをもって終わりとなろう！」

手を打ち鳴らし、舞台のほうを見あげた。

「楽士ども、音楽だ！」

楽士が恐る恐る舞曲を奏ではじめた。おずおずと踊りだした一つ目のペアが、だんだんと軽快な動きになった。祭りが始まった。魔女も、魔法も、殺人も、さしあたりは忘れられた。が、ヨハン・レヒナーは、数日のうちにはそのすべてがこの街を没落へと追いやることになるとわかっていた。


ヤーコプ・クィズルはマルタ・シュテヒリンの前に膝を突き、額の包帯を替えていた。腫れは引いたが、ゲオルク・リークに石をぶつけられたところは醜い青あざになっている。とはいえ、熱はもうおさまったようで、クィズルは満足げにうなずいた。シナノキの花とビャクシンとニワトコを煎じた汁を今日の午前中に飲ませたのが効いたようだ。

「マルタ、聞こえるか？」小声でささやき、頬をやさしく撫でた。シュテヒリンが眼を開け、ぼんやりとした視線を返してきた。両手両足は拷問のせいでぷっくりと腫れている。体のあちこちに飛び散った血が乾いてこびりつき、その体を被っているのは間に合わせにかけてやったウールの毛布一枚だけだった。

「子供たちに……罪はないわ」かすれた声で言う。

「どういうことだったのかはもうわかってる。あの子たちは……」

「しーっ」クィズルがシュテヒリンの乾いた唇に指を当てた。「マルタ、もう何も言うな。みんなわかってる」

シュテヒリンが驚いて眼を丸くした。

「あの子たちが私のところであの印を覚えたのも?」

クィズルはもごもごと同意した。シュテヒリンが寝床で身を起こした。

「ゾフィーとペーターは、私が薬草を扱ってると、いつも熱心に眺めてたわ。特に魔法の薬のことは知りたがってた。ゾフィーには一度アルラウネを見せたことがあるけど、でも、それだけよ。神さまに誓ってもいいわ! あれを使うとどうなるかは私がいちばんよく知ってるから。そんなに早く伝わってるなんて。でも、ゾフィーが不安をもたらしたわけじゃない。それに、あの子は坩堝の印はちゃんと見分けられたはずだし……」

「血石なんだよな……」クィズルが話をさえぎった。

「でも、あれは何の害もないものよ」シュテヒリンがしゃくりあげて泣きだした。「私は奥さんがたが出血したときに代赭石をワインに溶いてあげてた、何の害もないものよ、神かけて……」

「マルタ、わかってる、わかってるから」

「子供たちは自分であの印を描いたのよ! 人殺しには、私は、聖母マリアさまに誓って、私は何の関係もないわ!」

発作を起こしたかのように泣きじゃくり、体を震わせた。

「マルタ」クィズルはなだめようとした。「聞いてくれ。子供たちを殺したのが誰かももうわかっている。

ただ、殺すよう依頼したやつだけがわかってないんだ。それは俺が見つけて、あんたをここから出してやるから」

「でもこんな苦痛、こんな不安、あたしにはもう耐えられない」なおもしゃくりあげた。「また、私のこと痛めつけなきゃいけないんでしょう!」

クィズルは首を振った。

「さっき伯爵がお着きになった。ミュンヘンからの許可を待つつもりだというから、尋問はそれからということになる。それには時間がかかる。それまでは安全だということだ」

「その後は?」

クィズルは押し黙った。なすすべもなくシュテヒリンの肩をさすり、それから外へ出た。奇蹟でも起こらないかぎり、正式な手続きを経て死刑判決が下りることはわかっていた。たとえ依頼人が見つかったとしても、産婆の運命は確定している。マルタ・シュテヒリンは遅くとも二、三週間後には焼かれることになり、その火刑の薪の上に連れていくのは処刑吏であるヤーコプ・クィズル自身なのだ。

ジーモンが市の広場までやって来たとき、祭りはたけなわだった。数時間ほど家でゆっくり休み、マクダレーナに会おうと出て来たところだ。その姿を探して広場を眺めわたした。

カップルが腕を組んでメイポールのまわりで踊っている。なみなみに注がれたビールやワインのカップが次々に空になっていく。早々と酔っぱらった兵士が数人、篝火のわきを千鳥足で歩いたり、はしゃぎ声をあげる下女たちの後を追いかけたりしている。参事会員のテーブルには方伯が座り、見るからに上機嫌だ。ヨハン・レヒナーが如才なく何かのエピソードを披露したところらしい。高官の機嫌の取り方は心得たものだ。みな、大いに楽しんでいる。司祭までが少し離れたところに座って、いかにもくつろいだ様子で赤ワインをちびりちびりやっている。

舞台のほうに眼を向けてみた。楽団が演奏している舞曲のテンポがだんだん早くなり、一列目で踊っていた人たちが大笑いしながら地面に倒れこんでしまった。女たちのはしゃぎ声と男たちの哄笑が音楽や食器のぶつかり合う音と混じり合い、それがただのどよめきとなって星のさやかな夜空へと立ちのぼっていく。

ジーモンは今朝、長い夜が明けてシュラッツェルの穴から出て来たとき、もうこれまでのようにはいかないだろうと思った。が、それは自分の思い違いだった。日々の暮らしは続いていくのだ、少なくとも、まだしばらくは。

ヤーコプ・シュレーフォーグルはクララはもちろんのこと、とりあえずはゾフィーも自分の家に引き取ってくれた。参事会は、子供たちの尋問を明日行うことに決定した。それまでにジーモンは、参事会の面々に何を言うべきか、シュレーフォーグルと一緒に考えておかなくてはならない。ありのままをか？　が、それだと二人の女の子を窮地に陥れることになりはしないか？　魔法ごっことはいえ、それをしていた子供が大人と同じように薪の山に送られることはないとは言いきれない。そういう事例が実際にあったというのを聞いたことがある。方伯が子供たちをしつこく問い詰めて、産婆は魔女だと言わせるということだって、ひょっとしたらあるかもしれない。そんなことになったら、魔女がほかにもどんどん現れて……。

「ねえ、どうしたの？　踊らないの？」

陰気な考えからふいに現実に引き戻され、ジーモンは後ろを振り返った。マクダレーナがにこにこ笑みを浮かべながら立っている。額に包帯を巻いているが、それ以外はすっかり元気になったようだ。ジーモンは思わずにやりとした。この処刑吏の娘は今朝方、傭兵二人の手から逃げて来たばかりなのだ。気絶と恐怖の二晩を過ごしながら、それがもう今踊ろうよと誘いをかけてくる。つくづく不死身に出来ているらしい。父親と同じだな、とジーモンは思った。

「マクダレーナ、ゆっくり休んだほうがいいよ。それに、ほら……」そう言ってまわりのテーブルに眼を向けた。手前にいる下女たちがひそひそ話を始め、こちらを指さしたりしている。

「ほらって、何よ」マクダレーナがさえぎった。「人は人、関係ないでしょ？」

マクダレーナはジーモンの腕を取り、舞台の手前に設けられているダンスのフロアに連れて行った。ぴったりと抱き合いながら緩やかな舞曲に合わせて踊った。何となくほかのペアが自分たちを避けているように思えたが、ジーモンにはもうどうでもよくなっていた。マクダレーナの黒い瞳を見つめているうちに、吸いこまれていきそうになる。自分のまわりのものはすべてぼやけていき、二人を中心にした光の海になっていた。心配ごとも陰気な考えもどこか遠くにいき、目の前のにこやかな瞳だけが見えている。少しずつ少しずつ唇を寄せていった。

と、ふいに眼の端に一つの影が現れた。親父だ、俺のところに駆け寄ってくる。ボニファッ・フロンヴィーザーは息子の肩を荒っぽくつかむと、力まかせに振り向かせた。

「いったいどういう料簡だ？」鋭い口調で言った。「まわりからどんな眼で見られてるのか気づかんのか、おまえは？　医者が首斬りのあばずれと……！　とんだお笑いぐさだ！」

ジーモンがその手を払った。

「父さん、頼むから……」なんとかなだめようとした。

「いいや、だめだ」父親はわめきちらし、ダンスのフロアから引っぱっていこうとした。マクダレーナのことはちらりとも見ようとしなかった。「これは命令だ……」

突然ジーモンを黒い波が襲った。ここ数日間の辛労、死の不安、マクダレーナのことでの心配。ジーモンは父親の胸をどんと突いた。相手はびっくりして泡を食った。ちょうどそのとき音楽が止み、ジーモンの声は周囲に高らかに響きわたった。

「父さんの命令なんか聞くもんか！　絶対にね！」喘ぎながら言う。ダンスのせいで息が切れていた。「父さんが何だってんだ。軍隊の後ろにくっついてまわる日和見医者じゃないか！　やることと言えば下すのと小便を嗅ぐだけ、それくらいしかできないじゃないか！」

頬に拳が飛んできた。殴り終えた拳をおろすことも忘れ、父親が顔面蒼白になって目の前に立っている。ジーモンはやり過ぎたなと思った。謝ることもできずにいると、父親はくるりと背を向け、闇のなかに消えて行った。

「父さん！」後ろから呼びかけた。が、そのときまた音楽が鳴りだし、カップルがいっせいに踊りだした。ジーモンはマクダレーナのほうを見た。かぶりを振って答えてきた。

「あそこまでしなくてもいいのに。あなたのお父さんなのよ。うちの親だったら首が飛んでるわ」

「何だってここでは、こうもあちこちから文句を言われなきゃならないんだ？」ジーモンはぶつぶつとつぶやいた。マクダレーナとの短いひとときはもう消えてしまった。身をひるがえし、マクダレーナをダンスフロアに置き去りにした。こうなったら浴びるほどビールを飲んでやる。

木枠の台に載せられたビール樽のところへ行くときに参事会員のテーブルの前を通った。この街の富豪たちが和気藹々と座っている。ゼーマー、ホルツホーファー、アウグスティン、ピュヒナー。方伯は、様子を見に兵士のところへ行っていた。参事会員たちはようやく、この先のことについて話す機会を持てたようだ。

心配そうに頭を突きあわせ鳩首会談の趣きを呈していた。一人ヨハン・レヒナーだけは巌のように背筋を伸ばして座り、自分の考えにふけっていた。

ジーモンは立ち止まり、暗がりのなかから目の前の光景に見入った。

頭に思い浮かぶものがあった。

四人の参事会員。書記官。テーブル……。

頭のなかはまださっきのダンスのことでかっかしている。昨夜の緊張感がまだ骨の髄にまで残っている。すでに家では大ジョッキ二杯飲んで来た。そんなこんなで、ちゃんと思い出すまでにいくぶん間があった。

それでも、次の瞬間にはモザイク模様の最後のピースがぴたりと嵌ったような感覚がやって来た。

(あれはただ単に話を聞いていただけじゃないんだ)

逡巡してジーモンは振り向いた。奥のテーブルに司祭がぽつんと座っているのが見えた。踊っている人たちをじっと眺めている。その表情は拒絶と息抜きのあいだを行きつ戻りつしている。聖なる職の代表者という手前、こうした荒っぽくて不信心な営みはおおっぴらに是認できるものではない。が、この人も明らかにこの夜祭りを楽しんでいる。ほどよい暖かさと篝火のゆらめき、軽快な音楽。ジーモンは司祭のもとに行き、断りもなくそのそばに座った。司祭がさも驚いたといった眼を向けてきた。

「おや、これはこれは、今から告解をしようっていうんじゃないでしょうな。もっとも……ご様子からして、どうでもそうしたいというふうでもありませんが」

ジーモンはかぶりを振った。

「いいえ、司祭さま。一つ教えていただきたいことがございまして。この前きちんと聞いていなかっただけなんだとは思うのですが」

短い会話を終え、ジーモンは立ち上がると、考えこみながら踊っている人たちのところに戻った。途中でもう一度、参事会員のテーブルの前を通った。ふいに立ち止まった。

空席が一つ出来ていた。

それ以上考えることもなく、市の広場のすぐわきにある家へと急いだ。笑い声と音楽がぐんと静かになった。これなら充分に聞こえる。

行動に移らねば。

男はビロード張りのどっしりとした肘掛け椅子に座り、窓から外を眺めていた。目の前のテーブルには胡桃の入った器と水差しが置かれている。ほかの食べ物はもう受けつけなくなっている。息をするのも大儀で、痛みが下腹部に走る。外からは祭りの喧噪が入ってくる。閉めきったカーテンはほんの少しだけ開いているので、下で何が行われているかを見ようと思えばそこから覗けるはずだった。だが、眼がもうそんなによくは見えないのだ。篝火や踊っている者たちは輪郭がぼやけ、絵の具をでたらめに塗りたくっただけの絵でしかなかった。それにひきかえ耳はまだしっかりとしている。闖入者が気づかれずに部屋に入ろうとしても、背後に近づいた靴音をちゃんと聞き取っていた。

「来ると思っていたよ、ジーモン・フロンヴィーザー」振り返ることもなく、言った。「小物のくせして何でも知りたがるやつだからな。おまえが親父さんと一緒に市民権をとろうとしたとき、わしは反対したんだ、あれは正しかった。わしらの街に不和しかもたらさんと思ってな」

「不和？」ジーモンはもう物音を立てないようにする必要はなかった。足早にテーブルのそばに寄り、話を継いだ。「この街に不和をもたらしたのは誰なんですか？　傭兵を雇って、見てはならないものを見たからと、子供たちを殺すよう依頼したのは誰なんですか？　シヨーンガウに不安と憎しみをもたらし火刑の火を燃やそうと図ったのは誰なんですか？」

話しているうちにだんだん激していった。肘掛け椅子のところまで来ると、男の肩に手をかけ自分のほうに向かせた。もうほとんど視力をなくしている老人の眼を覗きこんだ。老人は哀れむようにかぶりを振った。

「ジーモン、まあ落ち着け」マティアス・アウグスティンが言う。「あいかわらず物わかりの悪いやつだ。それはみんな、おまえとあの首斬り役が首を突っこんできたから起きたことだ。わしだってもう魔女が焼かれるのは見とうない、それは信じてもらいたい。わしは子供の時分に薪の山が何度も燃えるのを見てきたんだ。わしが欲しかったのは宝だけだ。それはわしのものなんだ。あとのことは全部あの女のせいにすれば済むことだ」

「宝、宝って」つぶやきながらジーモンは老人のそばの椅子に身を沈めた。疲れた、ただただ疲れた。半ば譫言のように喋りつづけた。

「教会で司祭から話を聞いたとき、司祭は決定的なヒントを与えてくれていたんですが、私はそのときそれに気づかなかった。司祭は、シュレーフォーグルの親父さんが死ぬ直前に会って話していた相手があなただったということを知っていたんです。それに、あなたがシュレーフォーグルの親父さんと親しかったということも教えてくれました」

そこまで言って、かぶりを振ると、また話しつづけた。

「告解場に行ったとき、私は司祭に訊いたんです、最近あの地所のことに関心を持っている人がいるんですかって。司祭は今日まで、あなたが老シュレーフォーグルが亡くなってすぐにそのことについて訊いていたのを忘れていました。それをついさっき、五月祭の席でふっと思い出したんです」

白髪の参事会員は唇を噛みしめた。

「耄碌じじいが。わしはあいつに金はいくらでもやると言ったんだ。それなのに、施療院はぜひとも造らなくてはいけないからと……あの地所はわしのもの、わし一人だけのものだってのに！　あの地所はフェルディナントがわしに贈ってくれていいはずのものだったんだ。あのしみったれから期待できたのはそれくらいのものだったのさ。たったあれっぽかし！」

そう言ってテーブルの上の胡桃を一つつまむと、慣れた手つきで殻を割った。破片がテーブルに飛び散った。

「フェルディナントとわしは幼なじみなんだ。一緒にラテン語学校に通い、ビー玉遊びもやった。同じ女の子を好きになったりもした。兄弟同然だった……」

「庁舎の会議室に飾られてる参事会員を描いた絵の真ん中にお二人がいますね。なごやかな雰囲気の絵です」ジーモンが口をはさんだ。「私はそれを、今夜あなたが参事会のほかの方と同じテーブルにいるのを見るまで忘れていました。あの絵では、あなたは両手で紙を一枚持っています。今日になって、そこには何が書かれているんだろうと疑問に思いました」

マティアス・アウグスティンの眼が再び開いている窓の前の炎のゆらめきへと向けられた。どこか遠くを見つめているようだ。

「フェルディナントとわしはそのときどっちも市長だった。あいつは金を必要としていた、それもただちに。やつの製陶業が破産寸前だったんだ。わしはやつに金を融通した、かなりの額をな。あの絵の紙はその借用証さ。絵を描いたやつに、市長として何か書類を手に持ってくれないかと言われたもんでね。で、その借用証を手にしたんだが、ほかのやつらはそれが何かなんて気づいちゃいなかった。フェルディナントの借財を永遠に証するものなんだが……」老人が笑った。

「その借用証は今どこに？」

アウグスティンは肩をすくめた。

「焼いちまった。その当時わしらは同じ女に惚れていて。エリーザベトと言って、赤毛の天使のような娘だった。ちょっと単純で、まあ、でも、そうそうお目にかかれない綺麗な子だった。フェルディナントが彼女には手を出さないからって約束してくれたんで、代わりにその証書を焼いたんだ。やがて、わしはその娘と結婚した。それが間違いのもとだった……」そう言って悔やむようにかぶりを振った。「産んでくれたのが、あのどうしようもない馬鹿息子で、当人は産褥でそのまま死んじまった」

「息子さんのゲオルク」ジーモンが口をはさんだ。

アウグスティンが短くうなずき、話しつづけた。話しているあいだにも細い指が痛風でぴくぴくいった。

「あの宝はわしのものだ！ フェルディナントは臨終の床でわしに話したんだ、建設用地のある場所に隠してあるってな。だが、おまえには絶対見つけられんだろう、とも言った。わしへの復讐のつもりなんだ、エリーザベトのことでな！」

ジーモンはテーブルのまわりを歩きまわった。いろんな考えが渦を巻き、それぞれがまたあらためて落ち着き先を見つけた。すべてが一気に一つの意味を持った。立ち止まってアウグスティンを指さす。

「贈与の文書に付いていた見取り図を庁舎の書庫から盗み出したのはあなただったんだ」声が大きくなっていた。「俺がばかだった。タイルの後ろの隠し場所を知っているのはレヒナーか四人の市長だとばっかり思っていた。でも、あなたが……？」

老人がにやりとした。

「フェルディナントはあのストーブを造ったとき、そういう隠し場所を作ったんだ。それをわしにも話してくれた。書類に糞をひる法廷書記官の絵がついたタイルだ！ あいつの下卑たユーモアは有名だったしな」

「でも、あの見取り図を手に入れても……」ジーモンが訊ねた。

「わしの頭じゃ理解できんかった」アウグスティンがさえぎった。「矯めつ眇めつやってみたが、どうやっても隠し場所は見つけられなかった！」

「それで、建設現場の仕事を妨害して、もっと時間をかけて探せるようにした」ジーモンが先を引き取って言った。「で、そのとき、たまたま子供たちがそのことを聞いていた、それであなたはこれでは危険だからと子供たちを殺しにかかった。子供たちが依頼主のことを全然わかっていなかったというのは、あなたは知らなかったんですか？　殺す必要なんてまったくなかったのに」

アウグスティンが腹立たしげにもう一つ胡桃を割った。

「あれはゲオルクだ、あの単細胞が。そんなところばかり、わしじゃなく母親に似やがって。傭兵に金を渡すのは妨害だけにしておけばいいものを。あそこまで愚か者だとは！　聞かれたとわかって子供らを始末するよう命じたんだ。そんなことをしたらどんな怒りを買うことになるか、わかりそうなものなのに！」

ジーモンのことはすっかり忘れてしまっているようだった。気にするふうもなく罵りつづける。

「わしは、いいかげんやめるよう言ったんだ。それがいいことだなんてのは悪魔にでも言えってな。あんな子供らがいったいどうやって話を広められるっていうんだ？　あんな子供らの言うことを誰が信じるって？だが、殺しは続けられた。こうして子供たちが死んで、方伯がこの街で魔女を嗅ぎまわって、それでも宝は見つからないときてる！　かけらばっかしさ！　ゲオルクはミュンヘンにやっておくべきだった、あいつが何もかもぶちこわした！」

「どうしてそんなに宝にこだわるんですか？」ジーモンは信じられないといった顔で訊ねた。「大金持ちのあなたが、何でそんな金貨ごときで危険を冒すんですか？」

老人が突然腹を押さえ、前かがみになった。痛みの大波に襲われたようだ。しばらくしてまた話しだした。

「おまえには……わかるまい」喘ぎながら、絞り出すようにして言う。「わしの体は肉が腐っている。生きたまま体が腐っていくんだ。もうじき虫に食われることになるだろう。だが……そんなことは……大したことじゃない」

また中断して、痛みをやり過ごさなくてはならなかった。やがて発作が収まったようだ。

「大事なのは、ファミリー、名前だ。アウクスブルクの運送業者のせいでわしはあやうく破産するところだった。シュヴァーベンのならず者めが！　もう長くはない、この家は破滅だ。わしらはあの金がどうしても必要なんだ！　信用貸しだけならわしの名前でもどうにかなる。だが、それももうじきおしまいになる。わしにはどうしても……あの宝が」

その声はかすかな喘ぎに変わり、指先がテーブルの板を掻く。また疝痛が来たのだ。老人が身を震わせ、頭を右に左に振り、盲目の眼を剝いているのを見ているうちにジーモンは怖くなってきた。口の端から涎が垂れた。痛みは想像を絶するものにちがいない。内臓に結節が出来ているのかもしれない、とジーモンは思った。潰瘍が下腹全体に広がっているのだろう。マティアス・アウグスティンはもう長くはあるまい。

と、そのとき、眼の端に何かが動くのが見えた。振り向こうとした瞬間、側面から後頭部に一撃を食らった。たまらず床に倒れこんだ。それでも倒れこむとき、ゲオルク・アウグスティンがもう一撃加えようと鉄の燭台を振りかざしているのは見えていた。

「いかん、ゲオルク！」父親が後ろから声を振り絞って言う。「そんなことをしたらかえって悪くなるだけだ！」黒い波がジーモンに襲いかかって来た。燭台でもう一度殴られたのか、その前に気を失ってしまったのかわからなかった。

意識が戻ってみると、胸のあたりがきつい。両手と両足も。頭がずきずきと痛む。右眼が開かない。たぶん流れ出た血がそのまま固まったからだろう。さっきまで座っていた椅子に座っているが、身動きが取れない。足元を見おろすと、カーテンの結び紐で上から下まで椅子に縛りつけられていた。叫ぼうとしたが、声にならない。猿ぐつわを口の奥深くまで咬まされていた。

目の前にゲオルク・アウグスティンのにやついた顔が現れた。短剣をジーモンの胴着に這わせる、銅製のボタンが落ちた。ジーモンは胸の奥で毒づいた。マティアス・アウグスティンが祭りのさなかに姿を消したのを見たとき、その息子にまで頭をめぐらせることをしないまま、まっすぐアウグスティンの家に入って来た。息子のほうはこっそりと俺のあとをつけていたのだろう。きちんと刈りそろえ香水を振りかけた髪が今ジーモンの顔の真ん前にある。ゲオルクがジーモンの眼を覗きこんだ。

「しくじったな」口調鋭く言う。「ええ、藪医者さんよ。おとなしく口を噤んで、首斬りのあばずれといちゃついてりゃいいものを。そのほうがよっぽど祭りを楽しめたぜ。だが、もうだめだ、こうも怒らせちゃあな……」

剣先でジーモンの顎を撫でた。背後にマティアス・アウグスティンの呻く声が聞こえる。頭をそちらへ向けると、老人がテーブルわきの床に倒れていた。指先を桜材の床板に突き立てている。全身が痙攣で引きつっている。ゲオルクはちらりとそちらを見やってから、ジーモンのほうに向きなおった。

「もうそろそろ親父に悩まされることもなくなる」こともなげに言う。「こういう発作にはもう慣れっこでね。痛みだすとどうにも手のほどこしようがないんだ、それでも、そのうち止む。収まってしまえば、もうただの抜け殻だ。へとへとになって、何かをやろうっていう気力も起こらねえ。眠りこんで、目が覚めたときには、あんたのことなんか何も残っちゃいねえよ」

ゲオルクが剣をゆっくりとジーモンの喉に這わせた。叫ぼうとしたが、かえって猿ぐつわが口の奥に食いこんでいく。痙攣を起こして喉が詰まりそうになった。必死にこらえ、何とかまた落ち着くことができた。

「あのよ」ゲオルクがささやき声で言う。またジーモンのほうに前かがみになった。高価な香水のにおいが漂って来た。「おまえがうちの親父のところに行くのを見て、俺は初めいまいましくなったんだ。ああ、これでおしまいだと思ってな。ところが、今じゃ……思いもかけなかった芽が出て来た」

そう言ってストーブのところへ行くと、ちろちろと燃えている火のなかから火掻き棒を取り出した。先端が真っ赤になっている。それをジーモンの頬にかざした、熱が伝わってくる。薄笑いを浮かべながら話しつづけた。

「監獄で刑吏が拷問する様子を見せられたとき、一つ気づいたことがあってな、これはひょっとしたらお楽しみにできそうだぞって思ったのさ。叫び声、肉の焦げるにおい、すがるような目つき……ただ、あの魔女は俺の好みじゃなくってね、だが、おまえとなると……」

火掻き棒をさっと下ろして、ジーモンのズボンに押しつけた。たちまち灼熱の棒が生地を食いつくし、太腿に達してじゅっという音を立てた。ジーモンの眼に涙が込みあげた。吠えた、だが、猿ぐつわのせいでくぐもった溜息ぐらいにしかならない。なすすべなくただ椅子の上で身をよじった。ようやくゲオルクが火掻き棒を離した、冷ややかに笑いながらジーモンの眼を覗きこんだ。

「いかした半ズボンじゃねえか……いや、最近はやりの、ラングラーヴってやつか？　これは残念なことをした。いくらほら吹きでも、身だしなみの心得はちっとは持ってるみてえだな。流れ者の軍医風情が何でこんなものを身に着けてるのか、俺には不思議だがね。

さて、お遊びはこれくらいにして……」

別の椅子を持ってくると、背もたれをジーモンのほうに向け、そこに跨るようにして座った。

「今のはほんのお試しだ、痛めつけるのはこれからが本番だ。もっとも……」言いながら火掻き棒をジーモンの胸の前に突き出した。「宝のありかを言ってくれりゃ、話は別だ。さっさと吐いたほうが身のためだぜ。遅かれ早かれ、言うしかなくなるんだから」

ジーモンは激しく首を振った。そうしたくても、知らないのだ。クィズルがその宝を見つけたようだとの思いはある。だが、クィズルは今日一日それらしきことをあれこれ並べ立てていただけで、結局ジーモンには何一つはっきりしなかった。

ゲオルクはジーモンが首を振ったのを拒絶と受け取った。気の毒そうに立ち上がると、ストーブのほうへ行った。

「残念だが、その立派な胴着にも覚悟してもらわなきゃならんな。仕立屋は誰なんだ？ ショーンガウの人間じゃないのか？」

ゲオルクは火掻き棒を火のなかに突き刺し、赤くなるのを待った。外からは音楽と笑い声が聞こえてくる。祭りとはほんの数歩しか離れていないというのに、外の人間がどんなに眼を凝らしても、見えるのは明るい窓と、窓に背を向けて椅子に座っている男の姿だけだ。ゲオルクに邪魔が入ることはありえない。召使いや下女たちはみんな広場に出払っているし、たぶん明日まで暇をもらっているはずだ。誰かがこの家に足を踏み入れるとしても夜半過ぎになるだろう。

ジーモンの後ろの床で老アウグスティンがかすかな呻き声を洩らして体の向きを変えた。疝痛が収まったらしい。とはいえ、この状況に絡んで来れるはずはなかった。ジーモンは、老人が気絶しないことを祈った。マティアス・アウグスティンが唯一の希望になっていた。もしかすると、狂いかけた息子を正気に戻してくれるかもしれない。ジーモンは、ゲオルクが正常であるとはとても思えなくなっていた。

「親父は俺のことをずっとただの洒落者だと思ってる」ゲオルクはそう言いながら、火掻き棒を熾火のなかでまわした。その視線はほとんど夢心地に炎に向けられている。「俺の言うことなんか信じたためしがない。ミュンヘンにでも追っ払ってしまいたかったみたいだが……どっこい、建設用地のことは俺の考えでね。ゼーマーの飲み屋で傭兵どもを雇ったのさ。市長には口止め料として少なからぬ金をつかませもした。裏口から入れてくれたぜ、あのでぶ。商売にも響くだろうから施療院を毀すために傭兵が要るんだって言ったら信用してね。さも商売のことが心配でならないって顔をしてやったんだ」

そう言って高笑いした。それから真っ赤になった火掻き棒を持ってジーモンのほうにやって来た。

「さてと、さんざん俺のことをただの洒落者だと思ってきた親父に、そうじゃないってところを見せてやるか。あの首斬りのあばずれがおまえのことを二度と見分けられないようにしてやるぜ。場合によっちゃ、あのあばずれも捨てたもんじゃないかもな」

「ゲオルク……めったなことを……」

マティアス・アウグスティンが懸命に起きあがった。喘ぎながらテーブルで身を支え、何かを言おうとしている。が、また痛みに襲われ、その場にくずおれてしまった。

「親父、もう何も言うな」声低く言ってから、ゲオルクはジーモンに近づいた。「あと二、三週間もすりゃ何もかも終わる。そしたら俺はここに座って商売の指揮を執るさ。あんたが腐ってもこの家と名前はちゃんと残る。金があれば荷馬車も丈夫な馬も買える、そうしたらアウクスブルクの連中を、これ以上ないってくらいにどやしつけてやるさ」

老人が必死の形相で息子の後ろのドアを指さした。

「ゲオルク、後ろ……」

父親に言われ、ゲオルクは訝しげだったが、その指先の入り口に眼をやってぎょっとした。振り向いたときにはもう遅かった。

それは夢魔のように襲いかかってきた。クィズルだった。一撃で床に打ちのめされた。真っ赤に燃える火掻き棒が部屋の隅に飛び、がたがたと音を立てて転げた。泡を食って見あげると、大男が覆いかぶさってきて両手で引っぱり上げられた。

「めかし屋さんよ、拷問はこっちにまかせてもらおうか」言うなり、ゲオルクの角ばった顔に拳で一発食らわせると、相手はへなへなと椅子にくずおれた。鼻から血が噴き出た。そのまま前のめりにどうと倒れ、気絶して床に転げた。

クィズルはゲオルクには目もくれず、椅子に縛りつけられたまま身もだえしているジーモンのもとに急いだ。手際よく口から猿ぐつわをはずしてやった。

「クィズル！」ジーモンが喘ぎながら言う。「天の救けだ。何でここだってわかったの……」

「マクダレーナの気晴らしに付きあって、祭りに来てた」クィズルが相手の言葉をさえぎり、訥々と言う。「おまえたちがいちゃついてるようだったら取っつかまえてやろうとも思ってた。ところが、喧嘩が持ちあがったって聞かされてな。運のいい野郎だよ、おまえは。あいつはまだおまえのことを好いてるから、おまえがアウグスティンの家に入っていくところを見てたんだ。で、おまえの居場所を俺に伝えてくれた。なかなか出て来ないんで、俺が来たってわけだ」

クィズルがジーモンの左の太腿の穴を指さした、ズボンの下の皮膚が赤黒く焼けただれている。

「そこ、どうした？」

ジーモンが見おろした。傷を見るや、痛みが戻ってきた。

「あの野郎が火掻き棒を押し当てたんだ。もう少しで生きたまま体を焼かれるところだった」

「シュテヒリンはもうじきそうなる、どういうもんか少しはわかったろう。ところで、あそこの人はどうしたんだ？」

言いながら老アウグスティンを指さした。痛みが引いて楽になったようで、椅子に腰かけてはいるものの、憎悪に満ちた眼差しをこちらに向けていた。

「僕らがずっと探していた依頼人です」傷口に間に合わせに布きれを巻きながら、ジーモンが言った。同時に、この間のいきさつも話した。

「マティアス・アウグスティンさん」ジーモンの話がひととおり済んだところで、クィズルが老人に向かって言った。「あなたが火刑について充分に知っているとは思えない。当時うちの祖父さんに火を点けられた人たちのことはあなたにはほとんど伝わってないはずだ。泣き叫ぶ女たちの声もそんないっぱいは聞いちゃいないでしょう」

「断じて私はそんなものは望んでなかった。私が望んだのは金だけだ」

「呪われた金だな。血がべっとりついてる。こんなもの欲しくもない。くれてやるから、煮るなり焼くなり好きにしな」

そう言ってマントの下に手を入れると、汚らしい布の小袋を取り出した。不快げにそれをテーブルに放った。金貨と銀貨がテーブルの上にこぼれ出、床に落ちて音を立てた。

老人は大きく眼を見ひらいて、それを見た。それからテーブルに屈みこみ、硬貨を自分のほうに掻き寄せた。

「わしの宝、わしの金だ！」喘ぎ声で言う。「これで家名を汚さずに死ねる。家が生きながらえる」硬貨を数えはじめた。

「あんたのような胡椒袋には充分な金だ、もったいないくらいだ」クィズルがぼそぼそと言う。「やっぱりそれは、あんたからは取り上げてしまおうか」

マティアス・アウグスティンが不安げな眼差しをこちらに向けた。数えるのをやめた手が震えている。

「首斬り、そんな真似はさせんぞ」鋭く言った。

「なぜ？　誰も気づきやしないんだ。それとも、俺がフェルディナント・シュレーフォーグルの宝をあんたから奪ったって、あんた、参事会で話すかね？　もともとは教会の金なわけで、それをあんたが不正に自分のものにしたんだろう？」

アウグスティンが探るような眼差しを向けてきた。

「首斬り、何が欲しい？　金が要らんのなら、何だ？」

クィズルはテーブルの上に大きく身を乗り出し、歯の抜け落ちた老人の口先に顔を突き出した。

「見当もつかんかもな。いいか、俺が欲しいのは、魔女なんて存在しないってことを、あんたが参事会と伯爵に納得させることだ。ニワトコの汁も魔法のおまじないもみんな子供の遊びだったってことも。産婆は釈放して狩りはそれで終いにすることも。それをやってくれたら、そんな呪われた金はそっくりあんたにくれてやるよ」

アウグスティンはかぶりを振り、それから笑った。

「わしがそうしたところで、誰が信用する？　死人が出て、倉庫が焼かれ、傭兵が建設現場を……」

「建設現場を荒らしたのは、ここに施療院を望まない住民の妨害行為です。大騒ぎするようなことじゃない……」クィズルの狙いに気づいて、ジーモンが口をはさんだ。「倉庫に火をつけたのはアウクスブルクの人間です」一気にまくしたてる。「でも、街どうしの付きあいもありますから、これ以上追及することもないでしょう。あと、死んだ子供たちは……」

「ペーター・グリマーは川に落ちた、事故だ、それはこの医者が証言できる」クィズルが言葉を選びながら言った。「ほかの子は……そうだな、戦争からまだそんなに経っちゃいない。このへんは追い剥ぎやら辻強盗がうようよいる。それに、一つの嘘で街が救われるんなら、嘘をつくのに孤児たちの失われた命を気にかけるには及ばんだろう」

「街が……救われる?」アウグスティンが不思議そうに訊いた。

「そうです」ジーモンが答えた。「あなたが方伯にしかるべく話をしてくださらなかったら、方伯はいくらでも魔女を探すことになります、ショーンガウの半分が焼けるまでもね。あなたの子供のころの魔女裁判を思い出してください、何十人もの女性が薪の山に送られたんですよ。昔のことが繰りかえされないよう配慮してくれれば、参事会はあなたを支持し、小さな嘘も呑んでくれるはずです。参事会員や方伯を説得できるだけの影響力を持っているのはあなただけなんです。それを使ってほしいんです。あなたなら、いざとなれば脅しに使えるようなちょっとした弱みだって一人ひとりに対して持っているでしょうし」

アウグスティンがかぶりを振った。

「あんたたちの目論見どおりにいくとは思えんな。あまりにも多くのことが起こりすぎた……」

「金はいいのか」クィズルがさえぎった。「あんたの名誉がかかった金だろう。俺たちが外に行って、あんたがた親子がやくざ者相手に何をしていたか話しても、おそらくは誰も本気にはしまい。証拠になるものは何もないしな。だが、一度付いたものってのはなかなか取れないんだよな……世間のことは俺だって知ってる。とにかくおしゃべり好きだ、それはお偉いさん方だって同じことで、折に触れて俺のところにやって来ては媚薬だの疣取り軟膏だのを欲しがる、そうなると話しこむことだってあるわけで……」

「やめろ、やめてくれ!」アウグスティンの声が大きくなった。「わかったよ。できるだけのことはしよう。しかし、約束はできんからな」

「約束できないのは俺たちも同じだ」言うが早いか、クィズルはさっとテーブルを一掻きして硬貨をマントのなかに収めた。マティアスが抵抗しようとしたが、クィズルに睨みつけられて黙りこんだ。

「明後日、拡大参事会の後で、俺の家に来てくれ。たぶん息子さんにアルニカチンキが要るだろうからな」

そう言って、気を失ったまま床に身を丸めて転がっているゲオルク・アウグスティンに同情まじりの視線を向けた。乾いた血だまりが黒い巻き毛のまわりに広がっている。それからまた父親のほうに向きなおった。

「俺のところにエリキシールもあるかもしれん、痛み止めになる。まあ、信じる信じないは勝手だが、俺たちけちな風呂屋とか軍医くずれってのは学者先生なんかよりあれこれ秘薬ってのも持ってるもんなんでね」

出口に行きかけて、小袋を振ってみせた。

「参事会が首尾よく行ったら、この袋の持ち主は代わることになる。だめだったら、これはレヒ川に放りこむことになるな。ま、しっかりやってくれ」

ジーモンが後を追って外に向かった。ドアを閉める前に、老人がまた呻きだしたのが聞こえてきた。痙攣が始まったのだ。


二日後の参事会は、ショーンガウにはかつてない奇妙なものとなった。マティアス・アウグスティンはその前日、まるまる一日を常任会員一人ひとりの懐柔に費やした。それぞれ弱みの一つや二つは握っている。脅したり賺したり説得したりとあらゆる手練手管を弄した。法廷書記官のヨハン・レヒナーまでも説得できたときには、もうこの目論見を妨げるものは何もなくなっていた。

朝、参事会の席に姿を見せた方伯を待っていたのは、蒙を啓かれ、魔法にまつわるいかなる嫌疑も戯言として葬り去った良識の民の集団だった。参事会側からの捜査は嫌疑なしという結果になった。曰く、魔女の印は子供の遊びにほかならない、倉庫の火事はアウクスブルクの不埒なならず者の報復行為である、殺害された子供たちはショーンガウの周辺や森に潜む正体不明の無頼漢の犠牲者である、と。すべて悲しむべきことばかりではあるが、断じてヒステリーに至るような理由とはなりえない。

幸運は続くもののようで、五月三日の朝、元傭兵にして追い剝ぎのクリストフ・ホルツアプフェルが方伯の兵によって捕らえられた。処刑吏の娘マクダレーナがただちにその者が自分を拉致した者であると確認した。そしてその日の夕方までにその不埒な傭兵は監獄内で、ショーンガウの子供三人を純然たる悪意から殺害したと白状した。

この自白にいかなる拷問も必要とされなかったのは妙と言えば妙である。だが、処刑吏が自分の娘を攫った者と二人きりになったさい、その短い間を利用して拷問具を見せたということは大いに考えられる。いずれにしても、その後、下手人は自白を記録することに同意し、左の手で署名をした。右手は赤く染まったぼろ切れのように垂れ下がり、かろうじて皮膚と腱とで繫ぎとめられているとしか見えなかったからである。

方伯は、シュテヒリンに魔法を使ったと認めさせるための試みをいくつかやることはやった。しかし、それまでシュテヒリンが自白していなかったので、さらなる拷問となるとミュンヘンの許可を取り付けなくてはならない。四人の市長と法廷書記官は、そうなった場合の支援は致しかねると、その旨をはっきりと表明した。

最終的にマティアス・アウグスティンの根回しが功を奏した形になったのだが、拡大参事会の席上アウグスティンは一五八九年のおぞましい魔女裁判の様子をありありと再現してみせた。選帝侯の名代とて、余計なことを言い立ててそのような状況を生み出すことはしたくないだろう。

かくして一六五九年五月四日の正午を期して、ヴォルフ・ディートリヒ・フォン・ザンディツェル伯爵の輜重隊は領地であるティーァハウプテンめざして出立した。これからまた遠くその地からショーンガウを導いて行くことになる。光輝く胸甲に身を固めた騎兵が城門をくぐって行くと、街の人々は方伯に向けていつまでも手を振った。子供たちが犬とともに騒々しくアルテンシュタットまで馬車の後について行った。街の人たちの思いは一つだった。高貴な支配者を間近から見られたというのは素晴らしいことだった。そして、それにもまして素晴らしいのは、その一行が立ち去るのを見られたということだった、と。

ヤーコプ・クィズルは監獄へと向かい、見張り番に扉を開けてもらった。湿った藁とみずからの用便の悪臭のなかでマルタ・シュテヒリンは横になり、眠っていた。呼吸はおだやかで、額のこぶはほとんど腫れが引いていた。クィズルはシュテヒリンのもとに屈みこみ、その頰を撫でた。顔に笑みが浮かんだ。子供たちが生まれたとき、この女がそばに立ったときのことを思い出したのだ。真っ赤な血と産声と涙と。妙なもんだ、とクィズルは思った。人間はこの世に生まれてくると手足をばたばたさせて激しく抵抗する、そして、ゆくとなると、やはり同じようにしてじたばたするのだ。

シュテヒリンが眼を開けた。夢のなかから牢獄に戻って来るまで少し時間がかかった。

「クィズル、どうしたの？」まだ意識がはっきりとしないまま訊ねた。「またなの？　あたし、また痛めつけられるの？」

小さく微笑みながらクィズルはかぶりを振った。

「いや。マルタ、さあ、家へ帰ろう」

「家へ？」

シュテヒリンが身を起こした。まだ夢のなかにいるのではないかと確かめるかのように目をしばたたいた。

クィズルがうなずいた。

「帰るんだ。家のなかの片づけはマクダレーナがやってくれたし、シュレーフォーグルの若旦那が金を出してくれた。ベッドやら食器やら、必要なものを買うようにって。当座はそれでやっていけるだろう。さあ、手を貸してやるから」

「でも、どうして……？」

「今は何も訊くな。家へ帰って、話はそれからだ」

シュテヒリンの両肩をつかみ、立ち上がるのを手伝った。足はまだ両方とも腫れている。脇から支えられながら覚束ない足どりでシュテヒリンは開いている扉へ向かった。陽の光が外から射しこんでいる。五月五日の朝だ。暖かい。小鳥がさえずり、市の広場からは値引き交渉にいそしむ下女や街の女たちの声が響いてくる。外壁の向こうに広がる畑から風が夏と花のにおいを運んで来る。眼を閉じれば、レヒ川の水音も聞こえてきた。シュテヒリンは入り口に立ち、陽の光を顔いっぱいに浴びた。

「家へ帰るんだ」小声でささやいた。

クィズルが腋の下から支えてやろうとしたが、シュテヒリンはかぶりを振りその手を払った。一人でよたよたと小路を歩き、自分の家に向かった。次の角を折れ、姿が見えなくなった。

「首斬り役人が博愛精神の持ち主だなんて誰が思うだろうね」

その声は別の方角から聞こえてきた。クィズルが振り返ると、法廷書記官がこちらにやって来る。外出用の上着を着、帽子の鍔はきっちり上を向いている。右手には散歩用のステッキが握られていた。クィズルは無言で会釈し、そのまま先へ行こうとした。

「クィズル、ちょっと散歩に付きあわんか？　陽気もいいことだし、おまえとは一度じっくり話をしてみたいと思ってたんだ。率直なところ、おまえは街から年にいくらもらってるんだ？　十グルデンか、二十グルデンか？　それじゃ安すぎるように思うんだがね」

「ご心配には及びません、今年はいっぱい稼いでますから」うつむいたまま、ぼそぼそと言った。おもむろにパイプに煙草を詰めはじめた。目の前の男よりもパイプの火皿の中身のほうがはるかに関心があるかのようだ。ヨハン・レヒナーが立ち止まり、ステッキをいじっている。沈黙が続いた。

「ご存じだったんでしょう？」クィズルのほうが切り出した。「ずうっとわかってらしたんでしょう」

「私は常に街の利益を第一に考えている。ほかのことは問題じゃない。きわめて単純なことだ」

「きわめて単純……」

レヒナーはなおもステッキをいじくりまわした。握りについた傷でも探しているかのようだ。

「シュレーフォーグルの親父さんがマティアス・アウグスティンにかなりの借財があったってのは知ってた。

それと、あれだけ声望のあった親方だ、遺言書に記載されたのよりもはるかにたくさん持ってたっていうのもな」そう言って、太陽を見あげ眼をしばたたいた。

「それに、あの爺さん一流のユーモアもわかってたさ。建設地の図面が書庫から消えたとき、あの地所に関心を示しそうなのが誰かもわかってた。初めは息子を疑ったが、あいつは書庫には入れない……そのうちに思い当たったのが、フェルディナントの爺さんは友だちのよしみでアウグスティンにタイル裏の隠し場所を教えてたんじゃないかっていうことだ。あとはもうご覧のとおりだ。まあ私としては、すべてが丸く収まってくれたんで喜んでるよ」

「あなたはアウグスティンをかばってた」ぼそっと言って、パイプを吸った。

「言ったろう、街の安泰を思ってのことだ。そういうことをあからさまに口にするわけにはいかなかった。それに……口にしたところで本気で聞いてくれるやつがいるとも思えなかったしね。アウグスティン家はショーンガウでも名門中の名門だ。産婆が死んでくれれば問題は一気に片づくように見えたんだ」

クィズルに向かって笑みを浮かべた。

「どうだね、くどいようだが、ちょっと一緒に歩かんか?」

クィズルは黙ったままかぶりを振った。

「そうか、まあ、いいだろう。じゃ、いい一日をな」

ステッキを振りながらレヒ門のほうへ消えて行った。すれ違う人たちが恭しく挨拶し、帽子を取る。小路へ折れる前にレヒナーがもう一度ステッキを高く上げたように、クィズルには見えた。遠くから挨拶を送りたかったかのように。

ヤーコプ・クィズルは唾を吐いた。パイプがにわかに不味くなった。

エピローグ

一六五九年七月のある夏の日、処刑吏の家の前、ヤーコプ・クィズルとジーモンが並んでベンチに座っている。焼きたてのパンのにおいが家のなかから漂ってきた。妻のアンナ・マリアが昼餉の支度をしている。胡椒をたっぷりときかせた兎肉と大麦とカブの煮込みだろう、夫の好物だ。庭では双子のゲオルクとバーバラが姉を相手に遊んでいる。マクダレーナは頭の上にシーツを広げ、レヒの悪魔だぞと言いながら草花の咲き乱れる野原を駆けている。下の二人がきゃっきゃと笑いながらその前を逃げまどい、母親に救けを求めて家のなかに入って行った。

クィズルはそんな光景をぼうっと眺めながら、パイプを吸った。夏を楽しみ、最低限必要なことだけをやっている。路上のごみの回収は毎週やらなくてはならないが、たまに死んだ馬の解体を頼まれたり、痛みに効く軟膏をもらいに来る人の相手をしたりとか、その程度だ。……ここ二月そんなふうにのんびりできているのも、ちょっとした稼ぎがあったからだ。一人だけ残った傭兵のクリストフ・ホルツアプフェルの処刑で街から十グルデン出たのである。伯爵の到着後すぐに捕らえられ有罪判決を受けていた傭兵は、大勢の喝采を浴びながら車裂きの刑に処された。街の外で車輪で手足を砕かれてから、刑車に縛りつけられ絞首台のわきに置かれた。ホルツアプフェルはそれから二日間叫びつづけた。最後はクィズルが様子を見たうえで、鉄の首絞め具を使って処刑を完了させた。

 建設現場で殴殺されたアンドレ・ピルクホーファーの死体はその傭兵仲間のわきに鎖で吊された。同じくクリスティアン・ブラウンシュヴァイガーも。街の人たちはその男の死後も怖がって悪魔と呼びつづけ、口にするときは必ず三度十字を切った。焼けこげて子供の大きさにまで縮んだ死体はシュラッツェル穴から引き出され、その後穴はすべて入り口が塞がれた。唇が焼失し、頭皮が縮んでしわくちゃになったため、歯を剝いて笑っているように見えた。骨で出来た左の手は黒こげになった肉のなかで白く浮き立っていて、それを見て人々は、あれは絞首台でも手招きしてるんだよと言ったものだった。二週間後、悪魔の体は骨とひからびた皮とになった。それでも参事会は見せしめのためにと吊したままにしておいた、やがて骨が一つずつ落ちだした。

四番目の傭兵、ハンス・ホーエンライトナーはとうとう見つからずじまいだった。レヒ川の流れに運ばれてアウクスブルクまで行き、途中で魚に食われたかもしれない。ヤーコプ・クィズルにしてみればそれでどうこうということはなかった。何しろショーンガウの処刑吏としてこの二ヵ月で二十グルデン以上の稼ぎになったのだ。これだけあればしばらくは充分だ。

ジーモンは、アンナ・マリアが淹れてくれたコーヒーに口をつけた。この苦みのある濃い飲み物は体のなかから疲れを追い出してくれる。昨夜はけっこう大変だった。ショーンガウに熱が流行っているのだ。それほど高熱というわけではないのだが、みんなが、この若い医者が去年から投与するようになった西インド産の新しい粉薬を求めてやって来る。今では父親までがこれはいいと言うようになった。

ジーモンはちらりとクィズルを見やった。友人にして師でもあるこの人に伝えないわけにはいかない知らせがあった。

「今朝、アウグスティン家に行って来たんです」なるべくさりげなく切り出した。

「それで？」とクィズルが訊きかえした。「洒落者の息子はどうしてた？　先月親父さんが亡くなってからは何も耳にしてないが。人の話じゃ、家業に勤しんでるようだって聞いたが」

「彼……病気なんだ」

「夏風邪か？　汗をかいたあと冷やしたか」

ジーモンがかぶりを振った。

「もっと重い。皮膚に赤い斑点があって、それが少しずつ広がっている。感覚のなくなっているところもけっこうあるみたい。その……らいに罹ったんじゃないかと。ヴェネツィアへ行ってそのときうつったんじゃないかな」

「らい？」

クィズルはしばらく押し黙った。それから大笑いした。

「アウグスティンがらいに罹っただと！　これは思ってもみなかったな。じゃ、もうじき出来る施療院をいちばん喜ぶのはアウグスティンってわけだ。建てるのを妨害していたあの洒落者が、自分でそこに入るってか……何とも、神さまってのは公平なことをしてくれる！」

ジーモンは思わずにやりとした。が、すぐに良心のやましさに襲われた。ゲオルク・アウグスティンは悪いやつで、頭がいかれてて、俺をひどい目に遭わせた張本人だ。太腿の火傷痕はいまだに痛む。それでも、どんなに腹立たしいやつであっても、医者の端くれとして、一生病に苦しむゲオルクの姿は見たくなかった。ほかのことを考えようと、ジーモンは話題を変えた。

「あの、マクダレーナとシュタインガーデンの処刑吏との婚約のことだけど……」と切り出した。

「それがどうかしたのか？」クィズルがぼそぼそと言う。

「本気なんですか？」

クィズルはパイプを吸った。一呼吸おいてから答えた。

「あれは断った。女のほうが強情すぎてな。向こうもあんまり稼ぎがないし」

ジーモンの顔に笑みが広がった。腹のなかにあった痼りがすうっと消えたような気がした。

「クィズル、僕は……」

「余計なことは言わんでいい」クィズルがさえぎった。「もう一度考えてみる」

そう言って立ち上がり、ドアのほうへ行った。何も言わず、ただついて来るよう手招きした。

焼きたてのパンのにおいがする居間を抜け、小部屋へ行った。低い通路を通るときはいつものように前かがみにならなくてはならない。後についてジーモンもその聖域に入った。天井まで届くどでかい戸棚をあらためて畏敬の念をもって見あげた。宝の長持だ、とジーモンは思った。ここ何世紀もの医学知識がぎっしり詰まっている……。

すぐに、大小さまざまの本をめくってみたくなり、戸棚を開けたい衝動に駆られた。そこに行く途中、小部屋の真ん中に置かれていた小さな長持にあやうくつまずくところだった。ぴかぴかに磨きあげられた桜材の箱で、銀の金具で補強され、堅固そうな錠に鍵が差したままになっている。

「開けてみろ」クィズルが言った。「おまえのものだ」

「でも……」ジーモンが口をはさんだ。

「おまえの働きに対する報酬だ」クィズルがかまわず続ける。「おまえが力を貸してくれたおかげで娘が救かったし、うちの子供らを取り上げてくれた女も救われた」

ジーモンは膝を突き、長持を開けた。軽くパチンという音がして蓋が開いた。

なかに本がたくさん入っている。十冊は下らない。

どれも新しい版ばかりだ。スクルテトゥスの『傷薬の貯蔵庫』、スイス人のヤーコプ・ルーフの助産の書、ドイツ語に翻訳されたアンブロワーズ・パレの著作集、ゲオルク・バルティシュの眼科学書、パラケルススの『傷薬大全』は彩色された挿絵つきで革装の本だ……。

ジーモンは取っ替え引っ替え手にとってはページをめくった。目の前に宝がある、シュラッツェル穴で見つけたのよりもはるかに大きな宝だ。

「クィズル」後の言葉がうまく続かない。「何とお礼を言っていいのか。こんなにたくさん！　これって……これって、ちょっとした財産だよ！」

クィズルは肩をすくめた。

「まあ、金貨数枚にはなるかな。アウグスティンの爺さんにとっちゃ何ほどのものでもない」

ジーモンがびっくりして身を起こした。

「それって、もしかして……」

「フェルディナント・シュレーフォーグルもそうして欲しかったと思うぜ。教会や胡椒袋にそんなにいっぱい金をやってもしょうがないだろう。どうせ穴のなかで埃をかぶってたものだ。ほら、俺の気が変わらんうちに、さっさと行って読め」

ジーモンはその本を一まとめにし、長持を閉めると、にやりとした。

「これ、必要になったらいつでも貸してあげますよ。代わりに僕とマクダレーナの……」

「ろくでなしが、さっさと行け！」

クィズルに後頭部を軽く叩かれ、ジーモンは長持を持ったまま敷居で転びそうになった。外に駆け出すと、レヒ川沿いにゲルバー地区を抜け、街のなかへ入って行った。石畳のミュンツ通りを過ぎ、悪臭のにおいたつ小路に入り、息を切らしながらわが家に辿りついた。

今日はいっぱい読むのがあるぞ。

あとがきに代えて

私が初めてクィズル家のことを聞かされたのはいつだったろう。たぶん、五歳か六歳だったのではないだろうか。そのときの祖母の眼が印象に残っている。今日までかれこれ二十代以上になるクィズル・ファミリー――クィズルの姓であろうとなかろうと――全員に受け継がれてきたその眼で、私の顔をしげしげと見つめながら、しきりに何かを確かめ考えているふうだった。そのころの私に、このクィズルという名前がいいものなのか悪いものなのかの判断はつかなかった。社会的な地位のようにも聞こえたし、ただ髪の毛の色が珍しいと言っているようにも聞こえたし、初めて耳にした形容詞のようでもあった。

昔からクィズル・ファミリーの外見的な特徴として挙げられるのは、鉤鼻で眉が太く濃く、全体に毛深くて、スポーツ選手のようながっちりした体格だということである。そんな外見とは裏腹に、音楽や芸術的才能に恵まれている面もあるのだが、かなり神経質なところもある。人付き合いが悪いとか飲酒癖があるとかメランコリックになるといったことだ。祖母の従兄弟に大変な家系好きの人がいて、その人が遺したクィズル家に関しての記述には「手指の爪が曲がっている（鉤爪）」ことと「涙もろいが、時として残忍な」ことがいちばんの特徴とある。まあ、こういう容姿は自分ではあまり好きではないのだが、いかんせん自分で家系を選ぶことはできないわけで……。

この祖母の従兄弟というのは名前をフリッツ・クィズルといい、私を「処刑業」というテーマに手引きしてくれた人でもある。初めてクィズル家のことを聞かされた日からずっと後の、二十代初めのころのこと、自宅のテーブルに黄ばんだ書類が山積みにされた。タイプライターの文字で埋めつくされたページはどれも捲り跡で隅がよれていたが、そこにはフリッツが私たちの先祖について調べ上げたことのすべてが詰まっていた。ほかに、処刑に使われたクィズルの剣（七〇年代にショーンガウ郷土博物館から盗まれ未だに見つかっていない）や拷問具のモノクロ写真、私の先祖であるショーンガウ最後の首斬り役人ヨハン・ミヒャエル・クィズル宛の二百年前の親方検定審査合格証、タイプで打たれた新聞記事、何メートルにも及ぶ手書きの家系図なども含まれていた。そのとき私は、クィズル家の始祖イェルク・アブリールの魔法の本の数々（現在もバイエルン州立図書館に保存されている）についても聞いたし、クィズル一族がバイエルンでは高名な首斬り役人の一門であったことも聞いた。なお、一五八九年のショーンガウ魔女裁判では六十件以上の処刑が行われているが、いずれも私の先祖がその手を血に染めたようである。

以来、わが一族の歴史は私の頭のなかから消えることはなかった。数年前フリッツ・クィズルが亡くなったとき、私は奥さんのリタの承諾を得て彼の聖域へ足を踏み入れた。狭い書斎で、天井まで届く棚には首斬り役人業に関する書物やファイルが埃をかぶってぎっしり並び、部分的に十六世紀にまでもさかのぼる家系図や教会記録簿の写しを収めた箱がうずたかく積まれていた。壁には、ずっと前に亡くなった先祖の肖像画や色あせた写真がかかっていた。ほかにも、名前、職業、生年月日、没年月日などが記載されたカードが何千枚とある。フリッツ・クィズルは一族一統の一人ひとりをリスト化していたのだ……。

私の名前のカードもある。一年前に生まれたばかりの息子のカードもある。夫の死後、リタが書きこんでくれたのだ。

系図の端――。

家系図を広げその全容を一瞥するなり、軽いおぞけが背すじを走った。「ふるさと」の感情も。何か一つの大きな共同体が私をその一員に受け入れてくれたような気がした。ルーツ探しは近年ますます盛んになっているようであるが、その理由は、私たちがますます複雑化する世界のなかでしっかりと自分の眼で見晴らせる故郷を創りたいと願うところにあるのではないだろうか。現代人はもう大家族のなかで育っていくということはなくなっている。私たちは自分の身を、疎外され、誰とでも交換可能で、はかない存在だと感じている。ルーツ探しはそういう人たちに不死の思いを抱かせてくれる。一人ひとりは死のうとも、氏族は生きつづけるのである。

ところで、私も息子が七歳になったところで、この一風変わった先祖のことを話してやった。むろん血まみれの細部は省いて(息子には先祖の姿はたぶん騎士のようなものに映ったのではないかと思うが、今はそのほうが首斬り人とか処刑人とかよりはいいだろう)。息子の部屋には、ずっと前に亡くなった先祖や親類の写真のコラージュがかかっている。曾祖父母、高祖父母、そのおば、おじ、姪、甥、……たまにベッドに入る前に息子がこの人たちのことを知りたがるので、知っている範囲内で話してやることがある。美しい物語、悲しい物語、ぞっとする物語。息子にとってファミリーとは絶対安全な避難所であり、愛し愛される人たちを繋ぎとめる場である。この世は七つ角を過ぎれば親戚どうしという言いまわしを聞いたことがあるが、それを想うと何となく慰められるような気もする。

この本はあくまで小説であり、学術的な研究書ではない。個々の事実は極力尊重したつもりであるが、ドラマトゥルギーの理由から単純化せざるをえなかった部分も少なくない。拷問には、この悪しき時代にあっても、それなりの証拠書類を揃える必要はあっただろうし、ヨハン・レヒナーのような支配者然とした法廷書記官はショーンガウの街が黙っていなかっただろう。街の諸事万般は参事会および市長が統治し、選帝侯の名代が出て来ることはなかった。

シュラッツェルの穴というのは何のために掘られたのかいまだにわかっていないのだが、バイエルンの州内ではふつうにあちこちに見られるものだ。ただ、ショーンガウの近辺には実は一つもない。

医者のジーモン・フロンヴィーザーと違って、ヨハン・ヤーコプ・クィズルの人物像は歴史的にきちんとした裏付けがある。その妻アンナ・マリアや子供らのマクダレーナ、ゲオルク、バーバラも同様である。クィズル家の人たちは皆たいへん博識で、施療者としても街の遠くにまでその名が知れ渡っていた。たぶんそうしたこともあって、大学で学んだ医師たちは邪魔立てしたり、お上に訴え出たりをしていたのであろう。先祖の一人が医学の試験を受けさせてもらえないとこぼしている手紙が残っている。試験を受けられれば、大学の藪医者どもよりどれだけ優っているか証明できるのに、と。

本書に出て来る「首斬り業」にまつわる事柄はすべて最新の研究成果にのっとって書いているが、私の先祖が果たしてあんなふうに、みずから拷問にかけた産婆に肩入れするようなことがあったかどうかについては、あえて疑問符を付けておこう。言うまでもなくあれは私の空想の産物であり、はるか遠い先祖とはいえ、血のつながっている者を悪くは言いたくないという気持ちから出たものである。そのへんのところはご理解いただきたい。

本書の執筆にあたっては、多くの方の協力にあずかった。細かな点までいろいろと相談にのっていただいたショーンガウの郷土誌家ヘルムート・シュミットバウアー氏、ショーンガウ市立博物館のフランツ・グルントナー氏、ドイツ医学史博物館のクリスタ・ハブリヒ教授、夫の資料を快く貸してくださったリタ・クィズル、綿密な校正ばかりか度々元気づけてもくれた弟のマリアン、医学およびラテン語について助言を惜しまなかった父、そして最後に、絶対に忘れてはならない人、フルタイムの仕事に就いて生活を支えながら、夜、根気よく全ページ精読してくれた妻のカトリーンに感謝したい——こうして、私は青春の夢を実現できたのである。

オリヴァー・ペチュ

二〇〇七年五月

訳者あとがき

二〇一一年十月十六日付けの《ニューヨーク・タイムズ》電子版に「アマゾンが出版のルールを書き換える」と題した長文の署名記事があり、そのなかにこんな一節がある。

「*The Hangman's Daughter* は電子書籍のヒット作となった。アマゾンはオリヴァー・ペチュというドイツの新人作家の歴史小説の権利を買い、それを翻訳して出版した。それが現在までに二十五万部売れている」

この *The Hangman's Daughter* こそは、本書の原著 *Die Henkerstochter* の英語版タイトルである。原著 *Die Henkerstochter* は二〇〇八年四月の刊行。これまでにドイツ国内で十四万部ほど売り上げたとのことだが、それが、外国の作品を翻訳して出版しようという Amazon Crossing のプロジェクトに採り上げられ、ペーパーバック版が二〇一〇年十二月、キンドル版が二〇一一年五月に出されるや、あれよあれよというまに全米のベストセラーに顔を出し《ニューヨーク・タイムズ》にまで取り上げられ、現在は紙と電子とで計三十万部に達しているという。翻訳版がオリジナルの倍売れるという「快挙」を成し遂げたのである。そして、シリーズ第二作、第三作の翻訳出版を受け、今なおその勢いは衰えを見せていない。

ドイツの新人作家のデビュー作がいわばキンドルの申し子となって全米の読者を鷲づかみにしたと言えそうだが、ひょっとするとこの現象は米国だけにとどまらないかもしれない。というのも、アメリカ以外に現時点ですでに日本を含め十三カ国語に翻訳されることが決まっており、今後どういった展開を見せるか大いに楽しみなところなのだ。

さて、この作品の誕生までのいきさつ等は著者自身の「あとがき」を読んでいただくとして、若干の補足をしておこう。

著者オリヴァー・ペチュは一九七〇年ミュンヘン生まれ。地元バイエルン放送の放送作家などを経て、作家業に専念。前述したように本書の原著 *Die Henkerstochter* がデビュー作である。以後、全四部作の第二作として *Die Henkerstochter und der schwarze Mönch*（首斬り人の娘と黒衣の僧）が二〇〇九年五月に、第三作として *Die Henkerstochter und der König der Bettler*（首斬り人の娘と乞食王）が二〇一〇年九月、そして完結篇である第四作 *Der Hexer und die Henkerstochter*（魔法使いと首斬り人の娘）も今年の四月に刊行された。なお、この間の二〇一一年三月に、シリーズとは別に、観光地として日本でも有名なノイシュヴァンシュタイン城を舞台にした作品 *Die Ludwig-Verschwörung*（ルートヴィヒ王の謀《はかりごと》）も上梓している。いずれもアメリカで英訳が出ることになっていて、第二作

（*The Dark Monk: A Hangman's Daughter Tale*）はこの六月に刊行、第三作（*The Beggar King: A Hangman's Daughter Tale*）は来年一月に出版予定という。

本書の作品の舞台は、ドイツ南部、バイエルン州の州都ミュンヘンにほど近いショーンガウという小さな街。時代は十七世紀の半ば、ドイツ全土を荒廃に追いやった「最後の宗教戦争」と称される三十年戦争（一六一八～四八年。本書にもそのうちのマクデブルクの殲滅戦の様子が描かれている）から十年が経ち、ようやく落ち着きを取り戻しつつあるころの物語である。ヨーロッパはすでに近世と呼ばれる時代区分のなかにあるものの、ショーンガウはまだまだ中世の雰囲気を色濃く残していた。そんな小さな田舎街に突如起こった子供を狙った連続殺人事件、そしてその肩に付いていた妙な印から魔女の存在が疑われ、その矛先は街の産婆へと向けられる……。

歴史小説（ないしは時代小説）というのは、ドイツでも人気のあるジャンルで、なかでも本書のように中世の魔女を題材にした作品は数多く出ている。ただし、ここで言う魔女とは俗信や伝説にかこつけて魔女に仕立てられ「魔女狩り」の対象にされた女性であって、お伽噺の世界の魔法使いではない。そして、魔女とくれば、その真偽を審理する魔女裁判があり、拷問があり、火刑がある。むろん、魔女を魔女たらしめる悪魔の存在が背後にある。さらに、この作品ではその拷問や火刑の役目を担う処刑吏、死刑執行人が主人公として登場する。情にとらわれず法に則《のっと》って役目として刑を執行する刑吏の内面に末裔の一人として踏みこんだとき、そこにおのずからドラマが生まれたと言えようか。

なお、処刑吏ないし死刑執行人に当たるドイツ語の原語はHenker《ヘンカー》とScharfrichter《シャルフリヒター》で、語源的には前者は「(罪人を)吊す人」、後者は「(剣や斧で)刑を執行する人」だが、十六世紀ごろから同義に用いられるようになったらしい。作品内でも、著者は区別なく用いている。訳出にあたっては文脈に応じて「刑吏」「首斬り人」などの語もあてた。

著者自身の「あとがき」によれば、きちんとした史料的裏付けを元にしつつも創作の部分がかなりあるとのことで、そういう意味では日本の時代小説と変わるところはない。日本とはまた一風変わった小説世界に身を置き、「歴史ミステリ」の醍醐味を存分に味わっていただければと思う。

最後に、本書の翻訳にあたり早川書房第一編集部の永野渓子さんにはいろいろとお世話になりました。この場を借りてお礼申し上げます。

二〇一二年九月

本書の原文には、らいに関する十七世紀の認識にもとづいた記述があり、日本版では時代背景、作者の意図を尊重して訳出してある。現在ではこの病気はハンセン病と呼ばれ、実際には感染し発病することは稀で、医学の進歩の結果、治癒可能であることが広く知られている。

（編集部）

HAYAKAWA POCKET MYSTERY BOOKS No. 1864

猪《いの》股《また》和《かず》夫《お》

1954年生，静岡大学卒業後，
「小学館独和大辞典」の編纂業務に従事.
訳書
『巡礼コメディ旅日記』ハーペイ・カーケリング
『ブラックアウト』マルク・エルスベルグ（共訳）
『全貌ウィキリークス』
マルセル・ローゼンバッハ，ホルガー・シュタルク
（共訳・早川書房刊）他多数

この本の型は，縦18.4センチ，横10.6センチのポケット・ブック判です.

〔首《くび》斬《き》り人《にん》の娘《むすめ》〕

2012年10月10日印刷　　2012年10月15日発行

著者	オリヴァー・ペチュ
訳者	猪股和夫
発行者	早川浩
印刷所	星野精版印刷株式会社
表紙印刷	大平舎美術印刷
製本所	株式会社川島製本所

発行所　株式会社　早川書房
東京都千代田区神田多町2－2
電話　03-3252-3111（大代表）
振替　00160-3-47799
http://www.hayakawa-online.co.jp

（乱丁・落丁本は小社制作部宛お送り下さい
送料小社負担にてお取りかえいたします）

ISBN978-4-15-001864-1 C0297
Printed and bound in Japan

ハヤカワ・ミステリ〈話題作〉

1858
アイ・コレクター
セバスチャン・フィツェック
小津　薫訳

子供を誘拐し、制限時間内に父親が探し出せなければ、その子供を殺す——連続殺人鬼を新聞記者が追う。『治療島』の著者の衝撃作

1859
死せる獣
―殺人捜査課シモンスン―
ロデ＆セーアン・ハマ
松永りえ訳

学校の体育館で首を吊られた五人の男性の遺体が見つかり、殺人捜査課課長は休暇から呼び戻される。デンマークの大型警察小説登場

1860
特捜部Q
―Pからのメッセージ―
ユッシ・エーズラ・オールスン
吉田　薫・福原美穂子訳

海辺に流れ着いた瓶から見つかった手紙には「助けて」と悲痛な叫びが。「ガラスの鍵」賞を受賞した最高傑作。人気シリーズ第三弾

1861
The 500
マシュー・クワーク
田村義進訳

首都最高のロビイスト事務所に採用された青年を待っていたのは華麗なる生活だった。だが彼は次第に巨大な陰謀に巻き込まれてゆく

1862
フリント船長がまだいい人だったころ
ニック・ダイベック
田中　文訳

漁業会社売却の噂に揺れる半島の町。十四歳の少年は、父が犯罪に関わったのではと疑いはじめる。苦い青春を描く新鋭のデビュー作